리커버링

The Recovering
Leslie Jamison

리커버링

중독에서 회복까지
그 여정의 기록

The Recovering

레슬리 제이미슨 지음 | 오숙은 옮김

문학과지성사

리커버링
중독에서 회복까지 그 여정의 기록

제1판 제1쇄 2021년 3월 31일
제1판 제2쇄 2023년 4월 18일

지은이 레슬리 제이미슨
옮긴이 오숙은
펴낸이 이광호
주간 이근혜
편집 최대연 김현주
펴낸곳 ㈜문학과지성사
등록번호 제1993-000098호
주소 04034 서울 마포구 잔다리로7길 18(서교동 377-20)
전화 02) 338-7224
팩스 02) 323-4180(편집) 02) 338-7221(영업)
전자우편 moonji@moonji.com
홈페이지 www.moonji.com

ISBN 978-89-320-3839-1 03840

중독을 겪었던 모든 이를 위해

차례

일러두기

◇ 책 뒤편에 실린 미주는 저자가 본문에 인용하거나 기술한 내용의 출처를 밝힌 것으로서 해당 본문 페이지와 구절이 함께 명시되어 있다. 본문의 각주는 이해를 돕기 위해 옮긴이가 덧붙인 것이다.

◇ 인명, 지명 등의 외래어는 국립국어원의 외래어표기법에 따르는 것을 원칙으로 하되 관례적으로 굳어진 경우는 예외로 두었다.

◇ 단행본, 신문, 정기간행물은 『 』로, 논문 및 단편, 시 등의 작품은 「 」로, 노래, 음반, 영화 등 매체는 〈 〉로 표시했다.

— I —
경이로움

—————————— 처음으로 그것, 그 알딸딸함을 느꼈을 때 나는 꽉 찬 열두 살이었다. 토하거나 필름이 끊기지도 않았고 창피하지도 않았다. 그냥 그 느낌이 좋았다. 폭폭 터지는 샴페인 거품 소리가 좋았고, 뜨거운 솔잎 바늘 같은 것이 목구멍을 타고 내려가는 느낌이 좋았다. 오빠의 대학 졸업을 축하하는 자리였다. 나는 내가 봐도 어린아이처럼 느껴지는 기다란 모슬린 원피스를 입고 있었지만, 다른 사람이 된 듯한 기분이 들었다. 무슨 비밀 단체에 가입해 환히 빛나는 무언가가 된 기분. 온 세상이 비난받아 마땅했다. *이렇게 기분 좋은 거라고 말해주지 않았잖아*.

처음으로 몰래 술을 마셨을 때 나는 열다섯 살이었다. 엄마는 외출 중이었다. 친구들과 나는 거실의 경질목 마룻바닥에 담요 한 장을 깔아놓고는 냉장고에 있던 술, 오렌지주스와 마요네즈 사이에 있던 샤르도네 와인을 꺼내 마셨다. 우리는 금지 구역에 발을 디딘 느낌에 어지러웠다.

I

처음으로 약에 취했을 때는 낯선 사람 집의 소파에 앉아 마리화나를 피우고 있었다. 수영장 물에 손을 담갔던 탓에 손가락에선 물이 뚝뚝 떨어지고 있었다. 친구의 친구가 나를 수영장 파티에 초대한 날이었다. 내 머리카락에서는 락스 비슷한 냄새가 났고 축축한 비키니 때문에 온몸이 떨렸다. 내 신체 부위가 굽어서 연결되어 있는 팔꿈치와 어깨에서는 작고 이상한 동물들이 피어났다. 나는 생각했다. 이게 뭐지? 어떻게 하면 계속 이 상태를 유지할 수 있을까? 기분 좋은 느낌과 함께 늘 그런 생각이 들었다. *조금 더. 한 번 더. 영원히.*

처음 남자와 함께 술을 마셨을 때, 나는 해양구조대의 나무 발코니에서 그의 손이 내 셔츠 안을 파고들도록 내버려 두었다. 발코니 아래로 대롱거리는 우리 발 아래에서는 검은 파도가 쉿 소리를 내며 모래를 침묵시켰다. 내 첫번째 남자 친구, 그는 취하는 걸 좋아했다. 자기 고양이를 취하게 만드는 걸 좋아했다. 우리는 그의 어머니의 미니밴 안에서 애무하곤 했다. 그는 각성제에 완전히 취해서 우리 집의 가족 식사에 왔다. "엄청 수다스럽구나!" 할머니는 흠뻑 반했다. 그 친구는 디즈니랜드의 '빅 선더 마운틴 레일로드' 탑승 대기 줄에 서서 시들시들한 환각 버섯이 든 봉지를 뜯어 열고는 얕고 밭은 숨을 쉬기 시작했고, 셔츠가 젖도록 땀을 흘리며 가짜 변경지의 오렌지색 바위를 발로 긁어댔다.

나의 음주가 어디서 시작되었는지, 그 *처음*을 말해야 한다면, 첫번째 필름 끊김과 함께 시작되었다고 할 수 있을 것이다. 아니 어쩌면 필름이 끊기기를 처음 바랐을 때, 내 삶에서 사라지기만을 처음 바랐을 때라고 해야 할 것이다. 아니면 술을 마시고 처음 토했을 때, 술 마시는 꿈을 처음 꾸었을 때, 술 마시고 처음 거짓말했을 때, 술 마시고 거짓말하는 꿈을 처음 꾸었을 때일 것이다. 그때는 술에 대한 갈망이 너무 깊어져서 그 갈망을 채우거나 비우는 데 대부분의 에너지를 쏟고 있었다.

어쩌면, 매일 술을 마시면서부터 나의 음주는 특정한 순간에 시작되었다기보다는 패턴으로 시작되었던 것 같다. 일이 그렇게 된 건 아이오와시티에서였다. 그곳에서 음주는 극적이고 두드러진 사건이라기보다는 일상을 에워싼 불가피한 일처럼 보였다. 술에 취할 방법과 장소는 너무도 많았다. 폭이 트레일러 두 개만 한 연기 자욱한 실내에 박제한 여우 머리 하나와 고장 난 시계가 많이 걸려 있던 '픽션' 바, 빈약한 치즈버거가 나오고 번쩍이는 슐리츠 맥주 광고판과 스크롤로 돌아가는 전기 풍경—콸콸 흐르는 개울, 형광빛 풀로 뒤덮인 강둑, 흩날리는 폭포수—이 있던 길 아래쪽의 '포에트리' 바. 나는 보드카 토닉 잔에 라임을 짜 넣고, 두번째 잔과 세번째 잔 사이의 달콤한 지점에서, 이어서 세번째 잔과 네번째 잔 사이에서, 그리고 다섯번째 잔과 여섯번째 잔 사이에서, 내 삶을 얼핏 보곤 했다. 그때의 내 삶은 내면에서부터 빛을 발하는 것처럼 보였다.

재향군인회의 '금요일의 생선튀김'이 끝나면, 옥수수 들판의 '팜하우스'라는 곳에서 파티가 열렸다. 이런 파티에서는 유아용 풀에 젤로를 가득 채워놓고 시인들이 레슬링을 했고, 매트리스를 태우며 딱딱 소리를 내는 모닥불 빛에 비친 모두의 옆모습은 아름답게 보였다. 겨울은 죽을 만큼 추웠다. 끊임없이 벌어지는 포틀럭 파티에 나이 많은 작가들은 고기찜을 가져왔고, 젊은 작가들은 플라스틱 통 가득 후무스를 가져왔으며, 모두가 위스키를 가져오고 모두가 와인을 가져왔다. 겨울은 계속되었다. 우리는 계속 술을 마셨다. 그러다 보면 봄이 왔다. 봄이 와도 우리는 계속 마셨다.

I

——————— 교회 지하실의 단주 모임에서 접이의자에 앉아 있을 때면, 어떻게 단주를 시작하게 되었느냐는 질문을 꼭 받게 된다. "AA 모임에서 말한다는 건 제게는 늘 위험한 일입니다." 찰리라는 남자는 1959년 클리블랜드의 한 AA(익명의 알코올중독자들 Alcoholics Anonymous) 모임에서 말했다. "다른 사람들보다 제가 더 말을 잘할 수 있다는 걸 알고 있었기 때문이죠. 저에게는 정말로 하고 싶은 이야기가 있었어요. 남들보다 말주변이 좋았고, 이야기를 극적으로 만들 수 있었지요. 그리고 정말 사람들을 뻥 가게 만들곤 했습니다." 그는 그 위험성을 이렇게 설명했다. 그는 사람들에게 칭찬받았다. 자부심을 느꼈다. 그 기분에 취했다. 이제 그는 많은 대중 앞에서 말하는 것이 자신에게 얼마나 위험한지를 많은 대중 앞에서 이야기하고 있었다. '익명의 알코올중독자들' 모임을 상대로 '익명의 알코올중독자들' 모임의 위험성을 설명하는 것이다. 그는 말주변이 좋다는 것에 관해 말주변 있게 말하고 있었다. 극화하는 기술 때문에 겪었던 일을 극화하고 있었다. "저는 제 소설의 주인공이 되는 것에 진절머리가 났던 것 같아요." 그로부터 15년 전, 술을 끊었던 기간에 그는 알코올중독을 다룬 베스트셀러 소설을 출판했다. 그러나 소설이 베스트셀러가 되고 몇 년 후 그는 다시 술에 빠졌다. 그는 모임의 사람들에게 말했다. "저는 알코올중독의 결정적 초상이라고 불리는 책을 썼습니다. 하지만 제게는 아무 도움이 되지 않았습니다."

찰리가 마침내 다른 이들과 같은 방식으로 말을 시작한 것은 5분이 지나서였다. "제 이름은 찰스 잭슨, 저는 알코올중독자입니다." 그는 평범한 상투어로 돌아오면서 그 평범성이 나름의 장점이 될 수 있음을 되새기고 있었다. "제 이야기는 다른 사람의 이야기와 크게 다르지 않습니다. 허구한 날 반복해서 계속, 한 해 두 해 그리고 몇 해를 줄창 술을 퍼마시다가 결국 어느 날 문득 나 혼자서는 어떻게 할 수 없겠구나 하고 깨닫게 된, 술 때문에 바보가 된 남자의 이야기입니다."

처음으로 내가 나의 음주에 관해 이야기했을 때, 나는 더는 술을 마시지 않는 술꾼들 사이에 앉아 있었다. 익숙한 장면이었다. 플라스틱 접이의자, 스티로폼 컵에 담긴 채 미지근해진 커피, 서로 교환하는 전화번호들. 모임에 가기 전, 나는 모임이 끝나면 무슨 일이 벌어질까 상상해보았다. 사람들은 내 이야기, 내가 말하는 방식을 칭찬하겠지, 그리고 나는 손사래를 치겠지, *뭘요, 제 직업이 작가인걸요*, 어깨를 으쓱하고 너무 큰 의의를 두지 않으려고 애쓰겠지. 나에게도 찰스 잭슨과 같은 문제가 있었다. 이야기를 멋지게 하려다가 겸손을 잊어버린 것이다. 사전에 메모장을 작성해가며 연습했지만, 발표할 때는 펼쳐보지 않았다. 연습해 온 것처럼 보이고 싶지 않았다.

그 일이 벌어진 건 내가 낙태 경험을 말하면서, 임신 중에 얼마나 많은 술을 마셨는지 이야기한 후였다. 내가 굳이 *데이트 강간*이라고 부르지 않는 그날 밤의 사건, 필름이 끊겼던 시간을 재구성한 후였다. 그 방에 있던 나머지 사람들이 살아온 삶에 비하면 아무것도 아닌 듯한 내 고통의 요점을 이야기한 후였다. 이야기가 단주 중 엉망진창 영역에 접어들어, 반복되는 사과 또는 기도의 물리적 역학에 관한 대목에 이를 때쯤, 휠체어를 타고 앞줄에 앉아 있던 한 노인이 소리치기 시작한 것이다. "지루하군!"

우리 모두 그 노인을 알고 있었다. 그는 과거 1970년대 우리 도시의 게이 회복 공동체 설립에 중요한 역할을 했고, 지금은 자기보다 훨씬 어리고 말투가 상냥하고 책을 좋아하는 파트너의 보살핌을 받고 있었다. 기저귀를 갈아주는 파트너가 휠체어에 태워서 꼬박꼬박 데려오는 그 모임에서 그는 외설스러운 욕설을 외쳐댔다. "얼빠진 씨발년!" 한번은 그렇게 소리쳤다. 또 한번은 마무리 기도 때 내 손을 잡더니 이렇게 말했다. "키스해줘, 아가씨!"

그는 병이 있었고, 걸러 말하거나 자제할 이성을 잃어가고 있었다. 그러나 그 모임에서 누구도 소리 내어 말하지 않는 것들을 가감 없이 말하는 그는 종종 우리의 집단 무의식 같기도 했다. *알 게 뭐야, 지겨운 얘기로군, 귀가 닳도록 들었어.* 그는 고약하고 심술궂었지만 많은 삶을 구한 사람이기도 했다. 그런 그가 지루해하고 있었다.

그 모임의 나머지 사람들이 의자에서 불편하게 들썩였다. 옆에 앉은 여자는 *계속하세요*, 라는 듯 내 팔을 건드렸다. 그래서 나는 멈추지 않았다. 더듬거리며, 눈시울이 붉어지고 목이 메어도 계속 말했지만, 이미 그 남자가 원초적 불안감의 봇물을 터버린 후였다. 내 이야기가 썩 좋지 않거나 이야기를 제대로 전달하지 못했다는 불안감, 어쩌다 나의 약점이 탄로 나버렸다는 불안감, 이야기를 충분히 나쁘게, 과감하게, 또는 흥미롭게 만들지 못했다는 불안감이 밀려왔다. 그것은 회복이 내 이야기를 뜯어고치다 못해 아예 밋밋하게 만들어버렸다는 불안감이었다.

회복에 관한 책을 쓰겠다고 결심했을 때, 나는 이 모든 실패가 걱정스러웠다. 나는 중독의 악순환이라는 지긋지긋한 수사修辭를 피하려고 조심했고, 지루한 구성과 저속한 자축의 구원담을 경계했다. 고통스러웠어요. 더 심해졌어요. 그런 후에 나아졌어요. 누가 신경이나 쓰겠는가? *지루하군!* 중독과 회복에 관해 책을 쓰고 있다고 말하면, 사람들의 눈에서 종종 따분한 표정이 보였다. 그 눈들은 이렇게 말하는 것 같았다. *아, 그 책. 그건 이미 읽었는데.*

그런 사람들에게, 내가 쓰려는 이야기는 바로 그 따분해하는 시선에 *관한* 것이라고, 중독이 어떻게 이야기를 듣지도 않고서 *그 이야기는 전에도 들었는데*, 라고 생각하게 만드는지에 관한 것이라고 말하고 싶었다. 중독이 말하기 힘든 이야기가 되는 바로 그 방식에 관한 책을 쓰려 한다고 말하고 싶었다. 왜냐하면 중독이란 늘 이미 말해진 이야기이며, 불가피하게 그 자체를 반복하고, 스스로를 갈아버려—궁극적으로 누구에게든—파괴되고 환원되고 재순환하는 똑같은 핵만 남기기 때문이라고. *욕망, 사용, 반복*이라는 핵.

술을 끊고 회복 중일 때 나는 이야기에 관해 늘 들어왔던 명제—이야기란 독특해야 한다—에 저항하는 공동체를 발견했다. 그들은 이야기란 전혀 독특하지 않을 때, 그것이 예전에 누군가 겪었던 것이고 앞으로 누군가 다시 겪게 될 것이라고 이해될 때 가장 유용하다고 주장했다. 우리의 이야기는 이 중복과 과잉에도 불구하고가 아니라, 중복과 과잉 때문에 소중했다. 독창성은 이상이 아니었고, 아름다움은 요점이 아니었다.

회복에 관한 책을 쓰기로 결심했을 때, 나는 그 책이 독특하기를 바라지 않았다. 회복과 관련해서는 그 어떤 것도 특이하지 않았다. 그러려면 1인칭 복수가 필요했다. 회복이란 타인들의 삶 속에 빠지는 것이었기 때문이다. 1인칭 복수를 찾아낸다는 건 기록물을 뒤지고 인터뷰하며 시간을 보내야 한다는 뜻이었다. 그리고 나는 모임 같은 역할을 할 책, 내 이야기가 타인들의 이야기와 나란히 놓일 책을 쓰게 될 터였다. *혼자서는 어떻게 할 수 없었어요*. 이미 수없이 말해진 말. 나는 그것을 다시 말하고 싶었다. 취해서 멍하니 혼자만의 세계에 빠지지 않고, 합창하며 사는 법을 배우는 용기와 행복과 지루함을 솔직하게 다룬 책을 쓰고 싶었다. 인용이나 덧칠을 두려워할 필요가 없고, 말할 가치가 있다는 유일한 표식으로서 독특함을 주장하지 않으며, 왜 우리가 그 진실을 자명하게 받아들였는지, 또는 나는 왜 늘 그렇게 받아들였는지 의문을 품는 자유의 표현법을 찾고 싶었다.

중독 이야기가 어둠—계속 깊어만 가는 위기의 최면성 악순환—이라는 연료로 달린다면, 회복 이야기는 흔히 서사적 느슨함, 건강함이라는 따분한 영역, 눈을 뗄 수 없는 불꽃에 딸린 지루한 부록으로 여겨진다. 나는 그런 이야기에 면역이 되어 있지 않았다. 늘 파멸의 이야기에 마음을 뺏기곤 했다. 그러나 회복 이야기가 파멸의 이야기만큼이나 강렬할 수 있는지 알아내고 싶었다. 그럴 수 있다고 믿어야 했다.

——————— 스물한 살 생일이 지나고 곧바로 아이오와시티로 이사했다. 검은색 작은 도요타 조수석에 실은 텔레비전 한 대와 쌀쌀한 가을 공기조차 막아주지 못하는 얇은 겨울 외투 한 벌이 짐의 전부였다. 나는 벌링턴가街 바로 아래, 순환도로와 맞닿은 다지가에 있는 하얀 미늘판자벽 주택에 살았다. 흰색의 작은 크리스마스 전구로 장식한 나뭇가지 아래서 열리는 뒤뜰 파티, 레드와인을 가득 채운 메이슨 유리병, 그릴 위의 지역 특산 소시지. 잔디밭에는 모기들이 어른거렸고 반딧불이는 수줍음 많고 찾기 힘든 신의 눈처럼 깜박였다. 어쩌면 우스꽝스럽게 들릴 수도 있겠다. 그러나 그건 마법이었다.

나보다 열 살, 스무 살, 서른 살은 더 나이 많은 작가들은 드럼 연주 경력이며 예전에 썼던 기고문, 예전에 했던 결혼에 관해 떠들었지만, 나에겐 이야기할 삶이 별로 없었다. 나는 삶의 경험을 쌓으려고 왔으니까. 나중에 다른 곳의 파티에서 들려줄 이야기를 이곳의 파티에서 만들 생각이었다. 나는 그 다짐을 중얼거리고 있었지만 불안했다. 나는 조용히, 빠르게, 시라즈 와인을 우물거렸다.

내가 풍부한 야사를 자랑하는 교육기관인 아이오와 작가 워크숍에 온 것은 석사학위를 따기 위해서였다. 그 프로그램은 늘, 네가 여기 있을 자격이 되는지 증명하라고 요구하는 것 같았고, 나는 내가 자격이 있는지 알 수 없었다. 지원했던 나머지 모든 프로그램에서는 퇴짜를 맞았으므로.

어느 날 밤에 포틀럭 파티—벽돌 건물의 카펫 깔린 지하실이었다—에 갔더니 모두가 둥글게 원을 지어 앉아 있었다. 게임을 하고 있었다. 자신에게 최고의 이야기, 절대적으로 *최고*인 이야기를 말해야 하는 게임. 다른 사람들의 이야기는 기억나지 않는다. 다른 사람의 이야기를 제대로 들은 것 같지도 않다. 내 이야기를 좋아할 사람이 없을 것 같아 몹시 두려웠다. 마침내 내 차례가 되자, 확실하게 사람들을 웃길 유일한 이야기를 꺼냈다. 열다섯 살 때 코스타리카의 한 마을에 봉사활동을 갔을 때의 일이었다. 어느 날 숙소로 돌아오던 중 흙길에서 야생마를 만났는데, 나중에 호스트 가족에게 그 이야기를 들려주려다가 카바요caballo(말)와 카바예로caballero(신사)를 혼동하고 말았다. 그 가족이 걱정스러운 표정을 짓기에 그들을 안심시키려는 마음에 나는 사실 말을 좋아한다고 했는데, 결국엔 신사 위에 올라타는 것을 정말 좋아한다는 소리가 되어버렸다. 카펫 깔린 그 지하실에서 이 대목에 이르자, 나는 예전에 호스트 가족 앞에서 했던 것처럼 일어나서 말 타는 시늉을 했다. 사람들이 웃었다, 조금. 말 타는 자세로 엉거주춤 서 있다 보니 '몸으로 말해요' 게임을 지나치게 열성적으로 하는 기분이었다. 나는 조용히 매무새를 가다듬고 앉아 다시 책상다리 자세를 했다.

워크숍 프로그램의 구조는 그 지하실 게임의 구조와 거의 똑같았다. 매주 화요일에 다른 사람이 쓴 단편소설을 비평하는 워크숍이 있었다. 이 토론은 베이지색 물 위로 짙은 녹색 풀이 드리운 강가의 낡은 목조건물에서 열렸다. 수업을 앞두고 단풍 붉은 10월의 나무 밑 현관에 대학원생들이 모여들 때면, 나는 정향 담배를 피우며 탁탁 타들어가는 기분 좋은 소리에 귀를 기울였다. 언젠가 정향 담배에는 약간의 유리가 들어 있다는 소리를 들은 적 있기에 나는 내 허파 속 연기 자욱한 방에서 반짝이는 유리 파편들을 상상하곤 했다.

내가 쓴 작품을 비평받는 주마다, 내 단편의 복사본이 나무 선반에 산더미처럼 쌓였다. 수업에 참석한 사람들에게 모두 돌아가고 남을 만큼 항상 많았다. 워크숍에 참여한 사람들이 내 작품을 흥미롭게 여기면, 사본은 모두 사라진다. 완판되는 것이다. 그렇지 않으면 재고만 쌓인다. 어느 쪽이 됐든 우리는 한 시간 동안 원탁에 앉아 있었고, 나는 나머지 열두 명이 내 작품의 장점과 결점을 분석하며 쏟아내는 말에 귀를 기울였다. 그게 끝나면 밖으로 나가서 바로 그 사람들과 함께 술을 마시게 되어 있었다.

아이오와에서 보낸 대부분의 나날이 일종의 시험, 지하실에서 이야기를 교환하던 그 첫번째 밤과 비슷했다면, 나는 그 시험을 통과할 때도 있었고 통과하지 못할 때도 있었다. 때로는 높은 점수를 받고서는 바보처럼 보일까 걱정했다. 높은 점수를 받는다는 것의 요점은 바보처럼 보일까 걱정하지 않아도 된다는 것인데도. 가끔은 날이 밝을 무렵에야 집에 들어가서는 손목을 그었다.

내 몸을 베는 커팅은 고등학교 때부터 들인 습관이었다. 첫 남자친구가 그랬었다. 디즈니랜드에서 환각 버섯을 너무 많이 흡입한 나머지 그 가짜 변경지를 두려워했던 바로 그 친구였다. 그에게는 이유가, 과거의 트라우마가 있었다. 처음에 나는 그와 가까워지고 싶어서 나도 그 행동을 하는 거라고 이해했다. 그러나 결국엔 나만의 이유로 커팅에 끌렸음을 깨달았다. 그것은 내가 말로 표현할 수 없었던 부적격의 느낌을 내 피부에 새기도록 해주었다. 어떤 고통의 느낌, 무언가 부당하다는 믿음이 늘 깔려 있던 그 막연한 고통의 느낌 때문인지 피를 끌어내는 칼날의 구체적 선명성은 너무도 매력적이었다. 그것은 물리적이고 반박할 수 없는 것이기에 내가 주장할 수 있는 고통이었다. 물론 그 고통이 자발적이라는 사실이 늘 부끄럽긴 했지만.

나는 어린 시절 대체로 소심했고, 엉뚱한 말을 내뱉을까 두려워서 말하기를 두려워했다. 사물함 옆에서 나더러 왜 다리 면도를 하지 않았느냐며 걱정해주던 인기 있는 8학년 여학생 펠리서티가 두려웠다. 라커룸에 옹기종기 모여서 깔깔 웃다가 끝내 나더러 왜 데오도런트를 바르지 않느냐고 묻던 여학생들이 두려웠다. 나더러 왜 말이 없느냐고 묻던 같은 크로스컨트리 팀의 친절한 여학생들마저 두려웠다. 한 달에 한 번이나 했을까 싶은 아버지와의 저녁 식사가 두려웠다. 그럴 때면 무슨 말을 해야 할지 몰라 쩔쩔매다가 퉁명스럽거나 건방진 말, 또는 아버지의 관심을 강요하는 말을 불쑥 해버리곤 했다. 커팅은 무언가를 하는 하나의 방법이었다. 고등학교 때 남자 친구가 헤어지자고 했을 때는 너무 무력하게—퇴짜 맞았다고—느껴진 나머지 차곡차곡 포개어져 있던 플라스틱 컵들을 내 방 벽에 세게 던져 산산조각 내버렸다. 나는 그 깨진 파편을 쥐고 왼쪽 발목에 붉은 평행선의 지저분한 사다리가 생길 때까지 그어댔다.

혼자서 펼쳤던 고뇌의 연극을 돌이켜보면 민망하기도 하지만, 자신이 느끼는 감정의 크기를 선언하고 싶어서 할 수 있는 것을 했던 그 소녀에게 어떤 애틋함이 느껴지기도 한다. 일회용 플라스틱 피크닉 컵과 그녀를 떠난 남자 친구에게서 배운 훼손의 방식. 그 훼손의 방식은 그와 나 사이의 일종의 동지애였다. 그렇게 우리는 부모님들이 우리 팔의 상처를 보지 못하게 서던캘리포니아의 여름날에 긴소매 옷을 입었고, 내 발목에 붙인 일회용 반창고를 면도 자국 때문이라고 둘러댔다.

커팅과 글쓰기는 나의 고질적 소심함, 거듭되는 실패처럼 느껴지던 그 소심함의 주변에서 내가 찾은 수단이었다. 한편 아이오와에서 내가 쓴 단편들은 플롯이 없었기 때문에 등장인물 중심의 단편소설이라는 평을 들었다. 하지만 나는 나의 등장인물들이 미심쩍었다. 그들은 늘 수동적이었다. 그들은 병에 걸렸고, 폭행에 시달렸고, 그들의 개들은 심장사상충을 얻었다. 그들은 가짜이거나, 아니면 나였다. 그들은 잔인했고 잔인하게 취급되었다. 내가 그들을 고통에 빠뜨린 이유는 고통이란 곧 중력이고, 중력은 내가 원하던 전부라고 확신했기 때문이었다. 내 작품은 열추적 미사일처럼 고통을 따라갔다. 심지어 어릴 때 내가 만들었던 공주 캐릭터들도 결혼하기보다는 용의 입김에 죽는 경우가 더 많았다. 고등학교 1학년 때는 다른 학생이 그린 추상화에 대해 감상문을 쓰는 과제가 있었는데, 빨간색과 자주색이 소용돌이치던 그 추상화를 보고 나는 집에 불이 나서 휠체어에 앉은 채 죽어가는 소녀 이야기를 썼다.

아이오와에서 보낸 그 첫해에 나는 30대 저널리스트와 함께 살았다. 그녀는 뉴욕시 미술계에 관해 몇 해 동안 신문 기사를 쓴 경력이 있었다. 그녀는 닭에 레몬을 통째로 채워서 굽는 법을 알고 있었는데, 그렇게 익은 레몬은 뜨겁고 흐물흐물하고 시큼했다. 익힌 레몬이 나에게는 부정할 수 없을 만큼 *어른스럽게* 느껴졌다. 그것은 일종의 문턱을 건넜다는 표지였다. 수요일 밤이면 우리는 도시 서쪽의 커다란 헛간에서 열리는 농부들의 경매 장터에 갔다. 트랙터와 가축, 이런저런 이유로 처분하는 물건, 낡은 LP판과 낡은 칼, 오래된 콜라 캔, 쓰레기와 보물 들 속에서 퍼넬 케이크를 살 수도 있었고, 통로에 늘어선 크고 높은 의자에 올라서서 알아듣기 힘든 스타카토로 말하는 경매인들을 지켜볼 수도 있었다. *4달러50센트나왔고요5달러하실분—뒤에서5달러나왔습니다.* 집에 돌아오면 우리는 주방에서 땀이 나도록 염소 치즈를 녹이고 바질을 뜯어 쿠스쿠스에 넣은 다음, 호박꽃 봉오리에 숟가락으로 쿠스쿠스를 떠 넣어 튀겼다. 울룩불룩 튀김 물집이 잡힌 채소 껍질 냄새가 사방에 가득했다. 그 시절은 그랬다. 습하고, 집요했다. 나는 모든 것을 볶아내다 보면 어른이 될 거라고 생각했다.

심란해서 잠을 못 이루는 밤이면 차를 몰고 I-80 도로를 타고 동쪽으로 64킬로미터를 달려 세계 최대의 트럭 휴게소에 가곤 했다. 그 휴게소에는 트럭 기사들을 위한 15미터 길이의 뷔페와 샤워실이 있었다. 심지어 치과와 예배당까지 있었다. 나는 등장인물들이 끌어가는 대화를 공책에 끄적거리다가 찢어진 수련잎처럼 기름이 뜬 블랙커피를 마셨다. 새벽 3시가 되면 애플 덤플링과 바닐라 아이스크림을 주문하고 접시까지 핥아 먹었다. 사방 수 킬로미터가 온통 깜깜한 옥수수들판이었다.

아이오와시티에서는 모두가 술을 마시는 것 같았다. 내내 술을 달고 사는 사람은 없을지언정, 언제든 누군가는 늘 술을 마시고 있었다. 나는 섹스 파트너와 함께 환희에 찬 척 연기할 때가 아니면 마켓가街에 있는 "작가들의 바"인 조지스나 폭스헤드에서 등받이 없는 가죽 의자에 앉아 밤을 보냈다. "작가들의 바"는 어느 한곳을 가리키는 말이 아니었다. 작가들이 술을 마시는 곳은 어디든 모두 작가들의 바가 될 수 있었다. 데드우드, 더블린 언더그라운드, 밀, 힐톱, 바인, 미키스, 그리고 페드 몰의 야외 테라스가 있는 에어라이너도, 페드 몰의 야외 테라스가 있는 또 다른 곳도, 페드 몰에서 한 블록 거리에 야외 테라스가 있는 또 다른 곳도.

그러나 그 가운데서도 폭스헤드는 작가들이 가장 많이 찾고, 담배 연기가 가장 자욱한 술집이었다. 환기 시스템이라곤 누군가 환풍기를 박아 넣은 구멍 하나가 전부였다. 여자 화장실은 워크숍의 남자들에 관한 낙서로 뒤덮여 있었다. 아무개가 누구와 자곤 한다는 둥, 아무개가 당신을 덮칠 거라는 둥. 몇몇 남자들은 나더러 너무 어리다며 *턱걸이 성인*이라고 불렀는데, 나는 그 말이 남자 화장실 소변기 위에 쓰여 있는 건 아닌지 궁금했다. 그랬으면 했다. 검은색 매직으로 쓴 소문의 주인공이 된다면 왠지 살아 있는 기분이 들 것 같았다.

아이오와의 날씨가 추워져도, 폭스헤드에 갈 때면 항상 제일 싸구려 재킷을 입고 갔다. 다른 재킷에 담배 냄새를 묻히고 싶지 않아서였다. 검은색 벨루어로 만든 무릎길이의 그 싸구려 얇은 재킷은 테두리의 인조 모피가 아주 풍성해서 그 안에 파묻히면 편안했지만, 가슴 앞으로 단단히 팔짱을 껴도 오들오들 몸이 떨렸다. 몇 년 후, 아이오와주 에임스에서 한 대학생이 술에 취했다가 눈 속에서 사망했으며, 시체는 농가의 낡은 창고 계단 밑에서 발견되었다는 기사를 읽었다. 그러나 그 시절의 나는 눈 속에서 죽는다는 건 생각하지도 않았다. 나는 추위가 느껴지지 않을 때까지 마셨다. 술집들이 문을 닫으면, 난방비를 아끼려고 불을 때지 않는 남학생들의 냉기 도는 아파트에서 계속 마셨다.

어느 밤인가 술자리가 끝난 뒤, 내가 좋아하던 남학생, 또는 나를 좋아하는 것 같던 남학생—그 두 가지 가능성은 거의 구분되지 않았다, 아니 첫번째 가능성은 별로 중요하지 않았다—의 추운 아파트에 가게 되었다. 그 집에는 우리를 포함해 몇 명이 있었는데, 누군가 코카인 봉지를 가져왔다. 코카인을 본 건 그때가 처음이었는데, 마치 영화 속으로 들어가는 기분이었다. 고등학교 때, 다른 여학생들이 비틀비틀 걷는 걸 보면 다들 코카인을 하는 것 같았다. 다리를 매끈하게 면도한 인기 있는 펠리서티, 그녀는 항상 하는 것 같았다. 반면에 나는 13세 미만 보호자 동반 관람가 등급의 영화 상영관에서 다이어트 콜라를 마시고 있었고, 주중에는 발목 길이의 파란 레이스 세미 정장 원피스를 입고 다녔다.

솔직히 말하면 나는 코카인 사용법을 잘 몰랐다. 코로 흡입한다는 건 알고 있었지만, 그것이 어떻게 생겼는지도 몰랐다. 나는 그때까지 보았던 모든 영화를 떠올리기 시작했다. 얼마나 가까이서 하더라? 〈사랑보다 아름다운 유혹Cruel Intentions〉의 그 여자가 은십자가 안에 몰래 숨겨둔 그것을 얼마나 가까이서 들이마셨지? 코카인은 처음이라는 사실을 이 친구들에게 들키고 싶지 않았다. 나는 코카인을 *셀* 수도 없을 만큼 많이 해본 사람이고 싶었다. 그러나 나는 자른 빨대를 사용하라고 상냥하게 일러줘야 하는 사람이었다.

"너를 타락시키는 것 같잖아." 그 남학생이 말했다. 그는 스물네 살이었지만, 그 세 살 차이가 우리 사이의 깊은 협곡인 것처럼 행동했다. 사실이 그랬다. 나는 말하고 싶었다. *나를 타락시켜줘!* 나는 커다란 은색 버클이 달린 새하얀 바지를 입은 채, 이 남학생의 커피 탁자 앞에 무릎을 꿇고서, 아마도 현금카드였을 신용카드로 그 가루를 한 줄로 곧게 모으면서 요란하게 킁킁거렸다.

얼음처럼 차가운 너울, *할 말이 너무 많은* 느낌, 내가 그 느낌을 얼마나 사랑했는가에 관해선 아무 거짓이 없었다. 우리는 밤을 새웠다. 코카인을 가져왔던 여자는 떠났다. 모두가 떠났다. 우리 둘은 동틀 때까지 떠들 수 있었다. 나는 이런 말을 하는 그를 상상했다. *네가 무슨 생각을 하는지 늘 궁금했어*. 다른 사람들은 늘 주목받는 대상, 세계의 펠리서티들이었다. 그러나 지금 이 남자는 〈트랙 위의 핏자국Blood on the Tracks〉 음반을 틀고 있었다. 밥 딜런Bob Dylan의 긁는 듯한 목소리가 추운 방을 채우고 있었고, 코카인은 설레는 내 심장을 더 두근거리게 했고, 드디어 내 차례였다. 그 얼음 같은 너울은 나를 믿었고, 이 밤이 어떻게 될지 믿었다. 그때까지 내가 키스했던 남자는 딱 세 명뿐이었다. 나는 그들 한 명 한 명을 사귈 때마다, 우리 사이에 펼쳐질 미래 전체를 상상했었다. 이제 나는 이 남자와의 미래를 상상하고 있었다. 아직 그에게 그 말은 하지 않았지만, 말하게 되리라. 어쩌면 그의 창밖 공원 위로 새벽이 밝아올 때 말하리라.

"사실 누가 흰색 바지를 입고 다니니?" 그가 물었다. "흰색 바지라는 게 있기는 해도 실제로 그런 바지를 입을 생각은 안 하잖아."

나는 몇 시간을 내내 그의 소파에 앉아서 그가 키스해주기를 기다리고 있었다. 마침내 내가 물었다. "나랑 키스할래?" 속뜻은 이거였다. *나랑 같이 잘래?* 내 몸에 충분히 들어간 코카인과 보드카 때문에 그렇게 물을 수 있었고, 덕분에 선명해진 내 욕구와 세계 사이에 남아 있던 얇은 껍질을 찢어버릴 수 있었다.

답은 거절이었다. 그는 나와 자려고 하지 않았다. 그나마 그도 나와 같이 잘 마음이 있었음을 내비친 건 내가 그 집을 나오기 직전에 그가 한 말이었다. "저기, 아무나 하얀 바지를 벗길 수 있는 건 아니야." 그건 일종의 위로금이었다.

나오는데, 그가 문간에서 나에게 키스하고는 물었다. "이게 네가 원하던 거야?" 목구멍에서 짭짤한 것이 울컥 올라오며 목이 메었다. 나는 취해 있었지만, 많이 취한 건 아니었다. 최악의 치욕이었다, 욕망되는 것이 아니라 이렇게 욕망하는 것처럼 *보인다*는 것은. 그 앞에서 울 수는 없었다. 그래서 집에 오는 길에, 새벽 4시의 추운 거리를 걸으며 울었다. 내 하얀 바지는 어둠 속에 뻗어가는 헤드라이트처럼 빛났다.

집에 도착한 나는 비틀거리며 위층으로 올라가다 발을 헛디뎠고, 다음 날 정강이에 커다란 멍이 생길 만큼 계단에서 세게 넘어졌다. 그날 밤, 갓 퇴짜를 맞은 나는 그가 나를 거절할 때 무엇을 보았는지 알고 싶었다. 거울 속에는 눈이 충혈된 어떤 사람이 있었다. 울었거나 알레르기가 있는 사람. 그녀의 코밑에는 하얀 가루가 붙어 있었다. 그녀는 손가락 끝으로 그 가루를 닦아 잇몸에 문질렀다. 그렇게 하는 것을 영화에서 본 적이 있었다. 그녀는 그렇다고 확신했다.

·

———————————— 아이오와에서 취했던 사람이 우리가 처음은 아니었다. 우리는 알고 있었다. 아이오와시티 음주 신화는 우리의 술자리 밑을 지하의 강처럼 흐르고 있었다. 그 강들은 꿈 같은 기능장애의 이야기들로 넘쳤다. 레이먼드 카버Raymond Carver와 존 치버John Cheever는 떨어진 술을 다시 쟁여놓기 위해 이른 아침부터 주류판매점으로 달려가 요란한 타이어 소리를 내며 주차장에 급히 차를 세웠다. 존 베리먼John Berryman은 버뷰크가의 술집에 외상을 달아놓고 동이 틀 때까지 월트 휘트먼Walt Whitman에 관한 장광설을 늘어놓으며 체스를 하다가 쉽게 비숍을 잡히곤 했다. 데니스 존슨Denis Johnson은 바인 바에서 술에 취했고, 바인에서 술에 취한다는 것에 관한 단편을 썼다. 우리 역시 바인에서 술을 마셨지만, 그 술집은 지금 다른 블록의 다른 건물에 있었다. 우리가 아는 건 또 있었다. 우리가 그 옛이야기들 속에 엉거주춤 자리를 잡고 있다는 것을, 기껏해야 그들을 흘깃 보고 어설픈 흉내밖에 내지 못한다는 것을.

나는 아이오와를 종종 *우리*라는 주어로 떠올리곤 한다. 우리는 여기서 마셨다. 우리는 저기서 마셨다. 우리는 우리보다 먼저 마셨던 사람들과 함께 마셨듯이, 한편으로는 우리보다 나중에 마실 사람들과 함께 마셨다. 데니스 존슨의 어느 시는 "실패한 신들이 술 마시고 있는 골짜기에/우연히 들어간" "한낱 가련하고 유한한 인간" 존재를 묘사했다.

존 치버가 강의를 하러 아이오와에 왔을 때, 그는 그 골짜기가 매우 고마웠다. 그곳에서는 왜 스스로를 죽이고 있냐고 묻는 가족들 없이 실컷 술을 마실 수 있었다. 집에서 그는 자동차 시트 밑에 술병을 숨겼고 아이스티에 몰래 진을 섞곤 했다. 그러나 아이오와에서는 안 마시는 척할 필요가 없었다. 카버는 아침에 눈을 뜨자마자 치버를 태우고 주류판매점으로 향했고—그 가게는 9시에 열었으므로 그들은 8시 45분에 나섰다—치버는 차가 멈추기도 전에 차 문을 열고 뛰어내리곤 했다. 카버는 그들의 우정을 이렇게 설명했다. "그와 나는 *오로지* 술만 마셨다."

이런 것들이 내가 들은 전설이었다. 공기에는 그 전설이 짙게 배어 있었다. 리처드 예이츠Richard Yates는 숙취가 남은 아침이면 에어라이너 술집의 칸막이 자리에 앉아 주크박스에서 나오는 바브라 스트라이샌드Barbra Streisand의 노래를 들으며 삶은 달걀을 먹었다. 그의 제자 중 한 명인 안드레 더뷰스Andre Dubus는 경제적으로 쪼들리던 시절에 그에게 아내를 빌려주겠다고 제안했다. 예이츠는 더뷰스의 첫 소설이 팔리지 않자 그를 데리고 마시러 갔고, 나는 내 친한 친구의 첫 소설이 팔리지 않자 '해피 아워' 직전 술을 엄청 싸게 파는 오후 시간대, 이른바 '앵그리 아워'에 그녀를 데리고 데드우드에 갔다. 무슨 말을 해줄까 생각했지만 좋은 말은 떠오르지 않았고, 내가 장편소설을 한 편이라도 완성할 수 있을지, 그 소설은 얼마에 팔릴지를 생각했다.

잭 런던Jack London은 1913년 출간된 소설 『존 발리콘*John Barleycorn*』에서 두 부류의 술꾼을 이야기한다. 하나는 시궁창에서 비틀거리며 "파란 생쥐와 핑크 코끼리"의 환각을 보는 술꾼이고 또 하나는 "알코올의 백색광" 덕택에 황량한 진실을 보는 술꾼이다. 그 진실은 "백색 논리white logic가 비추는 무자비하고 유령 같은 삼단논법"으로 나타난다.

첫번째 유형의 술꾼은 술로 인해 정신이 피폐해져, "무감각한 구더기에 무감각하게 물린" 사람이지만, 두번째 유형은 술로 인해 정신이 예리해진 쪽이다. 이런 술꾼은 보통 사람보다 더 또렷하게 볼 수 있었다. "[그는] 모든 환상을 꿰뚫어 본다… 신은 나쁘고, 진실은 속임수이며, 삶은 농담이다… 아내, 아이들, 친구들—그 백색광의 환한 논리 속에서 그들은 사기꾼이며 가짜임이 드러난다… 그는 그들의 나약함, 그들의 미약함, 그들의 결점, 그들의 가련함을 보게 된다." "상상력 풍부한" 술꾼은 재능이자 저주인 이 시야를 가지게 된다. 술은 시력을 선사하고 "갑작스럽게 쏟아지거나 조금씩 서서히 새어 나오는" 대가를 청구한다. 런던은 음주가 안겨주는 이런 슬픔을 "우주적 슬픔"이라고 불렀다. 작은 슬픔이 아니라 거대한 슬픔이다. 옛날 영국 민요에 등장하는 존 발리콘은 곡주穀酒를 의인화한 캐릭터인데, 술에 취한 주정뱅이들, 술 때문에 곤경에 처해 복수하려는 남자들로부터 공격을 받는다. 잭 런던의 소설에서 존 발리콘은 암울한 지혜라는 가혹한 선물을 주는 가학적인 요정과 비슷하다. 존 발리콘은 분명 아이오와의 전설들, 우리의 술집 칸막이 위로 비틀거리는 긴 그림자를 드리운 그 작가들에게도 찾아왔을 것이다.

그 모든 그림자 중에서도 카버의 그림자가 가장 취해 있었다. 카버가 쓴 이야기는 조심조심 물어뜯은 손톱처럼 고통스럽고 정밀하며, 침묵과 위스키로 가득하고, *딱 한 잔만 더*와 *다음 잔은 내가 쏜다*로 버무려져 있다. 그의 등장인물들은 서로 속이고 속아 넘어갔다. 그들은 서로를 취하게 했고 의식 잃은 서로의 몸뚱이를 현관 위로 끌고 갔다.

I

사람들은 이런저런 폭력을 당했지만, 아무렇지도 않게 여겼다. 비타민을 팔던 여자는 취해서 손가락이 부러졌고, 술이 덜 깬 채 일어나서는 숙취가 "너무 심해서 누군가 두뇌 속의 신경을 찌르고 있는 것 같다"고 느꼈다.

내가 들은 카버의 삶은 술과 담배로 살아가는 건달을 연상시켰다. 그는 모든 당분을 술로 섭취하고 있었기에 식사를 남겼고, 계산도 하지 않고 식당을 나갔고, 영문학과 수업을 자기가 좋아하는 술집인 밀의 뒷방에서 했다. "작가 패거리한테 담배 피우지 말라고 말하면 안 되죠." 그는 학과에서 담배를 피우지 못하게 하려고 하자 그렇게 주장했다. 한번은 밤새도록 폭음한 후 그의 호텔 방에 낯선 남자를 들였다. 그 청년은 표범 무늬 팬티만 걸친 채 바셀린 병을 꺼내 들었다. 한번은 카버가 버번위스키인 와일드 터키 한 병을 들고 불쑥 동료의 집을 찾아가 이렇게 말했다. "이제 우리가 살아온 이야기를 서로에게 털어놓자고."

나는 카버를 생각하면 떠들썩한 소동과 사랑의 삼각관계, 가벼운 절도와 유혹, 타자기 앞에 앉아 몰두할 때 무심히 담배 끝에서 떨어지는 담뱃재, 거나한 술자리의 혜성 꼬리를 타고 가차 없는 지혜 속으로 들어가는 모습이 떠올랐다. 오랜 음주가 그를 어떤 정신의 벼랑으로 몰고 갔는지, 그가 그 벼랑 끝에서 보았던 심연이 무엇이었는지는 몰라도, 자기 소설의 조용한 폭로와 의미심장한 여백 속으로 그 절망을 슬쩍슬쩍 능란하게 들여오는 그의 모습이 떠올랐다. 카버의 한 친구는 그것을 이렇게 표현했다. "레이는 우리가 임명한 딜런 토머스◆였다. 있을 수 있는 모든 어둠과 맞서 살아낼 용기를 그에게서 접할 수 있었다."

그것이 *있을 수 있는 모든 어둠*에 관해 그 시절 내가 생각하던 기

◆ Dylan Thomas(1914~1953): 웨일스의 시인. "흥청거리고 취한 불운의 시인"이 되고자 했고 그렇게 명성을 누렸다.

본 전제였다. 카버, 토머스, 런던, 치버, 이 백인 필경사들과 그들의 서사적 문제들 말이다. 중독을 생각할 때 내가 떠올렸던 건 1년 동안 웨스트버지니아의 교도소에 감금되었던, 또는 맨해튼 중간 지구의 어느 병원 침대에 수갑이 채워진 채 죽음을 맞이했던 빌리 홀리데이Billie Holiday의 모습은 분명 아니었다. 매일 오전 우리의 옥수수 들판 가장자리의, 작가들의 바가 아닌 술집에 모이던 늙은 백인 술꾼들, 퇴역 군인들, 농부들의 모습도 아니었다. 그들에게 취한다는 것은 상상의 연료가 아니라, 감각을 마비시키는 일상의 위안에 불과했고, 그들은 폭음의 술자리가 실존적 지혜와의 접점이라고 말하지도 않았다. 당시 나는 카버를 담배 화상 자국으로 얼룩진 손의 작가, 무릎에는 상심 어린 원고들을 쌓아둔 채 날이 밝아서야 잠이 드는 작가, 난파된 삶의 가장 황량한 곳에서 온 외교관으로 상상하기 바빴다. 나는 폭스헤드 바의 나무 칸막이에서 그의 단편 중 한 부분이 새겨진 글귀를 보게 되리라는 기대를 늘 품고 있었다. 그를 둘러싼 화장실 낙서의 소문은 상상할 수밖에 없었다.

한 지인은 카버에 관해 이렇게 말했다. "그를 바라보는 것조차 정말 쉽지 않은 일이었다. 술과 담배가 어찌나 많았던지 마치 그것들이 그 방에 우리와 함께 있는 다른 사람처럼 여겨졌다." 음주가 최악으로 치닫던 시절, 카버는 한 달 술값으로 1,200달러를 썼다고 주장했다. 그 방에 있던 제3의 인물에게 상당한 급료를 지불했던 셈이다. 언젠가 카버는 이런 말을 했다. "물론 음주에 편승하는 신화는 있다. 하지만 나는 결코 신화에는 관심이 없었다. 나의 관심은 음주 자체였다."

나도 음주에 관심이 있었지만, 음주 신화에 관심이 없던 그 남자의 신화에도 관심이 있었다. 아마도 우리 모두 그랬을 것이다.

카버는 잭 런던의 『존 발리콘』을 무척 좋아했다. 그는 대낮의 술

자리에서 한 편집자에게 그 작품을 추천했고, 그것이 "*보이지 않는* 힘"을 다루고 있다고 힘주어 말하고는 자리에서 일어나 식당 밖으로 나갔다. 다음 날 아침, 그 편집자는 카운티 구치소에서 온 전화를 받았다. 카버가 유치장에 갇혀 시멘트 바닥에서 자고 있다는 거였다.

―――――――――――――― 대니얼은 팔라펠 가게 2층에 살면서 쓰레기 트럭을 몰던 시인이었다. 나는 핀볼 기계가 가득한 시내의 데드우드 바에서 그를 만났다. 물론 우리는 취해 있었고, 폐점 시간에 갑자기 밝아진 조명에 눈을 깜박였다. 대니얼은 검은 머리에 파란 눈이었고, 누군가 그더러 모리시Morrissey를 닮았다고 했을 때 나는 모리시가 누군지 찾아봐야 했다. 나는 그가 나를 그의 집으로 끌고 가서 그의 울퉁불퉁한 매트리스에 눕히도록 내버려 두었다. 우리는 따끔거리는 모직 담요를 두른 채 통에 담긴 초콜릿 아이스크림을 먹었고, 포르노 비디오를 보았다. 포르노 비디오를 본 건 그때가 처음이었다. 나는 그 배달부가 간호사와 사랑에 빠지게 되는지 궁금했다. "여기엔 플롯 같은 건 없어." 그가 말했다. 그러나 그는 하나의 플롯이었다. 대니얼에게는 불운한 과거사가 있었다. 나는 일화를 뒤지는 소매치기처럼 늘 그의 이야기를 더 듣고 싶었다. 해적 같은 옷차림으로 그의 아파트 계단에서 토사물에 뒤덮인 채 잠을 깼던 이야기, 와이오밍의 한 도넛 가게 밖에 놓인 피크닉 벤치에서 그의 전 여친이 위저보드를 가지고 영혼들과 소통했던 이야기.

대니얼과의 생활은 기이했고 너덜너덜했고 예측을 벗어났다. 짜릿짜릿했다. 그는 지저분하게 먹었다. 수염에는 양배추 조각이 묻었고, 이불에는 아이스크림 녹은 자국이 있었고, 싱크대에는 때가 눌어붙은 냄비와 프라이팬이 있었고, 욕실 세면대에는 온통 잘린 수염 그루터기가 붙어 있었다. 그는 내 침실 여기저기 쌓인 철 지난 『뉴요커*The New Yorker*』 표지에 시 같은 낙서를 끼적거렸다. "현실은 생존이다… 속옷 서랍과, 화장실에 놓은 양초 몇 개를 장착하고… 어쩌면 다락 어딘가에 감춰진… 왕홀까지." 참석자들 모두가 싱글몰트 스카치를 마시고 시음 소감을 쓰는 파티가 있었는데, 사람들이 *이끼 맛, 연기 맛, 흙 맛*을 썼을 때, 대니얼은 이렇게 썼다. *고대 로마의 전차 바퀴에 튕겨 나간 먼지 같은 맛*. 우리가 함께 코카인을 했을 때, 이번에는 나도 처음이 아니었다. 어느 날 밤은 도시 외곽에 있는 묘지에서 섹스를 했다. 우리에게 차가 있다는 이유로 뉴올리언스까지 드라이브를 가기도 했다. 그럴 때면 내가 강의하기로 했던 수업을 취소하거나 대강할 친구들을 구하고는, 미시시피 어딘가의 한가운데에서 그와 함께 겨자색의 따끔거리는 모텔 담요를 뒤집어쓰고 히스토리 채널을 보았다. 오후 일찍 위스키를 몇 잔 들이켰을 때는 뉴올리언스 프렌치쿼터의 뒷골목을 함께 달렸다.

대니얼과 그의 나이 많은 시인 친구들은 빈 PBR 맥주 캔에 공기총을 쏘면서 저녁을 보냈다. 나는 붉은 모닥불 빛에 흔들리는 그의 옆얼굴을 지켜보았다. 나는 겨우 스물한 살, 내가 너무 어리다는 것을 의식하고 있었으므로, 대니얼에게 스물둘이라고 거짓말했다. 그때는 그 계산이 맞는 것 같았다. 대니얼의 친구들은 나를 겁주었다. 대니얼은 친구 잭이 지금까지 125명의 여자와 잤다고 말했다. 나는 잭이 나랑 자고 싶은지 궁금했다. 어느 날 밤 나는 잭에게, 가끔 한밤중에 트럭 휴게소로 차를 몰고 가서 장비 가게 옆의 비닐 부스에서 일하면서 통로에 전시된 그 모든 크롬 휠캡을 굽어보고 싶다고 말했다. "네가 *백* 배 더 흥미로워졌어." 잭의 말에 나는 그 자리에서 나를 100개로 나누어보면서 예전의 내가 어땠는지 생각해보았다.

I

——————————— 아이오와에서 시의 제사장이든 산문의 건축가든 누구나 찬양하는 책 한 권이 있다면, 데니스 존슨의 『예수의 아들*Jesus' Son*』이었다. 이 단편집은 우리에게 미와 훼손의 성서였고, 농장주택의 파티와 숙취에 시달리던 숱한 아침, 눈이 시리게 맑고 파란 하늘로 뒤범벅된 우리 삶의 방식과 공간을 환각처럼 보여주었다. 책의 절반은 아이오와시티의 술집들이 배경이었다. 그리고 지금 컴앤드고 주유소 자리에 있던 술집 '벌링턴과 길버트'의 구석에서 벌어진 말도 안 되는 사건들을 다루고 있었다. 단편 「응급실Emergency」은 머시 병원의 커다란 간판에서 제목을 따왔다. 벽돌 위로 빛나는 빨간 글자의 그 간판은 겨울밤의 추위도 못 느낄 만큼 취해서 집으로 걸어가던 내 모습과 연결되었다. 존슨의 단편 속 세계에서 사람들은 "꽃송이 위의 벌새처럼" 몸을 바짝 기울여 술을 홀짝거렸다. 그 세계 속 농장주택에서는 사람들이 조제 아편을 피우고 "오늘 매키니스 기분이 별로야. 방금 내가 녀석을 쐈거든" 하는 식으로 말했다.

『예수의 아들』에서는 심지어 옥수수 들판도 의미가 있었다. 옥수수 들판은 여름이면 일렁이는 초록 바다처럼 우리의 도시를 에워쌌고, 9월이면 미로가 생길 만큼 키가 커졌다가 가을의 나머지 동안은 마른 껍질이 널브러져 황폐한 풍경이 되었다. 바싹 말라 뼈대만 남은 갈색 줄기들의 음울한 대열들. 마치 존슨이 시간의 끝에서 술에 취해 전화를 걸어 그것, 끝도 보이지 않는 그 너른 들판이 우리에게 무슨 의미가 있는지 말하는 것 같았다. 그의 등장인물 중 한 명은 드라이브인 영화관의 거대한 스크린을 보면서 그것을 성스러운 환영으로 착각한다. "하늘이 갈라지더니 눈부시고 파란 하늘에서 천사들이 내려왔다. 그들의 커다란 얼굴에는 빛이 어른거렸고 표정은 연민으로 가득했다."

존슨은 우리를 둘러싼 평범한 아이오와를 성스러운 어떤 것으로 착각했는데, 약물과 술 때문이었다.

존슨은 1967년 가을 대학 신입생으로 아이오와시티에 도착한 후, 부모에게 편지를 쓰면서, 굿윌 스토어에서 아기 담요를 수건인 줄 알고 잘못 샀다고 했다. 그러나 그는 "개성 만점 타이" 컬렉션을 발견해서 기뻤다. 그는 기숙사 방문 밖에서 한 남자가 시끄럽게 밴조를 연주한다고 불평했다. 11월이 되기 전, 그는 카운티 구치소에 첫발을 들였다. 친구들은 감금된 그에게 심란해서 얼굴이 축 처진 사람들이 만화로 그려진 편의점 카드를 보냈다. "***제발 돌아와줘!!!*** *우리 모두 네가 무척 보고 싶어*…" 그리고 안쪽에는 이렇게 쓰여 있었다. "*지금은 붙잡힐 위험이 없는데!*" 그의 친구 페그는 이렇게 썼다. "친구, 너를 구치소에서 꺼내려고 온종일 애썼지만, 저들은 풀어줄 생각이 없나 봐. 소송비용을 내면 목요일 밤에 나올 수 있대." 페그는 잘 지내고 있었지만— "지금 나는 I-80 도로의 트럭 휴게소에서 코카인을 하고 있어"—그에게 알리고 싶었다. "우리 모두 네가 개선장군처럼 귀환하기를 고대하고 있어."

존슨은 열아홉 살이 되기 전 이미 첫 시집을 출간했고, 스물한 살이 되었을 때는 알코올 관련 정신병으로 정신병동에 입원한 적이 있었다. 내가 듣기로 『예수의 아들』은 그가 서랍에 처박아 두었던 기억의 다발이었는데, 몇 년 후 세금 낼 돈이 없어 한 출판업자에게 넘긴 작품이었다.

나는 아이오와의 내 침실에서 그 책 끝부분의 한 단락을 소리 내어 읽는 것이 좋았다. "나는 그녀의 벌어진 입에 내 입을 포개어 진한 키스를 했고, 우리는 안에서 만났다. 그것이 거기 있었다. 그것이. 복도를 따라가는 오랜 걸음. 열린 문. 아름다운 낯선 사람. 찢어진 달이 꿰

매겼다. 우리 손가락이 눈물을 훔쳐냈다. 그것이 거기 있었다." 그는 주장하고 있었다, 어리석은 한 번의 키스가 중요할 수 있다고, 술에 취한 황홀한 한순간이 중요할 수 있다고, 가장 평범한 것들도 중요할 수 있다고. 복도를 걷는 걸음, 열린 문, 이름 없는 낯선 사람도 중요할 수 있다고. 그것들을 모두 더하면 어떤 것이 되었다. 그 어떤 것이 *대체* 무엇이었는지 누가 알까? 하지만 우리는 그것의 너덜너덜한 가장자리를 느낄 수 있었다.

존슨의 단편소설에는 고통의 역할과 관련한 아름답고 필연적인 무언가가 있었다. 진실은 파멸과 슬픔의 가장자리 너머에 어른거리고 있었다. 사람들이 아파할 때면 보석 같은, 또는 알을 깨고 나온 새 같은 무언가가 *만들어졌다*. 한 여자에게 남편이 죽었다는 사실을 전할 때, 병원 문 뒤에서는 마치 "그 안에서 다이아몬드가 소각되고 있는" 것처럼 한 줄기 밝은 빛이 새어 나오고, 그녀가 "비명"을 지르자 화자話者는 "독수리가 비명을 지르는 소리가 저럴까 상상"하며 겁에 질리지 않고 오히려 매혹된다. "살아서 그 소리를 듣는 게 황홀하게 느껴졌다!" 그가 말한다. "나는 어디에서나 그 느낌을 찾아 헤맸다." 내가 가르치는 학부생들은 그런 화자의 고통 사냥을 잔인하게 생각했지만, 내 생각은 달랐다. *난 알 것 같아*. 나 역시 그 다이아몬드들을 찾아서, 그 엄청난 열기와 그 파괴의 비명을 찾아서 얼마든지 병원 문 밑을 긁어댔을 것이다.

그 이야기의 결말에서, 화자는 우리에게 직접 이야기한다. "그리고 당신들, 어리석은 사람들은 내가 도와주기를 기대한다." 하지만 나는 그의 도움을 구하고 있었다기보다 부서진다는 것의 의미에 대한 그의 황홀한 관점을 찾고 있었다. 그의 등장인물들은 선지자 술꾼, 그들의 지옥을 안내하는 우리의 베르길리우스 같은 역할을 했다. 그의 화자는 말한다. "우리 모두가 비극적이라고 믿었기 때문에, 우리는 술을 마셨다. 우리에게는 그 속수무책의, 운명 지어졌다는 감정이 있었다." 그의 단편소설들은 우리 주변의 모든 것이 중요하다고 주장했다. 꿈과 정향 담배와 이곳의 매서운 추위까지도. 그는 이렇게 썼다. *그것이 거기 있었다. 그것이.*

——————————— 나는 대니얼과 사귀던 처음 몇 달을 그 때 벌어지는 마법의 관점에서 생각하고 싶었지만, 사실 그 몇 달 역시 불안에 젖어 있었다. 느닷없는 뉴올리언스 여행이나 묘지에서의 섹스 같은 우리의 태평스러운 숱한 모험은 의심으로 얼룩져 있었고 전혀 자유롭지 않았다. 오히려 그것들은 우리에게 벌어지는 일이 무엇이건 간에, 웅대한 규모로 벌어지고 있음을 그와 나에게 증명하려는 것 같았다. 술에 취해 비틀거리며 프렌치쿼터를 달리던 일은 내 머릿속에서는 예술영화처럼 보였다. 연철 난간의 발코니들, 파스텔 색조의 일자형 아파트들.

내가 필요로 했던 건 대니얼이 나를 원하는 것만이 아니었다. 그가 *모든 것*을 나와 함께하려고 해야 마음이 놓였다. 거기 미치지 못하는 건 무엇이든 거절 같았다. 지금 생각하면 그는 좀 피곤했을 것이다. 우리가 서로에게 낯선 상태와 남은 삶 동안 열정을 다하는 상태 사이에 걸쳐진 모호한 상태, 달리 말해 데이트를 감당할 배짱이 나에게는 없었다. 나는 당장에, 그 모든 것이 필요했다. *조금 더. 한 번 더. 영원히.* 언젠가 대니얼이 했던 말이 기억난다. "너를 좋아하지만, 너와 결혼하고 싶은지는 잘 모르겠어." 그러나 그런 말을 하게 만든 내 말이 뭐였는지는 편리하게도 잊어버렸다. 아마 이런 말이었을 것이다. "나랑 결혼하고 싶지 않아?!" 만약 한 달 후에도 그가 결혼하고 싶은 마음이 없다면, 나는 그것을 나의 실패로 해석할 준비가 되어 있었다. 대니얼과 술을 마시는 건 무모한 그의 거친 손에 나를 맡기는 것이 아니라, 그의 불확실한 태도를 견뎌내는 것을 뜻했다. 그 불확실함은 그냥 솔직함이었는데도 나는 그것을 형이상학적 난제라고, 친밀함의 가능성을 떠보는 것이라고 해석했다. 그것은 팔라펠 가게 위층에 사는 스물여섯 살 시인의 솔직함일 뿐이었다.

어느 날 바비큐 파티를 빠져나와 비틀거리며, 어둠 속을 바보처럼 헤매며 집으로 돌아오던 중, 대니얼이 보도 한가운데서 나를 세웠다. "아까 거기서, 네 입에서 나오는 모든 말과 사랑에 빠졌어." 그의 말은 직감을 확인해주는 것처럼 다가왔다. 나는 사랑은 올바른 것을 말한 보상으로 오는 거라고 늘 생각하고 있었다.

대니얼의 전 여친은 자궁암에 걸렸다. 그는 그녀에게 HPV(인유두종바이러스)를 옮겼으므로, 그녀의 병에 책임을 느꼈다. 그녀는 건강을 되찾았고 둘은 재결합하지 않았지만, 그는 여전히 그 관계의 망령에, 그녀의 병에 대한 자신의 과실에 괴로워했다. 나는 그녀가 다 나아서 찾아올까, 또는 내가 HPV에 걸릴까 하는 걱정은 없었다. 그저 내가 그에게 그녀만큼의 의미를 가지지 못할까 봐 걱정될 뿐이었다.

어느 주엔가 우리 모두 맥브라이드 호수로 캠핑을 갔다. 나와 대니얼, 그의 나이 많은 시인 친구들이 함께했다. 이른 봄이었다. 공기 중에선 젖은 먼지 냄새가 났다. 방금 녹은 눈을 벗어난 모든 것이 벌거숭이였다. 나는 무언가 틀린 말을 할까 봐 겁이 났지만, 아무것도 말하지 못할까 봐 겁이 나기도 했다. 트럭 휴게소에 관해 얼마나 더 많은 말을 할 수 있을까? 그것 말고 다른 말은 없을까? 나는 연거푸 맥주를 들이마셨고 햄버거에는 거의 손대지 않았다. 긴장했던 기억은 있지만, 그

다음은 아무것도 기억나지 않는다. 다음 날 아침 텐트 안에서 잠을 깼더니 대니얼이 사람들이 걱정했다고 말했다. 전날 밤 내가 숲속으로 들어가서 돌아오지 않았다는 것이다. 그는 내가 소변을 보러 갔다고 생각했지만, 그 후로도 나는 *계속* 돌아오지 않았다. 그가 찾으러 나섰고 결국 나무 아래 웅크리고 있는 나를 발견했다. 거기서 뭐하고 있었어? 그가 궁금해했다. 우리는 같이 궁금해했다.

나는 필름이 끊긴 후 뒤처리의 사회적 에티켓을 배우기 시작했다. 누군가에게 내가 한 짓을 말해달라고 하고는 왜 내가 그런 짓을 했는지 이해시키는 것이었다. *내가* ***무슨 짓을*** *했어?* 나는 그렇게 묻곤 했다. *내가 왜* ***그렇게*** *했을까?* 나는 숲속을 비틀거리며 걷는 나 자신을 그려보았다. 묘한 생존 충동의 작용, 좋은 인상을 주고 싶은 포악한 내 욕망을 피해 달아나는 내 몸. 나의 취한 자아는 내가 책임져야 할 곤혹스러운 사촌 같았다. 비록 나는 그녀를 초대한 기억이 없지만, 그녀는 나의 허물임을 부정할 수 없는 숲속의 손님이었다.

———————————— 1967년에 『라이프*Life*』 잡지는 존 베리먼을 소개하는 "위스키와 잉크, 위스키와 잉크Whisky and Ink, Whisky and Ink"라는 제목의 8쪽짜리 기사를 냈다. 거기엔 더블린의 모든 펍에 드나드는 수염 난 천재 시인의 사진이 실려 있었다. 사진 속 시인은 거품 묻은 여러 개의 빈 맥주잔 앞에서 자기 지혜의 무게와 그가 마신 위스키의 해독제에 관해 이야기하고 있었다. 기사는 이렇게 시작했다. "위스키와 잉크. 이는 존 베리먼에게 필요한 액체다. 그는 생존하기 위해서, 그리고 그가 다른 사람들과, 심지어 다른 시인들과 다르다는 점을 설명하기 위해서 위스키와 잉크를 필요로 한다. 그가 다른 점, 그것은

인간 도덕성의 실체를 꿰뚫는 범상치 않은, 거의 미칠 듯한 의식이다."

이는 백색 논리는 아니었지만, 그와 비슷했다. 위스키는 베리먼에게 백색 논리의 시야를 주지는 않았지만, 그것을 감당할 수 있게 도와주었다. 그럼에도 그 기사는 음주와 어둠 사이, 음주와 *앎* 사이에 어른거리는 접점을 묘사하고 있었다. 그 기사 중간에는 하이네켄 전면 광고도 삽입되어 있었다.

베리먼의 가장 유명한 시집 『꿈 노래*The Dream Songs*』는 고뇌하는 지식과 술이 가득한 풍경을 불러낸다. "나는 존재한다, 바깥에." 그의 화자가 선언한다. "믿기 힘든 공포가 지배한다… 술이 끓고 있다. 얼음 채운/술이 끓고 있다." 얼음을 채운 술조차 끓고 있다. 그 지경에 이른 것이다. 베리먼의 페르소나인 헨리는 종종 지면 위에서 땀을 뻘뻘 흘리며 취한 목소리로 말하고, 자신에게 몇 가지 질문을 던진다. "자네는 방사성인가, 친구?—친구여, 방사성이네—자네는 밤에 땀 흘리고 낮에도 땀 흘리는가, 친구?—친구여, 그렇다네." 『꿈 노래』는 이상하고 새로운 유형의 산소를 들이마신다. 그는 선언한다. "이봐, 거기!—조교수들, 정교수들, 부교수들—강사들—나머지들—뭐든 간에. 나에겐 섹스에 바치는 노래가 있어." *나에겐 섹스에 바치는 노래가 있어.* 그의 취한 목소리는 터무니없을 만큼 취한 수준에 이르고, 창조란 안락함의 경계 너머에서 일어나야 함을 암시한다. 한번은 베리먼의 친구가 그에게 말했다. 그는 "아무런 보호 장비도 없이 악천후 속에서 삶 전체를" 다 써버리고 "두 눈은 지금껏 보아온 것들, 시선을 거두려 애썼던 것들로 인해 너덜너덜해진" 사람처럼 산다고.

베리먼은 40세 때 강사직을 얻어 아이오와시티에 도착했지만, 많은 짐을 뉴욕에 두고 왔다. 최근에 결별한 첫번째 아내, 낙태 수술을 받게 된 여자 친구, 정신분석가에게 지불해야 할 기한 지난 청구서까지.

그 정신분석가는 그에게 편지를 썼다. "현재 액수가 어마어마해서 선생의 새 출발을 좌절시킬 정도입니다. 그래도 부디 시작하십시오."

베리먼은 아이오와에 나타난 바로 그날, 계단에서 넘어져 손목이 부러졌다. 그는 술집 칸막이 좌석에서 휘트먼의 장시를 칭송하고, 취해서 한밤중에 학생들에게 전화한다고 명성이 자자했다. 벳 시슬Bette Schissel은 이렇게 회상한다. "베리먼은 종종 나한테 전화했다. 보통은 매우 흥분한 상태였다… 대체로 앞뒤 없이 횡설수설하면서… 그의 오전 강의가 '탁월했다'거나 '훌륭했다'고 확인해주기를 바랐다." 그는 나약한 제사장이었다. 헨리에 관해서 베리먼은 이렇게 썼다.

> 배고픔은 그에겐 본질적이었다,
> 와인, 담배, 술, 욕구 욕구 욕구
> 결국 그는 산산조각 부서졌다.
> 그 조각들이 일어나 앉아 글을 썼다.

배고픔은 가족력이었다. 베리먼의 어머니는 아들에게 부친 편지에서 자신은 어머니의 애정을 갈구했다고 말했다. "나는 어머니의 사랑을 간절히 원했고 그 욕구로 인해 평생 사랑을 갈구했단다." 베리먼 자신의 욕구는 그를 산산조각 냈고, 그 조각들이 글을 만들었다. "나에게는 고통의 권위가 있다, 예외적인 고통의 권위가." 베리먼은 그렇게 주장했고, 하트 크레인Hart Crane, 에드거 앨런 포Edgar Allan Poe, 딜런 토머스 등 술에 취해 괴로워했던 과거의 천재 술꾼들과 자신을 동일시했다. 그는 "나의 형제인 지독한 자기경멸"을 느끼며 "수치심에 대한 폭력적인 울화와 면도날 같은 감수성"으로 자신과 보들레르Charles Baudelaire를 비교했다. 죽은 자들이 항상 그의 곁에서 시시콜콜 그를 간

섭하고 있었다. 그의 아버지는 그가 열한 살 때 자살했다.

베리먼은 한편으로 자신의 트라우마와 그 찌꺼기에 애착이 있었다. 그는 정신분석가에게 밀린 상담료를 내지도 않은 채 자신의 감정적 문제가 해결되면 창작에 지장이 있지 않을까 하는 불안감을 털어놓는 편지를 쓰기도 했다. 그는 자신의 경우를 릴케Rainer Maria Rilke와 비교했다. 그의 정신분석가는 이런 답장을 보냈다. "저라면 릴케와의 유사성이나, 선생의 창작 기술이 훼손될까 하는 걱정은 하지 않을 겁니다. 선생의 경우는 하나를 해결한다고 부득이하게 다른 것이 파괴될 정도로 감정적 문제와 심하게 엉켜 있지는 않습니다."

오랜 세월 동안 베리먼을 움직인 논리는 이것이었다. 고통은 영감을 약속하고, 술은 위안을 약속한다는 것. 위안은 곧 고통의 권위를 감내할 수단이었다. 베리먼의 음주가 그의 어두운 지혜를 견디게 해준다는 생각에는 그의 친구였던 솔 벨로Saul Bellow도 공감했다. "영감은 죽음의 위협을 담고 있었다. [그리고] 술은 안정제였다. 술은 치명적인 강렬함을 어느 정도 줄여주었다." 그러나 베리먼이 그것—술 덕분에 자신의 시적 시야의 치명적 강렬함을 견딜 수 있다는 생각—을 믿었다 해도 그는 술로 인해 빚어지는 나머지 혹독한 결과를 부정할 수는 없었다. 그는 공공장소 주취와 치안방해 혐의로 구치소에 다녀온 뒤 아이오와 강사직에서 해고당했다.

나는 베리먼의 전설을 마주하면서, 그의 사건들 속에서 어떤 *복잡성*의 매혹적인 공기, 엉킴과 파열이 훅 내뿜는 달콤한 술기운을 발견했다. 한 친구는 베리먼에게 이런 편지를 썼다. "자네의 작품을 읽다 보면 종종, 자네의 시들은 이미 재가 되어버린 별에서 날아와 지금 우리 눈에 보이는 빛처럼 느껴진다네."

광휘와 부식의 그 찬란한 호 위에서 취하지 않은 멀쩡한 맨정신이 무슨 역할을 할 수 있을까?

『꿈 노래』에서 나는 고뇌하는 의식의 증거를 보았고, 고통을 통해 글을 쓸 수 있다는 증거를 보았다. "어떤 것은 맨정신을 위해 말해질(말해졌을) 수 있지만/그런 건 아주 적다."

——————————— 아이오와에서 나는 세상을 뜬 취한 시인들의 시를 읽으며 낮을 보냈고, 살아 있는 취한 시인들과 같이 자려고 애쓰며 밤을 보냈다. 나는 사랑을 더듬으며 미래의 정전正傳 속을 헤쳐갔다. 그 오랜 전설에 활기를 불어넣었던 눈부신 카오스의 그 불안정한 불꽃에 나 역시 이끌렸다. 내가 유명한 술꾼 작가들을 우상화했던 이유는 그들의 음주가 내면의 극단적 기후, 불안정하고 실재하는 그 기후에 대한 증거라고 이해했기 때문이다. 그 정도로 많이 마셔야 했던 사람이라면, 틀림없이 *상처*를 받은 사람일 터였고, 음주와 글쓰기는 똑같이 빚어진 고통에 대한 서로 다른 반응일 터였다. 그 사람은 그 고통을 마비시켜버릴 수도 있고, 그것에 목소리를 부여할 수도 있었다.

술에 취해 기능장애를 보이는 모습에서 매력을 발견하는—그 기능장애와 천재성의 관계를 페티시화하는—나의 능력은 제대로 고통받은 적 없는 자의 특권이었다. 그런 나의 매혹은 수전 손택Susan Sontag이 "'흥미로운 것'에 대한 허무주의적이고 감상적인 관념"이라고 부른 것에 빚지고 있었다. 손택은 『은유로서의 질병*Illness as Metaphor*』에서 병에 걸린 사람은 "의식이 더 예리하고 심리적으로 더 복잡"하다고 여겼던 19세기 관념을 이야기한다. 질병은 "신체의 내부 장식"이 되었던 반면 건강은 "진부하고 심지어 천박"하다고 여겨졌다. 손택이 말하는 질병은 결핵이었는데, 거기엔 고통을 감수성, 고상한 관점, *흥미로*

운 상태와 연관 짓는 해묵은 논리가 있었다. 나의 음주 초기, 그러니까 내가 전설적인 아이오와 술꾼들의 그림자 속에 있을 때, 그리고 포크너William Faulkner, 피츠제럴드F. Scott Fitzgerald, 헤밍웨이Ernest Hemingway, 포, 보들레르, 버로스William Burroughs와 마약, 드퀸시Thomas De Quincey와 아편 등 그 영역이 매우 제한되어 있음을 내가 아직 깨닫지 못했던 정전 작가들이 드리운 더욱 긴 그림자 속에 있을 때, 중독은 생성적인 것 같았다. 그것은 내부 장식, 내면의 깊이를 말해주는 액세서리와 아주 비슷해 보였다.

나의 음주가 어떤 문턱—나는 다섯번째 또는 여섯번째 잔 밑에 어떤 실존적인 터널이 감춰져 있다고 상상했다—을 넘으면, 술은 정직해 보이는 어둠 속으로 나를 거꾸러뜨렸다. 마치 세계의 밝은 표면은 모두 거짓이고, 자포자기하듯 취한 지하 공간이야말로 진실이 사는 곳 같았다. 음주는 예술가를 도와 "진실과 단순성, 원시적 감정을 다시 한번 보게" 해준다는 퍼트리샤 하이스미스Patricia Highsmith의 주장은 잭 런던의 백색 논리를 명백한 핵核으로 재해석해, 일단 술이 나머지 모든 사소한 관심사를 벗겨버리면 그 뒤에 남는 중요한 것이라고 의미를 부여했다. 그것은 내가 음주와 창작 사이에 구축해가던 복잡하고 순환적인 관계 속의 또 다른 층위였다. 결국 술은 제대로 보게 도와주고, 그런 다음엔 그 시력이 지속되도록 도와주는 거였다. 술의 매력은 단지 하나의 대문으로서, 또는 상처를 감싸는 붕대로서의 취기에 있는 것이 아니라 창조력과 중독 자체 사이의 매혹적인 관계에 있었다. 그 구속 상태, 그 특징적인 극단이 술의 매력이었다. 자신이 구속되어 있음을 깨달은 사람은 남들보다 더 예리하게 사물을 느끼는 사람이었고, 생활 반경을 어둠과 공유하는 사람이었다. 그렇게 되면 결국 그 구속의 드라마는 그 자체로 글을 쓸 가치가 있는 것이 되었다.

그런데 왜 항상 *남자*였을까? 우리가 아는 전설의 술꾼 작가들은 모두 남자였다. 마치 그 남자들이 테스토스테론에 젖은 혈통 속에서 자존심을 부풀리고 기능장애를 미화하면서 서로의 신화를 가져다 자신의 무덤을 지은 것 같았다. 카버는 런던의 백색 논리를 사랑했다. 치버는 자신이 베리먼처럼 죽는 걸 상상했다. 베리먼은 포와 크레인과 보들레르의 비틀거리는 발자국을 따라가는 자신을 상상했다. 데니스 존슨은 아이오와대학교 재학 시절 내내 단 한 권의 책만을 읽었다고 말했는데, 그것은 맬컴 라우리Malcolm Lowry의 『화산 아래서*Under the Volcano*』였다. 그리고 라우리의 주인공인 퍼민 영사領事는 이런 말을 내뱉었다. "여자들이란, 위험과 복잡한 상황들을 이해할 수 없는 것일까, 그렇지, 주정뱅이 인생의 *중요성*을 알고나 있을까."

——————————— 아마도 엘리자베스 비숍Elizabeth Bishop은 사흘간 술판을 벌이면서, 또는 알코올중독 치료제 앤터뷰스를 수십 년 동안 복용하면서, 술꾼의 삶을 둘러싼 위험과 복잡한 상황에 관해 무언가를 배웠을 것이다. 알코올로 인해 얇아진 두뇌 혈관이 마침내 터져 뇌동맥류 파열로 사망한 1979년 무렵엔 아마도 그런 것들에 관해 무언가는 알고 있었을 것이다. 그녀는 1950년에 의사한테 말했다. "술을 마시지 *않을* 거예요. 계속 마시다간 미쳐버릴 거예요." 그리고 20년 후에는 이렇게 말했다. "*제발* 부탁이에요… 지난 실수 때문에 저를 나무라지 마세요, *제발*… 술 때문에 *한 번 더* 죄책감을 갖게 되면 참을 수 없을 것 같아요."

아마도 제인 볼스Jane Bowles는 그녀가 좋아하던 탕헤르의 술집인 기타에서 벌거벗었을 때, 또는 40세에 뇌출혈의 여파로 계속 술을 마실 때 술꾼의 삶을 둘러싼 복잡한 상황에 관해 무언가를 이해하고 있었을 것이다. 아마도 마르그리트 뒤라스Marguerite Duras는 싸구려 보르도 와인을 몇 리터나 마신 뒤에, 또는 죽을 뻔했을 만큼 잔인한 중독 치료를 받은 후에 이런 복잡한 상황에 관해 무언가는 이해하고 있었을 것이다. 아마도 그녀는 음주에 관한 무언가를 이해하는 여자라는 수치심에 관해 무언가는 이해하고 있었을 것이다. 그녀는 이렇게 썼다. "여자가 술을 마시면, 그것은 마치 동물이나 어린아이가 술을 마시는 것과 같다."

여자 술꾼은 남자 술꾼과 똑같이 불량스러운 실루엣으로 그려지는 경우가 드물었다. 여자가 술을 마시면 동물이나 어린아이 같았다. 말도 제대로 못하고, 무력하고, 남세스럽다는 듯이. 여자의 음주는 놀라운 지혜—이 베르길리우스들이 어둠의 세계로 들어가기 위한 촉매제나 연고—에 필요한 일화라기보다는 자기탐닉이나 멜로드라마, 히스테리, 까닭 없는 고통에 더 가까웠다. 여자는 술꾼의 삶을 둘러싼 복잡한 상황에 관해 무언가를 알 수는 있을지언정, 그녀의 음주는 결코 *중요하지* 않을 것이며, 라우리가 썼듯이 남자의 음주와 같지 않을 것이다. 여자는 설사 아이처럼 술을 마시지 않았다 하더라도, 자기 아이를 돌보는 대신에 술을 마시고 있었다. 술로 도피하는 여성은 보통 가정이나 가족에 대한 의무를 다하지 못하는 여성이었다. 어느 임상 교과서는 남성과 여성의 음주에 대한 시각이 달랐음을 보여주는 "전통적 믿음"을 설명하면서, 이렇게 쓰고 있다. "여성의 중독은 가족 관계를 통제하는 데 실패했다는 신호로 여겨졌다."

이것을 누구보다 잘 알았던 사람이 영국 소설가 진 리스Jean Rhys였다. 리스는 파리에서 어린 아들이 폐렴으로 입원해 있는 동안 술을 들이붓고 있었다. 리스는 임신 6개월이던 1919년 초가을에 파리에 도착했고, 길가의 한 카페에서 와인을 마시고 라비올리를 먹으며 첫번째 오후를 보냈다. 첫날 그녀는 이렇게 썼다. "나는 탈출했다. 문이 열렸고 나는 햇빛 속으로 나아갔다."

리스와 그녀의 남편—추방된 벨기에인으로 저널리스트이자 스파이로 일하던 장 랑글레Jean Lenglet—은 비록 가난한 부부였지만, 북역 근처의 싸구려 호텔 방에서 행복하게 살았다. 그곳에서 매일 아침 랑글레는 '푸른 불꽃*flamme bleue*' 위에서 그들이 마실 코코아를 만들었고, 매일 밤 그들은 연철 난간의 발코니에서 와인을 마셨다. "파리는 잊으라, 잊으라 말하네. 너 자신을 놓으라 하네." 리스는 그렇게 썼다. 그러나 몇 년 후 그녀는 자신을 너무 완전히 놓아버린 건 아닌지 걱정이 되었다. "나는 결코 좋은 엄마가 아니었다." 그녀는 생후 3주 된 아기 윌리엄 오언William Owen을 눕힌 작은 바구니를 발코니 문 근처에 내버려 두었고, 거기서 잠든 아기는 병에 걸렸다. 그녀는 그때를 이렇게 떠올렸다. "이 바보 같은 아기, 불쌍한 것이 이상한 색으로 변했는데 나는 어떡해야 할지 모른다. 나는 이런 일에 소질이 없다."

윌리엄은 어린이 병원에 입원했고, 며칠 후 아기가 심각한 폐결핵에 걸렸다는 말을 듣자 리스는 불안해졌다. 아기가 아직 세례를 받지 않았기 때문이었다. 그녀의 남편은 아내를 진정시킬 유일한 방법이라고 생각해서 샴페인 두 병을 가져왔다. "첫째 병이 다 비어갈 때쯤 우리 둘 다 웃고 있었다." 다음 날 아침, 병원에서 전화가 와서, 아기가 전날 저녁 7시 30분에 죽었다고 전해주었다. 훗날 그녀는 이렇게 썼다. "우리가 술을 마시는 동안 아이는 죽어가고 있었다, 아니 이미 죽었다."

사람의 무용한 정확성으로 음주에 관해 글을 썼다. 그녀는 자신의 음주가 일으키는 감정의 역학을 분석하며 네 편의 소설을 썼지만 계속 술을 마시며 어떻게든 망각 속으로, 평생의 무모한 다이빙 속으로 빠져들었다. 세상의 어떤 자기인식도 맨정신을 유지하게 할 수 없었다. "나는 나 자신을 알아요." 그녀 소설 속의 한 여주인공은 연인에게 말한다. "당신이 나에게 자주 그렇게 말했잖아요."

리스의 소설에 자주 등장하는 여주인공은 자신의 눈물을 구경거리로 만드는 취한 여성이며, 그녀는 이 여성을 그냥 엉망진창인 사람이 아니라 *매력 없고* 엉망진창인 사람, 언제나 타인들의 연민을—그리고 그들의 사랑과 지갑까지—움켜쥐려 하고 그 끊임없는 움켜쥠 때문에 천박해진 눈꼴사나운 사람으로 묘사한다.

리스의 여주인공들은 우중충한 호텔 방과 실망스러운 연애 사이를 오간다. 그들은 파리의 노변 카페에서, 연기 자욱한 기차역 호텔 방에서 술을 마신다. 그들은 사랑을 생각할 때 천천히 피 흘리는 상처를 상상한다. 그들은 싸구려 아파트 벽지의 꽃을 바라보다 기어가는 거미를 본다. 어느 비평가의 말처럼, 그들은 "잠자는 사람이 뒤엉킨 담요와 싸우듯 삶과 싸운다." 그들의 삶은 리스의 삶과 많이 닮아 있다. 정처 없이 떠돌고, 유럽의 여러 수도를 오가며, 자주 사랑하고 자주 술 마시고 자주 망가진다. 여주인공들의 음주는 끝나는 법이 없다. 늘 브랜디 한 잔 더, 페르노 한 잔 더, 스카치 소다 한 잔 더, 와인 한 병 더로 이어진다. 그들의 공공연한 슬픔은 그들이 저지르는 범죄의 일부이며, 술은 그들의 공범이다. 다른 등장인물들이 그들에게 묻는다, *커피 마실래요? 핫초코 드릴까요?* 그리고 반복되는 농담처럼, 늘 결정적인 한마디. *아뇨, 술 한 잔 주세요.*

리스의 초기 소설 세 편에서 음주는 점차 그 모습을 바꾼다. 음주는 쾌락의 다양한 의상을 벗고, 똑같은 슬픔에서 달아나려는 시도가 되지만, 결국 슬픔은 항상 더 깊어지기만 한다. 한 여주인공의 경우, 음주 초기에 마시는 와인은 평범한 도시 풍경에 의미를 채워준다. "빈속에 와인 한잔을 마시면 모든 것이 의미 있고 일관성 있고 이해하기 쉬운 것으로 변하니 경이로웠다." 와인은 덧문이 쳐진 창 밖의 "침울한" 센강을 광대한 바다로 만든다. 그녀는 생각한다. "술을 마시면 그것이 바다라고 상상할 수 있다." 하지만 음주는 끝내 더욱 절망적인 어떤 것이 되어버린다. 리스의 또 다른 여주인공은 연인에게 버림받은 뒤 이렇게 결심한다. "오늘 밤은 취해야겠다. 많이 취해서 걷지 못하게, 많이 취해서 보지 못하게."

리스의 네번째 소설 『한밤이여, 안녕*Good Morning, Midnight*』에서 여주인공 사샤는 "죽을 때까지 마시겠다는 기막힌 생각"을 하기에 이른다. 심지어 문장 자체도 그녀가 무너져감을 알리면서, 말줄임표 속으로 분해되고, 필름이 끊겨 기억이 없는 하얀 공간 속으로 떠내려간다. 사샤는 런던에서 자살 시도를 했다가 실패한 후 파리에 왔다. 그녀는 막다른 거리의 한 싸구려 호텔 방을 얻고는, 잠을 자고, 더 자기 위해 약을 먹고, 모든 카페 모든 모퉁이가 약속을 저버린 젊음을 떠올리게 하는 그 도시를 돌아다니며 하루하루를 보낸다. 끝나버린 결혼, 죽어버린 어린 아들. 소설은 음주의 대가—그것이 세계를 얼마나 작게 만드는지, 그것이 정신을 얼마나 파먹는지—는 물론 음주의 병참학에 관해서도 솔직해서, 빈속은 취하기 쉽다는 것과 술이 약했던 음주 초기에 대한 향수까지 이야기한다.

"때로는 나도 댁만큼 불행해요." 또 다른 여성이 사샤한테 말한다. "하지만 그렇다고 모두에게 그것을 보여주지는 않아요." 바텐더는 더는 그녀에게 술을 주지 않는다. 그녀의 연인은 말한다. "너무 많이 마시면 운다고 했잖아. 나는 술에 취해 우는 사람들이 질색이야." 사샤는 술 취한 천재, 잉크와 위스키를 가지고 취기를 서정시로 바꾸는 시인의 도상을 변형시킨다. 사샤의 조각들은 똑바로 앉아 글을 쓰지 못한다. 그녀가 표현하면, 그 표현은 수치스러운 것, 남들이 그녀에게 숨기라고 요구하는 어떤 것이 된다. 빛나는 노래가 아니라, 남세스럽고 취한 눈물이 된다. 신화적인 남자 술꾼들이 짜릿한 방종—무모하고 자기파괴적인 진리 추구—에 빠질 수 있었던 반면, 여자 술꾼들은 유기죄, 즉 돌봄에 실패한 죄를 저지른 것으로 이해되는 경우가 더 많다. 여성의 음주는 그 젠더의 중심 명령인 *다른 사람*들을 *보살피라*는 계율을 위반한 것이며, 사실상 이기심 때문에 그 의무를 포기한 것이다. 그녀의 자기연민은 절대적인 타인—현실 또는 상상의 자녀나 배우자—이 아닌 그녀 자신에게 향함으로써 범죄가 된다.

리스는 언젠가 "외롭다거나 불행하다고 말하는 건 나쁜 정책"이라는 걸 일찍 배웠노라고 썼는데, 사샤는 그 나쁜 정책의 폭발이었다. 그녀의 의식은 지루하고 힘든 물레방아 위를 달리면서, 술을 들여왔다가 눈물로써 그것을 쏟아낸다. 사샤는 리스가 미래의 자기 모습일까봐 늘 두려워했던 것이 그로테스크하게 표현된 인물로, 자기 불행의 강도를 내보임으로써 모두를 떠나게 만드는 버림받은 부랑자다. 그녀는 일기에 이렇게 썼다. "나는 나 자신을 부정할 수 있었다. 그런 다음에는 사람들이 나를 사랑하고 친절하게 대하도록 만들 수 있었다… 그것은 투쟁이었다."

사샤에게 그 투쟁—숨기고, 척하기 위한 투쟁—은 끝났다. 그녀는 마음 내키면 아무 데서나 운다. 그녀는 카페에서 울고, 술집에서 울고, 집에서 운다. 직장에서 운다. 피팅룸에서 운다. 거리에서 운다. 강 근처에서 울고, 강이 바다가 될 때까지 마시다가, 그런 다음 조금 더 운다. 그녀는 매일 밤 생각한다. “이제 술은 실컷 마셨어. 이제 눈물의 시간이 다가왔어.”

— II —

탐닉

——————— 내가 빈속에 마시는 술의 효율성을 배운 때는 식사를 제대로 하지 않고 술을 마시기 시작하면서였다. 그것은 대학 신입생 때의 일이었다. 나는 인디애나 출신의 애비라는 좋은 친구 한 명을 사귀었다. 그녀는 복음주의자로 자랐고 내 평생의 훌륭한 친구 중 한 명이 될 사람이었다. 그러나 우리가 같이 있지 않을 때면 나는 혼자였다. 내 룸메이트에게는 오리엔테이션 이전의 캠핑 여행 때 사귄 심하게 매력적인 남자 친구가 있었다. 그 오리엔테이션 이전 캠핑 여행에서는 다들 그녀의 남자 친구를 사귀었던 것 같았다. 거울 속의 내 모습은 큼직한 코에 애원하는 눈, 두꺼운 갈색 곱슬머리가 부스스한 키 크고 볼품없는 여자였다. 저녁때면 내 옆에 누군가 와서 앉을까 봐 두려워하며, 하버드식 신입생 식당—오래된 고딕식 교회의 동굴 같은 실내였고, 냉담한 석조 가고일들이 기다란 식탁들을 내려다보고 있었다—으로 들어갔다. 남들은 아무도 그렇게 느끼지 않을 거라고 생각해서가 아니었다. 나는 그런 생각조차 하지 않았다. 내 외로움은 시도 때도 없

이 일하고 있었다.

나는 우는 모습을 룸메이트에게 보이지 않으려고 공중전화로 엄마한테 전화했다. 고등학교 친구들과 전화 데이트 시간을 잡는 것은 점점 난처한 일이 되었는데, 우리 생활의 비대칭 때문이었다. 그들의 일정은 빠듯했고, 나는 항상 시간을 낼 수 있었다. *나는 그 시간* ***역시*** *가능해!* 전 남자 친구가 그의 대학교 마스코트인 거대한 나무와 그 짓을 했다는 얘기를 전해 들었다.

학교에, 기숙사에, 다른 사람들 사이에 있으면 불편했고, 굶는 것은 내가 온전히 거기 있지 않은 것처럼 행동하는 방식이었다. 내 생활을 일시 정지시키고 일단 행복해진 뒤에 다시 플레이 버튼을 누르겠다는 것과 같았다. 불 켜진 창들을 바라보면 버터색으로 빛나는 그 유리창 너머의 사람들은 행복할 것 같았다. 몸무게는 2.2킬로그램이 빠졌고, 그다음 4.5킬로그램, 그다음엔 6.8킬로그램이 빠졌다. 내 책상 서랍 속에는 내가 먹는 모든 것을 기록하는 칼로리 공책이 있었고, 옷장 속에는 스크린에 밝은 빨간색 숫자가 표시되는 체중계가 있었다. 나는 그 빨간색 숫자에 따라, 그 숫자가 나한테 하는 말에 따라 생활했다. 만약 차질이 생겨 여러 날 연속으로 똑같은 숫자가 나오면, 그다음 날부터는 엄격해져서, 추위를 뚫고 법대 체육관까지 먼 거리를 걸어갔다. 체육관에서는 법대 1학년생들이 나로서는 흉내도 못 낼 로봇 같은 끈기를 발휘하며 러닝머신 위에서 발을 놀리고 있었다. 같은 복도에 사는 또 다른 여학생 역시 섭식장애가 있었는데, 식사 시간에 늘 뜨거운 물을 마시곤 했다. 나도 뜨거운 물을 마시기 시작했다. 나는 아파 보였다.

어느 날은 밤에 땅콩버터 한 통을 버리려고 금속제 대형 쓰레기통이 있는 기숙사 지하실로 내려갔다. 앉은자리에서 한 통을 다 먹어버릴까 봐 겁이 났고, 만약 내 방 쓰레기통에 버린다면 도로 꺼내 먹을 수 있었기 때문이다. 지하실에서 그것을 버리기 전, 손가락으로 땅콩버터를 퍼 조금 먹었다. 그런 다음 땅콩버터 병을 던져 버렸다. 그리고 엘리베이터를 향해 돌아갔다. 그러나 도중에 발길을 돌려 쓰레기통에서 그 병을 찾아냈고, 뚜껑을 비틀어 열고는 다시 손가락을 쑤셔 넣었다. *그것*이 나의 진실이었다. 나는 절대 먹지 않는 깡마른 여자가 아니라 쓰레기 속에 머리를 처박은 더러운 손가락의 여자였다.

나는 대학 문예지『애드버케이트*Advocate*』동아리에 나가기 시작했다. 그 동아리는 사우스가에 목재로 지어진 클럽하우스가 따로 있었고, 심지어는 "*Dulce est periculum*"(위험은 달콤하다)이라는 모토와 문장紋章까지 있었다. 문장은 어떤 괴로움을 아는 신을 향해 날아가는 페가수스였다. 그 페가수스는 1866년부터 신을 향해 날고 있다고 했다. 그 문예지 동아리가 여는 파티는 전설적이었고 입회식은 악명이 자자했다. 탐폰에 블러디 메리를 적셔 빨아 마셔야 했던 여학생도 있었다고 했다. 하지만 가입이 쉽지는 않았다. 나는 여러 달 동안 *캄핑*comping을 해야 했는데, 그건 "요구 사항"이라는 뜻의 하버드 은어였다. 이 경우에 캄핑은 에세이 두 편 쓰기, 발표회 한 번 하기, 그리고 도서관 내 우리의 목재 우편함에 제출된 단편들을 가져와 토론하는 픽션부 모임에 매주 두 번 참가하기 등이 포함된 시험 과정을 뜻했다. 픽션부 모임에서는 약 스물다섯 명이 캄핑을 하고 있었는데, 그 가운데 다섯 명쯤 뽑힐 거라고 했다. 우리는 '성소'라고 부르는 2층에 앉아 있었다. 경질목 마룻바닥은 언제나 끈적끈적했고, 천이 찢어져 충전재와 스프링이 삐져나온 처참한 몰골의 벨벳 소파들이 있었다. 한구석에는 미지근한 진이 진열된 바가 있었다. 나는 말을 꺼내기 전에, 머릿속의 세척 코스를 통해 가능한 모든 말을 돌려보고—그 말의 섬유를 문지르고 쥐어짜서 말리고, 때를 제거하면서—소리 내어 말해도 될 만큼 괜찮게 만들려고 애썼다.

다른 캄핑 참가자들도 분명 겁을 먹었겠지만, 내 눈에는 그것이 보이지 않았다. 그때는 그랬다. 내가 볼 수 있었던 건 불 켜진 창문에 드리운 실루엣들이 전부였고, 그 익명의 신체들에 나는 행복과 뛰어난 사교술과 내게 결핍된 모든 것을 투영했다. 그것은 세상의 모든 외로움은 내 몫이라고 주장하면서, 그 불안한 상태를 타인들과 공유하기를 인색하게 거절하는, 자기비하를 가장한 이기주의였다.

10월에 드디어 『애드버케이트』 픽션부에 들어가게 되자 신이 났다. 입회식이 끝나면 구내식당의 가고일들 아래로 두려움 없이 당당하게 친구들을 향해 걸어갈 수 있을 것 같았다. 뜨거운 물컵 옆에 무언가를 담은 식판을 높이 쳐들고서 말이다. 나의 입회식 테마는 세계 레슬링 연맹이었다. 나는 테마에 충실하게 몸에 붙는 스판덱스를 입었고, 곧바로 지하실로 끌려갔다. 거기서 다른 신입과 나의 손목에 수갑이 한쪽씩 채워졌고, 그 신입의 다른 쪽 손목에 채워진 수갑은 금속 파이프에 매여 쟁겅거렸다. 나에게 스크루드라이버, 처음 마셔보는 칵테일이 건네졌다.

그다음 내가 아는 것은 열두 시간 후에 내 기숙사 방에서 깨어났다는 사실이다. 화이트보드에는 편집자 선배 중 한 명이 남긴 메모—*무사하기를*—가 있었고, 내 룸메이트는 사진발 잘 받는 그녀의 남자친구가 밤새 잠도 안 자며 내가 살아 있는지 맥박을 확인했다고 말해주었다.

이 모든 것이 새로웠다. 밤새도록 완전히 정신을 잃을 수 있다는 것도 새로웠다. 내가 기억하는 마지막 장면은 스크루드라이버 첫 잔, 싸구려 보드카와 오렌지주스의 톡 쏘는 맛이었다. 그날 밤 기억의 깨진 조각들은 있었다. 소파 위 내 옆에 있던 어떤 남자의 몸, 그러나 그 파편들을 끼워 맞출 수는 없었다. 나는 누가 나한테 루피◆를 먹였다고 생각했다. 나는 약을 먹고 의식을 잃었다고 몇 달 동안 말하고 다녔다. 그러던 중 누군가 술 때문에 의식을 잃는 블랙아웃, 필름 끊김에 관해 들려주었다.

1년 후, 나는 한 친구에게 내가 아홉 살 이후로 토하지 않게 된 이야기를 시시콜콜 들려주고 있었다. 그런데 그녀가 말하길, 입회식을 하던 날 밤 내가 자기 차 내부에 온통 토해놓았다는 것이었다. 나는 어색하게 농담을 건넸고, 거듭해서 사과했다. 몇 년 후 나는 대니얼과 똑같은 농담을 하게 된다. 똑같이 어색하게 웃으며, 그의 시인 친구들과 숲에 갔을 때 나무에 오줌을 누고 어둠 속으로 사라졌던 나의 밤에 관해 이야기하면서. *내가 뭘 했지? 내가 왜 그랬을까?* 필름이 끊긴 내 몸을 낯선 사람의 몸처럼 상상해보았다. 스판덱스를 입은 채 소속되고 싶어 하면서, 보드카를 단숨에 털어 넣고, 도로 토해내는 사람을.

그 첫 학기에 11.3킬로그램이 빠졌다. 어지럼증을 느끼기 시작했다. 그것은 무언가에 대한 증거였다. 그게 무언지는 알 수 없었다. 나는 보스턴의 한 이민 전문 변호사 밑에서 의뢰인들의 망명을 돕기 위한 조사 작업 아르바이트를 했다. 그들이 정치적 망명 조건을 충족할 만큼 충분히 인권침해를 받았는가? 나는 HIV 양성 엄마들과의 인터뷰를 기록하는 두번째 일자리를 얻었다. 나의 고통은 당혹스러울 만큼 사소한 것, 스스로 만들어내고 추구하는 것처럼 느껴졌다.

변호사 사무실에 출근하려면 매일 오후 보스턴 시내, 북역 근처에 있는 넓은 콘크리트 광장을 걸어가야 했다. 감각이 없을 만큼 추웠던 1월 중순의 출근길이 기억난다. 꽁꽁 언 손가락과 싸늘한 몸, 그 시기

◆ 데이트 상대의 의식을 잃게 만드는 약으로 악명 높은 불법 진정제.

II

내 몸은 해골 같았다. 어느 날인가는 맹렬한 겨울 햇볕 속에서 너무 어지러운 나머지 기절하지 않으려고, 수많은 사람들이 오가는 차가운 콘크리트 바닥에 주저앉았다. 회사원들은 줄무늬 정장을 입고 내 주변을 지나쳤다. 꼬리뼈가 욱신거렸다. 우리가 맡은 에리트레아 사건을 처리하러 가는 길이었고 벌써 5분이 늦은 상황이었다. 이런 나약함은 사치였다. 나는 그걸 알고 있었다.

나의 슬픔에 아무 특별한 근원이 없다는 사실이 부끄럽게 여겨졌다. 그냥 집을 떠났다는 평범한 외로움 때문인 것 같았다. 그래서 그 슬픔에 입힐 더 극단적인 의상으로 찾아낸 것이 먹지 않는 것이었다. 잘못된 것은 바로 *이것*이었다. 그러나 속으로는, 내가 식욕부진증 환자라기보다는 폭식증 환자에 더 가깝다고 느끼고 있었다. 식이 제한은 꾸며낸 앞모습에 불과했다. 나는 칼로리 기록 공책 외에도, 레스토랑 메뉴에서 베낀 온갖 공상적인 음식으로 가득한 일지를 쓰고 있었다. *호박 리코타 라비올리, 라즈베리 망고 소스를 뿌린 바닐라빈 치즈 케이크, 염소 치즈와 스위스 근대 타르트*. 이 일지가 나의 진실이었다. 나는 모든 것을 먹으며 내 삶의 순간순간을 보내고 싶었다. 실제로 먹은 것을 기록한 일지는 가면일 뿐이었다. 되고 싶지만 될 수 없는 사람, 아무것도 필요하지 않은 사람은 나의 가면에 지나지 않았다.

——————————— "내게는 간절히 하고 싶은 일이 두 가지 있었는데 하나가 다른 사람과 싸우는 것이었다." 언젠가 진 리스는 자신의 일기장에 그렇게 썼다. "나는 사랑받고 싶었고 항상 혼자이고 싶었다." 그녀는 자신에겐 슬픔이 운명 지어져 있다고, 슬픔을 감추라는 말을 들으며 살아갈 운명이라고 믿었다. 그녀는 미완의 회고록에 "웃

어보세요Smile, Please"라는 제목을 붙였다. 어릴 때 어느 사진가 앞에서 포즈를 잡을 때 들었던 명령이었다. 그것은 그녀가 세상으로부터 느끼던 끊임없는 압력이었다. *꼴사나운 고뇌는 숨기라고*. 어렸을 때 그녀는 갖고 싶은 인형이 동생 차지가 되었다는 이유로 그 인형의 얼굴을 돌로 박살 내버렸다. "나는 큰 돌을 찾아 그 돌로 힘껏 인형 얼굴을 내리쳤다. 그것이 으깨지는 소리가 듣기 좋았다." 그런 다음 그녀는 그 인형을 위해 울었고, 인형을 묻어주었으며, 그 무덤에 꽃을 바쳤다.

리스는 서인도제도의 도미니카에서 프랜지파니 화관을 머리에 쓰고 자랐다. 그녀는 그 섬의 생활을 이렇게 썼다. "나는 그 화관으로 나를 규정하고 싶었고, 그 안에 빠지고 싶었다… 그러나 그것은 무심히도 고개를 돌려버렸고, 나는 그것이 가슴 아팠다." 그녀는 나이가 들어서도 황혼 녘의 규칙적인 맥박 같았던 "칵테일 만드는 소리, 휘젓는 막대와 유리잔에 얼음이 부딪히는 소리"를 여전히 기억하고 있었다. 프랜지파니 꽃나무 가지는 붉은색이 아닌 하얀색 피를 흘렸다. 모든 것이 뜨거웠다. 금방이라도 무너질 듯 낡은 집에서, 리스의 할머니는 어깨에 초록 앵무새를 얹고 앉아 있었고, 리스의 어머니는 석탄 화로에 올린 냄비 속 구아바 잼을 저으며 『사탄의 슬픔*The Sorrows of Satan*』을 읽고 있었다. 줄거리는 간단했고, 결말은 예정되어 있었다. 사탄은 은총을 원했지만, 은총은 사탄을 위한 것이 아니었다. 리스는 파멸의 느낌에 시달리며 자랐다. 집 안의 은제품 위에는 스코틀랜드의 여왕 메리, 결국에는 처형당했던 여왕의 초상화가 걸려 있었다. 리스의 글쓰기는 더 가까이 존재하면서 그녀 자신보다 큰 고통을 결코 온전히 담아낼 수 없었다. 노예제의 긴 그림자, 그 유산에 가담했던 가족의 책임은 염두에 없었다. 그녀 자신의 고통이 그녀를 꽁꽁 가둬놓고 있었다.

리스가 열두 살 때, 가족의 한 지인이 리스의 치마 위로 손을 뻗었다. 그의 이름은 하워드 씨였다. "내 사람이 되고 싶지 않니?" 그가 물었다. 모르겠다고 대답하자 그가 말했다. "난 웬만해선 네가 옷을 입게 허락하지 않을 거야."

훗날 그녀는 이렇게 썼다. "그것이 시작된 건 그때였다."

*그것*이 무엇일까? 어떤 면에서 *그것*은 하워드 씨가 들려주기 시작한 이야기였다. "귀 기울여 들었던 그 일련의 이야기는 몇 주 또는 몇 달이나 계속되었다—언젠가 그는 나를 납치할 것이고 나는 그의 것이 될 터였다." 이런 이야기를 들려주며 하워드 씨는 그들이 살게 될 집을 묘사했고, 바다 위로 달이 떠오를 때 베란다에 서서 석양에 날아가는 박쥐들을 지켜보는 그들의 모습을 그렸다. 또 다른 면에서 *그것*은 저주받은 느낌, 통제할 수 없는 이야기 속에 그녀가 쓰여지고 있다는 느낌이었다.

나중에 과거를 돌아볼 때마다, 리스는 술에 취해야만 비로소 그 이야기에서 위안을 찾을 수 있었다. 또는 자신을 좀먹던 슬픔의 감정을 이해하려 애쓰는 이야기, 그녀 자신의 이야기를 글로 쓸 때만 위안을 찾을 수 있었다. 그녀는 언젠가 폭음한 후 이렇게 썼다. "나는 나를 완전히 파멸시켜버렸다. 아니, 그 파멸에 확실하게 마지막 점을 찍었다. 그런데 나 자신을 찾게 되리라고 확신했던 곳이 어디인지 아는가? 하워드 씨의 집이었다."

나는 리스에게서, 자기 절망의 기원 신화를 쓰려고 애쓰는 여자, 그 절망이 살 집을 지으려 애쓰고, 그것을 정당화해줄 논리나 서사를 만들려고 애쓰는 여자를 보았다. 그러나 한편으로는 그녀의 고통이 하워드 씨의 집보다 오래되었다는 것, 아니 그 집은 설명하기 힘든 어떤 오점 또는 파멸의 감정을 소리 내어 말하는 방식에 불과하다는 것도 느낄 수 있었다.

“나는 내가 평생 겪어왔던 이 고통을 더욱 명쾌하게 이해할 수 있기를 바랐다.” 리스는 그렇게 썼다. “내가 도망치려고 할 때마다 그것은 손을 뻗어 나를 제자리에 도로 데려다 놓았다. 이제 나는 더 이상 도망치려 하지 않는다.” 그러나 그냥 고통 속에서 산다는 것은 쉽지 않았다. 그녀는 편지 쓰기 연습이라도 하듯 일기에 휘갈겨 썼다. “당신은 전혀 몰라요, 내가 어떻게 술을 마셔왔는지.”

리스는 오랜 기간 술을 마셨다. 어린 아들이 죽어가는 동안 술을 마신 자신을 용서하지 않았던 그녀는 아들의 매장비 영수증을 평생 간직했다. 마차 한 대, 작은 관, 임시 십자가에 총 130프랑 60상팀. 그녀와 랑글레에게는 또 한 명의 아이—마리본이라는 딸—가 있었으나 리스는 그 아이를 돌볼 수 없었다. 마리본은 수녀원에서 살다가 이후 주로 아버지와 지냈다. 랑글레는 교도소 신세를 지기도 했지만 어쨌거나 리스보다는 착실하게 부모 노릇을 했다. 한번은 마리본이 엄마와 지내기 위해 찾아왔는데, 리스는 종일 딸을 돌봐주던 여자에게 화를 퍼부었다. 그 두 사람이 오후 4시에 집에 왔다고 화를 낸 것이다. “너무 일찍 왔잖아요!” 리스가 소리쳤다. 리스는 혼자 있고 싶었다. 술을 마시고 싶었고 글을 쓰고 싶었다.

리스는 같은 세대의 남자 술꾼 작가들과는 달리 결코 자신을 불량스러운 천재로 여기지 않았다. 대신에 그녀는 늘 실패한 엄마라고 생각했다. 그녀의 주취를 수치심의 증표, 통제의 실패로 여기는 “전통적인 믿음”은 이런 이야기를 전하리라. 리스가 술을 마실 때, 그녀는 받고 있었다고. 그녀는 탐욕스레 위안 또는 도피를 누렸다고. 그녀가 글을 쓰거나 엄마 역할을 할 때는 주고 있었다고. 그녀는 예술을 창조하거나 삶을 지속하고 있었다고. 그러나 작품의 동력이 되었던 슬픔은 종종 그녀가 돌봄에서 손을 떼게 만들었다. 그녀는 사랑받고 싶었다. 그녀는 혼자이고 싶었다.

슬픔이 온 세상을 덮어버린 것처럼 살아가는 태도의 문제는, 실상은 절대 그렇지 않다는 것이고, 그 슬픔의 경계 너머에서 사는 사람들에게는 종종 그들 나름의 욕구가 있다는 것이다. 리스의 딸 마리본은 여섯 살 때 친구에게 말했다. "우리 엄마는 예술가가 되려고 애쓰는데 맨날 울어."

———————— 나는 굶는 것에 넌더리가 났다. 뜨거운 물을 아무리 많이 마셔도 굶기란 지루했고 추웠다. 나는 심리학자와 상담을 시작했다. 내가 엄마의 직업을 말하자 그녀가 몸을 앞으로 기울였다. "어머니가 영양학자라고요?" 그녀가 몸을 바로 세우면서 물었다. "혹시 어머니의 관심을 끌려고 그랬다고 생각하나요?"

엄마는 *그런* 영양학자가 아니에요, 나는 설명했다. 엄마의 박사논문은 브라질 농촌의 어린이 영양실조에 관한 내용이었다. 어머니는 포르탈레자 근처의 한 마을에서 체중 미달 아기들의 몸무게를 재면서 몇 달을 보내곤 했다. 엄마의 영양학 경력은 식욕부진 딸의 자기탐닉적 고뇌와는 아무런 관련이 없었다. 게다가 저는 벌써 엄마의 관심을 끌고 있는걸요, 나는 그렇게 덧붙였다. 엄마가 문제는 아니었다. 사실, 나의 섭식장애는 엄마의 멋진 모든 것, 특히나 음식과 신체에 대해 대체로 안정적인 엄마의 태도를 한심하게 배신한 것에 더 가깝죠, 라고 나는 말했다. 실제로 그건 가치 있는 문제에 이타적으로 헌신하는 엄마를 배신한 거나 다름없었다. 나는 그 심리치료사의 질문이 너무도 *부적절*해서 매우 짜증스러웠다.

그해 여름 나는 몇 년 전에 다친 턱을 고치기 위해 수술을 받기로 되어 있었다. 그건 입을 철사로 꿰맨 채로 두 달을 지내야 한다는 뜻이었다. 하지만 체중이 오르지 않으면 수술을 받을 수가 없었으므로, 나는 일시적으로 살을 찌우기로 했다. 한편으로는 수술이 일종의 보험이었다. 어차피 체중은 다시 빠질 테니까.

수술 후 첫 두 달 동안은 어금니와 입 뒤쪽 사이의 작은 틈을 통해 다양한 맛의 엔슈어를 뿜어 넣었다. 그렇게 농축된 칼로리를 다시 내 몸 안에 넣는다는 것이 너무 놀랍고 공포스러워 외경심마저 들었다. 내 안에 더 많은 것을 들일 수 없어서 다행이었다. 하지만 입을 고정한 철사를 제거하면 다시 먹기 시작할까 봐, 먹는 걸 멈추지 못할까 봐 두려웠다. 내가 상상의 음식 공책으로 추방해버린 또 다른 자아는 영원히 계속 먹을 것이었다. 2학년이 되면서 나의 섭식장애는 겉으로는 해결된 것 같았지만, 그 두번째 자아, 항상 *더 많이* 원하고, 내가 굶겨 죽이려고 애써왔던 자아는 떠나지 않았다. 그녀는 마실 준비가 되어 있었다.

그 후 몇 년 동안, 대학 생활은 신화 속에서 어른거렸다. 나는 마법사의 동굴처럼, 열쇠 구멍이 비밀 판자 뒤에 감추어진 한 사교 클럽에 들어갔다. 입회식을 위해서, 나는 엄청난 용기와 조잡한 가짜 신분증을 가지고 옥신각신한 끝에 코냑(V.S.O.P.는 '오래 익힌 최고급 술'이라는 원뜻보다 더 근사한 무언가를 상징하는 것 같았다)을 가져가야 했고, 상급생들이 그 코냑을 마실 때 나는 사방이 닭장 철망으로 둘러진 흙투성이 바닥의 지하실에서 비피터 진을 마셨다. 나는 한 번에 담배 여덟 개비를—기침하지 않고 능숙하게—피워야 했고, 1.2미터 높이의 기둥 꼭대기에 올라가야 했다. 그러는 동안 클럽 회원들이 내 얼굴에 스포트라이트를 비추고 질문하면서 재치 있는 답을 하지 못하면 야유를 퍼부었다. 모두가 보는 앞에서 에로틱한 소설의 한 문장을 면밀분석하라는 요구가 떨어졌을 때, 나의 면밀분석 기술은 취했을 때 비로소 발휘되고 눈과 손의 협응력이나 상식보다 훨씬 더 오래 지속된다는 사실을 모두가 알게 되었다. 나는 음식 던지기 놀이의 흔적처럼, 반쯤 굳은 휘핑크림 냄새를 풍기며 아침 5시에 집에 돌아왔고, 정오까지 제출해야 하는 버지니아 울프Virginia Woolf에 관한 소논문을 끙끙대며 마무리했다. 이것이 생활이었다.

음주는 제약의 반대말처럼 느껴졌다. 음주는 자유였다. 음주는 자유를 거부하기보다는 *원하는 욕구*에 굴복하는 것이었다. 그것은 탐닉이었다. 무모함 속의 *탐닉*, 그러나 갑작스런 이별이기도 했다. 굶는 자아, 그 차갑고 앙상한 껍데기를 떠나는 것이었다. 음주는 법대 체육관으로 가는 길에 보았던 그 불 밝힌 창문들 너머에 내가 살도록 해주었다.

어느 늦은 밤, 나는 애드버케이트 성소의 한가운데서 내가 좋아하는 남학생과 춤을 추었다. 제대로 서 있기도 힘들 만큼 취해 있었다. 나는 끈 없는 원피스를 입고 있었는데, 모두의 앞에서 옷이 흘러내려 브라가 보이자 그가 올려주었고, 그다음 우리는 키스했고, 다음 날 잠에서 깬 나는 어지럽고 불안했다. 이제 어떻게 되는 거지? 그러나 아무 일도 일어나지 않았다. 나에겐 가슴 아래까지 흘러내리던 원피스, 그리고 상냥하게 다시 그것을 올려주던 그에 대한 기억의 조각이 전부였다.

애드버케이트에서 나는 내가 치렀던 것처럼 다른 학생들에게 입회식을 했다. 신입생 괴롭히기 규정이 적힌 종이로 내가 피울 담배를 말도록 시켰다. 나는 그들에게 무서운 선배여야 했지만, 무서운 선배가 되는 것이 무서웠다. "어서 무릎 꿇고 *빌어!*" 나는 고함을 질렀다. 그러고는 한층 부드럽게 말했다. "기분 나쁘거나 불편하면 하지 않아도 돼." 나는 테레사라는 여자, 나와는 전혀 닮지 않은 안경 쓴 여자의 기한 지난 운전면허증을 물려받았고, 나의 가짜 신분이 더 그럴듯하게 보이도록 안경을 쓸 때의 소소한 흥분이 좋았다.

3학년 때의 핼러윈데이에, 햄버거 차림을 한 친구가 나에게 와서 자기와 짝이 될 프렌치프라이 의상을 입고 싶은지 물었다. 나는 좋다고 했다. 그는 좋은 친구였다. 우리는 1년 동안 이른 아침을 달리면서 꽁꽁 언 손으로 그 문예지의 전단—*제출하세요!*—을 같이 붙이곤 했었다. 벨벳 솔기가 벌어진, 성소의 참담한 소파에 나란히 앉은 햄버거와 프렌치프라이 상자를 찍은 우리 사진이 있다. 그 사진에서 나는 플라스틱 솔로 컵을 옆에 두고서 프렌치프라이 의상의 팔 구멍 사이로 결연하게 담배를 피우고 있다. 나는 태연하게 보이려고 애쓰고 있지만, 누가 봐도 내 모습은 행복하다. 그는 1년 동안 내 남자 친구였다. 그는 강을 굽어보는 높은 콘크리트 건물에 살았다. 바람이 심한 날에는 건물 전체가 흔들렸다. 나는 파티에서 돌아와 취한 채 그의 침대로 기어 들어가 그의 어깨에 진 냄새 풀풀 풍기는 숨결을 불어넣는 것이 좋았다. 취해서 그의 품에 안겨 눕는다는 건 내 몸의 존재를 요구받았다는 뜻이었다. 그것은 내가 남몰래 늘 느껴왔던 그 고집스러운 불안, 칼로리를 계산하고 드러난 갈비뼈의 수를 세고 탈출구를 찾아 헤매던 그 불안을 잠재우는 또 다른 방법이었다.

내가 음주 속으로, 그 알딸딸함과 반짝임 속으로 발을 들였을 때, 나는 우리의 성소에서 누군가 한번 언급했던 중국의 화가 오도자嗚道子가 된 기분이었다. 전설에 따르면 오도자는 황궁의 한 벽에 동굴 입구를 그리고는, 그 그림 속 동굴로 들어가 영영 자취를 감추었다고 한다.

——————— 나의 음주가 어느 시점에 이르자, 필름

끊기기는 이제 음주의 대가가 아니라 목표점이 되었다. 이때가 아이오와에서 2년 차, 이별한 후였다. 대니얼이 아니었다. 대니얼과의 관계는 이미 끝나 있었다. 일단 그 관계가 더 일상적이고, 더 안정적이고, 더 든든해진 후, 내가 원하던 관계는 바로 그거였다고 스스로 타이르곤 했지만 실은 견딜 수 없었다. 어느새 나는 다른 누군가, 또 한 명의 시인과 함께 전과 똑같이 아찔하게 저돌적으로 돌진하고 있었다. 그 관계 자체는 내가 취하면 곧잘 향수를 느끼는 음주의 기억으로 수놓여 있었다. 우리는 시내 외곽의 지붕 있는 다리로 차를 몰고 가서 차가운 거품이 인 PBR 맥주를 마셨고, 튀긴 콜리플라워 한 바구니를 먹었고, 물 위로 다리를 늘어뜨리곤 했다. 어느 밤에는 와인 한 병을 들고 묘지로 가서 우리 플립 폰의 희미한 빛 아래에서 서로에게 시를 읽어주기도 했다. 그의 시에 내가 등장하기 시작했다, 아니 그랬다고 믿고 싶었다. “너를 만난 이후 나는 술을 덜 마신다.” 그가 어느 시에 쓴 그 구절은, 술을 능가하는 것이야말로 궁극의 찬사라는 말 같았다. 그래도 우리는 마셨다. 내가 취하면 다른 사람들처럼 바보 같아져서 좋다고, 언젠가 그가 말했다. 그는 내가 단순한 말을 할 때를 좋아했다.

나는 다지가의 미늘판자벽 집을 나왔다. 나만의 공간을 갖고 싶었고, 아이오와에 그런 집을 구할 만큼 형편이 피었기 때문이다. 월 400달러에 조금 못 미치는 가격에 낡은 목조 주택의 답답한 3층 원룸을 빌렸다. 아파트 7호. 그 집엔 예전에 살았던 작가들의 벅찬 마음과 번뜩이는 깨달음이 먼지처럼 겹겹이 쌓여 있었다. 내가 절대 청소하지 않아서 쌓인 먼지도 가득했다. 그 집은 아주 나이 많은 사람이 죽어갈 그런 곳 같았다. 창문은 여름날의 산들바람을 조금도 허락하지 않을 완벽한 위치에 있었다. 오븐 다이얼에는 숫자가 없었는데, 그건 빵굽기 프로젝트가 곧 원형 기하학과 추정 연습이라는 의미였다. *160*도는… *바로 여기쯤이야!* 나는 굽지 않아도 되는 바나나 크림 파이의 전문가가 되었다. 나는 검은색 인조가죽 매트리스 위에서 플라스틱 컵에 든 와인을 마시며 혼자 영화를 보았다. 누구에게도 해명할 필요가 없었다. 방 창문에서 개울을 볼 수 있어서 좋았다. 어쨌거나 개울이 보이는 창문이 있었다. 비록 벽에 몸을 바짝 붙여야 겨우 보였지만. 그래도 보였다. 그 개울에 오리들이 있어서 좋았다. 나는 내가 아는 모든 사람에게 편지를 썼다. *오리들이 있어*, 마치 그것들이 내 오리인 것처럼.

그 시인을 사귀기 시작하고 몇 주가 지나자, 그는 매일 밤 내 아파트에서 지내기 시작했다. 그는 여분의 내 방 열쇠를 자기 열쇠고리에 끼웠고, 나는 그것을 프러포즈의 전주곡으로 받아들이면서, 난 대책없이 낭만적이야 하고 스스로에게 말했고, 'BUILT FOR SPEED'(스피드를 위해 만들어진)라고 쓰인 빈티지한 셰비 카마로 티셔츠를 입고 잠들었다. 그러나 결국 그는 밖에서 더 늦게까지 마시기 시작했다. 그가 시간이 필요하다고 말했던 날, 나는 대화하다 말고 양해를 구하고는 화장실로 가서 면도날을 꺼내 발목을 그었다. 세 번 긋자 오래전의 친숙한 빨간 구슬들이 피어났다. 그는 벽 반대쪽의 부엌에 앉아 있었다. 이윽고 나는 발목에 일회용 밴드를 붙이고 다시 나와서 말했다. "좋아." 그에겐 시간이 필요했다. 그 정도는 나도 괜찮았다.

어느 날 밤, 그가 내 아파트에 돌아오기를 기다리다 너무 불안해진 나머지, 새벽 3시에 트럭 휴게소로 차를 몰고 갔다. 컨트리 송 같은 간결한 메모를 그에게 남겼다. *잠이 안 와서 트럭 휴게소로 가요*. 나는 술 한 모금도 마시지 않았고, 그가 나를 떠나고 있는데 나는 그를 말릴 수 없다는 불안감으로 거의 미쳐 있었다. 나의 절실한 욕구를 충분히 벗어날 만큼 오래도록 차를 몰고 싶었다. 나는 휠캡 가게 위에서 기름이 뜬 커피를 마셨지만, 그 드라이브는 옛날의 느낌, 옛날의 그 자유가 아니었다. 그의 거절이 그 드라이브를 너무도 완전히 에워싸고 있었기 때문이다.

마침내 그와 헤어지던 날, 이별은 내 아파트 계단에서 벌어졌다. 품위 없는 미장센이었다. 그가 떠나려 할 때 나는 두 팔로 얼굴을 감싸고 그에게 가지 말라고 애원했다. 그런 다음 내 방으로 올라와 바닥에 웅크려 울었다. 카펫은 여전히 더러웠다. 그렇게 울다가 실제로 재채기를 했다.

나의 문제는 간단했지만 해결할 수 없었다. 나는 내가 느끼는 감정을 느끼고 싶지 않았다. 그러다 냉장고 위에 작은 마을처럼 옹기종기 모여 있는 술병들이 보였다. 트리플 섹과 바카디와 호크아이 보드카와 미도리. 정확히 구름 속의 신은 아니었지만, 그것은 어떤 계시였다. 그것은 실용주의적이었다. 나는 궁금했다. 필름이 끊기려면 얼마나 마셔야 할까?

그 겨울 나는 대체로 아침 일찍 일어나 오들오들 떨며 비상계단에서 담배를 피웠다. 때로는 주방 창에 대형 카세트 라디오를 올려놓고 톰 페티Tom Petty가 긁는 듯한 목소리로 부르는 추방의 노래 〈더는 이 주변에 오지 말아요Don't Come Around Here No More〉를 크게 틀었다. 페티가 뮤직비디오에서 이상한 나라의 앨리스를 썰어 깔끔하게 당의를 입힌 조각으로 자르듯, 나는 전 남친을 케이크처럼 자르고 싶었다. 그것은 전 남친을 아프게 하고 싶어서라기보다는 다시 내게로 데려오고 싶어서였다. 첫눈을 함께 맞은 기억이 생생한데, 어느새 개울은 단단히 얼어 있었다. 나는 오리들이 궁금했다. 오리들은 어디로 갔을까?

매일 일어나자마자 곧바로 언제부터 기분이 좋아질지 계산하기 시작했다. 5시 또는—아마 실제로는—4시 반이 되어 와인 병을 딸 때까지는 기분 좋을 일이 없다는 걸 알고 있었다. 겨울이었고, 날이 일찍 어두워졌기에 다행이었다. 그것이 허락처럼 느껴졌다. 게다가 다른 사람들과 어울려 마시기 전에 집에서 먼저 마시는 것이 좋았다. 집을 나서기 전에 이미 알딸딸하게 취하면, 술집에서 더 차분하게 앉아 있으면서, 다른 사람들이 1차나 2차를 마칠 때까지 참을성 있게 기다리기에도 좋았다. 나는 벌써 4차나 5차를 하고 있었으므로.

그러는 동안 나는 문학 입문 과정의 강의 두 개를 맡아 가르쳤다. 학생들과 함께 『예수의 아들』에 대해 토론하려고 할 때, 나는 존슨의 주인공에게 이름이 없다는 걸 깨달았다. 주인공의 친구들이 그를 얼간이라고 불렀기 때문에, 우리도 그를 얼간이라고 불렀다. *얼간이의 캐릭터 변화. 얼간이에게 닥친 양심의 위기.* 학생들은 그가 취했을 때면 이상해지는 그의 세계를 좋아했다. "그는 무엇으로부터 탈출하려 하고 있을까요?" 나는 학생들에게 질문을 던지고는 나의 저녁 의례를 위해 집으로 돌아왔다. 그 무렵 늘기 시작한 주량은 곧 내가 수백 칼로리, 종종 천 칼로리를 덤으로 섭취한다는 뜻임을 나는 알고 있었다. 따라서 음주는 나의 칼로리 제한을 보상해주는 의미가 있었다. 덜 먹으면 또 쉽게 취할 수 있었다. 일석이조다. 솔직히 사람들이 왜 술 마시기 전에 식사하는지 이해가 가지 않았다. 그것은 빈속의 알딸딸함을 낭비하는 게 아닌가.

혼자 먹는 저녁 식사는 언제나 똑같았다. 내가 가진 네 개의 접시 중 하나에 런천미트 두 점(하나에 30칼로리)과 소금 뿌린 크래커 여덟 개(하나에 12칼로리)를 놓고, 런천미트를 각각 4등분했다. 그런 다음 여덟 개의 크래커 위에 4등분해서 여덟 개가 된 런천미트를 올리면 오픈 샌드위치가 되었다. 섭식장애 치료를 받고 체중이 거의 돌아온 이후, 체중은 내가 혈통이라고 생각했던 수치 근방을 맴돌고 있었고, 이는 곧 생리를 하게 되었음을 뜻했다. 때로는 내 의지를 증명하기 위해 더욱 체중을 낮추기도 했다. 그것은 내가 내 삶과 나누는 비밀스러운 대화 같았다. 음주는 나에게, 내 기분이 얼마나 안 좋은지 선언하고 감정을 일련의 행동으로 조직하는 또 다른 방식을 알려주었다.

어느 날인가 친구 차의 조수석에 앉아서 나의 외모가 전 남친보다 나은지 말해달라고 했다. 오후 6시였고, 나는 이미 취해 있었다. 그는 내가 듣고 싶었던 바로 그 말을 해주었다. 그게 아니면 나를 차에서 내리게 할 방법이 없었을 테니, 누가 그를 비난할 수 있겠는가? 나는 위층으로 올라갔고 해가 질 무렵에는 만취해버렸다.

나는 나의 음주가 전 남친 때문이라고 스스로에게 되뇌었지만, 그의 부재는 내가 부여한 이유에 지나지 않았다. 나는 내 생활의 모든 것에서, 심지어는 내 창문 너머 오리들에게서도 강렬함을 요구했다. 오리의 생존은 서사시의 무게를 짊어지고 있었다. 봄이 오자 오리들은 언제나처럼 아래쪽 개울로 돌아왔다. 겨울을 견디어냈다고 달라지거나 나아진 건 없었다.

―――――――――― 첫사랑이 떠난 뒤, 리스는 이렇게 썼다. "나는 음주가 얼마나 유용한지 발견하고 있다." 맞는 말인 것 같았다. 가슴앓이는 술을 마시는 이유가 아니었다. 하지만 술이 당신에게 무엇을 해주는지 발견할 기회일 수 있었다.

리스의 첫사랑, 랜슬럿이라는 남자는 그녀를 나의 아기 고양이라 불렀다. "아기 고양이, 당신은 때로 내 마음을 아프게 합니다." 그는 그렇게 썼다. 리스는 랜슬럿 때문에 상심한 뒤 다른 남자의 아이를 임신했고, 랜슬럿은 그녀를 다시 받아주지 않았지만, 낙태 비용을 대주었다. 그는 리스에게 장미 화분 하나와 털이 긴 페르시아고양이 한 마리를 주었다. 리스는 일주일 여정으로 바닷가에 갔다. 그녀는 페르시아고양이를 유스턴가의 집에 두고 갔는데, 일주일 후 돌아왔을 때 사람들이 고양이가 죽었다고 일러주었다. 그녀는 런던 버스의 2층에서 울었다. 하루에 열다섯 시간씩 자기 시작했다. "그 후로 그것은 나의 일부가 되었으므로, 그것이 사라진다면 그것이 그리웠을 것이다. 슬픔 말이다." 많은 것이 사라져버렸다. 남자, 고양이, 아이의 가능성. 그런데 다른 무언가가 주어졌다. 그녀 안의 가장 오랜 세입자인 슬픔, *만약에 사라진다면* 그리워질 어떤 것을 새로운 시각으로 보게 된 것이다. 그러나 그 가정법 시제는 힘없는 예언으로 가득했다. 그런 일은 일어나지 않았고, 일어날 리도 없었다.

리스의 친구 프랜시스 윈덤Francis Wyndham은 이렇게 썼다. "그 별것 아닌 배반의 충격 이후 지구 전체는 그녀가 살기 힘든 곳이 되었다." 다른 사람들, 비평가들, 독자들은 리스가 시시한 고난을 가지고 지나치게 호들갑을 떤다고 늘 비난했다. 그녀는 이런 자기연민의 혐의를 알고 있었고, 그것 때문에 자신을 혐오하다가도 그것을 당당하게 여기기도 했다. 그녀는 친구에게 이런 편지를 쓰기도 했다. "알다시피 나는 감정을 좋아합니다. 감정을 좋게 생각해요. 사실 나는 감정 안에 *빠질* 수 있어요." 그녀는 감정에 빠진 셰에라자드였다. 그녀는 감정의 과잉을 가지고 이야기를 자아냈다. 그러면서 가까스로 그것을 견디어냈다. 그녀가 쓴 소설들은 음주를 아주 정확히 이해하고 있었다. 자기 안에 틀어박히게 만드는 특징, 미끼를 던져 낚는 방식, 자유를 약속하지만 결국엔 무릎 꿇고 토하게 만든다는 것까지도.

랜슬럿이 떠난 후, 리스는 잉글랜드 중부와 북부의 을씨년스러운 소도시를 돌며 공연하는 뮤지컬 버라이어티 쇼 유랑극단을 따라다녔다. 위건, 더비, 울버햄프턴, 그림즈비. 하필 도시 이름들조차 포식자에 어울리는 것 같았다. 극단의 한 청년은 유랑 생활—컴컴한 골목길들, 램프 밝힌 방들—을 스케치하고 간단한 설명을 붙였다. "우리가 술 마시는 이유."

그러나 리스에겐 *이유* 같은 건 필요하지 않았다. 아니 이유가 너무 많았다. 랜슬럿은 수많은 핑계의 첫 항목일 뿐이었다. 그녀의 소설에 대한 이런 비평이 있었다. "확장된 무대 위에서, 온갖 시련과 고통의 치유책으로서 술에 취하는 것은 만족을 주지 못한다는 걸 독자는 어느 때보다 또렷이 의식하게 된다."

리스는 마침내 가슴앓이를 경력으로 바꾸어냈다. 그녀는 랜슬럿에게 차였다는 치욕—그리고 이후 스스로 자신을 망가뜨렸던 방법들—을 받아들이고, 그것들을 첫번째 원고 『어둠 속의 항해*Voyage in the Dark*』의 주제로 삼았다. 이 소설의 주인공 애나는, 더는 그녀를 원하지 않는 월터라는 남자의 정부다. 그래도 애나는 그를 미워할 수 없다. "난 비참하지 않아." 그녀는 말한다. "그저 술 마시고 싶을 뿐이야." 집주인 여자는 실크 겉감의 깃털 이불에 와인 얼룩을 남겼다고 애나를 나무란다.

월터에게 버림받은 이후 애나의 생활은 얼룩진 이불과 손대지 않은 채 말라비틀어진 베이컨으로 가득하다. 그리고 그녀와 잠자리를 한 뒤 그녀의 지갑에 5파운드, 10파운드, 어쩌면 그보다 많은 돈을 찔러 넣고, 그런 다음 다시 그녀와 자기 위해 그녀에게 편지를 쓰거나 쓰지 않는—그러다 결국에는 하나같이 편지를 쓰지 않게 되는—남자들로 가득하다.

『어둠 속의 항해』를 처음 읽었을 때, 애나의 비굴함에 나는 몸이 아팠다. 그 비굴함이 역겨워서가 아니라 그것을 알아보았기 때문이다.

나는 그녀가 쓰다 말고 침대 위에 팽개친 편지들을 보았다. *사랑하는 월터, 사랑하는 월터에게, 당신을 사랑해요 당신은 나를 사랑해야 해요 당신을 사랑해요 당신은 나를 사랑해야 해요.* 술 마시고 남자를 그리워하고, 술 마시고 돈을 그리워하고, 술 마시고 집을 그리워하고. 이 모든 것이 서로 얽혀 있었다. 불법 낙태 시술을 받고 피를 흘리는 애나가 말한다. "술 마시고 싶네요. 찬장에 진이 조금 있어요."

1913년 크리스마스—리스와 랜슬럿의 관계가 끝나고 몇 달 후 랜슬럿이 그녀의 하숙집 방으로 트리를 배달시킨 후—에 리스는 진 한 병을 다 마시고 하숙집 침실 창문에서 뛰어내리기로 결심했다. 한 친구가 들렀다가 술병을 보더니 파티 중이냐고 물었다. "아, 아냐. 정확히 파티는 아니야." 리스는 그렇게 대답했다. 리스가 계획을 털어놓자 친구는 뛰어내려도 죽지는 않는다고, 불구가 될 뿐이라고 했다. "그렇게 되면 부서진 채로 살아야 해."

리스는 그 창문에서 뛰어내리지 않았지만 진은 마셨다. 그런 다음 공책 한 권을 사서 글을 쓰기 시작했다. 어쨌거나 그녀가 즐겨 들려주던 이야기에 따르면 그렇다. 죽을 뻔했지만 글을 쓰기 위해 다시 태어났다고. 사실 그녀는 전부터 공책에 글을 쓰고는 있었다. 하지만 이 공책에 더 좋은 글을 썼을 것이다. 아마도 글쓰기를 부활로 상상하는 것이 매력적으로 다가왔을 것이다.

——————————— 짭짤한 크래커 샌드위치로 식사를 대신하던 그 겨울에, 나는 더 많은 남자와 자기 시작했다. 술에 취했을 때는 그러기가 쉬웠다. 스탠드업 코미디언, 견인차 운전기사, 자기 집을 직접 짓던 남자. 취한 섹스는 감정을 추방하는 방식, 가느다란 관을 통해

감정을 어딘가로 보내버리는 방식이 되었다. 마치 고기를 구울 때 녹아내린 지방이 하수구를 막지 않도록 항아리에 따로 모아 보관하는 것과 같았다.

마지막 학기에 나의 워크숍 강사는 우리가 토의하던 거의 모든 학생의 단편소설에서 심각하게 잘못된 점을 찾아냈고, 언어가 왜 제구실을 못 하는지 분석하는 데 한 시간을 보내곤 했다. 한 주는 자기 마음에 드는 단 한 구절을 찾기 위해 단편 전체를 넘겨 보기도 했다. 그가 왕재수가 아니라는 사실을 인정하기까지는 시간이 걸렸다. 그는 우리가 쓴 글의 가능성을 믿었기에 우리를 혹독하게 다룬 거였다. 그는 내가 처음 제출했던 글을 썩 좋게 생각하지 않았다. 그러나 그의 지성에는 어떤 진실함과 정확함이 있어서 나는 그의 칭찬을 갈구하게 되었다. 칭찬을 못 들으니 그 굶주림은 더 커져만 갔다.

강의실을 나오면, 나는 시 외곽에 사는 나이 많은 남자를 만나곤 했다. 다이얼에 숫자가 가득 적힌 오븐이 있는 그의 커다란 집에서, 내가 할 줄 아는 유일한 요리인 닭고기볶음을 해주었다. 우리는 술에 취하곤 했다, 아니 나는 취하곤 했다. 그가 취했는지 아닌지는 사실 알 수 없었다. 그와의 섹스가 끝나면 나는 그의 농구 셔츠를 입고 화장실에 들어가 울곤 했다. 당시 나는 나 자신이 안쓰러웠다. 지금 돌이켜보면 그가 안쓰럽다. 그의 집에 와서 질긴 닭고기 요리를 해주고는 칭찬을 바라고, 그런 다음 화장실에 가서 흐느끼는 여자와 사귀다니. 나는 분명 그에게서 *무언가*를 원하고 있었는데, 그게 무엇이었을까? 우리 둘 다 알지 못했다.

몇 주가 지나고 어느 날 밤, 저녁 식사를 하던 중에 그는 내가 하는 어떤 요리든 맛을 느낄 수가 없다고 털어놓았다. 비유적으로 하는 말이 아니었다. 그에겐 미뢰味蕾가 없었다. 날 때부터 그랬다. 왠지 그 말이

슬프게 들렸다. 그가 아무 맛도 느끼지 못해서만이 아니라 그가 맛을 못 느낀다는 걸 알지 못한 채 내가 그 음식들을 만들어왔기 때문이기도 했다. 우리가 무엇을 하든 그것은 우리가 함께하는 것이 아니었다. 상대가 욕망하는 사람이고 싶은 나의 욕망은 실제로 내 몸에서 콸콸 쏟아지는—*필요해 필요해 필요해*—어떤 것처럼 느껴졌고, 나는 그것이, 내가 되어버린 고장 난 수도꼭지가 넌더리가 났다. 나와 자고 싶다고 말하고, 그 말을 내 귀에 속삭이는 남자, 그것은 위스키의 첫 모금, 곧바로 내 창자를 적시는 따스함과 같았다. 대체로 그 시작이 나중보다 좋았다. 나중에 남는 건 입이 깔깔한 아침, 낯선 침대, 땀으로 젖은 시트뿐이었다.

나는 더 잘 지내보려고 애썼다. 요가도 해보았다. 작은 화분을 들였고 우연히도 친구에게서 또 다른 화분을 받았다. 그래서 그 일을 기념해 작은 파티를 열기로 했다. 아마도 우리는 술을 마시리라. 내 화분 중 하나, 벤저민 고무나무는 주방의 작은 양치식물 화분 위에 걸었다. 나는 두 화분에 앤드루 마벌Andrew Marvell의 시에서 따온 이름을 붙여 주었다. "만들어지는 모든 것을/초록의 그늘 속 초록의 생각으로 소멸시키며." 큰 화분의 이름은 마벌, 작은 화분은 애닐리에이터(소멸시키는 자)였다. 나는 파티를 초록으로 꾸미기로 했다. 모든 것이 초록 그늘 속의 초록 생각이 되도록. 그러기 위해서는 라임 맛 젤로샷과 식용색소를 넣은 피스타치오 쿠키, 셀러리, 시금치 후무스, 그리고 누군가의 마리화나가 있으면 되었다. 나는 아침에 젤로샷을 만들려고 했지만, 1리터들이 보드카 병을 딸 수 없었다. 가장 싸구려 보드카를 샀는데 뚜껑이 뭉개져 있었기 때문이다. 전속력으로 모퉁이 가게로 달려가서—나의 젤로가 시시각각 식어가고 있었다!—아침 8시에 보드카를 달라고 해야 했다.

II

젤로샷을 만들기는 했지만, 너무 독했다. 내 주방은 너무 더웠고, 너무 많은 몸들이 들어차 있었다. 재미있다는 반응을 기대했던 "애닐리에이터"라는 이름에는 아무도 재미있어라 하지 않았다. 한 친구는 음주운전으로 체포되어 전날 밤을 유치장에서 보내고 막 나온 상태였다. 그녀는 구석에서 눈물을 훔쳤다. 또 다른 친구는 마리화나를 너무 많이 피운 나머지 내 주방 바닥에 기절해 있었다. 내 집에 독성이 있는 것 같았다. 거기서 시간을 보내기만 해도 어떤 병—의지박약이나 터무니없는 절망 상태—에 걸릴 것 같았다.

이별 이후 여러 달이 지나자 친구들이 다정하게, 상냥하게, 왜 아직도 그 일에 관해 그렇게 많이 말하는지 물어오기 시작했다. 왜 그렇게 그 일을 받아들이기가 힘들어? 솔직히 나도 몰랐다. 거절, 내가 당한 시시한 배신은 내 안에 계속 굴을 파고드는 벌레였다. 그리고 나는 내가 그에게 충분히 좋은 사람이 아니었던 이유의 바닥까지 내려가서 그 벌레를 파내려고 계속 애쓰고 있었다. 나는 실험 삼아 학생 서비스 센터에서 심리치료를 받기 시작했다. 심리치료사의 억양 때문에 그가 사용하는 몇몇 직유법을 이해하기 힘들었다. 그가 말했다. "사랑은 토스터기와 같습니다. 일단 오면 모든 것을 파괴해버리지요."

나는 생각했다, *아뇨, 사랑은 대형 카세트 라디오의 톰 페티예요*. 나는 토스트된 내 심장의 타버린 모서리를 상상했다. 사실 그 치료사가 말했던 것은 *토스터*가 아니라 *트위스터*, 회오리 폭풍이었고, 그 봄에 실제로 한 차례 트위스터가 찾아왔다. 현실의 토네이도는 여학생 클럽 회관의 지붕을 통째로 날려버렸다. 그것은 잎 무성한 가지들을 찢어버리고 자동차들을 뒤집어 나무 기둥에 처박아버렸다. 내가 살던 집 뒤뜰의 헛간을 개울로 내던져버렸다. 나는 계속해서 오리들의 행운을 빌었다. *나의* 오리들. 이것이 아이오와였다, 누가 봐도 한심한 오류였다. 사랑을 말하면, 그 은유들이 살아났고 그것들이 나를 에워싼 공기를 자아냈다.

나는 이별에 관한 단편을 쓰기로 했다. 이별밖에 생각할 수 없었기 때문이다. 그러나 이별 이야기는 예술적인 자살 같았고, 워크숍 강사가 수업 시간에 그것을 휘리릭 넘겨 보면서 나의 가슴앓이에 관한 진부한 표현을 지적하는 모습이 벌써부터 선히 그려졌다. 어쨌거나 나는 이별 이야기를 썼지만, 심혈을 기울여 나의 가슴앓이를 더 극적으로 만들었다. 주인공은 와인 잔을 냉장고에 던져 박살 내고, 이어서 베이지색 냉장고 문을 타고 흐르는 붉은 시라즈 와인을 핥았다. 나는 늘 물컵이나 플라스틱 컵으로 와인을 마셨지만, 고통을 다루자면 나처럼 꿀꺽꿀꺽 넘치게 마시는 것보다는 산산조각 난 와인 잔과 혀로 핥아낸 붉은 흔적이 더 기교적인 표현 같았다.

나의 단편이 다뤄지던 날, 워크숍 강사가 말했다. "이 단편에서 유일한 흠은 쪽번호가 없다는 겁니다." 그 단편은 내가 아이오와에서 썼던 것 중 모두가 무척 좋아한 단 하나의 작품이었고, 나의 육감이 맞다고 확인해주었다. 상황이 암울해지면, 그 어둠을 가지고 글을 쓰면 된다는 것. 가슴앓이가 경력의 시작이 될 수 있었다.

그 시절 나는 내 몸을 돌보는 재주가 없었다. 내 몸이든 벤저민 고무나무든. 그 화분은 7월의 열기에 바삭바삭 시들어버렸다. 나는 그것이 죽어가는 모습을 보고 싶지 않아서 비상계단에 내놓았다. 나는 내가 시작한 이 새로운 유형의 음주, 곤드라지기 위해 마시는 의도적이고 노골적이며 자의식적인 이 음주가 내가 몰랐던 나의 일부를 알게 해준다고 믿고 싶었다. 뿌연 물 속의 물체처럼, 그 형태를 더듬더듬 알아가고 있다고 말이다. *인 비노 베리타스in vino veritas*, 포도주에 진리가 있다, 그것은 음주의 가장 매력적인 약속 중 하나였다. 그것은 불명예가 아니라 계몽이며, 진실을 가리는 게 아니라 드러내준다는 약속이었다. 만약 그것이 진실이라면, 그 시절 나의 진실은, 밤에 혼자 술을 마시며 로맨틱 코미디를 보다가 술에 나를 맡기고 곤드라지는 것이었다.

— III —

비난

모든 중독 이야기는 악당을 원한다. 그러나 미국은 중독자가 피해자인지 범죄자인지, 중독이 질병인지 범죄인지 한 번도 제대로 판단해낸 적이 없었다. 그래서 우리는 다양한 정신노동 분야를 동원해가며 인지부조화의 압박—어떤 중독자는 동정을 사고, 나머지 중독자는 비난받는다—을 완화하고, 그렇게 만들어진 이론들은 계속해서 서로 겹쳐지고 진화하면서 우리의 목적에 맞춰진다. 알코올중독자는 고통받는 천재다. 약물중독자는 일탈한 좀비다. 남자 술꾼은 흥미롭다. 여자 술꾼은 나쁜 엄마다. 백인 중독자의 고통은 사람들이 목격해준다. 유색인 중독자는 처벌당한다. 유명인 중독자는 말[馬]과 함께하는 호화로운 재활 치료를 받는다. 가난한 중독자는 곤경에 처한다. 매년 음주운전으로 죽는 사람이 코카인으로 죽는 사람보다 더 많은데도, 크랙을 소지한 누군가는 감옥에서 5년을 사는 반면, 음주운전을 한 누군가는 유치장에서 하룻밤을 지낸다. 법학자 미셸 알렉산더Michelle Alexander는 대량 투옥에 관한 중요한 책인 『새로운 짐 크로*The New Jim Crow*』에서 이와 같은 여러 가지 편견이 "누구는 국가에서 추방될 일회용으로 비춰지고 누구는 그렇지 않은지"에 관해 훨씬 더 큰 이야기를 말해준다고 지적한다. 중독자, 음주자, 약물 사용자 문제에서 나타나는 흑백 인종 간의 괴리는 우연한 것이 아니라 나머지 사람들을 보호한다는 명목으로 일부를 비난하려는 우리의 욕구가 빚어낸 참사다.

"우리는 무엇 때문에 마약중독자를 비난하는가?" 문화비평가 아비탈 로넬Avital Ronell은 이렇게 묻고는 자크 데리다Jacques Derrida를 인용해 대답한다. "중독자가 현실에서 망명해 객관적 실재와 도시와 공동체의 현실 생활과 멀리 떨어져 세계로부터 스스로 단절하는 것, 그래서 환영과 허구의 세계로 도피한다는 것… 우리는 그의 쾌락이 진실이 없는 경험에서 얻어진 것이라는 사실을 견디지 못한다." 중독자가 공동의 사회적 목표를 갉아먹는 배신자라는 이런 시각은 범죄학자 드루 험프리스Drew Humphries가 마약 공포 서사라고 부르는 것에서 지속적인 특징이 되어왔다. 마약 공포 서사는 불안의 원인으로 특정 물질을—종종 임의적으로, 사용이 증가하지 않았음에도—지목해 주변부 공동체를 희생양으로 삼는 미국의 고전적 장르다. 19세기 캘리포니아의 중국인 이민자들과 아편이 그런 경우였다. 20세기 초 남부 흑인들의 코카인 사용이 그런 경우였다. 1930년대 멕시코인들과 마리화나가 그랬다. 1950년대 흑인들의 헤로인 사용이 그랬다. 1980년대 도심 빈민가의 크랙 유행이 그랬다. 21세기로 접어들 무렵 가난한 백인 공동체에서 메스(메스암페타민)가 성행한 것도 마찬가지였다. 메스는 "인류에 알려진 가장 해롭고, 중독적인 약물"이라고 일컬어졌다. 미국 전역의 페인트칠 벗겨진 헛간에는 예언처럼 그래피티가 쓰여 있었다, **메스는 죽음이다**. 포스터와 상업 광고에는 마약에 찌들어 가죽만 앙상하고 송곳니가 누렇고, 얼굴의 염증을 긁느라 아기는 내팽개친, 귀신 같은 얼굴이 등장했다. 그러나 2005년 『뉴스위크*Newsweek*』의 한 표제 기사가 메스를 "미국의 새로운 마약 위기"라고 부를 때쯤, 메스 사용은 몇 년째 감소하고 있었다.

마약 공포 서사를 유독성 장르라 부르는 것은 마약으로 인한 피해나 중독이 남기는 파괴를 부정하는 것이 아니다. 그것은 "중독"이 늘 두 가지 성격을 동시에 지녀왔음을 인정할 뿐이다. 중독은 교란된 신경전달물질 일습이자 우리가 혼란에 관해 말해온 일련의 이야기다. 중독은 감염성 있는 유행병이 되기도 하고, 시민적 의무를 의도적으로 저버리는 행위, 사회질서에 맞서는 용감한 반란, 또는 고통받는 영혼의 고결한 절규가 되기도 한다. 그것은 누가 그 이야기를 하는지, 누가 그 물질을 사용하는지에 따라 달라진다. 컬럼비아대학교의 신경과학자 칼 하트Carl Hart는 많이 방송되지 *못했던* 마약 이야기, "한 번도 들려줄 기회가 없었던 특별히 흥미롭지 않은 비非중독 마약 사용자 이야기"에 관해 썼다. 하트가 일깨워주는 것처럼, 사실 대부분 마약 사용자는 중독자가 아니다. 그러나 중독은 다양한 사회적 의제에 편리하게, 불가피한 것이자 한결같이 파괴적인 것으로 제시된다. 그중 가장 대표적인 사회적 의제가 '마약과의 전쟁'이다.

마약을 상대로 한 20세기 미국의 십자군 전쟁은 해리 앤슬링어Harry Anslinger라는 남자와 함께 본격적인 시작을 알렸다. 그는 금주법 시대가 막 저물기 시작하던 1930년에 연방마약국을 장악했다. 앤슬링어는 과거 금주법에 기름을 부었던 처벌 충동—중독을 나약함, 이기심, 실패, 위험의 관점에서 보려는 충동—의 흐름을 효율적으로 바꿔 마약을 향해 흘러가게 했다. 이는 단지 은유적 연관성이나 정신적 승화가 아니었다. 앤슬링어의 마약국은 실제로도 금주국이 있었던 바로 그 음산한 사무실을 차지했다.

그러나 이후 몇십 년 사이 미국의 법체계는 알코올중독과 마약중독을 공적인 상상력 속 별개의 범주로 양극화하게 된다. 알코올중독은 질병이고 마약중독은 범죄였다. "센" 마약은 중독이고 술은 오락적 사용이라고 등식화하는 건 그럴싸해 보이지만 사실 그 두 가지 중독에 대한 구분은 주로 사회규범과 법적 관행에 근거를 두고 있다. 더욱이 항상 그랬던 것도 아니다.

1914년 아편제와 코카인의 배포를 규제하고 세금을 매기는 '해리슨 마약류 세법Harrison Narcotics Tax Act'이 통과되었지만, 이전까지는 유통업체 시어스로벅의 카탈로그에서 마약류 제품을 쉽게 주문할 수 있었다. 주사기와 코카인 묶음은 1.50달러에 거래되었고, 모르핀을 넣어 만든 '윈슬로 부인의 진정 시럽'은 동네 약국에서 살 수 있었다. 그러나 1950년대에 이르자 앤슬링어는 헤로인중독자의 대다수가 "이미 약에 찌든 사람과 감염성 접촉을 함으로써 탄생하는 사이코패스"라고 말하고 있었다. *우리는 무엇 때문에 마약중독자를 비난하는가?* 앤슬링어는 감염이라는 단어를 사용하면서 중독자를 도덕적으로 과실이 있는 페이션트 제로(최초 감염자)라고 상상하고, 질병과 악덕이라는 경쟁적인 두 관념을 결합했다. 그 단어는 그가 금주법 시기 바하마에서 근무할 때 사용하곤 했던 어법을 부활시켰다. 그는 밀주업자와 밀수업자들이 그 술을 마시는 사람들을 감염시키는 "역겨운 전염병"을 옮긴다고 주장하면서 해군이 그들을 일망타진해야 한다고 촉구한 적이 있었다. 앤슬링어는 자신을 도덕적 십자군으로 생각했지만, 옷차림은 그의 정책이 겨누고 있는 마피아 깡패와 다름없이, 반짝이는 정장을 입고 중국식 탑이 인쇄된 타이를 매고 다녔다. 그는 그 초기 십자군 시절에 마약국의 도산을 막기 위해 분투하다가 1930년대 중반 예산이 거의 절반으로 깎인 후, 1935년 신경쇠약으로 병원 신세를 졌다.

그러나 바로 그해에 앤슬링어는 미국의 마약류 입법 역사에서 급진적이고 새로운 '나코틱 팜Narcotic Farm'의 도입을 관장했다. 중독자를 위한 연방 시설인 나코틱 팜, 즉 나코팜은 그해 5월 켄터키주 렉싱턴 외곽에 문을 열었다. 교도소와 병원의 성격이 반반 섞인 나코팜은 교도국과 공중위생국이 공동으로 관리하는 시설로, 중독을 바라보는 미국의 양가감정이 제도적으로 구체화된 산물이다. (이곳은 '팜'이라는 이름에 걸맞게 낙농장도 있었지만, 실제로 아편 재배 시설로 오인될 거라고 염려한 관리자가 한둘이 아니었다.) 렉싱턴에 수용된 1,500명의 "환자들" 가운데, 거의 3분의 2 정도는 연방마약법 위반으로 유죄를 선고받은 죄수들이며 나머지 3분의 1은 치료를 받고자 찾아온 자원자들이었다. 그러나 이 "자원자"들은 종종 법적인 문제를 일으킨 후 법적 처벌을 대신하기 위해 온 자들이었다. 만약 중독이 악덕이자 질병이라면, 나코팜 거주자들은 죄수이자 환자였다. "자원자"이자 "수용자"인 그들은 벌을 받으면서 동시에 재활 치료를 받고 있었다.

1935년에 나코팜이 문을 열 때까지, 미국은 중독에 관해 어느 이야기를 믿어야 할지, 중독을 처벌해야 할지 치료해야 할지 알지 못했는데, 나코팜의 모든 면이 이런 혼란을 반영하고 있었다. 그것이 불리는 이름, 그것에 쏟아진 언론 보도, 그것의 운영 방식, 심지어 그것이 지어진 방식도 그랬다. 그곳에는 교도소처럼 높은 담장과 창살로 막힌 창문이 있지만, 커다란 창 너머로 켄터키의 완만한 녹색 구릉지가 내다보이는 휴게실도 곳곳에 있었고, 수도원처럼 보이는 둥근 천장과 높이 솟은 아치는 종교적인 것을 암시했다. 그곳은 그럴싸한 구원의 건축물 같았다.

III

해리 앤슬링어는 단지 정책 입안자가 아니라 이야기꾼이기도 했다. 그러나 그의 중독 이야기 중 대다수는 구원에 관한 부분이 빠져 있었다. 그것들은 그저 일탈의 이야기, 두려움을 일으키고 처벌을 정당화하기 위한 이야기에 지나지 않았다. "마약중독자와의 전쟁"을 위한 논거로, 앤슬링어는 로스앤젤레스의 한 경관이 했던 말을 즐겨 인용했다. "나는 이런 사람들이 나환자들과 똑같은 범주라고 생각합니다. 그들로부터 사회를 지킬 유일한 방법은 가능할 때마다 분리하고 고립시키는 겁니다."

앤슬링어는 예산이 삭감되자 더욱 집요하게 공포감을 조성했다. 그는 마약에 대한 공공의 불안을 증폭시킴으로써 마약국이 중요한 이유를 만들어내며 1930년대 후반을 보냈고, 인종적 공포를 무자비하게 활용한 캠페인을 벌였다. 하원세출위원회 연설에서는 마리화나가 흑인 남성에게 백인 여성에 대한 욕정을 촉발한다고 주장하면서, "유색인 남학생들"이 백인 여학생들과 파티를 하고 "인종적 박해를 당한 이야기로 여학생들의 동정을 사고, 그 결과는 임신"이라고 말했다.

마약 사용자의 대다수는 늘 백인이었음에도, 인종 편집증은 미국의 마약 공포 서사가 이야기되어온 이래로 그 한 축을 담당하고 있었다. 심지어 앤슬링어 이전에, 해리슨 마약류 세법에 대한 대중의 지지를 끌어냈던 것도 바로 이 편집증이었다. 1914년 『뉴욕 타임스』에 **검둥이 코카인 "악귀들" 남부의 새로운 위협**이라는 헤드라인이 등장했고, 거의 초자연적인 적으로서 검은 "악귀" 신화를 전파하는 비슷한 기사들이 쏟아졌다. 1914년, 『리터러리 다이제스트*Literary Digest*』의 한 기사는 "남부의 백인 여성이 당한 공격의 대부분은 코카인에 미친 검둥이의 두뇌가 빚은 직접적인 결과"라고 주장했다.

1953년에 앤슬링어는 『마약 거래*The Traffic in Narcotics*』라는 제목의 책을 냈다. 이 책은 그가 20년 동안 계속해왔던 마약 전쟁을 옹호하는 선언이었다. 아울러 그가 지지하던 입법 마련을 위한 수단이기도 했다. 그렇게 해서 탄생한 1956년의 '마약류 규제법Narcotic Control Act'은 마약 유통에 의무적인 최소 형량 선고—최초 위반 시 5년, 2회 이상 위반 시 10년—를 하도록 명령했으며, 헤로인 판매에 사형을 선고할 수 있게 했던 1951년의 '보그스법Boggs Act'의 조항들을 강화했다.

1950년대 후반, 소설가 제임스 볼드윈James Baldwin은 단편 「소니의 블루스Sonny's Blues」를 발표했다. 모든 중독은 공적 경험과 사적 경험 사이의 교차로에 산다는 사실을 극화한 이야기였다. 중독을 외부에서 이해하려는 시도를 다룬 이 단편은 할렘에서 자란 두 흑인 형제의 관계에 초점을 맞추는데, 학교 선생님인 형은 재즈 음악가인 동생의 이해할 수 없는 의존성을 분석하려고 애쓴다. 볼드윈의 이야기에서 중독은 사회적이면서도 내면적이다. 헤로인은 20세기 중반 할렘에서 흑인으로 살아가는 현실의 일부였지만, 한편으로는 매우 개인적인 내적 갈등의 일부이기도 하다. 소니는 자신에게 환희—혈관 속에서 한 여자가 노래하는 듯한 기분—를 안겨주기도 하지만 종종 참을 수 없는 "무언가의 밑바닥에" 그를 홀로 가둬버리기도 하는 헤로인과 싸운다.

그보다 불과 4년 전에 출간된 앤슬링어의 『마약 거래』는 "마약중독이라는 무시무시한 전국적 문제를 다룬 권위 있는 최초의 책"이라고 스스로를 광고했지만, 그 태도는 볼드윈의 것과는 정반대였다. 그 책은 중독자의 의식이 갖는 모순과 깊이를 존중하는 대신, 투옥을 쉽게 정당화할 만화 같은 악당들을 창조했다. 책날개의 소개글은 그 책이 "병적인 선정주의에 대한 욕구를 만족시키기 위해서가 아니라 현재 상황을 근본적으로 설명"하기 위해 쓰였다고 주장했다. 그 책의 사명은 오로지 "심란한 위협, 즉 범죄의 근원이자 젊은 청춘의 파탄자를 쳐부수려는 전국적인 열망을 인도하고 실행"하는 것이었다.

여기에는 어떤 "선정주의"도 없으며 젊은 목숨들의 파멸만 있을 뿐이었다. 앤슬링어는 그저, 아홉 살짜리를 강간한 마리화나 악귀, 과부를 죽인 악귀, "동시에 즐길 와인과 마리화나를 살" 돈을 훔치기 위해 열여섯 명의 여성을 "잔인하게 공격했던" 악귀의 이야기를 전하려고 할 뿐이었다. 광적으로 흥분한 그 소리가 귀에 들리는 것 같다. *동시에!* 앤슬링어는 "병적인 선정주의에 대한 욕구를 만족"시켜줄 생각은 없었지만, 판사들이 징역형을 때리는 대신에 자유재량으로 "휴가"를 퍼줄 때 나쁜 일이 일어난다고 알리고 싶어 했다. 예를 들면, 1.1킬로그램의 마리화나 소지죄로 겨우 25달러의 벌금을 선고받은 마리화나 상인은 이듬해 "마리화나에 취한 상태에서" 열 살 소녀를 강간했다는 것이다.

앤슬링어는 자신의 책을 "오래 기다려왔던 믿을 만한 개론서"라고 설명하면서, 떠오르는 마약 공포의 물결에 영합하기를 거부한다고 주장하지만, 그 말은 교묘한 속임수였다. 그는 생애 마지막 20년의 대부분을 이런 공포의 불길을 부추기면서, 예산 부족에 허덕이던 마약국에 지원을 끌어내려 했다. 가장 해로운 의제는 종종 순수한 글로 자신을 위장하는 법이다.

그 책에서 앤슬링어는 자신은 일반화를 좋아하지 않는다고 주장한다. 그는 중독자들이 세계와 차단되고 싶어 한다는 걸 관찰할 뿐이다. "정상적인 사람들은 일상의 감정 평면" 위로 올라갈 필요가 전혀 없다고 느끼는 반면, 중독자들은 하나같이 점점 더 큰 쾌락을 갈구한다. 앤슬링어의 비난은 "진실이 없는 경험에서" 쾌락을 취한다는 이유로 우리가 중독자에게 분개한다는 데리다의 주장을 떠올리게 한다.

『마약 거래』가 출간되고 6년 후, 소설가 윌리엄 버로스는 "'악'의 얼굴은 항상 총체적 욕구의 얼굴이다"라고 썼지만, 앤슬링어는 총체적 욕구의 얼굴을 악으로 바꾸기에 바빴다. 질병에 대한 그의 개념은 선택적이고 자기중심적이었다. 그는 중독자들이 감염성이 있다고 하면서도 그들을 환자로 보자는 견해를 묵살해버렸다.

1970년에 『블루스차일드 베이비*Blueschild Baby*』가 출간되었다. 조지 케인George Cain이라는 작가(이자 헤로인중독자)가 조지 케인이라는 헤로인중독자에 관해 쓴 자전적 소설이었다. 앤슬링어의 책이 출간되고 20년 가까이 지났지만, 앤슬링어의 가혹한 캠페인이 남긴 찌꺼기는 여전히 존재하고 있었다. 조지는 약물 습관을 끊기 위해 의사를 찾아가지만, 범죄자 취급을 받는다. 이 소설은 치욕의 강렬한 장면에서 똑같은 질문을 던진다. 중독자는 환자인가?

우연찮게도 조지는 흑인이다. 더욱이 그는 헤로인 소지죄로 복역하고 막 출소했는데, 소설이 끝날 때쯤 그는 금단증상의 극심한 고통에 깊이 빠져 있다. 그의 구토조차 투쟁의 징표를 보여준다. "게워내는 액체 속에서 살아 있는 것들, 개구리들, 벌레들이 발길질을 한다." 조지의 여자 친구 낸디가 병원에 가보라고 제안하지만, 조지는 그녀보다 상황을 더 잘 알기에 이렇게 말한다. "의사는 도움이 안 될 거야." 아니나 다를까, 조지가 의사에게 자신이 마약중독자라고 말한 순간, 의사는 당장에 조지의 생각이 옳았음을 보여준다. 의사는 책상에서 몸을 빼더니 권총을 꺼낸다.

이 장면은 남자들 사이의 갈등이라기보다는 서로 다른 중독 서사 사이의 갈등으로 펼쳐진다. 조지와 낸디는 중독이 질병이라고 주장하지만—낸디는 "그이는 환자예요. 당신은 의사고요"라고 말하고 조지는 "난 환자입니다, 선생님을 찾아오는 다른 모든 이들처럼 아픈 사람이에요"라고 한다—의사와 그의 총은 악덕으로서의 중독 서사를 포기하지 않으려 한다. "경찰 부르기 전에 이 방에서 꺼져."

————————————— 나는 정확히 중상층계급 백인 여자다. 내가 속한 계급에서는 약물을 해도 자비롭게 또는 동정적으로 다루어지곤 했다. 그것은 처벌보다는 걱정을 샀고, 어깨를 한 번 으쓱하고 지나갈 만한 일이었다. 어느 누구도 나더러 문둥이, 사이코패스라고 부른 적이 없었다. 내가 내 가방에 손을 뻗는다고 해서 그 때문에 교차로에서 나에게 총을 쏜 경찰도 없었으며, 심지어는 셀 수도 없을 만큼 여러 번 음주운전을 했어도 그 때문에 나를 불러 세운 경찰도 한 명 없었다. 내 피부색은 나의 중독을 허락하기에 딱 좋다. 중독에 관한 한, 특권이라는 추상 개념은 궁극적으로 당신의 몸에 관해 어떤 이야기가 말해지는지를 묻는다. 당신은 해악으로부터 보호받아야 할 사람인가, 해악을 끼치지 못하게 저지해야 할 사람인가? 내 몸은 저지해야 할 어떤 것이라기보다는 보호받아야 할 어떤 것으로 이해되어왔다.

작가 마고 제퍼슨Margo Jefferson은 회고록 『니그로랜드*Negroland*』에서 미국의 흑인 여성들이 "얼마든지 우울증에 빠질 특권과 사회적, 정신적 복잡성의 표식으로서 신경증을 과시할 특권을 거부"당해온 방식을 설명한다. 그런 것은 백인 여성이나 누릴 수 있는 사치였다. 그것은 "백인 여성의 고통을 다룬 문학 속에서 미화"되어온 것이었다.

나의 내면이 사실은 내면이 아니었다는 걸 이해하기까지는 오랜 세월이 걸렸다. 내 고통과 나의 관계, 흔히 사적이라 여겨지는 그 관계는 전혀 사적인 것이 아니었다. 그것은 백인 여자가 고통스러워하는 걸 전적으로 가능하게 해준 서사에 그 존재를 빚지고 있었다. 백인 여자의 고통은 흥미롭다고, 그것은 죄책감의 증거라기보다는 나약함의 증거이며, 처벌보다는 동정을 받을 가치가 있다는 이야기들 덕택이었다.

술을 마시기 시작했을 때, 그러니까 본격적으로 음주를 시작했을 때, 단지 쾌락이 아닌 탈출의 관점에서 그것을 의식하게 되었을 때, 나는 부끄러웠지만 자랑스럽기도 했다. 나 자신에게서 사라지려는 절박한 시도는 무언가 *그것으로부터* 벗어나야만 하는 어둡고 중요한 것—우울증, 신경증, 정신적 복잡성—이 있다는 뜻이었다. 그렇다고 내가 고통을 옷처럼 걸치고 다닌 건 아니었다. 오히려 나는 고통을 정신적 비료로, 미학적 목적을 지닌 어떤 것으로 이해하려고 애썼다. 나는 고통이 나를 복잡하게 만들고 심화시켜주기를 바랐다.

처벌받지 않는 음주운전을 가장 많이 했던 건 캘리포니아에서였다. 나는 아이오와 작가 워크숍을 졸업한 후 겨울 동안, 언덕 꼭대기의 햇살 좋은 할머니—아버지의 어머니인 델—집에서 할머니와 함께 살았다. 그 집은 내 어린 시절의 대부분을 가족과 함께 살았던 곳이었다. 그 겨울에 나는 소설을 쓰려고 끙끙대고 있었다. 할머니는 죽음을 향해 가고 있었다.

그 몇 달 동안, 나는 이렇다 할 가구도 별로 없는 휑한 방에서 지냈다. 바닷가에 자리 잡은, 조식이 제공되는 여관에서 야간 근무가 끝나면 차로 10분을 달려 집에 도착한 후 매트리스 위에서 혼자 술 마시는 것이 낙이었다. 가끔은 근무 중에 몰래 술을 마셔 살짝 취기 오른 상태로 불안에 떨며 운전하고 와서는 아무 걱정 하지 않아도 되는 내 방에서 술을 더 마시곤 했다.

매일 아침마다 최대한 일찍 일어나 작은 목조 발코니에서 담배를 피웠다. 하루하루 완벽하게 파란 하늘과 태양이 있었고, 섬뜩할 만큼 매일매일이 똑같았다. 날마다 나는 담배 연기로 소금기 품은 공기를 더럽혔고, 바람에 닳은 바닥 널조각 위에 담뱃재의 작은 회색 더미를 남겼다. 내 손가락은 누레졌다. 나는 델 할머니에게 오트밀을 만들어 드리고 할머니가 드시는 동안 옆에 앉아 있었지만, 글을 쓰고 싶었기에 그 시간을 원망했고, 원망하지 않는 사람이 되고 싶었기에 그런 원망에 죄책감을 느꼈다.

델 할머니는 내 어린 시절 늘 곁에 있었고, 여러 해 동안 우리 가족을 품어주었다. 인자하고 재주 많고 강철처럼 배짱 좋고 매우 충직한 여성이던 할머니는 나와 오빠들을 무척 사랑해주었다. 할머니는 조울증을 앓는 두 딸을 키웠고, 알코올중독 남편과의 결혼생활을 견디어냈으며, '미국 혁명의 딸들'◆의 정책에 동의하지 않는다며 그 단체를 나왔다. 그러나 델 할머니에 관한 기억 가운데 내가 좋아하는 것은 사소한 것들이다. 매주 있었던 우리의 브리지 게임 수업, 그 게임에서는 할머니의 서가에 놓인 도자기 생쥐가 조심스레 지켜보는 가운데 온갖 술수가 벌어졌다. 할머니는 너무 높은 점수를 부르면 위험하다고 늘 경고했지만, 정작 실전에서는 공격적으로 점수를 불렀다. 우리는 항아리에 모아둔 동전을 걸고 게임을 했다. 나는 델 할머니를 사랑했고, 할머니의 금욕주의와 이타주의를 존경했고, 할머니가 나를 돌보던 그 모든 방식을 기억하고 있었다. 그 보살핌을 되돌려주고 싶었으면서도, 할머니가 필요로 하는 것들이 너무 부담스러웠고, 그렇게 많은 것을 필요로 하는 할머니를 보는 것이 싫었다.

오빠와 새언니 역시 델 할머니와 살고 있었다. 나는 빈 술병을 우리의 공동 재활용 통에 가져다 놓는 대신 내 옷장 안 비닐봉지에 따로 보관해, 내가 얼마나 마시는지 오빠나 새언니가 알지 못하게 했다. 델

◆ Daughters of the American Revolution: 독립전쟁에서 싸운 조상을 둔 여성들의 단체로 독립전쟁의 정신을 오래도록 전하는 것을 목적으로 한다.

할머니는 자주 쓰러지기 시작했고, 때로는 소파에 엎질러진 커피가 식어가는 가운데 그 옆에서 잠들기도 했다. 할머니는 당신이 드시는 알약들을 혼동했지만, 나는 할머니가 무슨 약을 드시는지도 몰랐다. 나는 할머니 때문에 무서웠고, 나 때문에 무서웠다. 나는 어떻게 할머니를 돌봐야 하나? 할머니 침실에는 내가 좋아하던 사진이 하나 있었다. 아기인 나를 안은 할머니 사진이었다. 사진 속 할머니는 매우 행복하고 굉장히 유능해 보였다. 그 겨울의 몇 달 동안 할머니는 어디가 아프다거나 마음대로 움직이지 못하겠다며 불평하는 일이 거의 없었다. 그와 반대로 불평할 것이 거의 없는 나는 독성 전기 같은 자기연민으로 살아가고 있었다.

결국 우리는 '라이프라인Lifeline'이라는 의료 경보 시스템을 설치했다. 델 할머니가 쓰러질 경우, 할머니 목에 건 버튼을 눌러 작동시키는 일종의 직통 전화선이었다. 퇴근하고 와서 보면 할머니가 화장실에 쓰러져 있거나, 카펫 위에 엎질러진 닭고기 수프가 굳어가는 옆에서 피를 흘리고 있을 때도 몇 번 있었다. 어느 날 아침 방구석에서 그 기계가 삑삑거리고 있었는데, 그 선의 반대편 끝에서 목소리가 들려왔다. "괜찮으세요?" 그래서 나는 그것에 대고 말해보았다. "저 여기 있어요." 내가 말하자 목소리가 물었다. "간병인이세요?" 솔직히 뭐라고 해야 좋을지 몰랐다. 그렇기도 하고 아니기도 했다. 나는 커피로 젖어버린 목욕 가운을 갈아입는 할머니를 거들려 하고 있었고, 울고 있었고, 할머니는 왜 우냐고 내게 묻고 있었고, 나는 울지 않는 척 애쓰고 있었고, 아기인 나를 할머니가 안고 있는 그 사진을 떠올리고 있었는데, 이제 그 목소리가 묻고 있었다. "간병하는 상황인가요?" 마치 멀리 떨어져 있어 쓸모없는 신이 그 기계 안에 살면서 우리를 심판하는 것 같았다.

간병하는 상황인가요? 오빠와 새언니와 나는 우리가 할 수 있는

것을 하고 있었다. 그러나 충분하지 않다는 건 분명했다. 아버지와 고모는 둘 다 할머니에게 지극정성이어서 매일 전화를 걸어왔지만, 두 사람 모두 미국의 반대편 끝에 살고 있었다. 이성적으로 생각하면 할머니를 죽음으로부터 지키는 것이 내 일은 아니었지만, 그래도 그것이 내가 해야 할 일처럼 느껴졌다.

때로 새언니와 나는 식료품점에 가서 상자에 포장된 커피 케이크, 민트 초콜릿 칩 아이스크림, 로제 샴페인 등 달콤한 것들로 쇼핑 카트를 채웠고, 그 모든 것을 와구와구 먹었다. 그저 온전한 탐닉이 주는 위안과 도피를 위해, 그 모든 것을 몸 안에 밀어 넣으면서 어쨌거나 우리는 죽음과 멀리 떨어져 있다는 사실을 상기하곤 했다. 나의 식생활은 호황과 불황의 주기처럼, 발작적으로 마구 먹다가 그런 다음에는 며칠 동안 거의 먹지 않음으로써 보상하는 식이었다. 술에 취했을 때는 그래도 먹기가 쉬웠다. 내가 아팠던 어느 날 밤, 우리는 〈가을의 전설 Legends of the Fall〉 비디오테이프를 빌려 왔고, 나는 항히스타민제 베나드릴 주사를 맞고 싸구려 로제 샴페인을 종이컵으로 세 잔 마신 뒤 소파에 웅크린 채 정신을 잃었다. 잠을 안 자고 깨어 있기란 상상할 수 없이 지치는 일이었다. 나는 의식과 무의식 사이에 드리운 커튼 같은 브래드 피트의 긴 머리를 보며 잠에 빠졌다.

그 무렵 나는 내가 다녔던 고등학교 학생들을 상대로 과외를 했다. 그 부모들은 나의 학력증명서에 감명을 받았지만, 이 학력증명서가 나에게 마련해준 삶에 약간 당혹스러워했다. 그들의 자녀를 가르치면서 세월을 보내고 있었으니 말이다. 과외가 끝나면 나는 여관으로 차를 몰고 가서 손님들에게 태슬 달린 커튼과 꽃무늬 벽지와 거품 욕조가 있는 방을 보여주었다. 결혼한 여자들이 전화로 예약하면서 종종 “킹사이즈 침대가 있어야 해요”라고 말하면, 무슨 말인지 알아들었다.

내가 접수한 모든 투숙객이 *되어보*는 상상을 하면서 동경 혹은 남의 불행에 대한 쾌감을 느끼기도 했다. 그들의 짐을 옮기면서, 멋대로 구성한 그들의 내밀한 삶에 몰래 들어가, 창문 가득히 또는 창문 구석에 보이는 바다 전망을 배경으로 배우자를 배신하거나, 아니면 기적처럼, 여전히 배우자를 사랑하는 식이었다.

매일 밤 나는 손님들에게 와인과 치즈를 냈고, 여관이 조용해지고 나면, 내가 마실 와인과 치즈를 내왔다. 엄밀히 말하면, 아니 어떻게 말하든 그건 *근무 중 음주*였지만, 나는 그렇게 생각하지 않았다. 보통은 알딸딸하게 취기가 오를 만큼 충분히 마셨지만, 취한 티가 나지 않도록, 또는 야간의 신용카드 처리를 실수하지 않도록 주의했다. 손님들이 주방에 들어와 잠시 수다를 떨더라도, 그동안 공들여 가꾼 평온한 여관 직원의 모습을 잃지는 말아야 했다. 나는 *집에서 우리 할머니가 또 쓰러지셨어요*라고 툭 내뱉고는, *의자를 가져오세요*라고 말하는 내 모습을 상상했다. 나는 내 안에 지나치게 들이부은 술을 빨아들이도록 크래커에 작은 큐브 치즈를 얹어 먹었고, 냉장고 안 양푼에 담긴 쿠키 반죽에 숟가락을 찔러 넣어 반죽을 요거트처럼 떠먹기도 했다. 보통 퇴근할 때는 식료품 창고에서 술병 한두 개를 챙겨서 가방에 집어넣고는, 쨍강거리는 소리가 나지 않게 조심조심 걸어 나왔다. 때로는 병 사이에 스웨터를 끼우기도 했다. 야간 와인과 치즈에 담긴 큰 비밀은 손님들이 샤르도네 반 병을 마실 수도 있고 세 병을 마실 수도 있다는 거였다. 몇 병이나 마셨는지 누가 알겠는가? 그 정도의 허용 범위는 있었다.

천 달러에 산, 변속 레버가 너덜너덜해진 나의 빨간 닷지 네온을 몰고 집으로 올 때면, 여관 바로 뒤 가파른 언덕의 정지 신호판에서 특히 조마조마했다. 나는 클러치에서 발을 뗄 때는 꼭 엔진의 회전속도를 올렸는데, 나의 가속이 어둠 속에 잠복한 경찰의 주의를 끌까 봐 늘 두려웠다. 심지어 평평히 뻗은 길에서 천천히 운전하다가도 기어를 바꿀 때는—의심할 여지도 없이 너무나 수상쩍게—갑자기 속도를 내며 쌩 달렸다.

일단 집에 도착하면 나의 작은 방으로 올라가 여관에서 훔쳐 온 몇 병 중 한 병을 마셨다. 와인이 차갑지 않은 건 상관없었다. 매트리스 위에 앉아 고등학교 동창들을 검색하면서 그들이 일하는 부동산 회사를 훑어보며 투-벅 척◆이라는 별명의 싸구려 샤르도네를 혼자 마실 때는 온도가 중요하지 않았다. 그 매트리스 위에서 미지근한 와인을 마시다 보면 취하는 게 목적이라는 걸 부정할 수 없었고, 언제나 그게 목적이었던 것처럼 느껴졌다.

그 캘리포니아 시절, 나는 폭음을 하는, 그렇지만 매일 아침 일어나 소설을 쓰는 외로운 작가라는 낭만적인 자기인식을 계속 키워나갔다. 그러나 여기서 *그렇지만*이라는 접속사는 오히려 *그리고*와 비슷하고 *왜냐하면*과 비슷했다. 밤마다 혼자 마셨던 바로 그 정신적 혈통은 내가 막 구상하기 시작한 우울한 소설을 만들어내고 있었다. 나의 소설은 죽어가는 할머니를 보살피는 외로운 여자의 이야기였다. 그것 말고는 플롯이 없었다.

이런 생활은 백색 논리의 모험담, 취한 예언자와 그의 진실의 혈청인 술이 등장하는 잭 런던식의 신화라 할 수는 없었다. 나는 할머니와 오빠, 새언니와 함께 지내면서 두 가지 일을 하며 겨우 생활비를 벌고 있었고, 별것 아닌 책임을 겁쟁이처럼 회피하고 있었다. 로제 샴페인과 감기약에 정신을 잃고, 긴 머리의 브래드 피트가 나오는 이상한 꿈이나 꾸면서. 이런 삶은 그릴 위에서 소시지가 익어가고 나무에 걸

◆ Two-Buck Chuck: '찰스 쇼Charles Shaw'라는 와인을 말한다. 출시 당시 가격이 1.99달러였기 때문에 그런 별칭이 붙었다.

린 조명이 빛나는 뒷마당 파티가 아니었다. 유명한 술꾼 작가들의 이름 머리글자가 새겨진 술집 탁자에서 다른 술꾼 작가들과 술을 마시는 삶이 아니었다. 이것은 그저 매트리스와 상온의 샤르도네 한 병일 뿐이었다. 가끔은 와인으로 병나발을 불 때도 있었고 그러지 않을 때도 있었다. 유리잔은 이미 걸리적거리는 장치에 불과한 것처럼 보이기 시작했다.

——————————— 1944년, 백색 논리를 전면적으로 거부하는 소설이 등장했다. 찰스 잭슨의 『잃어버린 주말*The Lost Weekend*』은 음주가 은유적 통로라는 생각을 부정한다. 그 소설에서 알코올중독은 특별한 의미가 없는 그냥 알코올중독*이다*. 대강의 플롯은 다음과 같다. 돈 버넘이라는 남자가 술에 취한다. 그는 전에도 취한 적이 있으며 앞으로도 다시 취할 것이다. 그는 술을 마시고, 정신을 잃고, 깨어난다. 돈이 떨어질 때까지 계속 마시고, 그런 다음에는 돈을 더 찾아서, 마시다 나왔던 곳에서 다시 술을 마시기 시작한다. 어느 순간 그는 현금을 마련하기 위해 타자기를 전당포에 맡기기로 하고 거의 100블록을 걷고 나서야 마침 유대교 속죄일이라 전당포란 전당포는 모두 문을 닫았다는 사실을 깨닫는다. 또 언젠가는 한 여자의 가방을 훔쳐 무사히 달아날 수 있는지 알아보려고 한다. 그는 성공하지 못한다.

이야기 전체가 거의 이런 식이다. 술 마시고, 그런 다음 다시 마시는 것. 비평가 존 크롤리John Crowley가 지적했듯이, 이 소설은 가차 없는 단순성과 중복성—오래 전해져온 신화 체계에 대한 거부—이라는 점에서 혁명적이었다. 주인공 돈 버넘은 술꾼이라는 점에서는 새로운 유형의 주인공이 아니었다. 그가 새로운 유형의 주인공이었던 이유는 그의 주취가 그를 실존적인 골칫덩어리라기보다 병에 걸린 남자로 특징짓기 때문이다. 돈은 타락한 세계 때문에, 또는 전쟁의 공포 때문에, 잔인한 사랑 때문에 망가진 것이 아니다. 어니스트 헤밍웨이의 술 취한 남성성, 윌리엄 포크너의 술에 찌든 남부 가장, F. 스콧 피츠제럴드의 방탕하고 귀족적인 남편들과는 다르다. 돈은 그저 특정의 물리적 물질에 의존할 뿐이다. 그의 음주는 한심하고 반복적이다. 음주는 그를 형이상학적 고뇌의 섬세한 손아귀로 데려가지 않으며, 다만 그가 맨해튼 중간지구 전체의 웃음거리가 된다는 걸 뜻할 뿐이다.

잭슨이 1936년 (처음으로) 술을 끊고 8년 후인 마흔한 살 때 출간한 『잃어버린 주말』은 곧바로 베스트셀러가 되었다. 소설은 잭슨 생전에 거의 100만 부가 팔렸다. 『뉴욕 타임스』는 이 소설을 "드퀸시 이래 중독 문학에 바치는 가장 강력한 선물"이라고 하면서 잭슨이—당시에는—경멸하던 "'익명의 알코올중독자들' 같은 모임을 위한 교과서"가 될 수 있다고 주장했다.

잭슨은 그 소설의 초안을 구상하던 1942년에 뉴욕 벨뷰 병원의 정신과의사인 스티븐 셔먼Stephen Sherman 박사에게 편지를 써서 자료 조사차 알코올중독 병동을 방문하게 해달라고 부탁했다. 과거에 잭슨은 환자로서 그 병동에 입원한 적이 있었지만, 당연히 기억나는 게 별로 없었다. 셔먼 박사의 피드백을 구하기 위해서인지 아니면 그저 확인을 받기 위해서인지 몰라도 그는 소설의 앞부분 몇 장을 셔먼 박사에게 보내기도 했다. 셔먼 박사는 이 소설이 "확실한 임상적 가치가 있을" 거라 생각했고, "알코올중독자들이 실제로 무슨 생각을 하는지," 특히 외로움에 빠져 "고독한 천재와 동일시"할 때의 생각에 대해서는 그가 진료하는 대부분의 환자들보다 "더 많은 것"을 자신에게 가르쳐 준다고 했다.

소설 속 돈은 자기가 살아온 이야기를 쓰겠다는 큰 계획을 품는다. "만약 충분히 빨리 쓸 수만 있다면," 그리고 만에 하나 타자기를 전당포에 맡기지 않을 수만 있다면, "최종 완성본을 쓸 수 있다"고 생각한다. 그러나 돈이 상상하는 책 제목 "돈 버넘: 소설을 쓰지 못한 주인공" 또는 "내가 왜 당신에게 이 모든 이야기를 하는지 모르겠다"는 그의 불안을 말해준다. 그는 자기 이야기에 관심을 가질 사람이 있기나 할까 궁금하다. "쭈구리 주정뱅이에 관한 이야기를 누가 듣고 싶겠어!" 우리, 돈의 독자들에게 그 농담은 명쾌하게 다가온다. 돈이 아무도 원치 않을 거라 생각하는 바로 그 행위를 우리는 하고 있다. 쭈구리 주정뱅이, 자신의 중독 이야기를 할 만큼 멀쩡한 맨정신을 끌어내지 못하는 작가 지망생에 관한 소설을 읽고 있다.

돈은 자기 이야기에서 미학적으로 부족한 부분을 모두 정리해본다. 일단은 클라이맥스나 결말이 없다. 감정의 긴장도 없다. 그는 첫 잔을 마신 후와 열 잔을 마신 후의 기분이 어떨지, 다음 날 아침 일어난 후의 숙취는 어떨지 이미 알고 있다. 이미 모든 걸 다 느껴보았기 때문이다. 돈은 이 책의 끝부분에서 특히나 당황스러운 "클라이맥스의 순간"에 하녀에게 술 캐비닛을 열게 하려고 옥신각신하다가 자기혐오의 명백한 문학적 순간에 압도당한다. "멜로드라마! 그의 평생 그렇게 진부하고 그렇게 통속적인 상황에 놓인 적은 처음이었다. 그는 바보가 된 기분이었다. 그의 취향이, 적절한 사물 감각이, 가장 심오한 지능이 모욕당한 것이다."

내가 왜 당신에게 이 모든 이야기를 하는지 모르겠다. 자신의 이야기를 쓰면서도 그것이 부끄러웠던 잭슨은 그 수치심을 소설의 주인공에게 떠넘겨버렸다. 돈은 자신의 행동뿐 아니라 자신의 *장르*, 자신의 음주가 어떤 강렬한 것도 못 된다는 사실이 부끄러웠다. "그것은 심지

어 제법 극적이거나 슬프거나 비극적이거나 안타깝거나 희극적이거나 아이러니하지 않았고 다른 무엇도 아니었다. 그것은 아무것도 아니었다."

———————————— 내가 아홉 살, 아버지는 마흔아홉 살이던 어느 날 오후에, 나는 아버지에게 음주에 관해 물었다. 사람들은 왜 술을 마셔요? 아주 많이 마시는 사람들도 있던데 왜 그런 거예요? 우리는 부모님 방에 서 있었다. 커다란 유리창은 햇빛에 달궈져 뜨거웠고, 하늘은 한 점 부끄러움 없이 푸르렀다.

지금도 나는 아버지가 삼나무 옷장의 미닫이문, 움직일 때면 바퀴가 끼익거리던 그 문을 닫으며 서 있던 자리를 기억한다. 그리고 아버지의 구겨진 카키색 바지와, 개인 기상 시스템처럼 아버지 주변을 맴돌던 집중과 산만의 구름을 기억한다. 그런 미세한 것들이 나에게 후끈 밀어닥치며 마치 *정신 똑바로 차리고 명심해서 들어,* 라고 말하는 듯 느껴지던 때를 기억한다. 무슨 말을 하려는 걸까?

딱 한순간이었다. 그날, 아버지는 음주가 나쁜 건 아니지만 위험하다고 말해주었다. 음주가 모든 사람에게 위험하지는 않지만, 우리에게는 위험하다고.

나에게 마법의 인물이었던 아버지와 *우리*라는 말을 공유하는 건 짜릿했다. 아버지의 일부는 늘 다른 곳에 있었다. 우리 가족은 몇 주마다 "달력 회의"를 열었는데, 그 밤의 회의 때 아버지는 화이트보드에 그려진 달력의 네모 칸들 위로 파란색과 자주색의 선을 그어 출장 가는 날을 표시하고 무뚝뚝한 말투로 설명해가며 흥정했다. 가끔 아버지는 당신이 가지 *않았던* 출장을 표시할 색깔이 있었으면 좋겠다고 농담을 했다. 아버지는 알코올중독자 파일럿의 아들이자, 공군 가족으로서 일본, 캘리포니아, 메릴랜드 등으로 끊임없이 옮겨 다니며 자랐다. 어른이 된 후 아버지는 모든 항공사의, 온갖 보석과 귀금속 이름을 딴 우수고객 클럽 회원이 되었다. 그는 마일리지 왕이었다.

아버지는 개발도상국의 보건 정책을 연구하는 경제학자였고, 태국, 스위스, 르완다, 인도, 케냐, 버마, 멕시코 등 먼 나라로 출장을 가 중요한 사람들—항상 남자들이었을 것이다—을 만나면서, 내가 어릴 때 배운 말인 *전 세계 질병 부담 경감*을 위해 가장 효율적으로 돈을 쓰는 방법을 알아내려고 했다. 아버지가 말하고 싶어 했던 것은 항상 내가 모르는 것들과 관련되어 있는 것 같았다. 내가 알고 있던 건 무엇일까? 호피족의 카치나◆ 인형들과 마크 트웨인Mark Twain의 본명 정도. 아버지가 나더러 똑똑하다고 칭찬할 때마다, 그것은 숲속에 뿌린 빵 부스러기 같았다. 내가 계속 빵을 뿌릴 수만 있다면 아버지는 계속 관심을 가질 것 같았다.

나는 열심히 귀를 기울이며, 아버지가 말하는 모든 것을 흡수하는 착한 학생임을 보여주었다. 아버지는 음속보다 빨리 나는 콩코드기 얘기를 해주었고, 그 비행기가 감속할 때 화장실에 가면 오줌이 뒤로 간다고 설명했다. 아버지는 내가 상상하지도 못할 장소들을 직접 본 사람이었다. 한번은 죽어도 좋다는 생각을 처음 했었다며 환각 체험을 들려주기도 했다. 아버지는 아마레토 쿠키와 좋은 부르고뉴 와인을 사랑했다. 아버지는 줄무늬 땀받이 밴드를 차고 테니스를 쳤다. 아버지의 웃음은 모든 것이었다. 아버지는 나에게 온갖 호텔의 미니어처 샴푸를 가져다주었다. 그것은 화이트보드 달력 위에 그은 모든 줄, 아버

◆ 호피족 원주민들이 믿은 정령 카치나를 형상화한 목각 인형. 카치나는 인간 세계와 영계를 이어주고 비를 가져다주는 등 자연의 여러 측면을 관장했다.

지의 부재 기록에 대한 사과의 의미였다. 세월이 흘러 나는 아버지의 외도를 알게 되었다. 아버지는 종종 바람을 피우고 있었고, 심지어 애인까지 속이고 있었다. 악의가 있어서가 아니었다, 절대 그런 게 아니라 다만 어떤 불안 때문이었다.

내가 어렸을 때, 여섯 살인가 일곱 살 때, 아버지가 위니프레드라는 이름의 호랑이 봉제 인형을 주었다. 아버지가 붙인 그 이름은 내가 붙였을 이름보다 훨씬 나았다. 그 인형의 폭신한 줄무늬 속에 아버지가 자신의 한 조각을 박아 넣은 것 같았다. 아버지가 출장을 가면, 위니프레드가 남아 있었다. 아버지가 돌아오면, 아버지는 당신이 갔던 곳이 어디든, 거기서 위니프레드가 겪은 모험 이야기를 들려주었다. 아버지가 방콕에 가면, 위니프레드는 정글 모험을 했다. 아버지가 중국에 가면, 위니프레드는 고비 사막에서 모험을 했다. 내가 어떻게 그 이야기의 논리를 끼워 맞추었는지는 기억나지 않는다. 위니프레드의 몸이 집에 있는데, 어떻게 또 다른 위니프레드는 내가 닿을 수 없는 곳에서 하늘거리며 사는지를. 그러나 나는 자아가 분열될 가능성을 고려하는 것이 편하다고 상상했다. 사람의 몸이 다른 곳을 여행할지라도 마음이나 정신은 집에 있을 수 있다고 말이다.

아버지는 내가 신생아였을 때 병원 복도에서 나를 보았던 이야기를 들려주는 걸 좋아했고, 나는 아버지의 그 이야기를 듣는 것이 좋았다. 분홍색 모자 밑의 내 눈을 들여다보았더니, 그 시선에 꿰뚫어보는 듯한 무언가가 있더라는 이야기. 그 무언가는 아버지가 처음부터 사랑했던 호기심이었다. 그것은 우리 사이에 어떤 원초적 유대감이 있다는 뜻이었다. 엄마가 시외로 외출했을 때 아버지와 단둘이 집에 있던 적이 몇 번 있었는데, 우리가 먹은 건 라면과 팝콘과 밀크셰이크가 전부였다. 신성한 경험이었다. 그것은 우리의 비밀, 감추어진 또 다른 유대감이었다. 음주가 *우리*에게는 위험하다며, 그 위험에 나를 포함할 때와 같았다.

내가 아홉 살 때, 아버지는 일 때문에 18개월 동안 미국의 반대편으로 건너가 있었는데, 로스앤젤레스로 다시 돌아온 후 부모님은 공식적으로 헤어졌다. 나보다 아홉 살, 열 살 많은 오빠들이 대학에 진학한 것도 바로 그 무렵이었다. 불과 몇 년 사이에 우리 가족은 다섯 명에서 엄마와 나, 두 명이 되었다. 남자들은 떠나갔다. 둘째 오빠가 대학 진학을 위해 집을 떠난 뒤, 나는 오빠가 너무 그리워서 오빠 방에서 우는 내 모습을 그렸다. 거기에 제목도 붙였다. *질투하는 슬픔*. 어떤 진실은 아주 깊이 배어들어서 유리처럼 투명해진다. 사람들은 떠날 것이다, 그게 언제인가가 문제일 뿐이다. 관심은 내가 구해야 했던 것이지, 당연하게 여길 수 있는 것이 아니었다. 나는 매 순간 관심을 꾀어내야 했다.

오빠들은 재치 있고 친절했지만, 다부지고 똑똑하고 속마음을 잘 드러내지 않아서 웬만해선 웃음이나 칭찬에 인색했다. (큰오빠 줄리언은 내가 일곱 살 때 일차방정식 푸는 법을 가르쳐주고는 이렇게 말했다. "잘했어. 그런데 x가 *양쪽*에 있는 것도 풀 수 있어?") 나는 오빠들을 무척, 아낌없이 사랑했다. 오빠들을 사랑한다는 건 어떤 것에 나를 내던지는 것과 같았다. 키 큰 오빠들에게 종종 내 몸을 내던져 포옹하면서, 18킬로그램의 몸이 돌진하는 순전한 힘으로 그들의 사랑을 요구하던 것처럼. 나는 늘 사랑받았지만, 그 사랑이 무엇에 기대고 있는지 늘 궁금하기도 했다. 그것이 무조건적 사랑 같지는 않았다. 나는 그 사랑을 계속 받으려면 무엇을 해야 하는지 고민했다. 저녁 식탁에서 무슨 말을 할지, 특히 다들 내가 모르는 언어를 연습하는 프랑스어의 밤에는 뭐하고 해야 할지 생각해내려 애쓰지 않은 날이 없었던 것 같다.

부모님이 이혼한 후 내가 열한 살 때, 아버지는 유칼립투스 숲이 내다보이는 아파트를 구했다. 아마 1년에 한 번, 나는 그 집에서 하룻밤을 지내며 학교 도시락으로 싸갈 것들을 챙기려고 냉장고를 뒤졌던 것 같다. 반쯤 마신 광천수 병, 찢어진 간장 소스 봉지가 바닥에 붙어버린 먹다 남은 스시가 있었다. 그 시절 나는 아버지한테 어떻게 말을 걸어야 할지 몰라서 아버지가 '세계 문화' 중간시험 리포트 점수가 왜 B 마이너스인지 묻는 동안 멍한 표정으로 TV만 쳐다보았다. 나는 완벽한 성적, 완벽한 시험 점수를 갈망하는 것처럼 아버지의 인정을 갈망했다. 아니 아버지의 인정을 갈망하듯 그런 것들을 갈망했다. 좋은 점수를 받는다는 건 다음번 저녁 식탁에서 무슨 멋진 말을 할지 생각해내려 애쓰던 어린 소녀가 자라면서 당연스레 갖게 된 갈망이었다. 사춘기 초기이던 그 시절의 나는 무표정하거나 아니면 빈정거리기 일쑤였고—학교에서는 내성적이었는데, 내 몸에서 안 좋은 냄새가 나고, 기린처럼 키만 머쓱하게 크다고 믿었기 때문이다—아버지 앞에서는 조용했다. 내가 무얼 원하는지 몰랐기 때문에 무얼 요구할 수도 없었다. 아버지를 사랑한다는 것은 늘 어떤 야광 생명체를 잡으려고 손을 뻗는 것 같았다. 손을 뻗는 것이 사랑처럼 느껴졌다.

아버지의 사랑은 늘 그 자리에—호랑이 인형 속에, 밀크셰이크 속에, 아버지의 눈길에, 아버지의 웃음에—있었지만, 내가 아버지의 관심을 가장 예리하게 의식할 때는 내 몸이 위험에 처할 때였다. 섭식장애를 앓고 있던 대학 시절, 나를 찾아온 아버지는 사진이 가득 실린 수백 쪽짜리 거식증 관련 학술지 논문들을 건넸다. 아버지는 걱정 가득한 시선으로 나를 가만히 응시했다.

나는 우리 사이의 특별한 한순간을 이상하리만치 숭고한 것으로 간직하고 있다. 대학 1학년이 끝나고 턱 수술을 받기 직전이었다. 나는 여섯 시간짜리 수술을 앞두고 따뜻이 데운 병원 담요를 쓰고 누워, 전

마취 아산화질소로 인한 어지럼증과 동시에 발륨 안정제로 인한 포근한 이불 같은 기분을 느끼며 수술실로 실려 가고 있었다. 바퀴 달린 들것에 실려 가는 나를 지켜보는 아버지의 눈에서 눈물이 반짝였고, 아산화질소와 발륨이 주는 편안함에 빠진 나는 모든 것이 괜찮을 거라고 말해주고 싶었다.

음주가 우리에게 위험한 것이라면, 우리 중 한 사람, 필리스 고모에게는 특히나 위험했다는 사실을 알게 되었다. 필리스 고모는 아버지의 작은누나였지만, 나는 만나본 적이 없었다. 필리스 고모가 우리 가족과 연을 끊은 사연은 어렴풋하게만 들었는데, 내가 커가는 동안 고모와 우리 가족과의 거리는 마치 현미경 슬라이드의 초점을 맞추는 쌍둥이 손잡이처럼, 늘 음주와 정신병의 관점에서 설명되곤 했다. 필리스 고모는 걸핏하면 싸우기 시작했다. 할머니의 따귀를 때리기도 했다. 한번은 칼을 들고 누군가를 뒤쫓았다.

어린 마음에 나는 필리스 고모에게 집착했다. 고모와 소원하다는 사실과 그렇게 된 알 수 없는 원인, 전에는 고모가 어땠는지 지금은 어떤지에 관한 의문들이 뇌리를 떠나지 않았다. 아버지는 심지어 고모가 어디 사는지도 몰랐다. 나는 가장 최근의 주소를 알려달라고 졸라서 고모에게 기대에 찬 편지—*안녕하세요, 저는 고모의 조카예요!*—를 보냈지만, 답장이 온 적은 없었다. 나이가 들면서 나는 필리스 고모에게, 아니 고모의 부재라는 유령 같은 형상에 동질감을 느끼기 시작했다. 고모는 자신이 살아가야 할 세계에서 힘들게 살아가는 사람일 거라는 것밖에, 내가 달리 설명할 수 있는 논리적 이유는 없었다. 나는 늘 내가 살아가야 할 세계에 살았지만, 내 안에, 그 모든 순종적인 삶 아래 한 마리 동물이 있다고 느꼈다. 나의 그 일부는 고모가 했던 것들을 하고 싶어 했다. 싸움을 시작하고, 소란을 피우고, 무너지고 싶었다.

어렸을 때 나는 필리스 고모를 낭만적인 영웅으로 만들면서, 고모가 멀어진 건 우리 가족 탓이며, 고모는 추방되어 어디선가 외롭게 살고 있다고 상상했지만, 나이가 들면서 사정은 더욱 복잡하다는 것을, 곤경에 처한 사람에게 여러 번 계속해서 헌신할 수 있으며, 그렇더라도 그 헌신이 결코 충분치 않을 수 있다는 것을 깨닫게 되었다.

어린 시절 우리 집을 돌이켜보고, 할머니가 죽어가는 것을 지켜보면서, 자꾸만 필리스 고모가 생각났다. 고모는 어디 있을까? 고모가 어디에 있든 할머니를 그리워할까? 어떻게 그러지 않을 수 있을까? 나의 음주가 고모의 음주와 같지는 않겠지만, 우리 두 사람의 내면에 청사진이 있다면 크게 다르지는 않겠다는 생각이 들었다. 매일 담배를 피우러 밖에 나가며 옷장 앞을 지날 때마다 아직도 그 미닫이문 앞에 서서 이렇게 말해주는 아버지 모습이 선했다. *음주가 모든 사람에게 위험하지는 않지만, 우리에게는 위험하단다.*

———————— 중독은 어떤 사람들에게는 다른 사람들보다 늘 더 위험했다. 1971년 6월 닉슨은 처음 '마약과의 전쟁'을 시작하면서, 마약을 "공공의 적 1호"라 불렀다. 그러나 감옥에 간 건 마약이 아니라 사람들이었다.

그보다 1년 전에 출간된 조지 케인의 소설 『블루스차일드 베이비』는 공식적으로 닉슨의 전쟁이 시작되기 전에 사실상 그것을 예견했다. 조지는 그 소설에서 이렇게 생각한다. "그들은 범죄, 마약, 성매매, 강도, 살인 혐의로 당신을 체포한다고 말한다. 그러나 그것이 당신을 가두는 이유는 아니다." 수십 년 후의 한 인터뷰에서 닉슨의 내무 담당 수석 보좌관이던 존 얼릭먼John Ehrlichman은 정확히 이렇게 고백했다. "우리가 마약에 관해 거짓말한다는 걸 우리가 알고 있었냐고요? 물론 알고 있었죠." 그는 닉슨 행정부가 흑인을 불법화할 수는 없었지만, 흑인 공동체를 헤로인과 엮을 수는 있었다고 말했다. "우리는 흑인 지도자를 체포하고, 그들의 집을 습격하고, 그들의 모임을 해산하고, 매일 밤 저녁 뉴스에서 그들을 비방할 수 있었습니다."

케인은 헤로인의 폐해를 누구보다 잘 이해했고, 소설을 통해 그 무자비하고 가차 없는 파괴를 환기시켰다. 약물 과용으로 정신 잃은 여성을 깨우기 위해 여성의 질에 얼음을 쑤셔 넣는 사람, 또는 TV 방영 만화의 불빛을 받으며 "고개를 흔들거리고, 악취를 풍기고, 열이 오르고 취한" 약쟁이들의 "귀신 들린 무리." 조지는 자신이 태어난 공영주택단지를 찾아갔다가, 픽스라는 마약중독자가 아픔을 견디다 못해 자해하려는 걸 보고 그를 위한 마음에, 그를 포박한다. "수척하고 움푹 꺼진 얼굴… 피골이 상접해 있었고… 세상에는 그의 욕구를 달래줄 헤로인이 충분하지 않다." 그러나 중독자를 범죄자 취급한다면 중독이 빚어낸 폐해를 심화시킬 뿐이라는 사실을 케인은 이해하고 있었다. 그리고 『블루스차일드 베이비』는 불편하게 동석한 두 이야기, 즉 마약의 폐해와 그 폐해가 도덕적 미사여구로 이용되는 방식을 말하고자 하기 때문에 읽기에 다소 어렵고 껄끄러운 책이다.

마약과의 전쟁은 공식적으로 두 번 개시됐다. 닉슨이 1971년 마약과의 전쟁을 공표했지만, 그 전쟁이 본격 시작된 것은 10여 년 후인 1982년, 로널드 레이건이 대응 조치를 요구하면서였다. 사실 1982년에는 마약 사용이 감소하고 있었고, 미국이 마주한 가장 중요한 문제로 마약을 꼽은 사람은 미국인의 2퍼센트에 불과했다. 그러나 레이건 행정부는 그 전쟁을 시작함으로써 효율적으로 하나의 적을 만들어냈다.

그 적은 앤슬링어가 "중독 범법자"라고 일컬었던 인물의 또 다른 모습이었다. 사회학자 크레이그 라이너먼Craig Reinarman과 해리 러빈Harry Levine이 말했듯, 낙수효과 경제학의 참담한 결과를 직접 마주하기보다는 그것을 크랙 유행이라는 "이데올로기적 무화과 잎"으로 가리는 것이 훨씬 쉬운 일이었다.

레이건의 마약과의 전쟁은 중독자를 겨냥했던 앤슬링어의 십자군이 떠난 자리에서 다시 시작되면서 도덕적 일탈, 현실도피, 만연한 무책임성을 다룬 익숙한 서사 모형에 전형적 중독자의 새로운 모습을 도입했다. 그것이 바로 크랙 엄마, 편집증적 메스 상용자, 크랙 상용자였다. 주요 매체 중 처음으로 크랙을 다룬 1986년 『타임*Time*』지의 특집기사 「집이 불타고 있다The House Is on Fire」는 중독자를 암울한 도덕극 속의 악당으로 제시한다.

> 경찰에 따르면 말다툼이 시작된 건 그들에게 남은 마지막 15달러를 크랙을 사는 데 써버렸다며 베벌리 블랙이 남자 친구를 고소하면서였다. 그녀는 지난주 어느 날 밤늦은 시각에 푸드 스탬프(저소득자용 식료품 교환권) 몇 장을 빌릴 생각으로 롱아일랜드 프리포트에 있는 원룸 아파트를 뛰쳐나왔다. 23세의 실직한 가구공 대런 젠킨스는 그 사이에 베벌리의 아들 바틱이 잠들어 있는 침대로 걸어갔다. 아주 강력하고 중독성 강한 코카인의 한 형태인 크랙에 취해 있던 대런은 그 어린 아이를 구타해 사망에 이르게 한 것으로 보인다. 바틱이 살아 있었다면 이번 달에 세 살이 된다.

이는 상상 불가한 끔찍한 행동이었지만, 중독자 악당에 대한 공공의 분노를 자극하기 위해 교묘하게 이용되었다. 그 계보는 어린이를 강간하고 과부를 죽이는 앤슬링어의 마리화나 악귀들까지 올라간다. 이 기사는 고통받는 중독자를 보여주지 않고, 그저 아기를 죽이는 중독자만 보여주었다. 대런은 실업자였고, 약을 구하느라 바빠서 가구공 일에 관심이 없었으며, 그의 여자 친구는 사회보장제도를 악용하려고 했다. 한 편의 이국 여행기처럼, 이 기사는 암시적인 말줄임표가 불러내는 불법적인 지하세계로 중간계급 독자들을 안내한다. "'크랙 있어요, 크랙 있어요,' 수풀 우거진 공원에서 마약 밀매업자들이 중얼거린다…"

크랙 공포는 질병이자 악덕으로서 중독 서사를 결합하는 데 성공했는데, 크랙은 곧 흑인 중독자들이 퍼뜨리는 약탈적 "전염병"이라고 상상한 결과였다. 흑인 중독자들은 그들이 지니고 다니는 것에 도덕적 책임을 져야 마땅했다. 이런 공포 전술은 서사적 흥분과 함께 전투의 윤리적 명령을 끌어낸다. 마약국 뉴욕 사무소 소장이 말했듯, "크랙은 베트남 전쟁 이후 등장한 가장 인기 있는 무용담"이었고, 1990년대 중반에 이르자 전쟁이라는 은유는 더욱 구체적인 형태로 바뀌었다. 경찰은 국방부로부터 바주카포, 유탄 발사기, 헬리콥터, 야간 투시경 등 수백만 달러 상당의 군용 장비를 얻었다. 그리고 경찰 군사훈련과 특수기동대가 생겼다. 아울러 마약 단속 중에 체포되는 모든 사람의 현금, 자동차, 집을 몰수하는 것이 허락되었다.

그러나 그 전쟁에서 싸우던 이들 가운데 다수는 그 전쟁을 싫어했다. 한 정치가는 정부의 반反마약 정책을 "크랙에 맞먹는" 입법이라 단정했다. 그런 정책이 단기적으로는 도취감을 주겠지만, 장기적으로는 큰 재앙을 부른다는 얘기였다. 샌프란시스코의 한 판사는 친구를 도우려고 마약을 운반했던 조선소 노동자에게 10년 형을 선고한 뒤 벤치에 앉아 눈물을 흘렸다.

III

중독에 관해 공적으로 퍼뜨린 이야기는 큰 성과를 거두었다. 1980년부터 2014년 사이에, 투옥된 마약범의 수는 4만 명을 겨우 웃돌던 수준에서 거의 49만 명까지 증가했으며, 그중 대다수가 유색인이었다. 1993년의 한 연구는 마약 상인의 19퍼센트만이 아프리카계 미국인이지만, 그들이 체포 건수의 64퍼센트를 차지한다고 밝혔다. 미셸 알렉산더는 그것을 이렇게 표현했다. "마약 사용자 및 밀매상과 전쟁을 치름으로써, 레이건은 인종적으로 규정된 '타자들'—자격이 없는 자들—을 엄중 단속하겠다는 약속을 충실히 이행했다."

낸시 레이건이 1982년에 그 유명한 '저스트 세이 노Just Say No' 캠페인을 시작했을 때, 그 슬로건은 충고라기보다는 암시적인 맞비난이었다. *싫다고 말해요*라는 말은 한편으로는, *좋다는 사람도 있었어*요라는 뜻이었다. 조지 H. W. 부시 행정부의 '전미 마약 규제 전략National Drug Control Strategy'은 10년 후 그 말을 이렇게 풀어쓴다. "마약 문제는 개인들이 자유의지를 가지고 내린 나쁜 결정을 반영한다." 미국의 마약 정책은 중독자를 피해자로 간주할 수 없다는 태도를 계속 고집하면서, 중독자를 환자라 부르던 "이타주의자들"에게 분노했던 앤슬링어의 길을 그대로 따라갔다. 레이건은 1986년의 '마약남용방지법Anti-Drug Abuse Act'에 서명하면서, 마약 초범에게 의무적으로 형을 선고하도록 했고, 악명 높은 100 대 1의 비율을 마련했다. 이는 가루 코카인 소지자보다 크랙 소지자에게 매우 과중한 형량 선고를 의무화한 것으로, '마약과의 전쟁'에 쓰인 인종 공포 전술을 실제의 형기로 바꾼 정책이었다.

1995년의 한 조사는 참가자들에게 이렇게 물었다. "잠시 눈을 감고 마약 사용자를 떠올려보시고, 그 사람에 관해 설명해주시겠습니까?" 미국의 마약 사용자 가운데 아프리카계 미국인은 15퍼센트에 지나지 않음에도, 응답자의 95퍼센트가 흑인을 떠올렸다. 이 가상의 마약 사용자는 수십 년간 이어져온 효과적 스토리텔링의 산물이었다.

———————————— 내가 살았던 삶은 그와는 다른 이야기였다. 필름이 끊긴 동안 토하고, 비틀거리며 계단을 오르다 정강이가 멍들고, 커피 케이크 조각에서 묻어온 설탕 가루처럼 코카인을 코밑에 묻히는 일이 다반사였다. 이런 것들은 하찮은 기능장애가 남긴 눈에 보이는 찌꺼기였다. 내 음주 생활의 어떤 것들은 기억 속의 편안한 홈—위스키 잔, 무모했던 밤—이 되었지만, 죽어가던 할머니와 지낸 몇 달의 기억은 편안하지가 않다. 여기가 아닌 다른 곳에 있었다면 하는 바람, 매일 아침 할머니의 오트밀을 만들기 위해 내려올 때의 원망은 내가 가장 후회하는 것이다.

어느 날 밤, 여관의 야간 근무를 마치고 집으로 돌아와 미지근한 와인을 마시며 노트북으로 영화를 보고 있었다. 알래스카 숲속에 버려진 버스에 무단 거주하다가 봄의 해빙기에 개울물이 불어 꼼짝없이 갇히게 된 남자의 이야기였다.◆ 새벽 1시쯤, 그 영화의 교훈은 그게 아니었지만, 나는 혼자 있기를 바라면서 그 버스 안의 내 모습을 상상하고 있었다.

그 캘리포니아 시절, 나는 혼술을 더 좋아한다는 사실을 깨달았다. 내가 얼마나 많이 마시는지 지켜보는 사람이 없고, 나의 재담이나 분위기를 돋우는 말, 설명 같은 것을 기대하는 사람이 없어서 편했다.

◆ 1990년대 알래스카로 히치하이킹을 떠나 그곳에서 단순한 삶을 살다 죽은 크리스토퍼 매캔들리스Christopher McCandless(1968~1992)의 이야기를 다룬 영화 〈인투 더 와일드Into the Wild〉. 존 크라카우어John Krakauer가 쓴 동명의 책이 원작이다.

“내가 음주를 더 많이 즐기는 건 술집에 가지 않기 때문이다.” 언젠가 베리먼이 한 말이다. “그냥 전화로 술을 주문하고 술을 들고 편안히 자리를 잡는다.”

어느 날 밤, 새언니와 집에 들어와보니 현관문 바로 안쪽에 할머니가 벌거벗은 채로 타일 바닥 위에 누워 있었다. 할머니는 욕실에 가다가 쓰러졌다고 말했지만, 그곳은 욕실 근처가 전혀 아니었다. 할머니는 수십 년 전에 이혼한 할아버지 이야기를 하고 있었다. 할머니가 언제 마지막으로 할아버지 이름을 말했는지 나는 기억도 없었다. 새언니는 911을 불렀고 나는 할머니가 어떤 약을 먹었는지 알아내기 위해 욕실로 갔다. 의료진이 물어볼 거라며 라이프라인 상담원이 내게 가르쳐주었던 것이다. 그러나 선반 위며 세면대 안이며 온갖 알약이 쏟아져 있었다.

응급구조사가 도착하자 평소에 누가 할머니를 돌보는지 나에게 물었다. “스물세 살 아가씨가 감당하기는 힘든 일이죠.” 그가 말했다. “하지만 할머니를 더 잘 돌봐드려야 해요.”

일단 델 할머니가 입원하고 병실에서 잠이 들자, 새언니와 나는 병원 건너편의 아이홉 식당에 가서 초콜릿 칩 팬케이크를 먹었다. 나는 새언니와 무언의 공모를 하고—지금은 술을 마셔도 돼, 이해할 수 있어—미니어처 병에 담긴 럼주를 내 커피 잔에 부었지만, 다른 방식의 음주가 몹시 간절했다. 이기적이고 방해받지 않고 혼자 마시는 와인 한 병.

델 할머니는 며칠 후 심장마비를 일으켰다. 할머니는 중환자실 병상에서 숨을 거두었다. 의료진들이 생명유지장치를 치울 때까지 할머니 몸에는 온갖 관들이 어지러이 꽂혀 있었고, 모르핀과 체액이 고여 퉁퉁 부은 얼굴과 손가락밖에 보이지 않았다.

임종이 가까워도 할머니는 당신의 몸이 불편하다는 얘기는 하지 않았다. 다만 당신 삶에 남은 두 자녀, 내 아버지와 고모에 관해서, 그리고 그들을 얼마나 자랑스러워하는지 말했다. 할머니는 거의 70년 동안 좋은 어머니였다. 그 세월, 그 일관성, 그 모든 도시락과 근심의 밤은 나로선 생각만 해도 아찔했다. 할머니가 숨을 거둘 때 느꼈을 고통을 상상해보았다. 둘째 딸에게 최선을 다했지만 어쨌거나 할머니가 딸을 잃었다는 걸 나는 알고 있었다.

추도식이 끝난 후, 우리 가족은 몬태나에 사는 필리스 고모의 주소를 찾아내 할머니가 돌아가셨다고 편지를 보냈다. 고모에게서 답장이 왔는데, 흙길 끝의 오두막에서 혼자 살고 있다고 했다. 고모는 그곳이 온 가족이 모여 추도의 시간을 보내기에 좋은 장소가 될 거라고 생각했다. 그 표현에는 무언가가 있었다. 오랫동안 보지 못했고 심지어 만난 적도 없는 우리를 고모가 여전히 챙기고 싶어 한다는 느낌, 그것이 나를 감동시켰다. 물론 그것은 곧 고모가 여전히 아프다는 걸 암시하고 있었음에도 말이다.

내가 쓰고 있던 소설은 형태를 바꾸기 시작했다. 필리스 고모가 소설 속으로 슬금슬금 들어오고 있었다, 아니 필리스 고모에 관한 생각이 들어왔달까. 그 소설 속에서 할머니를 돌보는 젊은 여성은 한 번도 만난 적 없고 오랫동안 가족과 등진 틸리라는 이름의 고모를 찾기 시작한다. 그녀는 네바다 사막 한가운데의 트레일러에서 죽어라 술을 마시던 틸리 고모를 찾아낸다.

그 플롯은 내 이야기가 아니라, 정확하게는 내가 살아보지 못한 가상의 내 삶이었다. 틸리는 대강 필리스 고모를 토대로 한 인물이었다. 다시 말해 고모에 관해 내가 모르는 빈칸은 내가 채워 넣은 것이었다. 그러나 틸리의 관점에서 쓰는 건 내 경험이라고 주장하지 않으면서도 알코올중독자의 집착을 표현할 기회가 되었다. 틸리는 딱히 *내가 아니었다*. 나는 일터에서 훔쳐온 싸구려 샤르도네를 매트리스 위에서 마셨지만, 틸리는 일터인 출장요리 업체에서 싸구려 위스키를 훔쳐 옷장 속에서 마셨다. 그 옷장은 대학 시절 내가 매일 아침 올라서던 체중계를 숨겨둔 그 옷장의 환영이었다. 그러나 틸리의 퉁퉁 부은 얼굴은 술이 덜 깬 아침 거울 속의 내 얼굴, 부어서 흐리멍덩한 눈에 힘없이 벌어진 입을 보고 묘사한 거였다.

나는 우리 사이에 신중하게 모종의 울타리를 세웠다. 나는 보드카를 좋아했기 때문에, 틸리는 진을 가장 좋아하게 만들었다. 그녀는 썩은 음식과 빈 병이 가득한 캄캄한 옷장 안에서 폭음을 했지만, 나는 화이트와인을 마셨고, 날마다 빈 병을 치웠으며, 꼭 쥔 주먹과 결연한 의지로 정확히 제시간에 과외 가정방문을 하고는 나의 10대 고객들이 나에게 약간 시시덕거리게 내버려 두면서 조잡한 비유의 논리를 가르쳤다. *반창고와 피의 관계는 깁스와 부상의 관계와 같을까? 아니면 피노 그리조 와인과 외로움의 관계는? 아니면 픽션과 일기의 관계는?*

나는 과감하게, 틸리의 삶을 나의 삶보다 더 극단적으로—내 목소리를 멀리 던지는 일종의 상황적 복화술로—그려냈다. 그런 한편 이제 막 내 눈에 똑똑히 보이기 시작한 나의 모든 면을 틸리에게 부여했다. 매일 밤 취하고 싶은 뼛속 깊은 욕망뿐 아니라, 음주가 내 삶의 가장 중요한 부분이자 핵심적 위안이라는, 더욱 굳어져가는 인식은 물론이고, 내가 원하는 음주 방식에 대해 또렷해진 시각까지도. 그것은 혼자서, 어떤 규칙이나 보는 사람도 없이, 수치심 없이 마시는 술이었다.

물론 그래도 수치심은 *있었다*. 다양한 부류의 수치심이 있었다. 여관 관리인이 식품 창고 재고 목록을 작성할 때마다, 우리가 내간 와인 병의 개수를 그녀가 의심할까 봐 조마조마했고, 손님들이 돌아올 때마다 내 숨결에서 샤르도네 냄새가 날까 봐 껌을 찾곤 했다. 매주 금요일에 재활용품 수거를 위해 길가에 쓰레기통을 내놓는 날이면, 나는 빈 병 가득한 비닐봉지를 남의 집 쓰레기통에 슬쩍 집어넣었다. 그럴 때마다 무사히 처벌을 면한 기분이었다. 사람들은 그 병들이 내 거라고 추적하지 못할 테니까.

———————————— 찰스 잭슨이 수많은 AA 모임에서 말했듯이, 음주에 관한 책을 쓴다고 해서 술을 안 마시게 되는 건 아니었다. 1944년 『잃어버린 주말』을 출간할 당시 잭슨은 8년 동안 단주한 상태였지만, 3년 후 다시 술에 빠졌다. 그의 단주 기간—때로는 마지못해서, 때로는 의욕적으로 열심히 단주했던, 그리고 항상 불안불안했던—은 계속된 파멸의 카탈로그였던 그의 삶에 구두점을 찍었다. 술독에 빠졌을 때의 삶은 수많은 흥청거림과 입원의 연속이었고, 그를 등지는 친구들과 갚지 않은 외상장부는 점점 늘어만 갔다. 그의 아내는 난방비를 대기 위해 밍크코트를 팔아야 했다. 그는 한쪽 폐에 결핵이 있었지만 수십 년 동안 하루 네 갑씩 담배를 피웠다. 게다가 걸핏하면 자살을 시도해서, 자살이 일상적이지는 않더라도 적어도 끔찍할 만큼 친숙해졌다.

그러나 어떤 각도에서 보면, 시내 몇몇 술집의 흐릿한 조명 속에서, 잭슨의 음주는 전설의 광채와 광휘를 발하고 있었다. 그의 아카이브에는 4쪽에 이르는 술집 외상장부가 있다. 그가 결핵으로 입원했던 요양소의 동료 환자는 어느 날 아침에 깨어보니 말라버린 와인 웅덩이에 잭슨의 발자국이 찍혀 있었노라고 증언한다.

잭슨이 처음 술을 끊은 건 서른한 살 때, 이른바 '피보디법Peabody

Method'을 통해서였다. 이 방법은 정신분석학적 탐사나 영성, 친교보다는 실용주의에 기초한 접근법이었다. 주로 정직과 보상을 강조했다. 잭슨은 무면허 치료사인 버드 위스터Bud Wister와 함께 엄격한 하루 일정에 따라 자기수양을 했다. "우리는 프로이트의 도움 없이 질서 있고 유익한 방식으로 우리 생활을 조절했다." 잭슨은 진행보고서에 그렇게 썼다. "최근에 나는… 단주와 진정한 자아를 바탕으로 한 확실한 책임감을 얻었다."

그러나 『잃어버린 주말』은 그 지면에서 또 하나의 "진정한 자아"를 제시한다. 아니 어떤 자아든 항상 복수임을 인정하라고 요구한다. 독자는 술 끊은 잭슨이 주인공을 통해 대리 음주를 한다고 느낀다. 돈은 외곽의 술집에서, 또 시내의 술집에서 위스키를 마시고, 그런 다음 그가 좋아하는 음주 자세, 세련된 척하는 자세를 취한다. 고전음악이 흐르는 가운데 술이 가득 담긴 텀블러를 들고 가죽 의자에 웅크려 앉는 것이다.

나는 나의 음주를 다룬 이 책을 쓰며 보낸 기간 동안—단주 4년 차, 이어서 5년 차, 다시 6년 차의 유리한 위치에서—때로는 편안한 소파 같은 오랜 기억 속에 파묻혀, 으스스하고 소리 없는 갈망의 오랜 마법에 빠지곤 했다. 그것은 단순히 그저 그런 운치 있는 그리움—진에 절어 끈적끈적한 애드버케이트 건물 마룻바닥의 세피아톤 빛—이 아니라 더 놀라운 것이었다. 심란한 이른 아침의 숙취, 갈라지고 깔깔한 입, 피곤해 죽을 것 같지만 잠은 오지 않는 상태. *그런* 불편함조차 어느새 나름의 낡아빠진 빛을 띠고 있었다.

『잃어버린 주말』은 취한 낭패감마저 야릇하게 애틋한 향수로 바라본다. 잭슨은 한때 자신이 그랬던 것처럼, 취한 돈이 F. 스콧 피츠제럴드에게 전화해서 그의 작품을 얼마나 좋아하는지 말하게 하지만, 정중하게 되짜 맞는다. "그걸 편지로 써서 보내주시면 어떻겠소? 지금 댁은 조금 취한 것 같군요."

소설 중간에 주인공이 피츠제럴드에게 전화하는 설정은 잭슨 자신의 문학적 열망과 불안에 대한 통렬한 고백이었다. 잭슨은 '위대한 술꾼 작가'의 반열에 끼고 싶었지만 알코올중독에 걸린 자신의 초상화—'비극적 의미'와는 무관한—가 그 정전에 들어갈 만큼 충분히 좋은지 알 수 없었다. 돈은 자신이 쓸 소설을 상상하면서, 술이 끼어드는 사건들로 가득한 파란만장한 이야기("애나와의 오랜 연애, 그리고 음주")를 떠올리지만, 결국 플롯은 술에 압도당하고 가상의 줄거리에서도 압도당해, 쉼표마저 횡설수설 술판 도중에 사라져버린다. "많은 책이 시작되었다가 중단되었다, 미완의 단편소설들, 음주 음주 음주."

잭슨은 등장인물의 음주를 심리적 복잡성의 상징으로 만들기를 거부하면서 실제로 혁명적인 무언가를 하고 있었다. 돈은 "왜 술을 마시는가?"라는 질문을 무의미한 것으로 치부해버린다. "'왜'라는 질문이 중요하지 않게 된 지는 오래다. 당신이 술꾼이었다는 것, 그것이 전부다. 당신은 마셨다, 끝." 돈은 자기가 술 마시는 이유를 과장하고 고상하게 꾸며내 이야기를 조작하고 싶지 않지만, 그럴듯한 원인이 없는 이야기가 걱정되기도 한다. *심지어 그 원인은 그다지 극적이지도 않았다. 그것은 아무것도 아니었다.* 그럼에도 그것은 분명 *중요한 어떤 것*이었을 것이다. 수십만 명의 독자들이 음주를 그만둬야 한다고 끊임없이 말하는 책에 흠뻑 빠졌기 때문이다. 『잃어버린 주말』은 공격적 의미의 *속박*—노예 상태 또는 굴복 상태—이라는 차원에서 우리 마음을 사로잡는다. 나의 더 선한 본능과는 반대로, 나는 나도 모르게 돈에게 술을 마시라고 응원하고 있었다. 나는 그의 욕망의 절망적 힘을 알아보았고, 그가 욕망에 따르지 않기를 바랐다. 그러나 한편으로는 그 욕망이 채워지는 걸 보고 싶었다.

———————— 우리는 취한 술꾼 영웅들을 사랑한다. 그들이 술을 끊는 모습을 보고 싶어 하지 않는다. 베리먼이 죽고 3년 후 비평가 루이스 하이드Lewis Hyde는 『꿈 노래』에 관해 쓰면서, 사람들이 베리먼의 음주를 낭만화하는 방식에 분개했다. "나는 비평가들이 베리먼의 병을 치료할 수 있었을 거라고 말하는 게 아니다. 그러나 우리는 덜 역겨운 공기를 제공할 수 있었을 것이다." 하이드는 『라이프』지에 실렸던 기사 "위스키와 잉크"가 그려내는 베리먼의 모습—더블린의 펍에서 사람들을 즐겁게 해주는 취한 시인의 우상—을 싫어했다. 바람에 턱수염을 날리며 손가락에 담배를 끼운 베리먼의 몸을 하나의 상징으로 보고, 그가 마시는 술이 병들어 아프고 꿀럭거리는 심장의 증거라기보다 지혜의 증거로 여기는 사람들에게 하이드는 분개했다.

베리먼 자신은 『라이프』의 그 소개 기사를 좋아했다. 그 기사는 그가 믿고 싶은 자신의 모습—빈 위스키 잔들의 왕국을 둘러보는 예언자—을 보여주었고 그의 음주를 부추기던 망상을 부채질했다. 찰스 잭슨이 『잃어버린 주말』에서 보여준 *왜*라는 이유가 없는 음주는 받아들이기가 더 어려웠을 것이다. 어릿광대짓 같은 그런 음주—그리고 어렴풋이 희극적인 그 절망—는 죽음을 향해 떨리는 정신의 더듬이를 곤두세우고 멋진 자세를 취한 시인만큼 매력적이지 않았다.

하이드가 베리먼에 관해 쓴 에세이는 분노가 낳은 매혹적인 산물이다. 그것은 베리먼 자신의 이름으로 『꿈 노래』에 퍼붓는 공격이다. 하이드는 이렇게 주장한다. "나의 논지는 알코올과 베리먼의 창조력 사이에 벌어진 그 전쟁이 꿈 노래의 핵심이라는 것이다." 하이드는 "'상실의 인식론'이라는 화려한 구실 아래" 그 시들을 해석하는 방식에 반기를 들면서, 그 시들은 사실상 "한심한 자기연민에 빠진 알코올 중독 시인"이 부른 노래일 뿐이라고 주장한다. 만약 술과 창조력 사이에서 그 시들이 전쟁을 벌인다면, 이기는 쪽은 술이라고 하이드는 주장한다. "우리는 술이 주절거리는 소리를 들을 수 있다. 그 어조는 이야기를 전개시킬 줄 모르는 신음이다. 그 테마는 부당한 고통, 원망, 자기연민, 자존심, 그리고 세상을 움직이려는 절망적인 욕구다. 그것은 사기꾼의 문체와 사기극의 플롯을 띠고 있다."

하이드는 베리먼의 병 때문에 베리먼을 비난한 게 아니다. 그는 베리먼의 병에 입혀진 광택에 화를 냈고, 베리먼이 회복할 수 있기를 바랐기에 화를 낸 것이다. 그는 그 이야기의 다른 결말을 원했다. 미네소타의 매서운 겨울에 워싱턴애비뉴 다리에서 뛰어내리는 베리먼이 아니라, '하루하루 차근차근' 살아가며 미래로 나아가는 베리먼을 원했다. 하이드는 생각한다. "그것이 쉽지는 않았을 것이다. 그는 자신의 많은 작품을 두고 떠나야 했을 것이다. 20년 동안 그가 고통으로 먹고 살게 도와주었던 친구들을 두고 떠나야 했을 것이다."

술을 끊고 몇 년째 되던 해 하이드가 베리먼에 관해 쓴 에세이를 처음 읽고 나는 몰래 중얼거렸다. "아멘." 술을 포기한다고 해서 강렬한 감정까지 포기하는 건 아니라고 믿고 싶었는데, 하이드는 술에 취해 쓴 글의 열매는 영광스러운 것이 아니라 제대로 기능이 발휘되지 못한 것이라고 주장하고 있었다. 늦게서야 내가 그 유해성과 나의 오해를 깨닫게 된 신화를 향해 "꺼지시지"라고 말하는 사람이 여기 있었다. 중독을 모험담으로 바꾸는 유해한 필터들을 치워버렸기 때문에 나는 하이드가 좋았고, 심한 자기탐닉과도 같아진 자기연민에 허덕이는 나의 예전 모습에 내가 느끼던 나의 분노를 또렷이 표현해주었기 때문에 나는 하이드를 사랑했다.

하이드의 에세이가 신랄하고 청교도적이라고, 고루해빠진 절대 단주자의 인신공격성 장광설이라고 치부해버리기는 쉬운 일일 것이다. 한때 내가 그랬듯, 취한 채 자쿠지에 있으면 안전하지 않으니 다들 나오라고, 수영장 주변을 서성이며 찢어지는 목소리로 말하는 소녀 같다고 말이다. (나 역시 취해 있었다.) 그러나 내가 하이드의 에세이에서 사랑했던 건 바로 그것, 고루한 분노였다. 광택을 문질러 벗겨버린 음주의 참상에 대한 주장, 그리고 그 참상이 창조의 엔진이 아니라 구속복이라는 확신이었다.

그런데 하이드의 그 모든 분노는 어디서 왔을까? 에세이의 도입부에서 그는 2년 동안 알코올중독자 병동의 잡역부로 일했다고 고백한다. 그는 그 참호에서 시간을 보냈다. 그렇기에 그는 위스키 잔을 들고 있는 시인의 사진 뒤에 실제의 인간이 있음을 인정해야 했던 것이다. 베리먼의 신화는 그 나름의 초자연적인 연금술을 부렸다. 위스키는 그가 섭취한 액체였고, 잉크는 그가 생산하는 액체였으며, 둘 다 평범한 인간의 피를 대신했다. 그러나 베리먼 자신은 평범한 인간의 피, 그의 음주가 서서히 중독시킨 피로 채워져 있었고, 그의 삶은 잉크가 아닌 다른 액체로 채워져 있었다. 손떨림증과 금단증상으로 인한 땀으로, 병으로 인한 구토로, 바지에 지린 오줌과 똥으로. 위스키와 잉크의 만트라mantra, 그 서정적 병렬 뒤에는 삶의 절반을 필름 끊긴 채 살다 정강이에 멍이 든 남자가 있었다. 독성물질로 지나치게 부어오른 그의 간은 피부를 통해 만져질 정도였다. 이것은 으스대기나 광대극으로서의 음주가 아니었다. 이것은 죽음을 향해 스며드는 음주였다.

——————————— 빌리 홀리데이 역시 중독자였지만, 그녀의 삶은 두 가지 중독 신화의 충돌을 보여준다. 고통받는 예술가에 대한 낭만적 인식, 그리고 일탈적 약쟁이에 대한 교훈담이 그것이다. 그녀는 장엄할 만큼의 자기파괴적인 천재로 추앙받았지만, 범죄자로 처벌받기도 했다. 1920년대 볼티모어에서 흑인 여성으로 가난하게 자라나 평생 법체계의 이중 잣대에 시달렸던 홀리데이에게는 바람에 수염을 흩날리는 베리먼류의 신화를 향해 자유롭게 접근할 권한이 주어지지 않았다.

그러나 홀리데이의 전설은 처음부터 그녀가 가진 고통의 열기와 광택 속에서 비슷하게 묶여 있었다. 마치 끓는 물에서 김이 피어오르듯 그녀가 부르는 노래의 아름다움이 그녀의 고통에서 피어나는 것 같았다. 작가 엘리자베스 하드윅Elizabeth Hardwick은 홀리데이의 "어둠 속에 빛나는 자기파괴"에 매혹되었지만, 1930년대 말부터 40년대 초까지 해리 앤슬링어는 홀리데이를 상대로 개인적인 십자군 전쟁을 벌였다. 그녀의 사건을 맡게 된 한 연방마약국 요원은 그녀를 "매우 매력적인 고객"이라 불렀다. 그녀를 파멸시킨다면 연방마약국에 엄청난 홍보 효과가 있다는 사실을 알았던 것이다.

홀리데이는 20대 중반에 헤로인을 시작했는데, 그것은 그녀에게 더 강한 자존감을 안겨주었다. "나는 어떤 습관이 생겼고 그것이 좋지 않다는 걸 알고 있었다. 그러나 그것은 빌리 홀리데이라는 사람이 있다는 걸 나에게 알려주는 한 가지였다." 한 친구는 홀리데이가 "수줍음이 너무 많아서 사실상 소곤거리듯 말했다"고 했지만, 노래할 때의 목소리는 그녀를 맨해튼 재즈 클럽의 전설로 만들었다. "굶주림hunger"이라는 단어를 그녀처럼 노래할 수 있는 사람은 없다고들 했다. 그녀는 웨스트 52번가 브라운스톤 건물들 지하에 처박힌 여러 클럽에서 노래했고, 위스키가 찻잔에 담겨 나오는 곳인 '지미스 치킨 색'을 사랑했다. 홀리데이는 자신이 키우는 치와와인 치키타와 페페에게 진을 주었고, 작은 복서인 미스터에게 마약을 주사했다는 소문도 있었다. 하드윅은 "그 악행의 극악무도함"에 경탄하면서 그 악행을 놀라운 예술로 승화시켜낸 홀리데이의 막강한 연금술을 찬양했다. 마치 홀리데이가 그녀 자신의 고통을 딛고 일어선 것 같았다. 하드윅은 홀리데이에 대한 외경심으로 이렇게 썼다. "웅장한 파멸을 위해서는 무자비한 재능과 엄청난 피폐의 경험이 있어야 한다."

홀리데이의 극악무도한 악행들은 해리 앤슬링어에게는 또 하나의 기회였다. 그녀의 자기파괴는 어둠 속의 빛이 아니라 범죄였고, 그녀의 명성은 앤슬링어가 마약 십자군을 보강하기 위해 벌써 몇 년째 써오던 인종주의 대본을 적용하기에 더없이 좋았다. 그는 일반적인 중독자 악당이 아닌 *흑인* 중독자 악당을 만들어냄으로써 복수하고 싶었다. 앤슬링어는 홀리데이를 사냥하던 바로 그 시기에, 주디 갈랜드Judy Garland에게는 다음 영화 촬영에 들어가기 전에 더 오랜 기간 휴가를 보내면서 헤로인 습관을 극복해야 한다고 부지런히 충고하고 있었다.

앤슬링어는 1940년대 말경 홀리데이 사건에 다수의 요원을 배정해 걸핏하면 불시단속을 하게 했다. 1947년 홀리데이가 유죄를 선고받고 웨스트버지니아의 앨더슨 연방교도소에 거의 1년 동안 수감된 것도 그 때문이었다. 홀리데이는 앨더슨 연방교도소에서 전 세계 3천 명의 팬으로부터 크리스마스카드를 받았다. 위스키가 너무 마시고 싶었던 홀리데이는 식당에서 나온 감자 껍질로 밀주를 만들었다.

앤슬링어가 홀리데이를 추적하라고 보낸 사람 중 한 명인 지미 플레처Jimmy Fletcher는 결국 그녀를 무척 좋아하게 되었다. 한번은 클럽에서 홀리데이와 함께 춤을 추었고, 또 한번은 그녀와 그녀의 개 치키타와 함께 앉아 밤늦도록 몇 시간이고 이야기를 나누었다. 나중에 플레처는 회한 어린 마음으로 그 관계를 이렇게 돌이켰다. "어떤 사람과 어느 정도 친해졌을 때 그 사람에 대한 범죄 행위에 가담하는 건 기분 좋은 일이 아니다." 플레처가 처음 홀리데이를 불시단속했던 1947년 봄, 그녀는 할렘의 브래덕 호텔에 머물고 있었다. 플레처는 전보를 전하러 온 척했다. 알몸수색을 당하게 되자 홀리데이는 소변을 볼 동안 플레처에게 지켜보도록 했다. 그렇게 그녀는 플레처가 하는 일이 모멸감을 주고 존엄성을 침해하고 있음을 똑바로 깨닫게 만들었다.

——————————— 그날의 불시단속이 있고 약 40년이 지난 1986년 7월, ABC 뉴스는 미국의 대중에게 제인—하루 500달러어치의 정제 코카인을 상용하는 중독자—과 그녀가 낳은 쌍둥이를 소개했다. 조산된 쌍둥이는 둘 다 1킬로그램밖에 되지 않았다. 1988년 10월 NBC 뉴스는 트레이시, 이라실라, 스테파니를 소개했다. 이라실라는 조산아를 분만하고 병상에서 회복 중이었다. 스테파니는 아기를 병원에 남겨둔 채 크랙 밀매소로 향했다. 트레이시는 전국에 방송되는 TV 카메라 앞에서 크랙을 피웠다. 범죄학자 드루 험프리스의 주장처럼, 미디어는 "크랙 엄마"를 선정적 인물로 창조했고, 임신한 중독자의 대다수가 백인이었음에도 거의 소수자 여성들만을 겨냥했다. 때로 깊이 뉘우치는 모습도 보이지만 대체로 뻔뻔스러운 크랙 엄마는 거의 항상 흑인이나 라틴계였고, 하나같이 모성이라는 원초적 과업의 실패자였다.

크랙 엄마를 다룬 미디어 대본의 문제는 크랙 중독이 개인과 공동체를 파괴하고 있음(실제로 그랬다)을 보여주지 못한 게 아니라, 크랙 엄마를 둘러싼 대중적 분노를 효율적으로 틀어버림으로써 중독이 질병이 아니라 악덕이라는 공적 인식을 도로 끌어왔다는 데 있었다. 이런 분노는 중독을 부추기는 더 깊은 병폐—도시 빈곤, 낙숫물 경제학, 체계적인 인종주의—에 대한 편리한 희생양을 제공했고, 과학 자체를 가려버렸다. 코카인이 자궁에 미치는 영향을 연구했던 아이라 채스노프Ira Chasnoff 박사의 초기 보고서는 언론의 광란을 부채질했는데, 나중에 그는 "'크랙 아이'는 본 적이 없"으며, 앞으로도 볼 것 같지 않다고 설명하면서, 미디어의 "성급한 판단"을 반박했다.

크랙 엄마의 모습은 중독이 병이라기보다는 범죄라는 인식의 악의적인 칼날을 벼려주었다. 크랙 엄마는 그녀 자신만을 해치는 게 아니다. 그녀는 자기 안의 다른 신체에도 피해를 준다. 한 크랙 엄마를 재판에 세웠던 검사 제프리 딘Jeffrey Deen은 이렇게 말했다. "당신도 어쩔 수 없었다는 이유로 당신 아이에게 마약을 준다면, 그건 아동학대입니다." 딘 검사의 말은 그가 인정할 수 없었던 모순을 보여주었다. *어쩔 수 없었다*는 것은 병을 암시하지만, *아동학대*는 범죄였다.

크랙 엄마들은 단지 무책임하게 묘사되는 데 그치지 않았다. 그들은 잘못된 모성 감정을 가진 것처럼 보였다. 험프리스는 이렇게 쓴다. "트레이시는 수치심을 보이는 대신, 명백한 비난에 저항했다. 스테파니는 후회하기는커녕, 병원에 두고 온 아기에게 무심했다." 중독이 정신적 복잡성이나 내면적 고뇌에 대한 휘장처럼 이해되었던 남성 천재들과는 반대로, 이 여성들은 중독으로 인해 정서적 성장이 더딘 사람, 또는 어떤 잠재적 감정 결핍이 중독으로 드러난 사람으로 묘사되었다. 어쩌다 백인 임산부 마약중독자가 (드물게) 미디어에 등장하더라도, 보통 분말 코카인 사용자였던 그들은 회개하고 회복 중인 모습으로 묘사되었고, 종종 아기를 목욕시키거나 돌보는 장면이 소개되었다. 그러나 소수자 크랙 엄마들은 기존의 인종주의적 고정관념에 꼭 들어맞았다. 이제 그들은 그저 "무가치한" 빈곤층, 시민사회를 좀먹는 복지 쓰레기 정도가 아니었다. 그들은 적극적으로 자기 자녀들을 파괴하는 엄마였다.

크랙 엄마는 중독 때문에 비난만 받은 게 아니라 고발도 당했다. 대부분의 중독자와는 달리, 그들은 병원을 통해 형사 처벌을 받았다. 당국이 의사들에게 임산부 환자를 법체계로 넘기도록 요구했던 것이다. 검찰은 기존의 법을 새로운 방식으로 비틀었다. 그들은 멜라니 그린의 어린 딸 비앙카가 생후 일주일 만에 사망하자 그녀를 과실치사 혐의로 기소했다. 제니퍼 존슨은 태아에게 규제 약물을 투여한 죄로 유죄를 선고받았다. 존슨 사건에서 검찰은 존슨이 자신의 아기에게 코카인 "밀거래"를 하고 있었다고 주장하면서, 탯줄을 간선도로로, 엄마와 아기가 공유하는 혈액을 마약 거래로 고쳐 썼다. 사건을 맡은 한 판사는 이렇게 말했다. "한 여성을 감옥으로 보내는 건 엽총으로 파리를 쏘아 죽이는 일일 수 있습니다. 그러나 저는 다른 것이 걱정되었죠. 배 속의 가여운 태아가 걱정이었습니다."

크랙 엄마는 중독자 천재에 대한 네거티브 이미지였다. 그녀는 그 의존성으로 인해 창조력이 더 왕성해지는 사람이 아니었다. 그녀에게 의존성이란 곧 그녀가 창조해야 했던 것을 창조하는 데 실패했음을 뜻했다.

―――――――――――――――― 빌리 홀리데이는 1956년의 자서전 『블루스를 부르는 여인*Lady Sings the Blues*』에서 자기 이야기를 했지만, 그녀를 어둠 속에 빛나는 자기파괴자 또는 타락한 악당으로 투영한 중독

자 신화를 팔아먹는 데에는 관심이 없었다. 그녀의 관심은 주로, 헤로인이 아무런 도움이 되지 않을 거라고 널리 알리는 데 있었다. "마약이 쾌감과 흥분을 위한 거라고 생각하는 사람은 제정신이 아닌 사람이다. 차라리 소아마비를 앓거나 철제 호흡보조 기계 속에서 사는 것이 훨씬 더 짜릿하다."

홀리데이 자서전의 공저자이자 저널리스트인 윌리엄 더프티William Dufty는 중독이 그 원고를 출판사에 팔 수 있는 좋은 "장치"가 될 거라 생각했다. 그러나 중독에 관한 설명은 실제로 놀랄 만큼 밋밋하며, 빛나는 면보다는 지루한 과정을 더 많이 다루고 있다. 홀리데이는 이렇게 설명한다. "나는 약을 했다 끊었다를 반복했다. 나는 그것에 상당한 돈을 썼다." 그녀는 자신의 고통에 서정적인 광택을 입히는 데는 별 관심이 없었고, 그보다 중독의 미친 듯한 왕복성, 그 전환과 회귀, 그 지루함, 고집스러운 유혹을 찬미하는 데 관심이 많았다. 그녀는 다시 약에 빠질 때마다 자신을 '배알도 없는 홀리데이'라 불렀다. 자신의 중독을 정신적 깊이의 증거로 제시하기보다는 자신의 중독 때문에 다른 사람들이 고통받았던 방식을 고백하고 싶어 했다. "습관은 결코 개인적인 지옥이 아니다." 그리고 그녀는 한 가지를 분명히 지적했다. "노래를 더 잘하거나 연주를 더 잘하거나, 그 어떤 것을 더 잘하는 데 마약은 결코 도움이 되지 않는다. 레이디 데이◆에게서 그것을 빼앗아라. 그녀는 그걸 알 만큼 충분히 했다." 그것은 그저 책에서 보여주려고 꾸며낸 설교하는 페르소나가 아니었다. 언젠가 그녀는 피아니스트 칼에게 말했다. "절대 이 망할 것에 손대지 말아요! 좋을 게 하나도 없어요! 얼씬도 하지 말라고요! 나처럼 되고 싶진 않겠죠!"

◆ Lady Day: 빌리 홀리데이의 음악 동료 레스터 영Lester Young이 지어준 홀리데이의 별명.

홀리데이는 진정으로 마약을 끊고 싶어 했고, 그것을 입증하는 일화들도 아주 많다. 그러나 치료가 곧 처벌을 위한 빌미밖에 되지 않는 체계를 그녀는 경멸했다. 한 판사가 그녀에게 말했다. "당신이 범죄자로서 유죄판결을 받았다는 사실을 알았으면 합니다." 하지만 홀리데이가 알고 싶은 건 이거였다. 그 판사는 당뇨병 환자도 범죄자처럼 취급할까?

홀리데이는 아주 어릴 때부터 범죄자 취급을 받았다. 1915년 아편 및 코카인 사용과 판매를 규제하기 위한 해리슨 마약류 세법이 시행된 지 불과 한 달 만에 태어난 그녀는, 그 법이 남긴 유산에 얽매인 삶을 살도록 운명 지어진 것 같았다. 그녀처럼 가난한 흑인 시민에게 그 법은 보호보다는 처벌을 위한 것 같았다. 열 살 때는 강간당할 뻔했는데도 범죄자 취급을 받았다—유혹죄로 체포당한 후 소년원에 보내졌다. 10대 콜걸일 때는 고객을 퇴짜 놓았다고 범죄자 취급을 받았다—성매매죄로 감옥에 보내졌다. 중독되어 아팠을 때도 범죄자 취급을 받았다—앨더슨 연방교도소로 보내졌다. 『블루스를 부르는 여인』에서 홀리데이는 "병원이 아닌 감옥에 보내지는 탓에 인생을 망치게 될 젊은이들을 위해" 미국이 마약 문제에 "깨어나기를" 바란다고 썼다. 그러나 그녀가 이렇게 탄원했던 1956년, 의회는 더 극단적으로, 최소한의 형량 선고를 의무화한 마약류 규제법을 통과시켰다.

―――――――――――――― 갈수록 가혹해지는 1950년대의 마약 관련 입법에도 불구하고, 또 한 명의 인물이 뉘우치지 않는 중독자로서 광신적 매력을 얻기 시작했다. "구원받지 못한 마약중독자의 고백"이라는 부제가 붙은 윌리엄 버로스의 소설 『정키*Junkie*』는 앤슬링어의

『마약 거래』와 같은 해인 1953년에 출간되었다. 표지는 그야말로 저속했다. 당황한 한 남자가 넥타이를 휘날리며, 약을 투여하려고 팔을 뻗은 금발 여자를 거칠게 제지하는 그림이었다. (그러나 사실 버로스의 주인공은 누구의 약물 투여든 막으려 하지 않았다.) 이 소설의 주인공답지 않은 주인공은 지배층의 구원 서사에 편승하는 데는 관심이 없다. 화자는 "협조만 한다면" 의사가 "나의 정신을 무너뜨리고 8일 내로 재조립할 준비가 되어 있었다"는 사실을 알고 있다. 하지만 그는 동조할 마음이 없다. 엘리자베스 하드윅이 본 홀리데이는 "끊으라고, 조절하라고 애원할 필요가 없는" 중독자라는 점에서, 이 인물과 비슷했다. 하드윅은 홀리데이가 "그녀에게 강요되었던 다양한 치료법에 대해 차갑게 분노하며 이야기했다"고 썼다.

뉘우치지 않는 중독자의 매력은 사라지지 않았다. 홀리데이가 『블루스를 부르는 여인』을 출간하고 반세기 뒤인 2007년, 에이미 와인하우스Amy Winehouse의 싱글 〈재활원Rehab〉이 히트하면서, 우리의 계속된 집착을 건드렸다. *그들은 나를 재활원에 보내려고 했지, 난 말했어. 싫어, 싫어, 싫어.* 에이미 와인하우스는 온통 곡에 감고 휘는 듯하며 비닐과 가죽처럼 풍부한 그녀만의 독특한 목소리로, 이 솔직하고 노골적이며 박력 있고 멋진 노래를 부른다. 후렴구는 퉁명스럽고 놀라운데, 흔히 자기연민의 애가를 중얼거릴 것 같은 지점에서 매우 반항적으로 노래하기 때문이다. 재활 치료에 대한 거부는 그 자체로 강력한 진술이 된다. *내가 돌아오면 당신은 알 거야, 알 거야, 알 거야.* *싫어*가 *알 거야*로 바뀐다. 저항은 지식이 된다. 이는 단순한 거부가 아니다. 그것은 존재 선언이다. 재활 치료를 반대하는 노래로서 〈재활원〉의 성공은 재활 치료를 받지 않은 여성으로서 와인하우스의 매력과 연관되어 있었다. 와이트섬의 한 콘서트에서 취해서 뭉개진 발음으로 노래하던 그녀는 〈재활원〉 곡이 끝날 때 와인이 가득 담긴 플라스틱 컵을 던졌다. 무대 위로 진홍색 포물선이 그려졌다. *싫어, 싫어, 싫어,* 하고 그녀는 노래했다. 그녀는 재활원에 가지 않으려 했다. 대신 그녀는 싫다고 노래하고 있었다.

와인하우스 콘서트의 온라인 자료들, 특히 누가 봐도 무대에서 취한 모습, 비틀거리는 모습을 보여주는 영상에는 수천 개의 댓글이 달려 있다. 사람들은 판단한다. *가수가 되어 무대에 서기를 꿈꾸는 사람이 얼마나 많은데, 에이미는 그 모든 것을 던져버렸다.* 또는 자기만족적인 연민을 보이기도 한다. *절망에 빠진 사람이군.*

와인하우스가 마이크에 대고 실없이 중얼거렸던 베오그라드에서의 마지막 콘서트를 끝낸 뒤, 한 뉴스 진행자가 물었다. "그들은 왜 계속해서 그녀를 무대에 올릴까요? 분명 그녀에게 문제가 있다는 걸 알텐데 말입니다." 또 다른 진행자는 이렇게 말했다. "이번은 그녀의 컴백 무대가 될 예정이었습니다만, 그녀는 **기회를. 완전히. 날려버렸습니다.**" 그녀의 중독에서 무언가가 사람들을 화나게 했다. 그러나 그 분노는 단순하지 않았다. *에이미는 그 모든 것을 던져버렸다*고 쓴 여성에게는 나름의 사연이 있었다. *우연한 약물 과용이라니 다 헛소리다. 우리 아빠가 망할 헤로인을 과다복용했을 때 그건 우연이 아니었다. 나와 남동생은 구조대가 아빠를 소생시킬 동안 그냥 서서 지켜보았다.*

다른 누군가는 이렇게 물었다. *지금 그녀는 재활원에 돌아가고 싶지 않을까 :P*

와인하우스가 약을 끊으려는 아무런 노력도 하지 않았다는 것(와인하우스는 네 번 재활원에 갔다)과 홀리데이가 약을 끊거나 조절할 필요가 없었다는 것은 똑같은 몽상이다. 마치 완벽하게 중독의 제물이 된 여성에게 유일한 대안이라고는 그것을 극복하고 살아가려는 욕구를 아예 없애는 것밖에 없다는 말처럼 들린다. 하드윅의 말처럼 비록 홀리데이는 "그녀에게 강요되었던 다양한 치료법에 대해 차갑게 분노하며" 말했지만, 홀리데이가 분노했던 건 치료 자체보다는 치료를 *강요*하고, "치료"를 가장하고 처벌하기 때문이었다.

뉘우치지 않는 여성 중독자는 과격한 훈계조의 말들에 대해, 그리고 종종 재활 치료를 가장한 여러 사회적 규제에 대해—짜릿하고 불가피한 방식으로—반격을 가한다. 열린 결말을 가진 그녀의 이야기는 나비넥타이를 맨 개종 서사에 대한 매력적인 해결책이다. 그러나 뉘우치지 않는 중독자를 페티시화하는 것은 개선되고 싶은 그녀의 진정한 욕구를 간과하는 것일 수도 있다. 뉘우침을 모르는 당당함으로 삶의 파멸을 마주한 여성, 홀리데이를 그렇게 묘사하는 것이 하드윅에게는 매력적이었을지도 모른다. 그러나 한 백인 여성이 홀리데이의 자기파괴를 어둠 속의 빛으로 불렀던 반면, 홀리데이 자신은 전혀 그렇게 보지 않았다는 건 우연이 아니다. 그녀는 그 대가를 너무도 잘 알고 있었다.

———————— 할머니가 돌아가신 후 다섯 달 동안은 가정교사로, 여관 직원으로 두 가지 일을 하며 보냈다. 니카라과행 비행기 티켓 값과 거기서 머물 한 달 방세를 모으기 위해서였다. 그렇게 해서 작고 노란 집의 싱글베드가 딸린 방을 구했다. 나는 어둠 속의 빛—일화로서 이야기될 삶의 희미한 별자리—을 갈망했고 할머니가 돌아가신 집을 벗어난 세계를 갈망했다. 그라나다라는 도시에서, 낮에는 교실 두 칸짜리 학교에서 자원봉사랍시고 2학년 아이들을 상대로 손가락을 물어뜯는 시늉을 하며 뺄셈을 가르쳤고, 밤에는 그 어느 때보다 더 무모하고 호들갑스럽게 술을 마셨다. 이 음주는 썰렁한 매트

리스 위에서 미지근한 와인으로 병나발을 불던 할머니 집에서보다는 이국적으로 보였지만, 여전히 일상적이고 필수적이었고, 여전히 내가 갈망하는 안도감을 주었다.

니카라과에서 나의 첫 일기는 이렇게 시작된다. *아무 생각 없음. 그냥 사물들뿐.* 마나과부터 도로를 따라 길가에서 불타던 쓰레기 더미들. 공기주입식 튜브로 된 작은 성 앞에 놓인 스테레오에서 구슬프게 흘러나오던 살사 음악. 교회 바깥의 달궈진 번철에서 거품 내며 익어가던 조그만 팬케이크들. 모호크 인디언 스타일로 털을 깎은 개의 등줄기. 나는 쪼글쪼글해진 빵에 시장에서 산 으깬 아보카도를 얹어 샌드위치를 만들었고, 굵은소금을 손바닥으로 비벼 부수고는 달가닥거리는 수레에서 산 *캄페시노* 치즈 위에 뿌렸다. 빨래에 물을 부을 때는 1리터 소다수 병 윗부분을 잘라내어 바가지로 사용했다. 내 방에선 절대 바퀴벌레를 죽이지 않았는데, 임신한 바퀴벌레를 짓밟으면 그 안의 수많은 알이 나와 모두 부화된다고 누군가 말해주었기 때문이다. 생리를 할 때는 떠돌이 개들이 분명 나의 생리 냄새를 맡았을 것이다.

그라나다에서 나는 관광객과 낙하산 사회활동가와 지역 주민으로 구성된 생태계의 일부였다. 칼레 칼사다의 어느 술집에서 한 남자가 가방을 훔칠 때마다 제 나라를 떠나온 사람들이 우르르 그 남자를 쫓았고, 도로변에는 그들의 플립플롭 샌들이 흩어졌고, 그러면 또 다른 남자가 팁을 기대하고 그 플립플롭들을 주워서 가지런히 늘어놓으며 우리가 팽개친 토냐 병에 맥주 몇 방울이라도 남았는지 확인하곤 했다. 나는 나보다 나이 많고 세계 곳곳을 경험한 젊은 네덜란드 여성들과 어울렸다. 스페인어 실력은 내가 그들보다 나았지만, 나에게 스페인어는 제2의 언어였고 그들에게는 제4의 언어였다. 우리는 아포요 호숫가의 해먹에서 차가운 맥주와 따뜻한 바람을 즐기고, 통생선을 불에 구워 먹고, 차가운 물과 뜨거운 물이 띠를 이루어 스카프처럼 함께 휘감기는 화산 연못에서 수영하며 오후를 보냈다. 햇살이 들락날락하던 어느 낮을 보낸 뒤, 나는 열병에 걸리는 꿈을 꾸었고, 그로부터 며칠 후 실제로 열병에 걸렸다. 뼈가 쿡쿡 쑤셨다. 나는 촛불 옆에서 스물네 살을 맞았고 간밤의 상그리아가 남긴 시큼한 맛을 느끼며 잠에서 깼다. 옷에서는 연기 냄새가 났다.

네덜란드 여자들과 나는 매일 오후 토냐를 마시고, 매일 밤 럼주를 마셨다. 나는 럼주를 썩 좋아하지는 않았다. 그러나 니카라과에서 구할 수 있는 건 럼주뿐이었으므로, 그것을 마셨다. 플로르 데 카냐는 지역 주민들이 좋아하는 럼주였다. 아니면 쿠바 리브레처럼 럼과 콜라를 섞은 니카 니브레를 마셨는데, 니카라과 혁명이 쿠바 혁명의 동생인 것처럼, 그 형과 닮아 있었다. 그 무렵은 재집권한 오르테가Daniel Ortega 대통령이 막 두번째로 꿈을 펼치던 시기로, 매일 밤 몇 시간씩 전기가 나가곤 했다. 정부는 전기를 공공사업으로 만들 방법을 궁리하고 있었다. *라 루스 세 푸에la luz se fue*, 즉 불이 나가면, 우리는 성당 마당에서 불 쇼를 구경했다. 소년들은 우리 팔꿈치 안으로 캐슈너트 바구니를 밀어 넣었다. 퀘벡에서 온 냉소적인 한 남자는 그 사람들이 매일 아침 떨어지는 그 많은 망고를 다 어떻게 하는지 궁금해했다. 땅거미가 지면 따뜻한 어둠이 든든한 담요처럼 내 알딸딸함을 덮었다. 우리는 *파르케 센트랄*(중앙공원) 구석의 한 여인에게서 타말레를 사서 촛불이 있는 어딘가를 찾아가서 먹었고, 또는 촛불이 없는 어딘가에서는 손으로 더듬거리며 먹었고, 몇 번인가는 밤중에 택시 표시가 없는 검은 택시에 구겨지듯 함께 타고는 호수 아래쪽 술집 '오스카스'에 가기도 했다. 거기선 사람들이 춤을 추고 코카인을 킁킁거렸고, 동틀 무렵이면 작은 검정파리들이 펄럭이는 아마포 커튼처럼 호수 위로 날아올랐다. 거기엔 거의 매일 밤 목발 짚고 찾아오는 떠돌이 마술사가 있었다. 다리 한쪽은 무릎 아래가 없었다. 그는 술고래가 분명했다. 나는 이런 생각을 했었다. *당신은 자신을 더 잘 돌봐야 해요.*

학교 자원봉사를 하면서, 쉬는 시간에는 우노 게임을 했다. 나는 아이들이 노는 방식을 알게 되었다. 레티시아는 인정사정 봐주지 않았고, 인정사정 봐주지 않는 아이에게는 짜증을 냈다. 글로리아는 손이 빠르게 게임을 하는 반면에, 또 다른 글로리아는 느려서 다른 아이들이 이런저런 색깔의 카드를 골라달라고 애원할 여지가 있었다. *아마리요Amarillo(노랑)! 로호Rojo(빨강)! 베르데Verde(초록)!* 그녀는 그 권력을 좋아했다. 아이들은 종이로 만든 *파야시토payasito(광대)*에 색을 칠했다. 아이들은 녹슨 그네 옆에 서 있는 여자에게서 바나나칩이나 치약처럼 생긴 설탕 과자를 샀다. 나는 솔의 머리에 기어 다니는 이를 보고는, 침침한 콘크리트 상자 같은 동네 약국을 찾아가, 내 두피를 기어 다니는 벌레 흉내를 내고 독약이 든 작은 갈색 병을 구하기도 했다.

난생처음 숙취에 시달리기 시작했다. 입안이 시큼하고 양쪽 관자놀이를 쿡쿡 쑤시는 통증이 느껴졌다. 머리는 쓰레기통처럼, 구겨진 종이로 채워졌는지 고개를 끄덕일 때마다 서로 쓸리는 것 같았다. *숙취 해소*. 당신이 낳은 아이를 돌보듯, 당신은 후유증을 돌봐야 한다.

나는 마나과에서 온 펠리페라는 남자와 함께 술을 마시기 시작했다. 우리가 취할 때마다 그는 알코올중독 이야기를 했다. 그의 말로는 알코올중독자라고 해서 조금이라도 특별해지는 건 아니었다. 그나 그가 함께 자랐던 많은 남자들에게는 그게 사실이었다. 그는 국제선 비행기를 탈 때나 샌타모니카 여관에 출근할 때 술을 챙겨 가지 않았다. 그는 항공사 우수고객인 아버지를 탓하지도 않았다. 자신을 딱하게 여기지도 않았다. 음주는 사는 방식의 하나일 뿐이었고, 그만 그런 것도 아니었다.

펠리페와 나는 인사불성으로 취해 호숫가의 오스카스에 춤추러 갔고, 새벽하늘이 밝아올 때 키스를 했다. 새벽빛에 녹색의 물에서 파리들이 안개처럼 피어올라 우리 주변에서 왱왱거렸다. 펠리페는 영어로 들으면 당황스러울 말을 스페인어로 했다. *키에로 투 보카, 키에레스 미 보카 Quiero tu boca, quieres mi boca?*… 나는 번역하기 시작했다—"나는 네 입을 원해, 너는 내 입을 원해?"—그러다가 하는 수 없이 나를 놓아버리고, 번역을 중단한 채 그의 몸에 기대어 취기 속으로 빠져들었다.

예전에 로스앤젤레스에서나 아이오와에서 그랬던 것처럼, 나의 음주는 여전히 모든 것을 향해 촉수를 뻗고 있었다. 그러나 지금 그것은 전혀 다른 무대 배경에서 벌어지고 있었다. 컴컴한 자갈길, 여섯 개에 1달러인 망고, 미덥지 못한 전기와 곧 울음을 터뜨릴 목소리처럼 떨리는 촛불이 있었다. 이 연극에는 매트리스 위에 앉아 노트북으로 영화를 보며 마시던 때보다 훨씬 많은 서사적 사건이 있었지만, 중심 테마는 똑같았다. 그것을 원하고, 그것을 얻고, 다시 그것을 원한다. 어느 밤엔가 술에 취한 채 한 술집을 나와 다른 술집을 향해 적막한 거리를 걸어가던 중 낯선 사람에게 맞았다. 그는 내 코를 부러뜨린 뒤 가방을 가져갔다. 내 스커트에 온통 피가 튀었다.

매키라는 낯선 남자와 하룻밤을 보냈다. 매키가 그의 성인지 그냥 별명인지 기억나지 않는다. 눅눅하고 시큼한 기억의 조각들만 켜켜이 남았을 뿐이다. 택시 표시 없는 검은 택시를 탔던 일, 다른 사람과 부대끼던 무릎, 작은 자동차 안을 꽉 채운 목소리들, 바퀴 자국 패인 울퉁불퉁한 길에서 드잡이하던 일, 짓다 만 2층 건물에서 비죽 나온 모습이 밤중에도 보였던 콘크리트 보강용 강철봉, 철조망 담장과 가로등 불빛 아래 오갈 데 없는 곤충들을 붙들던 쓰레기 더미의 기억. 수많은 낯선 이들 속에서 그의 무릎에 앉았던 일, 내 안으로 밀고 들어오던 그의 손가락이 싫었지만 너무 취해서 그를 저지할 수 없었던 일, 그리고 정말 당황스럽게도, 나의 만취가 그것을 유도했다는 느낌까지.

그에게 내 방으로 돌아가자고 한 기억은 없지만, 그가 내 침실 밖 훤히 트인 마당에서 내 옷을 벗겼던 기억, 그리고 야경꾼이 근처 어둠 속에 서 있다는 것—거기 있고 싶어서 그랬던 게 아니라 그게 그의 일이었기 때문에—을 알아차렸던 기억은 있다.

어느 시점엔가 우리는 내 침대에 있었는데 나는 그와 자고 싶지 않았다. 그러나 같이 자지 *않을* 방법을 궁리하기에는 너무 취해 있었고 너무 피곤했기 때문에, 그냥 그가 끝낼 때까지 가만히, 조용히 누워 있었다. 그러다 의식이 또렷이 돌아오면서, *이건 내가 원하는 게 아니야* 하는 생각이 들었고, 그러다 다시 의식의 초점이 흐릿해졌다.

그다음은 가만히 누운 채, 그와 나란히 자고 싶지는 않고, 그가 무엇을 할지는 모르겠고 해서 선잠을 자다 깨다를 반복했다. 그러나 몹시 피곤해서 뻗어 있던 나는 만취 상태가 초래한 그 상황이 혼란스럽기만 했다. 전기가 나갔다 들어왔다 하는 통에 선풍기는 꺼졌다 켜졌다 하면서 끔찍한 곤충처럼 왱왱거렸다. 땀 흘린 등줄기를 오싹하게 하던 시원한 공기가 기억난다. 그러다 그가 나를 돌려 눕혀 다시 섹스를 하려고 했고, 나는 몸을 돌려 잠들어버렸고, 그러자 그가 나를 깨워 다시 돌려 눕혔고 그러자 나는 다시 그를 밀어냈고 그러자 그가 다시 나를 깨워 돌려 눕혔고 그러자 다시 내가 그를 밀어내기를 반복했다. 그가 내 취한 몸을 돌려 눕혀 다시 섹스를 하려 했던 게 몇 번인지 기억한다고 말한다면 거짓말일 것이다. 다만 나는 의식을 아득히 멀리 보내버린 채로 그 후로도 한동안 누워 있었고, 그가 가버리기만을 기도했다는 건 말할 수 있다.

내가 그와 섹스를 했던 건 하지 않기보다 하는 게 쉬웠기 때문이고, 함께 시작했던 일을 멈추는 게 위선으로 느껴졌기 때문이다. 그를 내 방에 들였다는 건 이미 그에게 무언가를 약속했다는 뜻인 것 같았다. 그가 나에게 주었던 빈약한 선물, 처음부터 나와 섹스하려는 욕구를 확인시켜준 대가로서 무언가를 그에게 빚진 것 같았다. 럼주에 취한 내 피는 남자의 욕망이란 그가 나에게 주는 선물이며 내가 했던 약속이라고 믿었다. 그러나 이런저런 *이유*를 차지하고서라도 이런 이유도 있었다. 그 일이 일어난 건 내가 취했기 때문에, 그리고 그가 멈추지 않았기 때문이었다.

다음 날 야경꾼이 내게 말했다. “앞으로 손님은 데려오지 마세요.” 나는 그 야경꾼 앞에서 우리가 무슨 짓을 했는지, 얼마나 무례하고 얼마나 무모한 일을 저질렀는지 생각했다.

나는 학교에 갔다. 뺄셈을 가르쳤다. 우노 게임을 했다. 숙취는 제멋대로 내 두개골을 두드렸다. 공기는 말도 안 되게 뜨겁고 답답했다. 나는 교실 뒤편의 마른 도랑 속에 서 있었고 속이 메스꺼워 오렌지 맛 환타를 들이켰지만 메스꺼움은 더 심해졌다. 한 네덜란드 친구에게 전날 많이 취해서 미안하다고 사과했더니 그녀는 아무렇지 않은 듯 어깨를 으쓱했다. *네 인생이지 내 인생이 아닌걸*, 하는 식이었다. 내가 그 친구에게 사과했던 건 사과해야 할 어떤 일이 있었던 것 같아서였다. 어쩌면 누구에게, 아무에게든 사과하면 내 안의 그 감정을 쫓아버릴 수 있을 것 같아서였다.

— IV —
결핍

———————————— 거듭된 숙취로 아침마다 입이 깔깔하던 니카라과에서의 그 시기에, 나는 내 안의 옳지 않은 어떤 것, 부주의하고 땀으로 얼룩지고 칠칠치 못한 것을 느꼈다. 그래서 그해 가을 미국으로 돌아가 예일대학교에서 박사과정을 시작하면서는 다르게 마시기로 했다. 더는 맥주도, 럼주도 마시지 않기로 했다. 내 몸 안을 돌아다닌다고 상상할 때 더 순수하게 느껴지는 맑은 술과 화이트와인만 마시기로 했다. 대신 많이. 그날 밤, 오렌지가의 와인 가게 점원에게는 거짓말로 둘러댔다. "디너파티를 하고 있는데, 연어에 뭐가 어울릴까요?" 혼자 마실 거라는 걸 잘 알면서도 말이다. 상자에서 크래커나 몇 개 꺼내 먹겠지. "여덟 명인데요. 두 병이나 세 병은 있어야겠죠?" 크래커 부스러기를 묻힌 채 시큼한 숨결을 내뿜으며 내가 연기하던 *우리*는 얌전한 군중이었다. 나는 그런 계산에 익숙하지 않은 척했다. 실제로 사람들을 초대한 밤이면 와인을 더 많이 사와야 했다.

뉴헤이븐에서 처음 사귄 친구 중 한 명은 데이브라는 대학원생이었다. 매력적이고 사람들과 어울리기 좋아하는 시인이었다. 예비 대학원생으로서 예일대에 갔을 때 나는 그가 여자 친구와 함께 사는 험프리가의 아파트에서 지냈다. 경질목 나무 바닥과 끝없는 책장이 있고 램프를 밝힌 따뜻한 그곳은, 달랑 매트리스 하나에 옷장 속에는 빈 술병 가득한 비닐봉지가 있던 캘리포니아의 휑한 내 방과는 전혀 달랐다. 데이브의 여자 친구는 거의 서른 살로 우리보다 몇 살 더 많았고, 그들의 삶은 그 가정적 분위기와 어른스러움에 취해 있는 것 같았다. 그래놀라 아침 식사, 연체된 도서관 책들, 주말의 하이킹.

아주 묘한 일이지만, 나는 이미 데이브를 만난 적이 있었다. 거의 10년 전 고등학교 졸업반 때, 미국의 반대편에서였다. 전국에서 고등학생 스무 명을 선발해 일주일간 마이애미의 한 호텔에서 미술 프로그램을 진행하는 장학 사업에서 보았던 그의 모습이 떠올랐다. 나는 데이브에게 말했다. "기억난다. 너 염소수염 길렀었잖아! 로비에서 기타를 쳤지!" 그러나 그가 여러 사람 앞에서 기타를 연주하거나 다들 웃고 떠들 때, 숫기 없던 나는 커다란 화분 뒤 그림자 속에서 그를 지켜보다가 내 방으로 사라지곤 했다는 말은 하지 않았다.

"맞아! 놀랍네!" 그는 그 우연에 기뻐하는 것 같았지만, 나는 그가 나를 기억한다는 사실이 놀라웠다. 그 프로그램 참가자는 비록 스무 명뿐이었지만, 나는 남들 눈에 띄지 않을 거라고 확신했던 것이다.

뉴헤이븐으로 이사하고 일주일 후, 데이브와 그 여자 친구에게 저녁 식사를 하자고 내 아파트에 초대했다. 그들은 나의 첫 손님이었다. 나는 평소처럼 술을 마시면서 요리했다. 할머니 추도식에 만들었던 바로 그 리소토, 할머니가 좋아하던 코로나 맥주와 체다치즈가 들어가는 리소토를 준비했다. 샐러드에 넣을 배를 썰 때는 무시무시한 수평 날을 가진 룸메이트의 만돌린 슬라이서를 사용해, 결이 보일 만큼 얇게 과일을 저며냈다. 세번째 와인 잔을 비운 후, 만돌린 날 위로 엄지손가락이 지나갔다. 베었다기보다는 엄지손가락의 한 부분이 사라져 얇은 살색 과일, 아니 샐러드가 되어버린 것 같았달까. 나는 데이브에게 문자를 보냈다. *일회용 밴드 하나 가져와줄래???* 그리고 다시 보냈다. *두 개 부탁해.* 그리고 다시. *너네 먹을 음식에는 진짜 피 안 묻었어!!!!* 그러고는 그 문자 전체가 약간 미심쩍어 보인다고 생각하면서 마지막 문자를 보냈다. *!!!!!!!!!!!!* 그런 한편 지혈을 위해 엄지손가락을 화장지로 둘둘 감고 머리 고무줄로 화장지 뭉치를 꼭 묶었다. 그것은 작은 유령 같았다.

데이브와 그의 여자 친구는 일회용 밴드와 올리브오일 케이크를 가지고 왔다. 세상에 그런 게 존재하는 줄 누가 알았을까? 나는 일회용 밴드를 건네받았지만, 다시 출혈이 시작되는 건 원치 않았기 때문에 엄지손가락을 풀기가 두려웠다. 처음에 지혈하기까지 시간이 꽤 걸렸기 때문이다. 우리는 거실 천창 밑 원탁에, 경사진 다락 지붕 때문에 허리를 못 편 채 둘러앉았고, 나는 네 손가락과 하얗고 둥근 베개 같은 한 손가락으로 와인 잔 손잡이 부분을 잡았다. 저녁 식사 내내 그 손가락에 감각이 없었다.

뉴헤이븐은 회색빛의 모순적인 도시였다. 벽돌로 지은 거대한 공영주택단지가 빼곡하지만, 골목길에는 아취 있는 빅토리아식 작은 주택이 늘어서 있었다. 고딕식 돔 지붕과, 눈이 없는 얼굴처럼 옆면에 창문이 없는 야수주의 스타일의 인상적인 콘크리트 빌딩도 많았다. 채식주의 카페와 허름한 중고서점의 대열이 끝나고 잡화점과 헤로인중독 클리닉들이 보이기 시작하는 곳에서, 식물원을 지나 버려진 소총 공장이 이어지는 곳에서, 보이지 않는 경계선을 느낄 수 있었다. 나는 코가 부러진 이후로는 밤에 혼자 걷는 게 두려웠다. 그렇지만 그런 소심함이 창피하기도 했다.

그 가을, 나는 또 한 명의 대학원생, 피터라는 남자와 곧바로 뜨거운 관계를 맺었다. 다락방에서 화이트와인을 마시는 게 럼주에 취해 니카라과의 컴컴한 골목길을 비틀거리는 것과는 거리가 먼 만큼 안전하다고 느껴지듯이, 두뇌 회전이 빠른 헨리 제임스 신봉자와 관계를 갖는 것은 땀에 젖은 시트 위에서 낯선 남자들에게 내 몸을 맡길 일이 없는 만큼 안전하게 느껴졌다. 피터와 나는 동네 커피숍에서 오전 시간을 보내면서 우리의 꿈을 이야기하고 소프트볼 크기의 머핀을 쪼개 먹었다. 그런 다음 헤어지고 나면 아까 깜빡 잊고 말하지 못했던 꿈의 일부에 관해 서로에게 이메일을 쓰며 남은 하루를 보냈다. 때로 나는 그가 보낸 글을 일부러 미뤄두었다 읽곤 했는데, 내 안의 따뜻한 빛 같은, 읽히지 않은 그 글의 잠재성을 지키기 위해서였다. 그것은 하루의 첫 술을 상상하는 설렘의 빛과 다르지 않았다. 언제 피터를 다시 만날지 안다는 건 사실상 언제 내가 다시 술을 마실지 아는 것과 똑같았다. 그것은 항상 *그날* 밤이었다. 우리는 만나면 늘 술을 마셨기 때문이다. 우리는 시라즈 와인 1.5리터들이 큰 병을 몇 개 사고 접시에 치즈와 크래커를 놓았으며, 아예 저녁 식사를 준비하지 않는 날도 많았다. 사랑에 빠진다는 건 진정 음주에 맞먹는 유일한 감각—그 떨림과 도취, 순전한 몰입의 힘—이었고, 피터와 함께라면 그 두 가지가 편리하게 서로 뒤엉키곤 했다.

피터는 키가 크고 과묵했지만, 신랄하고 재치 있는 판단력으로 의견을 피력하곤 했다. 눈은 파랗고 맑고 흔들림이 없었고, 그 아름다움에서는 날카로운 회의론의 분위기가 풍겼다. 그에게 칭찬받는다는 건 승리처럼 느껴졌다. 그는 내가 만난 가장 지적인 사람 중 한 명이었다.

정신은 정확하고 가차 없었고, 그가 하는 말들은 조각 세공품처럼 조금씩 깎이면서 복잡한 완벽함을 향해 갔다. 그의 능력과 의지, 매 순간 자신을 분석하려는 사실상의 강박충동은 내가 만나본 사람 중 유일하게 나보다 더 강박적인 자의식이었다. 우리는 24시간 나란히 이뤄지는 고고학 발굴 작업 같았다. 남들이 점심 식사 동안은 잠깐 쉬겠지 생각하는 바로 그때, 우리는 더 깊이 파고들었다.

우리가 그렇게 취한 건 이상한 일이 아니었다. 우리는 그저 *휴식*을 원했으니까. 알딸딸한 취기는 끊임없이 재잘대는 자의식의 주석이 없는 순간을 살도록 해주었다. 그것은 마침내 카메라 앞에서 내내 자세를 취할 필요 없이 아름다운 어딘가로 휴가를 떠나는 것 같았다. 커다란 와인 병만 있으면 우리는 단순해지고 엉성해졌다. 자의식은 안개처럼 타버렸고, 그 자리에는 그의 이케아 침대에서, 또는 나의 이케아 침대에서 〈도전! 슈퍼모델America's Next Top Model〉을 보면서, 거식증일 것 같은 일란성 쌍둥이에 관해 이러쿵저러쿵 추측하는 우리가 있었다. 누가 먼저 탈락할까? 남은 한 명은 어떻게 대응할까?

우리 관계의 깊이와 강렬함은 음주를 위한 완벽한 알리바이였다. 피터는 확실히 내가 원하지 않을 때는 취해서 인사불성인 내 몸을 탐하지 않았다. 그는 자신의 논문을 구상하고 있었고, 나에게 구운 과자들을 가져다주었다. 럼 케이크와 땅콩버터 초콜릿 칩 쿠키들. 1년 동안 주로 우리는 술을 마시고, 디저트를 먹었다.

때로 우리는 스테이트가의 한 아일랜드식 술집—탁자에 땅콩 바구니가 있고 바닥에는 부서진 땅콩 껍질이 널린—에서 만나 보드카 토닉을 마시다가 뼈가 시린 가을 추위를 뚫고 비틀거리며 집으로 갔다. 나는 그 술집에 피터보다 먼저, 보드카 한 잔 정도 마실 만큼 일찍 가기 시작했다. 그러다가 두 잔을 마실 만큼, 나중엔 세 잔을 마실 만큼 일찍 가기 시작했다. 그러다가 피터가 오면 늘 이런저런 것에 관해 많은 이야기를 나누었다. 나는 빅토리아 시대의 질병 회고록이나 어릴 때 아버지가 내게 주었던 호랑이 인형, 'render'라는 단어의 어원 등 내가 했던 모든 생각을 이야기했다. 늘 좋은 인상을 주고 싶어서 한 번도 강의를 빼먹지 않았다. 내가 피터에게 아무리 많은 것을 내줘도 지나친 것 같지 않았다. 그는 모든 관찰, 모든 충동을 원했다. 하룻밤을 원하는 남자들을 많이 겪어온 나에게 피터는 집에 돌아온 듯 편안한 느낌을 주었다. 나는 나 자신을 안전하게 지키기 위해 지하 금고에 들어가듯 그의 안에 나를 놓고 싶었다. 우리는 장거리 연애를 유지해줄 만큼 많은 편지를 썼지만, 겨우 세 블록 떨어져 살고 있었다.

우리가 어떤 것을 벗어나려 애쓰고 있다고 상상하기는 힘들었다. 하물며 서로를 벗어난다는 건 더더욱. 그렇지만 나는 더 미묘한 무언가를 벗어나고 있었다. 모든 거리감, 모든 틈새, 모든 침묵, 모든 이음매의 가능성이랄까. 우리는 모든 것에 관해 이야기했다. 어쩌면 우리가 술을 너무 많이 마시는 것 같다는 이야기도 했다. 그래서 우리는 월요일에는 마시지 않기로 했다. 나는 월요일이 두려워졌다. 그러다가 그날을 *모든* 월요일로 하지는 않기로 했다. 한결 나았다. 그러다가 그날은 완전히 잊혀버렸다.

평생 나는 애정과 사랑을 받아야 한다고—처음에는 나도 모르게, 나중에는 노골적으로—믿어왔고, 그래서 *진짜 대박 흥미로운* 사람이 되려고 미친 듯 애써왔다. 일단 적절한 관계를 맺고 나면, 평생 준비해온 최종 시험을 치르듯, 그 관계에 나의 흥미로움을 퍼부으려고 계획했다. 이게 그거였다.

퀴어 이론가 이브 코소프스키 세지윅Eve Kosofsky Sedgwick은 중독이란 물질에 관한 것이라기보다는 중독자가 그 물질에 투사하는 "잉여의 신비한 특성"이라고 주장한다. 그 물질에 "위안, 휴식, 아름다움, 에너지"를 주는 능력을 부여하면서 "스스로 자아를 부식시키고, 따라서 자신을 결핍으로 해석하게 된다." 한 남자든 한 병의 와인이든, 어떤 것을 더 많이 요구하게 될수록, 당신은 무의식적으로—반사적으로, 암암리에—그것이 없다면 충분하지 않다고 스스로 믿게 된다.

———————————— 20대 시절의 나는 취하기만 하면 언제나 똑같은 질문을 서로 다른 버전으로 일기장에 끼적거렸다. *나는 알코올중독일까? 알코올중독자가 되는 게 이런 걸까?* 음주에 관한 수치심은 대개 내 주사로 인한 당혹감 때문이 아니었다. 그것은 애초에 내가 얼마나 취하고 싶었는가 하는 것 때문이었다. 취한다는 건 내가 가장 흥미를 느끼는 감정이 되어버렸다. 「꿈 노래 14」에서 베리먼의 화자는 어릴 적 어머니가 들려준 이야기를 떠올린다. "따분하다고 고백하는 건/내면의 자원이/너에게 없다는 뜻이지." 취하고 싶다는 것—적어도 취하고 싶었던 만큼—은 그 비슷한 고백처럼 느껴졌다.

세월이 흐른 뒤, 나는 중독을 "레퍼토리의 축소"로 설명하는 한 임상의사를 인터뷰했다. 나에게 그 말은 내 삶 전체가 술을 중심으로 쪼그라들고 있다는 뜻이었다. 내가 술을 마시며 보낸 시간만이 아니라, 술 마실 것을 예상하며 보낸 시간, 술 마신 걸 후회하며 보낸 시간, 술 마신 걸 사과하며 보낸 시간, 언제 어떻게 다시 술을 마실까 생각하며 보낸 시간까지 모두 내가 술로 흘려보낸 삶이었다.

의식을 방해하려는 욕구는 전혀 새로운 게 아니다. 의식을 누그러뜨리고, 무디게 만들고, 날카롭게 만들고, 왜곡하고, 행복감으로 삼켜버리고, 그 환멸을 은폐하는 욕구는 새로울 게 없다. 의식을 대체하고 싶은 욕구는 의식 자체만큼 오래된 것이다. 그것은 삶의 행위를 묘사하는 또 다른 방식이다. 우리는 우리 자신을 더 극적으로, 더 갑작스레 바꾸기 위해 우리 몸에 넣을 수 있는 것들을 계속해서 발견해나간다. 안도감이나 황홀감을 느끼기 위해, 불안을 잠재우기 위해, *다르다*고 느끼기 위해, 이상하게 바뀐 세계나 더 매혹적인 세계 또는 그저 더 만만한 세계를 느끼기 위해서. 금주운동에서 술은 "악마의 음료"로 통했다. 우리 몸 밖의 액체나 가루 형태를 추구하는 욕구—도피의 욕구, 무중력 상태의 욕구, 황홀감의 욕구, 극단의 욕구—가 표면화된 방식이 술이라는 거였다.

나로선 중독이 놀랍지 않다. 어떤 것에도 중독되지 않는 사람들이 있다는 게 더 놀랍다. 처음 알딸딸함을 느꼈던 날 밤부터, 나는 왜 세상 모든 사람이 매일 밤 취하지 않는지 이해가 가지 않았다. 중독자들이 종종 설명하기를, 취하는 행위는 모두 첫번째 경험—가장 순수하고, 가장 계시적인—을 좇는 것이라고 한다. 정신과의사 애덤 캐플린Adam Kaplin 박사의 말처럼, "회전문을 통과해" 들어가던 첫 경험을 다시 붙잡으려고 애쓰는 것이다. 캐플린 박사가 내게 들려준 이야기가 있다. 그가 치료하던 알코올중독 환자 중 미술가였던 한 남자는 인생의 첫 보드카를 머리끝부터 발끝까지 온몸을 채우는 따스함으로 기억했다. 집에 온 느낌 바로 그것이었다.

과학자들은 중독을 중변연계 도파민 체계 신경전달물질 기능의 조절장애로 설명한다. 말하자면 두뇌의 보상 경로가 엉망이 되었다는 뜻이다. 그것은 생존 충동에 대한 "병리적 강탈"이다. 음식이나 피난처 구하기, 짝짓기 같은 정상적인 생존 행동보다 물질 사용 충동이 우선한다. 이 또한 축소다. *이것, 오직 이것만*을 원한다.

AA 모임 초기에 작성된 한 차트는 알코올중독을 무모한 부기簿記

로 규정한다. **"통제되지 않은 음주의 사실 기반 손익 차트."** 이 차트에는 "자산"과 "부채"라는 두 가지 세로 항목이 있다. 자산마다 그에 해당하는 부채, 다시 말해 대가가 있다. "관례를 무시하는 쾌락" 옆에는 "무분별로 인한 불이익"이 있고 "현실로부터의 만족스러운 도피" 옆에는 "술이 깬 후 진실의 빛 속에서 고갈되어버린 자신을 보는 두려움"이 있다. 부채 항목은 페이지의 아래쪽으로 갈수록 더 넓어지고, 자산 항목은 갈수록 더 좁아지면서 병의 진전을 보여주는데, 차트의 마지막은 대문자와 느낌표로 끝난다. **"어리석은 행동. 시설 수용. 죽음!!!"**

신경약리학자이자 국립 알코올 남용 및 중독 연구소 소장 조지 쿠브George Koob는 이 수직적 붕괴를 상호연결된 3단계의 "나선의 곤경/중독 사이클"이라고 부른다. 3단계란 몰두/기대, 폭음/취함, 금단/부정적 효과 등이다. 중독을 다룬 한 대중과학서에서, 나선의 곤경/중독 사이클을 설명하는 차트는 한가운데를 뚫고 수직으로 떨어지는 화살이 있는 토네이도처럼 보인다. 그 근처에 있는 신경전달물질 활동에 관한 일러스트를 보면, 뉴런 수용기는 활성화되기만을 기다리는 듯 유쾌해 보인다. 앞으로 닥칠 일을 까맣게 모르는 채.

아래쪽에 생물학적 설명 자막이 붙은 내 삶의 특정 순간들을 다시 돌이켜보는 것은 이상한 유형의 복시複視다. 마치 허를 찌르는 결말을 알아버린 스릴러 영화를 보는 것과 같다. 나는 한 남자가 커피 탁자에 늘어놓은 코카인을 흡입하는 모습을 보면서, 수용기가 활성화되어 도파민 재흡수를 차단하고, 그럼으로써 도파민이 시냅스 안에 더 오래 머물게 되는 과정을 이해한다. 그러나 과거의 나는 도파민 재흡수 차단을 내 목소리의 솟구침이라고 느꼈다. 그것은 뱀이 허물을 벗는 것, 두려움을 떨치는 것이었다.

니카라과에서 낯선 사람과 보낸 하룻밤을 돌이켜보면, 당시 내 뉴런 속의 GABA 수용체를 활성화한 것은 내 혈관 속을 흐르는 럼주—이른바 작용약—와, 중격의지핵 및 편도복합체 속에 축적된 도파민이라고 말할 수 있다. 낯선 땅의 언어처럼 들리는 이런 말들은 내 자아 감각의 많은 부분이 자리 잡은 두뇌 각 부위의 이름이다. 땀에 젖은 침대 시트를 떠올릴 때면, 술이 내 전전두엽피질을 둔하게 만들 때 일어나는 탈억제를 이해할 수 있다. 나는 잠을 깼을 때의 숙취—초조하고 불안하고 꺼림칙한 두통—를 이해할 수 있으며, 제어되지 않은 글루타메이트가 나를 성마르고 불안하게 만들면서, 그가 내 몸에 무슨 짓을 했는지 기억하려 애쓰고, 속이 메스껍고 나 자신이 역겹고 불편한 나머지 다시 술을 찾게 된다고 이해할 수 있다.

술에 의존하게 되었다는 건 술 없는 삶을 상상하기가 거의 불가능해진다는 뜻이기도 하다. 이런 불가피성은 알리바이가 되고 핑계가 된다. 리스가 쓴 소설의 한 여주인공은 이렇게 말한다. "취했을 때는 모든 게 괜찮아요. 내가 다른 어떤 것도 할 수 없으리라는 걸 알거든요." 취한 자아는 변형된 자아라기보다는 드러난 자아, 그동안 내 안에 도사리고 있던 정체성이 된다. 탐욕스럽고 필사적이고 염치없는 정체성. 니카라과 시절 야경꾼 앞에서 낯선 남자와 섹스한 다음 날 아침 다시 그 야경꾼을 봤을 때, 나는 그가 목격했던 것이야말로 내가 세상에 보여주었던 것보다 더 진실된 내 모습이라고 믿었다. 그것은 평소엔 너무 조심스럽거나 신중하거나 두려워 차마 드러내지 못했던 내 모습, 한계를 모르고, 온통 상처뿐이고, 항상 움켜쥐기만 하는 자아였다.

아마도 술이 이 자아를 표현하는 동시에 창조한다고 말하는 게 더 정확할 것이다. 취한 상태가 드러낸 건 *있는 그대로*의 나—약간 절대적이고 정적이며 단정적인 의미에서—가 아니라 내가 될까 봐 두려웠던 나였다. 나는 술에 취하면, 내가 요구뿐인 존재라고 믿었다.

니카라과에서의 그 남자에 관해 이야기할 때면—그럴 때가 많지는 않은데, 보통은 내가 어떻게, 왜 술을 끊게 되었는가 하는 맥락에서 그 이야기를 하게 된다—나는 늘 이렇게 말한다. "사실 그건 강간이 아니었어요." 나는 어떤 동의의 신호를 주고 있었다. 굳이 반대 의사를 말로 표현하지 않았달까. 그러나 취중 동의란 내가 아직 적절한 말을 찾지 못한 어떤 것을 의미한다. 마치 내가 이미 나를 자존심 없는 사람처럼 이용당하게 만들어버렸으므로, 거기서 다르게 행동하면 위선이 되는 것 같았다. 그 점에서, 취한다는 건 보통 스스로를 포기하는 지점에 이르는 것이었다. 그때는 그 일이 그 남자와 있을 때 일어났던 것뿐이었다.

————————— 피터와 거의 1년을 사귄 뒤, 어쩌다가 나는 볼리비아의 어느 마당에서 취해, 다른 남자와 자게 될 상황에 놓였다. 그때가 그 나라의 주지사 선거 전날이었다. 선거가 있는 주말 동안 술을 사는 것은 불법이었기 때문에, 우리는 미리 술을 쟁여두었다. 우리는 안데스 고산지대 포도로 만든 현지 브랜디인 싱가니에 오렌지 소다수를 섞어 추플라이라는 부정한 칵테일을 만들고 있었다.

명목상으로 나는 스페인어 실력도 키울 겸, 박사과정 프로그램 자격 요건 중 하나를 갖추기 위해—실제로 그러고 있었다고 생각한다. 나는 분명 프로그램 기금을 사용하고 있었다—볼리비아에서 여름을 보내고 있었지만, 그 여행은 폐소공포증처럼 숨 막히게 되어버린 피터와의 역학을 나름대로 벗어나는 방식이기도 했다. 뉴헤이븐에서 피터와 똑같은 일과—처음에는 기분 좋게 의지할 만했던—를 반복하다 보니 세상과 격리된 느낌이 들기 시작했다. 밤에는 리얼리티 프로그램에 나오는 모델 유망주들을 보며 노닥거리고, 부족하다 싶은 저녁 식사와 지나치게 많은 디저트를 먹었고, 7달러짜리 옐로 테일 시라즈 와인 병 상표에 그려진, 점프하는 왈라비는 끝없이 늘어만 갔다. 피터가 쓰던 헨리 제임스에 관한 논문을 두고 토론하느라 보낸 그 모든 시간은 헤아릴 수도 없었다. 헨리 제임스는 주로 자기 소설 속 등장인물들이 감정에 관해 무슨 *생각*을 하는지에 관심이 있는 것처럼 보였다. 그러나 그 등장인물들은 사실상 아무것도 느끼지 못하는 것 같았다. 나는 이 추정의 그물망을 끊어버릴 무언가에 굶주려 있었다. 다른 사람이 좋아하는 머핀을 알아내는 일상의 고역이 아니라 내 딴에는 갑작스럽고 예외적이고 압도적이라고 생각되는 실제의 감정이랄까. 피터는 나에게 지극히 헌신적이었지만, 내게는 그것이 역겨움과 별반 다르지 않은 감정을 안겨주었다.

비록 프로그램의 지원금이 있기는 했지만, 내 재정 상태로는 볼리비아 여행 경비를 감당할 수 없어서 돈을 빌렸다. 피터는 한 달 후에, 내가 지내던 도시 수크레에서 나와 합류하기로 했다. 그런 후에 같이 여행하기로 했는데, 그 여행은 우리의 역학을 더 넓은 지평으로 보내줄 것 같았다. 소금 평원으로, 안데스산맥으로, 정글로.

피터가 도착하기 일주일 전인 지금, 나는 터무니없게도 다른 남자와 함께 더 넓은 지평 비슷한 것을 찾고 있었다. 이 아일랜드 남자는 싱가니를 많이 구해놓았다. 그 역시 나처럼 술을 구할 수 없는 날들이 예상될 때는 미리 대비해야 한다는 걸 이해하고 있었다. 나는 코네티컷에서 보낸 일요일들 덕에 그것을 알고 있었다. 아일랜드 남자는 자기가 경험한 라틴아메리카 모터사이클 여행담을 시시콜콜 나에게 들려주고 있었고, 나는 라틴아메리카 모터사이클 여행담을 들려주던 한 남자 이야기를 훗날 다른 누군가에게 어떻게 들려줄까 상상하고 있었고,

그러면서 나는 그에게 소다수는 덜 필요하고 싱가니는 더 많이 필요할 거라고 말하고 있었다.

이 아일랜드 남자는 붉은 머리카락을 길게 늘어뜨리고 있었는데, 그것은 창백한 얼굴을 감싼 옥수수수염 덮개 같았다. 그는 칠레 시골에서 큰 사고를 당해 빗장뼈와 한쪽 다리가 부러졌기 때문에 다리를 절었다. 그를 고치는 시간보다 오토바이를 고치는 시간이 더 오래 걸렸다. 그가 수크레 주변에서 얼쩡거리는 것도 그 때문이었다. 그와의 첫번째 불꽃은 피터와 지낸 시간의 불쏘시개에 불붙인 성냥 같았다. 피터와의 한 해는 술에 절어 있었지만, 이케아 책장과 지루한 세미나 페이퍼라는 틀에 박힌 일과로 둔해지고 김빠진 느낌이었다. 볼리비아 선거와 볼리비아에서 부상당한 아일랜드 남자는 니카라과의 흥분과 열기와 비슷했고, 막 펼쳐지는 한 편의 이야기였다. 그때는 그 매력이 참신함을 추구하는 대담성과 관계가 있는 것 같았다. 그러나 돌이켜 생각하면 그건 훨씬 더 평범한 어떤 것, 익숙함에 대한 두려움으로 보인다.

과거 식민지 시대의 수도였던 수크레는 강렬한 안데스의 햇빛에 바랜 완만한 갈색 언덕들에 에워싸인, 자갈길 골목들의 도시였다. 나는 양치식물 가득한 뜰이 내다보이는 작은 방에서 지냈고, 아침으로 살테냐를 먹으면서 그 안의 고기소를 꺼내려고 바삭한 껍질에 구멍을 뚫곤 했다. 날씨는 추웠다. 그곳은 고산지대였고 더구나 남반구는 겨울이었다. 나는 외투를 살 생각으로 도시 끄트머리에 있는 시장에 가서, 튀긴 도우를 파는 행상들과 낡은 빗물 배수 시설 아래 모여들어 방수포 지붕에서 떨어지는 물로 설거지하는 사람들, 도마뱀 껍질 같은 커스터드애플과 물이 송골송골 맺힌, 인형집 크기 블록에 담긴 밍밍한 치즈를 파는 행상들 사이로 걸어갔다.

한번은 우리가 거나하게 취했을 때, 아일랜드 남자가 자기가 묵고 있는 집의 꼭대기 층을 보러 가겠냐고 물었다. 거기엔 몇 달 전 죽은 아르헨티나 청년이 세 들어 살던 다락방이 있었다. 그 청년의 가족은 그의 물건을 가지러 오지 않았고, 집주인은 그 물건을 어떻게 해야 좋을지 몰라 아직 그대로 있었다. 벽에 축구 사진들을 테이프로 붙여둔 죽은 청년의 방에 들어간다는 건 공포 관광을 하는 기분이었다. 마치 자동차 사고 현장을 보려고 속도를 늦추는 것 같았다. 나는 지금 내가 하려는 행동을 실제로 할 마음이 있는 건가 생각하며 거기 서 있었다. 내가 취하지 않았다면 바람을 피우지 않았을 거라는 얘기가 아니다. 그보다는 취했기 때문에 바람을 피울 수 있는 것 같았다. 나는 헤밍웨이가 "럼주의 용기"라고 부르고 라우리가 "테킬라의 겁 없음"이라 불렀던 무중력을 향해 술을 마셔댔다. 우리의 추플라이 칵테일은 결국 스트레이트 싱가니로 바뀌었다. 그건 소다수가 다 떨어졌다는 뜻일 뿐이었다.

깨어나고 보니 하얗고 휑한 방의 이상한 침대 위였다. 몸이 아팠고, 술이 내 몸 안에서 엉겨 있었다. 나는 속을 뒤집어서 젖은 빨래 짜듯 모든 것을 짜내고 싶었다. 내가 피터를 두고 실제로 바람을 피웠다는 사실이 놀라웠다. *내가 이걸 할 수 있다고?* 사람은 생각하고, 그런 다음 자신을 지켜본다. *그런 것 같아.* 이는 바람둥이가 된다기보다는 내가 원래 바람둥이였음을 발견하는 것에 가까웠다. 싱가니가 나의 외피를 닦아내고 광택제를 녹여버려 그 밑의 더러운 진실을 보여주었다. 그렇다면 결국 그것, 유전이라는—내 핏속을 흐르고 있을—관념은 나를 피해가지 못했던 거였다.

돌이켜보면 이 경솔한 외도—내가 지속할 의무가 없는 관계 안에서 아무 의미 없는 사람과의—는 특별하지 않고 설명할 수 있는 일이었던 것 같다. 그것은 김빠진 관계를 회복하는 일상의 노역이 아닌 사소한 열차 사고의 드라마를 선택하는 것과 같다. 내 죄의식의 시끄러운 소리는 그보다 조용했던 불확실한 현실에 대한 완충장치였다. 나는 칙칙한 인터넷 카페로 도망치듯 들어가 손에 익지 않은 키보드로 구두점을 이상하게 찍어가며 미국의 친구들에게 이메일을 썼다. *내가 무얼 한 거지?*

——————————— 많은 과학자가 "중독"이나 "약물 남용" 같은 말보다는 "화학적 의존"이라는 말을 선호한다. 베리먼은 자신이 알코올중독이라 여기기 시작하면서 이렇게 썼다. "우리는 모두 의존적인 사람들이다. 우리의 화학물질을 치워버리면, 우리는 의존할 다른 것을 찾아야 한다." 그러나 우리는 *모두* 의존적인 사람들이다, 문자 그대로 우리 모두가. 인간이라면 누구나 그렇다. 그렇다면 우리가 특정 물질에 화학적으로 의존하도록 마중물을 붓는 것은 무엇일까?

당신은 내가 욕구로 만들어졌다고 말할 수 있다. 사실 누구나 그렇다고 말할 수 있다. 나의 어린 시절 계속된 아버지의 부재가 욕구를 만들어냈다고, 또는 계속 욕구를 만들어내는 남자들과의 특정 관계를 자극했다고 말할 수 있다. 당신은 내 아버지가 술을 마셨고, 그의 누이가 술을 마셨고, 그들이 마시기 전에 그들의 아버지가 술을 마셨음을 지적할 수 있다. 20년 동안 2,255여 가족에게서 "알코올중독에 크게 영향받는" 염색체 패턴을 발견한 연구를 지적하고, 일부 두뇌는 화학물질 의존을 유발하는 신경 적응이 더 잘 일어난다고 결론 지을 수도 있다. 그 모든 것은 우리의 뉴런이 몸 안의 신경조정인자에 어떻게 반응하느냐에 따라 달라진다고, 그 모든 것은 우리가 가진 유전자형 내에 있는 온갖 특이성의 복잡한 배열에 의존한다고, 그리고 우리가 가진 돈에 따라, 또 피부색에 따라 그런 반응들이 어떻게 취급을 받고 처벌받는지 말할 수도 있다. 그 모든 설명이 사실이겠지만, 그중 어느 것도 충분하지 않을 것이다. 종종 가장 진실되게 느껴지는 말은 모든 설명이 부분적이고 잠정적이며, *왜*라는 질문의 빈 공간을 채워줄 수 있을 하나의 형태라는 고백이다.

나는 술에 취할 때마다 정확히 무엇 때문에 마시는지 말할 수 있었다. 그 답이 똑같은 경우는 별로 없었다. 나의 자의식이라는 짐으로부터, 끊임없이 재잘거리는 내면의 독백과 자기평가로부터 벗어날 자격이 있었기 때문에 마셨다. 그게 아니면 과도한 기능으로 포장된 나의 핵심에는 어둡고 부서진 무언가가 있고, 술에 취해야만 그것을 인정할 수 있었기 때문에 마셨다. 음주는 내가 나에게 하는 이야기에 따라, 자기탈출이기도 했고 자기대면이기도 했다.

그러나 나는 그 이야기들이 만족스럽지 않다는 데 흥미를 느끼기도 했다. 내가 쓰던 소설에는 등장인물들이 그렇게 슬퍼하는 이유에 대한 충분한 설명이 없었다. 초기 원고의 줄거리를 봐도 등장인물의 자기파괴 충동을 만들어내는 뚜렷한 트라우마는 없었다. 이런 충동의 수수께끼야말로 내가 탐색하고 싶었던 거였다. 차가운 공기 속에 숨을 내쉬면 입김이 보이듯, 당신이 왜 자해하고 싶어 하는지 알아내기 위해 자해할 수 있는 가능성, 그것을 탐색하고 싶었다. 한 남자 친구는 내게 이런 말을 했다. "네가 쓴 많은 글에는 고통을 연결지을 지점이 아주 많지만, 그 독 묻은 외투가 어디서 왔는지에 대한 설명은 전혀 없어." 옳은 말이었다. 그러나 특정 고통을 원인의 삼단논법에 갖다 붙이는 것, 독 묻은 외투의 근원을 찾을 수 있다는 척하는 것은 솔직해 보이지 않을 수 있다.

바로 그것이 내가 『잃어버린 주말』을 좋아하는 이유다. 그 소설은 음주를 쉽게 또는 자동적으로 의미로 바꿀 수 있다는 생각을 거부하기 때문이다. 그 소설은 자기파괴를 추적한다고 해서 반드시 깔끔한 심리적 기원 신화를 찾아낼 수는 없다고 주장했다. *'왜'라는 질문이 중요하지 않게 된 지는 오래다. 당신이 술꾼이었다는 것, 그것이 전부다. 당신은 마셨다, 끝.* 잭슨의 설명은 음주가 그보다는 더 신비하고, 어쩌면 그보다 덜 고상할 수도 있으며, '웅대한 심오함'에 의해 구성되다 만 잔여물일 거라고 암시했다.

엘리자베스 비숍은 그녀 생전에 발표되지 않았던 시 「주정뱅이A Drunkard」에서 자기 음주의 기원을 걸음마 시절 목격했던 화재의 여파로 짚어낸다. 화자는 그때를 떠올린다. "하늘은 밝은 빨강이었어요. 모든 것이 빨갰지요. 나는 지독히 목말랐지만, 엄마는 내가 부르는 소리를/듣지 않았어요." 엄마는 그 화재로 집이 파괴되어버린 낯선 사람들에게 음식과 커피를 주느라 바빴다.

다음 날 아침, 그 어린 소녀는 화재로 숯이 되어버린 잔해 속을 돌아다니다 한 여자의 스타킹을 줍는다. "그거 내려놔!" 엄마가 말한다. 이 꾸지람의 순간은 앞으로 오래도록 그 소녀를 따라다닐 어떤 욕구의 씨앗으로 밝혀진다.

> 그러나 꾸지람을 들은 그날, 그날 밤 이후
> 나는 비정상적인 갈증에 시달려왔어요.
> 맹세하지만 진실이에요. 그리고 나이가 들어
> 스무 살인가 스물한 살 때쯤 나는 술을
> 마시고 또 마시기 시작했지만, 충분하지 않았어요…

나에게는 이 모든 것이 진실처럼 들린다. 오지 않을 사람에 대한 지속적인 그리움에서 갈증이 생길 수 있고, 그 굶주림은 부재 또는 이별의 그림자 속에서 체질이 된다는 생각 말이다. 강박충동은 꾸지람에서 그 뿌리를 찾을 수 있을 것이다. 세상의 비난을 받는 느낌, 또는 세상이 내 부족함을 발견해버린 듯한 느낌.

그러나 그 시에서 가장 흥미로웠던 것은 그런 것을 설명하는 행이 아니라 단정적인 어떤 설명도 소용없을 거라 암시하는 마지막 행이었다.

…당신이 눈치챘다시피,
지금 나는 반쯤 취했어요…

그리고 내가 하는 이 모든 말은 거짓일지도 몰라요…

어느 비평가는 이것을 "미온적인 의견 보류"라고 부르지만, 나에게는 이것이 이 시의 핵심이다. 욕구에 관한 주제문의 불안정성을 끌어내고, 명쾌한 인과관계에 대한 갈망 역시 또 하나의 강력한 갈증이라고 인정하는 방식 말이다. *음주는 내 어머니로부터, 내 어머니의 부재로부터, 이 순간으로부터, 이 트라우마로부터 비롯되었다*는 인과관계 대신에, 이 시는 명쾌한 기원 신화를 숨긴 채 음주(*지금 나는 반쯤 취했어요*)가 나름의 원인들의 도미노 코스를 만들었다고 암시한다.

"왜 술을 마시는가?" 언젠가 베리먼은 한 메모에서 자신에게 질문을 던지고는 이렇게 썼다. "(제대로 대답하지 마)." 그러나 어쨌거나 대답했다. "권태에 활력을 주고… 흥분을 가라앉히고… 고통을 누그러뜨리기" 위해서. 그는 나머지 이유도 나열했다.

불안정한 자신감 자기파괴적: 나는 위대하다, 그리고 절실하다, 딜런 T., 포 등등만큼이나.

망상: 나의 예술을 위해 "그것이 필요하다"

반항: 지랄하네. 내가 알아서 해.

그는 어느 하나의 이유를 믿지 않았다. 그는 그 모든 이유를 믿었고, 한편으로는 어떤 이유도 믿지 않았다. *제대로 대답하지 마.* 하지만 그가 달리 무얼 할 수 있었을까? 자꾸만 이유를 되짚어보는 것은 술을 끊는 데 도움이 될 거라 기대하면서 그가 계속했던 것 중 하나였다.

밴쿠버의 임상의 가보르 마테Gabor Maté는 10년 넘게 사회 밑바닥의 중독자들을 연구하면서, 중독 사례마다 유년기의 트라우마를 추적했다. 범죄 현장에 분필로 윤곽을 그리듯 중독자 주변에 깔끔한 경계를 그린 것이다. 작가 리 스트링어Lee Stringer는 뉴욕의 그랜드센트럴역 지하 통로에서 크랙 중독 노숙자로 살던 시기를 그린 회고록 『그랜드센트럴의 겨울*Grand Central Winter*』에서, 자신의 중독 원인을 형의 죽음에 얽힌 3막극으로 그려낸다. 그는 그 전체를 이탤릭체로 쓴다. *1막, 2막, 3막.* 이 형식은 그의 중독을 그의 슬픔과 연결시켜주면서도 이 연관성이 가공된 성질의 것임을 인정한다. 그러는 편이 훨씬 엉망으로 뒤엉킨 갈망의 뿌리에 깔끔한 구조를 부여해준다는 뜻이다.

이처럼 중독 이야기들은 중독을 완전히 설명할 수는 없다는 주장으로 가득하다. 그것은 그 장르의 수사修辭다. 마르그리트 뒤라스는 이제 막 만난 한 청년을 묘사하면서 이렇게 쓴다. "나는 그에게 말했다. 나는 술을 많이 마신다고, 그 때문에 병원에 입원했었고, 내가 왜 그렇게 많이 마시는지 모르겠다고 말이다." 잭슨의 말처럼, *왜*라는 질문이 중요하지 않게 된 지는 오래다. 버로스는 『정키』에서 그 질문—"애초에 왜 마약에 손댔어요? 왜 중독자가 될 정도로 오래 복용했어요?"—을 예상하지만 답을 거부한다. "마약중독은 자연스럽게 되는 겁니다." 그는 대부분의 중독자가 "기억할 만한 어떤 이유가 있어서 마약을 시작하지는 않았"다고 쓴다.

이런 거부의 말들이 객관적 진실을 말하고 있지는 않다. 그것은 경험의 질감을 묘사한다. 그것은 단정적인 설명에 저항하면서, 중독이 나름의 기세, 나름의 논리, 자기지속적인 최고 속력을 만들어내고, 따라서 그것이 자율적이고 매여 있지 않으며 자생적인 것처럼 보이는 방식을 증언한다. 이런 거부들은 삼단논법의 단순성, 트라우마와 중독이라는 깔끔한 일대일 대응에 저항하면서, 자아는 흔히 우리가 상상하는 것보다 늘 더 불투명하다고 주장한다. *왜*라는 자물쇠에 맞는 간단한 열쇠는 없다.

나는 존스홉킨스대학교 교수이자 정신과의사인 캐플린 박사에게 *왜*라는 질문을 해보았다. 중독자의 첫번째 "회전문 통과"를 설명했던 캐플린 박사는 20세기 중반 기존 의학계의 중독 관련 의견을 상당 기간 독점했던 *젖가슴으로서의 술병*이라는 정신분석학의 편협한 설명에 불만을 표시했다. 그는 유년기의 중요성이나 애정에 대한 지속적인 욕구를 묵살하지는 않았다. 다만 미리 정해진 한 가지 심리학적 줄거리의 천편일률적 단순성에 저항할 뿐이었다. 스트링어가 자신의 중독 이야기를 말할 때 그가 사용했던 이탤릭체가 그 이야기의 기원에 질문을 던졌던 것처럼 말이다.

버로스가 *왜*라는 질문에 답하기를 거부할 때, 그는 한편으로 체면의 정치◆가 요구하는 것을 거부하고 있다. 그는 의사들—치료를 위해

◆ 인종적, 문화적 비주류 집단 구성원이 문화적으로 용인된 방식으로만 행동하고 주류 사회문화를 모방하기만 한다면 부당한 편견에 시달리는 일이 적어질 거라는 개념.

그를 해부하고 싶어 하는 사람들—에게 정확히 그들이 원하는 것을 주지 않을 것이다. 버로스는 온갖 설명들로 쪼개진 후 행복으로 재조립되는 걸 원치 않는다. 그는 "*구원받지 못한*"이라는 자기 책의 부제를 강조하고 싶어 한다. 원인과 결과의 삼단논법은 변환의 전망을 눈앞에 대고 흔들며 유혹하지만, 그는 그런 식의 구원에는 관심이 없다.

———————————— 볼리비아에서의 여름이 끝나갈 무렵, 티티카카 호수 가운데의 이슬라델솔이라는 '태양의 섬'에 갔다. 거기서 날마다 오후 일찍 혼자 마시고 취했다. 나는 그 섬 남쪽 면에 있는 유마니 마을에서 일주일을 보냈는데, 내가 묵은 콘크리트 방에는 뚜껑 없는 변기가 누군가의 소변을 머금은 화장지로 막혀 있었다. 이슬라델솔은 내가 살면서 본 가장 아름다운 곳이라 할 만했지만, 그 아름다움은 무자비했다. 물은 유리 파편처럼 반짝였다. 파란 하늘은 눈이 시릴 만큼 맑았다. 건조한 햇볕은 피부를 태우고 따갑게 했다. 계단식 비탈의 나무 울타리 안에서는 라마들이 서로 올라탔다.

피터가 수크레로 와서 합류한 후, 우리가 보낸 한 달은 끔찍하기만 했다. 나는 바람피운 사실을 말하지 않았지만, 어쨌거나 그것은 나의 짜증과 가시 돋친 목소리를 통해 몇 주나 되는 시간 속을 서서히 스며들었다. 나의 그런 반응은 우리 역학의 팽팽한 진정 상태와 거리감이 지겨워진 내가 그 역학이 파손되도록 밀어대던 방식이었다. 나는 내가 이기적이라 생각했고, 이것은 걸핏하면 나타나는 자기비하가 되어 있었지만, 그 이기심의 밑바닥은 두려움으로 누덕누덕 기워져 있었다. 나는 내가 친밀함을 두려워한다고는 한 번도 생각한 적이 없었다. 감정에 관해 말하는 걸 정말 좋아했기 때문이다. 그것 말고는 하는 게 거의 없다고 느껴질 만큼 좋아했으니까. 하지만 내가 두려워하는 다른 부류의 친밀함이 있었다. 그건 긴장, 지루함, 익숙함이었다.

그리고 침묵이 두려웠다. 침묵은 어디를 가든 우리를 찾아냈다. 뭉개진 딸기와 빨간 환타로 상그리아 만드는 법을 열 살 아들에게 가르치는 바텐더를 지켜보던 술집에서도, 비포장도로의 도시 시페시페에서도 그랬다. 그곳에서 우리는 언덕길을 올라 깨진 타키냐 맥주병이 흩어진 폐허에 가서 하얀 깃발을 내건 판잣집들을 찾아보았다. 그 깃발은 옥수수를 씹어 만든 곤죽을 발효시킨 밀주의 일종인 *치차*를 팔고 있다는 의미였다. 하얀 깃발이 걸린 한 판잣집에서, 나이 지긋한 여자가 높이 1미터가 족히 넘는 크고 파란 플라스틱 통에 오지그릇 두 개를 넣어 술을 떴다. 우리는 흙길에 선 채로 마셨다. 아주 친숙한 안도감이 밀려왔다. 벽에 걸린 촛불이 은은히 비치는 술집에서 보드카 토닉을 마시든, 매트리스에 앉아 미지근한 와인으로 병나발을 불든, 낯선 사람의 입에서 만들어진 무언가를 받아 마시든 상관없었다. 똑같이 누그러지는 느낌. *그래. 이거야. 이제 시작이야.*

수크레 외곽의 칙칙한 술집에서, 우리는 타키냐를 마셨고 커다란 접시에 놓인 *피케 아 로 마초pique a lo macho*—잘게 썬 스테이크, 얇게 썬 초리소 소시지, 삶은 달걀, 감자튀김이 한데 나오는 요리—를 먹었다. 우리 위쪽 벽에는 두 개의 빈 위스키 병이 걸려 있었는데, 하나는 조그만 웨딩드레스를, 다른 하나는 조그만 턱시도를 입고 있었다. 우리는 야간버스를 타고 코차밤바로 갔고, 나는 새벽 3시쯤 헤드라이트들이 두 눈 부릅뜨고 지켜보는 가운데 도로변에서 오줌을 누었고, 그런 다음에는 돌아오는 내내, 피곤해서 녹초가 된 채 피터의 어깨에 기대어 그의 존재에 감사해했다. 그가 있어 든든했다. 그의 정신은 밝게 빛났다. 나는 내가 느끼는 것과는 다른 느낌을 원했다. 우리는 아야쿠초 대로 위의 작고 낡은 텐트 안에서 서커스를 구경했다. 은종과 은띠를 걸친 무희들, 핑크색 전신 쫄쫄이를 입고 술이 덜 깬 듯 보이는 어릿광대들. 술이 덜 깼을 때는 많은 이가 술이 덜 깬 것처럼 보인다.

피터의 어떤 면들이 나를 밀어내기 시작했다. 우리 관계와 스스로에 대한 그의 불안감, 나의 확인을 원하는 그의 굶주림이. 그의 이런 면은 평생 확인을 갈구하던 나의 일면과 비슷했다. 그게 넌더리가 났던 것도 그 때문이리라. 하지만 그때는 그걸 이해하지 못했다. 그저 그가 산 립밤이 내가 산 것과 똑같다고만 이해했다. 그는 자기가 쓸 물건의 브랜드조차 고르지 못하는 사람이라고 생각했다.

남자들과의 이런 이중적 관계는 전혀 새로운 게 아니었다. 그것은 지속적인 패턴이었다. 나는 내가 그들로부터 온전한 헌신을 원한다고 굳게 믿고는 얻기 힘들 것 같은 그것을 추구하는 데 나를 온전히 바쳤고, 일단 그것을 얻고 나면 폐소공포증인 것처럼 갑갑해했다. 추구해야 할 목적이 없어지면 불안했다. 캐플린 박사가 말한 대로였다. *당신은 회전문을 통과하던 첫 경험을 계속해서 추구하게 되죠.* 그것은 고등학교 때 남자 친구, 미니밴을 몰고 환각 버섯을 큼큼대던 친절한 소년을 사귀면서 시작된 패턴이었다. 나는 그가 대학 때문에 우리 관계를 정리하려고 해서 상심했지만, 다시 그가 마음을 돌린 뒤에는 곧바로 우리의 이별을 상상하기 시작했다.

끝없는 몇 날 며칠—정확히 말하면 사흘—동안 피터와 나는 볼리비아 아마존의 리오베니강 가에 있는 오두막에서 술도 전기도 없이 머물렀다. 나는 모기장을 친 우리 침대에서 그의 손길에 움츠러들었고, 바닥을 발발거리며 기어가는 커다란 바퀴벌레를 지켜보며 누워 있었다. 싱숭생숭했다. *상실감에 빠져* 있었다. 마실 술이 하나도 없었기 때문이다. 관리동의 안내 데스크에서 술을 살 수 있는지 알아보러 갔지만 헛수고였다. 거기엔 코텍스 생리대와 프링글스가 가득한 목제 캐비닛 하나뿐이었다.

우리는 술이 없는 나날을 꾸역꾸역 버텼다. 술이 얼마나 본질적인가를 깨달은 건 그때 딱 한 번, 말 그대로 술이 손 닿지 않는 곳에—강을 따라 몇 킬로미터 아래—있던 때였다. 이제 우리는 무반주의 날것 그대로였다. 우리는 점심으로 피라냐의 사촌쯤 되는 물고기를 먹었다. 흰 살덩어리를 바나나 잎으로 싸서 푹 끓인 음식이었다. 작은 사과 크기만 한 진흙투성이 새끼 돼지들이 우리 발 주변에서 꽥꽥거리는 동안 우리는 목재로 된 낡은 사탕수수 압착기를 밀었다. 그 모든 것이 우리의 계속된 밀당으로, 그의 욕구와 나의 물러남으로, 그리고 술 마시고 싶은 끊임없는 욕구로 더러워져 있었다. 나는 술을 그리워하면서도 왜 그렇게 많이 그리워하는지 궁금했다. 나머지 모든 것은 조잡한 대용품일 뿐이었다. 개만 한 크기의 벌집들이 나무에 매달려 있었다. 불만에 차 있던 나는 우스꽝스러운 아름다움에서 흠을 찾았다. 우리는 정글 속을 산책했는데, 나는 내 양말 속에 개미가 가득 들어갔다고 확신했다. 목가적이고 한적한 동굴에 수영하러 갔을 때는 모기에 물려 부은 발목이 신경 쓰이기 시작했다. 해충인 말파리가 모기를 통해 사람에게 알을 낳으면 피부 밑에서 구더기가 부화한다는 걸 읽은 적이 있었던 나는 말파리 알이 내 몸에 있다고 확신하게 되었다. 우리는 마코앵무들에게 놀림을 당하기도 했는데, 녀석들은 필사적으로 짝짓기를 했다. 하늘 위로 두 개의 오색 호를 그리며 나는 마코앵무는 터무니없이 당당해 보였다.

마침내 나는 날개 부러진 선풍기가 돌아가는 눅눅한 모텔 방에서 피터와의 관계를 정리했다. 라파스행 다음 비행기가 있을 때까지 3일 동안, 작은 아마존 마을에서 말 그대로 오도 가도 못하는 최악의 시간이기도 했지만, 한편으로는 다행이기도 했다. 무언가가 깨져버렸고 적어도 지금 우리는 안 그런 척 애쓰고 있지는 않았다. 며칠을 함께 기다려야 했지만 그나마 우리에게는 초가지붕의 술집이 있었고, 거기선 대충 번역하면 "눈이 감기는 먼지투성이 길"이라는 이름의 술이 나왔다. 우리는 일찍부터 마시기 시작했다. 우리 달걀에 앉은 파리들을 손으로 쳐가며 온종일 카드를 쳤다. 그때는 나의 무감각이 혼란스러웠지만—*우린 방금 헤어졌어, 나는 슬퍼야 해*—지금은 혼란스럽지 않다. 그 술이 눈이 감긴다고 하는 데는 이유가 있었다.

피터가 비행기를 타고 집으로 갈 때, 나는 버스와 배를 타고 이슬라델솔로 갔다. 그 섬에 주류판매점은 없었지만, 아무 술이든 손님에게 한 병쯤 팔아줄 카페들이 있었다. 매일 정오쯤이면, 나는 볼리비아 와인 한 병을 사서 다 마셔버렸다. 그러고는 나의 콘크리트 방으로 돌아가 딱딱한 침대에 죽은 듯이 쓰러졌다. 하루는 점심다운 점심을 먹었다. 호수에서 잡아 올려 껍질이 갈라지도록 구운 송어였다.

이 이상하고 춥고 아름다운 세계의 한 부분—빌린 돈으로 온 바위 많은 안데스의 섬—을 본다는 건 말도 안 되는 행운이었지만, 나는 그걸 볼 정신조차 없었다. 아침 일찍 잠을 깨면 더 늦게까지 뻗어 있을 만큼 충분히 마시지 않은 걸 후회했다. 그러고는 곧바로 털양말 속 모기 물린 자국을 만져보곤 했다. 발목에 단단한 원뿔이 잡혔다. 다른 쪽 다리에 팽팽하게 부었던 개미 물린 자국은 바람 빠진 붉은 원으로 가라앉아 작은 수플레가 떨어진 것처럼 보였는데, 그 때문에 공포감은 오히려 더 커졌다. 벌레 물린 다른 자리는 자연적 삶의 주기를 따르는데, 이쪽 발목은 왜 안 그럴까? 그 안에 말파리 유충이 있는 게 *틀림없었다*. 논리적으로 다른 답은 없었다. 다른 사람과 한마디 말할 일도 없이 며칠이 지나갔다.

이슬라델솔에는 컴퓨터가 한 대도 없었으므로, 본토의 칙칙한 인터넷 카페에서처럼 "인간 말파리 증후군"을 강박적으로 검색할 수도 없었다. 앞날을 생각해서, 증상들을 종이에 적어서 여권 뒤에 접어 넣었다. *핀 모양 호흡 구멍?* 체크. 나는 매시간 양말을 내려 물린 자리를 확인하곤 했다. *구멍이 한 시간 전보다 더 작아졌는가?* 최초의 찌르는 듯한 통증은 작은 칼에 발목을 찔린 느낌이었다. 민간요법에 관해 읽은 적이 있었다. 담뱃불을 피부 가까이 가져가 연기로 벌레를 쫓아내거나 바셀린을 두텁게 발라 질식시키면 벌레가 약해져서 핀셋으로 끄집어낼 수 있다는 거였다.

나는 내 몸에 있을지도 모르는 말파리에 관해 그만 생각하라고 자신을 타일렀다. *피터와의 일을 슬퍼해*, 나는 혼잣말을 했다. 하지만 날마다 동틀 녘에 오들오들 떨며 여전히 술이 덜 깨 흐리멍덩한 상태로, 알파카 털실 모자 때문에 두피가 따끔거리는 걸 느끼며 일어나면, 그저 다시 잠들고만 싶었다.

이슬라델솔에서 볼리비아 본토로 돌아가보니 피터가 보낸 이메일이 기다리고 있었다. 귀국길에 병에 걸렸다는 얘기였다. 나는 답장으로 약 세 문장을 썼다. *쾌유를 빌어요. 물 많이 마셔요. 당신의 열병을 상상하고 있어요.* 그리고 스물세 문장 정도를 덧붙였다. *내 몸 안에 정말 말파리 유충이 사는 것 같아요*. 나는 지나치게 나에게 몰두해 있었기 때문에 내 상태를 표현할 다른 단어가 있어야 했다. 내 상태를 표현할 다른 단어가 있었다면, 정말 그것을 사랑했을 것이다.

몇 달간의 폭음으로 숙취가 쌓인 채, 그리고 뭔지는 몰라도 내 안에서 자라고 있는 것으로 인해 발목이 부은 채 뉴헤이븐에 돌아와서야 마침내 그 유충을 보았다. 하얀빛이 내 발목에서 흔들리다가 이내 다시 피부 속으로 사라졌다. 막 자정이 지난 시각이었다. 택시를 타고 응급실로 달려갔더니 접수 간호사가 최근에 향정신성 약물을 복용한 적이 있는지 물었다. 나는 생각했다. *지금 하나 복용했으면 좋겠네요*. 당직의사는 말파리라는 건 들어본 적이 없으며, 나를 위해 해줄 수 있는 게 없다고 했다. 아니, 그가 해줄 수 있는 게 *하나*는 있었던 것 같다. 나는 그가 준 진정제 아티반정을 고맙게 먹었다. 그 약을 먹으니 아름답게 유영하는 기분이 들었고, 그런 우아한 감정이 응급실의 베이지색 비좁은 검사실에서 낭비되고 있다는 사실이 유일하게 아쉬울 뿐이었다. 고개를 돌릴 때는 그 동작이 얼마나 느리게 느껴지던지 *나는 고개를 돌리고 있구나* 하는 생각을 계속하고 있었다. 마치 그 생각이 내 근육에 잔물결을 일으키는 것 같았다. 모든 것이 쉽고 물 흐르듯 느껴졌다. 내 발목 안에는 확실히 벌레가 살고 있었지만, 그것은 수많은 진실 가운데 하나의 진실일 뿐이었다.

결국 피부과의사가 내 발목을 째어 말파리 유충을 꺼냈다. 하지만 거의 곧바로 또 한 마리의 말파리가 내 안에 남아 있다는 확신이 들었다. 녀석은 벌어진 상처의 뭉개진 피부 밑을 여전히 돌아다니고 있었다. 녀석이 내 안에서 몸을 말고 죽을 때까지 나는 얼마나 술을 마셔야 할까 궁금했다.

뉴헤이븐으로 돌아왔으니, 나는 피터에게 재결합하고 싶다고 말했다. 그는 신중했다. 매우 이성적이게도, 그는 지금 벌어지는 일에 관해 우리가 대화를 해야 한다고 생각했다. 이미 서로에게 자신을 설명하는 것 말고는 거의 한 것 없이 1년을 보냈지만, 이런 선택—헤어지고 다시 합치고 하는—에 관해서는 설명하고 싶지 않았다. 나는 그 불편함에 여지없이, 칼같이 반응했다. 함께하는 게 옳지 않다고 느껴지면, 헤어지기를 원했다. 헤어지는 게 옳지 않다고 느껴지면, 함께하기를 원했다. 어떤 상황 속에 있으면서 그 안에서 상황을 바로잡거나 끝나기를 기다리는 게 더 힘들었다. 이것은 음주의 즉석 연금술이기도 했다. 그것은 아무것도 묻지 않고 한 상태를 다른 상태로 대체해버렸다.

나는 볼리비아에서 무언가를 없애버렸다고 피터에게 말했다. 나에게서 무언가를 꺼내버렸다고. 그런데 지금 우리는 이 두번째 벌레를 내 발목에서 꺼내려고만 했다. 나의 무한한 자기몰두는 유한한 무언가를 찾고 있었다. 왜 우리가 눅눅한 볼리비아의 모텔에서 그 많은 밤을 울며 보냈을까 하는 모호한 질문보다는 있지도 않은 기생충의 실체에 초점을 맞추는 편이 더 쉬웠다. 그래서 우리는 바셀린을 가득 채운 비타민 통 뚜껑을 강력 테이프로 내 발목에 붙여 밤새 두었고, 다음 날 오전에 핀셋을 꽉 쥐고서, 그 번들거리는 감옥에서 거의 질식한 말파리가 해롱거리며 나타날 거라고 굳게 믿으며 녀석을 꺼낼 준비를 했다. 말파리가 보이지 않았을 때, 내가 느낀 건 안도감이 아니었다. 실망감뿐이었다. 만약 말파리가 있었다면, 나는 그것을 없애버릴 수 있었을 테니까.

— V —
수치심

———— 볼리비아에서 돌아오고 몇 주 후에 나는 데이브와 술을 마시러 나갔다. 오래전 기타를 든 염소수염의 소년으로 처음 만났던 데이브는 내 엄지손가락에 반창고를 붙였던 뉴헤이븐의 첫번째 디너파티 이후 가장 친한 친구 중 한 명이 되었다. 그날 밤 그는 레드 스트라이프 맥주 딱 한 병을 마셨다. 거의 10년이 지난 일이지만, 지금도 나는 그 한 병의 맥주를 또렷이 기억한다. 나도 한 병으로 끝냈기 때문이다. 한 병 더 마시려 하지 않는 그를 지나치게 의식하느라 나도 더 마시지는 않았지만, 속으로는 이런 생각을 하고 있었다. *이걸로 끝낸다고?*

그해 여름, 데이브는 여자 친구와 막 헤어져서 그 아름다운 아파트에서 나왔다. 내가 예비 신입생일 때 묵었던 집, 그 여자 친구가 "아침 식사로 몇 가지 옵션이 있어"라고 말했던 집이었다. 그들의 생활은 어른이 된다는 건 무엇인지 말해주는 본보기 같았다. 햇볕 잘 드는 리놀륨 바닥 주방에서 기능장이 만든 그래놀라를 먹는 것, 나의 생활과는 정반대의 것. 나는 플라스틱 그릇 가득 담배꽁초를 채우면서 매트리스 위에서 노트북으로 영화를 보고, 낯선 사람의 재활용 쓰레기통에 나의 빈 병들을 버리기 위해 쓰레기 수거일을 기다리는 삶을 살고 있었다.

이별 후 데이브는 그들의 생활이 숨이 막혔다고 말했다. 그러나 내가 그들의 집에 묵을 때 본 그들의 생활은 세련되고 매끄러웠다. 내가 갈망하던 부류의 안정적인 단위, 지극히 촘촘하게 짜인 생활이었다. 물론 삶이란 밖에서 보는 것과 똑같지는 않은 법이다. 데이브가 설명했다. "우리는 이 가정생활이라는 안정된 홈 안에 있었어. 그런데 그게 그 상태로 정체되어버린 거야."

비록 피터와의 관계를 회복하려고 애쓰고 있었지만, 한편으로 나는 다른 남자들과 다른 대화를 하면서 그들에게서 느껴지는 생동하는 강렬함에 흥미를 느끼기도 했다. 그들은 훌륭한 주중 스페셜 메뉴가 나오는 침침한 술집을 자연 서식지로 삼은 가능성의 종족이었다. 볼리비아에서 피터와 결별했던 이야기를 데이브에게 하면서, 나는 내가 더 무모하고 극적인 사람인 것처럼, 내가 상대를 욕망하기보다는 상대가 나를 더 욕망했던 그런 사람처럼 보이려고 했다. 그것이 내가 사용하는 권력의 정의였다. 당신이 상대를 원하는 것보다 상대방이 더 많이 당신을 원한다는 것. 피터와 내가 왜 다시 합쳤는지에 관해서는 할 말이 많지 않았다.

그해 가을 데이브는 그의 새 아파트에서 저녁 식사를 하자며 나를 초대하기 시작했고, 나는 그가 만든 마사만 카레와 크렘 캐러멜을 먹으며 늦게까지 머물기 시작했다. 우리는 우리가 하고 있는 것을 인정하지는 않았지만, 사실상 하고 있었다. 11월 초에는 그가 오바마 선거운동을 위해 버지니아까지 가는 예일대 대학원생 노조의 장거리 자동차 여행에 같이 가자고 초대했다. 우리는 44년 만에 처음으로 그 주를 파란

색으로 바꿔놓을 작정이었다. 나는 그 여행을 훌륭한 시민의식의 실천이라고 규정했지만, 꼭 그런 것만은 아니었다. 그것은 일어날지 모를 일을 상상하는 설렘과 죄책감으로 인한 뱃속의 울렁거림과도 관계가 있었다.

이 울렁거림이 다른 모든 것을 차단해버렸다. 내가 아직 피터를 사랑한다는 사실, 그러나 팽팽하고 불투명해진 역학 속에 머물 방법을 모른다는 사실 같은 것들을. 망치로 그것을 부숴버리고 새로 시작하는 편이 더 쉬웠다. 나는 가족 구성원들이 거의 모두, 적어도 한 번은 이혼한 집안에서 자랐다. 사랑이 결국엔 곪거나 바닥난다는 건 자연법인 것 같았다. 당신은 할 수 있는 일을 했고, 그러고 나서 그 울타리 밖으로 달아난 것이다. 이 유전된 청사진은 나에게는 너무 직관적으로 이해되었고 이미 명백해져 있었다. 그것은 불가피한 것 같았다.

선거운동 첫날을 하루 앞둔 밤, 데이브와 나는 카펫이 깔린 누추한 지하실의 침대 겸용 소파에 앉아 〈못되게 행동하는 동물들Animals Behaving Badly〉이라는 자연 다큐멘터리를 보고 있었다. 침 뱉는 개구리, 난폭한 라마 등이 나왔다. 나는 게가 그려진 유리잔으로 연거푸 물을 마셨고, 그사이 시간은 슬금슬금 자정을 넘었다. 그렇게 한 시간이 또 지나고 마침내 우리는 서로를 바라보았다. 우리가 키스했을 때 그는 단단하고 살아 있음을 느꼈다. 내 안에서는 죄책감이 또 하나의 맥박처럼 쿵쿵거렸다. 이 강렬한 순간—최초의 문턱을 넘는 순간, 욕망을 고백하는 순간—은 더티 마티니와 느낌이 똑같았다. 아주 상큼하고 굉장히 차가웠다. 마치 그것이 나를 전보다 더 깨끗하게 해줄 것 같았다. 나는 내면이 정화되고 새로워지는 느낌을 갈망했다. 그것이 누구에게 상처를 주든 상관없었다. 그 느낌은 음주 탓으로 돌릴 수 있는 게 전혀 아니었지만, 음주가 비롯된 장소와 똑같은 곳에서 온 것 같았다.

V

다음 날 우리가 그 지역을 다니며 집집마다 문을 두드릴 때나, 그 날 밤 모텔 로비에서 다른 노조원들과 모일 때에도, 나는 데이브에게서 어떤 신호, 어젯밤 일을 후회하지 않는다는 신호가 보이는지 계속 지켜보았다. 군중 속에서 웃고, 다른 사람들과 이야기하는 그의 모습을 내내 지켜보았고, 마침내 우리가 다시 키스할 때쯤에는 그 키스가 확인이 되기를 간절히 원하고 있었다. 버지니아주 뉴포트뉴스에서 나 먼저 뉴헤이븐으로 돌아오기 위해 기차를 탔다. 오는 도중에 어디선가, 아마도 펜스테이션 한가운데쯤을 지날 때 턱에서 이상한 통증이 느껴졌다. 통증은 가시지 않았고, 마치 턱뼈 전체가 불에 타는 것 같았다. 오바마가 승리를 거둔 날과 그다음 날까지도 통증은 가시지 않았다. 그날 나는 피터와 헤어졌다. 내가 만든 야채 캐서롤 요리—우리가 좋아하던 대로 검고 바삭하게 쪼그라든 브로콜리, 검게 타버린 붉은 양파, 가느다란 꼬마 당근—와 우리가 늘 즐기던 대형 병의 화이트와인을 차려놓은 자리에서였다.

죄책감 대신에 턱이 화끈거렸다. 그 감각은 며칠 동안 계속되었다. 나는 대학원 지도교수가 전후 미국문학에 관한 컨퍼런스를 준비하는 것을 돕고 있었다. 하루는 젊고 유능한 어느 교수를 마중하러 밤중에 하트퍼드 공항으로 차를 몰고 있었는데, I-91 도로를 달리는 내내 턱이 불타는 것 같았다. 수화물 찾는 곳에서 그 교수를 만나고 몇 마디 인사를 나눌 때는 못을 삼킨 듯한 통증이 느껴졌다. 새벽 2시에 데이브가 왔다. 우리는 포도를 먹었다. 우리의 새로움은 강렬하게 나를 사로잡았다. 다음 날 아침, 내가 뒤뜰 계단에서 담배를 피우는 동안 데이브는 옆에 앉아 있었다. 거기서는 피터가 우리를 보지 못할 터였다. 나는 피터에게 우리 사이를 말하지 않았고, 그는 아직 세 블록 거리에 살고 있었다. 뒤뜰에서의 흡연, 비밀. 거기엔 내가 좋아하는 무언가가 있었다.

나는 병원에 가서 이유 없이 불타는 내 턱에 관해 말했다. 혹시 루푸스 검사를 할 거냐고, 내가 물었다. 미리 인터넷 검색을 했던 것이다. 의사는 루푸스 같아 보이지 않는다고 했다. 나에게 잠을 충분히 자는지 물었다.

내 지도교수는 컨퍼런스 준비를 도와줘서 고맙다며 프렌치 프레스 커피포트를 선물로 주었다. 수고 많았어요, 그녀가 말했다. 그리고 남은 와인들도 있었다. 원하면 집에 가져와도 되었다.

——————————— 언젠가 베리먼은 일기장에 모두 대문자로 이렇게 물었다. "**사악함은 예술 속에 녹아들 수 있는가.**" 그는 자신의 결함이 미美의 엔진이 될 수 있다고 믿었고, 자기인식이 이 연금술의 핵심 성분 중 하나라고 생각했다. 루이스 하이드의 말처럼, 알코올 중독자의 자기연민은 『꿈 노래』의 비밀 엔진이라기보다는 노골적인 주제다. 헨리는 풍선처럼 터뜨릴 수 있도록 자기연민을 부풀리면서 자신에게 말한다. "당신은 자신의 오랜 상처를 핥고 있다."

세상이 헨리에게 했던 짓은
생각도 못 할 것이다.
아무 고통도 못 느낀 채,
헨리는 자기 팔을 찌르고 편지 한 통을 쓰면서
이 세상에서
그것이 얼마나 안 좋았는지 설명했다.

자기 팔을 칼로 찌르고 자신의 피를 잉크 삼아 "그것이 얼마나 안 좋았는지 설명"하는 이 남자는 그 상처 안에 살지만, 상처를 조롱하기도 한다. 바로 이것이 『꿈 노래』가 하는 일이다. 그 시들은 고통을 가지고 논다. 고통을 노래한다. 고통을 노리개 삼는다. 그 시들은 고통을 묵살하지 않지만, 고통을 잘 알고 있기에 액면 그대로 받아들이지 않는다. 베리먼은 우리에게 모든 것을 너무 심각하게 받아들이지 말라고 요구한다.

「꿈 노래 22」에서 우리는 질병들이 스스로를 선언하는 소리를 듣게 된다.

나는 줄담배를 피우는 평범한 남자다.
나는 그러나를 더 잘 아는 소녀다.

…나는 정신의 적이다.
나는 자동차 영업사원이고 당신을 사랑한다.
나는 계획이 있는 10대 암 덩어리다.
나는 필름 끊긴 남자다.
나는 동물원만큼 막강한 여자다.

음주는 적이다. (해를 끼친다.) 음주는 영업사원이다. (설득한다.) 음주는 사랑한다. (위안을 준다.) 음주는 필름이 끊긴다. 음주는 줄담배를 피운다. (그도 피운다.) 음주는 더 잘 안다. (그러나.) 음주의 힘은 어느 하나의 힘이 아니라 야생동물들의 힘이고, 동물원만큼 막강하다.

베리먼은 자신을 신화화하는 사람들보다 스스로를 여러모로 더 잘 알고 있었다. 아니 적어도 특정 신화의 매력을 눈치채고 있었다. "한 송이 튤립과/오직 물, 오직 빛, 오직 공기만을/원하는 욕망이 된 기분"의 헨리를 묘사할 때, 그는 신체적 갈망을 초월한다는 것의 매력을 인정하고 있다. 『라이프』가 그를 가리켜 "물질적인 것에 대한 진정한 지식인의 무관심"을 보인다고 칭송하던 것처럼 말이다. 그러나 베리먼은 그 부푼 환상의 바람을 곧바로 빼버린다. 그는 "질식이 일어났다"고 말하고는 늘 손짓하는 "꿈의 위스키"가 "세이렌처럼 노래하는" 유혹을 고백한다. 물만 마시며 살고 싶은 남자는 다시 또 다른 갈증으로 이끌린다. 그 욕구는 잠잠해지지 않는다. 소녀는 더 잘 알고 있다, 그러나를.

헨리는 자신이 한 일에 자부심을 느끼는 경우가 거의 없다. 「꿈 노래 310」에서 헨리는 "영혼의 숲에서/사람들을 실망시키고, 모두의 기대를 저버리고/자기 토사물을 삼키는 그는 *온갖* 후회였다." 헨리는 그저 후회*하는* 게 아니라 후회로 만들어져 있다. 후회는 그의 전부다. 그는 폭음의 여파를 꾸역꾸역 삼키고 있다.

루이스 하이드의 『꿈 노래』 비평은 어떤 이항 대립을 가정하고 있다. 베리먼은 자신의 음주에 죄책감을 느끼거나, 아니면 상처가 너무 깊어서 죄책감을 인정하지 못한다. 그는 "상실의 인식론"을 탐색하는 중이거나, 아니면 자기연민에 빠진 한낱 알코올중독자일 뿐이다. 그러나 왜 이런 항들은 서로가 배타적일까? 고통은 신세 한탄을 포함한다. 고통은 신세 한탄에 시간을 보낸다. 자기연민이라고 그 고통이 실제가 아니라는 뜻은 아니며, 고통을 자초했다고 그 아픔이 덜한 것도 아니다.

하이드는 베리먼의 자기연민을 비평한 후 거의 20년이 지나 『꿈 노래』 비평의 속편을 쓰면서, 자신이 느꼈던 분노를 돌아보고 그것을 "적극적 알코올중독자에 가까워서 상처받았던 사람들에 대한 분노"라고 말했다. 그는 그것을 "그들 중의 상처받은 사람에게 반응할 줄 모르는 듯한 지식인 공동체를 향한 분노"라고 표현했다.

V

결국 상처받은 그 사람의 상황은 몹시 나빠진다. 베리먼은 자살하기 불과 1년 전 자신의 신체 상태를 이렇게 설명했다.

식사: *형편없음.*

체중: *나쁨.*

소화: *종종 나쁨.*

기타 기능: *몇 주째 날마다 토함.*

이것은 시가 아니다. 베리먼의 신체가 그에게 답하기를 강요하던 질문에 대한 일련의 응답이다. 그는 모두의 기대를 저버리는 것이 지겨웠다. 숲을 헤매는 것이 지겨웠고, 숲 자체가 지겨웠다. 그는 단어들이 쏟아져나오는 자기 입안의 병이 지겨웠다.

——————————— 데이브와 내가 사귀기로 결정한 건 아니었다. 그냥 함께 있었고, 긴 겨울의 오전에 스크램블드에그를 같이 먹었다. 그는 열정적이고 화려하고 섹시하다는 점에서 미남이었다. 조각 외모라거나 말끔하다는 뜻은 아니다. 그는 자기와 섹스할 때 뼈가 부러지지 않도록 나더러 칼슘 보충제를 먹어야 한다고 했다. 그를 어떻게 묘사하면 될까? 헝클어진 검은색 곱슬머리, 큰 코, 두툼한 입술에 관해 말할 수 있을 것이다. 구릿빛 얼굴에 마르고 건장하며 키는 182센티미터 될까 말까 하다고 말할 수 있을 것이다. 순순히 가격을 말하지 않을 만큼 비싼 버튼다운 플란넬 셔츠와 진을 입는다고 말할 수 있을 것이다. 그러나 이런 묘사가 무얼 알려줄 수 있을까? 차라리 그를 향한 나의 욕구가 겹겹이 접혀 찰랑거리는 직물처럼, 풍성하게 느껴졌다고

하는 게 낫다. 웃을 때면 그의 두 눈은 거의 감긴다고 말하는 게 낫다. 그가 크게 웃으면, 그것은 기념할 사건이었다. 그의 즐거움—세계, 타인들, 한 번의 대화가 만들어내는 놀이와 짜릿함에 대한—은 진실하고 전염성이 있었다.

우리가 만나기 시작하고 몇 주 후, 나는 내 소설을 출판사에 보낼 가능성을 타진하기 위해 뉴욕에서 에이전트를 만난 뒤 돌아오는 밤기차를 탔다. 나는 데이브에게 문자를 보내 기차역에서 택시를 타고 곧장 그의 아파트로 가도 되는지 물었다. 그가 무척 보고 싶었다. 늘 그가 보고 싶었다. 답이 오지 않자 불안해지기 시작했다. 내가 너무 지나쳤나? 역 중앙홀로 올라가는 에스컬레이터에서 전화기를 확인했다. 거대한 창들이 있고 호박색 램프가 매달린 중앙홀은 천장이 아득히 높아 대리석 동굴 같았다. 한밤중이라 사람이 없는 역은 소리가 울리고 어둑어둑했다. 그런데 에스컬레이터가 끝나는 곳에서 그가 보였다. 대리석 바닥에 담요를 펼쳐놓고 과일과 치즈, 케이크 한 조각, 세모 모양으로 쪼갠 다크초콜릿을 늘어놓은 채, 책상다리로 앉아 있었다. "피크닉을 준비했어." 그가 말했다. 그는 연한색 비타민이 든 작은 통을 건넸다. "네 뼈를 위해서."

내가 어렸을 때 좋아하던 그림책 중 하나는 마법의 나무를 발견하는 사촌들에 관한 책이었다. 아이들은 그 나무에 올라갈 때마다 꼭대기에서 그들을 기다리는 각기 다른 나라를 발견한다. 과자의 나라, 생일의 나라, 마음에 드는 걸 가지고 원하는 대로 하는 나라. 방금 내가 내린 기차역 에스컬레이터 끝에는 이상하고 새로운 나라가 있었다.

운명인 것 같았다. 데이브와 나는 오래전 10대 때 만났었고, 이제 함께 있었다. 우리는 어떻게든 우리 감정의 크기를 알렸다. 해초가 널려 있고 뾰족 바위들이 그늘을 드리운 코네티컷의 사람 없는 어느 해변에서, 우리는 소금기 머금은 찬 바람을 맞으며 키스하는 사진을 찍었다. 내 스카프는 유령이 들어 올린 것처럼 보였다. 우리는 종이접기로 장식된 자연사박물관의 크리스마스트리 앞에서 포즈를 취했고 데이브는 자기 엄마에게 사진을 보냈다. "유대인 엄마들은 다 그런 걸 바라거든. 거대한 크리스마스트리 앞에서 큰아들이 유대인이 아닌 새 여친이랑 함께 있는 모습." 그가 말했다.

그러나 우리의 들뜬 감정에는 흔들리는 치아처럼 신경 쓰이는 문제가 하나 있었다. 데이브는 술에 취하는 걸 좋아하지 않았다. 물론 술을 마시기는 했다. 심지어 주말에는 바텐더 강좌에 가서 헤어리 네이블과 하비 월뱅어를 만들며 시간을 보냈다. 그러나 그의 음주 방식은 흔히들 생각하는 방식, 또는 내가 가끔 사람들에게서 듣는 그런 방식이었다. 그는 한 명의 친구와 맥주를, *한 잔만* 마셨다. 아니면 맛보기 위해 새 칵테일을 마셔보는 식이었다. 매일 밤 취하는 건 생각하지도 않았다. 나는 그런 식으로 마시는 사람들이 있는 걸 막연히 알고는 있었지만, 실제로 그런 사람과 가까이 지내보니 자꾸만 혼란스러웠다. 그는 술 취하는 걸 좋아하지 않았나? 그렇다면, 왜 매일 밤 취하고 싶은 마음이 없을까? 취한다는 것은 음주의 유일한 논리적 결론 같았다.

나는 다른 사람들에 대해 "알코올중독"이라는 말을 사용하지 않았고, 나 자신이나 나의 음주를 그렇게 묘사하지도 않았지만, 바로 그 시절부터 내 일기장에 몰래, 종종 필름이 끊긴 상태에서 뜬금없이 이렇게 쓰기 시작했다. *이런 것이 알코올중독인가?* 취해서 엉망으로 끼적거린 글은 예언적이면서도 터무니없어 보였다. 라우리는 그런 글씨를 이렇게 묘사했다. "반은 깨알 같고, 반은 큼직하고, 전체적으로 술에 취한" 글씨이며, 소문자 't'들은 "한 단어 전체를 괴롭히는 그 자리에 있지 않다면 길가의 외로운 십자가 같"다. 내 글은 마치 이제 막 글을 배운 어린아이가 내 일기장에 낙서하고는 나인 척하는 것 같았다.

어느 날 밤, 데이브의 아파트에 가서 거실에 앉아 있었는데, 데이브는 나에게 줄 코스모폴리탄 칵테일을 만든답시고 주방에서 20분을 꼼지락거렸다. 나는 생각했다, *칵테일을 기다리는 동안 한잔하면 안 될까?* 쟁반에는 석류알들과 부드러운 크림 같은 탈레지오 치즈, 촛불 아래 반짝이는 보석 같은 과일과 매끈매끈한 촉감의 올리브가 놓여 있었다. 이런 건 다른 유형의 사람을 위한 음식이었다. 나는 박스 와인의 플라스틱 마개를 돌려 따고 레몬 바 여섯 개와 케이크 한 조각을 먹고 싶었다.

데이브의 음주는 나의 음주 옆에서 어른거리는 현실이었다. 욕구를 완전히 채우지 않는 존재 방식이었다. 그의 음주는 우아하고 절제되어 있었다. 마치 석류알 하나를 빼내는 것과 같았다. *할 거면 하고 말 거면 마라.* 훗날 회복할 때 알게 된 사람들은 그렇게 말했다. 내가 저녁 시간은 취해서, 그것도 매일 저녁을 그렇게 보내고 싶었던 반면, 그는 솔직히 우리가 술을 마시든 말든 개의치 않았다. 그의 절제는 그때까지 내 안에서 작동하지 않았던, 분명 피터하고 지낼 때는 작동하지 않았던 어떤 계산의 스위치를 켰다. 나는 술집을 찾아보자고 내가 몇 번 제안하는지, 2차를 가자고 몇 번 제안하는지, 집에 가는 길에 와인 가게에 들르자고 몇 번 제안하는지 세기 시작했다. 때로는 그를 만나기 전에 미리 혼자 와인 몇 잔을 마시기도 했고, 그런 밤에 그의 집에 가게 되면, 술 냄새를 그가 맡지 못하도록 얼굴을 돌려 뺨에 키스하게 했다.

12월 중순, 우리 대학원생들의 급료가 입금되자 우리는 스토닝턴으로 차를 몰았다. 데이브가 좋아하는 시인 제임스 메릴James Merrill이 그 해변 도시에서 영계靈界에 접속하기 위한 위저보드 회합을 열고 있었다. 우리는 바다에서 불과 몇 블록 거리에 있는 조식 제공 숙소에 머물렀고 우리의 위저보드를 벽난로 앞 깔개에 놓고 사용했다. 발 달린 욕조에 거품 입욕제를 너무 많이 넣는 바람에 반짝이는 거품이 눈더미처럼 욕실 바닥으로 흘러넘쳤다. 우리는 무절제했고, 우리의 무절제를 자랑스러워했다. 아래층으로 내려가 여관에서 준비한 저녁 와인과 치즈를 보았을 땐, 그 술이 내가 계획한 것이 아니어서 마음이 놓였다. 이제 내가 얼마나 원했는지 보일 필요 없이 술을 즐길 수 있었다. 여관에서는 커다란 잔 꼭대기까지 와인을 가득 채워주었다.

몇 년 후, 나는 코미디언 W. C. 필즈W. C. Fields에 관해 출처가 확실치 않은 일화를 들었다. 베리먼이 좋아했던 그 일화에 따르면, 필즈는 영화 촬영장에서 늘 마티니 한 주전자를 요청했고, 그 주전자를 자신의 "파인애플주스"라 불렀다. 하루는 뭘 모르는 조수가 그 주전자에 진짜 파인애플주스를 채워놓는 바람에 필즈가 폭발하고 말았다. "누가 내 파인애플주스에 파인애플주스를 넣었어?" 데이브는 그저 평범하게 술을 마심으로써 나의 음주가 평범하지 않은 어떤 것임을 드러내고 있었다.

어느 파티에서였다. 나는 데이브가 맥주 한 병을 더 가지러 부엌에 간 줄 알았는데, 한 시간 후에도 여전히 그는 거실에서 수다를 떨고 있었다. 냉장고 근처에는 아예 가지도 못했다. 그는 도중에 너무 많은 사람들을 만났다! 만약 나였다면, 필요한 경우 백 번이라도 대화를 끝내버렸을 것이다. 하지만 데이브는 와인 반 잔을 눈앞에 두고 몇 시간이든 보낼 수 있었고, 이런 식으로 잔을 바라볼 사람이었다. 반은 차 있다고. 어쨌거나 반은 차 있고, 반은 비어 있다. 나는 무엇이든 절반만 마시는 사람을 도무지 이해할 수 없었다.

——————————— 데이브와 사귀던 초창기를 생각할 때면, 코티지가의 하얀 미늘판자벽 아파트에 그가 늘 틀어놓았던 노래가 떠오른다. 신시사이저와 손뼉 치는 소리와 함께 쿵쿵거리고 진동하면서 끓어오르던 노래가. *내게 필요한 건 많지 않아, 순수한 영혼과 내가 흘리는 피.* 어느 날 밤 우리는 시내 싸구려 술집의 바 위에서 춤을 추었다. 주크박스의 흥얼거림 속에서 거품 묻은 잔 사이로 발을 디디면서 춤을 추었다. 또 어느 날 밤은 대마초를 피우고 열두 시간 동안 발가벗고 있었다. 다음 날 아침 그가 말했다. "어젯밤의 너란 사람과 바람피운 기분이야." 아니면 내가 그 말을 했던가. 몇 년 동안 우리 사이에는 어떤 공동 친권의 말들이 있었다. 그의 정신은 나의 세계를 걸러내는 데 필요한 그런 정신이었다.

겨우 일주일이었지만 우리가 처음 떨어져 있어야 했을 때, 우리는 J 데이트 사이트에 프로필을 올린 후 비밀 암호로 서로 소통했다. 그는 이렇게 올렸다. *내가 생각하는 이상적 관계: 녹색 달걀과 햄, 어쩌면 교령회交靈會 같은 관계. 수많은 도시의 기념물 같은 흉터를 가진 여성을 찾습니다. 나의 완벽한 첫 데이트: 못되게 행동하는 동물들, 밤새도록.*

그해 가을, 데이브는 시 석사과정 프로그램에 지원했다. 그는 학자가 되기 위한 훈련에 지쳐 있었다. 시를 쓰고 싶어 했고 새로운 거주지를 원했다. 뉴헤이븐에 너무 오래 있었다. 거의 8년째 있었으니까. 지원했던 프로그램 가운데 그는 아이오와 작가 워크숍을 가장 기대했다. 나는 그곳에 다시 돌아가는 건 상상해본 적도 없었지만, 함께 돌아가서 만사 제쳐두고 새 삶을 시작하는 우리 모습을 그려보니 무모하고 근사할 것 같았다. 때마침 내 소설이 팔렸고, 중력이 그 법칙을 벗어나는 것 같았다. 에이전트가 그 소식을 전해주었을 때, 나는 데이브의 부엌에 있었는데, 마셔대지 않는 주인 때문에 대부분 내용물이 가득 차 있는 특산주 병들을 손가락으로 쓸고 있었다. 초현실적이고 불가능한 일이었다. 할머니가 죽어가던 그 외로운 나날에 쓰기 시작했던 소설을 세상이 읽고 싶어 하다니.

데이브와 나는 만약 그가 아이오와에 가지 않게 되면, 1년 동안 니카라과에 가서 살자고 이야기했다. 그러면 그는 시를 쓸 수 있고 나는 산디니스타 혁명에 관한 소설을 쓸 수 있을 터였다. 내가 니카라과에서 아이들을 가르칠 때, 칼레 칼사다의 한 노파가 체크무늬 방수 식탁보에 손을 포개고 내 눈을 똑바로 쳐다보면서 산디니스타 민족해방전선의 초기 시절 이야기를 들려준 적이 있었다. 내 삶과 아주 멀리 떨어진 무언가를 글로 쓴다는 건 매력적으로 다가왔다. 사적인 감정이나 개인의 행복보다 훨씬 더 큰 어떤 것, 나라면 완전히 굴복해버릴 것 같은 어떤 동력에 삶을 바친 사람들에 관해 글을 쓴다는 건.

머지않아 피터가 나와 데이브의 관계를 알게 되었다. 사건은 철로 옆 낡고 거대한 코르셋 공장을 개조한 임대 아파트에서 열린 어느 파티에서 벌어졌다. 피터는 문간의 구석으로 나를 데려가더니 소문이 사실이냐고, 진짜로 데이브와 사귀고 있냐고 물었다. 나는 고개를 끄덕였고 설명하려고 했지만, 그는 관심이 없었다. 설명할 게 뭐가 있겠는가? 그건 평범하고 고통스러웠다. 내가 그에게 준 아픔을 감지하면서, 부끄럽게도 흐뭇한 느낌도 들었다. 그 아픔이 그의 욕구의 척도 같았다.

그날 밤 잠자리에서, 데이브는 실은 우리가 고등학교 때 만났던 기억이 전혀 없다고 털어놓았다. 그는 로비에서 기타를 치고 있었고 나는—늘 두려워했던 대로—완전히 사람들 눈에 띄지 않았다. 아니 그건 내가 나에게 했던 말이었다. 그 시절의 내가 그늘 속에 숨어 있었다는 이야기는 지금의 내가 왜 그렇게 많은 확인을 필요로 하는지를 정당화하기 위한 거였다.

그해 추수감사절에, 나는 오빠와 새언니와 함께 호숫가의 오두막에 갔다. 그 여행을 앞두고 처음 떠오른 것이 어떤 기대임을 깨닫고 놀랐다. 데이브 없이 술을 마시면 좋을 거라는 기대. 나는 채 깨닫지 못했지만, 다른 사람에 관한 모든 감정은 음주에 관한 감정이 되어가고 있었다.

그 호수에서 우리는 위스키 사워를 만들 재료들을 비축했고, 나는 정오에 위스키 사워를 만들기 시작했다. 첫 잔은 그날 하루의 모든 실오라기를 아주 근사하게 모아주었다. 잔물결을 일으키며 호수에 불던 바람, 바깥에 눈더미처럼 쌓인 붉은 낙엽, 다른 어딘가에 와 있음을 실감 나게 하는 쌀쌀한 바깥 공기, 캔디처럼 달콤하게 넘어가는 술. 『화산 아래서』에서 영사는 "나무를 때리는 벼락처럼 테킬라의 불이 그의 등줄기를 타고 내려가"고 그런 다음 "기적처럼 꽃을 피운다"는 걸 느낀다. 위스키가 나에게 불을 붙였다. 데이브와의 이 새로운 관계가 내 안에서 빛을 냈다. 일종의 부적이었다.

밤이 깊어지면서 그 빛이 흐릿해졌다. 나는 혀가 꼬이고 입이 끈적할 때까지 위스키 사워를 마시며 데이브의 문자가 왔는지 끊임없이 확인했다. 나는 오지 않는 데이브의 문자를 평결로 해석했다. 그가 나를 생각하는 것보다 내가 더 많이 그를 생각한다고, 또는 적어도 그가 나를 덜 필요로 한다고 말이다. 배가 아프고 울렁거렸다. 위스키 사워의 설탕이 내 안에서 해초처럼 일렁였다. 기분 좋게 취기가 오르자, 침대에 누워 어지럼증 때문에 눈을 감고서, 피터를 두고 바람을 피웠다는 죄책감에 움츠러들었다. 그 감정은 어둡고 익숙했다. 그 죄책감 안에 태아가 있었다.

눈을 감고 있으려니 흩날리는 색종이 테이프처럼 내 삶이 스쳐갔다. 나는 **죄**를 지었지만 **사랑에 빠져 있**기도 하고 내 모든 감정은 **가장**

큰 감정들이며 그것들은 **대문자**로 존재한다. 바람피운 것은 **잘못**이지만 새 남자는 **훌륭하고** 우리의 새로운 관계는 **엄청나고** 나는 **최악**의 인간이지만 **최상**의 인간이기도 하다. 이 새로운 사랑은 **무한**하기 때문이다. 설사 **사랑**의 대가가 **죄악**이고, **죄악**의 대가가 **불행**이라고 해도 말이다. 모든 것이 최상이거나 최악이었다. 자아는 내가 계속 다시 섞는 최상급의 카드 한 벌이다. 나는 누군가의 일부만을 원하지 않았다. 나는 그의 *전부*를 원했다. 나는 그냥 못된 게 아니라 가장 천박했다. 나는 *가장* 변덕스러운 심장을 가졌다. 나는 지상의 위스키 사워 쓰레기였다. 마음 한구석에선 사실상 그 죄책감을 즐겼다. 죄책감은 내 평범한 삶을 대문자로 쓰고서 거기에 긴박한 상황의 날카로운 억양을 부여했다. 만약 사악함을 예술 속에 녹일 수 있다면, 나에겐 사악함이 필요했다.

몇 년 후 회복 중일 때, 누군가 자기혐오는 나르시시즘의 이면이라고 말했는데, 너무도 정곡을 찌른 말이라 하마터면 소리 내어 웃을 뻔했다. 이 흑백논리, 전부가 아니면 전무라는 이분법적 사고는 같은 천에서 잘라낸 것이었다. 그저 남자들 중의 한 남자, 또는 여자들 중의 한 여자라는 것, 단점이나 실수에 특별할 게 전혀 없는 인간이라는 것, 그 사실을 받아들이기가 가장 힘들었다.

피터와 결별하고 한 달 후, 한 친구가 그와 하룻밤을 보냈노라고 나에게 말했다. 그녀는 무안해했다. (*당연히 그래야지!* 나는 위태로운 도덕적 우위의 입장에서 그렇게 생각했다.) 그녀는 그가 잘 지내지 못한다는 말도 했다. 그녀와 만나기 전날 밤, 피터가 술에 취해 넘어져 눈에 멍이 들었다는 것이다. 이해가 갔다. 칵테일 한 잔 만드느라 30분 넘게 쓰는 것보다 그게 훨씬 더 잘 이해되었다.

———————————— 맬컴 라우리는 최상급의 세이렌의 유혹을 이해했고, 『화산 아래서』에서 주인공인 영사를 술과 멜로드라마라는 쌍둥이 신에게 의존하는 남자로 제시한다. 라우리 자신은 그저 알코올중독을 다룬 소설이 아니라 '알코올중독을 다룬 사상 최고의 소설'을 쓴다는 생각에 온전히 빠져 있었다. 그는 자신의 음주가 대서사로 전환되어, 방대하고 극적인 캔버스에 뚜렷하게 쓰여야만 구제받을 수 있다고 믿었다. 그 작품이 파멸한 그의 삶을 구원해줄 것이다. 그것이 그가 『화산 아래서』에 건 희망이었다. 훗날 그의 말처럼, 그는 "자신의 최대 약점을… 최대의 강점으로" 바꿔놓고 싶었다.

그의 동기, 그의 야망, 그의 기능장애, 그의 플롯 등등 모든 것이 특대형이었지만, 1944년 잭슨의 『잃어버린 주말』이 발표되었을 때, 라우리는 망연자실했고 분개했다. 알코올중독을 다룬 최초의 진정 획기적인 작품을 써내리라는 일념 하나로 버티며 거의 10년째 『화산 아래서』를 쓰고 있었는데, 잭슨에게 선수를 뺏겼다는 사실을 견딜 수 없었다. 잭슨의 소설이 당장에 성공을 거두며 곧바로 베스트셀러 목록에 올랐다는 사실은 말할 것도 없었다. 라우리는 잭슨의 책에는 '더 높은 의미'의 층위가 없으며—그 책에서 제시된 (지루한) 폭음이 자신의 (비극적인) 폭음을 모욕한다고 여기면서—이 속물근성은 도움이 되지 않는 위로라고 평가했다. 잭슨 때문에 자기 작품이 독창성을 잃음으로써 자신의 걸작이 더욱 과소평가되리라는 것이었다. 라우리의 소설은 비극은 자신만의 것이어야 한다는 술고래의 욕구가 어리석음을 폭로하고 있었음에도, 라우리 자신은 그 독점권을 원했다.

1947년에 출간된 『화산 아래서』는 멕시코의 축일인 망자의 날◆을

◆ 먼저 떠난 사랑하는 사람들의 영혼을 기념하는 날로, 11월 1~2일에 전통적인 축제를 연다.

배경으로 펼쳐진다. 영사는 콰우나우악이라는 가상의 멕시코 도시에서 "스쳐 지나가는 가죽 향이 나는 알코올의 어스름"까지 혼자 술을 마신다. (이 도시의 모델이 된 곳은 라우리가 살았던 쿠에르나바카였는데, 라우리는 거기서 기괴할 만큼 계속 취해 있었었다.) 영사는 아내 이본이 떠난 후 혼자가 되어 그녀가 돌아오기를 기다리며 1년을 보냈다. 그러나 막상 이본이 돌아오자 영사가 할 수 있는 말은, 그녀가 떠난 뒤 줄곧 오악사카에서 술독에 빠져 지냈다는 말뿐이다. 그는 이본이 돌아오면 구원받을 수 있다는 희망을 품고 있었지만, 무엇으로든 그가 구원받을 수 있으리라는 환상은 결국 깨진다.

이 소설의 플롯은 비록 열병 중의 꿈 같은 맥동을 지니고 있음에도, 술주정뱅이 삶의 특징적인 찌질함을 놀랄 만큼 충실하게 보여준다. 영사는 술을 마시지 않으려 애쓰며 의사가 준 스트리크닌 혼합물을 홀짝거리고, 그러다가 숨겨둔 술을 찾아내고, 아내와 섹스하려 애쓰고, 아내와 섹스하는 데 실패하고, 술을 안 마시려 애쓰고, 그러다가 어떻게든 술을 마시고는 곤드라진다. 『화산 아래서』는 우리가 암흑 속에서 품게 되는 가정에 대한 감상적인 환영을 제시하기보다는 이런 망상들을 내부로부터 조명한다. 술꾼은 순교자이자 상징으로, 그의 폭음은 어둠의 성찬식—영사는 마치 자신이 "영성체를 받는" 것처럼 술을 마시고 "진실과 주정뱅이를 똑같이 짓밟아버리는" 세상에 한탄한다—으로 제시되지만, 영사의 멜로드라마는 항상 폭로되고 질책을 받는다. 한 등장인물은 이렇게 말한다. "자네 이 사실을 알고는 있나? 그러니까 자네가 죽음과 싸우는 동안, 아니 뭔지 몰라도 자네가 상상하는 걸 하는 동안, 자네 안의 신비한 것이 방출되는 동안, 아니 뭔지 몰라도 자네가 상상하는 게 방출되는 동안, 자네가 이 모든 것을 즐기고 있는 동안, 나머지 세상은 자네를 위해, 자네와의 관계를 유지하기 위해 그 얼마나 많은 노력을 기울여야 하는지."

나머지 등장인물들이 영사를 꾸짖을 때, 한편으로 그것은 자신의 행동에 특별한 아량을 베푼 라우리가 스스로 책망하는 것이기도 하다. 이 책은 음주를 부채질하는 환상들을 쫓아버리고 싶어 하는 한 작가가 헛바람을 빼버린 술꾼의 허풍처럼 읽힌다. 영사의 취한 몸은 끊임없이 그의 서정적인 탐닉을 방해하곤 한다. 그는 "아무도 의지로 가득 찬 사람을 꺾을 수는 없지"라고 말하고는 잠에 빠져버린다. 그는 "갑자기 감상에 사로잡히고, 그와 동시에 격렬한 딸꾹질이 공격하듯 그를 덮친다." 음주란 초월을 향한 날개 꺾인 비행이다. 기둥에 묶인 개가 하늘을 보고 짖는 것과 같다.

영사가 "이른 아침 술집"의 마법 같은 아름다움에 관해 거창한 독백을 할 때, 이본이 끼어들어 정원사가 영영 떠나버렸냐고 묻는다. 정원은 엉망이다. 영사는 아랑곳하지 않는다. 그는 술집에서 죽치는 삶의 너절한 성스러움을 위한 사랑 노래를 부를 뿐이다. "당신이 나처럼 술을 마시지 않는 이상, 어떻게 아침 7시에 도미노 게임을 하는 타라스코족 노파의 아름다움을 이해할 수 있겠소?" 영사의 눈에는 술집에서 도미노를 하는 여자가 아침 8시에도, 아침 9시에도, 밤 10시에도 여전히 아름답다. 영사는 그것을 볼 수 있는 사람은 자신뿐이라고 믿고 싶어 한다. "아 그곳이 얼마나 아름다운지 아무도 모를 것이다. 솔 광장을 통해 밀려들어 오는 햇빛, 그 햇빛이 얼마나 아름다운지. 물냉이와 오렌지가 밀려들어 오는 듯한." 여기서 "아"는 *전방의 멜로드라마 조심*이라고 알리는 축어적인 표지판이다. 그러나 자신의 취한 시야는 둘도 없이 독특하다는 영사의 주장은 소매를 잡아끄는 현실 세계의 물음들에 의해 자꾸만 약화된다. 엉망이 된 정원, 딸꾹질의 습격.

영사의 비극은 '더 높은 의미'의 비극이 아니다. 그것은 *부재*하는 의미의 비극이다. 사실 그의 고통은 결국 아무것도 의미하지 않을 수 있다. 비평가 마이클 우드Michael Wood는 이 소설이 "사라져버린 웅대함에 관한 책이자 원하는 비극은 얻을 수 없다는 불가능성 안에 자리한 특화된 비극에 관한 책"이라고 말한다. 영사는 끊임없이 자신이 포함될 서사적 이야기를 상상한다. "그의 마음속에는 슬픔과 비극의 희미한 이미지가 깜빡거리고 있었다. 어디선가 나비 한 마리가 날아와 바다로 날아갔다. 그러고는 시야에서 사라졌다."

사라졌다! 거나하게 취한 영사의 역사 감각 속에서 색종이 테이프처럼 펄럭이는 신문 헤드라인이 상상된다. **주황색 작은 나비 북쪽을 찾지 못하다; 남자는 취하고 모든 것이 심오함을 깨닫는다.**

『화산 아래서』는 궁극적으로 라우리에게 확실한 문학의 대좌臺座를 마련해주었고, 잭슨이 결코 얻지 못한 지속적인 찬사까지 안겨주었지만, 이 소설로 유명해진 후에도 라우리의 음주는 심해지기만 했다. "성공은 진지한 작가에게 일어날 수 있는 최악의 일일 것입니다." 그는 장모에게 그런 편지를 썼다. 그의 작품에 쏟아진 호평을 기념하기 위해 뉴욕에 왔을 때 그는 폐인이 되어 있었다. 그때 그를 본 누군가는 이렇게 말했다. "그는 책 속의 영사 그 자체였다. 잘생기고 활기차고 술에 취해 있었고, 천재의 아우라와 악마에 들린 듯한 위험한 개인적 강렬함을 지닌 흥미로운 부류의 사람이었다." 그는 손떨림이 굉장히 심해져서 연필을 잡을 수도 없었다. 라우리에겐 음주를 모든 각도에서 볼 수 있는 지성이 있었지만, 음주에서 빠져나오는 길을 찾지는 못했다.

"약간의 자각은 위험한 거죠." 술을 끊을 마음이 별로 없는 영사의 이복형제는 말한다. 우리는 이 자각이 테킬라 병 밑바닥의 벌레처럼 그 소설 속에 들어 있다는 걸 이해한다. 그것은 누구도 구해주지 못했다.

——————————— 데이브와 나는 그 1월에 기적의 베리 파티를 열었다. 그러니까, 모든 것을 달게 만드는 작은 자주색 알약을 모두가 먹었다는 뜻이다. 우리는 레몬과 라임과 자몽을 준비했다. 모두가 사과 베어 물듯이 그 과일들을 통째로 베어 물 수 있었다. 신 과일에서 캔디 맛이 났다. 때는 한겨울이었고, 내 아파트 부엌은 대학원생들의 몸이 뿜어내는 열기로 더웠다. 내가 마신 맥주는 초콜릿 맛이 났고 와인은 시럽 맛이 났다. 그리고 그날 밤의 어느 시점엔가 내 의식은 깜박거리다가 필름이 끊겨버렸다. 사람들이 있었는데 나중에 보니 없었다. 침대에 있는 데이브와 나뿐이었다. 그러다가 또 침대에 데이브와 내가 있었는데 이제는 아침이 밝아 있었다. 이것이 그 앞에서 제대로 처음 경험했던 필름 끊김이었다. 그 앞에서 완전히 나 자신을 놓아버린 건 그때가 처음이었다.

그날 필름이 끊어진 이후, 내 기억은 카드 패를 돌리듯 전날 밤의 조각들을 하나씩 건네주었다. 그림의 조각들은 있지만, 정확히 어떤 패인지 알 수 없었다. 무슨 일이 있었는지 데이브에게 물었다. 내가 사람들 앞에서 망신을 산 거야, 아니면 사람들이 간 후에야 그렇게 된 거야?

"사람들이 간 후였어." 그가 대답했다. "그랬던 것 같아."

그렇다면 다행이었다.

"겁이 나더라. 제정신이 아닌 것 같던데." 그가 말했다.

데이브는 보통 *겁이 나더라* 같은 말을 하는 사람이 아니었다. 하지만 그때는 그랬다. 전날 밤 나는 투덜거렸고, 화를 냈고, 이해할 수 없는 행동을 했다. 부엌을 치우려고 일어나서 보니 날이 추웠고, 다락 창문으로 내다보이는 뒤뜰은 간밤에 하얗게 서리가 내려, 순수하고 쨍한 겨울 햇살 속에서 반짝이고 있었다. 다람쥐 한 마리가 전봇대 꼭대기에 올라갔다가 내려오지 못하는 것 같았다. 나는 녀석이 겁에 질렸다고 생각했다. 데이브는 녀석이 승리감을 느끼고 있을 거라고 했다. 겨울빛은 찬란하고 날카롭고 투명했지만, 나는 그걸 누릴 권리가 없는 것 같았다. 라우리가 묘사했던 영사가 된 기분이었다. "그는 태양을 잃어버렸다. 그것은 그의 태양이 아니었다."

그런 가운데 주방은 엉망이었다. 달콤했던 모든 것이 쪼그라지거나 뭉개져서 다시 원래 상태로 돌아가 있었다. 사방에 빨간 플라스틱 컵들이 널려 있었다. 데이브가 식탁에서 스푼을 들어 올리자, 말라서 끈적해진 와인에 들러붙은 종이 접시가 함께 딸려와 공중을 떠다니는 접시 같았다. 데이브는 떠다니는 접시를 보았고 나는 와인 얼룩을 보았다. 그는 사진을 찍고 싶어 했다. *공중부양 같잖아!* 그러나 나는 벌써 이런 생각을 하고 있었다. 난 오늘 밤 또 마시겠지? 어디서? 언제?

나는 넘어져서 검게 멍든 피터의 눈을 그려보면서, 그가 어떻게 얼굴을 부딪쳤는지, 얼굴 말고 다른 데도 멍들었는지 상상했고, 누가 그를 돌보고 있는지 궁금했다. 그가 밤새 술에 취해 있었는지 궁금했다. 아마 월요일에 마셨으리라. 피터와 나는 아직도 어떤 것 안에, 음주와 관련 있는 어떤 것 안에 함께 있는 것 같았다. 그런 면에서 나는 데이브보다 피터와 훨씬 많이 닮아 있었다.

우리가 기적의 베리 파티를 열 때, 비록 그때는 알지 못했지만 나는 임신 중이었다. 몇 주 후 캠퍼스의 거대한 고딕 성의 미로 같은 복도 깊이 처박힌 화장실에서 임신 테스트를 했는데, 그 십자 부호가 내 안에 무언가를 꽃피웠다, 기쁨과 함께 공포를. 세미나에서 다른 사람들이 식민지 시대 이후 전통 서정시의 형태적 변모에 관해 토론하는 걸 들으면서도 집중을 못 한 채 초조하게 시간을 보냈고, 끝난 후에 데이브를 만났다. 2월 초순이었다. 세월에 풍화된 돌, 짓밟히고 군데군데 눈이 쌓인 잔디 위로 무심한 하늘이 내려다보고 있었다. 데이브는 장갑 낀 손으로 장갑 낀 내 손을 잡고 어떻게 하고 싶은지 물었다. "네가 어떤 선택을 하든 네 곁에 있을 거야."

놀랐다. 그가 내 곁에 있겠다고 해서가 아니라, 그 순간을 하나의 선택으로서 접근하고 있었기 때문이다. 나는 아기를 낳는 건 상상할 수도 없었다. 우리가 사랑하게 된 지 몇 달도 안 되었는데, 모든 것이 이제 시작인데 그럴 수는 없었다. 데이브가 꺼려하지 않는다는 사실, 평생 공동 육아를 각오하겠다는 사실이 그 가능성을 현실적인 것으로 만들어주었다. 나는 곱슬머리를 늘어뜨린 사내아이에게 기타를 가르치는 그를 상상했다. 우리 딸이 꾸며낸 이야기에 귀를 기울이면서, *그 꼬마 다람쥐가 무서워하지 않는 법을 어떻게 배웠어?* 같은 질문을 하는 그를 상상했다. 일단 그에게 말하고 나자, 혼자만 알고 있었을 때보다 그 상실이 더 뼈저리게 다가왔다. 우리가 우리 몸으로 만들어낸 존재, 그리고 함께할 삶의 가능성을 상상하면서 그 을씨년스러운 날에 우리의 대화로 다시 만들어낸 한 존재의 상실이.

임신 사실을 알게 된 후, 그동안 내가 술을 얼마나 많이 마셨는가 생각하니 역겨웠다. 나는 진으로 만들어진 태아, 작은 지느러미 발과 콜리플라워 같은 손을 가진 채 내 안에서 취해 있는 태아를 상상했다. 그러나 술을 멈출 수는 없었다. 낙태를 할 생각이라면, 술 마신다고 뭐가 달라질까? 태아를 위스키 속에 빠진 작은 얼음 조각처럼 상상하는 것 역시 역겨웠다. 나는 수술 후 몸조리도 불안했다. 도움이 필요한 사람 혹은 매력 없는 사람처럼 보이는 게 두려웠고, 덜 욕망된다는 것이 두려웠다. 우리가 다시 섹스를 하기까지 얼마나 오래 기다려야 할까?

낙태 수술 날 아침, 데이브는 가족계획연맹 바깥에 모인 시위대

앞을 지나면서 내 손을 잡아주었다. 접이의자에 앉은 노인들은 늘 들고 있는 똑같은 포스터, 피범벅이 된 신체조직 사진이 박힌 포스터를 들고 있었다. 그동안 그들이 겁주고 창피를 주었던 모든 여성들이 떠올라 나는 화가 났다. 그러나 설명할 수 없는 슬픔이 느껴지기도 했다. 그것은 그들이 이 접이의자에 앉아 비탄하며 수많은 날을 보내는 방식과 관련이 있었다.

세 시간 후 수술실에서 나올 때는 데이브가 내밀어준 손이 고마웠고, 그의 냄새와 든든함—내 뺨에 닿는 그의 수염 그루터기의 깔끄러움—이 고마웠다. 그는 대기실 한가운데서 오랫동안 나를 꼭 안아주었다. 몇 년 후 그가 쓴 시 한 편은 우리 몸이 함께했던 바로 그 기억으로 끝을 맺었다. "그들은 대기실 한가운데서 키스하고 운다/그들이 어떻게 보일지/생각하지 않기 때문에." 그 대기실에서 키스하거나 운 일은 기억나지 않지만, 남들에게 어떻게 보일지 시선을 의식하지 않는 것이 어떤 건지는 정확히 기억할 수 있었다. 나를 완전히 감싸주던 절대적인 그의 포옹은 기억할 수 있었다.

낙태 수술 한 달 후, 나는 고질적인 빈맥을 고치기 위해 심장 수술을 받았다. 빠르고 불필요한 심장박동 때문에 서서히 내 심장이 망가져서 제 수명을 다하지 못할 수 있다는 거였다. 그것을 치료하지 않으면 쓰러져 죽는다고 했다. 하지만 나는 그런 일이 생길 만큼 오래 살지 못할 수도 있었다. 이것이 흥미로웠다. 나는 지금 내 생명을 구하는 게 아니었다. 미래의 나에게 더 많은 시간을 주는 거였다. 나는 미래의 나를 지키고 있었다. 한 번 더 데이브에게 나를 돌봐달라고 부탁했다. 낙태 수술에 바로 뒤이어서였다. 그때까지 며칠 밤을, 침대에 나란히 누운 데이브 옆에서 잠을 못 이룬 채, 전혀 예상하지 못한 뜨거운 소용돌이 같은 통증에 뒤척이며 보냈다. 그는 자다 깨어 내 등을 쓰다듬어주었고 내 목에 입을 맞추고 속삭여주었다. 그 역학에는 내가 좋아하는 무언가가 있었다. 보살핌을 받는다는 것, 여린 존재로 이해된다는 것. 하지만 그 역학에서 마음에 드는 부분이 있다는 사실이 부끄러웠다.

수술 전날 밤, 신중하게 와인 몇 잔만 마시고 끝냈다. 다음 날 아침 수술에 들어갈 때 내 몸에 너무 많은 술이 흐르지 않도록 하는 게 현명할 것 같았다. 잠자리에 들기 전 데이브에게 긴장된다고 말했다. 수술이 효과 없으면 어떡하지? 무언가 잘못되어 심장박동기를 차게 된다면? 그럴 가능성이 크지는 않지만 그래도 있다고 들었던 것이다.

그때 데이브의 얼굴에서 전에 본 적 없는 표정을 보았다. 마치 피부밑에서 피가 식어 단단한 젤이 된 것처럼 굳은 표정이었다. "걱정해선 안 돼. 걱정한다고 무슨 소용이야?"

나는 갑자기 당황스러웠다. 걱정함으로써 어떤 잘못을 저질렀거나 그런 말을 해서 부담을 준 것 같았다. 나는 더 이상 아무 말도 하지 않았다.

수술 후 마취에서 깨어나자 의사들은 수술이 효과가 없었다고 말했다. 내 심장전문의는 대신에 내가 복용해야 할 약병 하나를 들고 병상을 찾아왔다. 소탈롤이라는 베타 차단제였다. 약이 매우 셌기 때문에 내 심장에 미치는 영향을 추적하느라 사흘을 더 병원에 있어야 했다. 약병 라벨에서 작은 마티니 잔 그림 위의 × 표시를 확인했을 때, 나는 곧바로 두려움을 감추고 태연하게 물었다. 이건 그냥 형식적인 건가요? 나는 희망을 품고 있었다. 그냥 일반적으로 복약 중에 술 마시는 건 좋지 않다는 뜻이겠지? 아니면 심각한 경고인가? 나는 심장전문의가 요점만 분명히 말해주기를 바랐다. 술을 마셔도 되나요, 안 되나요?

의사는 몇 달 동안은 술을 마시지 말고 어떻게 될지 기다리자고 했다. 그럼 그렇지. 차라리 몇 달 동안 손을 사용하지 않는 건 가능할지 모른다. 나는 술을 마시지 못할 거라는 생각(*한 잔도 안 돼?*)에 좌절했고, 술을 안 마시는 게 대수롭지 않은 일이며 우리는 그저 "기다리"면 된다는 그 생각에 또 한 번 좌절했다.

데이브는 며칠 밤을 병원에서 나와 함께 보냈다. 그는 브레드 푸딩과, 흔들거리는 바닐라 빵에 플라스틱 포크 두 개를 꽂아 가져왔고, 내가 좋아하는 그레이엄 크래커가 간호사실의 어느 서랍에 들어 있는지도 알아냈다. 그는 병상의 나날들을 성스럽게 만들었다. 그러나 나를 혼란스럽게 하는 것도 있었다. 이를테면 퇴원하는 날이 그랬는데, 그는 나를 데리러 와서는 차에서 나에게 전화했다. "밑으로 내려올래? 주차하기 귀찮아서." 나는 닷새 동안 입원해 있었지만, 필요 이상의 도움은 요구하고 싶지 않았다. 이미 너무 많은 것을 요구한 것처럼 느껴졌기 때문이다. 그래서 더플백을 어깨에 둘러메고 내려갔다. 엘리베이터에서 나는 기절하지 않으려고 차갑고 더러운 바닥에 주저앉아야 했다. 차에 타서는 아무 말도 하지 않았다. 수술 전에 내가 무섭다고 말했을 때 데이브의 표정을 기억하고 있었고 다시는 그 표정을 보고 싶지 않았다.

일단 퇴원해서 집으로 오자, 나는 술을 마시지 말라는 의사의 충고를 그냥 충고로만 받아들이기로 했다. 충고가 아니었다면 의사는 더 단호하고 덜 태연하게 말했을 것이다. 그건 충고였으므로 따를지 말지는 내가 판단하면 되었다. 그냥 *두고 보면* 될 테니까. 이 말은 내가 술을 줄이려고 노력했고, 술을 줄이는 데 실패했고, 많이 취했을 때면 일부러 주의해서 심장약을 먹지 않았다는 뜻이다. 나는 또 구글에서 모든 유형의 알코올과 "소탈롤"을 나란히 검색하면서, 술을 마셔도 괜찮다는 보장이나, 완전히 술을 끊게 해줄 무시무시한 경고가 있는지 찾곤 했다.

약 한 달 후, 심장전문의는 약효가 나타나는지 알아보기 위해 홀터 모니터라는 것을 주문했다. 그것은 24시간 목에 걸고 다니는 상자로, 내 가슴에 붙은 EKG 모니터와 연결되어 있었다. 나는 그걸 차는 날에는 술을 마시지 않겠다고 다짐했다. 결과를 망치고 싶지 않았다. 내 머리엔 인터넷 지식이 꽉 차 있었다. "알코올을 마시는 것은 소탈롤의 약효에 영향을 미친다." 뉴질랜드 의약품 및 의료기기 안전관리청에서는 그렇게—굵은 글씨로 제약회사 설명을 인용해서—말했고, 나는 그 말을 믿었다. 만약 홀터 모니터를 차고서 술을 마신다면, 해 질녘 내 심장박동은 뾰족뾰족해질 것이며 데이터는 내가 유죄임을 말해주는 증거가 될 것이었다. 그러나 그 후 캠퍼스에서 열린 한 낭독회에 갔는데, 끝나고 나오는 와인 한 잔—공짜였다!—을 안 마시려니 이상했고, 거의 배은망덕하게 느껴졌다. 그리고 미처 의식하기도 전에, 나는 작고 이상한 심장 모니터를 목에 대롱대롱 매단 채로 한 친구와 시내의 한 술집에 앉아 마티니를 마시고 있었다.

일주일 후 심장전문의가 전화해 소탈롤의 효과가 나타나지 않는다고 했다. 의사들이 새로운 약을 시험하는 동안 나는 다시 사흘을 병원에 입원해야 했다. 그 약병에도 *역시* ×자가 그어진 작은 마티니 잔이 있었다. 그렇게 나는 약을 바꾸었고, 계속 술을 마셨으며, 계속 검색을 했다. 이번에는 검색창에 새 약 이름과 함께 다음과 같이 입력했다. "플레카이니드+알코올+죽음."

——————————— 그해 봄, 데이브는 작가 워크숍에 합격했고, 우리는 아파트를 구하러 아이오와로 날아갔다. 새로운 도시에서

펼쳐질 새 생활을 상상하니 몹시 설렜다. 우리는 벌써 5개월 가까이 사귀고 있었고, 그의 합격은 우리의 설레는 행복을 보장하는 운명처럼 느껴졌다. 보스턴 교외에서 자란 데이브는 미시시피강 서쪽이 처음이었다. 우리는 지역 협동조합이 있는 길 아래쪽의 하얀 농장주택 2층을 빌렸다. 5년 전, 모닥불과 필름 끊김을 경험했던 첫해에 내가 살던 곳과는 걸어서 5분 거리였다. 그렇게 빨리 가정을 이룬다는 것은 다른 부류의 설렘이었다. 텍사스 홀덤 게임에서 플롭 카드, 턴 카드, 리버 카드를 알기 전에 처음 받은 포켓 카드 두 장의 가능성에 크게 베팅하는 것 같았다. 나는 아이오와에서 처음 살 때 내가 원했던 두 가지를 가지고 다시 그곳으로 갈 준비가 되어 있었다. 한 남자와 약간의 성공. 그 두 가지는 내가 항상 서로 연관되어 있다고 이해했던 가치 척도였다. 데이브는 박사과정에서 시에 *관해* 쓰던 것과는 반대로 시를 쓰며 2년을 보낼 생각에 신이 나 있었고, 자기 과거의 8년이 묻어 있지 않은 도시로 이사하게 되어 흥분해 있었다.

그 무렵 나는 여전히 술을 마시면서 내 소설을 편집하고 있었는데, 폭음을 하지만 나와는 공통점이 없는 여성의 이야기를 계속 쓰고 있었다. 담당 편집자는 이 소설이 회복 가능성을 극적으로 보여주었으면 좋겠다고 했다. 설사 그 가능성이 좌절된다고 해도 서사적 긴장을 주기 위해서. AA 모임 내용을 포함하거나, 심지어 취하지 않은 맨정신의 상태를 더 길게 쓰면 어떻겠는가?

나는 AA 모임엔 한 번도 가본 적이 없었고, 사실 그런 모임을 상상할 수도 없었다. 어느 교회 지하실의 접이의자들, 스티로폼 컵에서 김을 피우는 커피가 떠올랐다. 그게 다였다. 하지만 조사랍시고 그런 모임에 가고 싶지는 않았다. 어쩌면 그간 들은 말이 있어서 마음 한구석으로 불안했는지도 모르겠다. 그래서 희미한 스케치를 떠올리며 틸리 이야기를 썼다. 그녀는 어떤 일—커피 내리기, 전화번호 교환하기, 살아온 이야기 나누기—에 참여하는 사람들을 지켜보며, 그들과 비교해 스스로 실패자라고 여긴다. 그녀가 맨정신으로 하는 일이라고는 TV 편성표를 외우고 시계를 보는 게 전부였기 때문이다. 그것이 내가 단주에 부여할 수 있는 전부였다. 술 없이 보내던 월요일들조차 충분히 나쁘지 않았던가.

틸리는 다 큰 아들과 함께 AA 모임에 가는데, 아들은 거기 있고 싶지 않다며 도중에 나와버린다. 나 역시 거기 있고 싶지 않았다. 그 현장에 있거나 그에 관해 쓰는 건 하고 싶지 않았다. 틸리는 아들이 나가는 모습을 보면서 그들의 차이를 생각한다. 아들은 그녀가 사는 세계, 끊임없는 갈망으로 규정된 세계에 살지 않기 때문에 그 방을 나갈 수 있었다. 나는 내가 어떤 세계에 사는지, 내가 어떤 사람인지 아직 확실히 알 수 없었다. 자리에서 일어나 접이의자들 사이로 쭈뼛쭈뼛 길을 내며 내가 정리해버린 연인이라도 되듯 갈망을 밟고 걸어 나갈 수 있는 사람인지, 아니면 계속되는 갈망에 관해 무언가 해야 할 사람들로 가득한 그 방에 머물러야 할 사람인지를.

——————————— 밴쿠버의 밑바닥 중독자들을 연구했던 임상의 가보르 마테는 『아귀의 세계에서*In the Realm of Hungry Ghosts*』라는 저서에서 중독자들을 불교 윤회도의 “아귀餓鬼”에 비교한다. “목이 앙상하고 입은 작고 뼈만 남은 팔다리에 먹은 것이 없어 헛배가 불룩한 존재”다. 마테는 중독을 “위안이나 충족을 향한 채울 수 없는 욕구를 제어하기 위해 우리 밖의 무언가”를 찾는 행위라고 말하는데, 아귀의 몸은 중독을 유발하는 “아픈 허기”를 물리적으로 나타낸다. 그러나 마

테가 보기에 그런 탐색의 행위는 중독자만의 전유물이 아니다. "그들은 그들을 추방하는 사회와 공통점이 많다. 그들의 삶을 비추는 어두운 거울 속에서 우리는 우리 자신의 윤곽을 그려낼 수 있다."

중독이 더욱 보편적인 허기를 비추는 어두운 거울이라는 주장은 중독의 물리적 기제—신경전달물질과 그것의 적응—를 부정하거나 나름의 생리학적 실체가 있는 개별 현상인 화학적 의존을 부정하는 게 아니다. 그것은 중독에 작용하는 충동들이 우리 모두가 가지고 있는 욕구와 무관하지 않음을 인정하는 것이다. 다시 말해 중독은 행복을 얻고, 고통을 완화하고, 위안을 찾고 싶은 욕구와 관계가 있다.

중독을 주제로 수십 년 동안 이루어진 과학 연구의 상당수가 그 기제 안의 어떤 불가피성을 주장했다. 마치 그것이 맥락 밖에서 나름의 독특한 속도에 의해 어쩔 수 없이 작용한다는 것 같았다. 1960년대 후반부터 80년대 후반까지 가장 많이 보도되었던 (그리고 종종 가장 많은 기금을 받았던) 과학 연구는 우리에 동물을 가두고 약을 먹도록 훈련시켜 강박적으로 약을 찾게 만드는 실험들이었다. 실험실에 떠도는 한 농담은 약물을 이렇게 정의했다. 약물이란 쥐에게 투여했을 때 학술논문이 나오는 물질이라고 말이다. 쥐는 죽을 때까지 코카인 레버를 눌렀다.

이런 학술논문들은 결국 일상의 지식, 오후의 교양 프로그램이 되었다. "코카인 쥐"는 하얀 쥐가 필사적으로 작은 환약을 갉아 먹다가 결국 쓰러지는 모습을 보여주는 1988년 공익광고 비디오 제목이었다. 쓰러진 쥐의 작은 이빨이 허공에서 옴쭉거리고, 윤기 없는 털 위로 우리의 창살 그림자가 드리워지면, 내레이션이 들린다. "이것이 코카인입니다. 당신도 똑같이 될 수 있습니다."

그러나 그 내레이션은 죽을 때까지 코카인 레버를 눌렀던 이 쥐들이 휑한 흰색 우리에 혼자 있었다는 사실을 설명하지 않았다. 그 쥐들의 등에는 분사 장치가 이식되어 있었다. 쥐들은 종종 굶겨지기도 했다. 결국 몇몇 과학자들이 의문을 품었다. 이 쥐들을 다른 쥐들과 어울리게 하면 어떻게 될까? 쥐들에게 다른 할 일이 생기면 어떻게 될까? 이 과학자들은 1980년대 초에 쥐 놀이공원, 즉 '랫 파크'를 만들었다. 널찍한 합판에 소나무들을 그려 넣고, 올라갈 수 있는 높은 단과 쳇바퀴, 숨기 좋은 깡통, 놀이를 위한 나뭇조각, 그리고 무엇보다 중요하게는 다른 쥐들이 많이 있는 서식지를 제공한 것이다. 이 우리 속의 쥐들은 죽을 때까지 코카인 레버를 누르지 않았다. 쥐들에겐 그보다 좋은 소일거리가 있었다. 여기서 요점은 약물이 중독을 일으킬 수 *없었다*는 게 아니라 중독은 약 말고도 다른 여러 가지에 의해 유발된다는 것이다. 흰색 우리에 고립된 상황, 그리고 나머지 모든 것의 대용물이었던 레버가 중독을 부채질한 것이다.

중독자들 대부분은 황량한 흰색 우리 안에 살지 않는다. 물론 일단 감금되면 그런 곳에 살기도 하지만, 보통은 온갖 경제적, 사회적, 구조적 스트레스로 정의되는 세계에 산다. 제도적 인종주의와 경제적 불평등, 생활임금의 부재 등이 그런 예다. 조지 케인의 『블루스차일드 베이비』의 초판 표지에는 또다시 헤로인을 맞기 위해 성조기 띠로 팔을 묶어 정맥이 튀어나온 흑인 남자가 그려져 있다.

"현실 속의 무엇이 나를 아편 사용자로 만들었을까?" 1821년 토머스 드퀸시는 그렇게 물었다. "불행, 텅 빈 황량함, 계속되는 어둠이었다."

중독자의 대부분은 음주나 약물 사용

이 결핍을 메우는 행위라고 설명한다. 내가 만났던 한 여성은 자신을 물이 새는 양동이로 묘사했고, 계속해서 술로, 확인으로, 사랑으로 그 양동이를 채우려고 했다. 언젠가 데이비드 포스터 월리스David Foster Wallace는 술이란 "내면의 직소 퍼즐에서 잃어버린 조각"이라고 했다. 새는 양동이와 잃어버린 퍼즐 조각은 세지윅이 말한 "결핍으로서 자신을 해석한 자아"의 또 다른 모습이다. 그렇지만 원인에 대한 이런 순환적 진술—당신은 결핍을 채우기 위해 술을 마시지만, 음주는 결핍을 심화시킬 뿐이다—은 하나같이 똑같은 질문을 제기한다. 그 결핍은 어디서 왔을까?

나의 결핍에 관해선 수많은 이야기를 들려줄 수 있을 것이다. 앞에서 말했다시피, 우리 가족의 남자들—비행기 출장이 잦았던 아버지, 멋진 오빠들과 그들의 강력한 과묵함—에 관한 이야기와, 탐색을 통한 자아의 형성 과정을 들려줄 수 있을 것이다. 이는 스모킹건으로 남은 항공권 반쪽 같은 심층심리학 동화다. *아, 그러네!* 하지만 나는 이 이야기의 깔끔함—상처를 타로카드로 바꿔버리는 싸구려 정신분석—이 미덥지 않았다. 또는 술과 나의 관계를 두고 내 평생 나를 사랑했던 사람들을 탓하는 듯한 그 방식이 미덥지 않았다. 나의 유년기는 웬만한 사람들보다 순탄했고, 어쨌든 간에 나는 결국 술을 마시게 되었다.

결핍에 관해서 나는 다른 이야기를 해야 할 것이다. 어쩌면 그것은 비행기 출장이 잦은 아버지에 관한 문제라기보다는 아버지의 배선 문제, 아버지가 전해준 유전암호의 일부, 신경계를 더욱 의존도 높은 방향으로 유도하는, 우리가 공유하는 염색체 변이에 관한 문제일 것이다. 나는 세대를 거슬러 오르는 우리 염색체의 유전을 상상한다. 내 아버지, 아버지의 아버지, 우리 가계도에서 위스키를 주렁주렁 매단 가지를 거슬러 올라가면 그 앞에 또 얼마나 많은 아버지들이 있을지 모를 일이다. 마치 나의 알코올중독 조상들이 내가 있는 방향으로 잔을 들어 올리고 있는 것처럼, 우리 성을 가진 사람들이 그 세월 동안 나를 위해 준비한 공짜 위스키가 몇 잔이나 되는지 셀 수조차 없다.

어쩌면 결핍은 체제와 관련 있을지 모른다. 나는 후기 자본주의 시대에 태어났다. 후기 자본주의는 내가 부족하다는 생각을 심어주고 따라서 소비가 내 부족함에 대한 답이라는 생각을 심어줄 수 있는 생태계다. 사실 자본주의가 등장하기 오래전에도 기꺼이 신세를 망치는 사람들이 있었지만, 자본주의의 핵심 약속 중 하나—소비를 통한 변화—는 중독이 내거는 약속의 또 다른 판본이다. *성공하라*. 이것은 생산성을 외치는 미국식 복음에서 세속적 믿음 조항 중 하나였다. 그래서 나는 할 수 있는 한 많은 일을 하면서 지난날을 보냈고, 실제로 잘 해냈다. 그러나 하루의 끝, 더 솔직히 *매일매일*의 끝에 이르러 그 모든 작업에 진이 빠져버렸던 나는, 재잘거리는 그런 훈계들의 수다를 잠재우고 싶었다. 그래서 진을 찾았다. 그래서 와인을 찾았다.

만약 결핍의 이야기가 우리 안에 부호화된 어떤 것, 결핍감의 내적 청사진이라면, 그 이야기는 지금도 계속 쓰이는 중이다. 1989년 이후 계속되고 있는 프로젝트인 알코올중독 유전학 공동연구Collaborative Studies on Genetics of Alcoholism, COGA는 2,200여 가구의 1만 7천여 명을 인터뷰하고 혈액 표본을 채취하면서, 사람들을 알코올중독의 위험에 몰아넣는 특정의 유전 요인을 조명하려고 노력해왔다. 음주는 우리에게 더 위험하다는 아버지의 확신을 더 넓은 의미에서 입증하려고 한 셈이다.

COGA 연구는 특정 표현형(관찰 가능한 특징들)을 다양한 염색체의 특정 DNA 부위와 연관 지었다. "낮은 반응 수준" 표현형(즉 똑같은 자극을 느끼기 위해 더 많이 마셔야 하는 사람)과 "알코올의존" 표현형은 둘 다 1번 염색체의 같은 부위와 관련이 있는 반면, "24시간 주기 내의… 최다 음주 횟수" 표현형(보통 9회 이상이면 문제가 있다는 신호다)은 4번 염색체의 부위와 관련이 있다. 알코올중독의 유전적 토대를 뒷받침하는 증거는 거의 반론의 여지가 없다.

쉽게 말하면 이렇다. 우리 누구나 의존적이지만, 어떤 사람들은 다른 사람들보다 더 많이 의존적이며, 이렇게 서로 다른 의존 형태가 우리 삶을 서로 다른 방식으로 변형시킨다. 나의 음주는 우리 가족과 관련이 있고, 내 두뇌와 관련이 있으며, 내가 자라면서 숭배하게 된 가치들, 즉 탁월함, 황홀함, 최상급의 모든 것 등과 관련이 있다. *왜*와 관련된 이 모든 이야기는 진실이지만 불충분하기도 하다. 불충분의 상태는 인간 존재의 일부이며, 나는 술을 마심으로써 나만의 불충분 상태에 반응한다. 왜냐하면 나는 그렇게 배선되어 있고 그렇게 다듬어졌기 때문이다. 일단 술을 마시기 시작하면, 그것이 특정한 신체적 보상을 주겠다고 아주 유창하게 장담했기 때문이다. *이것과 함께라면, 너는 충분하다고 느끼게 될 거야.*

음주는 불안하고 심란해서 잠 못 들고, 끊임없이 뒤척이거나 꿈에 아파하지 않는, 그런 의식 상태를 약속했다. 술은 내가 남자들에게 요구하는 기본값을 낮춰주마고 약속했다. 술은 내가 언제든 손에 넣을 수 있었던 물질이었다. 그러나 술이 이 약속을 거듭거듭 깨버렸을 때, 술은 애초에 그것을 갈망하게 만든 욕구를 더 예리하게 벼리기도 했다. 그것은 미끼 상술이었다. 행복을 약속하고 수치심을 주었다. 충만감을 약속하고 의존성을 주었다. 그러면서도 정말 환장할 만큼 *좋게* 느껴졌다. 그러나 비상飛翔은 늘 일시적이었다. 매일 아침 제정신으로 돌아오면, 결핍의 홈은 한층 더 깊게, 더욱 고집스레 파여 있었다. 노래의 일부 구간을 자꾸만 건너뛰는 것처럼.

—————————— 아이오와로 이사를 앞둔 여름, 이탈리아 리구리아 해변의 리오마조레라는 작은 도시에서 나는 스물여섯 살을 맞았다. 그곳에서 데이브와 나는—충동적이고 낭만적이고 어리석게도—대학원에서 마지막으로 받은 급료를 털어 지중해가 내다보이는 작은 아파트를 빌렸다. 리오마조레는 산에서 내려가는 가파른 도로 주변에 형성된 도시였고, 도로 끝에 펼쳐진 바다에서는 파도 위로 놓인 목재 경사로 주변으로 고깃배들이 까딱거렸다. 들쑥날쑥한 치아를 닮은 높고 좁은 집들은 도로에 다닥다닥 붙어 있었고, 푸크시아 핑크, 버터크림, 오렌지, 민트, 장미 등등의 색깔로 알록달록 칠해져 있었다. 무슨 이유에서인지 창에 붙은 덧문들은 하나같이 녹색으로 칠해져 있었다. 데이브와 나는 바닷가 바위에 앉아 햇볕을 쬐었고, 왜 모든 덧문이 같은 색인지를 두고 이야기를 지어냈다.

"그래, 틀림없이 한 여자와 관련이 있을 거야." 데이브가 말했다.

"불륜 때문인가?" 내가 추측했다. 우리는 연녹색 피스타치오 색깔의 눈을 가진 여자와 그녀를 가질 수 없었던 시장을 상상했다. 그래서 그는 몰래 한 사랑에 바치는 은밀한 경의의 표시로 그 도시의 모든 덧문을 그녀의 눈과 같은 색으로 칠하라는 법을 만들었다.

그 주는 놀이의 연속이었다. 우리는 부엌 창문 밖 빨랫줄에, 소금기로 딱딱해진 내 비키니 옆에 서로에게 보내는 메모를 달아놓았다. 그리고 토마토와 올리브유와 인내심이 들어가는 '지옥의 문어'라는 현지 음식을 요리했다. 시내 식당들에서는 미국의 식당에서 물을 내주듯 피처에 와인을 담아 내주었고, 아름다운 어딘가에서 휴가 중이라는 사실 덕에 매일 밤 거나하게 취해도 덜 꼴사납게 느껴졌다. 나는 심장약을 먹는 동안 술을 마시면 안 된다는 말을 데이브에게 하지 않았으므로 그가 그 일로 신경 쓸 일도 없었다. 그러나 이따금 너무 많이 마신 날 밤에 잠자리에 누우면, 갈비뼈 아래서 심장이 미칠 듯 뛰면서 망치질을 해댔다.

데이브는 쌀과 오렌지 껍질로 만든, 토르타 디 리소라는 케이크를 좋아했고, 선창 근처에서 빵집을 하는 노부인에게서 만드는 법을 배울 수 있을 거라고 확신했다.

"이방인을 자기 주방으로 초대하지는 않을걸." 내가 말했다.

"두고 보자고." 그가 웃으면서 어깨를 으쓱했다. 얼마 후, 데이브는 그 여자의 낡은 주방 안, 밀가루가 내려앉은 집성목 탁자 앞에 서서, 우유에 오렌지 껍질과 괴상한 갈색 바닐라콩 꼬투리 하나와 쌀을 넣고 끓이는 방법을 배우고 있었다. 데이브는 모두를 매료시킬 수 있다고 생각했다. 그리고 대부분은 그게 가능했다.

어느 오후, 우리는 섹스를 끝낸 뒤 침대에 누워 밀턴의 『실낙원』—9월에 있을 구두시험을 위해 내가 준비해야 했던 책 중 하나—에 관해 이야기했는데, 나는 부지런히 이브를 옹호하고 있었다. 내가 보기에 그녀는 누명을 썼다.

"글쎄, 그렇다고 이브가 원죄에 책임이 *없었다*고 말할 수는 없지." 그가 말했다.

"만약 네가 누군가의 *갈비뼈* 따위로 만들어졌다면, 너도 선악과를 먹고 싶었을 거야."

"뱀은 그녀의 허영심을 먹이로 삼은 거야." 그가 말했다. 어쩌다 보니 우리 목소리가 점점 날카로워졌다. 나는 내가 발가벗고 있다는 사실이 마음에 들지 않았고, 시트를 꽉 끌어당겼다. 그것은 논쟁 자체—이브는 유죄, 아담은 유죄, 뱀은 유죄, 따라서 누구도 깨끗하지 않았다는 것이 전체 요점이었다—라기보다는 우리 중 누구도 자기주장을 포기하지 못하는 것에 가까웠다. 우리 둘 다 옳아야 했다.

내 생일을 맞아, 데이브는 자전거 타는 법을 가르쳐주겠다고 했다. 내가 자전거를 못 탄다는 걸 알게 된 순간부터 그는 가르쳐주겠노라 벼르고 있었다. "굉장할 거야. 앞으로 넌 이번 생일을 자전거를 배운 날로 기억하게 될걸."

"좋아." 나는 그를 실망시키고 싶지 않았다. 그러나 실은 자전거 타는 법이나 배우면서 생일을 보내고 싶지는 않았다. 나는 바위에 누워서 햇볕을 쬐고 싶었고, 녹색 덩굴에 관한 이야기를 지어내고 싶었고, 도자기 피처에 담긴 레드와인을 마시고 싶었다.

우리는 자전거 한 대를 빌려 도시 위쪽의 언덕을 통과하는 흙길로 가져갔다. 햇빛은 따갑게 쏟아졌고, 나는 시도했다가 넘어지고 시도했다가 넘어지고를 계속해서 반복했다. 데이브는 자전거를 잡고 뒤에서 밀어주었다. "페달! 페달을 믿어!" 하지만 나는 믿을 수 없었다. "넘어질까 두려워하면 넘어지는 법이야." 그 말을 들으니 그 모든 것이 내 성격에 대한 판결처럼 여겨질 뿐이었다.

우리는 한 시간 동안 시도했다. 나는 페달을 밟고 자전거는 넘어지고, 그는 당황하고 재미있어했다. 용기는 사라지고 잔인한 신체적 좌절감만 남게 되자, 결국 나는 떼쓰는 어린아이처럼 자전거를 차버렸다. 나는 울기 시작했다. "그만하면 안 될까?" 내가 말했다.

"통제가 안 된다는 것 때문에 좌절한 거야." 그가 아주 차분하게 말했다.

V

“그냥 그만하고 싶어.”

“몇 번만 더 해보자.” 그렇게 말했지만 그의 얼굴에는 실망감이 역력했다.

그의 관점에서 생각하니 내 반응이 우스꽝스럽게 보였다. 그는 내 생일을 축하해주기 위해 이날 오후 전체를 계획했는데, 나는 짜증을 냄으로써 그 계획을 망쳐버렸다. 그러나 그를 실망시켰다는 두려움은 직감으로 느껴지는 날것의 공포였다. 그건 내가 통제할 수 있는 게 아니었다. 그가 이렇게 말해줬더라면 얼마나 좋았을까. *하기 싫은가 보구나. 그만하자.* 그동안 우리가 했던 그 많은 놀이—우리가 지어낸 이야기들, 우리가 주고받은 메모들, 책에 관한 우리의 작은 싸움들—는 서로를 감동시키기 위한 것이었다. 가끔은 그것이 무척 피곤했다.

마지막 밤, 우리는 발코니의 삐걱이는 나무 의자에 앉아 천일염 자국이 곰보처럼 난 기름진 프로슈토 햄으로 멜론을 감싸 먹었다. 머그잔으로 와인을 마셨다. 바다 위로 갑작스레 날카로운 칼날처럼 번개가 치는 걸 보았다. 자전거 수업은 백미러로 보이는 어리석은 사건일 뿐이었다. 내가 왜 울었지? 언덕 위의 교회에서 음악이 들려왔다. 우리는 일어나서 춤을 추었고, 옷을 벗었고, 서늘한 바다 공기와 서로의 몸의 온기를 느꼈다.

귀국길의 밀라노에서, 우리는 녹색 운하 옆에서 마티니를 마시고, 도금된 중고 새장을 파는 골동품 가게들과, 여자들이 반짝이는 분홍 입술로 기다란 담배를 피우고 보이지 않는 스피커에서는 세르주 갱스부르Serge Gainsbourg의 노래가 흘러나오는 카페들을 지나갔다. 몽롱하게 취한 채 우리 사랑의 무대이자 사운드트랙인 이 세계에 고마움까지 느끼며 나는 우리가 언젠가는 결혼할 거라고, 우리 삶은 이런 밤들로 꾸며질 거라고 확신했다.

이것은 음주가 아직 좋게 느껴질 때의 기분이었다. 그 여름 펍에서 뿌연 파스티스를 마시며, 데이브와 그 형제들과 함께 카드놀이를 하고, 입 주변을 붉게 물들여가며 싸구려 하우스 레드와인을 마시는 게 좋았다. 친구의 오두막에 차를 몰고 가서 모닥불가에 둘러앉아 위스키 병을 돌리고, 불꽃 위에서 마시멜로를 굽고, 알루미늄 포일로 마늘빵을 감싸 부글거리도록 뜨겁게 데우는 것이 좋았다. 아이오와에 있는 우리 새 아파트의 지붕 있는 넓은 현관 베란다에서 차가운 레드 스트라이프 맥주를 마시고, 눅눅한 부엌, *우리의* 눅눅한 부엌에서 화이트와인을 마시고, 엄지손가락을 베었던 날 밤 내가 처음 그를 위해 만들었던 요리인 리소토를 만들어 접시에 예쁘게 담는 것이 좋았다. 발코니에서, 펍에서, 모닥불가에서 보낸 이런 밤들을 나는 증거로 여겼다. 음주는 대가를 치르지 않고도 모든 것을 짜릿하게 만들 수 있다고 간절히 믿고 싶어 하면서 나는 이렇게 말하고 있었다. *봐, 그건 완벽할 수 있어.*

처음에 아이오와에서 데이브와 함께한 나날은 반짝반짝 빛났다. 아미시 염소 치즈와 바게트를 찢어 넣은 완벽한 천연 샐러드에 스위트콘과 얼룩 토마토를 넣어 우리의 목조 현관 베란다에서 먹던 여름 저녁들. 오후가 되면 어두컴컴한 술집에서 핀볼 게임을 하면서, 은구슬들이 끈적하고 조용한 시간 속을 핑핑 달리는 동안 맥주 거품으로 엷은 콧수염을 만들곤 했다. 우리는 강가에 있는 친구의 오두막에 브런치를 먹으러 갔다가, 부엌 스토브 앞에서 담배를 피우며 베이컨을 굽고 있는 친구의 모습을 보기도 했다. 그날 오전은 커피와 담배 냄새가 났고, 뜨겁게 지글거리는 짭짤한 베이컨 맛이 났으며, 강물에 반사된 햇빛처럼 반짝거렸다.

데이브는 아이오와시티의 작가 세계, 그 공동체와 보헤미안 같은

V

그것의 매력—아이오와 인간관계의 증기 같은 특성, 원하는 만큼 많은 시간을 보내도록 확장되는 방식—을 사랑했다. 시간의 경계를 건너가며 쏟아놓는 대화들, 예상하지 못했던 장소에서 끝나는 밤들. 다지가에 동이 틀 무렵, 지난밤 손님으로 왔던 시인을 집까지 바래다주며 걷던 길. 누군가의 닳아 해진 갈색 코듀로이 소파에서 나누는 병렬문에 관한 재담. 데이브는 학계의 무미건조하고 답답한 복도를 떠나 더욱 확장된 삶을 살았고, 연상 여성과 4년간 사귀면서 가정적으로 지냈던 20대 초반과 비슷하되 또 다른 삶을 살았다. 그러나 나는 집에서 만든 야채 피클과 술고래들의 시 낭송회에 점점 지쳐갔다. 이런 포틀럭 파티들은 *터무니없어*, 나는 생각했다. 일주일에 그렇게 많은 파티에 참석할 수 있는 사람이 어디 있을까? 마음 한구석엔 따돌려진다는 느낌이 있었다. 시인들은 강가에서 세미나를 했고, 수업이 끝나면 술집에서 밤을 보냈다. 그리고 나는 내 몫의 방세를 내기 위해 일주일에 사나흘씩 일하기 시작한 빵집의 근무 교대를 위해 일찍 출근했다. 아침 6시에 일어나서, 제이미라는 여사장이 운영하는 철도 옆 작은 노란 집까지 1.6킬로미터를 걸어갔다. 제이미는 재미있고 일머리 있고 까다로운 여자였다. 헛소리 따위는 할 시간이 없는 사람이었다. 일자리를 구하러 갔을 때 그녀는 빵을 구워본 경험이 있냐고 물었다. "사실은 없어요." 그렇게 대답하고는 덧붙였다. "전혀요." 어쨌든 그녀는 나를 고용했다.

2.4미터 높이의 2단 오븐과 냉동 반죽판을 쌓아두는 대형 냉동고 때문에 비좁은 주방에서, 우리는 초콜릿 라즈베리 케이크와 끈적한 번과 바나나 빵을 만들었다. 조리대와 케이크 섬 사이에서 우리 몸은 춤추듯 유연하게 움직였다. 밀가루 반죽기는 작은 남자 키만 했고 자동차처럼 4단 기어와 변속기가 있었다. "그건 호바트야." 사장은 마치 내

가 그 브랜드를 알고 있다는 듯 말했다. 내가 맡은 일은 계절을 나타내는 모양—처음 몇 달 동안은 나뭇잎과 호박 모양—의 슈거 쿠키 만들기였다. 물론 가게 앞을 청소하고, 빵값을 계산하고, 탁자를 치우고, 에스프레소를 내리는 것도 내 일이었다. 나는 빵집 일이 좋았다. 옆에 있으면 내가 소심하고 온순하게 생각될 만큼 제이미는 사람을 주눅 들게 했지만, 비록 아주 능숙하지는 않을지언정, 나를 필요로 하는 곳이 있다는 게 좋았다.

빵집은 내가 처음 경험했던 것과는 다른 아이오와시티를 알게 해주었다. 처음 이 도시에서 지낼 당시 내 삶 속의 사람들은 모두 다른 곳에 있었기 때문에, 내 휴대전화기에 지역 번호 319로 시작되는 전화번호는 한 개도 없었다. 그러나 이제 나는 근무 교대를 부탁하는 사장이나 수석 제빵사의 문자를 받았다. 제빵사는 내 또래의 남자인데, 이두박근에 미완성의 거대한 문신을 새긴 그는 빈정거림과 저급함 사이의 유머 감각을 가지고 있었고, 걸음마를 뗀 아기와 젖먹이인 두 아이의 아빠였다. 그는 완벽하게 구운 머랭 사진들을 내게 문자로 보내 자랑했다. 사장이 다섯 살 된 딸을 가게에 데려오면, 나는 의자 하나를 꺼내고는 뒤쪽에 있는 세 칸짜리 영업용 개수대에서 설거지를 도와달라고 부탁하곤 했다. 우리의 두 팔은 온통 비누 거품투성이가 되었다.

워크숍 과정을 밟는 사람들은 대체로 스물두 살에서 서른다섯 살 사이였고, 멋쟁이인 데다 예리했지만, 나의 빵집 세계에 사는 사람들은 그들보다 덜 칙칙한 옷을 입었고 더 많이 웃었다. 매일 아침 7시 반에 빵집에 와서 커피와 모닝 비스킷—스콘과 비슷하지만 약간의 딸기 잼이 들어간—을 주문하는 50대 부부가 있었는데, 그들은 내가 쓰는 책이 어떻게 되어가는지 물었고, 나는 사실 시작하지도 않았으면서 "잘돼가요"라고 거짓말했다.

V

퇴근 후, 다지가와 워싱턴가가 만나는 모퉁이 우리의 하얀 농장 주택에서 펼쳐지는 데이브와의 삶은 정확히 야간 기차역 피크닉의 연속은 아니었다. 부엌에서 무언가를 두고 말다툼할 때가 잦았다. 이를테면 바퀴가 세 개뿐인 이동식 식기세척기, 데이브가 가져와야 한다고 우겼던 그 물건을 어디 둘 것인지, 또는 식기세척기를 어디 두든 문제가 너무 많았으므로(바퀴가 세 개뿐이니까!) 개수대에 쌓인 설거지를 누가 할 것인지 하는 거였다. 우리의 삶은 인터넷 설치기사와 시간을 맞추고, 나를 건강보험 동거인으로 등록하는 데 필요한 서류를 스캔하느라 지나갔다. 삶은 집세였고, 변덕스러운 진공청소기였고, 서서히 파고드는 침묵이었다. 나는 그 침묵을 친밀함이라고 이해하고 싶었지만, 식탁 위의 탐스러운 토마토를 앞에 두고 서로가 말없이 앉아 있다 보면, 그것이 관계의 쇠퇴로 해석되는 것은 어쩔 수 없었다. *우리는 할 말이 다 바닥나버린 걸까?* 이런 변화는 평범한 것이었지만, 나는 사랑이 일상이 되는 걸 가만히 앉아서 지켜볼 생각이 결코 없었다.

나는 우리가 함께해온 삶을 데이브가 후회할까 두려웠고, 그가 다른 누구보다 나를 선택할 만큼 좋은 모습을 계속 만들어내지 못할까봐 두려웠다. 그가 좋아할 만한 내 모습, 나는 그것이 사랑의 요건이라고 믿었다. 그건 사랑과 타협의 차이가 아니었을까? 술을 마실 때면 내 두려움이, 소리 내어 말하면 옹졸하게 느껴지는 집착의 대상에 들러붙었다. 데이브가 여자들과 시시덕거린다거나, 데이브가 나 빼고 어떤 계획을 짠다든가 하는 것에 말이다. 데이브가 늦게 들어올 때마다, 또는 거리감이나 지루함이 느껴질 때마다, 또는 그냥 *조용할* 때마다, 나는 불안해졌다. 데이브가 예전보다 마음을 덜 쓴다는 징표일까? 재미가 덜한가? 그가 전 여친과의 관계를 이야기할 때 사용하던 단어가 뇌리를 떠나지 않았다. *가정생활이라*는 *흠. 숨 막힘*. 우리 가문에서 한 번도 이혼하지 않았던 딱 한 사람은 뉴멕시코주의 농장에 사는 삼촌인데, 그 농장에서 숙모는 양치기 개를 훈련시켰고, 석양은 알팔파 더미를 진홍색 빛으로 물들였다. 그러나 그들은 초인 같았다. 데이브는 농부가 아니었고 나는 개 훈련사가 아니었다. 우리는 부엌에서 바퀴 세 개뿐인 식기세척기를 싱크대 수도꼭지 앞으로 옮기는 것도 간신히 해내는 사람들이었다.

아이오와에서 우리가 맞이한 첫번째 가을의 대부분은 비행기를 타고 다른 사람들의 결혼식에 다니면서 보냈다. 그런 자리에 가면 우리더러 언제 결혼할 거냐는 질문을 피할 수 없었다. 마치 사냥철을 맞은 사냥터로 들어간 기분이었다. 우리는 되도록이면 가장 싼 가격의 비행기 티켓을 샀으므로, 아주 늦거나 아주 이른 시각에 황량한 중서부 공항에 내렸다. 나는 새벽 4시 세인트루이스의 한 무빙워크 끝에서 넘어졌고 데이브가 나를 일으켜줄 때는 둘 다 웃었다. 우리는 사람 없는 무빙워크가 가득한 우리만의 시공간 주머니 속에 있었다. 그것은 우리가 함께 짓고 있는 이상한 꿈이었다.

아이오와에서의 그 첫번째 가을 동안, 나는 우리의 근접성과 단조로운 생활로 인해 우리 관계가 퇴색된 징표는 없는지 데이브를 지켜보았다. 그가 쓴 시를 보면서, 시 속의 *그녀*가 항상 나인지 궁금했다. 그의 전화기를 지켜보면서, 누가 그에게 문자를 보내고 있는지 궁금했다. 워크숍 자체는 일종의 연적戀敵, 그가 나보다 더 사랑할 수도 있을 어떤 것이 되어 있었다.

어느 날 오후 그가 샤워하고 있을 때, 마침내 나는 몇 주 동안 상상해오던 일을 했다. 그의 전화기를 열고—내가 발견하게 될 것이 두려워서, 아니 내가 발견했다는 걸 그가 눈치챌까 두려워서 손에 땀이 난 채로—문자를 뒤져보았다. 내가 원했던 건 그의 마음과 정신의 전체 목록뿐이었다. 그 이상도 이하도 아니었다. "내 두뇌에서 네 두뇌까지 직통 파이프라인이 있어야겠어." 언젠가 그는 그렇게 말했다. 나도 그것을 원했다. 그래야 어떤 것도 의심하지 않아도 된다는 확신이 들 테니까. 불확실성은 사랑의 속성이 아니므로, 나는 그것을 생각할 필요도 없을 터였다.

나는 데이브가 데스티니라는 워크숍 과정의 한 여자와 여러 주 동안 주고받은 기다란 메시지 목록을 발견했다. 그녀는 스물두 살쯤, 5년 전 내가 워크숍에 다닐 때와 같은 나이였고, 그가 한 줄 한 줄 그녀에게 보낸 시를 보았을 때는 속이 울렁거렸다. 그건 방금 쓴 시였다. 그가 나에게 읽어준 적이 있었다. 하지만 그가 그 시를 공유한 사람은 오직 나뿐인 줄 알았는데. 문자는 일상적이고 다정했고, 때로는 둘이 따로 만나고 있음을 말해주었다. *지금 자바 하우스에서?* 그러면 답장, *10분 후 거기서!* 또는 *G의 집에서 오늘 밤 볼까?* 끝에는 구두점을 대신하는 작은 얼굴: ☺ 그들의 생동감, 그들의 일상성, 그들이 주고받는 에너지가 느닷없는 따귀처럼, 내 두려움에 대한 확인처럼 다가왔다. 데이브는 누군가를 가진다기보다는 누군가에게 빠지는 짜릿짜릿한 날카로운 감각을 항상 열망할 터였다.

그것이 당시 내가 하던 생각이었다. 물론 그때 나는 그런 것, 새로움과 짜릿함을 필요로 하는 사람이 *나*일까 봐 두려웠다. 그렇기 때문에 나는 데이브도 그런 것 없이는 살 수 없을 거라고 상상하고 있었다.

데이브가 샤워를 마치고 나왔을 때, 나는 우울하고 뚱한 침묵으로 속을 끓였고, 보다 못한 그가 얘기 좀 하자고 청했다. 우리는 현관 계단에 나란히 앉아 길 건너 공원의 작은 정자를 바라보았다.

"네 전화기를 들여다봤어." 내가 말했다.

그가 나를 흘깃 보았다. "찾던 걸 찾아냈어?"

"데스티니한테 보낸 문자들을 봤어."

잠시 말을 멈추었다. 그는 아무 말도 하지 않았다.

"걔한테 시 전체를 보냈던데." 내 말이 애처롭고 한심하게 들렸다.

"내 전화기는 왜 확인한 거야?"

"미안해." 실제로 미안했다. 하지만 내가 정당하다는 느낌도 들었다. 사과해야 할 사람은 그인 것 같았다. "보면 안 되는 거였는데. 알아, 하지만—"

"하지만 뭐?" 그가 말했다. 날이 선 목소리였다.

"하지만 내가 옳았어." 나는 울기 시작했다. "그러니까, 뭔가 있을 줄 알았다고."

"아무 일도 없어." 그의 차분함은 신중하고 확실했다.

"네가 다른 사람하고 그렇게 시시덕거릴 때는 뭔가 있는 거야."

"나도 친구를 사귈 권리는 있어."

"장담하지만 그 여자는 그냥 친구 사이라고 생각하지 않을걸."

"걔가 어떻게 생각하든, 지켜야 할 선이 어디인지 나는 잘 알고 있어. 난 그 선을 넘은 적이 없어."

"네가 나한테는 어떻게 문자 보냈는지 기억해?" 내가 물었다. "우리가 사귀기 전에?"

데이브와 내가 마침내 키스하기 전까지 몇 주 동안, 우리의 문자는 나를 설레게 했다. 두 침대 사이에 뻗은 깡통 전화처럼 끝없이 문자가 오갔다. 그 문자를 확인하기 위해 피터의 침대에서 빠져나왔던 적도 있었다.

"그때 사귀는 사람이 있던 건 내가 아니야." 물론 그의 말이 맞았다. "지금은 너랑 있고."

"바로 그거야! 누군가랑 있으면서 다른 사람과 이런 식으로 하면

안 되지."

"*이런 식*? 정확히 그게 뭔데?"

그의 목소리가 싸늘하게 굳어 거의 방패가 되었고, 그는 그 뒤로 몸을 사린 것 같았다. 그가 차가워질수록 내 목소리는 더 날카로워졌다. "이렇게 시시덕거리는 거! 날마다 문자하는 거. 그 여자한테—"

"넌 시시덕거린다고 하지만 이건 우정이야. 대체 시시덕거림을 뭐라고 정의하는 거야?"

"잘 알면서! 네가 하고 있으니 네가 알잖아."

"진짜 문제는 말이야." 그가 말했다. "애초에 네가 왜 내 문자를 보고 싶었냐는 거야."

나는 대답하지 않았다. 그의 얼굴을 볼 수조차 없었다. 눈을 내리깔고 현관 아래 계단의 거칠거칠한 널빤지만 바라보았다. 그러나 우리 둘 다 알고 있었다, 내가 두려워한다는 것을.

"조심해." 그가 말했다. "네 두려움이 그 두려움을 현실로 만들 거야."

그날 밤 우리의 싸움은 그 이후에 닥칠 수많은 싸움처럼, 특정 질문들—*시시덕거리는 게 뭔데?*—주변을 맴돌았고, 그것은 우리가 자유와 두려움을 말하는 방식이 되어버렸다. "너도 그걸 느끼잖아!" 이제 나는 내 말이 터무니없게 들리리라는 걸 알면서 계속해서 소리치고 있었다. 그러나 속으로는 *아니지?* 하고 묻고 있었다. 나는 사과를 거부하는 그의 태도를 공격했다. 나는 그의 사생활을 침해한 것을 사과했지만, 나의 사과는 언제나 *하지만*으로 돌아갔다. 여자는 자기 남자 친구가 다른 여자에게 시를 한 줄 한 줄 문자로 보내는 걸 원치 않는다는 사실을 그는 모르는 걸까?

마침내 데이브가 잠 좀 자자고 말했다. 새벽 3시였다. 우리는 몇 시간째 싸우고 있었다. 나는 울어서 수박처럼 얼룩덜룩해지고 부은 얼굴에 찬물을 끼얹었고, 불안과 욕구에 품위를 잃은 얼굴을 보면서도 어쨌거나 그 얼굴을 사랑하는 데이브를 상상해보려고 했지만, 도무지 상상이 되지 않았다.

침대에 눕자 데이브는 바로 잠들었다. 싸우느라 피곤했던 모양이었다. 하지만 나는 싸움으로 몹시 긴장한 탓에 말똥말똥 깨어 있었고, 내 옆에서 굳어버린 그의 몸과, 우리 팔다리 사이의 빈틈이 싫었다. 잠시 의식을 내려놓고 싶었을 뿐이었는데, 싸움은 이미 내 몸에 아드레날린을 쏟아부었다. 잠이 오지 않아 내 사무실에 들어가 술을 마셨고, 무감각해질 때까지 계속 마셨다. 상황은 여전히 추잡했지만, 그러나 그 추잡함이 그렇게 많이 거슬리지는 않았다.

이것이 하나의 패턴이 되어갔다. 데이브가 잠든 뒤 혼자 내 사무실에서 술 마시는 것. 아침이면 혹시 간밤에 필름이 끊긴 채 이메일을 보내지 않았는지 확인하기 위해 보낸편지함을 열었다. 한번은 새언니에게 보낸 메일을 보았다.

> 혹시 완전히 우리 삶의 바깥에 바깥에 벗어나 있다고 느낀 적이 있어요? 나 너무 외로워요. 이게 말이 된다고 생각하세요? 아마 말이 안 되겠죠. 나한테만큼이나 누구한테도 말이 안 돼요. 정말이지 언니가 이곳을 이해해주었으면 좋겠어요. 사랑해요.

취할 때마다 그 대가는 *엄청났다*. 그 모든 대문자의 감정들이라니. 나의 어둠이 가장 캄캄한 어둠이었다. *바깥에 바깥에*. 얼마나 진심이면 그 말을 두 번 하고 싶었을까.

그해 10월, 우리는 뉴욕에서 열리는 내 절친의 결혼식에 갔다. 그

V

녀의 결혼식은 정원 딸린 브라운스톤 아파트에서 열렸는데, 농장 직송 재료를 사용하는 그녀 남편의 식당에서 가져온 비트 버거와 당근 스틱을 사이에 두고 시시덕거리는 멋쟁이들이 방마다 가득했다. 돼지고기 요리와 치즈가 놓인 테이블은 네덜란드 정물화처럼 호사스러웠고, 내가 친구와 나란히 계단에 앉아 있는 동안 데이브가 우리 접시에 음식을 담으러 갔다.

20분쯤 지난 뒤 친구가 물었다. "데이브는 어디 간 거야?"

방을 둘러보니, 데이브는 치즈 테이블을 담당하는 여자와 신나게 이야기하고 있었고, 그 여자는 그의 말에 깔깔 웃고 있었다. 우스꽝스러운 앞치마와 헝클어진 금발 올림머리를 하고 있었음에도 그녀는 아름다웠다.

"만약에 내 남친이 다른 여자랑 저렇게 20분이나 떠들었다면 난 게거품을 물었을 거야." 내 친구가 말했다. "넌 성인군자구나."

하지만 난 성인군자가 아니었다. 굴욕감을 느꼈다. 나는 계속해서 데이브를 힐끔거렸다. 그러지 않으려고 해도 자꾸만 그에게 눈이 갔다. 그리고 빠르게, 작심한 듯 벌컥벌컥 와인을 마셨다. 늘 다른 여자들과 시시덕거리는 남자 친구를 둔 여자가 되었다는 생각이 싫었다. 마침내 그가 동굴 숙성시킨 고다 치즈와 양젖 만체고 치즈가 든 접시를 의기양양하게 내밀었을 때, 내 안에서 탁 스위치가 켜졌다. 싸우고 싶어서 근질근질했다.

"밖으로 나가자. 얘기 좀 해야겠어." 내가 말했다.

쌀쌀한 가을밤, 우리는 영화 세트장 같은 브라운스톤 저택 동네의 보도 위에 서 있었고, 말할 때마다 와인 냄새 풍기는 내 숨결에서 작은 뭉게구름이 피어올랐다. "이게 나한테 얼마나 당황스러운지 알아?" 내가 물었다. "네가 시시덕거리는 방식 말야."

그는 "시시덕거리다"라는 단어에 발끈했다. 그의 몸이 굳어졌다. "감시당하고 싶지 않아."

나는 더 고집스러워졌고 거의 제정신이 아니었다. "나만 그렇게 생각하는 거 아니라고!" 나는 내 친구가 뭐라고 했는지, 자기였으면 미쳐버렸을 거라 한 말을 전했다.

"이건 네 친구 문제가 아니야. 네 문제야."

내가 바보처럼 굴고 있나? 나는 생각했다. *내가 완전히 돌아버린 건가?* 하지만 그들의 모습이 머리에서 지워지지 않았다. 웃고 있는 두 사람, 그녀의 헝클어진 올림머리, 그들 뒤로 거대하게 솟아오른 양피지색 고다 치즈의 산, 그 모든 것이 로맨틱 코미디의 아기자기한 첫 만남 같았다. 내레이션까지 상상이 갔다. *그렇게 나는 이 결혼식에 있었고, 같이 간 내 여자 친구는 사실상 꽤 취해 있었다…*

"이건 내 절친의 결혼식이야! 이 소중한 날을 너랑 길에서 싸우며 보내고 싶지 않아."

"밖으로 나오자고 한 건 너였어." 그가 말했다. 사실 미쳐버릴 만큼 맞는 말이었다.

우리가 파티장으로 돌아갔을 때, 처음 내 눈에 띈 건 와인을 가득 부은 잔들이 질서정연하게 늘어선 카운터였다. 크고 차갑고, 구슬 같은 땀을 흘리고 있는 와인 잔들. 나는 곧바로 하나를 집어 들었다.

"너한테 필요한 게 정말 그거야?" 데이브가 물었다.

그래, 정말이었다. 와인이 필요했다.

그 가을 우리가 아이오와에 돌아와서 연 어느 파티에서 나는 너무 취한 나머지 우리 침실에 틀어박힌 채 술을 깨기 위해 세게, 내 뺨을 때려야 했다. 효과가 없었다. 나는 벽에 기대앉아 가을 외투들을 쌓아놓은 우리 침대를 바라보았고, 갈비뼈 아래서 올라오는 딸꾹질을 참으며 심호흡을 했다. 앞쪽 현관 베란다에 내려가보니 데이브는 활기 넘치게 웃고 있었고, 마실 생각도 없는 맥주가 4분의 3이나 든 잔을 들고서 사람들을 즐겁게 해주고 있었다. 문득 피터가 그리워졌다. 함께 있을 때도 짜증스러울 만큼 불안해하는 것 같았던 그가 지금은 그냥 이해가 갔다. 피터가 빈틈과 욕구로 채워진 인간이었다면, 데이브는 소름 끼칠 만큼 흐트러짐이 없는 것 같았다. 그는 '필요한 것 없음' 그 자체의 화신인 것 같았다. 나는 몹시 취해 있었다. 집에 가고 싶었지만, 거기가 내 집이었다.

위스키를 가득 채운 크고 빨간 일회용 컵을 들고서, 나는 길 건너 공원의 정자로 향했고, 그 차가운 돌바닥에 앉아 엄마한테 전화했다. 데이브가 소홀하다고, 어쩌면 바로 지금도 그의 친구인 스물두 살짜리 시인과 시시덕거리고 있을지 모른다는 내 투정을 엄마는 참을성 있게 들어주었다. 어쩌면 *바로 지금 이 순간 그러고 있을 거예요*.

"너 지금 어디야, 정확히?" 엄마가 물었다. 엄마는 집에 돌아가라고 했다.

"하지만 우리 집은 *사람*들로 가득하다고요." 내가 말했다. 엄마는 사람들에게 그만 돌아가달라고 하면 된다고 했다.

나는 다시 위스키를 꿀꺽 들이켰다. 타는 것 같은 느낌을 참았고, 다시 꿀꺽 마시며 목구멍을 제대로 시큼하게 쏘는 맛을 느꼈다. 엄마는 내 상황의 곤란함, 온갖 힘들의 음모, 요지부동의 장애물을 이해하지 못한 게 분명했다. 내 주변의 모든 사람은 *행복*했다.

다시 딸꾹질이 시작되었다. 딸꾹질은 내 온몸을 흔들며 나의 장애물들을 슬랩스틱 코미디로 만들었다. 나는 가야 한다고 엄마에게 말하고는 전화를 끊고 그 어둠 속에 앉아 최대한 크게 심호흡을 하며 공기를 마셨다. 마침내 다시 길을 건넜다. 공원의 어둠 속에서 집으로 다가갈 때 현관에서 누군가가 어디 갔다 오냐고 물었다. "*전화*하러." 나는 마치 적대적 기업 인수에 관한 상담을 받고 온 사람처럼 대답했다.

다음 날 아침, 전날 밤의 나머지 시간은 드문드문 필름이 끊겨 쪼개진 기억만 남아 있었다. 화장실로 직행한 기억, 변기에 엎드려 울던 기억, 토하거나 토하고 싶었던 기억, 복도에서 들려온 목소리들, 그리고 복도에서 들리지 않던 목소리들.

데이브에게 말했다. "미안해." 그리고 어젯밤 무슨 일이 있었는지 물었다.

"계속 '미안해'라는 말만 하던데. '미안해, 미안해, 미안해.'"

우리는 커피를 내렸고 데이브는 하던 대로 허브와 치즈와 정량의 우유를 넣어 달걀을 휘저었다. 그러나 내 얼굴은 부어 있었다. 입은 니코틴이 잔뜩 낀 느낌이라, 잘 만들어진 달걀 요리를 포크로 재떨이에 살살 밀어 넣는 것 같았다. 모든 아름다운 것을 나는 누릴 자격이 없었다. 데니스 존슨의 말처럼 "수치심은 그 자체의 베일이며 그 얼굴만큼이나 세상을 베일로 가리기 때문에."

『블루스차일드 베이비』는 조지 케인이라는 헤로인중독자가 중독을 극복하는 내용의 소설이지만, 흑인 작가인 조지 케인 자신은 그 소설을 쓰는 내내 헤로인을 맞고 있었다. 그 책은 마치 의존과 저항에 관한 한 권 분량의 사색인 것처럼, 케인이 자기 몸에서 몰아내지 못한 것을 픽션으로 내쫓으려는 시도인 것처럼 읽힌다.

뉴어크 폭동이 일어난 1967년 여름의 맨해튼을 배경으로 하는 이 소설은, 소음과 욕구와 가능성의 오케스트라로서의 뉴욕을 떠올리게 한다. 온통 떠들썩하고 압도적이다. 공영주택단지는 행상꾼과 펄럭거리는 커튼과 아이스크림 트럭 종소리로 와글거리고, 밤이면 약을 구하려는 마약쟁이와 복도 출입구 그늘에서 키스하는 젊은 연인들로 활기를 띠고, 부엌 라디오에서는 샘 쿡Sam Cooke의 노랫소리가 흘러나온다. *삶은 너무 힘들지만 죽는 건 두려워*. 이 소설은 할렘에 바치는 연가이자 절망의 원초적 외침, 마약을 구하고 또 끊으려고 시도하는 피카레스크 소설이기도 하다. 조지는 앰스터댐 근처의 마약 소굴에서 "밀매자 선"을 찾아내고, 뉴어크 법원 청사의 화장실에서 투약한 뒤 가석방 담당관을 만나기 위해 "폭동의 흔적"인 검게 그을린 가게들과 깨진 유리들로 가득한 스프링필드 대로를 지나간다. 그는 그리니치 빌리지에서 그의 어린 딸과 그 아이의 백인 어머니와 함께 밤을 보낸 뒤, 낸디라는 옛 친구에게 달려가고, 그녀를 재즈 클럽으로 데려가면서 그녀를 위해 약을 끊고 싶다고 생각한다. (가석방 담당관은 그가 72시간 내로 소변 검사를 통과하지 못하면 감옥으로 돌려보내겠다고 협박하고 있었다.)

소설은 조지가 완전히 약을 끊기 전에, 처음 헤로인을 맞던 밤을 회상하는 장면으로 끝난다. 그날 밤 "하늘에는 이상한 달이 걸려" 있었고, 그는 처음으로 "차분하고, 너무도 갑작스럽고 무한한" 그것에 삼켜졌다. 케인은 언제나 체면의 정치에 저항하면서—영리하고 갈망으로 가득하지만, 종종 공격적으로, 때로 몰인정하게 행동하는 인물을 내세움으로써—비난의 여지가 없는 사람만이 보살핌을 받을 자격이 있는 건 아니라고 주장한다.

『블루스차일드 베이비』는 전체 이야기를 통해 억압적 정치 용어로서의 중독, 사회적 반란으로서의 중독 등 다양한 중독 서사들 사이의 충돌을 보여준다. 그러면서도 곤두선 신경과 건조한 피부, 야윈 몸과 땀, "안에서 뼈끼리 서로 긁어대는" 감각 등 신체적 현실로서의 중독을 결코 소홀히 다루지 않는다. 소설이 전개되는 동안, 케인은 약물 사용을 정치적으로 정당화—사회질서에 *엿을 날리며* 백인의 권력 구조 또는 인종차별적 신분 상승의 압제적 요구에 반항함으로써 "방해받지 않는 삶을 살기 위한" 한 방식으로서—하던 자신의 옛 관점을 버리고 결국엔 사회적 저항으로서 중독을 찬미하는 세이렌의 유혹에 맞서기까지의 변화상을 극적으로 그린다. 주인공 조지는 "뉴어크 폭동의 피해자들"에게 지원을 호소하는 한 남자의 말에 귀를 기울이며 "고개를 끄덕이는" 거리의 "약쟁이들"을 보면서, 그는 그들이 "깨어 있음과 좌절 때문에 파멸로 내몰린 선택받은 자들이 아니라 그저 너무 약해서 싸울 수 없는 가망 없는 피해자들"이라고 생각하게 된다.

케인의 소설이 중독을 반항으로 페티시화하는 손쉬운 연금술에 저항하면서 중독의 인간적 대가를 소홀히 여기지 않고 있다면, 케인 자신의 삶은 자기인식을 구원으로서 이야기하려는 충동을 꺾어버린다. 중독에 찌든 케인의 삶은 여러 추진력—어둠으로 금을 만들어내는 고통받는 예술가의 매력, 그가 태어나기 전부터 이미 그의 유죄를 선언했던 나라에서 흑인으로 산다는 스트레스—을 하나로 묶어냈지만, 그가 소설 속에서 이런 동기들을 해부한다고 한들 의존 자체인 신체적 명령에서 그를 해방시키기에는 역부족이었다.

내가 케인의 전처 조 린 풀Jo Lynne Pool을 만나 혹시 케인에게 약을 끊게 하려고 시도한 적은 없었는지 묻자 그녀는 간단히 대답했다. "소용없다는 건 제가 더 잘 알고 있었는걸요."

풀은 내가 그녀를 추적해 찾아냈다는 사실에 놀라고, 아직도 자기 남편—중독에 용해되어버린 그의 삶처럼 그의 천재성은 대체로 잊혔다—에게 관심을 가진 사람이 있다는 사실에 놀라워하면서도, 그의 문제 많던 탁월함에 관해 기꺼이 이야기를 들려주었다. 풀에 따르면,

케인은 대학에서 중퇴한 후 헤로인을 맞기 시작했다. 케인은 “작가에게는 갈등과 역경이 필요하다”는 생각으로 약을 사용했고, “그래서 일부러 찾아 나섰다”는 거였다. 그는 뉴욕의 가톨릭 학교인 아이오나 칼리지에서 농구 장학금을 받고, 비록 그로선 숨이 막혔지만 신분 상승의 예로서 칭찬받으며 학교를 다니다 중퇴한 후, 텍사스를 거쳐 서부로 향했고, 결국 마리화나 사용 혐의로 멕시코 교도소에서 6개월을 살았다. 그가 출소했을 때, “그에겐 책 한 권 분량의 습작이 있었다.”

1960년대 후반 풀이 처음 케인을 만날 무렵, 그녀는 미처 알지 못했지만, 이미 그는 완전히 중독되어 있었다. 풀은 텍사스주 텍사캐나에서 뉴욕으로 건너와 프랫대학교에서 공부하고 있었는데, “약쟁이나 헤로인중독자, 또는 어떤 부류의 중독자”도 만난 적이 없었다. 그녀는 “녹색 뱀의 눈”과 숨길 수 없는 압도적인 지성을 가진 케인에게 곧바로 반했다. 그는 소설을 위한 메모가 가득한 두세 권의 작문 연습장을 늘 옆구리에 끼고 다녔다. “그는 절대 그 공책들을 시야 밖에 두지 않았”다. 심지어 마약을 사러 맨해튼 북쪽 지역으로 갈 때도 그 공책을 들고 할렘에 갔다.

풀과 케인이 첫 아이를 낳은 후, 그는 두 개의 삶을 살았다. 그는 아버지로서 가족과 더 많은 시간을 보내려고 노력했다. 수니파 무슬림이 되어 또 하나의 가족 같은 모스크에도 다녔다. 그러나 한번 나가면 며칠씩 종적을 감추었다. 할렘에 갔다가 며칠 후 게슴츠레해져서 돌아왔다. 저녁 식사를 하다가도 멍하니 넋을 놓곤 했다. 한번은 그가 몇몇 친구들을 초대했는데, 풀이 화장실에 있는 동안 그 친구들이 그녀의 옷가지 절반과 한 아름의 아기용품들을 가지고 가버렸다. 케인은 길까지 쫓아가 그것들을 찾아와야 했다.

『블루스차일드 베이비』가 출간되었을 때 『뉴욕 타임스』는 “『네이티브 선*Native Son*』 이래 미국의 흑인 작가가 쓴 가장 중요한 픽션"이라고 평했다. 문학평론가 애디슨 게일 주니어Addison Gayle Jr.는 케인이 약을 끊었던 "72시간의 생지옥"에서 그 자신을 "구원"하기 때문에, 그의 회복 이야기를 인종적 자기억제의 서사라고 해석했다. 게일은 이렇게 쓴다. "그 시간 동안 과거의 중독자 조지 케인은 흑인 조지 케인으로서 재 속에서 불새처럼 날아오른다." 이런 해석의 맥락에서는 중독보다는 약을 끊는 것이, 그가 백인의 억압에 저항하는 방식이 된다.

『블루스차일드 베이비』의 출간은 케인이 갈망하던 환호와 지지—이루어냈다는 느낌—를 안겨주었다. 그의 책을 낸 맥그로힐 출판사는 소호의 아름다운 건물 최상층에서 파티를 열어주었다. 첫 인세 수표를 받고 며칠 후, 그는 길에서 우연히 만난 친구의 동생을 근처 레코드 가게에 데려갔다. 원하는 레코드를 모두 고르라고, 다 사 주겠다고 큰소리쳤다. 제임스 볼드윈은 닭튀김을 부탁하며 초대하지도 않은 저녁 식사에 오겠다고 했지만, 나타나지 않았다. 풀은 나에게 말했다. "사람들은 흑인 여자라면 다 요리할 줄 안다고 생각하죠. 그래서 나는 닭 튀기는 법을 알아봐야 했어요." 모두가 그 책을 사랑했다. 케인의 어머니는 교회 친구들에게 그 책을 추천할 수 없어서 실망했을 뿐이다. 이런 뜨거운 반응은 케인 안의 무언가를 조용히 가라앉혔고, 적어도 몇 년 동안 그는 약을 덜 했다.

그러나 그 책의 출간과 성공 덕에 아이오와 작가 워크숍에 강사직을 얻어 아내 풀과 어린 딸을 데리고 아이오와시티로 이사했을 때, 케인은 약을 쉽게 구할 수 없어 불안했다. 그는 주말마다 비행기를 타고 뉴욕에 가기 시작했다. 풀이 경비를 감당할 수 없다고 하소연하자, 그는 대번포트—약 한 시간 거리인 미시시피강 바로 옆 도시—까지 버스를 타고 가서는 며칠간 돌아오지 않았다. 결국 풀은 아이를 데리고 직접 버스를 타고 그를 찾아갔다. 택시기사에게 그 도시의 약쟁이 구역에 데려다 달라고 했더니, 어느 황폐한 건물에 내려주었다. 그 안에서 케인을 발견한 그녀는 "그의 귀를 잡아 끌고" 나왔다.

그러나 케인의 약물 사용은 갈수록 심해졌다. 아이오와에서 계약 기간이 끝나 브루클린으로 돌아온 케인은 두번째 소설 집필에 전념하려고 계속 노력했다. 수많은 흑인 작가들이 "단 한 편"의 덫에 걸려 무너졌다고 생각했기에, 자신은 그러고 싶지 않았다. 케인은 글이 잘 써지지 않았기 때문에 더 많은 약을 사용했고, 그 많은 약 때문에 글은 잘 써지지 않았다. 그는 스태튼아일랜드 커뮤니티 칼리지의 전임 강사직과 상시 중독, 어린 딸과 젖먹이 아들 사이를 오가며 아슬아슬한 곡예를 하고 있었다. 풀의 결혼생활은 한 여자가 풀에게 전화해서는 케인의 아이를 임신했다고 말했던 밤에 끝났다. 케인은 누이와 함께 지냈다고 풀에게 거짓말했었다.

풀은 행선지도 밝히지 않고 케인을 떠났다. 거리를 둘 필요가 있었고, 결국 두 아이와 함께 휴스턴으로 이사했다. 몇 년 후, 케인이 그들의 소재를 알아내 찾아왔다. 그러나 그는 그곳이 마음에 들지 않았다. 풀은 나에게 말했다. "그이 하는 말이, 하늘이 너무 확 트여 있대요. 신께서 자신을 볼 수 있다고 느꼈던 거죠."

케인의 이야기를 들려주는 풀의 목소리에는 존경이, 심지어 다정함까지 흠뻑 묻어났다. 그녀는 그와 함께, 그로 *인해* 많은 일을 겪었지만 후회하지 않는 것 같았다. 그녀는 주로 케인의 삶이 어쩌다 그렇게 되었는지를 안타까워했다. 그는 가난하게 살다 죽었고, 그의 작품은 대체로 알려지지 않았다. 풀은 그가 마지막에 살던 할렘의 아파트, 아이들이 10대 때 딱 한 번 가서 묵었던 그 아파트에 관해 말해주었다. 하수구 냄새가 나는 지하 단칸방이었다.

캐플린 박사는 나에게, 중독과 싸우는 환자를 처음 만나면 이렇게 묻는다고 말했다. "일이 잘 풀렸을 때는 어떤 사람이었나요? 다시 그 사람이 되고 싶지 않으세요?" 케인이 잘나가고 있었을 때, 그는 자신이 존경하는 영웅들과 어울렸다. 그는 모스크에서 사람들과 어울렸고, 어디를 가든 공책을 끼고 다녔다. 그러나 2010년 10월, 케인이 예순일곱번째 생일을 코앞에 두고 간질환 합병증으로 세상을 떴을 때, 40년 전 서평을 통해 그의 소설을 극찬했던 『뉴욕 타임스』는 그의 부고를 알리면서, 케인을 잠재력이 실현되지 못한 유망한 대변자로 묘사했다. "약물이 그 희망을 내동댕이쳐버렸다."

풀은 케인을 소개시켜준 친구가 "순수한 영혼의 시골 아가씨"를 할렘 약쟁이와 이어주었다며 죄책감을 느낀다고 하자 그 친구에게 전혀 사과할 일이 아니라고 말해주었다고 한다. "제임스 볼드윈을 위한 닭요리를 부탁받는 사람이 몇이나 되겠어요?" 그녀가 내게 물었다. 케인에 대해 이야기하며, 그녀는 내가 셀 수도 없을 만큼 자주 "천재"라는 단어를 사용했다. 그녀는 그 결혼에 유감이 없다. 그녀는 해야 할 일을 했던 것뿐이다.

"화나는 건 없어요." 그녀가 말했다. "다만 어떻게든 우리는 그이보다 오래 살아야 했죠."

——————————— 처음 데이브에게 술을 끊어야 할 것 같다고 말했을 때는 아직 뉴헤이븐 시절이었다. 나는 일상적으로 필름이 끊겼다 깨어나곤 했고, 그 생활이 지겨웠으므로, 그 가능성을 위험 회피의 관점에서 바라보았다. 잠시만 끊으면 되겠지 하고서. 어쨌든 내 안의 무언가가 잘못되었음을 알고 있었고 결국엔 다른 사람들이 그 낌

새를 알아차릴까 두려웠다. 누군가 입을 벌리고 웃을 때 어렴풋이 그 냄새를 맡을 수 있는, 또는 그 사람에게 키스할 때 그 맛을 느낄 수 있는 썩은 이처럼.

데이브는 내 판단을 믿는다고 했다. 내가 술을 끊어야겠다고 생각했다면, 끊어야 한다는 것이다. 하지만 그는 조심스러운 성격이라 나더러 이래라저래라 하지 않았고, 나는 이 배려를 내가 *진짜* 알코올중독자는 아니라는 신호로 해석했다. 다행이었다. 그 말인즉, 몇 주만 지나면 그에게 확인받을 필요 없이 다시 술을 마실 수 있다는 뜻이었다. 잠시 술을 끊음으로써 나는—그에게, 또 나 자신에게—술이 필요 없었음을 증명하게 될 것이며, 이로써 다시 술을 마시는 걸 정당화하게 될 것이었다. 사흘 후 나는 다시 술을 마셨다.

두번째로 단주를 시도했을 때는 6개월 후였다. 아이오와에서 첫 번째 가을을 보내다가 구두시험을 치기 위해 뉴헤이븐으로 차를 몰고 오기 직전이었다. 이 시험은 내가 박사과정을 2년 동안 보류하고 미국 한가운데서 데이브와 새 삶에 완전히 몰두하기 전에 학교에서 치르는 마지막 시험이었다. 나는 교수들이 가득한 방에서 셰익스피어, 미국의 모더니즘, 초서Geoffrey Chaucer의 「새들의 의회Parliament of Fowls」와 관련해 쏟아지는 질문을 받아야 할 터였다. 술 말고 다른 방법을 몰랐기 때문에 맨정신으로 시험 통과를 축하할 생각을 하니 슬펐다.

데이브에게 다시 술을 끊어야 할 것 같다고—어쩌면 이번에는 영원히—말했을 때는 *영원히*라는 단어를 소리 내어 말하는 것조차 무서웠다. 술 없는 미래는 바짝 짜내 과즙이 없는 레몬처럼, 쪼글쪼글해진 껍질만 남을 것 같았다. 데이브의 표정은 첫번째 단주 선언을 했을 때와는 달랐다. 그 표정에는 더 많은 취한 밤, 더 많은 취한 싸움의 기억이 서려 있었다. 그 표정에는 의심도 있는 것 같았다. *그냥 더 얌전하게*

마시는 건 안 되는 거야? 그는 다른 절제 방법을 상상해볼 수도 있다고 말했다. 어쩌면 하룻밤에 두 잔으로 제한하면 될 것이다. 어쩌면 파티에서 그가 나에게 술을 가져다줄 때만 마시기로 합의할 수도 있을 것이다. 그건 차라리 지옥 같았다.

멀쩡한 맨정신으로 동부 연안으로 차를 몰면서, 내가 본 일상의 경이로움들을 데이브에게 보냈다. 술 없는 세상이 그저 김빠진 샴페인은 아니라는 걸 나 자신에게 알려주기 위한 방식이었다. 그에게 램프를 가득 실은 어느 트럭 짐칸에 관해 말했다. 주유소에서 사파이어 색깔의 가짜 파란 눈을 하고 있던 여자에 관해 말했다. 50년 전 풀로 붙여둔 수많은 사람의 결혼 청첩장 옆에 같은 사람의 사망 부고를 빼곡히 붙여둔 스크랩북을 가지고 있는 90세 노파를 만났던 일을 말했다. 데이브에게 보낸 나의 보고서들은 물먹은 스펀지처럼, 발산되지 못한 욕망으로 묵직했고, 그렇게도 좋았던 술을 대신할 만큼 충분히 좋은 것을 필사적으로 찾고 있었다. 얼마나 술이 그리운지 설명하려 하자—하루도 그립지 않은 날이 없었다—데이브는 나의 솔직함이 맑은 공기와 같다고 했다. 그가 말했다. *그런 경이로움을 계속 지켜봐.*

구두시험을 통과한 후, 어느 파티에 갔던 나는 비참하게 이 방 저 방 옮겨 다니면서 다른 사람들이 술 마시는 모습을 지켜보기만 했다. 나중에 자신의 흔적을 완전히 지워버릴 수가 없다면 사탄이 스스로를 억누른다고 한들 무슨 소용이 있을까? 그건 천국에서의 시종 노릇에 불과했고, 나는 지옥을 다스리기를 원했다.

구두시험을 치른 후 보스턴에 있는 오빠의 집에서 혼자 지냈다. 오빠는 외유 중이었고, 나는 며칠 동안 사람을 보지 않고 지냈다. 다음 2년 동안 쓰기로 계획한 소설을 시작해야 했지만, 매일 아침 일어나면 이 생각뿐이었다. *술 마시지 마. 마시지 마. 마시지 마.* 그렇게 한 시간 동안 마시지 않았고, 그러고는 다시 한 시간을 마시지 않았다. 글이 써지지 않았다. 난 오빠의 녹색 소파에 앉아 울었다. 데이브에게 전화했더니, 가라오케에서 노래하다 새벽 2시에 들어왔다고 했다. 다시 울었다. 그는 왜 우냐고 물었다. 사랑과 혼란스러움이 가득한 목소리였다. 술 없이 하루를 지내는 것, 술 없이 하루하루를 지낼 가능성을 생각한다는 것이 얼마나 힘든지 설명할 방법이 없었다. 매시간을. 다시 또 한 시간을. 미쳐버릴 것 같다는 생각이 들었다.

나에게서 벗어나려는 목적으로 찾아간 미술관에서, 커튼 뒤에 놓인 비디오 설치 작품을 보았다. 한 여성이 출산하는 모습을 보여주고 있었는데 다리 사이의 피범벅이 클로즈업되었다. 그녀는 비명을 지르고 있었지만, 적어도 그 고통은 유용한 무언가를 하고 있었다. 문득 어떤 생각이 떠올랐다. *낙태 수술을 하지 않았더라면 이달에 아기를 낳았을 텐데.*

하버드 광장의 한 서점—대학 시절 배고픔을 잊기 위해 독서로 시간을 보냈던 바로 그 서점—의 중독 코너에서 표지에 와인 잔 사진이 있는 한 회고록을 집어 들고는 바닥에 앉아 읽었다. 와인 잔 표면에 맺힌 습기에 대한 그녀의 집착, 혼자서 풋사과를 종잇장처럼 얇게 썰던 밤들에 관한 이야기. 술이 너무도 간절했던 만큼, 술에 관한 책을 읽으니 나의 갈증이 약간 가라앉는 것 같았다. 그 책의 부제는 *어느 사랑 이야기*였다.

계산대의 점원은 머리가 벗어지기 시작한 부드러운 목소리의 중년 남자였다. "이게 뭐죠?" 소심하게 웃으며 그가 물었다. "알코올중독에 바치는 송가?"

"그보다는 경고 같아요." 내 말투나 표정에 무언가 있었는지 그가 내 눈을 바라보았다. 우리 사이에 이상한 전류가 흘렀다.

"다음에 여기 오게 되면 어떻게 됐는지 알려주세요." 그 말은 이렇게 들렸다. *난 당신이 왜 이 책을 읽는지 알아요. 나도 이 책을 읽고 싶거든요.* 아파트에서 술은 *안 돼* 술은 *안 돼* 술은 *안 돼* 되뇌며 혼자 미쳐갔던 시간들이 눈에 보이는 흔적이라도 남겼는지, 그가 내 속을 알아보는 것 같았다.

데이브가 보스턴으로 날아왔을 때쯤—그래서 우리는 대학 시절 그의 밴드 멤버였던 친구의 결혼식에 맞춰 버몬트까지 차를 몰고 갈 수 있었다—술을 안 마신 지 열흘이 되어 있었다. 운전하고 한 시간쯤 지났을까, 데이브에게 다시 술을 마셔도 될 것 같다고 말했다. 사실, 오늘 *밤*부터 다시 술을 시작해도 되겠다는 확신이 있었다. 우리 둘 다 고속도로를 바라보고 있었고, 그의 눈을 보지 않고 그런 말을 하기는 훨씬 쉬웠다. 벌써 머릿속에 결혼식이 그려졌다. 샴페인, 레드와인, 춤, 위안. 끔찍했던 이번 주야 어찌 됐든 이제 끝이리라.

"할 수 있어." 나는 데이브에게 말했다. "전혀 문제없어." 실제로 문제없었다, 그날 밤은.

그러나 곧, 아이오와에 돌아와서 우리는 다시 추하게 싸웠다. 나는 그가 지나치게 오지랖이 넓고, 나한테 충분히 신경 쓰지 않는다고 비난했다. 한 친구에게 데이브 이야기를 하다가 〈아웃 오브 아프리카 Out of Africa〉의 한 장면이 떠올랐다. 대형 동물 사냥꾼이자, 마음 붙이지 못하는 연인인 로버트 레드퍼드에 관해 한 등장인물이 설명하면서 그의 무엇이 매력적이고 무엇이 사람을 화나게 하는지 말하는 장면이었다. "그는 선물을 잘 주지만, 크리스마스에는 아니에요."

데이브는 내가 그렇게 사납게 요구하지만 않는다면 원하는 것—관심, 애정, 시간—을 주기가 더 쉬울 거라고 했다. 어떤 평행선들이 나를 괴롭혔다. 내가 그렇게 사랑의 증거에 목을 매지만 않았어도 아낌없이 사랑받을 수 있었을 것이다. 내가 술에 그렇게 목을 매지만 않았어도 잘 마실 수 있었을 것이다.

데이브와의 관계 속에서, 내가 피곤하고 처져 있다고 느꼈던 그 순간은 난생처음 지루함과 권태와 짜증 속에서 나를 드러낸 때이기도 했다. 그리고 술은 그런 드러냄을 상처로 착각하기 쉽게 만들었다. 언젠가 시인 로버트 로웰Robert Lowell은 이렇게 썼다. "작년 우리가 취해서 벌인 싸움에는 특별한 이유가 없었다. 다만 모든 것이 이유였다, 모든 것이."

심하게 취해 싸움을 벌이고 나면 어김없이, 다음 날 아침은 할 수 있는 한 가장 유려하게 사과 편지를 쓰면서 보내곤 했다. 전날 밤에 내가 했던 모든 말을 철회하는 것으로 편지를 끝낼 때가 많았다. 진심이 아니어서가 아니라 내가 취해서 그런 말을 했다는 게 부끄러웠기 때문이다. 만약 내가 나를 충분히 *설명할* 수만 있다면, 그 싸움들을 이해시킬 수만 있다면—거기서 어떤 의미를 끌어내고, *진짜 이유를 알아내기*만 한다면—우리는 괜찮았을 것이다. 그러나 싸움은 어떤 것의 핵심을 알아내는 데 도움이 되지 않았다. 우리 싸움의 구체적 내용—그가 얼마나 시시덕거렸는지 또는 시시덕거리지 않았는지, 우리가 일정을 짤 때 얼마나 서로를 염두에 두고 있었는지—은 그 싸움 밑을 흐르는 저류보다는 덜 중요한 것들이었다. 나는 항상 무언가를 움켜쥔 채 데이브에게서 더 많은 것을 받으려고 손을 뻗고 있었다. 언젠가 그는 자기 마음을 배수구에 쏟아붓고 있는 것처럼 느껴진다고 했다. 어떻게든 그건 충분할 수가 없었다.

나는 데이브에 대한 첫번째 기억, 둥글게 모인 사람들 가운데서 기타를 치던 그의 모습을 떨쳐버리지 못했고, 그 기억에서 환원적 진실을 끌어내곤 했다. 그는 흠모하는 집단 시선의 중심에 있는 가장 행복한 사람이었지만, 나는 그를 지켜보는 군중, 다수이면서 늘 새로운 군중이 될 수 없었다. 그러나 우리의 이 기원 신화는 데이브에게 한정된 역할—사랑 노래를 읊조리는 남자 가수, 나의 모든 멍 자국을 짓누르는 자기확신에 찬 매력꾼—을 맡겼고, 따라서 데이브가 나름의 불안으로 가득한 사람이라는 걸 이해하기는 더 힘들어졌다. 그는 나와는 달리, 오직 술만이 내가 인정하는 감정의 거래 수단이라는 듯 바보 같은 음주로 그 불안을 드러내지 않는 것뿐이었다. 그에게 불안의 원천은 더욱 조용한 것이었다. 몇 달 동안 하나의 프로젝트—평론 한 편, 시 한 편—에 매달리다, 줄줄이 마감 기한을 놓칠지 모른다는 불안이었다. 그는 엄격한 완벽주의자여서 자꾸 수정하고 미루는 경향이 있었다. 언젠가 그는 일곱 살 때 학교 심리상담사가 자신에 관해 썼던 메모를 보여주었다. *이 학생은 많은 가능성을 고려하기 때문에 짧고 간단한 해답을 구하는 데 종종 남들보다 오래 걸립니다.*

밤에 과음한 다음 날 심장이 빠르게 뛸 때는, 술이 나의 약물치료를 방해하거나 무엇인지 모를 나의 불안감을 악화시키는 건 아닐까 하는 생각이 들었다. 나는 빨강머리 남자가 나오는 꿈을 꾸기 시작했다. 그는 내가 들고 있는 플라스틱 컵을 가리키며 이렇게 말했다. “난 당신이 어떤 사람인지 알지요.” 내가 어떤 사람인지는 확실했다. 아침 7시 빵집 근무 교대 시간에 눈과 얼굴이 퉁퉁 부어 나타나는 여자, 퇴근하면 부엌에서 술을 마시며 요리하다 익살스러운 요리 쇼처럼 만돌린 슬라이서에 손가락이 베이거나, 깔쭉깔쭉한 참치 캔 뚜껑에 손바닥을 찔려 음식에 피가 묻지 않았는지 확인하는 여자였다.

나의 음주가 심해진 사실을 데이브에게 말한 이상, 술을 많이 마시기란 더 까다로운 일이 되었다. 만약 데이브가 7시에 집에 도착하는

데, 내가 빵집에서 6시에 퇴근하게 되면 이런 식으로 지냈다. 그 한 시간 동안, 들키지 않을 거라 생각되는 만큼, 취해 보이지 않으면서 충분히 취할 만큼의 진을 들이붓는다. 그가 들어올 시간이면 현관 열쇠 소리에 귀를 기울이다가, 그 순간에 나머지 술을 삼키고 컵을 헹군 뒤 얼른 화장실에 틀어박힌다. 그런 다음 최대한 세게 이를 닦고 따갑다 못해 아플 때까지 리스테린으로 양치한다. 그 방법은 만족스러웠다. 내 유죄의 증거를 소각로에서 태워버리는, 시체를 태워버리는 기분이었다. 나는 화장실을 나와 입을 다문 채 그에게 재빨리 키스하곤 했다. 그러고 나면 우리는 이성적인 비알코올중독자들처럼 와인 한잔을 했고, 나는 그날 보았던 경이로운 것들에 관해 그에게 이야기하곤 했다.

——————————— 1939년, 어빈 코넬Ervin Cornell이라는 남자가 책상에 앉아 약을 끊고 싶은 간절함을 하소연하는 편지를 연방마약국 앞으로 썼다.

> *존경하는 담당자님께,*
> *수신인도 모르는 이런 우스운 편지를 씁니다. 의사가 담당자님께 편지를 써서 켄터키 병원에 입원할 수 있는지 알아보라고 했습니다. 가능하면 집으로 전화 주셔서 제가 할 일을 설명해주셨으면 합니다. 저는 이 모르핀 투약 습관에서 벗어나기를 간절히 원합니다. 가능하다면 당장 알려주시기를 부탁드립니다. 감사합니다.*

"켄터키 병원"은 나코팜—1935년 렉싱턴 외곽에 설립된 악명 높은 중독자 병원 겸 교도소—의 별칭이었고, 코넬은 간절히 그곳에 들어가고 싶었다. 그 혼자만이 아니었다. 그런 점에서 그곳은 이상한 교도소였다. 창살을 덧댄 창문과 엄격한 군대식 생활에도 불구하고, 매년 거의 3천 명의 사람들이 들여보내 달라고 간청하며 그곳의 잠긴 문 앞에 나타났다. 여행 가방을 들고 이글거리는 햇빛을 뒤로 한 채 그 교도소 정문으로 걸어가는 사람들을 찍은 사진도 많다.

중독의 주기에서 어느 시점에 이르면, 절박함은 바로 그런 모습으로 나타나기도 한다. 당신은 그 최악의 충동에서 자신을 구해줄 만한 것을 애걸하면서, 메시지를 병에 담아 보낸다. *혹시 완전히 우리 삶의 바깥에 바깥에 벗어나 있다고 느낀 적이 있어요?* "고칠 방법이 세상에 있다면 그것을 해보고 싶음미다"[원문대로]. 미시시피의 J. S. 노스컷J. S. Northcutt은 그렇게 썼다. 밀턴 모지스Milton Moses는 그보다 더 절박했다.

> *저는 6년째 마리화나 담배를 피우고 있습니다. 볼티모어시에는 이런 담배가 넘쳐나고 저는 그것들을 어디서 파는지 잘 압니다. 부디 와서 저를 만나주십시오. 나코팜이 치료책이 될 거라고 확신합니다… 제발 온정을 베풀어 저를 위해 무언가를 해주십시오. 저는 이곳에서 확실히 고통받고 있습니다. 담당자님께 의지할 수 있기를 바랍니다. 부디 저를 실망시키지 말아주십시오.*

시카고의 폴 영맨Paul Youngman은 1945년 12월 1일에 편지를 썼다.

> *선생님께,*
> *켄터키주 렉싱턴에 가서 중독 치료를 받을 수 있게 선생님께서 저에게 서류를 보네주셨으면[원문대로] 합니다. 이제 약이라면 지긋지긋하니 약을 멀리하기 위해 열심히 노력하겠습니다. 그리고 약을 구하기*

가 매우 힘들어졌으니 약을 완전히 끊기 위해서라면 젖먹던 힘을 다 하고 영영 끊기 위해 최선을 다하겠습니다.

미리 감사드립니다.

안녕히 계십시오,

폴 영맨.

영맨의 간절함은 반복되는 문구와 모순에서도 생생히 느껴진다. 그는 점점 더 마약을 구하기 힘들어지고 있다고, *그리고* 그는 마약을 멀리하고 싶다고 말한다.

체스터 소카Chester Socar는 우편을 이용할 만큼 느긋하지 못했다. 그는 전보를 보냈다.

최대한 빨리 켄터키주 렉싱턴의 연방 나코팜에 입소할 수 있도록 지원서 양식을 보내주시길 부탁드립니다.

나코팜은 3년 공사 프로젝트였고 절충된 최종 예산은 400만 달러였다. 그렇게 나코팜은 문마다 잠금장치가 있고 볼링장이 딸린 아르데코 양식의 교도소가 되었다. 진보적 개혁주의자들을 달래기 위해, 재활 프로그램도 제공했다. 불만스러운 교도소장들을 달래기 위해, 북적이는 연방교도소에 수감 중이던 중독자들을 이감할 공간을 제공했다. 언론은 나코팜을 "마약중독자를 위한 뉴딜 정책"이라 불렀고, 약간 냉소적으로는 "약쟁이를 위한 100만 달러짜리 간이 숙박소"라 불렀다. 나코팜이 문을 열기 전, 렉싱턴의 한 신문은 주민들을 상대로 그 시설의 이름을 공모했는데, 제안된 이름들은 놀라운 것("용감한 병원" "유익한 농장")부터 잔인할 만큼 아이러니한 것("거물들의 마약 농장" "꿈의 성" "인류의 요양원 수준을 높이기 위한 미국 최대의 선물")까지 다양했다.

사실, 교도소-병원-거물들의-꿈의-성은 여전히 그것의 *정체*를 고민하고 있었다. 초심자들에게 그곳은 90마리 젖소를 돌보는 농장이었다. (육체노동은 회복 중인 중독자에게 좋다고 여겨졌다.) 이감되어 온 재소자들은 연방교도소보다 한 단계 나은 곳으로 온 거나 다름없었다. 레번워스 연방교도소 출신의 한 재소자는 "그 농장이 우리를 정중하게 대해주니 얼마나 좋았는지 현실 같지 않았다"고 했고, 한 사진에서는 나이 지긋한 중독자들—중독의 세월에 몸이 굳어버린—이 젊고 아름다운 간호사들에게 손발톱 관리를 받고 광을 내고 있다. 매니큐어와 페디큐어는 렉싱턴 교도소를 유명하게 만든 "치료 프로그램"의 일부였는데, 물리치료, 대화 테라피, 체계적인 레크리에이션, 치유적 노동이 함께 제공되었다. 재소자들은 헤로인중독으로 엉망이 된 치아에 대한 치과 치료(1937년에만 4,245건의 발치가 이루어졌다)와 함께 직업훈련을 받았다. 그들은 재단사로 일하면서, 출소하는 사람들을 위해 "귀향 정장"을 만들었고, 토마토를 땄다. 토마토로 만드는 통조림의 양은 하루에 1,500갤런(5,678리터)에 이르렀다.

재소자들에게는 오락거리도 있었다. 아니 적어도 그렇게 계획되어 있었다. 그게 요점이었다. 그게 그들의 미사여구였다. 그건 이상한 유형의 오락이었다. 제도적인 오락이랄까. 리핀콧이라는 마술사가 나코팜에서 공연했을 때는, "사실상 1,100명의 환자 전체"가 보러 왔고, 공중위생국장에게 보내는 월례 보고서에는 스크랩된 신문 기사가 맨 앞에 자랑하듯 철해져 있었다. *보아라! 이들은 즐거운 시간을 보내고 있다.* 1937년, 이 병원 기록에 따르면 환자들은 말 편자 던지기에 총 4,473시간, 볼링에 총 8,842시간을 썼다. 나코팜에 오는 사람들에 대해

V

어떤 인지부조화(그들은 죄수인가 환자인가?)가 있는 것처럼, 일단 거기 들어간 사람들이 하게 될 경험에 관해서도 어떤 인지부조화가 있었다. 그들은 다시 제대로 일해야 하는가, 아니면 즐거움을 재발견해야 하는가?

『켄터키 햄*Kentucky Ham*』은 빌리 버로스 주니어Billy Burroughs Jr.—그의 "구원받지 못한" 아버지가 그보다 먼저 나코팜에서 지냈던 것으로 유명하다—가 나코팜의 삶에 관해 쓴 장편소설로서, 저항의 비공식적 즐거움을 묘사한다. 예를 들어 이 소설에는 "바나나 흡연 유행"이 나오는데, 농장 관리들은 바나나가 실제로 환각작용을 일으킬 수 있는지 시험하는 동안 식단 목록에서 바나나를 빼버린다. 그러자 재소자들은 "방울양배추처럼 우리가 싫어하는 모든 것"을 담배로 만들어 피우기 시작했다.

쳇 베이커Chet Baker, 엘빈 존스Elvin Jones, 소니 롤린스Sonny Rollins 등 렉싱턴에 갔던 뮤지션들이 너무도 많았던 탓에, 나코팜은 비공식 재즈 아카데미가 되었다. 한때는 그 안에서 활동하는 소규모 재즈 밴드가 여섯 팀이나 되었다. 어느 날 밤은 나코팜 환자들로 구성된 오케스트라가 전국 방송인 〈투나잇 쇼The Tonight Show〉에서 공연을 하기도 했다.

나코팜의 근사한 주장에도 불구하고, 그곳은 징벌적이고 비인간적인 초기의 마약과의 전쟁—중독자를 악마화하는 해리 앤슬링어의 30년 십자군 전쟁—과 깊이 얽혀 있었다. 그곳에서 말하는 "치료"란 어두운 충동을 숨긴 트로이의 목마이기도 했다. 투옥이라는 말을 사용하지 않으면서 중독자들을 가두고자 한 것이다. 나코팜의 미사여구는 망가진 사람을 데려다 온전한 사람으로 만들어 세상에 되돌려 보낼 수 있다고 약속했지만, 재활과 재프로그램을 가르는 기준에는 빈틈이 많왔다. 『시카고 데일리 뉴스*Chicago Daily News*』의 한 기사는 "대개 치료란 인간 존재를 구성하는 무형의 것들을 능숙하게 재배열하는 것"이라고 정의했다. "한 사람이 한 운명을 가지고 그들을 찾아온다. 그곳에서는 그 운명의 교환가치를 계산하고 그에게 새로운 운명을 준다. 그 과정은 아주 간단하다." 간단함의 정의가 이상하다. 한 사람을 구성하는 무형의 모든 것들을 가져가서 재배열하는 것, 그 사람의 낡은 운명을 던져버리고 새로운 운명을 주는 것이 간단하다니.

렉싱턴에서 지낸 시간을 다룬 클래런스 쿠퍼Clarence Cooper의 소설 『더 팜*The Farm*』에는 화자(이름이 역시 클래런스다)가 재활 대본을 따르기를 거절하는 장면이 나온다. 의사가 기분이 어떠냐고 묻자 클래런스가 대답한다. "별로 많지 않아요." 의사가 슬쩍 올바른 대답을 유도한다. "별로 좋지 않다는 말이군요." 클래런스는 저항한다. "아니 별로 많지 않다고요."

나코팜의 위선을 증오했던 중독자들도 있었던 반면, 그것이 약속한 치료를 갈망한 중독자들도 있었다. 갈망과 배신 두 가지를 다 느낀 중독자들도 있었다. 설사 나코팜의 약속에 어떤 거짓이 있었다 해도, 그것이 약속한 재활을 갈망하던 이들의 절박함에는 아무런 거짓이 없었다. *고칠 방법이 세상에 있는지요. 저는 이곳에서 확실히 고통받고 있습니다.*

나코팜은 제도적인 모순과 범주상의 혼란, 심지어는 그 건축을 통해서 중독에 대한 미국의 입장을 규정하는, 똑같은 인지부조화를 더욱 뚜렷하게 보여준다. 모든 "자원자"의 입소 양식은 그들을 무형의 것들의 배열로 파악했고, 환자는 스스로 재배열되기를 원한다는 점을 보여주어야 했다.

V

이름: 로버트 번스

출생지: 텍사스주 핼러츠빌.

신상: 나이 47세, 호리호리한 체형. 녹색 눈, 깔끔한 옷차림.

직업: 세일즈맨.

중독 이유: 생활의 단조로움을 벗어나기 위해서.

———————————— 중서부 옥수수지대에 가을이 찾아왔지만, 나는 자나 깨나 술 생각뿐이었다. 아침에 일어나면 그날 밤은 취하기가 쉬울지 힘들지 예상해보곤 했다. 파티가 있나? 친구를 만날 약속이 있나? 그 친구가 술을 좋아하던가? 아침 6시에 나는 샤워를 했고 술이 줄 위안을 생각했다. 6시 45분에 빵집 화장실에서 앞치마를 걸치고 위안을 생각했다. 7시 15분, 쿠키 반죽을 밀어 펴고—시터 벨트로 밀고 또 밀고 또 밀면서—위안을 생각했다. 8시, 다람쥐 모양틀을 찍어내고 위안을 생각했다. 9시, 그 다람쥐들에 당의를 입히고—꼬리의 갈색 소용돌이와 하얀 수염을 그리며—위안을 생각했다. 정오에 샌드위치를 먹고 위안을 생각했다. 저녁 6시, 바닥을 대걸레로 닦으면서는 거의 술맛이 느껴질 정도였다. 하루라는 시간은 술의 힘을 빌려야만 꼬물거리며 벗어버릴 수 있는 답답한 거죽이었다.

밖에서 보내는 밤은 끝없는 계산의 연속이었다. 이 자리에 있는 사람들 각자가 지금까지 와인을 몇 잔씩 마셨지? 누가 가장 많이 마셨나? 남은 와인 중에서, 너무 많이는 말고, 나는 얼마나 마실 수 있지? 내가 술을 따라 줄 만한 사람이 몇 명이지? 그들에게 몇 잔씩 따라 줄 수 있을까? 그러고도 내 잔에 따를 만큼 충분히 남을까? 얼마나 시간이 지나야 웨이터가 다시 올까, 다른 사람이 웨이터에게 한 병 더 시킬 가능성은 얼마나 되나?

아이오와로 이사하고 몇 달 후, 데이브가 워크숍에 제출했던 시 한 편을 보여주었다. *레슬리에게*, 라는 헌사를 보고 설레던 마음은 그 도입부를 읽고 수치심에 굳어버렸다. "어젯밤 나는 비화들을 얘기했지. 다른 사람들은/모호한 미소를 띤 채 조용히 째깍거리는 주차 미터기였지만/그사이 당신은 집 뒤에서 혼자 술을 마셨어." 그 시의 다음—화자는 프렌치 토스트 반죽에 치폴레 고추를 놓고 있거나, 연인이 원하는 카우보이 영화를 비디오 가게에서 금방 찾아낸다—은 어떻게 진행되는지 또는 어떻게 끝나는지는 제대로 눈에 들어오지 않았다. 시는 이런 유혹으로 끝난다. "나의 파트너, 당신이 무슨 이야기를 하려는지 몰라도, 그건 지금껏 내가 들은 적 없는 이야기야. 내 우산은/작고 싸구려지만, 그 우산을 걸고 맹세해."

나에게 그 시는 서로 사랑하지만 외로운—비록 그러지 않으려 몸부림치고 있지만 서로 접점이 없는—두 사람에 관한 이야기처럼 느껴졌다. 데이브는 우리 관계를 확인하는 의미로 그 시를 썼으며, 그 종결부는 내 이야기가 모두 예전에 들었던 것이라 해도 나를 사랑하겠다는 걸 암시한다고 말했다. 비록 싸구려 작은 우산이지만 자기 우산을 나랑 같이 쓰겠다는 뜻이라고 했다. 그러나 수치심은 얼굴을 가리듯 세상을 가리는 법, 나의 눈에는 나의 부끄러운 점밖에 보이지 않았다. 집 뒤에서 혼자 술 마신 것.

그 무렵 나는 누군가에게 음주가 아닌 것에 관해 말할라치면, 왠지 거짓말하는 기분이 들었다. 하지만 삶이 술 없는 밤의 연속이라고 상상하면 그때마다, 벌써부터 압도적인 비애가 느껴졌다. 공허하고 단조롭고 가차 없는 느낌. 우리 식탁에 앉아서 염병할 *차*를 마시며, 이야깃거리를 생각하려 애쓰는 데이브와 나의 모습.

V

예전 뉴헤이븐 시절, 우리 관계가 몇 달째로 접어들던 어느 날 밤, 같이 파티에 다녀왔지만 나는 몹시 언짢았다. 술에 취해 횡설수설하며 데이브를 닦달했고, 두 다리를 가슴에 끌어안은 채 매트리스 위에 앉아 있었다. "마치 내 모든 능력의 바닥에 와 있는 것 같아." 나는 데이브에게 말했다. "만약 모든 걸 놓아버린다면, 아무것도 없을 거야."

그날 밤 데이브는 내 다리를 감싸 안고 말했다. "네 머릿속에 들어가서 그 사고방식과 싸우고 싶어. 우리 둘 중 하나가 죽을 때까지."

아이오와에서 나는 우리 삶이 서로 더 조밀하게 얽혀야 한다고 끊임없이 그에게 요구했다. "얽히다"라는 단어가 우리에게 부족한 어떤 연결의 느낌을 설명해준다고 믿었다. 그러나 이 요구는 욕망에서 나온 것이기도 했지만 두려움에서 나온 것이기도 했다. 버려지지 않을까 또는 부족하게 여겨지지 않을까 하는 두려움. 그러나 솔직히 마음 한구석에서는 완전하게 얽히고 싶은 바람은 사라지고, 우리가 따로 보내는 밤들이 더 좋아지기 시작했다. 데이브가 밤늦게 들어오면 나는 혼자 마실 수 있었으니까, 또는 내가 집에 들어갔을 때 그가 자고 있다면, 내가 왜 그렇게 취했는지, 왜 계속 취하고 싶은지 해명할 필요 없이 혼자서 더 마실 수 있었으니까. 술을 마시기에는 우리가 사무실이라고 부르는 방이 가장 편했는데, 그는 적어도 노크 없이 그 방에 들어오지 않았다. 나는 그동안 사랑했던 누구보다도 데이브를 더 많이 사랑했다. 다만 내가 원한 건 그는 방문 저쪽에 있고, 나는 방문 이쪽에 위스키와 함께 있는 거였다.

그 가을은 특별할 것 없이 취하는 밤과 밤의 연속이었다. 공기는 쌀쌀했다. 바람은 바스락거리는 노란 잎들을 흔들어 떨구고는 잔디 위에 켜켜이 쌓아 조각이불을 만들었다. 나는 수치심이 지겨웠다. 매일 아침 퉁퉁 부은 얼굴로 7시에 출근해서 사물함에서 유니폼을 꺼내 입고, 얇은 담요 같은 쿠키 반죽을 찍어 300개의 나뭇잎을 만들었고, 지하실에서 커다란 설탕 자루를 꺼내 왔다. 때로는 지하실로 내려가는 것이 편안하게 울 기회가 되었다. 때로는 사장인 제이미가 내 얼굴을 보고 물었다. "뭐가 필요한 거야?" 그러면 200개의 유령 쿠키에 화이트 초콜릿을 입히고, 누구에게도 아무 말 하지 않는 것이 필요하다고 대답했다.

5년 전 워크숍에서의 첫번째 가을은 여전히 기억 속에서 환히 빛나고 있었다. 가장자리에 털 달린 얇은 재킷을 입고 목조 현관에 앉아 정향 담배를 피우던 일, 반짝이는 일련의 물음표들로 펼쳐질 나의 밤들을 상상하며, 쌀쌀한 공기 속으로 탁탁 소리를 피워 올리는 온갖 드라마에 마음이 들뜨던 일. 소문, 아무개의 행 바꿈에 관한 이야기, 연구 장학금 이야기, 그리고 남자들의 시선. 돌아보니 그 모든 것이 어리석으면서도 완벽해 보였다.

음주는 이제 짜릿함을 잃어버렸다. 음주는 곰팡내 나는 일상, 갑갑함을 일으키는 야바위 노름이나 다를 게 없었다. 오늘 하루가 싸움으로 끝날까 아닐까? 나는 치아가 붉게 착색될 때까지 연거푸 와인을 마셨다. 목구멍에 불이 날 때까지 연거푸 위스키를 마셨다. 딸꾹질을 하며 계속 화장실에 쭈그려 있었고, 시야가 뿌옇고 축축해진 채 무릎을 가슴에 붙이고 차가운 벽지에 기대어 생각했다. *딸꾹질은 언제 멈출까?*

그 마지막 밤은 이미 부러진 무언가에 마지막으로 더해진 무게일 뿐이었다. 나는 술집에서 집으로 왔다. 이미 취해 있었지만, 더 마시고 싶었고, 땅바닥에 쓰러질 때까지 들이부을 생각이었다. 데이브는 잠들어 있었다. 그를 의식할 필요가 없어서 다행이었다. 그저 내가 이런 꼴이 되었다는 정당한 슬픔을 계속 느끼고 싶었고, 혼자서 그것을 느끼고 싶을 뿐이었다. 그래서 빨간 큰 컵에 스트레이트 여덟 잔은 될 만한 위스키를 가득 채우고는 내 사무실로 가져갔다.

그 뒤로는 내가 기억하지 못하는 시간의 조각들이 있다. 그의 노크 소리를 듣고 공포에 질렸던 것은 기억난다. 그가 보지 못하게 컵을 매트리스 뒤에 감추었던 것도 기억난다. 그러나 내가 취해 있었고, 두 무릎을 끌어안고 매트리스 위에 앉아 있었다는 건 분명했다. 내가 하고 있던 짓을 숨길 수 없었고, 숨기려 애쓰기엔 너무 지쳐 있었다. 그는 안 좋은 일이 있는지 물었고, 나는 애써 설명하는 대신 이불 뒤에 숨겼던 컵을 들어 올렸다. 그것이 거기 있다는 걸 보여주니 정말 기분이 좋았다.

— VI —

항복

첫번째 모임이 있던 밤, 나는 강 건너 병원 근처의 한 주소지를 향해 차를 몰았다. 벌링턴스트리트 다리를 건너는 내내 울었고, 눈물 때문에 가로등이 밝고 하얀 비처럼 얼룩져 보였다. 핼러윈데이가 얼마 남지 않은 즈음이었다. 현관에 쳐놓은 거미줄, 시트 천으로 만들어 매달아놓은 유령들, 비뚤어지게 웃는 호박 초롱들이 늘어서 있었다. 취한다는 것은 내면의 양초에 불을 밝힌 것과 같았다. 나는 벌써 그것이 그리웠다.

처음 두 번 술을 끊을 때는 모임에 나가지 않았다. 그건 왠지 돌이킬 수 없는 문턱을 넘는 것 같았기 때문이다. 마음 한구석으로는 내가 다시 술을 마실 거라는 걸 알고 있었고, 모임에서 나를 꾸짖는 목소리들을 듣고 싶지 않았다. 하지만 이번에는 선을 넘어보고 싶었다. 돌아오기 힘들게 만들고 싶었다. 그것은 앞으로 며칠, 앞으로 몇 주, 앞으로 몇 달간 몹시도 술을 그리워하면서, *다시 마시고 싶어*, 라고 말할 나를 대비할 보험증서를 얻는 것과 같았다.

VI

술을 끊고 싶어서 끊으려던 건 아니었다. 그날 아침 나는 여느 아침과 다름없이 일어났고, 다른 무엇보다 술을 더 마시고 싶은 마음이 컸다. 하지만 아침에 일어났을 때 가장 하고 싶은 일이 술 마시는 것이 *아닌* 다른 삶에 도달할 유일한 길은 단주밖에 없다는 생각이 들었다. 모임을 상상하면, 교회 지하실에서 떨리는 손으로 스티로폼 컵을 쥔 채 자신의 손떨림과 해독 병동에서 지낸 시간에 관해 이야기하는 머리 희끗희끗한 남자들이 떠올랐다. 텔레비전에서 보았던 모습들이 떠올랐다. 느릿느릿 치는 손뼉, 끄덕이는 고개, 진지하게 *음*, *흠* 맞장구치는 소리. 그러나 나는 다른 방법을 알지 못했다.

받아 적은 주소의 건물, 자갈이 깔린 주차장에 도착하고 보니, 교회가 아니라 그저 미늘판자벽 주택이었다. 그러나 불이 켜져 있었다. 시동을 끄지 않고 히터를 최대로 올린 채 10분 정도 차에 앉아 손등으로 콧물을 닦고, 울음을 멈추려 주먹 쥔 손으로 눈을 비볐다. 나는 나에게 해줄 수 있는 이야기, 나를 집으로 데려다줄 핑계를 찾고 있었다. *내일 다시 오면 되지 않을까, 내가 굳이 여기 있을 필요는 없을 거야, 어쩌면 나 혼자서 해낼 수 있을 거야, 어쩌면 전혀 그럴 필요도 없을지 몰라.*

일단 마음을 다잡고 추운 바깥으로 나와 불 켜진 문간에 들어섰다. 낡은 리놀륨 장판의 바닥 모서리가 위로 말려 있고 수많은 발자국이 찍힌 부엌을 지난 곳에 사람들이 있었는데, 모임 자체는 커다란 나무 탁자 주변에 둘러앉은 낯선 사람들의 무리에 지나지 않았다. 사람들은 나를 반기는 듯, 거의 내가 오기를 기대하고 있었다는 듯 미소를 지었다. 탁자 위의 시트 케이크에는 차분한 노을색 당의가 입혀져 있었다. 버그라는 남자가 상상할 수도 없는 긴 시간을 술 없이 보냈다며 축하하고 있었다. 나는 구석에 조용히 자리 잡았다. 이름 소개를 빼면 무슨 말을 해야 좋을지 몰랐다. 사실 이름만 말해도 충분했다.

버그는 40일 연속 자기 아파트에 틀어박혀 지낸 이야기를 했다. 아무 데도 가지 않고, 방세가 싼 아이오와 콘도에 황야의 그리스도처럼 틀어박혀 손잡이 달린 큰 보드카 병을 문 앞에서 배달 받곤 했다는 이야기였다. 나는 생각했다, *난 그 정도까지 심하진 않았는데.* 그런 다음에는, *보드카 배달이라니 기가 막힌 생각이잖아.* 버그가 어떻게 그 지경에 이르렀는지 설명할 때—6시 뉴스에 맞춰 보드카 토닉 한 잔을 마시는 의식으로 시작해 하루 전체가 보드카를 중심으로 돌아갔다—나는 생각했다, *그럼 그렇지.* 나는 처음 24시간 동안 술을 마시지 않았음을 표시하는 하얀 칩 하나를 받았을 때, 하얀 깃발을 내걸고 있던 볼리비아의 판잣집들이 떠올랐다. 거기서 무엇을 파는지 알고 나서 품게 되는 아찔한 기대. 남은 평생 그런 위안이 없는 삶을 상상하니 속이 메슥거렸다.

그러나 그 방에서 나는 다른 위안, 막연한 암시를 받았다. 큰 소리로 말하는 나 자신의 소리를 듣는 섬뜩한 직접성이랄까. 이 사람들은 나에 관해 아무것도 모르지만, 나의 일부분—하루 종일, 날마다 술 마실 생각을 하는—을 누구보다 잘 알고 있었다. 아까 밖에서 나는 여기 오지 않아도 된다고, 어쩌면 나 혼자서 해낼 수 있을 거라고, 어쩌면 전혀 그럴 필요도 없다고 중얼거리는 동안, 이 안의 누군가는 이렇게 말하고 있었으리라. *이렇게 혼잣말을 하던 때가 기억나네요. 어쩌면 나는 여기 오지 않아도 된다고, 어쩌면 나 혼자서 해낼 수 있을 거라고, 어쩌면 전혀 그럴 필요도 없다고 말이죠.*

당신이 차 안에 얼마나 오래 앉아 있든, 누군가는 그 목조건물 안에서 기다리고 있다. 어쩌면 그 사람은 은백색 콧수염 사이로 이렇게 말할 것이다. *당신의 병은 끈질겨요, 하지만 우리도 끈질기죠.* 어쩌면 그 사람은 농부처럼, 혹은 칼주름 잡은 정장 차림의 광고회사 중역처럼 보일 것이다. 아니면 아랫동네 사는 짜증 많은 여학생, 혹은 손톱을 물어뜯는 버릇이 있는 슈퍼마켓 여점원처럼 보일 것이다. 어쩌면 그는 버그라는 이름으로 불리거나, 어쩌면 발음하기 힘든 이름을 가졌을 것이다. 어쩌면 그는 노을색 케이크를 좋아할 것이며, 또는 그것을 못 견디게 싫어할 것이다. 어쩌면 그는 당신이 다른 모든 노인과 헷갈릴 또 한 명의 노인에 지나지 않겠지만, 그가 입을 열어 당신을 완전히 제대로 이해하는 무언가를 말하는 순간에는 전혀 다른 사람처럼 보일 것이다.

——————————— 그 첫번째 겨울, 단주는 오렌지와 장작 때는 냄새였다. 그것은 쌓인 눈 위에 쏟아지는 햇빛의 맹렬하고 위험한 눈부심이었고, 자동차 송풍구의 따뜻함이었다. 그것은 불면증이었다. 그것은 아들의 양육권을 얻었지만 아직도 밴에서 지내고 있다고 나에게 말하는 모임의 한 여자였고, 거기 서서 그녀의 사연에 가슴 아파하며 *하루하루 차근차근* 같은 말에 고마워하는 나였다. 그런 말은 처음엔 어리석게 느껴지다가 결국 어리석지 않게 느껴지는 법이다. 단주는 불안정하고 불편했으며, 내가 장기적으로 시도해본 적 없는 유일한 것이었고, 그래서 나는 단주를 시도하고 있었다. 그것은 세계를 잘게 쪼개 내가 견뎌야 할 일련의 시간들로 만들었다. 그것은 나를 벌거숭이로 만들었다. 내 신경이 드러났다. 라디오 광고는 나를 울게 만들었다.

나는 앞으로도 단주를 생각하면 아이오와의 드넓은 겨울 지평선에서만 볼 수 있었던 특유의 빛이 늘 떠오를 것이다. 맹렬하고 광활하고 폭로하는 빛. 그것은 얼어붙은 거대한 하늘, 그 작아지는 파란색에서 내려와, 침실 크기의 눈더미들을 반짝반짝 빛나게 했다. 그 빛 안에서 나는 벌거숭이에 지나지 않았다. 그 빛은 아프도록 맑고 깨끗했다.

처음 몇 달 동안은 빵집 일의 체계가 고맙게 여겨졌다. 그 규칙성이 위안을 주었다. 빵집 일은 즐거운 일이 아니라, 어떻게든 해야 할 일이었다. 매일 아침 내 기분에 상관없이, 냉장고 문에는 내가 그날 만들어야 할 목록이 내 이름과 함께 붙어 있었다. 나는 술을 마시지 못해 대체로 멍한 상태였고, 매우 불안하고 우울했기 때문에, 그냥 뭐라도 *하는 것*—도토리 하나에, 또는 100개에 당의 입히기—은 잠시나마 탈출구가 되었고, 나는 앞치마를 입고 서서 시터 벨트에 앞뒤로 반죽을 밀어 점점 더 얇게 만들고, 낯선 사람들이 좋아할 모양틀로 찍어냈다.

빵집 일을 쉬는 날에는, 두번째 일터인 병원에 나가 의료배우로 일했다. 다양한 질병을 연기하면서 의대생들의 진단을 끌어내는 일이었다. 나는 음주운전 사고 피해자를 연기하는 배우들이 부러웠는데, 내가 고작 가짜 충수염에 걸릴 때, 그들은 향수를 뿌리듯 진을 몸에 뿌려댔다.

두 가지 일을 모두 쉬는 날이면 글을 쓰려고 애썼지만, 글은 잘 나오지 않았다. 그러면 차를 몰고 옥수수 들판 사이를 달리거나 강 건너 꼴사나운 쇼핑가를 지나 멀리까지 나갔다. 일종의 자가추방이었다. 취했을 때의 내 모습이 굉장히 멜로드라마 같아 역겨운 적이 많았지만, 이제 술을 끊고 보니 거기에도 나름의 멜로드라마가 있는 것 같았다. 나는 순교자였다. 무엇인지는 알 수 없지만, 더 큰 명분을 위한 순교자. 입김이 굽이치며 하늘로 올라갔지만, 너무 추워서 그것도 모욕으로 느껴졌다. 그 무렵엔 모든 것이, 하다못해 날씨까지도 개인적으로 다가왔다.

데이브는 내가 모임에 나가는 걸 좋아했다. 술을 끊겠다고 그에게 선언한 게 이번이 세번째였고, 내가 다시 술 마시는 걸 그가 본 건 벌써 두 번이었다. 그는 술이 나를 끔찍한 지경으로 몰아간다는 걸 이해하고 있었지만, 모임에서 듣는 말들이 나에게 어떤 *무력감*을 주는지 그에게 설명하기는 쉽지 않았다. 모든 걸 삭제해버리는 그 불변성을 이해시키기는 쉽지 않았다.

나는 단주의 나날을 에너지로 채우려고 애썼다. 술을 끊고 일주일 후, 핼러윈데이를 기념해 초콜릿 푸딩과 가루 낸 오레오 쿠키로 흙을 만들고, 쿠키 비석과 묘지에서 자라는 젤리 벌레까지 넣어서 묘지 케이크를 만들었다. 하지만 그 모든 일이 튼 입술로 받는 키스처럼 재미없고 심드렁하게 느껴졌다. 데이브와 뱀파이어 한 쌍이 되어 코스튬 파티에 갈 때는 해마다 입던 걸스카우트 복장을 손질해 관 모양 배지와 피 칵테일 배지를 달았다. 그러나 나는 파티 내내 왠지 억울해서 속을 끓였고, 가방에서 다이어트 와일드체리 펩시를 꺼낼 때는 누가 볼까 창피했고, 데이브가 방 저편에서 데스티니와 대화에 빠지거나 빠지려 하는 모습을 지켜보았다. 나에게는 그녀가 항상 시야 바로 밖에서 어슬렁거리는 것 같았는데, 그녀의 몸은 그녀와는 별 관계가 없는 평범한 두려움—버려질까 또는 사랑이 식어버릴까—을 담는 그릇으로 느껴졌다.

데이브한테는, 내 엄청난 욕구를 특정한 부탁으로 표현했다. 밤에 집에서 같이 시간 보내기, 더 자주 문자 하기, 일정은 같이 짜기, 파티에서 따로 놀지 않기, 각자의 방에 틀어박히지 않기 등등. 시간이나 노력을 바라는 그런 부탁은 사소해 보였지만, 정신을 붙들어주던 술을 잃어버린 지금 내가 외로움을 덜 느끼기 위해 요구할 수 있는, 내가 아는 유일한 방법이었다. ("사흘 동안 당신이 같이 있어줘야 해, 일분일초마다 당신이 필요해." 조지는 정신이 맑아지자 낸디에게 말한다. "당신이 없으면 나는 충분히 강하지 않으니까 언제든 시야 밖으로 나가면 안 돼.") 그러나 나의 부탁은 내가 진정 원하는 것의 표면만을 건드렸을 뿐이다. 내가 진정 원했던 건 데이브가 나에 대한 사랑을 영영 거두지 않겠다는 보장이었다. 우리가 절대 헤어지지 않을 거라는 약속이었다.

일주일에 사나흘은 바이커들, 주부들, 점심시간에 빠져나온 회사원들과 몇몇 농부들이 찾아오는 정오 모임에 나갔다. 모임 참석은 "공유" 또는 "자격 취득"으로 불렸다. "자격을 얻다"라는 동사 자체가 나를 불안하게 했다. 나의 음주가 충분히 나빴는가? 그들은 발표하는 것을 "자리 확보"라고 했지만, 자리 확보를 위해서 해야 할 일은 그게 필요하다고 믿는 것이라고도 했다.

모임은 여러 가지 다양한 방식으로 진행되었다. 때로는 한 발표자가 자기 이야기를 하면, 나머지 사람들이 호응하며 공유했다. 아니면 '빅북'◆에 실린 한 알코올중독자 이야기의 단락들을 모두가 돌아가며 읽는 것으로 시작할 때도 있었고, 누군가 한 가지 주제를 고르는 것으로 시작하기도 했다. 수치심, 과거 잊지 않기, 분노, 습관 바꾸기 등등이 주제가 되었다. 나는 대본, 즉 사람들이 따르는 일련의 행동이 있다는 게 왜 중요한지 깨닫기 시작했다. 대본은 이런 식이다. 우선은 모두가 이 기도문을 낭송한다, 그다음엔 이 책을 읽는다, 그러고 나면 손을 든다. 이는 동료애를 쌓기 위한 의식을 거치지 않아도 된다는 뜻이었다. 그들은 예전부터 기능을 발휘해온 동굴과 구덩이에 살고 있었다. 그들은 무슨 말을 했든 책임이 없었는데, 왜냐하면 어느 누구보다 크고 어느 누구의 단주보다 오래된 기계의 온갖 부품들이었기 때문이다. 여기

◆ 원제는 『익명의 알코올중독자들: 알코올중독에서 회복한 수많은 남녀의 이야기*Alcoholics Anonymous: The Story of How Many Thousands of Men and Women Have Recovered from Alcoholism*』이다. AA 모임에서 쓰이는 일종의 교재로 1939년 복음주의 영향을 받은 빌 윌슨이 발간했으며, 전반적인 중독 치료에 쓰이는 12단계 회복법을 처음 제안했다.

서 사용되는 클리셰는 그 기계의 방언이었고, 그것의 오랜 언어였다. *감정은 사실이 아니다. 해결책은 문제와는 아무 관련이 없을 때도 있다.* 어쩌면 술을 끊는다는 건 자기성찰과 관계있는 게 아니라 술이 아닌 나머지 모든 것에 관심을 기울이는 것과 관계가 있는 것 같았다.

교회 지하실로 가는 계단을 내려갈 때면 아이오와의 어느 지하실에서 있었던 첫 파티가 떠올랐다. 둥글게 둘러앉아 서로에게 각자의 삶을 들려주던 시간에, 나는 한 신사에게 올라탄 몸동작을 했지만 고작 몇 명의 웃음을 끌어냈을 뿐이었다. 이것은 영광이 아닌 생존과 관련해 스토리텔링 전체를 바라보는 또 다른 시각이었다. 하지만 둥글게 앉아 말하던 원탁의 모임에서, 옆자리 사람이 대체로 강력한 이야기를 하면 나는 초조해졌다. 정확히는 분해서가 아니라, 허접한 나의 사연을 갖고서 막강한 말들을 따라가려 애쓰는 나를 의식했기 때문이다.

보통 모임이 끝날 때는 누군가 일어서서 단주 30일, 90일, 6개월, 9개월 등 단주 생일을 기념하는 포커 칩을 나누어주었다. 남녀 노인들이 16년, 또는 27년, 32년짜리 칩을 받기 위해 걸어가는 모습을 보고, 한때는 그들이 60일짜리 칩을 받으러 걸어가던 사람이었음을 생각하면 무언가 강렬한 감정이 올라왔다. 한 남자는 후원자에게 감사의 말을 전하고는 후원자와 서투르게 포옹했다. 플란넬 셔츠와 가죽 재킷이 맞닿도록, 단단하게 두 팔을 조인 그 모습에 망설임이라곤 없었다.

매주 일요일 저녁, 추첨 모임에 나가면 숫자가 쓰인 포커 칩을 받았다. 그것은 빙고와 비슷했다. 가지고 있는 칩의 숫자가 불리면 단상으로 올라가서 숫자를 보여주는데, 뽑히지 않을 때도 있었다. 나에게 그건 쉽지 않은 일이었다. 나는 내가 언제 말할지 통제하는 것을 좋아했기 때문이다. 한편으로는 나에게 그건 좋은 일이기도 했다. 내가 언제 말할지 통제하는 것을 좋아했다는 같은 이유 때문이다. 말할 만한 유용한 이야깃거리가 없어서 늘 걱정이었지만, 보통은 내 안의 무언가가 그냥 일어서서 자기를 주장했다. "저는 세상에 술만큼 좋게 느껴지는 게 없을 것 같아 매일 걱정하죠." 한번은 그렇게 말했다. 아니 한 번 이상이었다. 그리고 누군가가 "오늘 밤 발표 때문에 정말 불안해요. 말할 거리가 없는 것 같아서요"라고 말할 때마다 나는 생각했다. *그렇게 말해줘서 고마워요.*

——————————— 단주 모임인 '익명의 알코올중독자들'을 창립한 빌 윌슨Bill Wilson은 신화가 된 삶—주식중개인이었다가 밀주를 마시던 술꾼이었다가 술을 끊은 구세주가 된—을 살았던 사람이지만, 자신의 신화를 믿지 않았다. 그는 자신의 삶이 번쩍번쩍 광을 낸 전설이 되어버리고, 그 전설이 수많은 인고와 난관을 지워버렸다는 것이 불편했다. 확고한 기원 설화가 회복 운동에 얼마나 유용한지 충분히 이해하고 있었지만 그래도 불편했다. 그는 자기 이야기가 남들의 이야기보다 중요하게 여겨지는 걸 절대 바라지 않았다. 그럼에도 그의 이야기가 더 중요하다는 건 엄연한 사실이다.

그의 이야기는 1939년 처음 출간된 『익명의 알코올중독자들』, 일명 '빅북'의 첫 장을 이룬다. 이야기는 그가 알코올중독에 빠지는 과정을 추적한다. 주식중개인이던 그는 1920년대 중반 주식시장이 대호황기일 때 술을 즐기다가, 1929년의 검은 화요일 이후 실업자가 되어 24시간 술에 의존하게 된다. 그의 이야기는 수없이 실패했던 단주 시도를 고백하고 있었다. 의지력은 그를 멈출 수 없었고, 사랑도 그를 멈출 수 없었으며, 처방약도 그를 멈출 수 없었다. 병원을 찾아갔다가 마침내 그의 상태에 관해 설명을 들었을 때, 그는 "자기인식, 이것이 답이다"라고 확신하게 되었다. 그러나 그것도 아니었다. 어쨌거나 그는 계속 술을 마셨다.

결국 윌슨을 *진짜*로 구했던 것은 에비라는 옛 친구의 방문이었다. 음주에 관한 그 친구의 솔직한 태도, 그가 새로 발견한 영성靈性이 윌슨에게 믿음의 가능성을 보여주었다. 처음에 윌슨은 확신이 없었다. "얼마든지 큰소리치라지!" 그는 생각했다. "나의 진이 이 친구의 설교보다 더 오래 버틸 테니까." 그러나 이야기를 나누는 도중 어떤 변화가 일어났고, 이야기가 끝난 후 윌슨은 "마지막으로 알코올과 이별하기" 위해 병원을 찾아갔다. 그는 빅북에 이렇게 썼다. "이후 지금까지 술을 입에 대지 않고 있다."

완벽한 전환—"*이후 지금까지* 술을 입에 대지 않고 있다"—은 *이번만큼은* 그의 지난 모든 단주 시도와는 다르다는 걸 독자들에게 알려준다. 지난 시도들은 모두 과거 시제로, 끊임없는 순환이 예정되어 있었다. *나는 여전히 내가 상황을 통제할 수 있다고 생각했다… 술을 끊었던 시기들이 있었다… 얼마 후 나는 술에 취해 집으로 왔다… 나는 수많은 달콤한 약속을 썼었다… 곧 나는 어떻게 이런 일이 생겼는지 자문하면서 술집 문을 두드리고 있었다… 나는 다음번에는 더 잘할 거라고 혼자 되뇌었다…*

그가 술을 끊기 위해 갔던 병원에서, 윌슨은 신과 강하게 연결된 듯한 순간을 맛본다. "마치 산꼭대기에서 거대하고 깨끗한 바람이 세차게 불어온 것처럼 내 몸이 들어 올려지는 느낌이었다." 그러나 빅북은 윌슨이 경험한 숭고의 순간—산바람에 들리는 환영의 순간—을 단주의 전환점으로 삼지 않는다. 이 책이 윌슨의 전환점으로 규정한 것은 친구 에비와의 대화 도중, 부엌 식탁에서 친구의 눈을 똑바로 마주 보았을 때였다. 그 이야기의 요점은 이 교감이 산바람을 가능하게 했다는 것이다.

AA 자체는 윌슨이 술을 끊었을 때 시작된 게 아니라, 다른 사람이 술을 끊도록 윌슨이 도와주면서 시작되었다. 그가 도왔던 사람은 애크런시에 사는 보브라는 의사였는데, 그 의사도 나중에 유명해졌다. 그는 윌슨이 일면식도 없으면서 구해주었던 수많은 사람 중 첫번째였다.

——————————— 단주 초기에 나는 내가 구해주고 싶은, 낯선 사람을 만났다. 어느 날 밤 데이브와 나는 몇몇을 초대했고, 나는 훌륭한 여주인 역할을 하기 위해 굉장히 노력하면서, 빵집에서 가져온 핑크색 상자들을 열어 잼이 흐르는 스콘과, 아침엔 부드러웠지만 지금은 딱딱해진 캐러멜 시나몬 번을 꺼내고 있었다. 눅눅해진 골판지는 그 빵이 아침에 촉촉했음을 말해주었다.

쟁반에 패스트리를 가지런히 담아 부엌에서 나왔을 때, 우리 거실에서 재미있는 이야기를 들려주는 금색 보디슈트 차림의 젊은 여성을 발견했다. 다들 거기 온 누군가의 친구라고 생각했지만, 그녀를 아는 사람은 없었다. 모두 그녀를 알아가는 중이었다, 아니 적어도 그녀가 친구를 만나기로 한 파티 장소를 찾고 있다는 걸 알아가는 중이었다. 그녀는 매우 취해 있었다. 잠기지 않은 우리 현관문으로 들어와 위층에 올라온 거였다. 사람들 소리를 듣고 아마도 여기가 자기가 찾던 파티라고 생각한 모양이었다. 그녀의 라이크라 보디슈트는 정말이지 놀라웠다.

"우리는 보드게임을 하고 있어요." 누군가 그녀에게 설명했다. 그러나 그녀는 우리의 보드게임에는 관심이 없었다. 자기 친구의 파티에 관심이 있었다. 그녀는 멍한 표정으로 구슬 같은 눈을 굴렸다. 나는 그녀를 집까지 태워주겠다고 제안하면서 어떻게 할지 벌써부터 상상하기 시작했다. 우리는 차에서 대화를 나누리라. 술에 관해서, 술이 그녀를 어디로 데려갔는지, 나를 어디로 데려갔는지를 말하리라. 어쩌면 그녀를 일요일 모임에 데려갈 수도 있으리라, 아니 거기서 나는 그녀의 이야기를 할 수도 있으리라. 그것이 나의 단주 후 첫번째 영웅적인 행위가 되리라. 나는 열쇠를 가지러 내 방으로 갔다.

그러나 돌아와보니 그녀는 없었다. 그냥 가버렸어, 누군가 말했다. 들어왔을 때처럼 그냥. 어쨌거나 나는 그림자 속에서 흐느적거릴 그녀의 반짝이는 금색 보디슈트를 찾아 어두운 거리로 차를 몰았다. 그러나 그녀는 보이지 않았다.

모든 모임은 하나의 합창이었다. 꼬박꼬박 나오는 회원들을 알게 되었다. 미치라는 남자는 어느 날 아침—술을 진탕 마신 후 들판 한가운데 자기 차도 아닌 남의 차 안에서—깨어나 보니, 암소가 열린 차창 사이로 주둥이를 들이밀고 있었다고 했다. 글로리아라는 여자는 어린 딸을 팽개치고, 방에서 혼자 술을 마시고는 긴 "낮잠"을 잤고, 딸이 방문을 두드릴 때마다 정신을 못 차리고 짜증을 냈다고 했다. 칼이라는 남자는 초등학교 시절 보온병의 인스턴트커피를 몇 병씩 연거푸, 강박적으로 마시며 초조한 망각 속에 빠졌다고 했다. 폴리에스터 운동복을 입은 키스라는 남자는 대체로 말이 없었는데, 하루는 간단히 이렇게 말했다. "술을 마시면 내 안에서 희망이 죽어버려요." 빨간 비니를 쓴 헤로인중독자 노인인 펠릭스는 배고픔을 사랑한다고 했다. 배고픔은 그의 몸이 그에게 살고 싶다고 알리는 언어였다.

데이나는 반쯤 머리를 밀고, 남은 머리에는 자주색으로 부분 염색을 한 여자였다. 그녀는 헤로인을 끊은 후 처음 몇 달 동안은 통 웃지 않았다. 가끔은 나를 바라보는 그 시선이, 나를 피곤하고 지루한 여자로 보는 것 같았다. 그러나 하루는 내가 한 말에 그녀가 크게 웃었다. 나는 자동차 시동을 끄기 전에 카라디오를 NPR(공영방송)로 돌려놓곤 했는데, 혹시 나중에 데이브가 시동을 걸 때 내가 NPR을 듣고 있었다고 생각하게끔 하기 위해서였다고, 왠지 나는 우스꽝스러운 팝 음악이 아닌 NPR 라디오를 들어야 *할 것* 같았기 때문이라고 말했다. 그건 사소한 일이었지만 그렇지 않기도 했다. 그것은 우리가 보여주고 싶은 것을 세상에 보여주는 거짓말에 관한 이야기였다.

"*나랑* 똑같네요." 데이나가 말했다. "완전히 내 얘기예요."

데이나를 모임에 태워다 주기 시작하면서, 우리는 한 번도 NPR을 듣지 않았다. 헤로인을 끊고 몇 달이 지나자 그녀는 굉장히 생기가 돌았다. 그녀의 눈과 몸에서, 그녀가 다른 여자들을 힘껏 포옹하는 방식에서 그것이 보였다. 엄청난 눈보라가 몰아쳐 거리가 거의 텅 빈 어느 날 오전에 나는 그녀를 태웠다. 내 차는 눈 속을 엉금엉금 기어갔다. 나는 히터를 최대로 올리고 운전대를 꽉 잡았다. 차는 내내 좌우로 미끄러졌지만 우리는 모임에 참석했다. 이제 우리에게, 우리 둘에게는 같이 보낸 시간이 있었다. 이야기가 있었다. *그날 우리는 눈을 뚫고 차를 몰았다. 그날 우리는 도착할 수 있을지 자신이 없었다. 그러나 결국 우리는 해냈다.*

——————————— 빌 윌슨은 어디서, 누구를 상대로 말하느냐에 따라 자신의 단주 경험을 다르게 이야기한다. 빅북에서는 그가 주방 식탁에서 에비와 나눈 대화가 명백한 깨달음—"그 *직후* 기적에 관한 나의 생각은 철저히 바뀌었다"—의 순간으로 등장하는 반면, 그

의 자서전에서는 이 친구가 찾아온 후에도 몇 번의 폭음이 더 있었다고 고백한다. 그가 영원히 술을 입에 대지 않게 된 것은 그 산바람이 불고 난 이후의 일이었다.

이 두 판본 사이의 괴리는 허세나 진정성의 문제라기보다는 실용주의의 문제다. 빅북에서 윌슨은 AA가 제공하는 것, 즉 일체감과 동지의식의 중요성을 강조하고 싶었지, 일부 사람은 절대 맛보지 못할 강렬한 영적 경험을 단주의 계기로 내세우고 싶지 않았다. 그는 돋보이려는 마음에서가 아니라 거의 정반대의 충동 때문에 자기 이야기를 바꾸었다. 자신의 삶을 사적인 산물이라기보다는 공공의 도구로 이해했던 것이다.

윌슨의 이야기는 복잡한 도구였다. 그 이야기가 특정한 부담감을 안겨주었기 때문이다. 만약 한 독자가 술을 끊은 친구와 처음 대화를 나눈 후에도 완전히 술을 못 끊었다면 어떻게 될까? 아마도 그 독자는 여섯 번은 더 재발해 술에 빠졌을 것이며, 술을 끊은 친구에게 술에 취해 전화해서 이렇게 말했을 것이다. *빅북의 그 남자처럼 술을 끊지 못해서 미안하다.*

바로 그런 이유로 윌슨은 단주 모임의 구조를 반영한 책, 자기 이야기만이 아니라 다른 이들의 이야기를 함께 실은 책을 내고 싶었다. 그는 빅북에 어울리는 부제를 달았다. *알코올중독에서 회복한 수많은 남녀의 이야기.* 책 전체를 이루는 하나의 이야기 속에는 수많은 사연을 가진 수많은 사람들이 등장한다. 윌슨은 자기 이야기가 전체를 묶는 전형 또는 서사를 구속하는 법칙이 되어 *당신은 이렇게 술을 끊어야 한다*고 강요하고 싶지 않았다. 그는 한 번의 대화에서 거센 산바람, 즉 구원을 발견하지 못한 모든 이를 위한 공간을 만들어주고 싶었다. 그는 "이 운동의 토대를 경시"하고 싶어 했는데, "위로부터의 지나친 제재가 없어야" 더 효과가 있다고 생각했기 때문이다.

윌슨은 성자가 되고 싶지 않았음에도, 최고의 무엇이라는 모든 인식에 저항하기 위해 그가 일으킨 운동에서 어느새 자기가 "넘버원 맨"이 되어 있음을 깨달았다. 1958년의 AA 총회에서 그는 청중에게 말했다. "저도 여러분과 같습니다… 저 역시 실수를 합니다." 그는 바버라라는 AA 회원에게 보내는 편지에서, 자신을 위해 만들어진 성좌는 인간이 차지하지 못할 자리라고 설명했다. 그것은 그가 자서전 쓰기에 질색했던 이유이기도 했다. 그것이 자신의 성좌를 더 높이 올려버릴 거라는 두려움 때문이었다. "물론 나는 인쇄되고 있는 모든 자전적인 이야기에 항상 극도의 거부감을 가지고 있었다." 결국 그의 사후에 출간된 자서전 서문에서 그는 그렇게 썼다. 『빌 W.: 나의 첫 40년*Bill W.: My First Forty Years*』이라는 제목의 자서전은 사실상 윌슨이 에드 비어스태트Ed Bierstadt라는 단주 동지와 1954년에 나눈 일련의 대화를 옮긴 글이다. 이 책은 표준적인 원맨쇼 회고록이 아니라 동지 간의 대화로 구성되어 있다.

이 책은 그 자체가 하나의 예방접종—혹시 뒤따를지 모를 성인전 집필을 미연에 방지하기 위한 시도—인 셈인데, 윌슨은 대화 도중에 끊임없이 자기 자아에 관한 문제를 의식한다. 그는 자기 이야기를 하는 방식이 그 이야기 자체를 부풀리지는 않을지, 옛날 자신의 죄악이나 새로운 구원을 지나치게 자랑삼지는 않을지 걱정했다. "에드와 나는 마지막 대화 때 월스트리트 시절을 이야기하며 실컷 웃었다." 어느 대목에서인가 그는 이렇게 고백한다. "내가 옛날의 나로 돌아갔다는 건 너무나 분명하다. 그 상황의 전체 분위기는 내가 쿵쾅거리는 술집에서 중요한 거래와 재정적 전능함, 권력에 관해 떠들고 있는 것처럼 들렸다."

그것은 서사적인 재발이다. 잠시, 윌슨의 목소리는 냉정함을 잃고서, 취한 채 자신의 재정적 모험을 떠벌리며 다시 허세를 부린다. 잠시, 자기폭로는 그것의 어두운 제2의 자아인 자기 자랑으로 빠진다. 이는 대화식 서사에서 늘 발생하는 위험이다. 방탕한 지난 시절을 이야기하면서 즐거움을 느낄 때, 여전히 그 시절로 돌아가고 싶은 마음 한구석을 은연중에 드러낸다면? 그러나 윌슨은 그것—그 미끄러짐, 고개 드는 자만심—을 고백하고, 취한 옛날의 자아가 잠시 이야기를 낚아챘음을 고백함으로써 다시 이야기를 되찾을 수 있다고 믿는다.

AA를 처음 다루었던 주요 매체의 특집 중 하나로, 1941년 잭 알렉산더Jack Alexander가 『새터데이 이브닝 포스트*Saturday Evening Post*』에 기고했던 기사는 AA 회원들의 극적인 스토리텔링 습관을 회의적으로 바라보았다. 알렉산더는 그들이 "브로드웨이의 어느 캐스팅 기획사에서 보낸 일군의 배우들처럼 행동했다"고 썼다. 그러면서도 그는 기꺼이 그들의 이야기를 옮겼다.

> 그들은 그림 뒤에, 또는 지하실에서 다락까지 곳곳의 은닉처에 숨겼던 240밀리리터들이 진 병을 이야기하고, 술 마시고 싶은 유혹을 피하려고 종일 영화관에서 보낸 나날들을 이야기하고, 잠깐 낮술을 마시기 위해 몰래 사무실을 빠져나왔던 이야기를 한다. 그들은 실직하고서 아내의 지갑에서 돈을 훔쳤다는 이야기, 짜릿하게 쏘는 맛을 느끼려고 위스키에 후추를 넣었다는 이야기, 쓴 약이나 진정제, 구강청정제나 발모제를 대신 마셨다는 이야기, 근처 선술집이 문을 열기 10분 전에 그 밖에서 진을 치는 습관이 들었다는 이야기를 한다. 그들은 손이 너무 떨려서 작은 잔을 입으로 가져갈 때마다 내용물을 흘

렸다고 하고, 앞니가 깨질 위험을 무릅쓰고 양손으로 꽉 붙들 수 있는 커다란 오지 맥주잔으로 술을 마셨다고 하고, 수건을 목에 감고는 한 쪽 끝을 잔에 두르고 다른 쪽 끝을 다른 손으로 잡아당겨, *도르래 방식으로 술잔을 입에 가져갔다*고 하고, 손이 얼마나 떨리던지 뚝 부러져서 허공으로 날아갈 것 같았다고 하고, 손이 그렇게 날아가지 않도록 몇 시간 동안 손을 깔고 앉아 있었다고도 말한다.

알렉산더가 깨닫기 시작하는 것 또는 적어도 그 기사에서 깨달음으로 간주하는 것은, 술을 끊은 이 사람들이 공연하듯이 자기 이야기를 하고 있지는 않다는 것, 무책임한 호사가나 경건한 체하는 이타주의자 역할을 하고 있지는 않다는 것이다. 그들은 다른 사람들은 물론 자신을 위한 치유책으로서 자기 이야기를 제시한다. 물론 이는 양자택일의 문제가 아니다. 누군가는 청중을 꾀어 그들을 구원하려고 노력할 수도 있다. 영광과 진실한 공익을 동시에 추구할 수 있다. 알렉산더는 AA 회원들이 "술꾼 구제"를 인슐린으로 삼는 당뇨 환자 같다고 주장한다. 그는 그들을 이타적인 성자로 포장하는 게 아니라 자기보존성 덕분에 스스로 유용해진 사람들로 인정한다. 그들은 단지 칵테일 파티에 곁들일 일화(*한때는 내가 그렇게 살았지요!*)나 상처의 배지(*한때는 내가 그렇게 고생했지요!*)로서 자기 이야기를 하는 게 아니다. 그렇게 해서 그들은 자신을 필요로 하는 사람에게 다가갈 수 있는 것이다.

세라 마틴의 예를 들어보자. 그녀는 술에 취해 창문에서 뛰어내렸다가(또는 떨어졌다가) 얼굴부터 보도에 떨어지는 바람에 6개월에 걸쳐 치과 치료와 성형수술을 받았다. 알렉산더에 따르면 지금 그녀는 "히스테리 부리는 여성 술꾼들이 창밖으로 뛰어내리지 못하게 밤새도록 붙들고 있을 때가 많다." 세라가 창문에서 뛰어내린 이야기를 하는 것은 그 이야기가 그녀를 돋보이게 해주기 때문이 아니라, 그러지 않기 때문이다.

알렉산더의 기사는 빌 윌슨의 도움을 받아 쓰였으며, 그의 보증과 감사의 말과 함께 발표되었다. 윌슨은 알렉산더에게 이렇게 썼다. "당신은 앞으로 오랫동안 AA 건배사의 주인공일 것입니다—물론 코카콜라로 하는 건배죠!" 이 기사가 발표되고 12일 만에, AA는 거의 천 명의 알코올중독자로부터 도움을 요청받았다. 1941년 말 무렵 이 프로그램의 회원은 8천 명이 넘었다. 1950년에는 10만 명에 이르렀다. 2015년을 기준으로 회원은 200만 명이 넘었다.

———————————— 회복이라는 개념은 무엇을 의미할까? 그것은 치유, 복원, 재배치, 교정, 또는 만회를 뜻할 수 있다. 프랑스 철학자 카트린 말라부Catherine Malabou는 회복의 세 가지 관점을 각각 불새, 거미, 도롱뇽 등의 동물과 관련짓는다. 불새는 상처가 궁극적으로 지워지는 회복—"결점, 흔적, 병변 등의 소멸"—을 나타낸다. 불새는 재 속에서 흠 없이 완벽히 멀쩡하게, 정확히 예전과 같은 모습으로 날아오른다. 그것은 흉터가 전혀 남지 않는 피부 치료와 같은데, 잊히지 않는 근본적 상처를 가진 각자의 이야기가 접착제가 되어 모든 세라 마틴과 새로운 회원들을 묶어주는 AA와는 심리적으로 정반대에 가깝다.

AA는 말라부가 제시한 나머지 동물인, 거미와 도롱뇽 사이의 어딘가에 존재한다. 거미는 흉터들이 끝없이 쌓여서 하나의 그물을 자아내는 어떤 것과 관련이 있으며, "흔적, 흠, 긁힌 자국으로 뒤덮인" 텍스트처럼, 흉터 하나 없는 "새 피부를 입을" 가능성을 거부한다. 한편 말라부의 세번째 회복 마스코트인 도롱뇽은 흉터는 없지만, 그렇다고 예전 것과 똑같지는 않은 새 다리를 만든다. 이 새로운 다리는 거미가 자아내는 흉터의 끝없는 그물도 아니고 예전의 자신과 똑같은 모습을 되찾는 불새식의 부활도 아니다. 도롱뇽의 새 다리는 크기와 모양과 무게가 다르기 때문이다. 말라부에 따르면, 새로운 다리에는 "흉터는 없지만, 차이가 있다. 그 차이는 더 고상한 생명 형태가 아니며 무시무시한 간극도 아니다."

AA가 바라보는 갱생의 시각은 음주를 종양처럼 도려낸 예전 자아의 복제도 아니고, 흉터와 굳은살로 뒤덮인 지금의 자아도 아닌, 완전히 새로운 기관인 단주 정체성을 제시한다. 그 전환은 성스럽지도 비통하지도 않다. 그저 하나의 생존 전략일 뿐이다. 항복부터 고백까지, 이 프로그램의 12단계는 유명해졌다. 1단계에서는 당신이 삶을 제어할 수 없게 되었음을 인정하고, 3단계에서는 '더 높은 힘'에 항복한다. 5단계에서는 당신의 분노와 성격적 결함의 목록을 공유하고, 9단계에서는 당신이 피해를 준 사람들에게 보상한다. 그리고 12단계에서는 다른 사람들에게 도움의 손길을 내민다. *이들 단계를 거친 결과로서 영적 깨달음을 얻게 된 우리는 알코올중독자들에게 이 메시지를 전하기 위해 노력한다.* 이런 식으로 계속 진행되면서 그 단계들은 결코 끝나지 않는다.

처음 "증인 권위"라는 말을 들었을 때, "일산화이수소"라는 말처럼 낯설게 들리더니 나중에는 *물론 물이지*, 하는 것처럼 당연하게 여겨졌다. 존스홉킨스대학교의 정신과의사 메그 치점Meg Chisolm 박사가 나에게 말하기를, 자신이 환자들에게 AA를 추천하는 이유는 주로 그 모임의 사회적 인프라와 이 증인 권위 때문이라고 했다. 즉 AA 회원들은 자기 경험을 공유함으로써 치점 박사의 것과는 다른 생생한 권위를 보여준다는 거였다. *박사님은 그걸 그렇게 부르시는군요*, 나는 생각했다. 나는 벌써 몇 년째 그것으로 살아가고 있었다. 버그는 모임의 첫날 밤 나를 바로잡아주었고, 데이나는 좋아하지도 않는 라디오 방송을 들으며 평생을 살아왔다는 듯 "*나랑* 똑같네요"라고 말해주었다. 캐플린 박사는 환자들로부터 종종 이런 말을 듣는다고 내게 귀띔해주었다. "선생님도 헤로인을 해보시면 좋을 텐데요. 제 입장이 된다는 말의 의미를 선생님은 모르세요." 캐플린 박사는 자신과는 전혀 다른 삶을 사는 볼티모어의 중독자들을 연구하는데, 이 환자들이 회복 과정에서 발견하게 되는 것은 그들이 서로 같다는 깨달음이다.

캐플린 박사와 치점 박사 모두 나에게 12단계 회복법은 효과적인 행동 치료—긍정적 강화와 동료의 지원 같은—를 위한 전달 메커니즘일 수 있지만, 어떤 독점권을 갖지는 않는다고 말했다. 12단계 회복법은 대응 전략을 가르치고 공동체 의식을 북돋우며, 포커 칩과 생일케이크, 그리고 방 안 가득한 사람들이 90일, 1년, 30년 등을 축하하며 쳐주는 박수로써 절제를 보상해준다. "모임은 특히 자기 자신의 고백을 들을 필요가 있는 사람들에게 유용하다"고 캐플린 박사는 말했다.

내가 이런 임상 문구—"우발성 관리" "공동체 강화"—속에서 완곡하게 어른거리는 회복의 에너지에 관해 들었을 때, 기시감이 들었다. 그것은 코카인에 취했을 때 돛이 펄럭이는 느낌을 주었던 도파민 수송 차단에 관해 듣는 것과 다르지 않았다. 어떤 조작이나 가치 절하도 없이 그 느낌을 그냥 옮기고 구체화했을 뿐이었다. 그것은 다른 유형의 지도에 표시된 배의 항로와 같은 것이었다.

치점 박사가 특정 환자들에게 AA 참석을 독려하면서 가끔은 경고를 덧붙인다고 했을 때, 나는 놀라지 않았다. 그녀는 환자들에게 이렇게 경고한다. "당신은 정말 똑똑하군요. 그런데 그게 당신에게 불리하게 작용할 수도 있어요." "AA에 나가기에는 지나치게 똑똑하다"는 생각은 곧바로 나에게 반향을 일으켰다. 나도 마음 한구석으로는 이따금 AA의 판에 박은 듯한 말들이 지나치게 환원적이라고, 또는 그 서사가 지나치게 단순하다고 느끼고 있었다. 그런 한편으로 "AA에 나가기에는 지나치게 똑똑하다"는 말이 자만심을 유혹하는 그 나름의 세이렌의 노래가 될 수 있다는 것도 알고 있었다. 당신은 자신을 그 평범한 이야기의 예외라고 여기고, 모든 경구가 당신에게는 적용되지 않는다고 생각할 수 있다. 당신의 의식은 매우 복잡해서 다른 누구와도 공통점이 별로 없다고 생각하는 것처럼. 심지어 나는 그런 자아도취에 대한 거부가 한편으로는 자아에 대한 교정임을 의식하고 있었다. 나는 AA에 나가기에는 지나치게 똑똑하다고 생각하지 *않았다*는 것이 자랑스러웠다. 마치 그 오만함에 저항함으로써 우등상을 받을 자격이 있다는 것처럼.

——————————— 소설가 찰스 잭슨은 단주 초기에 AA를 완전히 무시하면서 일단의 "신비주의적 어쩌고저쩌고"를 토대로 "단순한 영혼들"과 "의지박약자들"을 위해 만들어진 단체라고 깎아내렸다. 지역의 한 서적상("빌어먹을 녀석")이 몹시 강압적으로 AA에 나가라고 강요하자 그는 화가 났다. "이 개자식!" 잭슨은 생각했다. "내 힘으로 단주한 지 *8년*이 지났는데, 내가 지금 하는 게 뭔지 모른다고 생각한다면, 당신은 날 잘 알지 못하는 거야!" 잭슨의 AA 회의주의가 가장 심하던 시기에 썼던 『잃어버린 주말』이 동지애 기반의 회복에 대한 낙관적 초상을 제시하지 않았던 것도 놀랄 일은 아니다. 책이 나오기 1년 전인 1943년에 출판사에 보낸 편지에서 잭슨은 이 책이 어떤 "해법"의 가능성을 어떻게 바라보고 있는지 설명한다. 해법은 "제시되기

야 하겠지만, 그러고는 사용되지 않고 치워질 것입니다."

회복의 관점에서 보면, 잭슨의 주인공 돈 버넘의 문제는 단순히 술을 끊지 못한다는 게 아니라 계속해서 잘못된 유형의 이야기를 한다는 것이다. 그는 고통스러운 자기폭로보다 일화식의 유머에 더 관심이 있다. 예를 들어 3번 대로를 따라 100블록을 비틀비틀 다니면서 타자기를 전당 잡히려다 실패한 뒤, 돈이 처음 느낀 충동은 그 경험을 "일화"로 전환함으로써 보상하려는 것이다. 그는 청중은 웃고 싶을 뿐이지, "그 농담 뒤의 현실, 불편함, 잔인함, 고통스러운 세부는 알고 싶지도 듣고 싶지도" 않을 거라고 상상한다. 만약 회복이 한 사람의 경험에서 "잔인하고 고통스러운 세부"를 공유해야 한다고 전제한다면, 취한 돈은 반反AA 이야기를 하는 이야기꾼이다. 즉 진짜 어려움을 드러내기보다 일화적 오락에 중점을 두고 이야기를 하는 것이다.

그 소설을 출간하고 15년이 지난 후, 잭슨은 클리블랜드의 한 AA 모임에서 다른 유형의 이야기를 시도했다. 그는 방 안 가득한 낯선 사람들에게 자기 소설의 주인공이 되는 것에 진절머리가 난다고, 그리고 그의 "한정된 초상화"는 그에게 아무 도움이 되지 않았다고 말함으로써, 스스로가 의문을 품으면서도 스토리텔링 행위에 참여하고 있었다. 그러나 그가 회복 모임에서 하는 스토리텔링은 그의 베스트셀러 소설의 스토리텔링 양상과 똑같지는 않았다. 이번 스토리텔링은 자신에게 덜 투자하고 다른 이들에게 더 많이 투자해야 했다. "나는 나 자신의 바깥으로 나가지 못했습니다." 그는 사람들에게 말했다. "내 생각엔 알코올중독자를 그렇게도 많이 괴롭히는 게 바로 이것이 아닌가 합니다… 나는 나 자신에게 지나치게 관심을 쏟았고, 나 자신에게 지나치게 열중해 있었고, 그리고 술을 마셨습니다."

1959년 이 AA 모임에서 연설할 때까지, 잭슨은 AA를 무시하던 단주 시절 초기로부터 먼 길을 돌아왔다. 한 친구에게 그는 이런 편지를 썼다. "정말이지 AA에는 단순한 단주 이상으로 훨씬, 훨씬 더 많은 것들이 있네. 행복과 전혀 새로운 삶의 방식이 있지." 잭슨이 처음 모임에 나가기 시작한 건 1940년대 중반이었다. 회원으로서가 아니라, 출판업자의 간청으로 『잃어버린 주말』을 홍보하기 위해서, 약간은 툴툴거리면서 연설자로서 갔다. 그러나 하트퍼드 AA 지부에서, 그는 AA 동지의식이야말로 돈 버넘이 필요로 했던 바로 그것일 수 있다고 인정함으로써 600명 청중의 마음을 사려고 애쓸 수밖에 없었다.

마침내 잭슨이 AA에 참여하고 싶다고 생각한 때는 이미 여러 번 그랬듯이, 또 한 번 밑바닥을 맛보았던 1953년이었다. "이 사람들은 나에 관해 *알고* 있었다. 이들은 내가 갔던 곳에 가보았던 사람들이었고, 나에겐 없는 무언가를 가진 사람들이었다. 나는 그것을 가지고 싶었다." 이때 그는 필라델피아의 한 알코올중독 병원인 솔 클리닉에서 치료받고 있었다. 그곳을 운영하던 솔 박사는—몇 년 전—잭슨에게 직접 편지를 써서 돈의 회복 이야기를 속편으로 써달라고 간청한 적이 있었다. "저는 당신이 해야 할 책무이자 당신이 할 수 있는 위대한 선에 관한 생각밖에 없습니다. 모든 알코올중독자들, 그 친구들과 가족들이 『잃어버린 주말』 속편을 기다리고 있습니다." 그러나 9년이 지나 잭슨이 솔 클리닉에 도착했을 때의 아이러니는 너무도 명백했다. 잭슨이 알코올중독을 극복한 이야기를 글로 써서 다른 사람들의 치유를 도와주기를 바랐던 바로 그 의사에게, 잭슨 자신이 치료해달라고 도움을 청하고 있었다.

처음에 잭슨은 AA에 가면 "지적으로 동등한 사람들"이 없을 거라고 걱정했지만, 모임에서 시간을 보낼수록 지적 동류의식이 그렇게 중요한 건 아니라는 확신이 더욱 커졌다. 그가 더 많은 정보를 얻기 위해 버몬트주 몬트필리어의 한 AA 지부에 전화했을 때, 그들은 잭슨에게 연설자로 참여하고 싶은지 물었다. 그러나 그는 그냥 나가서 듣고 싶다고 대답했다. 그는 후원자를 통해서 접한 영국 작가 G. K. 체스터턴G. K. Chesterton의 한 구절에 점점 더 빠져들었다. "그대의 삶 안에서 그대가 더 작아질 수 있다면 그대의 삶은 얼마나 더 커지겠는가. 그대는 더 자유로운 하늘 아래, 근사하고 낯선 이들이 가득한 거리에서 그대 자신을 발견하게 되리라." 잭슨은 뉴잉글랜드 전역의 교회 지하실에서, 접이의자에 앉아 이야기를 나누고, 술꾼의 탐닉을 또 다른 자유와 맞바꾸는 근사하고 낯선 사람들, 아니 충분히 근사한 사람들을 발견했다.

—————————— 한겨울 아이오와의 어느 밤, 나는 어느 동네 한가운데의 큰 저택에서 열린 단주하는 여성의 밤에 참석했다. 넬이라는 여자의 집이었는데, 갈색 가죽의 거실 가구들과 흰색의 긴 털 러그가 깔린, 먼지 하나 없이 깔끔한 집이었다. 모든 것이 깨끗하고 반짝반짝하고, 줄지어 걸린 금속 프라이팬들까지 빛나는 그 집은 어딘가 으스스한 느낌이 들었다. 쓸쓸해 보였다. 넬의 남편이 그녀의 음주 재발로 고생하고 있다는 걸 모임에서 들어서 알고 있었다.

우리는 게임을 했다. 누군가 볼더대시 보드게임을 가져왔다. 누군가는 '애플 투 애플' 게임을 가져왔는데, 한 사람이 형용사(*비싼*, *유용한*, *부유한*)가 적힌 카드 한 장을 뒤집으면 나머지 사람들은 각자가 들고 있는 카드 중에서 어울리는 명사(*스위스*, *이글루*, *은행강도*)가 적힌 카드를 내야 하는 게임이었다. 로리라는 여자는 아직도 김이 오르는 갓 만든 바나나 머핀을 바구니에 담아 천으로 싸서 들고 왔다. 진저는 칠면조 포트 파이를 가져왔고, 밸은 다섯 가지의 베이지색 재료, 즉 이런 크림, 저런 크림, 우유, 치즈 간 것, 마요네즈 등으로 만든 '치킨 서프라이즈'라는 음식을 가져왔다.

나는 병에 맺힌 물방울로 내 시트를 적시던 스트레이트 럼주, 내 핏줄을 따라 타닥거리는 코카인에 취해 새벽에 한 남자에게 키스했던 일, 반딧불이 가득한 잔디밭에서 얼큰하게 취했던 일을 아직 기억하고 있었다. 그것이 *사는 거지*, 라고 나는 굳게 확신하고 있었다. 이날 밤은 여러 가지 찜 요리 같았다.

나는 기름 자국이 작은 군도처럼 얼룩진 핑크색 상자에 빵집에서 만든 쿠키—나는 어디를 가든 빵집에서 쿠키를 가져갔다—를 넣어 가져왔다. 넬은 쿠키를 받아들고 흥분했고, 좋아하는 그녀를 본 나는 기분이 좋아서 아이가 된 느낌이었고, 내 손에서 그녀의 손으로 음식을 건네는 원초적 흥분이 즐거웠다. 아무리 사소한 방식이라 해도 쓸모 있다는 느낌이 좋았다.

넬의 남편은 늦게까지 일하는 변호사였고 늘 아이를 갖고 싶어 했지만, 넬의 음주 때문에 아이를 갖는 건 상상하기 힘들었다. 넬이 집 구경을 시켜주다가 예전에 술병을 숨기던 장소를 보여주었다. 주방 싱크대 밑 종이가방, 청소용품 뒤쪽, 그리고 술병을 담요로 말아 보관했던 차고 안의 낡은 캠핑 가방. 나는 데이브가 열쇠를 집어넣는 소리에 귀를 기울이며 마지막 진을 털어 넣고 잇몸에 피가 나도록 이를 닦던 일이 떠올랐다.

그날 밤 우리는 제스처 게임을 했다. 다들 열심이었다. 애플 투 애플 게임도 했다. 우리가 *신뢰할 수 있는*이라고 적힌 카드를 뽑으면 누군가 *캐나다인*들을 내놓았지만, 이어서 *위스키* 카드를 낸 사람이 이겼다. 위스키는 우리가 손글씨로 써서 추가한 만능패였다. 우리가 *필사적*

인 카드를 뽑자 나는 *보드게임*을 내놓고 싶었다. 우리는 1리터짜리 다이어트 콜라로 병나발을 불었다. 파스텔 색조 카디건을 입은 중년 여성들은 내가 생각도 못 한 신체 부위에 헤로인 주사를 놓는 이야기를 했다. 우리는 예전처럼 위안 삼을 방식이 없이 하루를 지내는 방법에 관해 수다를 떨었는데, 그 안에 위안이 있었다. 세상의 날을 무디게 해줄 어떤 것도 없이 세상을 살아가는 그 단순한 행위가 그 사람에게도 지랄 맞게 *힘들었다*는 이야기들 안에 위안이 있었다. 넬의 집에서 시간을 보낼수록 그녀가 더욱 놀랍게 느껴졌다. 옛날에 숨겼던 술병들의 유령이 가득한 집에서 날마다 일어나, 그녀가 실망시킨 남편을 마주하고, 그녀 삶의 조각들을 다시 소유하려 애쓰고, 모임에서 들었던 사람들의 말처럼, *다음번 할 일*을 하려고 노력한다니.

집으로 차를 몰면서, 내가 이 여자들과 어느 술집에서 몸을 가누지 못할 정도로 취한 모습을 상상했다. 술은 우리 모두를 연결해주었지만 결코 우리가 같이한 적 없는 한 가지였다. 나는 술꾼이던 당시의 그 여자들을 만나고 싶었다. 오지 않을 그 밤의 소음과 흥청거림은 다른 방에서 들리는 소리, 문 뒤에 있어 잘 들리지 않는 소리처럼 느껴졌다.

넬에게 남아 있는 것이 무엇인지 몰라도, 넬이 술병들이 있던 장소를 정확히 짚어냈던 건 그것 때문이었음을 나는 깨달았다. *저 아래, 저 위에, 저 구석에.* 나는 그녀의 텅 빈 집, 그 어두운 곳곳에 있는 그녀의 뒷모습을 상상했다. 빵 부스러기를 쓸고, 이미 깨끗한 표면을 닦고, 집어삼킬 듯한 적막과 싸우는 그녀. 한편으로는 캠핑 가방 속의 보드카 병을 꺼내 그 달콤하고 깔끔한 인사불성 속으로 빠질 수 없는 그녀가 안타까웠지만, 다른 한편으로는 이 여파를, 나날이 쌓여갈 여파를 믿었다.

"기적이 일어나기 전에는 모임을 떠나지 마세요." 한 여자가 나에게 말했고 나는 생각했다. *그럼요, 알았어요.* 그러나 알고 싶기도 했다. *그게 언제일까요?* 나는 나에게 기적이, 그리고 넬에게 기적이 찾아올 정확한 날짜—연, 월, 일—를 알고 싶었고, 그래서 넬에게 말해주고 싶었다. *그때까지만 버텨요.*

———————————— 적어도 이건 있었다. 데이브와 앉아서 옥수수 토마토 샐러드를 먹을 때, 나는 욕구라는 야생동물을 숨기려 더는 애쓰지 않았고, 이제는 *또 마시자, 한 잔 더 할 수 있을까?* 라는 말을 억누르려 애쓸 필요도 없었다. 이제 우리는 소다수에 라임을 넣어 마셨다. 단주 선물로 데이브가 고풍스러운 소다수 제조기를 사 주었다. 라즈베리, 생강, 바닐라 등의 시럽으로 소다수를 만들 수 있는, 유리와 철사로 된 아름다운 장치였다. 그 선물, 단주라는 거대하고 영원히 메마른 풍경을 밝혀준 그 방식 때문에 나는 그를 무척 사랑했다. 우리는 물을 탄산화하는 작은 카트리지를 구하기만 하면 되었다.

우리는 우리 관계 초기의 경이로웠던 몇 달의 기억으로 돌아가 다시 시작하려고 애쓰고 있었다. 밝고 추운 어느 겨울날 우리는 어느 구루가 옥수수 들판 한가운데 세운 '마하리시 베딕 시티'라는 곳으로 차를 몰았다. 모든 건물이 동쪽을 향하고 있고 지붕마다 황금 첨탑이 있다는 곳이었다. 그 소도시에는 람이라는 나름의 화폐도 있었다. 초월적인 느낌의 명상 홀들은 요가 부양실이라고 불렸다. 나는 요가 공중부양 비디오를 온라인에서 본 적 있었다. 결가부좌를 한 사람들이 깡충거리며 매트 위를 건너갔다. 근사해 보이지는 않았지만 즐거운 듯했고, 그 부산스러운 노력이 초월의 부재라기보다는 초월의 징표라고 믿고 싶었다.

데이브와 나는 눈 쌓인 옥수수 들판을 지나는 내내 황금 첨탑들을 찾아보았다. 결국 우리가 발견한 건 군데군데 밟지 않은 눈이 있는 황량하고 더러운 길과, 렌즈콩과 카레 맛 콜리플라워 같은 채식 브런치가 제공되는 사워크림 색깔의 건물이었다. 데이브는 도중에 육포를 너무 많이 먹은 탓에 전혀 배고프지 않았다. 그러나 우리가 그 경험을 같이하고 있다는 이유로, 어쨌든 그는 먹었다. 그는 단단해진 눈 위로 옅은 발자국을 남기며 사뿐사뿐 총총히 걸어가는 조그만 붉은여우 한 마리를 가리켰다. 우리에게는 람 화폐가 없었지만, 알고 보니 신용카드로 결제할 수 있었다.

렌즈콩 가득한 브런치를 먹은 뒤, 우리는 요가 부양실을 찾아 나섰다. 바람이 세서 차가 눈더미에 처박힐 뻔한 적도 여러 번이었다. 우리는 좋은 하루를 보내기 위해 무지 애쓰고 있었다. 부양실을 찾아내긴 했지만 그곳엔 아무도 없었다. 우리는 문지방에 서서 안을 들여다보았다. 새의 날개처럼 무릎을 퍼덕이며 명상하는 사람들이 있어야 할 곳에는 적막뿐이었고, 정적이 너무 쓸쓸해서 내 옆에 있는 사람—여우 목격자, 부조종사—을 어루만지고 싶었고, 그래서 그렇게 했다. 그를 만졌다. 그런 다음 우리는 떠났다.

데이브를 사랑한다는 것, 그것은 바깥에서 울리는 토네이도 경보를 들으며 설거지하던 손에 비눗기가 남은 채로 우리가 부엌에서 키스할 때, 내 타이츠에 닿던 그의 청바지였다. 그것은 오렌지색 소파에 앉아 창밖의 눈더미—자동차들 위로 둥그렇게 쌓인 모습이 공원 위에 솟은 수많은 언덕 같던—를 내다보면서, 우리에게 이 집, 이 거실, 이 따뜻함이 있다는 데 감사하면서 몸을 떨며 먹던 달걀과 커피였다. 그것은 우리가 서로에게 세상을 전달하는 방식이었고, 이동 도중 우리 집에서 한 블록 아래 착륙한 애기여새에 관해, 그 가슴색이 우유에 넣고 저은 노른자 같고, 작은 볏이 화살촉 같다며 그가 들려주던 이야기 방식이었다.

데이브를 사랑한다는 것, 그것은 김빠진 맥주 냄새와 사람들의 땀 냄새가 뒤섞인 시내 클럽 '게이브'에 가서, 어떤 여자가 우쿨렐레로 켜켜이 드럼 루프를 쌓는 모습을 지켜보고, 갈망이 가득한 그녀의 걸걸한 알토 음역 목소리에 귀를 기울이고, 그 여자가 페달을 밟아 후렴구를 녹음해 다르게 들려줄 때, 그 순전한 *창조*의 행위에 몹시도 열광하는 데이브의 흥분한 콧노래를 옆에서 느낀다는 뜻이었다. 그것은 도서관에서 10대 소녀가 자기 친구에게 하는 말—*브라이언과 데이트를 했는데 그 애가 나를 벽에 밀어 세우더니, 네가 너무 좋아서 무슨 말을 해야 좋을지 모르겠다고 했어*—을 들으며, 나는 온갖 말을 할 줄 아는 사람을 찾았지만, 여전히 벽에 세워진 기분을 느낀다는 뜻이었다. 그를 사랑한다는 것, 그것은 우리 침대 위에 몸을 내던져 간지럼—우리의 맹렬한 놀이—을 태우고, 그러고 난 다음 날 밤이면 몇 시간이고 침대에 누워서 그가 돌아오기를 기다리고, 베개에 묻은 검은 머리카락을 떼어내며 그가 여기서 잤다는 사실을 되새긴다는 뜻이었다. 이것은 우리의 침대였다. 침대는 그의 목덜미에서 가시지 않는 냄새와 비슷한 냄새를 풍겼다.

데이브는 거트루드 스타인Gertrude Stein의 말—"더러움은 부피가 있을 때 깨끗하다"—을 가르쳐주었고 나는 그 말이 우리가 쌓아왔던 모든 불화의 이면에 무언가 있다는 뜻이기를 바랐다. 그가 나와 격돌했다가도 다시 돌아와서, *내가 원하는 건 너야*, 라고 말하게 된다는 뜻이기를 바랐다. 그가 잘 때 한쪽 팔을 얼굴 위로 걸친 모습을 지켜볼 때면, 나는 사랑이 너무도 아파서 시트를 꽉 움켜쥐어야 했다.

데이브는 학생들에게 통제권을 포기하는 연습 차원에서 공동 창작 시를 쓰게 했다. 한번은 과제를 설명하면서 이렇게 썼다. "공동 창작을 하게 되면, 우리는 꿈틀거리는 타인과 자신 사이의 경계를 느낄 수 있다. 우리는 저마다 더 큰 존재에 속한 하나의 기관이므로." 그는 길 건너 공원에서 일제히 날아오르는 새들에 관한 시를 써서 나에게 주었다. "마치 같은 것을 건드리면 같은 꿈의 일부가 되기라도 하듯." 내가 알기로 우리는 이진법 안에 살고 있었지만—데이브는 자유롭기를 원했고 나는 확인을 원했다—사실 우리는 똑같은 질문을 너무 많이 묻고 있었다. 너의 경계가 허물어지게 두라는 건 무슨 뜻이냐고, 놀랍다는 것은 무슨 뜻이냐고, 어떤 꿈을 건드린다는 건, 너 자신보다 커진다는 건 무슨 뜻이냐고.

————————————— 찰스 잭슨의 아내 로다는 잭슨의 회복을 그 자신보다 더 축하해주었고, 잭슨이 AA에서 발견한 동지애를 고맙게 여겼다. "그것은 매우 쉽고 자연스러웠고 으스대거나 그런 게 전혀 없었다. 모두가 찰리를 좋아했지만, 모두가 동등한 입장이었고 찰리는 거기에 매우 기쁘게 반응했다… 실제로 그는 다른 조건의 회원들을 많이 만날 수 없었다는 사실을 아쉬워하지 않았다. 그들이 아주 똑똑하거나 흥미롭거나, 대단하지 않아도 그는 상관없었다." 로다는 남편이 속한 회복 집단이 그의 문학 동지들만큼 빛나는 사람들이 아니라는 사실을 인정했지만, 그럼에도 그 모임이 그에게 주고 있던 것, 동등한 입장, 자연스러움, 편안함 등을 찬양했다.

잭슨은 회복 중에 혹시 사람들이 그가 따분하게 변했다고 생각하면 어쩌나 걱정했다. 회복이 그의 빛을 앗아가고, 칵테일 파티의 끔찍한 사람으로 만들고, 강렬한 매력은 사라져 훗날 그가 "채소의 건강"이라 부른 것을 갖게 될까 봐 조바심을 냈다. 그는 자신이 AA를 얼마나 사랑하게 되었는지 한 친구에게 여담을 쓰던 중, 불안하게 덧붙였다. "그렇다고 부디 창피해하지는 말아줘."

그러나 잭슨은 AA가 자신을 껴안은 방식 또한 사랑했다. 언젠가 그와 함께 모임에 갔던 한 친구는 "마거릿 생어◆와 함께 산아제한 진료소에 가는 것 같았"다고 했다. 잭슨의 전기 작가 블레이크 베일리Blake Bailey가 썼듯이, 잭슨이 AA 모임에 몰두한 정점기—1950년대 후반—는 그의 예술적 침체기이기도 했다. 잭슨의 창조력이 발휘되지 못한 몇 년 동안 AA의 교회 지하실은 이야기꾼으로서 그를 지지해주었다. 잭슨은 밤늦게 어딘가에 나타나서는 모임에서 이야기하다 오는 길이라며 "회원들이 그를 보내주지 않았다"고 친구들에게 자랑하곤 했다. 그는 전문가이자 "스타 학생"이 되는 걸 좋아했다. 그것은 그의 "새로운 중독"이었다. 그는 AA 회원들과 아이스크림 먹으러 가는 걸 좋아했다.

그러나 칭찬받기를 좋아했다고 해서 회복에 끌리던 나머지 이유가 크지 않았다는 얘기는 아니다. 로다에 따르면 그 나머지 이유란 연결감과 균등화였다. 인간은 한꺼번에 여러 가지 이유로 행동과 공동체에 이끌리는, 욕망의 다중 벡터일 뿐이다. 잭슨은 확인받고 싶은 자신의 갈증을 분명히 인식했고, 겸손하라는 AA 정신에 어긋날지라도 그 갈증이 그에겐 AA 생활의 한 뼈대라는 것을 잘 알고 있었다. 그러나 모임에서 말할 때 그는, 그런 숨은 동기를 부정하려 들기보다는 솔직히 고백했다. 그렇다, 그는 AA 스타가 되고 싶었지만 한편으로는 AA

◆ Margaret Sanger(1883~1966): 미국 산아제한운동의 창설자. 모든 여성에게는 가족계획의 권리가 있다고 믿고 피임을 제한하는 법적인 장애물을 제거하는 일에 헌신했다.

가 그에게 자신의 바깥으로 나갈 방법을 알려주기를 원했다. 두 가지 갈망 모두 진심이었다. AA는 그의 자아를 부채질했으며, 그 자아의 무도한 엔진으로부터 그를 구해주었다.

『잃어버린 주말』의 성공 덕에 잭슨이 AA 모임에서 큰 사랑을 받았다는 건 분명한 사실이었다. 비록 그 소설이 회복을 축하하거나 인정하는 건 아니었지만, 그럼에도 그 병에 대한 현실적인 초상이었다. 빌 윌슨은 1961년 잭슨에게 이런 편지를 썼다.

친애하는 찰리에게,

『잃어버린 주말』 개정판을 보내주신 배려에 감사드립니다. 저자 서명본이야말로 정말 진정한 기념품이지요. 아울러 최근 몇 년 사이에 당신이 AA의 모든 것을 보여주었다는 기념품이기도 합니다.

나의 변함없는 애정과 우정을 믿어주세요.

마음을 담아,

빌.

윌슨의 편지는 잭슨이 늘 AA의 지지자인 건 아니었음을 부드럽게 인정했다. 그러나 잭슨은 AA에 열심히 참여하기 시작한 1950년대 초반에 공공연히 자신의 열정을 보여주고 싶어 했다. 솔 클리닉에 입원하고 불과 5개월 후인 1953년 12월, 잭슨은 『라이프』에 AA에 관한 2부작 기사를 쓰기로 했다. 그의 파괴적인 음주 이야기를 다룬 1부는 쉽게 나왔다. 그러나 「가능한 답들」이라는 제목의 2부는 쓰기가 훨씬 힘들었다. 잭슨은 AA의 철학과 실천을 설명하려고 했지만, 편집자는 그 기사가 실망스러웠고 잭슨이 좀더 "극적으로" 써주기를 바랐다. 훗날 잭슨이 자신의 초기 AA 연설들이 지나치게 힘이 들어가 있었다고 자책했던 바로 그 방식이었다.『라이프』입장에서는 취해서 엉망진창이 된 이야기가 구원 이야기보다 더 흥미로웠고, 결국 2부는 실리지 않았다. 그 중단된 궤적은 남은 평생 잭슨을 괴롭혔던 창조의 딜레마를 미리 알리는 징후였다. 망가진 이야기만큼이나 다른 이야기도 잘할 수 있을까?

——————————— 나의 단주 초기 몇 달 동안, 회복이 강렬한 이야기로 다가오지는 않았다. 그것은 공기보다는 물속을 나아가는 것 같았다. 모든 것에 노력을 쏟아부어야 했다. 술 끊은 또 한 명의 중독자는 말했다. "나는 술을 마시면 어떤 일이 생길지 알아요. 하지만 술을 마시지 않으면 어떤 일이 생길지는 몰라요." 이는 내가 단주 성공을 위해 세계에 필사적으로 요구했던 약속이었다. 나는 세계에서 지금까지 보지 못했던 멋진 무언가를 찾기 위해, 단주를 가치 있게 만들기 위해 무진 애를 쓰고 있었다. 시카고 현대미술관에서 애써 아름다움에 눈을 돌리면서, 모든 몸뚱이가 위로 굽이치며 날아오르는 샤갈의 창문에서 그것을 찾아보았다. 눈을 가늘게 뜨고 보면 사라져버릴 만큼 가느다란 자코메티의 조각품에서도 그것을 찾아보았다. 나는 모든 것을 움켜쥐었지만, 사실 어떤 것에도 마음이 가지 않았다. 나는 음주에, 그리고 내가 음주를 하고 있지 않다는 것에 신경 쓰고 있었다. 나는 어느 회화에 관해 이렇게 썼다. "엉뚱한 색으로 칠해진 여러 태양에서 떨어지는 이 햇빛 조각들을 보라."

빵집에서는 종종 정신이 팔려, 오븐 속의 쿠키를 까맣게 잊어버린 채 가게 앞에서 에스프레소 샷을 뽑기도 했다. 우리는 몇 쟁반 분량의 타버린 눈송이 쿠키와 유산지와 모든 것을 쓰레기통에 버려야 했다. 나는 거의 모든 일에 쉽게 당황했다. 추수감사절 직전에, 주문받았던 물건—칠면조 모양의 진저브레드 쿠키 40개—을 한 여자에게 건넸는데, 그녀가 계산대에서 길길이 화를 냈다. "이걸 대체 뭐에다 쓰라고요?" 원래 슈거 쿠키가 나왔어야 했다. 나는 어쩔 줄을 몰라서, 연신 "죄송합니다, 죄송합니다" 하며 사과했다. 그녀의 분노와 나의 가망 없는 사과, 우리의 상황에는 적절한 답이 없는 것 같았다. 주문을 잘못 받은 사람이 *나*였는지 아니면 다른 누가 주문을 잘못 받은 건지 알아내려는 미친 듯한 나의 시도에는 적절한 답이 없는 것 같았다. 그리고 나는 그녀의 감정이 타당한지, 아니면 내 감정이 타당한지, 내가 그녀의 따귀를 때리고 싶은 건지, 아니면 그녀 앞에 엎드리고 싶은 건지 판단하려고 필사적으로 애쓰고 있었다. 그것은 대재앙 같았다. 그러던 차에 사장이 주방에서 나와 두 시간 내로 칠면조 모양 슈거 쿠키를 만들어내겠다고 그 여자에게 말했다. 나는 생각했다, *아*. 그건 순간에 반응하는 또 다른 방식이었다. 집에 돌아가서 와인 한잔하는 상상을 할 때마다 그럴 수 없다는 것을 떠올렸다. 벌써 시작되고 있었다, 향수가. 음주는 매일 늦은 오후 위로 떨어지면서 모든 것을 부드럽게 호박색으로 만드는 꿀 바른 황혼의 태양이었다.

12월, 큰오빠는 '헬게이트'라고 불리는 100킬로미터 달리기 대회 참가를 계획하고 있었다. 그 대회는 버지니아에서 자정에 시작될 예정이었고, 나는 오빠와 함께 달리기로 했다. 버지니아에서가 아니라 여기 아이오와에서, 오빠의 출발 시각에 맞춰서. 그것은 연대의 행위가 될 터였다. 나는 술을 끊은 새 삶을 익살스럽고 직관적인 어떤 것으로서 상상했다. *아, 과거의 나는 밤마다 취하곤 했지만 지금 당신들은 내가* ***무얼*** *하려는지 절대 모를걸요! 북극의 추위 속에서 야밤에 달리기하러 나갈지도 몰라요!* 술을 끊기 전에는 하지 않았을 일들을 한다면, 단주가 가치 있을 거라고 확신했다. 빵집 사장 제이미는 나를 위해 보온병에 뜨거운 코코아를 담아 뒷마당에 내놓겠다고 했다.

나는 단단히 껴입었다. 내복, 운동복 바지, 바람막이 바지, 운동복 상의에 스키 재킷까지. 그전에 데이브가 몇몇 친구를 초대했었는데, 그들에게 나의 계획을 말했더니 다들 *괜찮겠다*는 식으로 반응했지만, 확실히 약간 혼란스러운 표정이었다. 그들은 이 계획이 나의 단주와 어떤 관련이 있는지 이해하려고 애쓰는 것 같았지만, 사실 내가 술을 끊었다는 사실도 몰랐을 것이다, 아니 실은 관심도 없었을 것이다. 대부분의 사람들은 술을 마시는 것에든 마시지 않는 것에든, 내가 그 두 가지에 집착하는 것처럼 집착하지는 않기 때문이다.

달리기를 시작했을 때, 사운드트랙으로 상상하던 웅장한 음악은 울리지 않았다. 코가 너무 시리더니 거의 곧바로 감각이 무뎌졌다. 길에서 마주치면 건너편으로 도망칠 만큼 나 자신이 꼴사납게 느껴졌다. 때는 밤 11시, 나는 겹겹이 껴입고 추위 속을 달리고 있었고, 한 발 디딜 때마다 운동복 바지가 쉭쉭거리고, 장갑 낀 손가락에 감각이 없어짐을 느끼면서 생각했다—*정말 근사해, 그렇지? 이거야말로 정말* ***대단한 일****이야, 그렇지?*

3.2킬로미터를 달린 후 빵집 사장 집 뒤뜰에 도착해 보온병을 집어 들고 한 모금 마셨는데 코코아에 술이 섞여 있었다. 나는 쌓인 눈 위로 그것을 뱉어버렸다.

다른 알코올중독자를 만나 커피나 달콤한 파이를 먹을 때도, 악은 여전히 우리에게 가까이 있었다. 나는 그런 시간을 보내면서 음주가 전보다 더 나아질 방식을 상상하기 시작했다. 마감 세일에서 산 머핀을 놓고 다른 여자와 함께 빅북을 읽으면서, 나는 몰래 계획을 꾸몄다. 만약 다시 술을 마시게 된다면 일주일에 세 번, 밤에만 마시기로 하자고. 그런 제한을 두면 데이브는 내가 할 일은 한다고 생각할 테고, 어쩌면 허용치를 낮게 유지하며 딱 세 번의 음주(가끔은 네 번 마셔야 할 때도 있으리라)에서 적당히 취할 수만 있다면, 그리고 그 알딸딸함이 바로 거기, 딱 적당한 정도를 유지할 수만 있다면, 나머지 네 번의 밤, 술 없는 밤, 맨정신의 밤은 근사할 것이다. *멋진 단주의 밤!* 그리고 맨정신으로 보내는 그 멋진 밤에는 당연히 술 마실 밤을 고대하게 될 것이다. 만약 다른 사람들이 내 음주에 관해 물어온다면 내가 술 마시지 않았던 밤들을 가리키며, 그런 밤들이 대수롭지 *않았다*고, 내가 그런 밤을 얼마나 즐겼는지 보여주면 될 것이다. 이 계획은 성공할 것 같았다. 실제로 꽤 간단해 보였다.

그때가 마침 우리가 빅북의 다음 장을 막 읽기 시작할 때였다. *언젠가 어떻게든 술을 통제하고 즐기게 될 거라는 생각은 비정상적인 모든 술꾼이 가지는 큰 집착이다.* 음, 그렇군. 체크.

내 마음이 간파당하고 공명된다는 느낌을 안겨준 것은 단지 빅북만이 아니었다. 술을 끊은 친구인 에밀리가 음주에 관한 레이먼드 카버의 시 「행운Luck」을 보내왔는데, 나는 시 속의 화자에게서 내 모습을 보았다. 아홉 살 소년은 부모님이 파티를 열었던 다음 날 아침, 반쯤 마시다 남은 술잔이 가득한 빈집을 돌아다닌다. 소년은 미지근해진 위스키를 마시고, 이어서 다른 잔의 술을 마신다. 이 모든 술은 기대하지 않았던 천국의 만나이고, 주변엔 소년을 말릴 사람이 아무도 없다.

정말 재수 좋군, 나는 생각했다.
세월이 흘러도
나는 기꺼이 포기하련다.

친구도 사랑도 별 반짝이는 하늘까지도,
집에 아무도 없이
돌아올 사람도 없이
내가 마실 온갖 술만 있다면.

그 시구는 내 깊은 곳에 똬리를 튼 갈망, 주변에 말릴 사람 없이 혼자 마시는 술의 벨벳 같은 심연 속으로 사라지고 싶은 욕망에 말을 걸었다. 그 시는 어떤 겉치레나 설명도 없이 그것을 아주 소박하게 말하고 있었다. 그냥 *당연하다*고. 그 갈증은. 그것은 배달된 보드카를 가지러 문을 여는 버그를 떠올리게 했다. 나는 그 정도까지 심하지는 않았다. 그러나 마음 한구석으로는 그러고 싶었다.

——————————— 빌 윌슨은 술을 끊은 알코올중독자는 누구나 단주 중에 다시 술을 시작하고 싶어 하는 단계에 이를 수 있음을 깨달았다. "알코올중독자들은 프로그램 도중 영적 경험이 필요한 시점에 도달하게 되지만, 그들 모두가 그런 경험을 가질 수 있는 건 아닙니다." 그는 심리학자 베티 아이스너Betty Eisner에게 말했다. 이때가 윌슨이 술을 끊고 20년 후인 1957년 2월, 샌타모니카에 있는 아이스너의 집에서 아이스너의 도움을 받아 두번째 LSD 환각 체험을 막 끝낸 뒤였다. 이 실험은 LSD가 회복에 유용하게 쓰일 수 있는 다양한 방식을 알아보는 폭넓은 탐색의 일부였다.

윌슨은 첫번째 환각 체험을 친구에게 설명하면서, 그것을 "모두가 서로 도우며 세계를 잇는, 술꾼들의 인간 사슬"이라고 한 AA의 초기 비전에 견주었다. 윌슨에게 LSD는 그의 경계를 허물고 그를 넘어선 힘과 연결시켜주는 집단성이자 가능성의 환영을 불러냈다. 그의 첫 번째 환각 체험은 20년 전 그가 뉴욕 타운스 병원에서 맛본 영적 체험, 회복의 기폭제가 되었던 산꼭대기의 환영을 "꼭 닮은 것"이었다. LSD가 "우주와 신에 대한 직접적 경험을 방해하는 벽, 자아 또는 자존심이 세운 수많은 벽을 허물도록 도와"주었기 때문에, 윌슨은 다른 사람들도 같은 효과를 볼 거라고 상상했다. 특히 자신만의 환영을 보지 못한 "냉소적인 알코올중독자"에게도 통할 거라 생각했다.

AA의 나머지 사람들이 윌슨의 환각제 탐색을 꼭 인정한 건 아니었다. 윌슨의 공식 AA 전기에서 보듯 "대부분의 AA 회원들은 향정신성 물질에 대한 그의 실험을 격렬히 반대했다." 그러나 LSD에 윌슨이 매료된 것은 AA 회복의 핵심 원리 중 하나, 즉 자신과 자신 바깥의 모든 것 사이에 놓인 장벽인 자아를 제거하려는 노력이 유기적으로 확장된 결과였다.

그 무렵 윌슨은 자아를 극복하는 또 다른 방법, 자동 글쓰기라는 영적 방법을 발견했다. 그는 자신이 이 "유령의 시간" 동안 방문한 심령들의 말을 받아쓰고 있다고 믿었다. 그 과정을 통해 그는 자기 목소리 안에 거주하는 동시에 그 목소리를 벗어날 수 있다는 거였다. 자동 글쓰기는 스스로가 마뜩잖았던 "넘버원 맨"으로 하여금 평범한 그릇, 아니 적어도 더 수동적인 사람이 되게 해주었다. 경청자가 되는 것이다.

윌슨은 1952년 에드 다울링Ed Dowling 신부에게 쓴 편지에서, 자신은 AA 프로그램을 확장한 실용적 요강을 설명하는 책 『12단계와 12전통*Twelve Steps and Twelve Traditions*』을 쓰면서 심령들의 도움을 받았다고 말한다. 훗날 에드 다울링은 결국 윌슨이 뉴욕에서 조직한 비공식 LSD 복용 살롱에 가담하게 된다. 윌슨의 편지에 따르면, "어느 날 나타난"

한 심령이 자신을 "구조에 관해 많은 것"을 알고 있는 "학식 있는 사람 보니파스"라고 소개했다. AA 자체가 하나의 구조와 다름없었고, 윌슨은 보니파스 덕에 아스트랄계를 아우르는 회복의 겸손한 논리를 분명하게 알게 되었다고 하면서, 그 자신의 목소리보다 다른 사람들의 목소리를 중요하게 여겼다. (윌슨은 또 보니파스의 삶이 "백과사전을 통해 대체로 사실로 확인되었다"고 했다.) 윌슨은 지혜가 그의 정신의 산물이 아니라는 생각을 좋아했다. 그 관념은 그가 회복의 핵심이라고 이해한 상호의존의 정신에 들어맞았다. 그는 다울링에게 "저는 훌륭한 도움을 받고 있고, 그렇다고 확신합니다. 이쪽에서든 저쪽에서든 말입니다"라고 말했다.

이 도움의 기록은 유령의 시간 동안 윌슨이 여기저기 종잇조각에 휘갈긴 AA 격언 속에 남아 있다. "<u>중요한</u> 일부터 <u>먼저</u>" "신은 나에게 <u>평온</u>을 주신다" "여유를 가져라." 윌슨은 자동 글쓰기를 하면서 1단계인 "항복"의 사촌뻘 되는 것을 발견했다. 유령의 시간이란 맨정신에 필름 끊김이 일어나는 것과 같다. 그의 몸이 저항할 수 없는 어떤 힘을 담아낼 그릇이 된다는 것이다. 그것은 *타자성*을 향한 욕구, 모임에서의 다른 목소리들이 아닌 훨씬 더 멀리 있는 목소리들, 그 방을 넘어선 목소리들을 향한 욕구였다. 가장 긴 메모 중 하나는 빅북의 타이프 원고 164쪽 뒷면에 그대로 남아 있다.

> *너는 담배를 끊으려 하느냐. 바라건대 빌, 네가 중요한 일을 위한 수단으로서 준비되어 있는 존재답게 행하라. 너는 엄청난 발전을 이루도록 예정되어 있으니 우리 말을 믿어야 한다. 부디, 부디 빌, 이것을 하고 우리를 실망시키지 마라. 너의 태도와 행동에 아주 많은 것이 달려 있다. 너는 기다란 사슬의 한 고리이니 가장 약한 지점이 되어서는 안 된*

다. 우리가 너와 접촉하는 것을 두려워 말라… 가서 눕되 부디 더는 담배를 피우지 마라.

윌슨은 평생 애연가였고 술을 끊었을 때는 전보다 더 심하게 담배를 피웠지만, 복화술이 사용된 이 자기인식의 순간에는 어떤 비극적 진지함이 배어 있었다. 윌슨 자신의 생존 충동은 천계처럼 아득한 곳에서 스스로를 선언했다. 그는 담배를 끊으라고 설득하는 목소리에 귀를 기울였다. 그것은 다른 누군가의 목소리라고 믿고 싶었던 목소리였다.

윌슨이 겪은 유령의 시간과 환각 여행, 니코틴 중독은 그의 전설 속에 가장 편안하게 들어앉은 이야기는 아니지만, 내가 보기에 그것들은 그의 단주 이야기를 깎아내리지 않으며 오히려 인간적으로 만들어준다. 그것들은 그의 회복, 아니 모두의 회복에서 보이는 너절함에 호소한다. 늘 무언가를 더 갈망하는 식의 너절함에.

너는 엄청난 발전을 이루도록 예정되어 있다. 너는 담배를 끊으려 하느냐. 그는 담배를 끊지 않았고, 75세의 나이에 폐기종으로 사망했다.

윌슨은 다른 어딘가에, 이 아스트랄계의 목소리들에 권위를 부여하려 했지만, 결국에는 다시 자신의 특이성을 주장한 셈이었다. *너는 예정되어 있다.* 이는 그의 단주가 가진 독특한 역설 가운데 하나였다. 비록 그는 자신의 단주가 다른 모든 사람의 그것과 같기를 바랐지만, 궁극적으로는 같지 않았다.

——————————— 1957년 2월, AA의 종합지원본부에서 라디오와 텔레비전 출연에 대비한 "모범 대본"을 공개했다. AA의 "아무개"가 따라야 할 대본을 제공하면서, 알코올중독과 동지의식에 관해

서는 일반적인 요지만을 말하라고 강조한 것이다. 개인적인 이야기는 짧게 막간으로 해야 했다. "이 시점에서 '아무개'는 2분 정도, AA 공개 모임에서 할 때처럼 그 자신을 알코올중독자로 규정하면서 즉석에서 말하도록 한다. 나아가 '횡설수설'을 최소화하고, 알코올중독자가 술 때문에 다른 사람들에게 상처를 준다는 테마와 관련된 말을 하도록 한다." 어느 대목에 이르면, 이 대본은 심지어 아무개가 대본을 따르고 있는데도 "당연히 나는 내 의견만을 말할 수 있다"고 말하도록 지시하기까지 했다. 아무개의 이야기가 귀를 기울이고 있을 모든 술꾼에게 적용될 수 있는 이야기로 만들기 위한 장치였다.

모범 대본을 처음 보았을 때는 회복의 서사, 그 천편일률적인 관례, 그리고 *그것이 어땠는지*(당신의 음주), *무슨 일이 일어났는지*(왜 술을 끊었는지), *지금은 어떤지*(당신의 단주) 등으로 이루어진 3부작 구조의 횡포와 관련해 문제 있는 것을 전부 응축해놓은 느낌이었다. 모임에서 느끼는 공명의 이면에는 이 공명이 한낱 자기만족적 예언은 아닐까 하는 의심이 있었다. 우리는 우리의 사연이 모두 똑같다고 확신하고서 모두 똑같은 방식으로 이야기하도록 서로 강요하는 게 아닐까 하는 의심 말이다. 어쩌면 이런 상투성이 양치기 개처럼 우리를 몰아 지나치게 단순화된 기능장애를 지닌 말쑥한 무리로 만들어버린 건 아닐까. 그렇게 우리는 모두 똑같이 단순한 방식으로 이기적이고, 똑같이 단순한 방식으로 두려워하며, 똑같이 단순한 방식으로 우리 삶에서 도피하게 된 건 아닐까.

클리셰는 회복 초기에 내가 가장 힘들었던 부분 중 하나였다. 나는 그것의 단조로운 운율이 당혹스러웠다. *모임을 만드는 사람은 성공한다. 당신을 취하게 하는 것은 최초의 한 잔이다. 귀는 열고 입은 닫아라.* 모임에서 나는 사람들이 저마다의 이야기에서 서사적 독특함—*나*

는 압생트를 지나치게 마셨다가 내 딸의 반려 거북이를 짓밟고 말았어요—을 포기하고 추상이라는 밋밋한 푸딩—*나는 진절머리를 내는 것에 진절머리가 났어요*—을 만들어내는 것이 싫었다. 클리셰는 마름병 같았다. 명쾌함과 미묘함을 거부하고 뽀얀 사진이 박힌 연하장 같은 교훈을 내세우는 것 같았다. 언젠가 와이오밍의 한 모임에 갔을 때 화장실에서 십자수 글귀를 본 적 있었는데, *이 또한 지나가리라*라는 글귀 옆에 이렇게 쓰여 있었다. *방금 지나갔노라*. 오래전 나는 작가가 되려면 무슨 수를 써서든 클리셰에 저항해야 한다고 배웠다. 그것이 왜 진실인지 한 번도 의문을 가져본 적이 없을 만큼 확고하게 받아들여진 신조였다.

*단순하게 하라*는 내가 가장 많이 싸웠던 클리셰 가운데 하나였다. 나는 나에게, 아니 다른 누구에게든 단순한 무언가가 있다고 생각해본 적 없었다. 단순성은 결례로 느껴졌다. 모든 사람의 심리에 파인 주름을 일부러 회피하고, 의식을 온전히 보지 못하는 것 같았다. 애초에 삶이 단순하지 않은데, 어떻게 삶을 단순하게 받아들일 수 있을까? 단순성에 대한 주장은 우리 모두 똑같다는 AA의 더 큰 주장의 일부 같았고, 우리 모두 똑같다는 말은 요컨대 나의 가치체계 전체에 엿 먹어라고 말하는 것 같았다. 내가 평생 배워온 바로는, 어떤 것이 좋은 이유는 그것이 고유하기 때문이었다. 그 특이성은 가치를 만들어내는 엔진이었다. *새롭게 하라*, 모더니스트들은 그렇게 말했다. 사람이든 이야기든 차이의 관점에서 생각하지 않으면 그것이 *어떤* 무엇인지 상상하기조차 불가능했다. 나는 사랑 역시 늘 특이성의 관점에서 이해해왔고, 그것은 내가 너무 꼭 붙들고 있어서 거의 투명해져버린 가정이었다. *내가 사랑받는 건 다른 누구와도 같지 않기 때문이다*. 회복의 방에서 누군가 무조건적 사랑에 관해 말할 때마다, 나는 늘 소리치고 싶었다. *당*

신은 날 사랑할 수 없어요! 당신은 나를 알지도 못하는걸요!

사실 사랑에 관한 한 나는 약간 모순적인 욕구를 가지고 있었다. 나는 그냥 *나*라는 이유로 무조건적인 사랑을 받고 싶었지만, 그런 한편 나는 *x*이기 때문에, *y*이기 때문에 하면서, 나의 특질로 사랑받고 싶었다. 내가 사랑받을 가치가 있다는 이유로 사랑받고 싶었다. 다만 그런 사랑을 받는 것이 두려웠는데, 만약 내가 그럴 가치가 *없어진다면?* 하는 이유 때문이었다. 무조건적인 사랑은 모욕적이었고, 조건적인 사랑은 두려웠다. 이것은 데이브와 내가 이야기했던 주제였다. 특질 때문에 사랑받는다는 것 또는 조건 없이 사랑받는다는 것. 그는 히브리어로 '스탐stam'이라는 사랑의 개념을 가르쳐주었다. 그것은 아무런 세속적 이유 없이 어떻든 간에 베푸는 사랑이었다.

——————————— 데이브와 내가 취해서 싸우는 일은 더 이상 없었지만 이제 우리는 멀쩡한 맨정신으로 싸우고 있었다. 이게 더 안 좋았는데, 술을 알리바이나 핑계로 삼을 수 없었기 때문이다. 책임을 돌릴 술도 없이 벌어지는 이런 싸움은 *우리* 사이의 일이었다, 아니 그와 불안정하고 경계심이 많아진 나 사이의 것이었다. 사실 나는 진작부터 그런 사람이었다. 하지만 술 없이는 그런 나를 침묵시킬 방법이 없었다. 취하지 않은 멀쩡한 상태는 가혹한 형광등이 세세한 것까지 다 비추는 무자비한 취조실 같았다. 나는 나 자신에게 넌더리가 났기 때문에, 데이브가 하는 행동 하나하나를 살피며 그가 나에게 넌더리를 내는 징표를 찾았다. 친구가 나더러 데이브와 함께 있는 모습은 상상하기 힘들다고, 그는 그 매력과 에너지를 나머지 모든 사람을 위해 아껴두는 것처럼 보인다고 했을 때, 그 말은 내 존재가 그에게 짐

일 뿐이라는 두려움을 확인시켜주었다.

파티에서 술을 마시지 않기가 비참했으므로 아예 파티에 가지 않고 집에 틀어박히기 시작했다. 가방에 다이어트 와일드체리 펩시를 숨겨 가는 것도 지겨웠다. 하지만 집에 있다고 훨씬 나은 것도 아니었다. 데이브가 나가면, 나는 몇 시간이고 누워서 그가 언제 돌아올까를 생각했다. 시계를 보다가, 시계만 쳐다보지 않기 위해 자려고 애썼다. 그러다가 잠을 깨어 옆에 그가 있는지 확인하고, 그의 부재를 느끼고, 다시 시계를 확인하고, 탄산수 유리잔 속에서 쪼그라든 라임 조각처럼 맨정신으로 비참하게 깨어 있곤 했다. 데이브의 한 친구는 데이브가 끙끙대고 있는 평론을 끝낸다면 자기 수염을 밀겠다고 공언했고, 실제로 그 친구가—폭스헤드 술집 화장실에서 전기면도기로—수염을 밀었을 때는 내가 또 하나의 역사적 밤을 놓친 것처럼 느껴졌다. 물론, 그것은 데이브가 자신에게 중요한 큰일을 해냈다는 징표이기도 했다. 그러나 나는 그런 식으로 생각하지 않았다.

내가 우울해하면 데이브는 내 이마에 두 손가락을 얹는 동작으로 내 기분이 어떻든 결국에는 지나갈 거라고 일깨워주었다. 그의 손가락이 말한 것은 진실이었다—그리고 나는 내 피부에 닿던 그 손가락의 압력, 그 친밀감, 그 강렬한 짜릿함을 사랑했다. 그러나 그가 없을 때 그 손가락의 감각기억을 떠올리기는 쉽지 않았다.

몇 년 후, 한 임상의가 전형적인 중독자 기질이란 집요하게 현재의 순간에 초점을 맞추는 특성이라고 설명했을 때, 나는 곧바로 이런 중독자 성격 유형은 *나의* 중독자 성격 유형과 큰 관련이 없다고 확신했다. 만약 내가 집요하게 과거에 집착했던 게 아니라면, 또는 미래에 관해 백일몽을 꾸었던 게 아니라면 나는 내 삶으로 대체 무엇을 하고 있었던 걸까? 그러나 곰곰 생각하면 할수록, 그 임상의의 설명이 데이브가 두 손가락으로 저지하려던 것을 가리키고 있었음을 깨닫게 되었다. 그것은 바로 현재 순간의 바깥은 결코 없을 거라는 나의 확신이었다.

지금 생각하면, 데이브는 우리의 시간들이 나의 계속되는 드라마로 소모되어버린다는 점이 못마땅했을 것이다. 처음에는 내 음주의 흐리멍덩한 슬픔, 그다음은 술을 끊어야겠다는 중대한 깨달음. 그가 시리얼 한 그릇을 들고 방에 들어가 자기 책상에서 글을 쓰고 싶은 마음뿐인 그런 아침에, 나는 끊임없이, 한결같이 그의 방문을 쾅쾅 두드리고 있었다. *난 낙태 수술을 받아야 한다고! 심장 수술을 받아야 한다고!* 술을 *끊어야 한다고!* 그것이 내 머릿속에서 상영되던 영화였다. 그의 방문을 두드리던 야만인 같은 나의 욕구였다. 나는 그에 대한 내 요구가 지나친 건 아니라고 그가 끊임없이 확인해주기를 원했다. 물론 그것 역시 내가 그의 발밑에 놓았던 또 하나의 요구였다.

2010년 1월에 지진이 아이티를 강타했을 때, 우리는 시체 냄새를 맡지 않으려고 셔츠로 입을 막은 사람들, 잔해 속에서 벨 소리라도 들리지 않을까 동생의 휴대전화에 전화하는 여자에 관한 기사를 읽었다. 우리는 구호기금 모금행사를 주최하기로 했다. 단주의 고통을 미덕으로 보상하려는 내 절박한 시도의 하나였다. 빵집 사장이 쿠키 100개와 케이크 하나를 기부한다기에, 나는 케이크를 장식할까 생각했지만 그만두었다. 그건 재난을 위한 장식 번호판을 만드는 일과 같았다. 모금행사 전체는 나의 단주 생활을 정당화하려는 신물 나고 좌절당한 욕구 때문에 뒤죽박죽되었다. 이게 *맞나? 잘하고* 있나?

나는 모금행사 내내, 데스티니에게 말을 거는 데이브를 지켜보면서, 눈으로 그녀의 몸을 좇았고, 그들이 함께 서서 웃는 모든 순간을 예리하게 의식하면서 보냈다. 내가 그렇게 원초적으로, 다른 동물—짝짓기 라이벌—의 움직임을 추적하는 동물처럼 느껴진 건 처음이었다. 눈에 보이는 어떤 것도 무심히 넘겨버리지 못한 채, 질투 속에 그렇게 완전히 빠져본 적이 없었다. 무의식을 유지해야 할 수술 도중에 깨어난 것 같았다.

모두가 떠난 뒤, 우리는 남은 케이크를 버리고 국경없는의사회에 보낼 돈이 얼마나 모였는지 세어보았다. 나는 내내 씩씩거리고 있다가 결국 이성을 잃고 데이브에게 그가 얼마나 노골적으로 추파를 던지는지 알고는 있냐고 따졌다. 국경없는의사회에서 돌연 이 문제로. 그렇게 당황스러울 만큼 화제가 바뀌는 경우는 거의 없으리라.

"진짜, 또 그 얘기야?" 그는 실망한 듯 보였고, 무엇보다도 지쳐 보였다. 우리 둘은 끈적끈적한 컵들을 커다란 흰색 쓰레기봉투에 집어넣고, 부스러기들을 손으로 훔치며 청소를 계속했다. 싸울 때는 서로를 보지 않는 편이 더 쉬웠다.

"굴욕적이야." 내가 말했다. "네가 그녀랑 같이 서 있는 걸 보는 건. 특히나—"

"특히나 뭐?"

"그냥 너희 두 사람한테서 이런 느낌을 받은 후로는," 내가 말했다. "어떤 에너지랄까."

그가 고개를 돌려 나를 똑바로 쳐다본 건 그때였다. 차가운 그의 목소리는 뭔가 살피는 듯했다. "내 일기 읽은 거야?"

방 안 기류가 바뀌었다. 나는 쓰레기봉투를 내려놓았다. 봉투 입구가 벌어지면서 빨간 플라스틱 솔로 컵들과 구겨진 냅킨들, 부스러기가 여전히 보슬보슬한 컵케이크 종이 받침들이 드러나 보였다.

"솔직히 말해, 읽었어?"

속이 철렁했다. 나는 그가 일기를 쓰는 줄도 몰랐다. "일기장에 뭐라고 썼는데?" 나는 나의 날카로운 공포감을 증오하며 물었다. "왜 그런 걸 물어?"

"대답하라고."

"안 읽었어. 네가 일기를 쓴다는 것도 몰랐어. 하지만 네가 두려워하는 게—"

"네 말 못 믿겠어." 그가 말했다.

그 말을 듣자, 나는 그를 비난할 자격이 없다는 걸 알았다. 만약 그의 일기장이 있다는 사실을 알았다면, 아마 읽으려고 했을 것이다. 새로운 유형의 사생활에 관해 알게 되면 그것을 침해하고 싶어질 뿐이었다. 우리는 거의 한 시간 동안 방 안을 오갔다. 나는 계속해서 그의 일기장에 뭐가 적혀 있는지 말해달라고 졸랐다. 그는 계속해서 내가 일기를 읽지 않았다는 말을 어떻게 믿냐고 말했다. 내가 그였더라도 내 말을 믿지 못했을 것이다.

"난 구경한 적도 없어!" 내가 말했다. 하지만 마음 한구석으로는 그 일기장이 어떻게 생겼는지 알게 될까 봐 겁이 났다. 만약 안다면, 그의 전화에 집착하던 것과 똑같은 방식으로 그것을 읽을 가능성에 집착할 것이다. 우리 냉장고 안의 봄베이 사파이어 병을 집어 드는 상상을 끊임없이 하는 것처럼, 그의 전화기를 집어 드는 상상을 끊임없이 하지 않았던가.

"내 컴퓨터에 있어." 그가 말했다. 이제쯤 내 말을 믿는 모양이었다. 그러나 나는 벌써 그것을 언제 어떻게 읽을지 강박적으로 생각하고 있었다. 그가 샤워할 때나 술집에 있을 때쯤. 최근 열어본 문서 목록에 흔적을 남기지 않고 볼 방법이 있을까? 그를 완전히 알려고 애쓴다는 건 보도 위에 흩어진 수많은 쌀알을 집으려 하는 것과 같았다.

"뭐라고 썼는지 말해줘." 내가 애원했다. "무슨 일이 있었지, 그렇지?"

마침내 그가 말했다. "내가 말해주는 이유는 딱 하나야. 네가 상상하는 게 뭐든 그게 진실보다 훨씬 나쁘니까."

우리의 오렌지색 소파에 나란히 앉자, 그가 지난 12월의 어느 밤 이야기를 했다. 내가 단주로 인한 비참한 상태로 그를 기다리며 깨어 있던 숱한 밤 중의 언제인가, 새벽 두세 시쯤 그와 데스티니 단둘이 소파에 앉아 파티를 마감하고 있을 때였다. 데스티니가 무슨 일이 생기기를 기다리고 있다는 걸, 그는 알 수 있었다.

"물론 데스티니는 그랬겠지." 나는 그 말을 하며 생각했다. 새벽 3시에 남자와 단둘이 소파에 앉아 있고, 그 남자의 여자 친구는 집에 있다면, 십중팔구는 무슨 일이 생기리라. 나는 내 남자 친구가 집에 있고, 나와 데이브가 함께 소파에 앉아 있던 날을 떠올렸다.

"데스티니한테 다음 생에는 무슨 일이 생길 수도 있겠지만, 이번 생에는 그럴 수 없다고 말했어."

"*뭐*라고 했다고?"

"아무 일도 일어나지 않을 거라고 했다고."

"그렇게 말한 게 아니잖아."

"요점은, 내가 그걸 막았다는 거야."

하지만 나에게 요점은 그게 아니었다. 애초에 그가 왜 거기 갔던 걸까? 왜 막아야 할 무언가가 있었을까? 그에게는 그 이야기가 충절의 증거였지만 나에게는 내가 두려워하던 대로 삶이 전개된다는 증거였다. 다른 어딘가의 소파에서, 주변에는 온통 술병이 널린 곳에서. 나 혼자 집에서 술 없이 맨정신으로 질투하고 초조해하고 두려워하는 동안, 그는 가능성의 한계를 시험하면서 선을 넘지 않을 가장 가까운 지점을 찾고 있었다. 데이브와 데스티니 모두 이 순간—둘 사이의 비밀—을 알고 있고 나는 몰랐다고 생각하니 속이 메스꺼웠다.

“왜 그 일이 있은 뒤에 말하지 않았어?” 내가 물었다.

“이렇게 되는 게 싫었으니까.” 그 말은 세 시간 동안 계속되던 우리의 싸움을 뜻했다. 새벽 3시, 우리의 소파에서, 우리는 가능성의 한계를 시험한 것이 아니었다. 우리는 우리 관계의 표면을 청소 스펀지로 박박 문지르고 있었다.

나는 그에게 물었다, 그 여자와의 우정을 접을 수 없냐고, 나에게는 그게 필요하다고.

“내 욕구는 어떡하고? 내 욕구에 관해서는 우리가 얘기한 적이 없잖아.”

그의 욕구—다른 사람들과 연결되고 싶고, 끊임없이 그를 비난하지 않는 누군가와 삶을 공유하고 싶은—는 실재했지만, 너무도 빨리 비난으로 바뀌어버리는 내 두려움의 음량이 너무 커서 그 소리는 잘 들리지 않았다.

이미 시간은 새벽 4시를 지나고 있었다.

“너의 그 두려움은 나나 이 문제와 관련된 게 아니야. 그보다 훨씬 깊은 거야.” 그가 말했다.

그는 굉장히 지쳐 있었고 자고 싶어 했다. 나는 우리가 그 문제를 매듭지을 때까지 계속 이야기하고 싶었다. *화난 채 잠자리에 들지 말라*는 말이 있었다. 지금 생각하면 웃음이 난다. 마치 그걸 피할 수 있다는 소리 같아서. 그는 화난 채 잠자리에 들었지만 나는 잠이 오지 않을 것 같았다. 한겨울 추위 속에 외투를 걸치고 장갑을 끼고 거리를 걷기 시작했다. 워싱턴가와 거버너가의 여학생 클럽 회관들을 지나, 호박 세일이라고 써붙인 덧문이 내려진 협동조합을 지나, 벌링턴가의 24시간 주유소까지 갔다. 주유소 계산대 뒤에서 졸던 대학생은 내가 말버러 레드를 요구하자 눈을 깜박였다. “그 담배가 독한 줄 알았거든요.” 그는 어깨를 으쓱했다. 그날 밤 나에겐 그 담배가 딱이었고, 나는 뺨을 에는 추위 속에서 담배를 피웠다. 거리에서, 공원에서, 우리 집의 현관에서도. 그러다 마침내 피곤을 못 이겨 침대로 올라가 데이브 옆에 누웠다. 너무나도 그를 만지고 싶었지만, 겁이 나서 만지지 못했다.

몇 주 후, 나는 엄마와 통화하고 있었다. 통화 소리가 밖으로 새어 나오지 않도록 내 사무실 옷장 안에 쭈그려 앉아, 데이브가 바람을 피우는 게 틀림없다고 엄마한테 말했다. 엄마는 진짜 그런 건지 아닌지 모르겠다고 했다. 하지만 이런 말도 했다. 아버지가 외도한다는 의심이 들었을 때마다 엄마가 옳았다고.

데스티니에 대한 편집증은 굴욕적인 그릇처럼 느껴졌다. 타인들의 불투명성에 대한 모호한 두려움, 다수의 사람을 동시에 원할 가능성, 시간이 지나면서 축소되는 사랑, 도사리고 있는 버려짐의 가능성 등을 담는 그릇이었다. 데이브와 그녀가 자지 않았다고 믿었던 나날에도, 나는 계속 그의 욕망의 가능성에 괴로워했다. 그런데 그의 긴긴 밤들에는 내가 더는 줄 수 없는, 이런 폐소공포증적 논쟁이 있을 때는 더더욱 줄 수 없는 강렬한 짜릿함이 있었다.

그가 나에게 준 탄산수 제조기에 넣을 탄산화 카트리지를 우리는 영영 사지 않았다. 그것은 당당한 모습으로 고스란히 그 자리에 있었고, 그동안 나는 단주 생활에 도움이 될 것 같은 술을 여전히 갈망했다.

— VII —
갈증

———————— 겨울에서 봄으로 접어들면서, 나는 비번인 날이면 시내 쇼핑가를 지나서, 옥수수 들판을 통과하는 긴 드라이브를 떠나곤 했다. 들판의 눈이 녹아 단단하고 더러운 흰색 누더기로 점점 작아지고 있었다. 그러나 이런 드라이브는 공허했고 내 삶은 아름답지 않게 느껴졌다. 나는 자동차 히터 송풍구 안으로 손가락을 밀어 넣고 있는 여자일 뿐이었다. 내 삶에서 화려하거나 떠들썩하거나 불쾌하게 취했던 모든 것은 사라져버렸다. 그저 쇼핑가와 욕 나올 만큼 드넓은 아이오와의 하늘만 남아 있었다. 자주 지나던 어느 길에서, 나는 회반죽 세공벽 밖으로 워터슬라이드의 곡선 코스가 나와 있는 실내 워터파크를 지났고, 그 따뜻한 이질적 장소와 굽이치는 물에 관한 공상에 잠겼다. 염소 처리된 물의 속력, 그 오아시스.

일곱 살 때, 엄마한테 다진 사과 토핑을 엄마보다 잘 만들 자신이 있다고 큰소리쳤다. 계피와 육두구 열매를 넣어 구운 갈색 설탕 크러스트 말이다. 엄마는 당황하지 않고 미소를 지은 채 부엌을 가리키며 말했다. "그럼 해보렴." 나는 왜 그랬는지 모르지만 설익은 마카로니에, 버터가 지나치게 많이 들어간 역겨운 혼합물을 만들었고, 그러고도 자존심은 있어서 실패했다는 말은 못 하고 자리에 앉아, 맛있는 척 엄마 앞에서 그 잡탕을 먹었다. 단주는 그런 것과 같았다.

모든 것이 술을 생각나게 했다. 학교 기념품점에서 파는 빈 욕실 정리함을 볼 때면 훗날 여학생 클럽 파티에 갈 준비를 하면서 그 물건을 사용할 가상의 학생들을 상상했고, 여전히 바닐라 보디스크럽 냄새를 희미하게 풍기며 그들이 하게 될 그 모든 음주가 부러웠다. I-80 도로의 반대쪽 끝, 샌프란시스코에 있는 조카 생각을 할 때면, 언젠가 조카가 하게 될 그 모든 음주를 상상했다. 조카는 이제 겨우 한 살이었다. 어느 오후엔가는 단골 커피숍의 두 테이블 건너 자리에 낯선 사람이 반쯤 마신 맥주를 앞에 놓고 몇 시간 동안 앉아 있었는데, 나는 속으로 재촉했다. *어서, 빨리 마셔요!* 협동조합 계산대에서 내 앞에 있던 여자가 반의 반 병쯤 되는 미니 와인을 사자 나는 생각했다. *왜 그러시는데요?* 〈라스베이거스를 떠나며Leaving Las Vegas〉를 보면서는 원하는 만큼 실컷 마시는 니컬러스 케이지가 부러웠다.

단주가 자리를 잡으면서 내가 두려워하던 바로 그 공허함이 지속되고 있었다. 나의 동절기 우울함을 물리치려고 장만한 작고 파란 UV 램프 가까이 얼굴을 대며 보낸 시간을 제외하면, 매일 아침 아무 기대도 없이 잠을 깼다. 누군가와 가까이 있기도 피곤한 일이었다. 내게는 에너지든 관심이든 별로 없었기 때문에, 그거라도 하루 일과에 맞춰 신중하게 분배해야 했다. 말하는 것도 노력이 필요했다. 말할 거리가 뭐 있겠는가? 우리 식구들은 내가 우울증일 거라 생각했지만, 그것 역시 특별히 흥미로운 이야깃거리가 아니었다.

단주 중에 흥미로운 대화를 꾸려가는 문제는 늘 힘들었다. 윌리엄 버로스는 『정키』에서 나코팜을, "배고픈 사람들이 오직 음식 이야기만 하는 것처럼" 오직 약 이야기만 하는 환자들이 가득한 곳이라고 묘사한다. 인터뷰 녹음테이프에서 추리고 편집해서 1961년 펴낸 "자서전"인 『멋진 오두막*The Fantastic Lodge*』에서, 재닛이라는 마약중독자는 나코팜에 도착하자 그곳이 간절한 마약 이야기만 하는 환자 겸 재소자들이 가득한 곳임을 깨닫는다. "할 일이 전혀 없었다, 마약에 관해 떠드는 것을 제외하면. 모두가 약쟁이였고, 알다시피 그게 전부였다. 거기는 그런 곳이었다." 심지어 재닛의 할머니조차 집착에 사로잡혀 있다. 그녀는 똑같은 이야기를 계속해서 몇 번이고 다시 한다. 다른 할 말은 정말이지 전혀 없다는 것에 관해서.

『멋진 오두막』을 탈고할 때까지, 재닛은 자신의 중독과 회복에 관한 글을 계속 써왔지만, 그것은 그녀에게 아무런 도움이 되지 않았다. 그녀의 심리치료사는 이 책의 후기에서 "재닛은 이 책을 출간하는 것에 큰 희망을 걸게 되었다"고 하면서, 내용물이 무거워서 찢어지기 직전인 갈색 종이 쇼핑백 속의 "그 원고를 그녀는 어디를 가든 가지고 다녔다"고 말한다.

모임에서 우리가 나누는 이야기들이 우리를 구해줄 거라는 말은 많이 들었지만, 정말 그런지 궁금했다. 당신의 이야기가 너덜너덜해진 종이 쇼핑백 속의 묵직한 종이 꾸러미에 지나지 않는다면?

나코팜에서 재발 가능성이 의심되는 퇴원 환자들을 분류한 연례 보고서를 작성했을 때, 통계는 그것의 무익함을 보여주는 것 이상의 의미가 없었다. "치료, 예후 양호(3)/치료, 예후 관찰 요망(27)/치료, 예후 좋지 않음(10)." 또 다른 통계는 "양호(23); 관찰 요망(61); 좋지 않음(2)"이었다. "관찰 요망" 범주는 여전히 커 보였다. 86명 가운데

61명이었고 40명 가운데 27명이었다. 예후 관찰 요망의 기본적인 뜻은 이거였다. 우리는 그 사람에게 일어날 일을 전혀 모른다는 것.

나는 단주의 논리가 작용하는 방식은 재활용 환매센터와 같다고 상상했었다. 내가 마시지 않았던 모든 술을 가져가면 그 대가로 처음 술을 배울 때의 관계를 되찾게 된다고 말이다. 이는 단주의 계약 논리였다. *술을 끊으면 나는 x를 얻게 될 거야.*

그러나 막상 술을 끊은 지금, 크게 달라진 점이 있다면 데이브와 싸운 뒤에 잠들기가 훨씬 힘들게 느껴진다는 거였다. 우리의 싸움이 남긴 불안한 에너지—분노와 죄책감의 시큼한 혼합물—가 너무 컸기 때문에, 나는 그 첫날처럼, 종종 새벽 서너 시에 집을 나가 돌아다녔고, 벌링턴가의 그 주유소까지 간 적도 여러 번이었다. 취기도 없는데 밤늦게 나가고, 새벽 4시에 완전히 멀쩡한 정신으로 어슬렁어슬렁 주유소에 들어가는 건 이상했다. 왠지 점원에게 설명해야 할 것 같았다. *파티를 하다 온 게 아니라 잠이 안 와서요.* 언젠가 엄마는 이런 말을 하는 것조차 미안하다면서 이메일 끝에 이렇게 썼다. “긴급한 위기가 닥쳐서가 아니라 차분하게, 너와 데이브의 관계에 관해서 우리끼리 대화할 수 있는 날이 온다면, 엄마는 정말 좋겠구나.”

그 겨울, 흐릿하고 무기력한 꿈속에서 몇 달을 보낸 뒤, 나는 결국 로스앤젤레스의 집으로 돌아가 정신과 상담실 한가운데의 의자에 앉게 되었다. 의사는 나더러 모든 것을 똥색 유리를 통해 보는 느낌이냐고 물었다. 나는 대답했다. *항상 그런걸요.* 그는 항우울제를 처방해주면서, 복용 양을 천천히 늘리고 발진을 주의해야 한다고 말했다. 엄마와 나는 짧게 깎은 잔디 사이로 콘크리트 오솔길이 회색 리본처럼 구불구불 나 있는 수녀원으로 차를 몰았다. 우리는 올해의 소원을 적은 뒤 소원이 이루어지도록 종이를 태웠다. 그러나 기도하려고 했을 때는 아무 감흥이 없었다. 이미 나 없이 시작된 대화에 뒤늦게 끼어들려고 애쓰는 것 같았다.

———————— 아이오와에 돌아와서, 빵집 근무가 없는 날에는 집 안의 내 사무실—혼자서 술 마시곤 했던 방—로 들어가 생각만 하던 산디니스타 혁명에 관한 소설 작업에 착수했다. 단주란 나 자신을 뛰어넘는 것을 뜻했고, 나는 그 소설이 최대한 내 삶으로부터 멀리 나를 내던지는 방법의 하나라는 전제에 끌렸다. 실제로 그 소설은 자신의 삶보다 더 큰 어떤 것, 혁명에 자신을 바치려는 욕구에 *관한* 것이었다.

나는 미친 듯한 추진력으로, 산디니스타 혼성 마르크스주의의 시시콜콜한 교리 논쟁부터 소모사의 사익을 위한 혈액은행인 하얀 요새에 저항하면서 던졌던 혈액 병까지 조사하기 시작했다. 사무실 한쪽 벽은 복사한 거친 화소의 사진으로 도배되었다. 군중 가득한 광장에 휘날리는 빨강과 검정의 산디니스타 민족해방전선 깃발들, 마나과로 향하는 버스를 타고 총을 하늘로 치켜든 베레모 쓴 남자들. 나는 자갈 깔린 마당에서 벌어진 열띤 논쟁 장면을 썼다. 혁명의 성공은 시골 농부의 동원에 달렸는가, 도시 엘리트의 지원에 달렸는가? 적어도 그 마당은 자세히 묘사했다. 돌 틈새에 꽂은 양초들, 갈라지며 흔들거리는 촛불, 들큼하고 찌르는 듯한 소변 냄새 꽃 냄새, 머리 위를 지나는 바람에 한들거리며 사각이는 야자나무 잎들. 소소한 감각적 세부들은 내 상상력이 끌어낼 수 있는 전부였고, 니카라과에서 보낸 내 음주의 나날에 대한 승화된 향수였다. 그러나 필사적인 온갖 조사의 무게 때문에 글은 축 늘어졌다. *우리는 마나과의 중간계급을 잊어서는 안 됩니다!* 끔찍했다. 나는 내가 등장인물들에게 떠맡기는 그 모든 가두연설의 부담을 덜어주기 위해, 예전에 내가 마셨던 바로 그 럼주를 넉넉하게 주었다. 그리고 그들의 목구멍을 부드럽게 쏘며 흘러 내려가는 그 모든 럼주를 상상했다. 단락마다, 페이지마다 그 럼주를 묘사할 수 있었다.

가끔은 화장실로 들어가 무릎을 꿇고, 책을 쓰게 도와달라고 신에게 빌었다. 그러다가 마음을 고쳐 잡고, 신의 뜻을 행하게 도와달라고 빌었고, 그러면서 나를 위해 마련된 신의 뜻이 산디니스타 혁명에 관한 역사상 최고의 소설을 쓰는 것이기를 몰래 바라곤 했다.

그 시절 나는 마지못해 기도했다. 내 신앙은 회의적이었고 계약의 성격이 강했다. 신이 존재한다는 확신은 없었지만, 만약 존재한다면 신이 나를 위해 할 수 있는 게 분명 두어 가지는 있을 터였다. 내 매트리스 앞, 위스키 병을 숨겨두곤 했던 자리 바로 옆에서 무릎을 꿇는 건 사기 치는 기분이었다. 마치 무릎을 꿇음으로써 실제로는 끌어낼 수 없는 신앙을 가진 척하는 것 같았다.

단주가 그만한 가치가 있다는 확신을 다지기 위해, 나는 밤낮으로 글을 쓰려고 애썼다. 그러나 거의 저녁마다 실패한 채 리얼리티 텔레비전을 보며 몇 시간을 보냈다. 특히 〈건틀릿The Gauntlet〉이라는 리얼리티 TV 쇼를 자주 봤는데, 그보다 괜찮은 리얼리티 TV 쇼에 출연했던 사람들이 개발도상국의 아름다운 지역으로 가서 바보 같은 경쟁을 했다. 그들은 얼음물에 뛰어들고 관 속에 들어갔다. 결국엔 자신의 토사물이 뒤섞인 아이스크림을 먹으며 끝났다. 트리셸이 자전거 사고를 당하는 장면은 통쾌했다. 〈리얼 월드: 라스베이거스Real World: Las Vegas〉에서 그녀가 프랭크가 아니라 스티븐을 선택했던 걸 아직 잊지 않고 있었기 때문이다. (그녀는 "칵테일 열두 잔을 마시면 누구나 귀여워지죠" 하고 말했지만 나는 동의할 수 없었다.) 때로는 나의 산디니스타 벽을 쳐다보고, 나를 내려다보며 평가하고 있을 혁명가들을 생각했다.

그 겨울 나의 첫 소설이 나왔을 때, 빵집 여자들이 분홍과 자주 초콜릿을 사용해 책 표지—나의 첫번째 선택지는 아니었지만 연보라색 네글리제를 입은 얼굴 없는 여자의 모습—모양으로 장식한 케이크를 만들어주었다. 책은 잘 팔리지 않았다. 고점을 찍은 건 아마존의 알코올중독 부문 목록에서 구십몇 위에 올랐던 날이었다. 20개 언어로 번역된 빅북보다 한참 아래였다. 엄마는 책이 부문 목록 순위에 오른 걸 보고 흥분했다. 그 사실을 이메일로 알려왔다. *알려줘서 고마워요!* 나는 미처 확인을 못 했다는 것처럼 답장을 보냈다. 나는 온라인 독자 서평을 강박적으로 읽었다. 모두 열 개였다. 가장 열정적인 독자는 알코올에 관한 묘사가 굉장히 세세한 걸 보니 *틀림없이* 저자가 알코올중독일 거라고 하면서, 별점 5점 중 3점을 주었다.

나는 여전히 소설 작업에 매달리며 무진 애를 쓰고 있었다. 단주가 가치 있음을 스스로 증명하기 위해서. 그러나 나의 글쓰기는 대체로, 고집 센 말을 타고 말이 피 흘릴 때까지 박차를 가하는 것처럼 느껴졌다.

———————————— 영화 〈샤이닝The Shining〉에서 잭 니컬슨은 철 지나 텅 빈 휴양지 호텔에서 필사적으로 타자기를 두드리는 드라이 드렁크dry drunk, 즉 술은 끊었으되 아직 정신이 말짱하지는 않은 작가로 나온다. 사람 없는 호텔은 마지못한 단주 상태를 나타내는데, 카펫 깔린 미로 같은 복도에는 예전에 흥청망청 술을 마셨던 불길한 유령들이 출몰한다. 잭은 집필에 매진하지만 수백 쪽에 걸쳐 단 한

구절밖에 쓰지 못한다. *일만 하고 놀지 않으면 바보 멍청이a dull boy가 된다.* 이 문장에서 간격과 철자 실수한 부분만 다를 뿐이다. *일만 하고 놀지 않으면 답답한 늪a dull bog이 된다. 일만 하고 놀지 않으면 빌어먹을 놈a dull bot이 된다.* 그것은 유리 너머로 어둡게 보이는 단주 상태다. 일만 하고 놀지 않으면—술을 마시지 않으면—모든 것이 가망 없이 따분해진다. 인생이, 글이, *모든 것이.*

영화 속에서 잭은 다시 술을 마시기 시작한다, 아니 너무나도 마시고 싶어서 알코올중독이 재발하는 환각에 빠진다. 그는 표정을 읽을 수 없는 로이드, 텅 빈 로비 바의 유령 바텐더에게서 버번 위스키가 든 큰 잔을 받는다. 잭은 로이드에게 말한다. "여기 술을 끊고 지낸 비참한 5개월과 그것이 나에게 일으킨 온갖 돌이킬 수 없는 피해가 있네."

스탠리 큐브릭Stanley Kubrick이 감독한 이 영화의 원전은 스티븐 킹Stephen King의 소설 『샤이닝』이다. 이 소설은 재활에 대해 왜곡된 시야로 바라본 실패한 회복 이야기다. 술을 끊어 불행한 한 남자가 콜로라도주 로키산맥 높은 곳의 사람 없는 호텔에서 중독이 재발한다. 재활의 공동체가 아니라 격리 탱크 안의 삶이 대신 주어진다. 오버룩 호텔의 일을 구할 당시 잭 토런스는 더는 술을 마시지 않지만, 그의 음주를 부추겼던 원망과 분노에 여전히 사로잡혀 있다. 그는 궁금하다. "잘 때를 빼면 이렇게 술만을 갈망하며 보내지 않은 적이 일주일, 아니 하루, 아니 단 한 시간이라도 있을까?"

그 겨울의 첫번째 폭설이 내린 뒤, 전화선은 끊어지고, 오버룩 호텔과 세상을 이어주는 도로는 폐쇄된다. 잭과 가족은 완전히 고립되어, 그들 스스로 일을 해결해야 할 상황에 놓인다. 호텔은 벽까지 쌓인 눈의 제방으로 에워싸이고, 방마다 썩어가는 유령들이 득실거리고, 벽지는 피로 얼룩져 있다. 동물 모양으로 가지친 나무들은 살아난다. 엘리베이터에는 흥청대던 술잔치가 남긴 섬뜩한 색종이 조각과 바람 빠진 풍선이 가득하다. 소설 『샤이닝』은 단순한 재발 이야기가 아니다. 그것은 잔뜩 겁에 질려 삶을 헤쳐 가는 드라이 드렁크—더는 술을 마시지 않지만 어떤 회복 프로그램도 받지 않는 사람을 가리키는 회복 용어—남자의 좌절에 관한 이야기다. 잭의 손과 손가락은 600쪽이나 되는 소설 전반에 걸쳐 끊임없이 등장하는데, "무릎을 꽉 움켜쥔 채 땀 흘리며 서로 부딪치"는가 하면, 그의 손톱은 "작은 낙인처럼 그의 손바닥을 파고들"거나 떨리고 있고, 꽉 말려서 단단한 주먹이 되고, "취하고 싶은 욕구, *필요*"로 뒤틀린다.

비록 잭은 영화보다 소설에서 더 오래 단주 중이지만—정확히는 14개월, 그렇다고 그가 일일이 날짜를 세고 있지는 않다—그는 이런 자기개선을 충분히 인정받지 못해 화가 나 있다. 그는 스스로 묻는다. "사람이 개선된다면, 조만간 그 개선을 인정받아야 하는 거 아닌가?"

모든 것이 잭이 다시 술을 마시게끔 공모한다. 그는 여름날 정원에서 술을 마시는 손님들을 상상한다. 슬로 진 피즈와 핑크 레이디. 그는 갈망에 겨워 손수건으로 입술을 닦는다. 그는 숙취 해소를 위해 복용했던 것처럼 진통제 엑세드린을 씹어 먹기 시작한다. 결국 바에서 로이드를 마주하고 마티니 스무 잔을 요구하게 된다. "내가 술을 안 마셨던 달마다 한 잔씩, 그리고 기분을 위해 한 잔." 잭은 등받이 없는 바 스툴에 앉아 그 긴 겨울 동안 그의 단주에 더해진 막막하고 고립된 다섯 달의 시련에 관해 이야기한다. "단주라는 마차의 바닥은 곧은 송판에 지나지 않지만, 그 판자들이 너무 새 거라 아직도 송진이 흐르고, 혹시라도 구두를 벗으면 틀림없이 나무 가시에 찔리게 되지." 단주는 스파르타식이고 불편하며, 끈적거리고 재미없다. 그것은 언제나 따끔따끔 찔러댄다. 그가 앉은 바 스툴 뒤의 무도장에는 유령들이 득실거린다. 늘어진 피부에 여우 가면을 쓰고 모조 다이아몬드 브래지어와 스팽글 드레스를 입은 엽기적인 존재들이다. 그리고 그들 모두 "기대에 차서 조용히 그를 바라보며" 그의 재발을 부추기고 있을 때, 바텐더가 말한다. "이제 당신의 술을 마셔요." 그것은 모든 유령이 한목소리로 반복하는 명령이다.

잭의 재발은 환각과 실제로 취한 상태 사이의 이상한 연옥에 존재한다. "잭은 그 술을 입으로 가져가 길게 세 모금 만에 마셔버렸다. 진은 터널 속을 지나는 밴처럼 급하게 그의 목구멍을 내려가 그의 위장 속에서 폭발했다." 그가 실제로 마신 걸까, 아니면 마시는 상상을 한 걸까? 어느 쪽이든 그를 취하게 한다.

이 환상이 끝나고 상상의 술병들이 선반에서 사라진 뒤, 잭은 울고 있는 아내와 정신적 외상을 입은 아들과 함께 바에 있는 자신을 발견하고, 이런 생각을 한다. "그는 손에 술을 들고 바에서 무얼 하고 있었을까? 그는 **맹세했었지. 술을 끊었다**고. 그렇게 **맹세했었어**." 이 생각은 금주 연극—내가 모두 대문자로 썼던 최상급의 단어들이나 라우리의 멜로드라마 같은—처럼 들리고 잭에게도 그렇게 들린다. 그는 생각한다. "어느 오래된 금주 연극에서 2막 커튼이 올라가기 직전이었다, 소품 담당자가 '악의 소굴' 선반을 술병으로 채우는 걸 깜빡한 채 형편없이 상연된 연극이." 잭은 스스로를 극화하는 경향이 있다는 걸 알고 있지만, 한편으로는—진짜 알코올중독자처럼, 정말 실망하면서—그 모든 술병이 사라졌다는 것 역시 알고 있다. 아들 대니는 텔레파시를 통해 그 호텔을 저주한다. "넌 아빠한테 '나쁜 것'을 마시게 해야 했지. 네가 아빠를 얻을 방법은 그것뿐이었지."

소설 『샤이닝』과 영화 〈샤이닝〉 모두 단주와 창조력의 관계를 암울하게 바라본다. 영화 속의 작가는 술을 끊은 후 머리가 돌아가지 않고 버벅거리고, 같은 말을 계속 반복해서 타이핑할 뿐 이야기를 쓰지 못하지만, 책 속의 작가는 *잘못된* 이야기에 유혹된다. 잭은 오버룩 호텔 자체의 이야기, 살인과 자살과 마피아 스캔들이 있었던 타락의 역사에 사로잡히게 된다. 어느 날 잭은 지하실에서 보일러—이 소설에서, 1막에 등장했다면 3막에는 발사되어야 하는 '체호프의 총'에 해당하는—를 점검하다가 그 호텔의 폭력적인 과거에 관한 기사들이 가득한 스크랩북을 발견한다. 그의 강렬한 흥미는 마치 음주의 재발처럼 들리기 시작하는데, 그는 "거의 죄책감을 느끼며, 마치 몰래 술을 마셔왔던 것처럼" 스크랩북을 살펴보고, 그러면서도 아내가 "그에게서 연기 냄새를 맡을까" 걱정한다. 잭이 오버룩 호텔 이야기를 글로 쓸 생각을 할 때는 "세 잔 술에 알딸딸하게 취했을 때… 흔히 느꼈던" 것과 똑같은 기분을 느낀다.

그가 존재하지 않는 이야기를 하든(영화에서), 소멸의 이야기를 하는 데 전념하든(소설에서), 창조에 맞춰진 잭의 편집광적인 초점은 그의 품위를 지워버리게 된다. 소설에서 그는 잘못된 이야기에 끌리면서 재발한다. 그는 회복의 서사가 아니라 거의 정반대인 것, 호텔 자체의 추악한 술 이야기에 끌린다. 불길한 흥청거림이 손짓하고, 모든 유령이 손짓한다. *당신의 술을 마셔요.* 그것은 대대적인 재발이다. 그 대가는 초자연적이다. 보일러가 폭발하고 호텔이 화염에 휩싸였을 때, 승리의 회복은 없고 돌이킬 수 없는 최후뿐이다. "파티는 끝났다."

스티븐 킹은 1970년대 중반에 "내 이야기를 쓰고 있다는 것을… 알아차리지도 못하고" 『샤이닝』을 썼다. 킹이 한창 술과 마약을 할 때는 쓰레기통마다 맥주병이 가득했고 코카인을 너무 많이 흡입한 나머지 타자기에 코피가 떨어질까 봐 티슈로 콧구멍을 막아야 했다. 『샤이닝』은 멀쩡한 정신이 두려웠던 중독자가 쓴 악몽이었다. 몇십 년 후 킹은 이렇게 썼다. "나는 술과 약을 끊으면 더 이상 일을 못 할까 봐 두려웠다."

────────── 나를 몰아세우며 글을 쓰고 싶었던 시절, 저녁 시간은 자바 하우스에서 보냈다. 동굴 같은 그 커피숍에는 주먹 크기의 쿠키들—종종 쩐 내 나는—이 쌓여 있었고, 나는 그래도 이번엔 맛있을 거라고 애써 타이르며 불굴의 의지로 그 쿠키를 샀다. 앞쪽 창가 자리에서 노트북을 켜고서, 술집에 들어가는 사람들을 지켜보면서 키보드를 두드렸다. 「재발The Relapse」이라는 이 단편은 현실의 재발에 대한 일종의 예방접종 차원에서 구상한 이야기였다.

이야기는 과거의 나처럼, 임신 중에 폭음하는 클로디아라는 여자로 시작된다. 태아를 둘러싼 맑고 달콤한 술에 관해 쓸 때는 그것이 마시고 싶었다. 그 안에서 헤엄칠 수 있게 내게 아가미가 있었으면 했다. 클로디아는 단주를 결심한 뒤 AA 모임에서 잭이라는 남자를 만난다. 이 줄거리는 재발에 대한 나의 공상 중 하나를 극화한 거였다. AA 프로그램에서 한 남자를 만나고, 그와 함께 나의 관계, 나의 단주, 모든 것을 전부 버리겠다는 공상. 클로디아와 잭은 보통 사람들이 과거의 성 경험을 말하며 시시덕거리는 방식으로 과거의 음주 이야기를 나눈다. 클로디아는 잭과 시시덕거리기 위해 술이라는 가능성을 이용하는 건지, 술과 시시덕거리기 위해 잭이라는 가능성을 이용하는 건지 알 수 없다. 클로디아는 잭에게 말한다, 다시 재발해서—한 점 의심도 없이—자신이 완전히 통제력을 잃었다는 사실을 알게 되면 좋겠다고. 그러면 좋아질 수 있을 거라고.

내가 쓴 초고에서, 클로디아와 잭은 함께 취했다. 그런데 결말이 너무 빤한 것 같았다. 이미 제목에서 결말을 밝혀버리지 않았던가! 그런 이야기는 더 큰 목적이 보이지 않는, 한심한 소원 성취의 이야기 같았다. 그래서 수정했다. 그녀는 재발하지 않았다. 그녀는 계속 술을 멀리했다. 그러나 이랬다저랬다 원고를 바꾸는 이 모든 손바닥 뒤집기는 내 머릿속에서 날마다 벌어지는 일과 다르지 않았다.

어느 교과서에 이런 말이 있다. "모든 알코올중독자가 가진 환상은 점잖은 주도가 있고, 완벽한 신사숙녀처럼 술을 마실 수 있는 가능한 세계가 가까이 있다는 환상이다." 단주 중이라는 안전한 위치에서, 나는 가장 좋았던 음주 순간의 목록을 끄집어내기 시작했다. 회복의 격언 가운데 *피클을 오이로 되돌릴 수는 없다*는 말이 있었다. 그러나 나는 피클을 그리움 속에 재워가며 부지런히 오이로 되돌리고 있었다. 기억은 여전히 생생했다. 발아래 검은 바다가 거품을 물고 솟구쳐 오를 때 발코니에서 데이브와 함께 마시던 술, 대학 시절 남자 친구의 고층 콘크리트 기숙사 건물로 비틀거리며 들어가, 그 높은 건물이 바람에 삐걱대고 신음할 때 진 냄새 풍기는 하얀 입김을 차가운 공기 중에 뿜으며 19층의 트윈베드에 쓰러졌던 일. 중국 시안에 출장 갔다가 중국의 어느 작가가 화이트와인이라고 소개했던 맑은 술을 마시고 취했던 일. 그것은 화이트와인이 아니었다. 불이었다. 순무로 깎은 두 마리 새의 조심스러운 눈길 아래 쌓인 전갈 튀김 중 하나를 집어 들면서, 내 젓가락질에 농담하며 완전히 바보짓을 해도 아무렇지 않던 기억은 여전히 생생했다. 그것이 요점이었다. 개의치 않았다는 것. 마치 계약에서 해방된 것 같았다. 음주는 푸근했고 너그러웠다. 그것은 뒤뜰의 반딧불이처럼 반짝거렸다. 그것은 좋은 고기와 연기 냄새가 났다. 그것은 주변의 가능한 세계에서는 벌써 일어나고 있었다. 그 세계가 말했다, *이쪽으로 와요*.

그 세계에서 나는 늘 마시고 싶어 했던 것처럼 술을 마실 것이다. 다만 거기서는 술을 마셔도 일이 잘 풀릴 것이다. 다 괜찮을 것이다. 술에 취해서, 냉장고에서 꺼낸 먹다 남은 딱딱한 파스타를 얼굴에 묻힌 채 데이브에게, 긍정에 대한 너의 강박적인 애착, 도무지 이해되지 않는 그것이 *구역질 난다*고 말할 일은 결단코 없을 것이다. 취해서 울음을 터뜨리고 손으로 콧물을 훔치고 너는 왜 나를 편안하게 해주지 못하냐고, 왜 나의 슬픔을 지겨워하느냐고 물을 일도 결단코 없을 것이다.

한번은 모임에서 말하다가, 파티에 참석하기가 굉장히 힘들다고 털어놓았더니, 한 여자가 그런 경우라면 우리 집에서 열리는 그 많은 파티를 내가 원하지 않기 때문일 수 있다고 했다. 하지만 내가 모임에 나가는 횟수는 줄어들고 있었고 우리 집 파티는 점점 더 잦아지고 있었다. 아이라인을 짙게 칠한 스물두 살짜리들이 내 부엌에서 술을 마시고 있었다. 한번은 냉장고를 열었는데 두유 뒤에 안전하게 놓아두었던 다이어트 와일드체리 펩시가 보이지 않았다. 단주 중이라 갈증을 느끼던 한 시인 손님에게 데이브가 그걸 줘버렸던 거다.

"하지만 나도 단주 중이야. 나도 목말랐어." 내가 말했다.

이 두 가지 모두 사실이었다. 그리고 *있잖아, 우리 집에서 60명이 취하게 하지는 말자*고 말할 수 있었던 것도 사실이었다. 그러나 나는 또 다른 제한을 두기가 조심스러웠고—내가 제한하려 하는 것들 때문에 그가 섭섭해하지 않는지 벌써 걱정하고 있었다—내가 아직 그 흥청망청한 술의 세계에서 완전히 추방당한 건 아니라고 상상하는 게 좋았다.

파티가 끝나 모두가 떠나고 30분이 지났을 때, 우리 복도의 옷장에서 몸집이 자그마한 한 시인이 나왔다. 우리는 와인이 묻어 끈적끈적해진 빨간 플라스틱 컵들을 치우던 중이었다. "다들 어디 갔어요?"

그녀가 물었다. "끝난 거예요?"

나는 그녀가 부러웠다, 그녀는 취해 있었으니까.

——————————— 진 리스의 소설 『한밤이여, 안녕』에서 주인공 사샤는 죽을 때까지 마시기로 마침내 결심하고서, 완전히 사라지기가 얼마나 쉬울까 생각한다. "너는 평화롭게 길을 따라 걷고 있어, 너는 발을 헛디디지. 어둠 속에 넘어지고. 저건 과거야, 아니면 미래이거나. 그런데 지금은 과거도 미래도 없고, 오직 이 어둠뿐이야. 희미하게, 느릿느릿 바뀌기는 하지만, 항상 똑같은 어둠뿐."

1939년에 『한밤이여, 안녕』을 출간한 뒤, 리스는 마치 그 소설이 예언이었다는 듯, 문학의 길에서 발을 헛디뎌 넘어지고 말았다. 그 후 리스는 10년 동안 종적을 감추었고, 작품도 발표하지 않았다. 그녀가 어디로 갔는지 아무도 알지 못했다. 떠도는 소문에는 그녀가 요양원에서 죽었다고 했다. 파리에서 죽었다고 했다. 전쟁 중에 죽었다고도 했다. 이따금 그녀를 다루는 기사에서 그녀는 "작고한 진 리스"라고 불렸다.

1949년, 셀마 바스 디아스Selma Vaz Dias라는 여배우가 주간지 『뉴스테이츠맨*New Statesman*』에 리스의 생사를 확인하기 위해 개인 광고를 냈다. "그녀의 행방을 아시는 분은 부디 연락 바랍니다." 그녀는 리스의 소설 한 편을 라디오 희곡으로 각색하고 싶었다. 이 무렵, 리스는 맥스 해머Max Hamer와 (세번째로) 결혼한 상태였다. 해머는 헌신적인 남편이었지만, 변호사 자격을 박탈당해 불안정한 상황이었는데, 결혼하고 얼마 후인 1947년 사기죄로 유죄를 선고받았다. 바스 디아스가 낸 광고를 볼 당시 리스는 남편이 수감된 영국 켄트주 메이드스톤 교도소 근처에서 혼자 살고 있었다. 리스 자신도 주취소란죄로 여러 번 유치장 신세를 진 적이 있었다. 얼마 전에는 이런 범법 행위 중 한 건이 지역 신문에 대서특필되기도 했다. **해머 부인, 알제리 와인 한 잔에 소동 일으켜**. 바스 디아스는 리스를 "찾아낸" 일에 관해 기사를 쓰면서 리스의 15년 행방불명을 "풀리지 않은 미스터리"로 규정했다. "**진 리스**는 누구였으며 **어디에 있었는가**?"

리스는 어디에 있었을까? 그녀는 주로 어딘가에서 술을 마시고 있었다. 그녀의 삶은 똑같은 트랙을 반복 재생하고 있었다. 그녀의 전기 작가 캐럴 앤지어Carole Angier조차도 지겨워할 정도였다. "진의 삶은 사실상 몇 안 되는 똑같은 장면이 끊임없이 재연되는 것 같았다." 음주는 리스를 살찌게 만들었고, 벽에 낙서를 끄적거리게 만들었다. 그녀는 립스틱으로 낙서했다. "*Magna est veritas et praevalet.*" 진리는 위대하고 승리한다.

남편 해머가 교도소에서 출소한 뒤, 리스는 한겨울에 남편과 콘월의 여름 별장으로 이사했고, 사람들에게 꺼지라고 경고하는 푯말을 만들었다. "차茶 **안 됨**. 물 **안 됨**. 화장실 **안 됨**. 성냥 *안 됨*. 담배 *안 됨*. 차 *안 됨*. 샌드위치 *안 됨*. 물 *안 됨*. *누가* 어디 사는지 모름. *아무것*도 모름. 이제 꺼지시길." 결국 그들은 셰리턴 피츠페인이라는 작은 마을의 쓰러져가는 오두막으로 이사했다. 지붕은 물이 새고 벽마다 쥐가 들끓었고, 언젠가 리스가 한밤중에 깨진 병들을 울타리에 던진 후로 사람들은 그녀를 마녀라고 생각했다.

그러나 리스는 "행방불명"되었던 시절에 마침내 그녀를 유명하게 해줄 책을 쓰기 시작했다. 그것은 샬럿 브론테Charlotte Brontë의 『제인 에어*Jane Eyre*』에 나오는 다락방의 미친 여자를 다룬 소설이었다. 악행과 광기라는 오명에서 이 여자를 구하고, 그녀가 고향 카리브해에서 추방되어 한 남자에게 학대받았다는 배경 이야기를 쓰려는 시도였다. 리스와는 전혀 닮은 데가 없었다.

그녀는 친구에게 이런 편지를 썼다. "나는 새로운 것과 싸우고 있어. 과거의 나는 얼마나 성가신 존재였을까, 아니 지금도 그럴까. 하지만 만약에 내가 이 책을 쓸 수 있다면, 나의 흠이 그렇게 큰 문제는 아니지 않을까?"

———————— 술을 끊고 처음 맞는 봄, 나는 한 달 동안 빵집 일을 쉬고 '야도Yaddo'라는 곳으로 갔다. 뉴욕주 북부에 있는 작가들을 위한 호화로운 창작 레지던시다. 내심 이 한 달이 너털너털 지루하게 견뎌온 그동안의 단주가 옳았음을 보여줄 창조의 회오리바람이 되리라고 상상했지만, 또 한편으로는 이곳이 다시 술을 시작할 완벽한 장소일 거라는 상상도 했다. 그곳에는 내가 알코올중독임을 고백했던 어느 누구도 없이, 낯선 사람들만 있을 터였다. 야도가 지저분한 방탕—숲속의 부정한 관계와 취한 산책—의 소용돌이라는 소문이 있었고, 나는 호두 껍데기 속에 들어온 듯한 느낌의 반들반들한 나무 패널벽과 술 달린 비단 커튼과 어둠 속에 빛나는 술 수레가 있는 도서관에서 혀가 꼬인 채 「갈가마귀The Raven」를 암송하는 장면을 그려보았다. 퍼트리샤 하이스미스는 이렇게 고백했다. "야도에서 나는 거의 매일 아침 취한다. 신에게 취하고 자료에 취하고 예술에 취한다. 그렇다."

단주는 상상할 수 있는 거의 모든 방식으로 나를 실망시켰다. 단주는 데이브와의 관계를 바로잡아주지 않았다. 단주는 내가 진이 빠지고 소심하다고 느끼게 했다. 단주는 내 글쓰기를 생명 없고 고된 노역으로 만들었다. 이것이 단주에 대한 나의 생각이었다. 나는 내 삶의 피해자 같았고, 단주는 지킬 수 없는 약속을 한 수상한 약장수 같았다. 그 약장수는 내가 아침에 잠을 깨며 기대했던 중요한 것을 빼앗아버렸다. 그가 나를 일련의 피곤한 나날 속으로 보내버린 후로 그 나날을 덮은 회색 면포를 일부나마 들어 올릴 수 있는 건 항우울제밖에 없는 것 같았다. 그 회색이 얼마간 걷히고 그 가장자리가 보이게 된 지금, 나는 음주가 그렇게 어두울 리 없다고 자신에게 말하고 있었다.

모임에 나가는 걸 그만두겠다고 결심한 적은 없었다. 그보다는 약간의 죄책감을 느끼며 떼어낸 느낌, 여러 날 연속해서 *별로 나가고 싶지 않은 기분*에 굴복하다가 결국 몇 달 동안 나가지 않게 된 거였다. 그렇게 모임을 빠지다 보니 단주는 내가 아무런 이유 없이 짊어지고 다니는 무거운 짐이 되어버렸다.

기차를 타고 야도로 가면서 많은 시간 동안, 그곳에서 다시 술을 시작할지 말지 생각했다. 결론은, 야도에서의 음주는 너무 교활해 보인다는 거였다. 다시 술을 마셔도 문제없다고 주변의 모든 사람을 설득할 생각이라면, 몰래 시작하는 것은 좋아 보이지 않을 것 같았다. 그렇다고 야도에서 만나게 될 사람들에게 내가 술을 끊었다고 말하고 싶지도 않았다. 나는 조만간 다시 술을 *마실* 것이 거의 확실했고, 내가 알코올중독자라고 고백할 상대는 적을수록 좋았기 때문이다. 그래서 사람들에게 나는 올해는 사순절을 늦게, 부활절 *이후*◆에 지내고 있고, 술을 안 마시고 있다고 말했다. 나는 *단주*든 뭐든 하는 것처럼 보이지는 않았다. 사람들은 혼란스럽게 나를 보았다. "아, 대단하세요." 몇몇 사람들은 물었다. "왜 사순절 *동안*에 그러지 않았나요?"

◆ 사순절은 부활절 축일 전 40일 동안의 기간이다.

그러면 이렇게 대답했다. "좀 복잡해요. 뭐, 걱정하지 마세요." 물론 걱정한 사람은 없었을 것이다.

야도는 그림 속 동화 같았다. 대저택의 테라스에서는 완만히 뻗어간 녹색 잔디밭이 내다보이고, 으리으리한 응접실은 진홍색 천으로 장식되어 있었으며, "유령 호수"라고 불리는 많은 연못들은 반짝거렸고, 작곡가들은 얼음창고로 쓰던 돌집에서 소리의 풍경화를 만들어내고 있었다. 나는 그야말로 야수의 힘으로 산디니스타 소설에 덤벼들었다. 그러나 그 글쓰기 작업에는 아무런 맥동이 없었다. 인터넷 접속이 안 되어 내 소설이 아마존 알코올중독 부문에서 기적처럼 다시 100위 안에 들었는지 확인하며 하루하루를 보낼 수 없었던 건 다행이었다. 건물 안 어디에서도 휴대전화가 안 터졌기 때문에, 흙길의 특정한 굽이까지 나가야만 전화기로 데이브의 목소리를 들을 수 있었는데, 그럴 때면 나는 어설프게 태연한 척 애쓰면서 그가 데스티니를 만났는지 알아내려고 우리 대화를 허비하곤 했다. "낭송회가 끝나고 누구랑 같이 시간 보냈어?" 내 목소리에서 뚜렷이 의심이 묻어났고, 데이브의 딱딱한 대답이 싫었던 것만큼이나 나는 그 의심이 싫었다.

밤은 괴롭고 불편했다. 침착함을 잃지 않는 퍼포먼스 아티스트들이 스튜디오를 설치 공간으로 만들고 거나하게 취한 뒤에 밤마다 당구 게임—당구대 위에 올라가 손으로 공들을 밀어내야 하는 피그Pig라는 변형 게임—을 하는 동안, 나는 너무 멀쩡한 정신에 잠을 못 이루고, 사슴 진드기를 몹시 걱정하고, 라임병에 걸릴까 무서워했다. 어느 날 밤은 침대에 누워 있는데, 내 방 바로 밖 거실에서 세 명의 아티스트가 술을 마시며 깔깔거렸다. 마치 내 귀에 대고 웃는 것처럼 들렸다. 나는 화가 나서 바짝 몸을 웅크렸다. 그들이 하는 말을 제대로 알아들을 수도 없었지만, 그 말이 재미있게 들리지도 않았다. 나의 새침함이 부끄러웠고 술 없는 금욕적인 삶이 부끄러웠다. 면도하지 않은 다리 위로 자꾸만 감기는 꽃무늬 치마에 멜빵을 달아 입던 중학교 시절 이후 타인들의 세계와 이렇게 동떨어진 느낌은 처음이었다. 그 아티스트들에게 조용히 해달라고 할까 하는 생각도 했지만, 초대받지 않은 파티를 파투 낸다는 생각을 견딜 수 없었다. *저 여자가 술을 안 마신다는 그 여자야? 쟤게 놔둬야지.* 그들은 낄낄댈 것이다. 내 욕구는 옥죄여 있었고 기쁨이 없었다. 나는 일찍 잠들고 싶었다. 그래서 일찍 일어나서 일할 수 있도록, 또는 서늘한 새벽에 유령 호수들 주변을 달리며 내 몸을 혹사할 수 있도록.

하루는 달리기를 끝내고 돌아와서 보니 허벅지에 진드기가 붙어 있었다. 나는 공포에 질려서, 방에 구비된 '진드기 안전수칙' 소책자를 뒤졌다. 그 진드기가 피를 빨아 먹고 조금 커진 건가 빵빵하게 커진 건가? 알 수 없었다. 녀석은 *어느 정도* 빵빵해 보였다. 무엇이든 할 수 있는 사악한 작은 단추처럼 보였다. 나는 특수 진드기 핀셋으로 그것, 내 피부를 덮은 그 사나운 힘을 떼어낸 후 겁에 질려 근처 병원으로 달려갔다. 그날 항생제를 먹었고, 그 일이 저녁 식사 시간에 할 만한 얘기 같지는 않았지만, 어쨌든 말할 기분이 아니었다—진드기에 관해서든 다른 어떤 것에 관해서든. 나는 만성 건강염려증 환자일 뿐이었다. 그나마 몇 번, 손에 꼽을 횟수만큼 내 염려가 옳았던 적이 있기는 했지만. 나머지 야도 거주인들은 이런저런 일화를 한가득 지고 다니는 타고난 이야기꾼들로, 오크 패널벽 식당에서 저녁 식사 때 고급 와인을 마셨고, 그러다 밤에는 작은 무리들로 쪼개져 더 독한 술을 마셨다.

야도를 떠날 무렵, 나는 다시 술을 마시기로 결심했다. 집으로 돌아오는 동안은 주로 이 결심을 어떻게 데이브한테 말할지 고민했다. *한동안 술을 끊은 건 잘한 일이었어, 하지만 다시 시작할 준비가 된 것*

같아, 그렇게 말해야지. 설득력 있게 말해야 했다. 무엇보다도 무심한 듯 말해야 했다. 비행기 안에서 내내 어떻게 말할지 고민했던 사람처럼 말할 수는 없었다. 긴장되었지만 간절했다. 드디어 적당한 말을 찾아냈다고 확신했다.

— VIII —
재발

―――――――――――――――― 다시 입에 댄 첫번째 술은 맨해튼 한 잔이었다. 5월이었다. 공기는 따뜻했다. 목구멍 뒤로 매끄럽게 내려가는 베르무트의 차갑고도 달콤한 약속이 좋았다. 데이브가 우리 부엌에서 그 칵테일을 만들어주었고, 나는 그가 정성을 쏟을 시간을 기쁜 마음으로 허락했다. 일곱 달 동안 기다렸는데 30분쯤이야.

내가 할 수 있다고 말했기 때문에, 데이브는 이번에는 내가 전처럼 마시지는 않을 거라고 믿었다. 그의 승인이 필요했던 이유는 마시고 싶은 마음이 너무나 간절했던 데다 다시 마시고 싶어서 아주 치밀한 핑계를 꾸몄다는 사실이 부끄러웠기 때문이다. 바로 이런 것이 내가 정상적 음주라고 상상했던 거였다. 토스터기와 바퀴 하나가 빠져 흔들거리는 식기세척기가 있는 부엌에서 사랑하는 남자와 함께 마시는 칵테일 한 잔.

첫 잔을 들이키기 직전은 *어쩌면 이건 필요 없는데, 어쩌면 그냥 마음만 그랬을 뿐인데*, 라고 생각한 마지막 순간이었다. 그렇게 한 잔을 마시고 나자, 다시 한 잔이 필요했다.

그날 밤은 맨해튼 딱 한 잔만 마시고 끝냈다. 딱 한 잔으로 알딸딸해지다니 기적 같았다. 데이브에게 더 마실 생각이 없다고 말은 했지만, 한 잔 더 하고 싶은 생각뿐이었다. 아니, 여섯 잔은 더 마시고 싶었다. 하지만 나는 좋게 보이고 싶었다, 이 첫 잔을 통제하는 것처럼 보이고 싶었다. 나의 거짓말은 더 마실 생각이 없다는 것만은 아니었다. 얼마나 취하고 싶은지 정확히 알면서도 *무심하게*, 치밀한 계산에 따라 힘을 빼고 그 말을 한 것도 거짓말이었다.

몇 달 만에 처음으로, 나는 빅북 읽기 모임 때 공상하며 만들어냈던 몇몇 규칙을 따르려고 노력했다. 매일 밤 "한두 잔"으로 제한하기보다는 일주일에 사흘 밤만 취하자는 생각은 처음부터 분명했다. 취하지 않을 거라면 술을 마실 이유가 없었다. 술을 마시지 않는 밤은 자제력의 승리가 될 터였다. 내 주머니에 이 단주의 신용잔고가 충분하다는 건 완전히 단주를 포기할 하룻밤을 벌었다는 뜻이었다.

그해 6월 내 생일에, 데이브는 미국 최대라고 자랑하는 위스콘신의 한 워터파크에 나를 데려갔다. 거기서 우리는 깔때기 모양의 야외 워터슬라이드에서 소용돌이를 그리며 쏟아지는 염소 처리된 물속을 빙빙 돌았고, 그런 다음 레이저 총 싸움을 했고, 미니 골프를 치고 정확히 똑같은 점수를 냈다. 그것은 우주에서 보낸 신호가 틀림없었다. 우리의 모험과, 다시 술을 마신다는 나의 결정을 승인하는 신호. 우리는 잔디밭을 장식한 돌마다 속담이 새겨진 비앤비에서 묵었고, 그 모든 와중의 어디에선가 나는 스물일곱 살이 되었다. 그날 밤 나는 마르가리타 한 잔을 마셨다. 물론 그날 저녁의 많은 시간 동안 나는 이런 생각을 하고 있었다. *우리가 오늘 밤 취하도록 마시게 될까? 그가 취하지 않았는데 내가 취해도 될까? 취하려고 애쓰는 나를 보면 그가 뭐라고 생*

각할까? 그러나 우리는 취하지 않았고, 어쨌거나 우리는 행복했다. 이번에는 더 나아질 거야, 나는 확신했다. 나는 음주에 전혀 신경 쓰지 않는 사람처럼 술을 마실 것이었다. 집으로 돌아오는 길에, 우리는 솔런이라는 작은 소도시에 들러서 돼지고기 안심을 먹었다. 고기가 너무 커서 둥근 빵이 고기 위에 놓인 작은 모자 같았다. 세상은 온통 워터슬라이드였다! 온통 작은 빵 모자를 쓴 거대한 안심이었다!

그해 여름 나는 빵집에서 웨딩케이크를 배달하고 있었다. 토요일마다 주방에서 근무를 마친 후 3단 케이크를 이 집 저 집의 차고로 날랐다. 크리스마스 전구를 주렁주렁 매단 차고에는 여러 줄로 늘어놓은 반짝이는 메이슨 유리병들이 전구의 보석 색깔을 반사했다. 배달을 나갈 때면 주로 두 가지를 생각했다. *데이브와 나는 결혼하게 될까? 그리고 이 케이크를 떨어뜨리면 어떡하지?* 나는 딥워터 호라이즌 시추기지의 원유 누출 사건, 그 항구성, 바닷속에 끝없이 피어나는 그 검은 꽃에 집착하게 되었다. *지금 이 순간, 그리고 지금, 또 지금도.* 매 순간 그 원유 누출, 그것이 일어나고 있음을 생각했다. 원유 누출을 생각하지 않는 매 순간에도 그것은 여전히 일어나고 있었다. 마침내 사람들이 엄청난 진흙과 시멘트로 그것을 막아버릴 때까지. 정적인 살해가 일어날 때까지.

내가 알코올중독자의 정체성을 부정한 이상, 적당히 마셔야 한다는 걸 알고는 있었지만, 정반대로 행동할 권리도 있다고 느꼈다. 금욕의 몇 달은 내가 무엇이든 마실 자격이 있음을 뜻했다. 그것은 마시멜로를 앞에 둔 아이들이 자제력을 발휘해 특정 시간 동안 먹지 않으면 마시멜로를 더 주는 실험과 비슷했다. 나는 7개월을 마시멜로 앞에 앉아 있었다. 이제 나는 약간의 특별한 보상, 다른 아이들의 두 배를 받을 자격이 있었다.

데이브는 집필 지원금을 받고 7월 한 달을 그리스에서 지내게 되었다. 이것은 우리 아파트에서 혼자, 지켜보는 사람 없이 마음껏 마실 수 있다는 뜻이었으므로 나는 몰래 흥분되었다. *집에 아무도 없이, 돌아올 사람도 없이, 내가 마실 온갖 술만 있다면.* 술집에서 마시지 않아도 되니 얼마나 다행인지. 염병할 술집들. 얼음이 다 녹도록 느릿느릿 진토닉을 마시는 그 빙하 같은 속도라니, 제기랄.

그런 동시에 나는 그 여행이 데이브에게 어떤 의미일지 상상하기도 했다. 밤늦도록 다른 여자들과 나눌 긴 대화, 그 여자들이 가능성으로 착각하게 될 순간들, 그러다 마침내 데이브까지도 가능성으로 착각하게 될 순간들. 나는 피터를 두고 바람피운 업보로 내 애인이 바람나는 벌을 받을까 봐 늘 두려웠다. 그 두려움 자체가 벌일 수 있다고 생각한 건 오랜 시간이 흐른 뒤였다.

엄마가 우리 집에 와서 일주일간 머물기로 하자 나는 짜증이 났다. 엄마를 매우 사랑했고 같이 시간 보내는 것도 좋았지만, 그 일주일 동안은 실컷 술을 마시지 못할 테니까 말이다. 엄마가 도착하기 전날 밤, 나는 와인 두 병을 놓고 앉아서, 대본대로 열심히 임할 일주일을 위해 마음을 다잡을 준비를 했다. 오늘 *밤 가장 멋지게 취해**보리라**.* 우리 집의 아름다운 서쪽 창으로 스며드는 달콤한 빛의 마지막 흔적과 샤르도네는 우리의 오렌지색 소파 위로 나를 녹여버렸다. 어스름은 내 핏속으로 들어가 콧노래를 부르는 두텁고 달콤한 와인 자체 같았다. 이따금 나는, 내 심장 수술에서 골반을 통해 심장으로 밀어 넣어져 기적처럼 필요한 작용을 했던 카테터처럼, 술이 혈관을 타고 움직이는 상상도 했다.

재발을 일으키지 않은 여성의 이야기였던 나의 단편 「재발」은 내 음주가 재발하고 두 달 후인 7월, 잡지 지면에 발표되었다. 그러나 당시 나는 나의 음주를 재발이 아닌 잘못된 범주에 대한 수정이라 생각했다. 그동안 내가 틀렸었다고, 이제야 제대로 알았다고 말이다. *되돌아가기*라는 회복의 구절을 들을 때마다, 늘 나침반도 없이 툰드라지대로 돌아가는 극지 탐험가가 떠올랐다. 하지만 나는 회복의 구절들이 더는 나한테 적용되지 않는다고 믿었다. 그 시스템의 회로에 흥분했던 적도 있었지만, 지금은 여름이었다. 늦은 석양과 화이트와인 색으로 물든 여름.

데이브가 그리스에 있는 동안 우리는 서로에게 급보를 보냈다. 그는 코르푸섬에서 하얀 요새 성벽에 투사된 월드컵 중계를 보았다고 전해왔다. 나는 빵집 여자들을 초대해 우리 집 부엌에서 페스토 샐러드와 로제 파스타를 만들어주었고, 사장이 찢어진 화이트진을 입고 우리를 코럴빌의 복합영화관에 데려가 10대 뱀파이어 로맨스 영화를 보여주었다고 전했다. 그는 기로스를 파는 식당까지 가기 위해 미로 같은 자갈길의 경로를 외웠고, 따뜻한 밤에 턱을 타고 흐르는 토마토주스와 함께 기로스를 먹었다고 전해왔다. 나는 솔런의 쇠고기의 날 축제에서 빙고를 했던 일을 전했다. 그는 밤늦게 바다에서 수영하다가 성게 가시에 발을 찔렸다고 썼다. 나는 그의 발을 씻겨주고 붕대를 감아주고 싶었지만, 이렇게 묻고 싶기도 했던 것 같다. *누구랑 같이 수영했어?*

엄마는 냉장고 안의 와인을 보고 말했다. "다시 술 마신다고 말하지 않았잖아." 내가 대답했다. "아, 말한 줄 알았는데." 머릿속으로 엄마와의 대화를 워낙 여러 번 연습했던 탓에 실제로 그런 대화를 했다고 착각했다. 이제 나는 엄마가 쓸데없는 잔소리를 하지 않으려 애쓴다는 걸 알 수 있었다. 나는 술 마셔도 괜찮다고 정당화하려는 내 모습이 싫었다. 그 정당화 자체가 그것이 이미 정당하지 않음을 암시하고 있었다. 중단했다가 다시 시작하는 건 지저분한 이야기였다. 그것은 내가 알코올중독이라고 말했던 과거의 나를 거짓말쟁이로 만들거나, 또는 알코올중독이 아니었다고 말함으로써 지금의 나를 거짓말쟁이로 만든다는 뜻이었다.

——————————— 리 스트링어의 회고록 『그랜드센트럴의 겨울』에 나타난 엄청난 관대함은 다름이 아니라 회복이 엉망이 되도록 기꺼이 내버려 두는 데 있다. 독자는 스트링어의 이야기가 거리를 떠나는 노숙자의 이야기라고, 또는 크랙 파이프를 내려놓는 중독자의 이야기라고, 또는 자기 목소리를 찾는 이야기꾼의 이야기라고 말할 수 있겠지만, 어쨌거나 세계를 이전과 이후로 깨끗이 가르는 산꼭대기의 환영은 분명 아니다. 그 책의 서두에서, 스트링어가 크랙 파이프의 마지막 한 모금을 피우려 하다가 지하실 보일러 바닥에서 연필 한 자루를 발견하는 장면은 순탄한 개종을 약속하는 듯 보인다. 그러나 그 회고록의 나머지 부분은 그의 회복을 더욱 복잡한 관점에서 고집스럽게 묘사한다.

이 첫 장면에서는, 책 자체가 그 서사적 궤적의 자랑스러운 결말이 될 것처럼 보인다. 크랙 파이프가 연필로 맞교환되니까 말이다. 그러나 그가 연필을 발견한 그날은? 그는 여전히 닥치는 대로 수지를 피운다. 심지어 『스트리트 뉴스*Street News*』 신문에 고정 칼럼을 쓰기 시작한 후에도 "그가 매일 했던 *네* 가지가 있었다. 빨리 돈 써버리기, 약간의 물건 훔치기, 크랙에 취하기, 그리고 글쓰기였다." 여기서 겹치는 부분이 있었다. 그는 글을 쓰며 크랙을 피우고 있었다. 전자로 후자를 대체하는 건 쉽지 않았다. 그는 컴퓨터 앞에 앉아 있지만, 마음은 창밖에 있고 영혼은 "파이프 안에" 있다. 그는 그것을 원하며 "이스트처럼 부글거리는 기대"를 기억하고, 리마콩 크기의 크림색 덩어리와 "캐러멜과 암모니아 냄새를 풍기던 연기"를 기억하고, "피어나고 흔들거리다 사라지는" 그 "주황색 빛"을 기억한다.

심지어 스트링어는 마침내 완전히 크랙을 끊은 후에도 중독이 재발한다. 크랙을 갈망하던 그가 취하는 대신 영화를 보러 가는 시간들이 있다. 그러나 3주 동안 크랙에 취할 돈을 구하기 위해 한 노파에게서 5천 달러를 훔치는 시간도 있다. 스트링어는 심지어 계약한 책을 들고 한바탕 약을 하러 갔던 일을 고백하기도 한다. 아마 그 책을 계약했기 *때문*일 것이다. 외래환자 프로그램의 한 상담사가 회복을 위해서 글쓰기를 기꺼이 포기할 의향이 있는지 묻자, 스트링어는 자신이 "난파당한 사람이 암초에 매달리듯 『그랜드센트럴의 겨울』을 끝낸다는 생각에 매달리고" 있었음을 깨닫는다. 그는 자기 삶을 관통하며 이어지는 욕구의 띠를 본다. 약에 대한 갈망뿐 아니라, 그 대리물인 글쓰기에 대한 갈망을. 그 회복 이야기의 거친 테두리는 *중독된다, 이야기한다, 회복한다*는 식의 매끄러운 전개를 제시해야 한다는 부담감에 저항한다. 그의 책은 심지어 그의 이야기를 들려준 후에도, 그 이야기가 끝나지 않을 거라고 고백한다.

——————————— 다시 술을 시작한 그해 여름, 술 마시던 대부분의 기간은 목발을 짚고 지냈다. 데이브가 그리스에서 돌아온 다음 달, 어떤 차가 내 오른쪽 발을 밟고 지나갔고 부어오른 발등 위에는 타이어 자국이 멍으로 남았다. 하필 플립플롭을 신고 있었다. 응급실에서 나는 의사들이 어떤 진통제를 처방할지가 가장 궁금했다. 그 후 집에 와서는 물건을 가지러 가거나 커피와 쟁반을 들 일이 있으면 목

발을 짚고서, 가능한 한 내 힘으로 하려고 애썼다. 또다시 데이브에게 도움을 청하기 싫었기 때문이다. 물론, 마음 한구석에선 무엇보다도 그걸 원하고 있었지만.

목발을 짚고 술을 마실 때마다, 왠지 내가 만화 캐릭터처럼 느껴졌다. 어느 날 밤 폭스헤드에서 계단을 내려오다 넘어졌다. 목발이 뎅그렁 나가떨어졌고 나는 아스팔트에 손바닥을 짚었다. 니카라과의 외다리 마술사가 생각났다. 그때는 *당신은 자신을 더 잘 돌봐야 해요*, 라고 생각했었는데. 이제 한쪽 다리로 깡충거리며 목발로 탁자에 기대 균형을 잡고, 놀고 있는 손으로 술잔을 잡는 사람은 나였다.

오전에는 대체로, 퉁퉁 부은 눈과 바싹 마른 입으로, 얇은 커튼 너머 나의 소설 속 산디니스타 전사들과 대면했다. 햇살이 안개를 태워버리듯 집필 작업이 나의 숙취를 태워버리기를 바랐지만, 숙취는 집요했다. 소설은 아직 힘이 없었고, 내 유아론을 확인해주는 이상의 의미는 없을 것 같았다. 한번은 나를 넘어선 글쓰기를 시도해보았지만, 내가 할 수 있는 게 없는 것 같았다. 찰스 잭슨이 맨정신으로 자기 "바깥"에서 글을 쓰고자 했을 때 친구에게 한탄한 적이 있었다. "내가 개인적일 수 없게 된 순간 곧바로 나의 글쓰기는 무너져버린다네." 나는 한 단락의 끝에 이르면 그 너머의 빈 공간을 멍하니 쳐다보기 일쑤였다. *나는 어디든 갈 수 있을 거야*, 그렇게 나 자신을 타이르면서 *가능하다*는 것이 어떤 느낌인지 기억하려 애썼다. 그러다가 우리 집 냉장고에 뭐가 있는지 생각하곤 했다. 샤르도네 반 병, PBR 세 병. 시계를 쳐다보았다. 저녁때까지 몇 시간 남았지?

목발을 짚고서 빵집 일을 할 수는 없었기 때문에, 단순하고 기초적인 방식으로 쓸모 있었던 그때가 그리웠다. 빵집 사장 제이미는 녹인 초콜릿을 넣은 타파웨어 그릇과 유산지 고깔을 가져와 집에서 케이크 장식 작업을 하게 해주었고, 나는 창문형 에어컨 바로 옆 바닥—우리 집의 나머지 공간은 너무 더워서 초콜릿이 굳지 않았다—에 앉아 작은 데이지 꽃들을 가지런히 만들어냈다.

그러는 동안, 내 소설을 마술적 사실주의 기법으로 새로 쓰려고 했는데, 사실 그건 내가 절대 하지 않겠다고 맹세했던 일이었다. 아이오와에 앉아서 니카라과 혁명에 관해 마술적 사실주의 기법으로 글 쓰는 여자를 누가 보고 싶을까? 비평가 이브 코소프스키 세지윅은 중독자가 자신이 사용하는 약물이나 물질에 "위안, 휴식, 아름다움, 에너지"를 투영하는 방식을 설명하면서, 그것을 가리켜 "마법적 요소에서 기인한다고 착각한 아름다움"이라고 부른다. 나는 글쓰기와 생활 속에서 그것을 하고 있었다. 기적적인 해결책을 기대하며—술이 내 맥박을 뛰게 하기를 기대하고, 나의 정글 게릴라들이 숲속에서 빛나는 벌집을 발견하기를 기대하면서.

나는 뜨거운 아파트에서, 음주를 이해했다고 애써 확신하면서 많은 시간을 보냈다. 내 음주는 우울증 때문에 심해졌던 거였고, 지금 나는 약으로 우울증을 치료했다고. 또는 내 음주는 나와 데이브 때문에 심해졌던 거였고, 지금 우리는 잘해나갈 거라고. 또는 내 음주가 회복 자체라고, 왜냐하면 나는 뫼비우스의 띠 같은 회복 논리를 가진 알코올중독자니까. *당신이 알코올중독이 아니라고 생각한다면, 십중팔구 알코올중독일 것이다.* 이게 대체 무슨 헛소리인가? 도무지 빠져나갈 길이 없었다. 그래, 인정. 내가 매일 밤 술을 마시고 싶어 한다는 건 *사실 같았다.* 하지만 내가 그렇게 느끼는 이유는 사람들이 그런 감정을 이야기하는 모임에 하도 여러 번 나갔기 때문일 수도 있었다. 내가 알코올중독자 정체성을 받아들였던 이유는 당시에는 그것이 나에 대한 감정을 정리할 유용한 방법이었기 때문이다. 그런데 지금 나는 그런 모임들이 나와 술의 관계를 오염시켰다고 원망하고 있었다. 그것은 영화 〈잃어버린 주말〉을 본 두 술꾼에 관한 농담 같았다. 비틀거리며 영화관을 나오다가 첫번째 술꾼이 말했다. "두 번 다시 술을 마시지 않겠어." 그러자 두번째 술꾼이 대답한다. "두 번 다시 영화관에 가지 않겠어."

술에 대한 절박한 욕구가 회복 모임 이전부터 있었는지, 아니면 모임 때문에 생겼는지 알아내려고 날마다 오랜 시간 고민하지 않는 사람들이 세상에 있을 거라는 가능성, 내 안에 그 가능성을 살펴보는 작은 목소리가 있었다. 하지만 그것, 그 목소리가 짜증을 돋우었다. 나는 그 목소리를 듣지 않으려 애썼다.

적당히 술 마시기 프로젝트 전체가 미쳐가고 있었다. *취하기 위한 음주*라는 말을 처음 들었을 때, 나는 사실 거기서 유머러스한 동어반복을 발견했다. 당연히 음주는 *취하기* 위한 것이다. 산소를 얻기 위해 숨쉬는 것과 같다. 적당함이 끝없는 비틀기 곡예 같았던 것도 그 때문이었다.

어느 날 퇴근 후, 빵집 여자들이 '생크추어리'라는 술집에서 맥주—생크추어리는 맥주로 유명했다—를 시키기에, 나도 센 술 대신 맥주를 시켰다. 하지만 메뉴판의 모든 맥주를 꼼꼼히 확인한 뒤 가장 도수 높은 것으로 시켰다. "난 늘 아이러니한 이름이 좋더라." 나는 '델리리움 트레멘스'(진전섬망)라는 맥주를 주문한 이유를 설명하고는 이렇게 덧붙였다. "난 맥주가 싫어." 그 뒤에도 세 잔을 더 시켰다.

8월에 나는 교외의 한 농장주택에서 데이브를 위한 생일 만찬을 준비했다. 거기 사는 프랑스인 여자는 먹음직스럽게 검은 기포가 생긴 피자를 장작 오븐에서 구워냈다. 호두와 세이지, 블루치즈와 버섯까지 얹은 피자였다. 우리가 현관 베란다에서 피자를 먹는 사이 옥수수

들판에 번개 폭풍이 내리쳤다. 미치도록 아름다운 밤이었다. 방충망을 뚫고 들어오는 축축한 밤기운, 따다닥 소리와 함께 하늘에서 갈라지는 전류의 손가락들, 우리 입안의 뜨거운 치즈와 바삭한 피자 크러스트까지. 나는 화장실에 가다가 거친 마룻바닥에 목발이 걸려 고꾸라질 뻔했는데, 이런 생각이 들었다. *왜 꼭 취해야만 이런 아름다움을 보게 되는 걸까?*

오랫동안 나는 내 음주가 거식증의 반대라고, 제한이라기보다는 탐닉이라고 생각했었다. 그러나 적당한 음주를 시도하던 이 무렵, 나와 술의 관계는 그 제한의 나날들의 연장선임을 이해하기 시작했다. 굶기란 끝없는 갈망에 저항한다는 뜻이었고, 음주는 그 갈망에 굴복한다는 뜻이었다. 그러나 두 시기 모두 나를 부끄럽게 만든 것은 바로 그 집착, 그 대상에 너무 한정된 욕구에 사로잡혀버린 의식이었다. 먹는 것을 제한할 때는 무턱대고 끝없이 먹는 것 외에 원하는 게 없다는 사실이 부끄러웠고, 술을 마실 때는 마시는 것 외에는 원하는 게 없다는 사실이 부끄러웠다. 술을 조절하려는 노력은 그 욕구가 얼마나 깊은지 비춰줄 뿐이었다. 우물에 돌을 던졌는데 돌이 바닥에 닿는 소리가 들리지 않는 것 같았다.

——————————— 진 리스는 언젠가 술주정을 하다가 이웃집 창문에 벽돌을 던졌다. 나중에 리스는 그 집 여자의 "킬러이자 싸움꾼"인 개가 자기 고양이를 공격했기 때문이라고 변명했다. 리스가 살던 세계, 아니 리스가 살면서 느꼈던 세계는 항상 일부러 그녀에게 못되게 굴었다. 한 친구는 그녀의 자기연민을 홈에 갇혀 튀는 축음기 바늘에 비유하며 "이런저런 불행을 몇 번이고 계속 되풀이한다"고 했다.

1931년, 리베카 웨스트Rebecca West는 "일부 신소설에 나타난 불행의 추구"라는 부제의 비평에서 리스가 "엄청난 우울에 믿을 수 없을 정도로 매료되어 있음을 증명했다"고 썼다. 『가디언*Guardian*』에 실린 리스의 프로필은 "슬픔의 운명"이라는 기사 제목 아래 붙어 있었다.

그러나 리스는 자신의 작품이 특별히 슬프다고 여기지 않았다. 그저 그것이 진실이라고 생각했다. 그녀는 인터뷰어들이 늘 자신을 "예정된 역할, 피해자 역할"로 몰아가는 것에 분개했다. 그녀가 자신에게 진절머리를 낼 때도 많았다. 친한 친구들에게 비통한 심경의 편지를 보내며 "단음계 한탄의 끝"이라고 서명했다. 모두가 그녀 책 속의 등장인물을 피해자로 볼 때, 그녀는 한 인터뷰어에게 말했다. "전 그게 싫어요. 누구나 어떤 면에서는 피해자죠, 안 그래요?" 리스에게 사람들의 그런 시각은, 숨김없이 기꺼이 말하려는 사람이 그녀밖에 없다는 말에 가까웠다. "저는 가면 없이 가면무도회에 온 사람, 가면이 없는 유일한 사람이에요."

결국 그녀는 자신의 인터뷰어들에 맞서 「권리선언」을 발표했다.

나는 열렬한 여성해방 운동가가 아니며
또는 피해자도 아니며 (영원히)
또는 빌어먹을 멍청이도 아니다.

리스는 결코 피해자이기를 바라지 않았다(*영원히*). 나는 그 삽입구가 정말 좋다. 그래도 그녀는 때로 피해자일 권리를 지키고 싶어 했다.

리스의 첫번째 전기 작가인 캐럴 앤지어는 그녀를 20세기 가장 위대한 자기연민의 예술가로 불렀지만, 두번째 전기 작가 릴리언 피치키니Lilian Pizzichini는 적극적으로 그녀를 변호했다. "리스의 작품이나 삶에서 자기연민은 보이지 않는다. 내가 보는 건 화낼 만한 충분한 이유가 있었고 암울하게 세계를 보았던 성난 여성이다." 그러나 리스의 작품과 삶에 자기연민이 없다는 말로 리스를 옹호하기란, 거미는 결코 파리를 해치지 않는다는 주장으로 거미를 옹호하는 것과 같다. 거미의 매력은 정교한 거미줄로 파리를 죽이는 *방식*에 있고, 리스의 장점은 자기연민에 대한 부정이 아니라 자기연민을 무자비하게 그려냈다는 데 있다. 그녀는 늘 재능이 넘쳤고, 주저리주저리 변명하지 않았다.

리스는 자기연민에서 알리바이라는 실오라기들을 떼어냄으로써 끊임없이 자기연민을 분석하고 있었다. 작품 속 여성 등장인물들은 그녀에게는 고행의 따가운 셔츠였다. 그들을 통해 리스는 자신을 불쌍히 여기고, 자신을 질책하고, 자신을 모욕하고, 자신을 순교자로 만들 수 있었다. 그녀는 여전히, 인형의 얼굴을 돌로 내리쳤다가 그 행동을 슬퍼하는 어린 소녀였다. 그녀의 자기연민은 홈에 갇혀 튀는 축음기의 바늘이 아니었다. 노래는 늘 바뀌고 있었다. 한 등장인물은 자기 얼굴이 "괴로워하고 고문받는 가면"이라고 상상하면서, 원하면 언제든 벗어버릴 수 있다고, 또는 "녹색 깃털이 달린 높은 모자"를 쓸 수 있다고 생각한다. 이는 있는 그대로를 보여주는 자기연민이 아니라 일그러진 자기연민, 흉한 얼굴 위로 녹색 깃털을 드리운 자기연민이다.

자기연민이 전혀 없다는 주장으로 리스의 작품을 옹호하는 것은 이미 자기연민은 전적으로 억제되어야 한다는 전제를 받아들이는 것과 같다. 이는 존 베리먼의 『꿈 노래』가 알코올중독자의 신세 한탄에 지나치게 많은 시간을 썼다는 루이스 하이드의 주장과 다르지 않다. 그러나 리스와 베리먼 모두 꼴사납고 부끄러운 신세 한탄을 고통 자체의 일부로 보고, 그것을 무시하기를 거부했다.

——————————— 다시 술을 마시기 시작한 건 나의 자기연민 때문이 아니었다. 나는 단주 중일 때도 나를 불쌍히 여기곤 했으니까. 그러나 확실히 술은 자기연민에 불을 붙였고, 그 가을의 어느 파티에서 자기연민이 폭발해 완전한 불꽃으로 타올랐다. 아이오와에서 2년 차를 맞기 직전의 일이었다. 나는 우리 집 부엌 계단에 앉아 목발을 내 옆에 기대놓고서, 재미있다는 듯 나를 바라보던 한 시인과 떠들고 있었다.

"당신한테 말할 때 어느 쪽 눈을 쳐다보면 좋겠어요?" 그가 물었다.

"네?" 내가 되물었다. 그는 취해 있었고 나도 취해 있었지만 마음은 평온했다.

그는 옛날에 보스턴에서 살았는데, 자기가 아는 한 남자가 한쪽 눈이 흔들리는 간헐사시였다는 장황한 이야기를 시작했다. 모두가 그것, 그의 사시가 없는 척했고, 그것이 전체 상황을 더 악화시켰으므로 이 남자는 나에게는 그렇게 하고 싶지 않다는 얘기였다.

"하지만 난 사시가 아니에요." 내가 말했다.

그는 꽤 친절하게 말했다. "그건 전혀 부끄러운 일이 아니에요."

나는 목발을 붙잡고 절뚝거리며 방을 건너 데이브에게 가서 그를 화장실로 끌고 갔다. "사실대로 말해줘!" 내가 다그쳤다. "내가 사시야? *항상* 그랬어?" 배신당한 느낌이었다. 나는 그에게 시선을 고정했다. "지금 내 눈이 사시처럼 보여?" 그러고 나서 현관으로 나와 취해 울면서 엄마에게 전화했다. "사실대로 말해주세요! 지금까지 엄마가 나한테 거짓말한 거예요?"

"무슨 소리 하는 거니?" 엄마가 되물었다. 그런 다음 잠시 후에 물었다. "너 어디야? 괜찮니?"

사실 나는 사시가 아니었지만, 간헐사시가 그럴 거라는 생각에서 내 안구가 머릿속에서 구르는 것이 실제로 *느껴진다*고 확신하게 되었다. 어쩌면 나의 간헐사시는 포커 패를 드러내는 형편없는 몸짓처럼 많이 취했을 때만 나타나는 것일 수도 있었다. 나는 며칠 동안 그것에 집착했다. 전 세계가 나에게만 감추어왔던 이 비밀에.

나는 그 도시에서 단주 모임 사람들을 만나는 게 싫었다. 하지만 그곳은 작은 도시였고, 늘 사람을 만날 수밖에 없었다. 나는 하이비 슈퍼마켓을 들락날락하며 주류 판매대만 치고 빠짐으로써, 모임 사람들이 나와 마주치거나 거기 서 있는 나를 볼 일이 없도록 했다. *그냥 약간의 탐색 중인* 비참한 낙제생. 회복 중인 사람들은 다시 술을 시작한 사람들을 그렇게 불렀다. 어느 날 밤 자바 하우스에서, 모임의 한 남자가 자신이 후원하는 사람과 12단계 회복법의 단계를 체크하는 모습을 보았다. 아니 그가 나를 보았다고 하는 편이 맞겠다. "잘 지내요?" 그는 그렇게 물었지만, 나는 곧바로 얼굴을 붉혔다. 그 말이 이렇게 들렸다. *음주가 다시 도졌나요?*

"아주 *잘 지내요!*" 대답하고 나니 내 목소리가 지나치게 큰 것 같았다. 그래서 한층 부드럽게, 진지하게 다시 말했다. "그냥 정말, 정말 잘 지내요."

『잃어버린 주말』이 베스트셀러가 된 후, 모두가 찰스 잭슨의 속편을 원했고, 주인공 돈이 어떻게 "그것을 벗어났는지" 설명해주는 소설을 원했다. 예전에 잭슨을 진료했던 의사는 그 속편이 "누군가의 손에 들어가 그 사람을 돕게 될" 거라고 잭슨에게 편지를 썼다. 잭슨은 잠정적으로 이 속편에 "해결The Working Out"이

라는 제목을 붙였지만, 썩 마음에 들지는 않았다. 몇 년 후 그가 한 AA 집단에 말한 것처럼, 그는 문학이 "심리적 문제를 해결"하기 위한 것이라고는 생각하지 않았다.

또한 잭슨 스스로가 전적으로 "그것을 벗어나"지 못했다는 사실도 있었다. 그는 『잃어버린 주말』이 출간되고 몇 년 후부터 약을 복용하기 시작했지만, 이후 1947년 바하마에서 휴가를 보내던 중 차가운 맥주 한 잔의 갈망에 마침내 굴복하면서 다시 술에 빠지고 말았다. 그는 아내 로다에게 말했다. "당신 그거 알아? 나 다시 술 마셔." 10년 전 피보디법으로 잭슨을 지도했던 상담사 버드 위스터는 잭슨이 재발한 바로 그해, 술을 진탕 마시다가 취해서 위스키 병목을 깨뜨렸고 그 깨진 조각을 삼켜 사망했다.

알코올중독에 관한 책으로 크게 성공하고, 술을 끊어 유명세를 얻은 작가였던 만큼 잭슨은 체면을 지켜야 한다는 부담에 시달렸다. "어떤 것도 내게 다시 술을 마시게 할 수 없었다." 그는 재발 1년 후인 1948년, 출판사 홍보 책자에 그렇게 썼다. "우리 집이 불타버릴 수 있고, 내 능력이 떨어질 수 있으며, 아내와 아이들이 죽임을 당할 수 있으므로 나는 계속 술을 마시지 않으려 했다." 그러나 진실은 어떻게든 드러났다. **잃어버린 주말의 저자 스스로 주말을 잃다**라는 제목의 기사가 대서특필되었다. 잭슨이 음주운전을 하다 차선 분리대를 넘어 다른 차와 정면충돌한 뒤였다.

어찌 보면 알코올중독을 다룬 소설이 성공하면서 그가 단주를 계속 유지하기 힘들어진 면도 있었다. 1947년 잭슨의 음주가 재발한 후, 로다는 자포자기의 심정으로 잭슨의 동생 붐에게 편지를 썼다. "어제 깨달았습니다… 그이가 어떻게 단주를 유지하고 있었는지를요. 그이는 자신이 위대한 작가이며 그것을 세상 사람들에게 보여주리라는 사실에 매달려 있었습니다. 유명해지고 나자, 그동안 그를 지탱해주었던 것이 사라졌습니다. 그리고 그것을 대체할 것은 아직 없습니다." 물론 『잃어버린 주말』이 정확히 해피엔딩을 약속했던 건 아니었다. 그 소설의 결말에서 돈은 술을 퍼마시고 침대로 기어들어 간다. "다음에 무슨 일이 벌어질지 알 수야 없지만, 왜 그것을 걱정하겠는가?"

잭슨은 어떤 구원의 보장도 없이 돈의 이야기를 끝내기 위해 굉장히 심혈을 기울였기 때문에 그 소설을 각색한 영화의 마지막 장면에 반대해 격렬히 싸웠다. 1945년 오스카상을 수상한 빌리 와일더Billy Wilder 감독 영화의 마지막 장면은 주인공 역을 맡은 레이 밀랜드Ray Milland가 말짱한 정신으로 위스키 컵에 시가 꽁초를 비벼 끔으로써 그것을 끝내고, 타자기 앞에 앉아 우리가 방금 지켜보았던 이야기를 쓰기 시작하는 모습을 보여준다. 이 영화는 온갖 상—아카데미 작품상, 밀랜드의 남우주연상, 와일더의 감독상, 와일더와 찰스 브래킷의 각색상—을 받았음에도, 잭슨은 그들이 바꿔버린 결말에 격분했다. 그가 한 친구에게 보낸 편지를 보자. "찰스와 빌리가 그 영화의 토대로 삼은 것은 책이라기보다는 그들이 나에 관해 개인적으로 알게 된 사실이라네. 그리고 그 점에서 그것은 *거짓이고 허위야*. 내가 음주에 관한 책을 씀으로써, 그리하여 내 생활에서 그것을 버림으로써 음주 문제를 극복했다고 암시하기 때문이야." 잭슨은 단지 해피엔딩이라는 사실이 싫었던 게 아니라, 그 의미가 싫었다. 그는 그 영화가 구원으로서의 서사를 가정하며 거짓 믿음을 퍼뜨리는 게 싫었다.

——————— 다시 술을 시작하고 4개월째인 그해 가을, 나는 또 다른 창작 레지던시로 차를 몰았다. 이번에는 와이오밍주

였다. 집에서 멀리 떨어져 술을 마실 수 있다는 안도감은 황홀할 정도였다. 평행한 줄무늬가 새겨진 바위산들이 늘어선 배드랜즈 국립공원 근처에서, 나는 낙원을 발견했다. **방 있음**이라는 네온사인이 빛나는 도로변의 작은 모텔, 그리고 그 사방 몇 킬로미터 안에는 나에게 필요한 단 하나, 길 건너 작은 술집이 있었다. 가짜 통나무 판자 서까래 밑 은은한 조명의 아늑한 공간에서 바텐더는 알아서 내 큼지막한 잔에 더블 샷을 채워주었고, 나는 아는 사람 없이, 그저 비틀거리며 길을 건너가서 버석거리는 시트에 몸을 누이면 되었다. 아무런 변명이 필요 없었다.

와이오밍에서 나는 아티스트들과 함께 그들의 작업실에서 술을 마셨고—하루는 밤에 비틀거리며 숙소로 가는 길에 암소 방목 초지를 건너다 가축의 통행을 막는 격자형 금속 발판 위로 넘어져 얼굴을 찧었다—작가들과는 가축 낙인이 찍힌 삼나무 널빤지를 두른 민트 바라는 곳에서 술을 마셨다. 그곳에는 날뛰는 말을 탄 카우보이 모양으로 빛을 내는 네온사인이 있었고, *난 알코올중독이에요*, 라는 나의 고백을 들었던 사람이 없었다.

사우스다코타주를 거쳐 집으로 돌아가는 길, 나는 데이브에게 돌아가기 전 마지막으로, 나를 아는 사람 없이 자유롭게 마실 밤을 기대하고 있었다. 전에 묵었던 그 모텔에 들러, 가죽 의자와 녹색 램프가 있고 목재 계산대가 메이플 시럽처럼 반들반들했던 길 건너의 그 술집에 다시 갈 생각이었다. 그러나 고속도로 출구를 못 찾고 헤매다 결국 체임벌린시의 슈퍼 8 모텔에 도착했는데, 그곳의 방들은 주차장을 마주보고 있었고, 유일한 술집은 걸어갈 엄두가 나지 않는 1.6킬로미터 거리에 있었다. 그래서 차를 몰고 주유소로 가서 마이크스 하드 레모네이드 여섯 개들이 두 팩을 샀다. 그것이 아는 사람과 마시기에는 창피해서 도저히 못 마실 만한 술이기 때문이었을 것이다.

계산대의 여자가 여섯 개들이 두 팩을 훑어보았다. "난 이거 못 마시겠던데요." 그녀가 말했다. "이거 마시면 완전 토 나올 것 같아요."

"친구들이 좋아해서요." 나는 어깨를 으쓱하며 말했다.

그 짧은 대화의 무언가가 나의 저녁을 발가벗기고 그 나들이가 한심한 것임을 드러냈다. 무엇 때문에 나는 사우스다코타의 형편없는 모텔에서 혼자 독한 레모네이드를 마시려고 작정했을까? 나는 그 팩들을 방으로 들고 갔지만, 그것들이 나더러 실패의 표지라고 비난하는 것 같았다. 나는 그 팩들을 자동차 트렁크로 가져갔다. 그것들을 마실 필요가 없다고, 나는 어떤 것도 마실 *필요*가 없다고 스스로 증명하기 위해서였다.

5분 정도 모텔 방에 앉아 있다가 다시 자동차로 가서, 트렁크에서 그 팩들을 꺼내 돌아오던 중 문득 이런 생각이 들었다. *이건 미친 짓이야, 왜 그냥 결정하지 못하는 거야?* 그리고 발길을 돌려 도로 트렁크에 가져다 놓았다. 그랬다가 내가 이렇게 집착한다면, 어서 그것들을 마셔버려야 한다는 생각이 들었고, 그래서 차로 뛰어가 그 팩들을 가져와서, 모텔 TV를 켜고 체인 자물쇠를 채운 뒤, 독한 레모네이드가 피워 올리는 달콤하고 울렁거리는 안개 속으로 들어갔다.

그 가을, 나는 심리치료사에게 모든 것을 말하면서도 음주*만은* 말하지 않으려 엄청난 노력을 기울였다. 데이브와의 다툼에 관해 말하면서도, 내가 절제해버린 종양인 술에 관해서는 조심스럽게 에둘렀다. 한편으로 나는 다시 내 몸을 베기 시작했다, 파이를 구울 때 김이 빠져나오게 파이 껍질에 구멍을 내는 것처럼. 하루는 내가 발목을 베는 장면을 데이브가 보더니 그것에 관해 얘기하고 싶냐고 물었다. 나는 아니라고 대답했다.

VIII

내 일기장은 취한 낙서로 채워지고 있었다. *나는 내 안에 아름다운 것들이 있다고 믿어. 언제면 충분해질까?* 그러다 아래로 내려가면 글씨가 점점 커지고 엉망이 되었다. *나는 안다,* 오늘 *마신 건 와인 한 병 반, 그리고*… 마지막 글자가 흐려져 있었다. 또 어느 날 밤은, *내가 원하는 건—모르겠다*… 사실 몰랐다.

마침내 심리치료사에게 음주에 관해 말한 건 음주를 빼고 에둘러 말하는 것에 지쳐서였다. "취하면 상태가 너무 나빠져요." 나는 그렇게 말한 뒤 울기 시작했고 울음을 멈출 수 없었다. 그러면서도 벌써부터, 우리의 대화가 목구멍 뒤쪽에 달라붙은 머리카락 한 올처럼, 그날 밤 내 술맛을 망치진 않을지 걱정하고 있었다.

내 얼굴에서 무엇을 보았는지 그녀에게 물었다.

"수치심요." 그녀가 대답했다. "당신 얼굴에서 본 것을 표현할 다른 말이 없네요."

마침내 빌리 홀리데이가 무너졌을 때는 그녀의 나이 마흔네 살, 이미 치료 시기가 지난 후였다. 1959년 여름이었다. 오랜 헤로인 남용으로 심신이 허약해지고 간경화가 심해져 바싹 야윈 그녀의 몸은 해묵은 중독의 흔적들로 덮여 있었다. 주사 자국이 곪아 두 다리는 온통 얽은 자국투성이였다. 뉴욕의 메트로폴리탄 병원에 입원한 후, 그녀는 한 친구에게 말했다. "두고 봐. 그들이 이 망할 침대에서 나를 체포할 거야." 정말이었다. 마약 수사관들이 그녀의 병실에서 헤로인 은박 파우치를 발견했고(또는 놓아두었고), 그녀에게 수갑을 채워 침대에 묶어두었다. 문 앞에는 두 명의 경관이 지키고 있었다. 그녀의 머그샷과 지문이 메트로폴리탄 병실에서 찍혔다.

직전 몇 년 동안 홀리데이가 낸 마지막 앨범들에 대한 반응은 엇갈렸다. 일부 팬은 그녀의 후기 목소리가 예전의 영광을 배신했다고 생각했다. 그것은 "벌어진 상처"였고 다년간의 흡연과 자기학대로 허스키해진 "껍질 벗겨진 성대"였다. 나머지 팬은 그 목소리가 꾸밈이 없고 감동적이며, 그녀의 본질이 담긴 정수라고 생각했다. 가장 순수한 형태의 그녀라고 말이다. 그러나 이 후기 목소리에서 거의 모두가 들었던 것은 그녀가 가진 트라우마의 장부, 그녀가 감내했던 모든 고통과 스스로 가했던 모든 상처에 대한 기록이었다. 마지막 앨범 〈공단 옷을 입은 여자Lady in Satin〉를 녹음하는 동안, 그녀는 물 주전자로 진을 마셨다. 한번은 녹음 전에 500시시 잔을 꺼내고는 이렇게 말했다. "이제 아침 식사를 해야죠!"

홀리데이의 말년에 그녀의 음악을 편곡했던 레이 엘리스Ray Ellis는 처음 그녀를 만나고 실망했다.

> 이전 10년 동안 사진 속에서 본 그녀는 아름다운 여자였다. 실제로 만나고 보니 그녀는 혐오스러운 여자였다… 약간 추레해 보이고, 조금은 더러웠다… 내가 질겁했던 이유는, 당시에 마치 나를 자극해서 같이 잠자리를 할 수 있을 거라 생각하는 듯한 느낌을 받았기 때문이다. 하지만 그런 상태라면 무엇을 줘도 그녀와 같이 자지 못할 것 같았다.

그녀는 아름답고 상처 입은 모습이어야 했지만—엘리스가 보기에는—상처가 그녀의 아름다움을 망쳐버렸다. 그녀의 자기파괴는 더 이상 빛나지 않았다. 작가 스터즈 터클Studs Terkel에 따르면, 1956년 사우스사이드시카고 클럽에서 그녀를 보았을 때, "나머지 손님들 역시 맥주와 술을 마시며 울고 있었다." 그는 이렇게 주장했다. "여전히 무언가가 있었다. 아티스트를 공연자와 구별해주는 무언가가. 자신을 드러낸달까. 여기 내가 있다, 오랜 시간은 아니지만 여기 내가 있다고 말하는 듯한."

그러나 그 '자신'을 홀리데이는 노래 속에서 드러냈다. 그녀에게 귀를 기울이던 사람들이 들었던 그것, 고통받고 상처 입은 자신, 사람들이 듣고 싶어 했고 더러는 사람들이 구성하기도 했던 자신을. 그러나 그것은 그녀의 일부일 뿐이었다. 그녀에겐 다른 부분도 있었다. 그녀는 늘 가족을 원했고, 시골에 농장 하나를 사서 고아들을 키우겠다는 꿈이 있었다. 그녀는 젖도 돌지 않는 가슴으로 대자代子에게 젖을 먹이려 했고, 보스턴에서는 아이를 입양하려고 했다. 그러나 판사는 마약 이력 때문에 입양을 허락하지 않았다. 그녀는 10대에 임신 경험이 있었지만, 그녀가 결혼 전에 아이를 갖는 걸 원하지 않았던 어머니 때문에 아이를 유산시키려고 겨자 목욕물 속에서 18시간을 보냈다. 훗날 그녀는 한 친구에게 말했다. "지금까지 내가 원했던 딱 한 가지는 그 아이였어."

그녀가 병상에 수갑으로 묶여 있던 동안, 메트로폴리탄 병원 바깥에서는 시위대가 푯말을 들고 있었다. **레이디를 살려둬라**. 그리고 그녀가 입원하고 6주 후 사망한 7월 그날에, 시인 프랭크 오하라Frank O'Hara는 이렇게 썼다. "나를 포함한 모든 이가 숨을 멈추었다."

———————— 처음 AA 모임에 참석하고 1년 후, 나는 멕시코 멕시칼리의 어느 화장실 칸막이 안에서, 술에 취한 채 휴지 걸이의 납작한 윗면에 놓인 코카인을 흡입하고 있었다. 어느 문학 학회

에서의 일이었는데, 그곳에서 나는 몇 달 만에 진짜 마음 놓고 술을 마셨다. 황혼 녘에 금속 표백제 통 위에 앉아서, 새 친구인 페루 소설가와 휴대용 술병을 주거니 받거니 하면서, 아스팔트 놀이터의 그네 옆에서 LP판을 틀어주는 남자와 새벽 3시까지 디스코를 추면서 실컷 마셨다. 그러다 어느 시점엔가 이런 생각이 들었다. *만약 계속 술을 끊었다면, 지금이 1년째일 텐데.*

집에 돌아온 후 데이브와 나는 우리가 '옥토포틀럭'이라고 이름 붙인 파티를 열었다. 10월의 포틀럭 파티였다. 우리는 이름에 어울리게 문어를 냈다. 커다란 각얼음 속에 담긴 냉동 문어를 샀고, 작은 종이컵에 술을 따르듯, 볶은 문어 다리를 가득 넣어 돌렸다. 우리가 동거를 시작할 무렵 이탈리아에서 배웠던 대로, 온갖 채소와 토마토 소스와 함께 문어를 넣고 끓여 붉은 지옥 같은 헬 요리를 만들었다. 이탈리아에 다녀온 후 2년 동안 우리는 정말 많은 종류의 생선을 '헬'에 넣었다. 틸라피아 인 헬, 도다리 인 헬, 오렌지라피 인 헬. 흰살생선이거나 뼈가 없으면, 십중팔구 '헬'에 집어넣었을 것이다. 데이브가 그 첫번째 여름에 청혼했다면 나는 좋다고 했을 것이다. 그러나 옥토포틀럭은 타락한 세계의 증거였다. 이제 우리 부엌에는 그가 집적거리는 여자들, 나의 특별한 찻잔으로 진을 마시는 여자들이 득실거렸다. "그 찻잔들은 나한테는 특별한 건데." 나는 듣는 사람도 없이 중얼거렸다. 술에 취한 나는 두려움 가득한 내 마음의 열추적 미사일로 오랜 상처를 찾기 시작했다. 나를 무시하는 데이브, 데이브와 다른 여자들, 데이브 대 있을 수 없는 가상의 남자. 내 안에 생긴 어떤 누수든 막아줄 그런 남자. 마음속에서 온갖 비난들이 스쳐 지나갔다. *너는 네가 가르치는 학생들이 흠모하도록 조장하잖아, 너는 그들의 추근거림을 조장하잖아. 너는 너의 '구 걸치기' 시작법 강의에서 학생들이 자기 아버지와의 관계를 이*

해하게 도와주는 걸 좋아하잖아. 나는 문어를 한 점도 먹지 않았다.

다음 날 아침 일어나니 익숙한 난장판이 펼쳐져 있었다. 욕실 벽의 낙서, 모래투성이 장판, 변기 구멍에 빠진 멋진 도자기 잔, 도깨비집처럼 기울어진 복도. 복잡한 우리 부엌 구석에 있는 나와 데이브, 너무 심하게 칭찬을 갈구한다며 그를 비난하는 나, 독이 뚝뚝 떨어지는 내 목소리, "그건 술김에 하는 말이라고 생각할게"라고 말하는 그, 그리고 그게 아니라고 설명하기 위해 입을 열려는 나.

마음 한구석으로 나는 여전히, 진짜 음주 이야기에는 큰 비극이 따라야 한다고 믿고 있었다. 코가 부러져 거리에서 피 흘리는 일이 더 많아야 하고, 지평선을 배경으로 또렷이 보이는 거센 폭발도 더 많이 있어야 한다고. 나의 음주는 그렇지 않았다. 나는 내 삶의 한가운데서 폭탄을 터뜨리지 않았다. 그건 그저 조그맣게 자라다 굳어버렸다. 나는 내 안에 또 하나의 내장처럼 똬리를 튼 수치심과 동거했고, 그것은 온갖 하찮은 후회들로 부어 있었다. 나는 전날 밤 술에 취해 설익힌 닭고기를 기억했고, 닭가슴살 한가운데의 분홍색 젖은 살을 생각했고, 우리 장기 속에서 자라는 박테리아 포자를 상상했고, 또는 빵집 교대 시간인 7시를 5분 앞두고서야 일어나 앞 유리에 두껍게 성에가 낀 자동차 차창 밖으로 고개를 내민 채 빵집까지 운전해 가면서, 차가운 바람 덕에 숙취가 조금 가셨던 일을 기억했다.

추수감사절을 맞아 데이브는 보스턴의 집으로 갔고 나는 파이 주문이 밀려드는 빵집에 일손을 보태기 위해 머물렀다. 그가 떠난 사이, 나는 종종 식료품 가게에서 많은 양의 술을 사곤 했다. 이유는 늘 있었다. 추수감사절 만찬을 위해 오후 일찍 친한 친구의 집에 갔더니, 술이 충분하지 않다고 걱정하고 있었다. 네가 가서 좀 사다줄래? 얼마든지,

나는 대답했다. 그러나 운전은 다른 사람이 해야 했다. 요리하면서 와인 한 잔을 마셨다고 말해버렸기 때문이다. 그 한 잔이 정오가 되기 전 "한 병 전체를" 마셔버리지 않으려고 조금만 남기고 대부분을 부어넣은 커다란 플라스틱 탄산수 컵이라고는 말하지 않았다. 다른 누군가가 운전했다. 우리는 PBR 맥주 30개들이 한 팩을 집어 들었다. 나는 맥주를 전혀 *좋아하지* 않았기 때문에 맥주를 사서 다행이었다. 만약 내가 마실 술만 사고 있었다면 내가 *정말로* 알코올중독이라는 얘기였으므로, 맥주를 산다는 건 내가 알코올중독이라는 느낌을 덜 주었다. 이건 그냥 다른 사람들이 마실 술이었다. 맥주가 있으니 사람들은 내가 마시려고 내가 가져간 술을 마시지는 않을 터였다.

식사 시간에 나는 또다시 와인 한 병을 가지고 식탁으로 돌아오다가 내 잔을 쳤고, 내 음식에 깨진 와인 잔 파편이 튀었다. 작은 유리 조각들이 내 음식 속에서 반짝거렸다. 나의 진정한 자아, 칠칠치 못하고 더 취하려고 필사적인 내 자아가 순간적으로 모습을 드러냈다. 바보같이, 어설프게 덤불 속에서 고개를 내민 야생동물처럼. 나는 새로 와인 잔을 가져왔지만, 내 칠면조 접시를 바꿀 생각은 하지 않았다.

공항에 데이브를 데리러 갈 때, 재활용 쓰레기장에 들러 빈 술병을 모두 버린 다음 하나의 삶에서 또 하나의 삶으로 차를 몰고 달렸다. 춥고 악취 나는 대형 쓰레기통—발밑의 깨진 유리 조각들, 내 손을 떠나 통 안으로 떨어지면서 산산조각 나는 병들—의 삶에서 따뜻한 우리 자동차와, 스카프를 두르고 추위에 볼이 발개진 채 공항 도로 경계석 위에 서 있는 데이브가 있는 삶으로. 나는 우리가 떨어져서 서로 그리워하는 게 좋았지만, 그가 그리워하던 건 지금의 내가 아닌 다른 사람이라는 걸 알고 있었다.

마지막으로 술을 마시던 밤, 우리는 데이브가 가르치는 시 수업 수강생들을 저녁 식사에 초대했다. 나는 부엌에서 계속 술을 마시다가 닭국수 국물에 고형 육수를 얼마나 넣었는지 까먹어버렸다. 결국 국물은 눈물보다 짰다. 가끔 데이브에게 문자를 보내 어느 술집에서 마시고 있는지 묻는 한 여학생(언젠가 나는 그에게 물어보았다. "왜 그 애한테 전화번호를 알려줬어?")이 우리의 오렌지색 소파에 앉아 「J. 앨프레드 프루프록의 연가The Love Song of J. Alfred Prufrock」 전문을 암송했다. 나는 술과 분노로 잔뜩 부어 있었다. *「프루프록」을 암송하다니 너무 속 보이네! 그건* ***나의*** *오렌지색 소파야.* 나는 그 학생들이 떠나기를 기다릴 수 없었지만, 그들을 쫓아버릴 수도 없었다. 학생들은 말도 안 되게 천천히, 한 명씩 떠났다. 데이브가 마지막 패잔병들을 앞쪽 현관으로 데려가 담배를 피울 때, 나는 생각했다. *드디어 갔군!* 그리고 위스키가 든 커다란 플라스틱 컵을 들고 내 사무실로 갔다.

데이브가 들어오기까지 얼마나 오래 거기 있었는지 모르겠다. 그가 한 학생으로부터 방금 받은 이메일을 보여주던 일은 기억난다. 그 여학생이 우리 집에서 나간 뒤 어디서 더 마시다 들어갔는지 확실히 취해서, 우울하다고 보낸 메일이었다. 그녀는 도움을 필요로 했다. 이 모든 기억이 흐릿하다. 몇 달 후, 이 여학생은 취한 목소리로 자기는 그를 사랑하게 되었으며, 죽고 싶다는 음성 메시지를 데이브에게 남겼고, 데이브는 그녀가 자살할까 봐 두려워 911에 전화하게 된다. 어쨌든 그날 밤 데이브는 그녀에게—그리고 학과장에게—걱정된다는 내용의 답장만 썼을 뿐이다. 그가 어떻게 하면 좋을지 나에게 의견을 구했는지, 아니면 그냥 답장을 보냈는지는 기억나지 않는다. 그저 세상의 어떤 사람들은 도움을 청하며 울고 있고 나머지 사람은 도움을 주고 있구나, 하고 생각하던 기억이 난다. 그리고 나는 도움을 주는 사람이 되고 싶지만, 오히려 도움을 청하며 우는 사람이구나, 하던 생각.

나는 또 내가 바닥을 치고 있다는 것, 그리고 어찌 됐든 그 여학생이 내 바닥을 훔쳐버렸다는 것을 데이브가 알아주었으면 했다. 그에게 나의 음주벽이 다시 악화되었다고, 어떻게 해야 좋을지 모르겠다고 고백했다. 그리고 우리가 싸웠던 게 미안하다고—나는 싸우고 싶지 않았고, 싸움이 싫었다—말했다. 그는 매트리스 위 내 옆에 앉아 나를 껴안아주었고 나는 그의 가슴에 얼굴을 묻었다. 그 행동이 어떤 말을 하는 것보다 솔직하게 여겨졌다. 나는 그에게 기대어 작은 동물이 낼 법한 이상한 소리를 냈고 그의 플란넬 셔츠에 콧물을 묻히지 않으려고 애썼다.

"우리 오늘 밤은 안 싸우고 있잖아. 넌 오늘 밤 근사해." 그가 말했다.

내가 얼마나 이기적이었는지, 얼마나 완벽하게 보호받고 있었는지, 그가 얼마나 나한테 잘해주었는지를 떠올리면 때로는 괴롭다.

그날 밤의 나머지 기억은 흐릿하다. 어느 시점엔가 나는 복도에서 비틀거리다 넘어졌다. 어느 시점엔가 그는 그 여학생이 무사하다고 알려주었다. 나는 생각했다, *잘됐네*. 어느 시점엔가 나는 스토브 위 국수 냄비 앞에 선 채로, 국수와 찢은 닭고기를 손으로 퍼먹었고, 그런 다음에는 한동안 변기 앞에 무릎 꿇고 있었다. 토했는지 안 했는지는 잘 모르겠다. 다시 술을 들고 내 사무실로 들어갔던 건 기억난다. 그리고 이런 생각을 했다. *이게 마지막 밤이 되어야 해.* 그건 그저 또 한 번의 밤, 내가 이미 경험했던 마지막 밤일 뿐이었다. 위스키를 채운 크고 빨간 컵을 들고서 다짐하던 밤들. 다른 게 있다면 이번에는 혹시 몰라서, 아예 병까지 가져왔다는 거였다.

— IX —
고백

—————— 두번째 단주의 첫날, 나는 친구의 차를 콘크리트 벽에 들이받았다. 우리 차는 시동이 걸리지 않았고 의대생들이 내 가짜 충수염을 진단할 수 있도록 하려면 오전 교대 시간에 맞춰 병원에 가야 했기 때문에 친구 차를 빌린 거였다. 꽁꽁 얼어붙은 12월의 어느 날이었고 나는 술이 덜 깬 채 초조해서 발을 구르고 있었다. *그만 멈춰야 해. 멈추고 싶지 않아. 지난번에 멈췄지만 소용이 없었잖아.* 내 두 손은 도무지 가만히 있지를 못했다. 그러다가 주차장으로 들어가던 중 브레이크 대신 액셀을 밟는 바람에 콘크리트 벽을 정면으로 들이받았다. 이렇게 생각했던 게 기억난다. *아이쿠, 제기랄.* 그러고는 아무 일도 없었던 척할 수 있을지 생각했다. *그 친구한테 꼭 말해야 할까?* 물론 말해야 했다. 앞 범퍼가 헐거워진 일회용 반창고처럼 대롱거리고 있었고 헤드라이트 하나에는 거미줄처럼 금이 가 있었다. 나는 즉각적인 충동으로 그냥 후진해서 다른 주차 공간에 차를 넣었다, 마치 그러면 재도전의 기회가 생긴다는 것처럼.

어쨌거나 나는 옳은 일을 *하려고*—다시 술을 끊으려고— 애쓰고 있었고 오늘은 나의 중대한 분수령, 나머지 삶의 첫날이 될 예정이었다. 그런데 그 결심에 대한 보상이 이 찌그러진 스테이션왜건이란 말인가? 화가 치밀었다. 술을 끊기로 했다면, 근사하고 새로운 나를 발견해야 옳았다, 아니 적어도 콘크리트 벽으로 질주하지 않을 침착함 정도는 되찾아야 옳았다. 그런데 단주는 그렇게 작용하지 않았다. 대신 이런 식이었다. 일하러 간다. 친구에게 전화해서 말한다. *미안한데 차를 벽에 박았어*. 내가 수리비를 내겠다고 말한다. 그런 다음 그렇게 한다.

"왜 당신에게 또 한 번의 기회를 줘야 합니까?" 어느 마약 법정에서 판사가 피고인, 즉 최근의 재발을 설명하려는 중독자에게 물었다.

"희망이 있습니다." 피고인이 대답했다.

"지금 희망이 있다고 생각하는 이유는요?"

피고인은 아이들을 위해서 약을 끊고 있다고 말했다. 그는 *이번만큼은* 다르다는 이유를 대야 했다.

"어떻게 다른가요?"

"대처하는 기술이 더 나아졌고 다른 사람의 말에 더 많이 귀를 기울입니다."

"여전히 모든 걸 알고 있습니까?"

"아니요. 지금은 마음이 열려 있습니다."

"겸손해졌다고요?" 판사가 물었다. "이제 기꺼이 말을 *듣겠습니까?*"

피고인은 껄껄 웃고는 고개를 저었다. "그건 저에게는 도전이었습니다." 피고인이 인정했다. "과거의 저는 모든 것을 안다고 생각했지요."

불편한 의례다. 중독자는 겸손을 보이도록 요구받고, 판사는 치료사이자 처벌자로 여겨진다. 미국 법체계가 중독자를 가두는 것 외에, 중독자들에게 무언가 해줄 수 있다고 생각해서 만든 것이 마약 법정이지만, 마약 법정은 여전히 법체계의 이상 속에서 불완전하게 존재하며, 여전히 중독을 실패의 한 형태로 다룬다.

마약 법정에서 판사와 피고인은 머리를 맞대어 피고인이 어떤 사람이 되어야 할지 그려 보여야 한다. 그 사람은 단지 회복 중인 사람이 아니라 이 회복을 진심으로 *욕망하는* 사람이어야 한다. 그러나 사회학자들은 마약 법정이 판사들의 "혀의 채찍질"로 가득하다는 사실을 발견한다. "피고인의 변명에 아주 신물이 납니다!" "피고인에게서 완전히 손을 떼겠습니다!" 일부 피고인들은 "구제 가능"하다고 여겨지지만, 나머지 피고인들은 "치료 불가능할 만큼 결함이 많다"고 여겨진다.

마약 법정에서, 단주 모임에서, 회고록에서, 진정 회복을 위한 준비가 되어 있다고 증명하는 행위에는 회복할 수 있을지 모르겠다고 스스로 인정하는 행위가 포함된다. 제대로 이야기를 시작하는 행위에는 그 이야기의 끝을 알지 못한다고 인정하는 행위가 포함된다. '예후 관찰 요망'이라고 쓰인 나코팜의 보고서처럼. 『블루스를 부르는 여인』에서 빌리 홀리데이는 독자들에게 그녀의 잠정적 해피엔딩을 믿지 말라고 경고한다. "죽기 전에는 세상 누구도 약물과의 싸움이 끝났다고 자신 있게 말할 수 없다."

저널리스트 데이비드 셰프David Sheff는 메스암페타민에 중독되었던 아들 닉의 회복을 다룬 회고록 『뷰티풀 보이*Beautiful Boy*』의 후기에서, 그 책이 출간된 후 닉의 중독이 재발했다고 고백했다. "그렇다, 닉은 재발했다. 때로 나는 그 뒤엉키고 엉망인 진실이 지겹다." 셰프의 후기는 우리가 방금 읽었던 잠정적 해피엔딩만을 무너뜨리는 게 아니다. 그것은 확실한 모든 엔딩의 가능성을 무너뜨린다. 중독 회고록 장르에서 주요 요소가 되는 것은 바로 이것, 첫 출간 이후 일이 전적으로 바람대로 풀리지 않았다고 고백하는 후기, 에필로그, "저자의 말" 등이다. 그러나 그런 불확실성의 고백, *세상 누구도 자신 있게 말할 수 없다*고 말하는 것이 냉소주의는 아니다. 그것은 불가능한 어떤 것에 기대지 않는 정직한 희망을 제시한다. 이야기가 끝까지 진행되기 전에는 결말을 알 수 없다. 이는 빌 윌슨의 산꼭대기의 환영보다 더 들쑥날쑥하고, 더욱 좌절감을 안겨주는 이야기다. 내가 여러 해 동안 단주 모임에서 들었던, 끝없는 순환과 반복의 많은 이야기가 바로 그런 거였다. 하지만 바로 그 과정에서 겸손이 쌓여 희망을 만든다. 40년 동안 술을 입에 대지 않은 고참들은 말한다. "운이 좋다면 오늘 하루를 더 단주하고 있을 겁니다."

나는 처음 갔던 단주 모임에 다시 돌아간 날 이렇게 말했다. "다시 술을 마시기 시작했을 때는, 다시는 모임에 나가지 않겠다고 저 자신과 약속했죠. 그런데 지금 이렇게 왔네요."

——————————— 아이오와시티는 작은 도시다. 모임에 돌아가면, 나는 똑같은 사람들을 만나게 되리란 걸 알고 있었다. 그래서 걱정이 되었다. 1년 전 자포자기와 비통함에 가득 차서 걸어 들어왔던 내 모습, 그리고 그들의 해결책을 놓아버린 내 모습을 그들은 기억할 것이다. 이제 나는 돌아왔다. 나의 슬픔은 식상했고, 나의 사례는 시들했다. 나는 엉덩이에 *D* 낙인이 찍힌, 또는 그들의 비겁함을 광고하는 나무 푯말을 목에 걸어야 했던 남북전쟁의 탈영병deserter이 떠올랐다.

그러나 모두가 나를 보고 기뻐했다. 그들은 말했다. "돌아와서 기빼요." 이렇게 말하는 이들도 있었다. "저도 그랬답니다." 먼젓번에 알게 된 한 여자는 내 의자 옆 바닥에 무릎을 꿇고 말했다. "앞으로 다시는 술 마실 필요가 없어요." 나는 생각했다. *다시 마실* ***필요가 없다***고*요?* 술을 마신다는 건 내가 하고 싶은 전부였다. 바로 그 순간에도 나는 술을 마시고 싶었다.

세월이 흘러 돌이켜보니 그녀가 한 말의 진실이 이해되었다. 끝없는 계획과 사과, 결단, 재결단으로 가득한 갑갑하고 비좁은 공간에서 내가 한 걸음 물러나게 된다는 의미였다. 그러나 다시 돌아갔던 그 첫날 밤, 그 덫이야말로 여전히 내가 가장 욕망하는 것이었다. 내가 들은 그 첫번째 말이 전혀 진실로 다가오지 않았다는 사실은 나를 불안하게 만들었다. 다시 돌아간 건 우스꽝스러운 실수였을까? 하지만 나는 울고 있었다. 나는 완전히 망가져 있었고, 그녀는 내가 빠진 수렁이 무엇이었든 간에, 구조가 절박하다는 걸 알고 있었다.

구조는 가만히 앉아 경청하는 것에서 왔다. 그날 밤, 한 남자가 처음 술에 취했던 열두 살 때 이야기를 했다. 어느 날 밤 어린 여동생을 돌보다가 부모님의 술 창고로 들어가 감초주 한 봉지를 다 들이켰고, 정신을 차려보니 검은 토사물의 웅덩이 가운데 있었다고 했다. 당뇨가 있던 아내는 그가 아내를 떠나고 6주 후에 패혈증으로 세상을 떠났다고 했다. 그녀가 취해서 유리 조각을 밟았는데, 처음엔 발가락을 절단해야 했고, 다음엔 발을 절단해야 했다. 그러고는 숨을 거두었다. 그 일로 그는 정말로 술을 끊었다. *살아남은 자의 죄책감,* 그는 그렇게 말했다. 그는 9·11 테러가 일어난 날 세계무역센터의 매리엇 호텔에서 근무했다는 것에서도 죄책감을 느꼈다. 그날 그는 집에 돌아와서 뉴스를 틀어놓고 와인 한 병을 다 비웠다. 그러고는 세계가 끝날 경우를 대비해 술이 몇 병이나 남았는지 확인했다.

교회 지하실에서, 리놀륨 바닥에 금속 의자가 끌리는 소리와 커피메이커의 여과 소리를 배경음으로 그의 목소리를 들을 때, 나는 작가로서 그 테마와 클라이맥스를 생각하며 그의 이야기를 경청하기도 했지만, 주로 다른 방식으로 귀를 기울였다. 다른 무엇보다도 술 마시고 싶은 욕구가 여전히 큰 여자로서.

―――――――――――――――― 1950년대 중반 찰스 잭슨이 어느 때보다 활발하게 AA에 참여하던 시기에, 그는 회복이 새로운 방식의 글쓰기에 영감을 준다고 믿기 시작했다. 그는 집필 중인 작품을 새로운 시각으로 보면서 단순성과 솔직함을 추구했고, 한 친구에게는 "술을 끊고… AA에 지대한 관심을 가진 것"이 "이 새로운 태도와 큰 관련"이 있다고 편지를 썼다. 당시 잭슨은 자신의 대표 걸작이 될 거라고 상상한 책을 쓰고 있었다. 그것은 "과거 이야기What Happened"라는 제목의 대하소설, "삶을 긍정하고 수용하는 소설"로, 한때 주말을 모두 잃어버렸던 주인공 돈 버넘의 이야기를 풀어낼 예정이었다.

그 소설의 첫 회, 「더 멀고 더 험한Farther and Wilder」은 대규모 가족 상봉 사건을 중심으로 200쪽 분량의 서장으로 시작될 터였다. 돈은 "그 모임의 주인이 되고, 가족은 그를 찾아오는 손님이 되며, 그는 가족 모두를 돌보게 될 뿐 아니라 실제로 그들 모두를 돌볼 능력까지 갖추게 된다." 잭슨은 세상 사람들이 『잃어버린 주말』을 통해 알게 된 돈이 아닌, 다른 돈의 이야기를 쓰고 싶었다. 이 돈은 안정되고 부유하며, 자기 가족을 돌볼 뿐 아니라 그들을 돌볼 능력까지 있었다. 반복되는 이 구문이 가슴을 저민다.

잭슨의 집필은 몇 년째 진척이 없었다. 그의 전기 작가 블레이크 베일리는 잭슨이 “[이] 소설을 제외하고는 생각할 수 있는 모든 것을” 능숙하게 해냈다고 한다. 그러나 1953년 AA에 참여하고 몇 달 만에, 마침내 그는 200쪽 이상을 쓸 수 있게 되었다. 그는 친구에게 편지를 보냈다.

> 그건 내가 지금껏 한 일 가운데 단연코 최고의 것, 더 단순하고 더 솔직한, 그리고 처음으로 나 자신의 바깥에서 한 일이네. 다시 말해 자기고문이나 자기몰두, 또는 자기해부 없이 말이야. 아니, 그것은 사람들에 관한 글이네. 굳이 말하자면, 삶에 관한 글이지. 술을 끊고 AA에 큰 관심을 가졌던 것이, 이런 표현을 용서해주길 바라네만, 이 새로운 태도와 큰 관련이 있어. 사실 모든 것이 그것과 관련이 있다고 생각된다네.

이 소설은 단주 중인 알코올중독자가 겪는 일상의 평범한 질감에 뿌리를 두고 있었다. 잭슨은 그의 편집자 로저 스트라우스Roger Straus에게 말했다. “이 소설을 가장 잘 쓸 수 있는 방법은 페이지마다 일어나는 이야기, 일상생활처럼 일어나고 있는 이야기를 말하는 것입니다.” 그는 평범한 사람들의 평범한 생활을 소재로, 내용이 겸손한 소설, 아울러 고도의 기교를 부리고 싶은 유혹에 저항함으로써 문체까지 겸손한 소설을 쓰고 싶었다. 두 가지 모두 자아를 벗어나 글을 쓰려는 노력이었다. 스트라우스에게 보낸 또 다른 편지에서, 잭슨은 자신의 접근법을 설명했다. “그것은 진정 경이롭고 단순하고 소박하고 인간적이며, 삶 자체입니다. 비까번쩍한 지식인 계급의 어떤 것도 없지요… 하지만 당신이 제임스 조이스가 아닌 이상 이 ‘편안한’ 소설은 충분히 훌륭할 겁니다.”

잭슨은 그 소설이 평범한 인간의 삶을 주목한다는 점에서 놀라울 수 있다고 믿고 싶었다. 그러나 한편으로는 걱정스럽기도 했다. 그런 정당화에 의심이 스며드는 소리가 귓가에 들릴 정도였다. 비록 그는 이 소설이 "그것이 내키는 대로 할 수 있다"고 주장했고, "나는 그것을 소박하게, 평범한 사람들처럼 만드는 것이 좋다"고 선언했음에도, "나는"에 그은 밑줄은 그 자신의 특권에 대한 위태로운 인식을 암시했다. 마치 그의 AA 동료들(그의 아내가 말했듯 "아주 똑똑하거나 흥미롭거나 대단하지" 않은 사람들)에 대한 사회적 자의식의 결과가, 이 새로운 스타일이 충분히 야심적으로, 또는 지적으로 보일까 하는 불안감으로 표현된 것 같았다. 때로 그는 이런 식으로 "순간순간 전개되는 삶"의 접근법이 "경박하고 두서없이" 보이거나 그냥 "독창성의 총체적 결여"로 낙인찍히지 않을까 하는 조바심을 노골적으로 고백했다. 바로 그 독창성 결여는 AA가 그에게 받아들이라고 가르치던 것이었다. 그 프로젝트에 대한 잭슨의 모순된 태도는 곧 문학 영역과 회복 영역 사이에서 그가 인식했던 간극이었다. 그 둘의 요구를 모두 만족시키는 소설을 어떻게 쓸 수 있을까? 그에게 동지의식을 느끼는 사람들은 그에게 혼자만의 삶을 벗어나 그들의 "일상적" 삶을 사는 그를 상상하라고 요구했지만, 그는 AA 모임의 청중들과 별로 닮은 데가 없는 성깔 더러운 지식인들의 판단이 두려웠다.

훗날 잭슨이 AA 청중들에게 말했다시피, 과거의 그는 자신을 이해할 수 없었기 때문에 술에 취했다면, 이 소설 속에서 그는 자기 *밖으*로 나감으로써 새로 세운 냉철한 목적의식을 산문으로 옮겼다. 한 친구에게 쓴 편지에서 보이듯이, 그는 "나 자신 바깥의 모든 것, 바깥!"을 원했다. 자신의 프로젝트—반은 자전적인 또 한 편의 소설—가 어떻게든 그가 살아온 과거 삶을 떠나는 것이라는 잭슨의 주장은 기이했다.

역설적인 이 두 가지 야망을 이해하는 열쇠는 AA의 정신이었다. 그 정신은 모든 사람은 하나의 이야기를 전달하는 수단에 불과하다는 믿음, 그리고 자기 삶을 조명하는 것이 자신을 넘어서 봉사하는 방법이라는 신념이었다.

——————————— 두번째 단주를 시작하고 맞은 첫 겨울, 나의 후원자가 나의 4단계에 작성해야 할 차트를 주었다. 거기엔 내 모든 분노의 목록도 있었다.

"그거면 돼요?" 내가 농담으로 물었다. "당신 목록은 얼마나 길어요?"

그녀는 참을성 있게 미소를 짓고 말했다. "나를 믿으세요, 더 심한 경우도 많이 봤어요."

나의 후원자 스테이시는 재미있고 정 많은 여성으로 술을 끊은 뒤 법조인이 되었다. 그녀는 나와 닮은 구석이 없었지만, 우리 둘 다 고주망태로 취하지 않는 음주를 좋아하지 않았다는 공통점이 있었다. 그녀는 자기 경험을 사무적으로 말했고, 나의 장황하고 산만한 독백을 참을성 있게 들어주며 고개를 끄덕이기도 했지만, 딱히 감동하지는 않으면서, 종종 그 이야기의 핵심인 절박함을 정리해주었다. *그래서 버려질까 봐 두려웠군요?* 그녀의 정리는 축소가 아니었다. 그것은 내가 그 많은 언어의 그물망 없이도 냉정하게 바라볼 수 있는 유용한 무언가를 포착했다. 시간을 내어 만나줘서 너무 고맙다고 할 때마다 그녀는 똑같은 말을 했다. "덕분에 나도 계속 단주하는 걸요."

처음 AA 모임에 나갔을 때, 그들은 나에게 "내가 원하는 것을 가진" 후원자를 선택하라고 했다. 그게 퓰리처상을 뜻하지 않는다는 건 알고 있었다. 결국 나는 스테이시를 선택했는데, 그녀가 내 모습을 떠올리게 해서가 아니라, 그 반대였기 때문이다. 그녀는 당당하게 세상 속을 헤쳐 갔다. 의로운 척하지 않으면서 도움을 주고, 지나치게 사과하지 않으면서 겸손했다. 그녀 곁에 있으면 피부에 닿는 실크처럼, 본능적으로 기분이 좋았다. 그녀는 자신이 키우는 포메라니안에 대한 사랑의 크기를 아무런 부끄러움 없이 고백했다. 유머 감각이 비슷했던 우리는 빅북을 읽다가, 빌이 음주 중에는 한 번도 바람피우지 않았고 "때로는 극도로 취한 덕분에 아내에게 충실"했다는 이야기에 같이 웃음을 터뜨렸다. 우리는 그가 고결하지 않은 이유를 고백하는 장면도 좋아했다.

스테이시와는 내 음주가 재발하기 전에 같이 활동했는데, 내가 다시 단주를 결심했을 때, 그녀는 약혼자와 함께 나를 첫 모임에 데려다주었다. "다시 기회를 줘서 고마워요." 나는 그 모든 게 우리 인연이라고 생각하며 재잘거렸다.

"물론, 바로 그게 이 프로그램이 돌아가는 방식이죠." 그녀가 대답했다.

나의 4단계와 관련해서, 나는 그 목록의 형식이 걱정스러웠다. 아주 좁은 세로 칸들이 나란히 놓인 스프레드시트였는데, 내가 작성하는 각각의 항목마다 전체 이야기를 어떻게 다 써넣어야 할지 난감했기 때문이다. "일부 상황은 꽤 복잡하거든요." 나는 설명했다.

"다들 그래요." 나의 후원자가 말했다. "잘 해낼 수 있을 거예요."

4단계 차트에는 내가 저지른 모든 "가해와 분노" 항목이 있었는데, 설사 내가 아무런 해를 끼치지 않았더라도 분노가 느껴지는 사람이 있다면 그들을 써넣어야 하는지 물어보았다. 그녀가 웃었다. 이런 질문을 했던 알코올중독자가 분명 내가 처음은 아니었으리라. "당신 마음에 응어리를 남긴 누구나"라고 그녀가 대답했다. 차트에는 각각의 분노와 그 동기가 되는 두려움—*갈등에 대한 두려움, 포기에 대한 두려움*—을 연결하는 칸이 있었고, 나는 늘 그랬듯 모범생처럼 충실하게 칸을 채워 넣었다. (*부적격에 대한 두려움.*) 처음 단주할 때는 이런 목록을 작성하지 않았는데, 이번에는 다르게 해보고 싶었다. 목록은 내 죄의 사면을 구하기 위한 것이 아니었다. 그것은 불편함을 밝히려는 것이었다. 다시 술을 찾게 만들지 모를 유독한 울분을 모두 까발리는 것이었다. 목록 작성은 어수선한 서랍 비우기와 같았다.

나의 음주가 어땠는지 돌아보니, 세상에 자신을 내던지는 한 여자가 보였다. 그녀는 어떤 예리함을 지닌 자신의 모습을 되돌려달라고 세상에 요구하고 있었다. 그리고 한 남자의 집 문간에 서서, 코카인을 흡입해 온몸을 떨면서 벌써 실망을 통감하며, 키스해달라고 거의 애걸하고 있었다. 언젠가 새언니가 나한테 물은 적 있었다. "뼈가 없는 게 낫겠어요, 피부가 없는 게 낫겠어요?" 처음 그 질문을 들었을 땐 뼈가 없는 존재, 형태가 없는 살덩어리가 떠올랐고, 이어서 피부가 없이 반짝이는 신경과 근육으로 된 팽팽한 조각상이 떠올랐다. 둘 중 하나가 없는 존재를 어떻게 묘사하겠는가? 그냥 완전히 엉망진창이다? 어떤 때는 내 몸에 아무 구조가 없는 게 아닐까 하는 생각이 들었다. 또 어떤 때는 경계가 없는 것 같았다. 나는 키스해주기를 기다리며 문간에 서 있던 그 여자를 돌아보았고, 그녀의 입을 손으로 찰싹 때려주고 싶었다. 그녀의 코에서 코카인을 떨어내고 위 속의 보드카를 비워버리고 이렇게 말해주고 싶었다. *그거 말하지 마, 그거 마시지 마, 그거 필요 없어.* 하지만 할 수 없었다, 그녀가 그렇게 했기 때문에. 그녀는 그것을 말했고, 그것을 마셨고, 그것을 필요로 했다.

욕구를 가진 사람이 그녀만은 아니었다. 내 불안의 피해자가 나만은 아니라는 사실을 받아들인다는 것, 이 역시 내 목록의 일부였다. 이른바 '성 경험 목록' 차트에서 가장 효과적인 칸은 이거였다. "내가 상처를 준 사람은 누구입니까?" 효과적이라는 건 단지 많은 이름을 써넣었기 때문이 아니라, 대부분의 이름에 의문부호가 따라왔기 때문이다. 나는 내가 그들에게 상처를 주었는지 아닌지 충분히 주의를 기울였던 적이 거의 없었다. 불안감에 짓눌려 있었기에 내가 누구에게 상처를 줄 힘이 없다고 확신했었다.

이 차트를 스테이시와 함께 검토—4단계 목록을 누군가와 같이 이야기하는 것이 5단계다—할 각오가 되었을 무렵은, 전에 맞아서 부러졌던 코의 나머지 손상 부분을 고치는 또 한 번의 수술을 받고 얼마 안 된 때였다. 나는 단주 모임에서 동정을 기대하며 수술 이야기를 했지만, 주로 이런 반응이 나왔다. "진통제를 조심하셔야 해요." 알고 보니 유용한 충고였다. 나는 정신을 잃게 만들 약들과, 수술 이후의 약들을 얼마나 기대했는지 알고는 깜짝 놀랐다. 그리고 아산화질소나 발륨 안정제를 맛볼 가능성을 얼마나 집요하게 상상했는지도. 그런 기대감은 마치 내 배에서 솟구친 것 같았다. 전혀 예상 못 한 뜻밖의 기대감이었다. 모임에서 사람들은 가끔 말했다. *당신의 병은 바깥에서 늘 당신을 기다리고 있어요. 밖에서 팔굽혀펴기를 하고 있죠.* 내 머릿속에서 알코올중독은 콧수염을 기르고 흰색 민소매 셔츠를 입은 작은 남자의 모습으로 그려졌다.

결국 나에게는 아산화질소든 발륨이든, 기대하던 수술 전 약이 전혀 주어지지 않았다. 마취가 나에게 해준 건 수술 후 데이브가 들고 있는 양동이에 토하게 만든 게 전부였다. 그는 나를 위해 계속 있어주었는데, 술을 마시지 않으니 그게 훨씬 더 잘 보이기 시작했다. 그런 배려에 고맙다고 말하기도 훨씬 쉬워졌다.

내가 5단계를 시작하기로 한 전날 밤, 내 얼굴에는 아직 붕대가 감겨 있었다. 나는 진통제 비코딘을 한 알도 먹지 않았다. 그걸 다 먹어버리고 싶을까 봐, 아니 적어도 온 세상을 유영하는 기분이 들 만큼 먹고 싶을까 봐 너무 겁이 났기 때문이다. 부기를 가라앉히기 위해 무염식을 하느라, 실속 없는 작은 다람쥐처럼 주로 치리오스 시리얼에 호두, 말린 체리를 섞어 먹으며 버텼다. 스테이시에게 우리 만남을 몇 주 미뤄야 할 것 같다고 문자를 보냈다.

"말은 할 수 있는 정도인가요?" 그녀가 물었다.

그렇다고 대답했다.

"그럼, 해요." 그녀가 말했다.

그래서 다음 날 우리 부엌 식탁에서 그녀와 서로 마주 보고 앉았다. 나는 치리오스와 크랜베리를 작은 그릇에 담아서 냈다. 컵에 물을 따랐다. 식탁 위, 우리 사이에 놓인 내 차트에는 축소된 진실의 네모 칸들이 있었다. 나의 분노를 이기심보다 두려움의 관점에서 바라보는 것은 유용한 것 같았다. 어쩌면 그건 그저 나를 포함한 모두에게, 이기심이 두려움 때문에 유발되는 경우가 얼마나 많은지 확인하는 문제였을 것이다.

나는 내 목록에서 첫번째 상황을 설명하기 시작했다. 온갖 뉘앙스를 섞어 복잡하게, 죄책감과 수치심 등등의 층위를 넣어서—

"짧게 가죠." 그녀가 말했다. "간단히 해주세요."

———————————— 존 베리먼은 계속 단주를 유지하려고 애쓰던 시절에 개인적인 목록을 많이 작성했다.

1. 지금껏 살면서 나와 관련해 가장 신경이 쓰였던 것은?
   내가 위대한 시인이 될 것인가 아닌가 하는 것.
2. 현재의 나와 관련해 가장 신경이 쓰이는 것은?
   타인들에 대한 사랑의 빈곤.
3. 미래의 나와 관련해 가장 신경이 쓰이는 것은?
   내가 이것을 극복할 수 있을까 하는 것.

베리먼의 마지막 시집 제목이 『사랑과 명성*Love & Fame*』인 것도 놀랄 일은 아닌 것 같다. 삶의 마지막 4년 동안 그는 네 번 재활원에 들어갔고, 여러 번 병원에서 해독 치료를 받았으며, 수많은 단주 모임에 나갔고, 심지어는 한 지역 교도소에서 단주 모임을 주재했으며, 모임에 참여한 재소자들이 출소했을 때는 자기 집 만찬에 초대하기도 했다. (한 명이 초대에 응했다.) 그는 많은 AA 문헌을 읽었다. 각종 차트와 체크리스트를 작성했다. 헤이즐던 재활원에서 작성한 월간 목록은 하나같이 체크 부호와 × 들로 가득했다. 그는 "자존감" "부정직" "헛된 자존심" 옆에 작은 엑스를 그렸다. "화" 옆에는 이렇게 썼다. *자신에게 상처를 준다. 불변에 대한 한결같은 갈망.* 그는 "부도덕한 생각"의 "부도덕"에 밑줄을 쳤다. 그는 만 개의 치료센터가 있는 나라에서 미네소타주 한가운데 있는 입원 치료소, 이른바 '미네소타 모델'(지금은 재활원이라 불린다)에 푹 빠져 있었다.

그가 처음 미니애폴리스의 세인트메리 병원에 도착해서 처음으로 작성한 AA 1단계 차트는 그의 음주가 얼마나 황폐한 상태였는지 짐작하게 해준다.

결혼한 지 11년, 음주 때문에 아내가 나를 떠났다. 절망, 나 홀로 폭음, 무직, 무일푼… 학생들을 꾀어 취하게 했다… 학과장은 내가 취해서 한밤중에 학생을 불러내서는 그녀를 죽이겠다고 협박했다고 알려줬다… 콜카타에서 취해서 숙소 주소를 기억하지 못해 밤새 길을 잃고 헤맸다… 음주를 위한 수많은 알리바이들… 심각한 기억력 감퇴, 기억 왜곡. 한번은 에벗에서 손떨림이 있었고, 몇 시간 지속되었다. 더블린에서는 끙끙대며 장시 한 편을 쓰면서 몇 달 동안 매일 1리터들이 위스키 한 병씩을 마셨다… 아내는 술병을 숨기고, 나도 술병을 숨겼다. 런던 호텔에서는 취해서 침대에 오줌을 쌌고, 매니저가 격분하는 바람에 새 매트리스 값을 줘야 했다. 서 있기도 힘들어져서 앉아서 강의했다. 강의 준비도 제대로 못 했다… 한 대학 복도에서 변을 지리는 바람에 아무도 눈치 못 채게 집으로 갔다… 아내가 세인트메리 병원이든 어디든 가보라고 했다. 여기 왔다.

베리먼의 음주가 빚은 참상에서는 물론, 깜짝 놀랄 만한 회한에서도—복도에서 변을 지린 사건뿐 아니라 제대로 강의 준비를 못 했던 일에서도—생생한 비통함이 느껴진다. 그는 회복을 위해 더욱 착실히 준비하고 있었다. 그래서 많은 것을 읽고 성실히 차트를 작성했다. 한번은 4단계에서 자신의 "책임" 목록을 작성했다.

(a) 신에 대한 책임: 매일 예배하기, 의지 밝히기, 감사하기(이것이 나의 몇 안 되는 일생의 덕목 가운데 하나라는 데 동의), 타인에게 호의 베풀기.

(b) 나에 대한 책임: 내가 원하는 것(삶, 예술)을 결정할 것, 도움을 구할 것… 절대 자신을 속이지 말 것. 경이로움+아름다움을 추구할 것.

(c) 가족에 대한 책임: 식구들을 아낄 것. 그들은 내가 사랑해주고 이끌어주기를 기대한다.

(d) 일에 대한 책임: "무엇보다 균형을 유지할 것."

"사적인 찬사는 알코올중독자의 독이다."

(e) AA에 대한 책임: "하느님과 AA에게 구원을 빚지고 있다."

목록의 맨 아래, 그는 자신에게 지시사항을 썼다. "네 삶의 방식을 조심하라. 너는 다른 사람들이 읽을 한 권의 빅북일 수 있다." 베리먼이 회복에 관한 소설을 구상하기 시작했을 때, 그는 위대한 문학을 염두에 둔 게 아니라 아직 회복을 모르는 사람들에게 회복을 알려줄 '12단계'—*우리는 이 메시지를 알코올중독자들에게 전하기 위해 노력했다*—같은 책을 상상했다. 그는 어떤 책을 쓸지 생각하며 끄적였다. "유용한 12단계 활동 기록을 책으로 만드는 것은 거의 작업이라고도 할 수 없을 것이다. 그저 지난봄 헤이즐던과 세인트메리라는… 그럴싸한 배경 위에서… 확장하고 광을 낸 것에 지나지 않을 것이다…"

그 책은 또 한 편의 서정적 꿈 노래가 아니었다. 그것은 다른 무언가, *거의 작업이라고도 할 수 없는 것*, 아름다움이 아닌 쓸모를 위한 것이었다. 베리먼은 자신의 책을 "유용한 12단계 활동"으로 상상하면서, 그가 목록에서 분명히 밝혔던 욕구를 따르고 있었다. "위대한 시인"이 되겠다는 야망을 "타인에 대한 사랑"에 헌신하는 창조적 삶으로 대체하는 것이었다. 그는 그 소설 제목으로 "무덤 위의 코르사코프 신드롬Korsakov's Syndrome on the Grave"을 생각했지만 "나는 알코올중독자다I Am an Alcoholic"가 더 마음에 들었다. (그는 소박한 이 제목 옆에 "더 낫다"라고 썼다.) 결국 그는 그 책에 그냥 "회복Recovery"이라는 제목을 붙였다. 그는 수익금을 기부하고 싶었다. "내 인세의 절반을—누구에게 줄까? AA는 아니다—그들은 받지 않을 테니까. 어쩌면 절망에 빠진 AA 회원들을 사적으로 도와주면 될 것이다."

베리먼은 이런 메모를 베이지색 공책에 적어 간직했는데, 커피 자국으로 얼룩진 그 공책에는 **회복 공책**이라는 라벨이 붙어 있었다. 이제 그의 삶은 위스키와 잉크가 아닌, 카페인과 흡연이라는 덜 경건한 연료로 돌아갔다. 그는 『회복』이 감사의 행위가 되기를 바랐다. 초고를 쓰면서 그는 헌사를 상상했다.

> 내 회복의 시작을 요약하고 망상에 빠져 설명한 이 책을 회복의 관련자('익명의 알코올중독자들'의 창립자, 의사, 정신과의사, 상담사, 성직자, 심리학자, 교류분석가, [집단 지도자들, 삽입], 간호사, 간호조무사, 입원환자, 외래환자, AA 회원)들에게, 그리고 회복의 신성한 창조주에게 바친다.

1971년 봄, 죽음을 맞기 1년 전쯤 베리먼은 미네소타대학교에서 "포스트 소설: 지혜의 작업으로서 허구"라는 과목을 강의했다. 이는 그가 『회복』에서도 시도하고 있었던 바로 그것, 일종의 지혜의 작업이었다.

—————————— 진 리스는 결코 회복을 시작하지 못했지만, 언젠가 상상의 법정 장면을 글로 썼다. 평범한 갈색 공책에 "진 리스의 재판"이라는 제목을 달아 구불구불한 필체로 쓴 이 글은 AA의 4단계인 "두려움 없는 도덕률 목록"과 놀랄 만큼 닮았다. 법정에서 검찰이 리스 작품의 주요 주제("선, 악, 사랑, 미움, 삶, 죽음, 아름다움, 추

함")를 나열한 뒤 그것이 모두에게 적용되는지 묻자, 그녀가 대답한다. "나는 모두를 알지 못합니다. 나 자신밖에 몰라요."

검찰이 "그러면 다른 사람들은요?"라고 집요하게 묻자 그녀가 고백한다. "저는 다른 사람들을 모릅니다. 저에겐 사람들이 걸어 다니는 나무로 보여요."

바로 그때 검찰이 공격한다. "그거 보십시오! 오래 걸리지 않았죠?"

리스가 고민하던 문제 중 하나는 그녀의 자기몰두가 다른 사람에게 미치는 영향을 의식하지 않을 만큼 완벽하지는 않다는 거였다. 그러나 이 재판에서 그녀의 유아론적 고백은 참회로 간주되지 않는다. 그녀가 유죄임을 확인해줄 뿐이다. 검찰은 계속해서 질문한다.

피고가 젊을 때는 다른 사람들에 대한 큰 사랑과 연민이 있었습니까? 특히 가난한 사람과 불행한 사람에 대해서요.

　　네.

그걸 보여줄 수 있었습니까?

　　항상 그러지는 못했던 것 같습니다. 저는 아주 숙맥이었어요. 아무도 나에게 말을 걸지 않았죠.

엄연한 핑계입니다! (검찰이 소리친다.)

피고가 냉정하고 내향적이라는 건 사실이 아니죠?

　　사실이 아닙니다.

다른 사람들과, 이를테면 연락하며 지내려고 많이 노력했나요? 그러니까 우정, 연애 등등의 관계를 묻는 겁니다.

　　네. 하지만 우정에는 별로 애쓰지 않았습니다.

그런 노력이 성공했나요?

　　가끔은요. 한동안은요.

그런 관계가 오래 지속되었습니까?

아니요.

그렇게 된 것은 누구 잘못이었습니까?

제 잘못인 것 같습니다.

같다고요?

침묵.

더 명확하게 대답하세요.

피곤하군요. 저는 모든 것을 너무 늦게 배웠어요.

리스의 재판 장면은 베리먼의 목록과 궤를 같이한다. *현재의 나와 관련해 가장 신경이 쓰이는 것은? 타인들에 대한 사랑의 빈곤.* 리스가 인간의 가능성에 대한 얼마간의 믿음을 표현할 때("때로 인간은 그 자신 이상의 존재가 될 수 있다고 믿습니다")조차 검찰은 여전히 이의를 제기한다. "가만, 가만. 이건 아주 안 좋아요. 그보다 더 잘 대답할 수는 없습니까?"

그 질문 뒤에, 재판 기록에는 이렇게만 쓰여 있다. "침묵." 이의 제기가 계속된다. 그러나 리스는 숨쉬기조차 힘든 슬픔보다 큰 어떤 것을 따를 방법이 있다고 믿었다. 그녀는 법정에서 말했다. "만약 제가 글쓰기를 그만둔다면, 제 삶은 비참한 실패가 될 겁니다… 저는 죽을 자격을 얻지 못할 겁니다."

훌륭한 글쓰기가 결함 많은 삶을 보상해줄 수도 있다는 환상—*내가 이 책을 쓸 수 있다면, 나의 흠이 그렇게 큰 문제는 아니지 않을까?*—은 비단 리스에게만 국한된 건 아니었다. 레이먼드 카버가 1976년 법정에 끌려 나왔을 때—취직한 동안 실업수당을 받은 혐의로—그의 첫 번째 아내 메리앤은 법정에서 그의 첫 단편집을 보여주면서 그를 변호했고, 그가 안겨준 실망과 그의 속임수에 대한 명분으로 작품의 탁월함을 내세웠다.

어쩌면 훌륭한 글쓰기만으로는 충분하지 않을 것이다. 비평가 A. 앨버레즈A. Alvarez가 보기에 리스의 "괴물 같은" 삶은 "전기 자체에 대한 막강한 반론"이었다. 첫번째 출간된 리스의 전기는 "어떤 책이 아무리 독창적이고, 아무리 완벽하다 해도 리스와 그 주변 사람들이 치러야 할 대가만큼 가치 있을 수 있는지 독자들에게 의심을 사는" 결과를 낳았다.

나도 리스의 전기를 읽으며 그녀와 긴 주말을 함께 보내고 싶다는 생각은 들지 않았지만, 그녀의 작품이 우리에게, 또는 누구에게든 "치러야 할 대가만큼 가치"가 있는가 하는 문제에는 관심이 없다. 왜냐하면 그건 우리가 선택할 문제가 아니기 때문이다. 그것은 그녀의 삶이 선택한 것이다. 그 작품이 선택한 것이다. 우리는 둘 중 어느 것도 물릴 수 없다. 평생 끼친 피해를 만회하기 위해 얼마나 많은 훌륭함이 필요한지에 대해 객관적인 측정 기준은 없다. 그리고 그 환산을 정당화할 비율도 없다. 고통에서 비롯된 아름다움은 대체로 행복과 되바꿀 수 없다. 어쨌든 리스가 내내 소망했던 것은 위안이 아니라, 마음을 진정시켜줄 아름다움의 가능성이었다. 자신이 느끼는 갈증을 큰 소리로 말함으로써, 그것으로 인한 피해를 보상할 수 있다는 가능성 말이다.

——————————— 베리먼은 『회복』의 집필을 위해 일과표를 써나가는 동안, 그 소설이 그를 건강한 삶으로 이끌어주리라 상상하며 그 삶의 윤곽을 그리고 있었다.

8시나 9시부터 오후 1시까지 서재에서 집필(목표는 하루 2쪽, 다음 문장 초안까지 더해서)

걸어라! 운전하라!

도서관: 면역학, 알코올중독—학술지들!

운동+요가
『하루 24시간』이라는 책[AA 문헌]
짧은 전기 1~2종—특히 유명한 알코올중독자들: 포!! H. 크레인.

베리먼의 메모는 자기권고의 분위기—*걸어라! 운전하라!*—와 설레는 의지를 보여준다. *학술지들!* 그는 숙제를 하고 싶었다. 요가를 하고 싶었다. 다른 술고래 작가들의 전통을 잇고 싶었다. *포!!* 그가 쓴 느낌표에는 어떤 비통함이 담겨 있다. *걸어라! 운전하라!* 그는 의례와 의도를 믿고 싶었다. 자신이 선택한 삶이 모습을 드러낼 거라 믿고 싶었다.

빌리 버로스 주니어는 소설 『켄터키 햄』에서 나코팜을 나온 후 트롤 어선에서 일한 경험을 썼다. "렉싱턴에서 내가 절대 하지 않았던 방식으로 일했다." 그는 그 일이 좋았다. 그에게 일은 중독의 반대말이었다. "일이 무얼 하는지 아는가? 하나의 상수를 제공해준다. 일은 시간을 구성한다… 해결책은 역시 실행되어야 하며 거기에 다른 방법은 없다는 것, 해결은 *안*으로 들어가는 것임을 깨닫는다. **해결한다는 것**. 적응한다는 것, 집중한다는 것은. 하지만 지금 내가 말하는 건 *밖*으로 나가서 까다로운 방식으로 현실을 재정비하는 것에 관한 얘기다."

나에게도 음주는 항상 무언가를 *안*으로 받아들이고, 무언가를 들이켜는 것이었다. 그것은 밖으로부터의 위안이었고, 한동안 힘으로 오해되곤 했다. 그리고 음주가 안으로 들어오는 것이라면, 버로스의 말처럼, 일은 밖으로 나가는 것이었다. 내가 술에 취하고 술을 깨듯이, 나는 빵집 교대근무가 계속 돌아가는 것이 좋았다. 그것은 늘 똑같은 절차였다. 7시에 출근한다. 생산 목록대로 일한다. 늘 그랬다. *다람쥐 쿠키 속도를 올려주세요.* 빵집의 하루 일과는 편안한 단주 모임의 구조처럼, 또 하나의 의례였다. 내가 고안할 필요가 없는 또 하나의 틀, 유용한 방식이었다. 우리는 매주 수백 개의 쿠키를 만들며 계절을 기념했다. 밸런타인데이에는 작은 연애편지를 든 개구리, 여름에는 아이스크림콘, 가을에는 빙빙 돌며 반짝이는 나뭇잎, 12월에는 작은 세모꼴 오렌지 코를 단 눈사람. 어쩌면 우스꽝스럽기도 했지만, 그것들은 나에게, *내가 해냈어요*, 라고 말할 방법을 주었고, 다른 사람에게는 소소하고 부정할 수 없는 즐거움을 안겨주었다.

빵집 주방의 동지애는 놀라웠고 종종 나를 겸손하게 만들었다. 우리 제빵사 중 한 명은 냉동 시나몬 번으로 광선검을 만들었고 점심으로 피망을 먹었다. 양손에 피망 한 개씩 잡고서 통째로 사과처럼 베어 먹었다. 또 다른 제빵사는 나의 전반적인 미숙함을 곧잘 놀리곤 했는데, 그래서 나는 그를 귀찮게 할 생각으로 그가 비번인 날이면 내가 소형 튀김기로 만든 도넛 사진을 문자로 보냈다. 거대한 돌연변이 새우를 닮은 그 사진에 "품질 관리"라는 설명을 덧붙여서. 가족계획연맹 기금 모금자를 위한 케이크 위에는, 경구 피임약을 닮은 둥근 쿠키 30개를 박아 넣기도 했다. 나는 적응하기 위해, 집중하기 위해 애쓰고 있었다.

두번째 단주 중에 맞이한 첫 겨울, 나는 처음으로 다운재킷을 샀다. 지난 몇 년 동안 개인적으로 겨울에게 박해받은 기분이었다. 그 매서운 추위의 순교자가 된 듯 얼얼하다 못해 마비된 느낌은 서사적이고 불가피했고, 찬 공기는 나의 내면적 날씨에 대한 외면적 동지와 다름없었다. 그런데 좋은 재킷을 사 입었더니 훨씬 덜 추웠다.

밸런타인데이에 데이브와 나는 미시시피강 절벽 위에 있는 오랜 도시인 더뷰크로 차를 몰았다. 우리는 하상 선박 카지노에서 룰렛을 했고 아쿠아리움에서 문어를 보고 감탄했다. 문어는 물속의 스카프처럼 다리를 흔들다가, 자주색, 진주색의 흡반을 유리에 눌러 조그만 달을 만들었다. 데이브는 문어에, 또는 황폐해진 옛 신흥도시에 흥분할 수 있는 사람이었다. 그는 나에게서 경이로움의 감정을 이끌어낼 수 있는 사람이었고, 그래서 나는 그 경이로움을 그에게 돌려주고 싶었다. 바로 그것이 내가 더뷰크에서 주말을 보내기로 한 이유이기도 했지만, 그 주말은 달콤 쌉싸래했고 모든 것이 미묘했다. 우리는 서로에게 조심스러웠다.

그 여행을 떠나기 얼마 전, 나는 아파트를 청소하다가 데이브의 서랍장 위에서 구겨진 메모 더미를 발견했다. 우리가 싸운 다음 날 아침에 내가 썼던 사과 편지들이었다. 저마다 그전에 얼마나 많은 사과 편지를 썼는지 인정하고 있었다. 며칠 후 그에게 단주 모임에 같이 갈 생각이 있는지 물었다. 첫번째 단주할 때는 하지 않았던 말이었다. 나의 새로운 삶에 함께하지 않는다고 비난하느니 차라리 나의 새로운 삶으로 그를 초대하고 싶었다.

그는 단주 모임에서 유창하게 말했고 사려 깊게 행동했다. 다른 사람들의 말에 감동한 모양이었다. 모임이 끝난 후 세 명의 중년 여성이 내게 다가왔다. "남자분이 정말 매력적이에요." 커플 상담을 받으러 갔던 때도 그랬다. 중년 여성이던 상담사는 교외의 자기 집에서 상담을 했었는데, 데이브가 화장실에 간 사이 그녀가 내게 가까이 몸을 기울이며 말했었다. "저기, *남자분이* 아주 매력적이에요." 내가 충격받은 표정을 지었는지 그녀가 재빨리 덧붙였다. "하지만 사실 지킬 박사와 하이드 같은 면도 있을 거예요."

더뷰크에서 우리는 저녁을 먹으러 바이에른식 펍에 가서 헤드 치즈와 굴라시를 시켰다. 맥주 통에는 약 30만 잔 분량의 맥주가 있었다. 나는 헤드 치즈를 맛있게 먹으려고 안간힘을 썼다. 맥주를 마시지 않으면서 *새로운* 무언가를 시도하고 있었다고 할까. 어느 시점엔가 노래가 터져 나왔다. 낯선 사람들이 독일어로 된 권주가를 합창하고 있었는데, 그 메시지는 언어의 장벽을 뛰어넘을 만큼 명료했다. 술은 *끝내주고 더 많이 마시면 더 끝내주고 가장 많이 마시면 가장 끝내준다.* 헤드 치즈는 역겨웠다.

데이브와 나는 장식 접시가 가득 진열된 조식 제공 숙소에 돌아와 VHS로 영화 〈듄Dune〉을 보았다. 뚱뚱한 남자가 스파이스라는 약의 노예가 된 채, 그 약 때문에 일그러지고 얽은 얼굴로, 작은 제트엔진을 메고 날아다녔다. 우리는 이불을 덮고 웅크렸고, 나는 생각했다, *어쩌면 이 일도 소중히 간직될 거야.*

— X —

겸손

단주 모임에서는 누구나 각자의 이야기를 공유하는데, "자기 이야기 말하기"는 보다 구조화된 방식으로 하는 발표를 뜻했다. 보통은 모임이 시작될 때, 10분에서 30분 정도 *과거에 음주는 어땠는지, 무슨 일이 있었는지, 지금은 어떤지*를 말했다. 사람마다 접근 방식에 관한 철학이 달랐다. "우리의 과거 음주사는 모두 같으니까 굳이 저의 음주사를 말씀드리지는 않겠습니다." 어떤 사람들은 그렇게 말하고 곧바로 단주 이야기로 들어갔다. 그러나 나는 음주 이야기가 좋았다. 아무리 들어도 물리지 않았다. 그것들은 만찬 전에 먹는 디저트 같았다. 물론 이야기는 모두 똑같았다. 하지만 모두 다르기도 했다. 각각의 독특한 삶이 저마다의 방식으로 공통 테마를 드러내 보이고 또 어지럽히는 식이었다. 과거 음주사는 또한 유용하기도 했는데, 한동안 없으면 곧 당연하게 받아들이게 되는 어떤 부재를 일깨워 주었기 때문이다. 이를테면 숙취에 시달리며 일찍 깬다거나, 날마다, 매시간, 매 순간 술을 생각하는 일이 어느새 사라졌다. 그것은 의식하지 않음으로써 확인되는 진보의 한 유형이었다.

모임에서 처음 내가 발표했던—어느 노인에게서 *지루하군*, 하고 야유를 받았던 그때—장소는 어느 학교의 지하에 있는 체육관이었다. 그곳 바닥은 빛나는 경질목이었고, 벽에 바짝 붙여놓은 표백제 통과 목재 연단이 있었고, 변색된 은색 커피메이커 옆 플라스틱 쟁반에는 슈퍼마켓에서 사 온 쿠키가 놓여 있었다. 월요 발표회를 위해, 문학 낭독회나 결혼식처럼 가운데 통로를 중심으로 약 40개의 접이의자들이 줄지어 펼쳐져 있었다. 내가 발표하기로 되어 있던 그날 밤, 나는 겨드랑이가 젖어도 보이지 않도록 광택 있는 검은색 셔츠를 입었다.

모임 시작 15분 전에는 군데군데 흩어져 앉은 몇 사람밖에 없었다. 대부분은 아는 얼굴이었다. 이혼 중인 치료사, 어린 딸을 6년 전에 저세상으로 보낸 남자. 그러나 사람들은 드문드문 앉아 있었고, 내가 발표자로 이미 공표되어 있었던 터라 나는 걱정되기 시작했다. 늘 하는 그런 생각도 했다. 보통 드라이클리닝 맡긴 옷을 찾거나 일주일 내내 기다리던 TV 쇼 〈배첼러Bachelor〉를 봐야 할 딱 그 시간에, 사람들의 주의를 나에게로 돌리려고 세계가 음모를 꾸민다고 상상하는 것 말이다.

속속 사람들이 도착하기 시작하면서, 나는 참석자 수가 적은 걸 다행으로 여기고 있었음을 깨달았고, 거기 온 사람들 모두가 내 말에 실망하는 모습을 곧바로 상상하기 시작했다. 모임이 시작되기 전, 나는 뜨거운 커피 한 잔을 따른 뒤 쉽게 부서지는 초콜릿 칩 쿠키 하나를 집어서 한 입 깨물고는 앞에 내려놓았다. 나는 접이식 탁자 뒤에, 사람들을 마주 보고 앉아 있었고, 옆에는 모임의 주재자, 내가 신뢰하는 여자가 앉아 있었다. 반백의 머리를 짧게 자른 그녀는 10대 딸을 둔 어머니였고, 담백하고 따스한 말투를 썼다. 자기가 저지른 실수에 솔직하고, 후회 따위로 진 빼지 않는 사람이었다.

먹다 남은 쿠키가 물끄러미 나를 보는 가운데 나는 이야기를 시작했다. 결국 이야기의 초점은 서사적인 드라마보다는 내가 말하고 있다는 사실이 스스로도 놀라운 것들에 더 집중되었다. 한밤중에 일어나 내 갈비뼈 안에 갇힌 새처럼 팔딱이는 심장 때문에 약을 걱정한다든지, 데이브의 서랍장 위에 쌓인 사과 편지를 발견한다든지 하는 것들에.

바로 그쯤이었다. 서사적 관심사에서 감정적 허심탄회로 옮겨 가는 게 옳다는 생각이 막 들기 시작하던 순간에, 휠체어에 앉은 그 남자가 소리쳤다. "지루하군!" 그가 소리친 후 발표는 엉망이 되기 시작했다. 눈이 화끈거리고 목이 막히고 목소리가 갈라지기 시작했다. 기도에 관해 발표하려던 말을 마무리하려고 애썼다. "그건 무거운 상자를 들어 올리는 것과 같습니다. 그러니까 기도는 그 무거운 상자를 *내려놓았다가* 다시 그걸 들어 올리려고 계속 애쓰는 것과 같다는 말입니다. 나는 본격적으로 울기 시작했다. 다시 그 남자가 고함쳤다. "지루하군!"

그는 나쁜 사람이 아니었다. 그냥 낯선 사람에게 고함치지 않도록 하는 무언가를 통제하지 못하고 있을 뿐이었다. 그리고 어쩌면, 진짜 지루하기도 했을 것이다. 나는 손등으로 눈물을 훔쳤다. 기도에 관해 할 말이 뭐였더라? 기도에 관해 할 말이 또 있었다. 청중 가운데 몇몇 여자가 가방에서 티슈를 꺼냈다. 모임이 끝나자 그중 한 여자가 곧바로 내게 다가왔다. "아까 기도에 관해 말할 때 우는 모습이 너무 감동적이었어요."

그러자 또 한 명의 여자, 모임의 주재자가 내 팔을 잡고 말했다. "내 얘기를 해주셨네요. 고마워요."

맬컴 라우리가 가장 두려워했던 악몽은 자기가 아닌 다른 사람의 이야기를 한다는 비난이었다. 잭슨의 『잃어버린 주말』이 성공했을 때, 아니

애초에 그 책이 출판되었을 때 라우리가 그토록 격분한 것도 바로 그 때문이었다. 자기 이야기를 할 준비가 채 되기 전에 다른 누군가가 먼저 자기 이야기를 선수 쳤다는 생각 때문이었다. 시간이 흘러, 라우리는 그 분노를 미완의 마지막 소설 『나의 벗이 누워 있는 무덤처럼 어두운*Dark As the Grave Wherein My Friend Is Laid*』에 엮게 녹여냈다. 지그뵈른 윌더니스라는 소설가가 자신의 알코올중독을 다룬 역작을 내기 전, 『술꾼의 리고동』이라는 끔찍한 책에 선수를 빼앗겼음을 발견하는 장면에서였다. 지그뵈른의 아내는 그를 안심시킨다. "그 책은 순수한 임상적 연구예요. 당신 책의 작은 한 부분에 지나지 않아요." 하지만 지그뵈른은 무너져버렸다. 그의 알코올중독이 독창적인 걸작을 창작하도록 도와주지 않는다면, 그게 다 무슨 소용이 있겠는가? 그는 "독특한 무언가를 이룩"했다고 확신했지만, 그의 책은 에이전트와 여러 출판사로부터 "모방작에 불과"하다는 말을 듣는다.

1947년 『하퍼스 매거진*Harper's Magazine*』에는 『화산 아래서』를 혹평하는 평론이 실렸다. 그 책을 "추천한다 해도 성실함으로 엮은 앤솔러지라는 점뿐인 기나긴 반추"이자, 더 훌륭한 저자들의 "기교를 흉내 낸" 조각이불에 지나지 않는다고 깔아뭉개자, 라우리는 편집자에게 분노의 편지를 보내 항변했다. 그 평론에서 비평가 자크 바준Jacques Barzun은 등장인물들이 "술에 취하지 않았을 때조차 죽도록 따분하다"(*지루하군!*)면서 그 소설에 고작 한 단락을 할애했지만, 라우리의 (분노에 찬) 반박문은 무려 22단락 길이였다. 그 반박문의 끝에는 라우리가 정말 용서할 수 없는 어떤 선을 암시하는 추신이 달려 있었다. "추신: 성실함으로 엮은 앤솔러지라니—부들부들!" 마치 그 장황함의 혐의가 너무 막중해서 라우리를 춥고 무자비한 문학의 유배지로 보내버렸다는 말 같았다.

그런데 성실함으로 엮은 앤솔러지라고? 그것은 회복 모임—그 독특한 아름다움—에 관해 내가 들었던 설명 중에 가장 적확한 묘사다.

스티븐 킹은 『샤이닝』을 쓰고 30여 년 후, 그러니까 술을 끊고 20년이 지난 후, 오버룩 호텔을 날려버린 주인공이자 드라이 드렁크 작가인 잭 토런스가 더 충만한 단주 생활을 할 수 있었을까 생각하기 시작했다. 킹은 스스로에게 물었다. "만약 그가 '익명의 알코올중독자들'을 알았더라면 대니의 문제 많은 아버지에게 무슨 일이 벌어졌을까?"

2013년에 발표된 킹의 소설 『닥터 슬립*Doctor Sleep*』은 이 질문에 답하려는 시도였다. 소설의 플롯은 잭의 아들 대니가 이제 성장해 그 아버지처럼 술꾼이 되었으나 마침내 술을 완전히 끊은 후 '트루 낫True Knot'이라는 익명의 집단과 싸우는 과정을 따라간다. 트루 낫은 레저용 차량에 거주하는 초자연적 괴물들로, 원을 그려 주문을 왼 다음 불운한 피해자들에게서 수확한 "고통을 마신다." 트루 낫은 AA의 사악한 버전이라 할 수 있는데, 고통이 말 그대로 자양분이 되는 고통의 집단이다. 그러나 이 소설에서 클라이맥스는 대니가 트루 낫에게 승리하는 대목이 아니라 바로 그 직후의 장면으로, 대니가 단주 15주년 기념일에 한 AA 집단에서 마침내 자신의 진정한 "밑바닥"을 고백하는 대목이다. 그는 코카인에 중독된 홀어머니와 같이 자던 침대에서 깨어나 엄마 지갑에서 돈을 훔치던 아침을 이야기한다. 그가 돈을 훔치는 사이 기저귀를 찬 어린 동생은 커피 탁자 위에 남은 코카인 더미가 사탕인 줄 알고 손을 뻗는다. (*남은 코카인?* 내 안의 중독자는 경악했다. 그러나 그 수치심은 익숙했다.)

대니가 그 끔찍한 진실을 고백하고 그 소설이 차곡차곡 쌓아오던 그 솔직한 순간이 지난 후… 그러나 사람들은 별 반응이 없었다. "문간에 있던 여자들은 부엌으로 돌아가버렸다. 몇몇 사람들은 손목시계를 보고 있었다. 누군가의 배가 꼬르륵거렸다. 모여 있는 100여 명의 알코올중독자를 보면서, 댄은 놀라운 사실을 깨달았다. 과거 그의 행위가 그들에게 혐오감을 주지 않았다는 것이다. 심지어 그들은 놀라지도 않았다. 그들은 더 심한 이야기를 들어온 사람들이었다." 소설은 단지 그 순간을 안티클라이맥스◆로서 주장하는 게 아니라, 이 안티클라이맥스가 여전히 중요하다고 주장한다.

돌이켜보면 나의 단주에도 스티븐 킹의 소설과 똑같은 이중적 교훈이 있었다. 당신은 당신의 진실을 말했고, 이제 사람들은 당신의 단주 생일 케이크로 직행하고 있다는 것이다. 당신 이야기는 십중팔구 매우 평범하다. 그렇다고 당신 이야기가 쓸모없다는 뜻은 아니다.

———————————— 마침내 내가 찰스 잭슨의 미완 소설 『과거 이야기』—그가 회복 중일 때 썼던 이 원고는 발표되지 않은 채 그의 아카이브에 보관되어 있다—의 원고를 읽을 때, 나에겐 아주 큰 야심이 있었다. 시인 이반 볼랜드Eavan Boland가 아름답지 않거나 젊지 않은 여성들이 등장하는 시를 찾으면서 고백하던 바로 그런 야심 같은 거였다. "나는 내가 읽으며 성장할 수 있는 시를 원한다. 읽다가 내가 죽을 수 있는 시를 원한다." 나는 읽으면서 술을 끊을 수 있는 이야기를 원했다.

그래서 『과거 이야기』 원고는 실망스러웠다. 그 작품은 읽어나가기 힘들 만큼 지루하고 복잡했다. "나는 인간에 관해 두서없이 쓸 수밖

◆ anticlimax: 극적으로 갈등이 해결될 것으로 기대되는 절정의 순간에 그 기대와는 달리 사소한 것에 의해 문제가 해결되는 상황.

에 없네." 친구에게 쓴 편지에서 잭슨은 오래 고대하던 대하소설에 대한 두려움을 고백했는데, 나는 그 말뜻이 이해되기 시작했다. 『잃어버린 주말』에 흠뻑 빠져서 손에서 놓지 않고 읽었던 나는 『과거 이야기』도 그러기를—더 낫기를! 기능성에 관해서!—바랐지만, 그렇지 않았다. 대체로, 그 소설은 가망 없이 추상적이었다.

> 그는 그런 생각이 들었다(아니 그것을 엿들었던 것 같다). 삶이 의미하는 것, 그것은 일어나지 않았던 별개의 극적인 순간들만이 아니라 모든 시간에 드러난다고. 삶이 무언가를 의미한다면, 매시간 매분, 크고 작은 사건을 통해 의미하는 모든 것이다. 인간에게 그것을 알아차릴 의식만 있다면 좋으련만… 극적이든 시시하든 간에 흘러가는 매 순간 매 단계가 삶인 것을.

요점은 내가 실제로 잭슨의 말에 동의했다는 것이다. 살면서 믿게 된 거지만, 삶은 매시간 매분 일어난다. 삶이란 극적인 클라이맥스보다는 조용한 노력과 계속되는 현존으로 이루어진다. 그러나 한편으로 나는, 자신이 발견한 회복의 지혜를 활용하겠다는 잭슨의 절박한 욕심이 그 이야기를 크게 훼손한 것도 볼 수 있었다. 그가 그 책에 관해서 했던 말이 불길한 징조처럼 내 머릿속에서 다시 재생되었다. "거의 어떤 '플롯'도 없이, 그러나 매우 특색 있게… *마침내* 내가 그렇게 객관적이고 초연해졌다는 게 자랑스럽네."

그 원고는 단주에 대한 내 최악의 두려움이 근거가 있음을 입증했다. 내 운명은 플롯 없는 추상의 상태로, 일련의 공허한 저녁들로, 허름한 술집의 네온사인 빛이 아닌 교회 지하실의 창백한 형광등 아래의 삶으로 떠밀려 가도록 예정되었다는 두려움. 『잃어버린 주말』의 거침 없던 가독성—돈이 저지르는 엉뚱한 행위의 동력, 그의 갈증을 일으키며 부릉거리는 엔진—이 정지상태로 대체되어버린 것이다.

잭슨이 『잃어버린 주말』의 작가로만 알려질 것을 두려워했다면, 라우리 또한 『화산 아래서』처럼 멋진 작품을 다시 쓰지 못할 거라는 비슷한 두려움이 있었다. (심지어 그의 두려움조차 독창적이지 않다.) 그러나 1950년대 중반에 알코올중독 치료를 위한 잔혹한 "혐오 요법"을 몇 차례 받은 후, 라우리는 자신의 알코올중독 대작을 능가하기를 바랐던 작품을 대대적으로 편집하기 시작했다. 『가브리올라로 가는 10월의 여객선*October Ferry to Gabriola*』은 그의 결혼에서 가장 행복했던 시기, 밴쿠버 북쪽 한 무단 거주자의 판잣집에서 지낸 시기를 다룬 소설이었다. 비평가 D. T. 맥스D. T. Max의 설명에 따르면, 라우리는 혐오 요법을 받은 후 맹렬한 기세로 그 소설을 썼다. "그가 자기 삶의 '알코홀로코스트'라고 부른 것, 즉 음주가 그의 예술에 영향을 미친 방식"을 검토하는 새로운 기록이었다. 라우리는 몇 년 동안 아내 마저리에게 썼던 사과의 편지들을 가져와 직접 원고에 붙여 넣었다. 그는 그 책을 후회의 질감으로 채우려 했고, 단지 가해의 기록이 아닌 결산의 과정으로 만들려 했다. 이런 식의 발굴 작업을 보면서, 나는 내가 썼던 사과 편지들로 책을 만드는 상상을 했다.

다른 사람들의 반응은 시큰둥했다. 랜덤하우스의 라우리 담당 편집자는 그 원고가 "내가 읽은 어떤 것보다 지루"했다는 이유로 책 계약을 취소했다. 라우리가 세상을 떠난 후, 마저리는 원고에 이런 말을 덧붙였다. "횡설수설하는 메모들. 알코올에 관한 학위논문처럼 보인다. 여기에 유용한 것은 없다."

나는 잭슨의 『과거 이야기』 원고를 읽으면서, 그 플롯의 희미한 깜박임을 느꼈다. "그는 길가에 차를 세우고 자기성찰, 일종의 자기평가 목록을 작성하고 싶어졌다… 하나도 빼놓지 않고서.” *그래, 그는 차를 타고 있지*, 나는 생각했다. 그런데 어디로 가고 있었을까? 그곳에 가면 마침내 뭐라도 일어나지 않았을까? AA의 4단계와 비슷한 평가 목록이라는 단어에 눈이 번쩍 뜨였다. 어쩌면 그 말은 곧, 돈이 망가진 과정을 읽게 되리라는 뜻일 수도 있었기 때문이다. 그러나 다음 순간 나는 그 만신창이 상태를 보고 싶어 한다는 사실에 죄책감을 느꼈다. 나는 약자의 이야기, 단주 이야기를 응원해야 옳았지만, 내 주의력이 떨어졌다는 건 그 이야기가 음주 이야기만큼 흥미롭지 않을 거라는 방증에 지나지 않았다. 그것은 모임에 앉아 다른 사람의 과거 음주 이야기가 중단되지 않기를 바라면서, ‘더 높은 힘’과 이어져 있음을 새롭게 발견했다는 대목에서 이렇게 생각하는 것과 같다. *예, 예, 어련하시겠어요*. 나는 단주에 관해 *예, 예, 어련하시겠어요* 같은 생각은 하고 싶지 않았다. 게슴츠레한 눈으로 밋밋한 지평선을 바라보고 싶지 않았다. 음주 이야기를 가장 좋아한다는 것이 마음 한구석으로는 여전히 계속 그렇게 살고 싶어 한다는 뜻일까 봐 두려웠다. 물론, 그런 마음이 없지는 않았다.

——————————— 두번째로 술을 끊고 처음 몇 달 동안, 단주는 종종 땀에 젖은 손으로 정글짐에 매달려서 떨어지지 않게 해달라고 기도하는 것처럼 느껴졌다. 아이오와의 어느 작은 농업 도시의 예술협동조합에서 일주일 동안 그들의 워크숍에 와달라는 제안이 들어왔다. 드넓은 콩밭 한가운데의 개조한 두부 공장에서 학생들 백일장 심사를 해주면 물건으로 대신 대가를 지불해주기로 했다. 며칠 동안 나는 내가 묵던 농장주택의 주방 조리대에 누군가 두고 간 레드와인 병들을

떠올리지 않으려고 애쓰며 낮 시간을 보냈다. 데이브에게 여기로 건너와서 두부 공장 일을 같이 할 생각이 있는지 물었지만, 그는 마감에 쫓겨서(그는 종종 마감 기한을 넘겼다) 집에 있어야 한다고 했다.

오지 않겠다는 그의 말을 듣고 나자, 음주에 관한 공상을 멈추기가 더 힘들었다. 유령이 나올 듯한 그 넓은 콩밭에서 혼자 술에 취하기는 너무 쉬울 터였다. 몸 안에서 피어나는 그 따뜻함에 몸을 맡기고 누구와도 말하지 않는다는 건. 그래서 나는 주의를 돌리려 애썼다. 밤에는 머릿속에 너무도 선명히 그려지는 그 세 병의 와인이 있는 농장주택으로 돌아가기가 두려워서, 새벽 3시까지 개조된 두부 공장에 남아 일하곤 했다. 사실 그 공장에서 개조된 건 거의 없었다. 망가진 기계와 낚시도구 상자, 녹슨 금속 자물쇠가 그대로 있었고, 자물쇠를 단 나사못은 헐거워져 창고 콘크리트 벽에서 반쯤 빠져 있었다. 그 최악의 밤에는 새벽 5시까지 커다란 널빤지 책상에 앉아, 막 산업화된 19세기 맨체스터에서 눈 내리는 날 일어난 공장 파업을 다룬 BBC 미니시리즈를 보았고, 이어서 그것을 *다시* 보기 시작했고, 그러다가 그에 관한 메이킹 필름 특집을 보았다. 이 모든 것이 농장주택으로 돌아가지 않으려고, 그 와인 병들을 생각하지 않으려고 한 일이었다.

날이 밝자, 인터넷으로 그 소도시의 회복 모임을 찾아보았다. 그리고 정오에 내가 찾아둔 그 주소로 찾아갔다. 햇살 속에 칙칙해 보이는 스테인드글라스 창이 있는 벽돌 건물 교회였다. 정문은 잠겨 있었다. 그러나 뒤쪽으로 돌아가자, 온통 가죽 차림을 한 바이커 두 명이 민트색 바지 정장을 입은 백발 여자와 함께 서 있었다. 제대로 찾아왔구나 싶었다. 우리 네 명뿐인가 생각할 때, 운동복 바지 차림의 한 여자, 근처 농장에서 아들과 함께 사는 싱글맘이 왔다. 겨우 두번째 참석이라고 그녀가 말했다.

바이커 중 한 명이 웃으며 말했다. "여행의 시작이군요."

"그랬으면 좋겠어요. 저는 내일 일도 상상할 수 없게 돼버렸어요." 그녀가 말했다.

알고 보니 뒷문은 잠겨 있었고 열쇠를 가진 사람은 오지 않았다. 그래서 각자 헤어져 제 갈 길을 가나 했는데 아니었다. 대신에 모두 공원 안의 정자로 가서 어른거리는 햇빛 아래 쪼개진 나무 벤치에 둘러앉았다.

바지 정장 차림의 여자는 그 지역 사서였고, 바이커들은 지나가는 길이었다. 싱글맘은 10일째 단주 중이지만, 완전히 망가져 있었다. 아들은 이틀 연속 엄마가 우는 모습을 지켜봐야 했다. 그들이 키우는 라마는 사춘기라 망나니처럼 행동하고 있었다. 내가 말할 차례가 되자, 나는 술을 마시지 않기 위해 BBC 미니시리즈를 두 번 보았다고 모두에게 말했다. 바이커 한 명—목에 뱀 문신을 새긴 덩치 큰 남자—이 열성적으로 고개를 끄덕이기에 나는 그 역시 그 미니시리즈를 보았나 했다. 그건 아니었다. 하지만 그는 갈망이 어떻게 사람을 꼭두각시처럼 부리는지 알고 있었다. 그는 자신의 첫 음주에 관해 말했는데, 그 버번 위스키의 냄새를 묘사하기 위해 말을 멈추었을 때는 그가 나의 폐부를 향해 직접, 농장주택 주방 선반의 그 무시무시한 술병들을 향해 직접 말하는 것 같았다. 잠시 그를 버번 위스키 냄새의 기억에 빠뜨린 것, 그것은 그의 말이라기보다는 그 멈춤이었다. 그가 말하다 멈춘 그 방식이었다.

며칠 후, 나는 그 싱글맘을 만나 커피를 마셨다. 그녀는 자기가 키운 염소로 만든 소시지를 가져왔고, 나는 싱글맘으로 산다는 것, 아니 뭐가 됐든 엄마가 된다는 게 어떤 건지 모른다고 말했다. 하지만 나는 날마다 우는 것에 관해서는 잘 알고 있었고, 나의 단주 아흔번째 날이 열번째 날과는 많이 달랐다는 것 역시 알고 있었다.

————————— 두번째로 술을 끊으면서, 나는 목적의식을 가지고 기도하기 시작했다. 또렷한 신의 윤곽을 그리기는 불가능했지만, 꼬박꼬박 기도하기는 두번째 단주를 첫번째 단주와 구분하기 위한 방법이었다. 첫번째 때는 무턱대고, 기본적으로는 무언가를 원할 때 기도했다. 이번에는 하루에 두 번 특정 자세를 취했는데, 이는 신체적 거짓이나 가식이라기보다는 몰입을 표현하는 방식이라고 이해했다. 나는 데이브의 눈에 띄지 않을 곳, 화장실에서—변기 옆, 우리 샤워기 위에 난 더러운 천창 아래에서—기도했다. 그는 이러쿵저러쿵 판단하는 사람이 아니었지만 나 스스로가 창피해서였다. 내 신앙이 어설프니 혼자 있는 게 더 편했고, 전에 화장실 바닥에 무릎 꿇던 것과는 다른 이유로 무릎을 꿇는 것이 기분 좋았다. 토하거나 토할 준비를 하면서가 아니라 두 눈을 감고 쓸모 있는 사람이 되게 해달라고 기도하기 위해서였으니까. 화나고 원망스러운 사람을 위해 기도하라고들 했으므로, 나는 데이브를 위해, 그리고 그가 시시덕거리던 모든 여자를 위해, 나를 원하지 않는다는 이유로 내가 미워했던 모든 남자를 위해 기도했다. 이 아침 기도의 물리적 잔재, 썩 깨끗하지는 않은 화장실 매트가 내 무릎에 남긴 우툴두툴한 붉은 무늬마저 나는 좋았다.

어렸을 때는 마지못해 잉글우드의 성공회 교회에 나갔다. 엄마는 아빠와 이혼한 후 교회에 다니기 시작하면서 나를 같이 데려갔다. 나무 들보에서 늘어진 거대한 구리 랜턴, 일요일 오전 스테인드글라스 창으로 들어오는 보석 같은 빛, 교회는 놀랄 만큼 아름다웠고 천사들은 끝이 빨갛게 불타는 듯한 날개를 달고 있었다. 황금색 제단에는 세

모난 턱수염과 냉혹할 만큼 평온한 눈을 가진 창백한 예수상이 있었는데, 무언가 할 말이 있는 것처럼 손가락을 들어 올린 자세였다. 무슨 말을 하려는 걸까? 교회에 가는 것은 닿을 듯 말 듯한 무언가—이 창백한 남자에게, 또는 설교에, 찬송가에 연결되어 있다는 느낌—와, 나머지 모든 이들의 마음에서 부풀어 오르는 듯한 황홀한 신앙을 느낀다는 뜻이었다. 나는 내가 신을 믿는지 자신할 수 없었다. 그러면 신에게 기도하는 건 거짓말이 되지 않을까? 모든 것의 중심에 있는 기적, 불가능한 부활이라는 전제는 나의 불신앙을 비참하게 만들었다. 내 마음은 마치 숭고한 무언가가 못 들어오게 덧문을 내리고 잠가버린 가게인 것 같았다. 나무로 된 기도대에 무릎이 멍든 내 몸이 부끄럽고 불편했고, 믿음의 취약함이 두려웠다. 지나치게 아름다운 무언가를 발견할까 봐, 아니 거기에 속아 넘어갈까 봐 두려웠다.

나는 세례를 받지 않았기 때문에 영성체를 받을 수 없었다. 그래서 모두가 제단으로 걸어갈 때 혼자 신도석에 앉아 있거나, 아니면 앞으로 나가 벨벳 방석에 무릎을 꿇고 가슴 위로 팔을 교차시켰다. 그러면 사제가 내 머리에 손을 얹고 말했다. "성부와 성자와 성령의 이름으로 축복합니다." 하지만 나는 그중 누구도 믿지 않았으므로, 그들의 이름으로 축복받기란 정직하지 못한 일 같았다. 믿으려고 *억지로* 더 많이 애쓸수록, 그 믿음은 더 거짓되다고 나는 믿었다.

세월이 흐른 후, 회복은 이런 생각을 뒤집어버렸다. 그들을 믿을 *때까지*는 내가 할 수 있는 것만 하면 된다고, 의도성은 의도하지 않은 욕구만큼이나 진실하다고 믿기 시작한 것이다. 행동은 믿음을 시험하기보다는 믿음을 끌어낼 수 있었다. 데이비드 포스터 월리스는 언젠가 모임에서 그런 말을 들었다. "옛날에 저는 믿어야 기도할 수 있다고 생각했었죠. 지금 보니 제가 거꾸로 생각했던 거였어요." 오랫동안 나는 믿음과 같은 부류의 행위, 즉 자신을 아는 것, 나다운 행동을 하는 것에서는 진정성이 전부라고 믿었다. 그러나 음주에 관한 한, 진실한 대화—친구들, 치료사들, 엄마, 남자 친구들과의 대화—를 수없이 나누면서 내 동기를 분석해왔지만, 이 모든 자기이해도 나를 강박충동에서 해방시키지 못했다.

이 파열된 삼단논법—*만약 내가 나를 이해한다면, 나는 나아질 것이다*—은 내가 자기인식 자체를 숭배하게 된 방식에 의문을 품게 만들었다. 자기인식은 *너 자신을 알라, 그리고 너답게 행동하라*라는 세속적 인본주의 브랜드였다. 이것을 도치시킨다면? *행동하라, 그리고 너 자신을 다르게 알라*. 모임에 참석하고, 의례에 참석하고, 대화에 참석하는 것, 이는 당신이 그것을 하면서 무엇을 느끼든 상관없이 진실할 수 있는 행동이었다. 당신이 믿는 것을 알지 못하면서도 어떤 행동을 한다는 것, 이는 진정성의 부재라기보다는 진정성의 증거였다.

나는 내가 믿는 대상을 몰랐지만, 어쨌든 기도했다. 내키지 않을 때도 후원자에게 전화했고, 나가기 싫을 때도 모임에 나갔다. 원을 지어 앉아서 모든 이들과 손을 잡았고, 나를 설명하면서는 사용하기 남세스러운 클리셰를 받아들였고, 내가 누구에게 기도하는지 알지 못해도 무릎을 꿇고 기도했다. 내가 아는 건 기도의 목적뿐이었다. 술 *마시지 마, 마시지 마, 마시지 마*. 저기 *무언가*가 있다고, 내가 아닌 무언가, 단주가 벌이 아닌 다른 것이 되게 해줄 수 있는 무언가가 있다고 믿고 싶은 욕구. 이 욕구는 내가 믿음과 믿음의 부재 사이에 그렸던 엄격한 경계선을 녹여버릴 만큼 충분히 강했다. 교회에서 보낸 어린 시절을 돌아보면서, 나 혼자만 의심하는 것 같다고, 믿음을 원하는 것과 믿음을 가지는 것은 완전히 다르다고 생각했던 내가 얼마나 어리석었는지 깨닫기 시작했다.

AA 프로그램에서 사람들이 '더 높은 힘Higher Power'을 이야기할 때면, 때로는 줄여서 간단히 "H. P."라고 말했는데, 그것은 필요한 무엇이든 가득 담을 수 있는 한 쌍의 문자 같았다. 모임의 다른 사람들, 우리 할머니가 입었던 것과 같은 헐렁하게 늘어진 치마를 입은 한 노파는 그것을 하늘이라고 했다. 그게 무엇이든, 나는 내 의지력보다 힘센 무언가를 믿어야 했다. 이 의지력은 미세조정되어 힘차게 웅웅거리는 기계였고, 많은 일을 해왔다. 나에게 전 과목 A를 안겨주었고, 논문을 쓰게 해주었고, 크로스컨트리 훈련을 하게 해주었다. 그러나 그것을 음주에 적용했을 때는 내 삶을 기쁨 없이 꽉 움켜쥔 작은 주먹으로 바꾸고 있다는 느낌밖에 들지 않았다. 단주를 박탈 이상의 것으로 바꾸는 '더 높은 힘'은 한마디로 *내가 아니었다*. 그게 내가 아는 전부였다. 그것은 그 특유의 영광 속에서 세계를 활기 있게 만드는 힘이었다. 해파리, 깔끔한 행 바꿈, 파인애플 업사이드다운 케이크, 내 친구 레이철의 웃음까지도. 그게 무엇이든, 어쩌면 나는 오랫동안 그것을 찾고 있었을 것이다. 그 수많은 밤을 변기 위에 허리 숙인 채 속을 게우고 가슴을 들썩거리면서.

찰스 잭슨이 단주와 재발을 반복하던 세월을 보내고 다시 『잃어버린 주말』을 읽었을 때 "주인공의 심한 자기몰두에도 불구하고 그를 가장 감동시켰던 것은, 신을 더듬어 모색하는, 아니 적어도 그가 누구인지 알아내려고 애쓰는 한 남자의 초상"이었다. 그는 똑같은 굶주림이 그려내는 그 해묵은 패턴을 이해한 것이다. 술에 대한 굶주림은 신에 대한 굶주림과 같았고, 이 모든 모색이 같은 여행의 일부였다.

가끔은 내가 추구하는 것이 '더 높은 힘'이 아니라 기도라는 행위 자체—갈망과 불충분함의 의례화된 외침—인 것처럼 여겨졌다. 마치 내 믿음이 곧 내가 무릎을 꿇었던 장소들, 정강이 아래 가느다란 줄눈이 느껴지는 차가운 타일 바닥에 무릎 꿇었던 수많은 화장실의 목록인 것처럼. 거기엔 다 해진 화장실 매트 위에 쭈그리고 앉아 거품욕조 위에 쪼르르 놓인 뽀얀 복숭아색, 바닐라색 목욕용품들을 눈높이에서 마주했던 엄마의 화장실도 포함되었다. 그 수많은 화장실에서, 신은 얼굴 없는 전능한 힘이 아니라 가까이 있는 특정 사물들, 줄눈과 비누였다. 신은 항상 거기, 바로 내 앞에 있던 것들이었다.

——————————— 첫번째 단주의 봄, 나는 그때까지 해왔던 것과는 다른 유형의 글쓰기 프로젝트를 시작했다. 차를 몰고 테네시주 황무지로 가서 오빠가 참가한 울트라마라톤에 관한 글을 썼다. 그 마라톤 대회는 들장미 가시덤불 우거진 언덕과 버려진 연방교도소 주변의 우묵한 곳을 지나 200킬로미터를 달리는 경기였다. 참가자들은 숲에서 며칠 동안 순환 코스를 한 바퀴 달려 중앙 캠프장으로 돌아올 때마다 지퍼 달린 작은 주머니에 초코바를 채우고 바늘로 물집을 터뜨렸다. 나는 그 비슷한 것도 해본 적 없으면서, 낯선 사람들의 삶을 글로 쓰기 위해 인터뷰를 하고 이런저런 관찰을 주워 모으고 있었고, 그 순전한 풍부함에 가슴이 설렜다. 정말 많은 일이 벌어졌으므로, 그냥 글감이 모이기를 기다리면 되었다.

나는 차에서 잠을 잤고, 이런저런 이야기로 공책을 채웠다. 등산로에서 멧돼지를 보았다는 한 주자의 이야기, 죽도록 피곤해 보이는 그의 눈과 다리에 묻은 진흙, 누군가 레이스를 포기할 때마다 하늘을 가르며 울리는 외로운 뿔나팔 소리 위로, 밤새도록 내 도요타 지붕을 때리던 비. 나는 초봄의 쌀쌀함 속에서 연기에 싸인 채 바비큐 소스를 듬뿍 발라 모닥불에 구운 닭고기를 먹었고, 주자들에게 왜 감당 못 할 한계 너머로 자신을 밀어붙이는지 물었다. 고통을 마주하는 경험을 나눈다면 어떤 공동체가 만들어질 수 있을까? 르포를 쓰려는 이 시도조차 자서전으로 변해가고 있었다. 그래도 그건 새로운 일이었다. 영감을 주지만 어색한 일. 인터뷰를 하기 전에는 긴장이 되었다. 겨드랑이가 땀으로 축축해졌다. 심장박동이 치솟았다. 처음에 나는 인터뷰어로서 형편없었다. 나를 증명하려 너무 열심이었고, *네, 무슨 말씀인지 정확히 알겠어요*, 라고 말하기 바빠서 사람들에게 충분히 말할 기회를 주지 않았다. 반대로, 질문할 때는 종종 말을 더듬었고, 상대가 대답 대신 어깨를 으쓱하거나 눈을 찡그릴 때마다 움츠러들었다. 그러나 눈을 마주 보는 내 능력에는 나 자신도 놀랐다. 모임을 통해 단련이 되었던 것이다. 누군가 자기 이야기를 할 때면, 당신은 그 사람을 보아야 한다. 그렇게 해서 그 사람이 당신과 시선을 마주치고 고정했을 때, 당신은 그 사람이 하는 말이 내려앉을 장소를 내어줄 수 있게 되는 것이다.

——————————— 소설 『회복』을 쓰기 시작할 무렵, 존 베리먼은 글을 쓰려면 술을 마셔야 한다는 생각이 망상임을 이해하게 되었다. 1971년 그는 "나 자신을 단순히 내 힘의 매체(무대)로 여기는 한, 단주는 불가능하다"고 어느 메모에 썼고, 나중에 이 구절을 소설에 사용했다. "나의 예술이 나의 음주에 *의존한다*는, 아니 적어도 음주와 *연관이 있다*는 더 깊은 망상은 직접적인 공격이 불가능했다. 너무 밑에 있었다. 덮개를 폭파해야 했다."

그보다 몇 년 전인 1965년, 찰스 잭슨은 『뉴욕 타임스』에 기고한 한 서평에서 "고통받는" 예술가라는 가공의 형상에 의문을 제기했다. "정말 우리 모두가 그 고통받는 예술가인가? 아니면 그것은 우리가 붙들고 키우고 심지어 소중히 여기다가, 결국 그 자체가 자멸적인 흥미 가득한 하나의 목적이 되어버리는 어떤 것인가?" 라우리가 살아서 읽었더라면 격분했겠지만, 잭슨은 라우리의 『편지들*Selected Letters*』에 관한 이 서평에서 "만약 어떤 최상의 노력, 신비적이든 심리적이든 어떤 기어변속에 의해, 그 고통받는 남자가 다른 수준에 도달해 자기 바깥으로 나갈 수 있었다면" 라우리가 무엇을 쓸 수 있었을지 궁금해했다. 아마도 잭슨은 그가 명쾌하게 이름 붙일 생각이 없는 어떤 것, 즉 회복에 관해 더욱 구체적으로 생각하고 있었던 것 같다. 어쩌면 그가 6년 전 어느 AA 모임에서 말했던 내용—"나는 나 자신의 바깥으로 나가지 못했습니다"—이나, "처음으로 나 자신의 *바깥*"으로 나가려는 시도였던 자신의 미완성 소설을 생각하고 있었을 것이다.

마르그리트 뒤라스는 취해서 글을 쓴 것은 맞지만, 음주와 창작의 관계에 대해서는 어떤 망상도 품지 않았다. 그녀는 이렇게 썼다. "일어나면 커피를 마시는 대신, 곧바로 위스키나 와인을 마시기 시작했다. 와인을 마시고 나면 몸이 아프곤 했다. 알코올중독자에게 전형적인 뇌하수체 기능저하로 인한 구토였다. 나는 방금 마신 와인을 토하곤 했고, 곧바로 더 마시기 시작했다. 보통 두번째 잔을 마시면 구토가 그쳤고, 그러면 다행스러웠다." 이 특정한 망각—"전형적"이며 전혀 특이하지 *않은* 구토, 그녀의 몸이 술에 저항하기를 멈추었을 때의 안도감—에 대한 그녀의 실용적인 태도는 신화를 일축하고 더욱 현실적인 인식을 선택했다. "취기는 아무것도 창조하지 않는다… 환상은 완벽하다. 당신은 자신이 하는 말이 지금껏 누구도 하지 않은 말이라 확신한다. 그러나 알코올은 지속되는 것은 어떤 것도 생산하지 못한다. 그것은 지나가는 바람일 뿐이다."

취중의 창조성이라는 "환상"을 비판하는 뒤라스의 글은 특이성이라는 환상 또한 비판한다. *당신이 하는 말이 지금껏 누구도 하지 않은 말이라는 생각*, 그것은 회복이 밀어버리려는 바로 그 개념 가운데 하나다. 나는 단주하면서, 말해진 적이 없는 것을 말한다는 불가능한 이상은 포기했지만, 한편으로는 독창적이지 않은 모든 관념들도 어느 특정한 삶의 특이성 속에서 새로 태어날 수 있다고 믿었다. 단주를 계속하는 동안, 나의 글쓰기는 인터뷰와 여행기로 옮겨 갔다. 웨스트버지니아의 교도소에 수감된 장거리 마라토너에게 한 장소에 갇혀 있다는 게 어떤 기분인지 물었고, 할렘 지역문화센터의 여성에게 그녀가 7주간의 의식불명 상태에서 회복하게 도와준 신비한 고래에 어떻게 사로잡혔는지 물었다.

뒤라스는 체계화된 회복 프로그램에 참여한 적이 없지만, 그래도 파리의 아메리칸 병원에서 세 차례 잔혹한 "중독 치료"를 받았다. 그 물리적 대가로 그녀는 거의 죽을 뻔했고 끔찍한 망상을 겪었다. 한 여자의 머리가 마치 유리로 만들어진 것처럼 산산조각 나기도 했고, 또는 "정확히 1만 마리의 거북이"가 근처의 어느 지붕 위에 포진해 있기도 했다. 심지어 뒤라스는 한 번도 실제로 경험한 적 없는, 찬미가를 부르는 집단의 환영을 보기도 했다. "독창으로, 합창으로 노래하는 소리가 내 창문 아래 안마당에서 올라왔다. 창밖을 내다보면 나를 죽음에서 구하러 온 게 틀림없는 군중이 보였다."

——————— 언젠가 베리먼은 해독을 위해 입원 치료를 받은 후, 동료 환자인 타이슨과 조에게 보내는 시 한 편을 썼다.

받아들여라, 차단된 네 바깥의 작은 것을

그것은 움직이고 있고
& 계속 움직이기를 원하고
& 따라서 타이슨, 조, 그대들의 사랑을 필요로 한다.

이 시인은 그가 절실히 배워야 할 것을 가르친다. 베리먼은 타인들의 삶에 다시 헌신할 방법을 계속해서 찾고 있었다. AA의 잡지인 『그레이프바인*Grapevine*』에서 "AA 집단이 그 최우선 목적을 완수하게 도울 개인적 책임이 나에게 있는가? *나의* 역할은 무엇인가?"라는 글 옆 여백에 베리먼은 이렇게 썼다. *경청하는 것.* "50만 AA 회원들 사이에서 나의 실질적 의미는 무엇인가?" 옆에는 이렇게 썼다. *1/500,000.* 베리먼에게는 그가 사랑해야 할 AA 회원 50만 명이 있었고, 그들 하나하나가 감동적이었다. 회복은 자신을 한 공동체라는 더 큰 분모 위에 올려진 사람으로, 작은 하나의 분자로 이해하는 것이었다. 그리고 그런 공동체는 많았다. 베리먼은 12단계 작업의 일환으로, 자신이 속한 모든 집단을 적어보았다.

나의 집단

K와 트위스

AA

친구들과 시인들(칼 등등)

커먼 코즈!◆

HUM, 모든 M

◆ Common Cause: 1970년에 돈과 정치의 결탁을 막기 위해 결성된 시민 정치단체. '음성 정치자금 방지법' '베트남 참전 종식' '닉슨 하야' '의원 윤리규정 제정' 등 굵직한 안건에 압력을 행사했다.

셰익스피어 연구자들

학생들

교회

"아메리카"

인류

K와 트위스는 그의 아내 케이트와 딸 마사였다. 칼은 로버트 로웰이었고, HUM은 미네소타대학교의 그의 학과(인문학)를 뜻했다. 커먼 코즈는 베트남 전쟁 반대를 의미했다. 그는 동료들과 학교를 사랑하고 싶었다. 세계 반대편의 낯선 사람들, 그의 나라가 민주주의적 비전이라는 이름으로 폭격하고 있는 낯선 사람들을 사랑하고 싶었다. 따라서 "아메리카"는 탐탁지 않다는 뜻으로 따옴표 안에 넣었다. 당연히 *인류*도 있었다. AA는 그 목록의 모든 집단에 대한 책임을 바라보라고 요구한 집단이었다. 그에게 소설 집필은 이런 공동체에 무언가("유용한 12단계 작업")를 제공할 기회일 뿐 아니라, 그 일부가 된다는 것의 어려움을 극화하는 방식이기도 했다. 그것은 자신을 낮추고, 독창자가 아니라 50만분의 1로서 합창에 목소리를 더하기 위한 투쟁이었다.

『회복』의 주인공은 유명한 면역학 교수였던 앨런 세버런스다. 세버런스는 유명한 면역학자라고 별다를 게 없다는 듯 격의 없는 존경을 받지만, 베리먼이 그랬듯 찬사받는 전문직의 삶과 쇠약해진 알코올중독자의 정체성을 조화시키려 애쓴다. 그가 지내는 재활원 병실에서는 그가 강의하는 대학 캠퍼스의 첨탑들이 보인다. "강 건너 숲 위로 보이는 첨탑들은 그가 잡역부로부터 방에서 농장 마당 냄새가 난다는 잔소리나 듣는 겁쟁이 술꾼 앨런 S가 아니라 대학교수 세버런스였다는 사실을 상기시키곤 했다."

재활원에서 지내면서 세버런스는 자신에게만 신경 쓰는 것 말고 무언가를 해보려고 끊임없이 노력한다. "그의 소망은 자신에 관해선 잊어버리고 다른 사람들을 생각하는 것이었다." 이것은 베리먼이 타이슨과 조에게 지시한 바로 그 내용이다. *받아들여라, 차단된 네 바깥의 작은 것을*. 세버런스는 누구를 받아들일 수 있을까? 여전히 죽은 아버지의 인정을 구하는 조지라는 남자가 있다, 아무것에도 관심이 없는 셰리라는 여자도 있다. 세버런스로서는 정말 기쁘게도, 결국 그녀는 노스다코타주의 역사에 관심을 가지게 된다. 그리고 미라벨라라는 또 한 명의 여자가 있다. 그녀는 몇 년 동안은 비명을 지르는 것 말고는 하고 싶은 게 없었다고 모임의 사람들에게 말한다. "그 욕구가 없었던 시절에 대한 기억은 없나요?" 상담사가 묻자 그녀가 대답한다. "술은 그 욕구를 쫓아버리죠." 소설 『회복』에서 핵심적인 질문은 술이 아닌 다른 무언가가 그 욕구를 쫓아버릴 수 있을까 하는 것이다. 어쩌면 그것을 다른 사람들이 해줄 수 있을지 모른다. "병원에서 그는 자신의 사회를 발견했다." 베리먼의 재활원 생활에 관해 그의 친구 솔 벨로는 그렇게 썼다. "의욕 넘치는 이 시골 사람들에 대해서 그는 빈정대는 태도를 보일 필요가 없었다."

마침내 조지가 죽은 아버지에게도 아들을 자랑스러워할 충분한 이유가 있었음을 받아들이자, 세버런스는 큰 감동을 받고 "흐느낌을 억누르는" 자신을 발견한다. 그리고 조지가 의자에 올라서 기쁨을 선언—"**내가 해냈어요. 내가 해냈다고요**"—할 때 세버런스는 그 충만함이 전염됨을 느낀다. "모두가 환호했다. 전반적인 환희, 보편적인 안도감과 기쁨. 세버런스는 승리감을 느꼈다."

그러나 『회복』은 그런 공명이 자기몰두가 될 수 있는 방식, 공감하는 사람이 자신의 격한 감정적 반응 속으로 흡수되어버리는 방식을 영리하게 포착한다. 조지가 문제를 해결하는 순간, 세버런스는 너무 떠들썩하게 공감하느라 사실상 조지의 말을 제대로 듣지 못한다. "다른 말이 더 있었지만, 세버런스는 흐느낌을 억누르느라 그 말을 듣지 못했다." 사람들이 평온의 기도를 암송할 때, 세버런스는 "그 합창을 지배해왔던 숙련된 강사답고 굵은 자신의 목소리, 그에겐 즐거움을 주지 않는 그 목소리"가 싫었다. 나머지 모든 사람과 똑같은 구절을 말해야 할 때조차, 여전히 그는 가장 큰 목소리를 내려고 한다. 베리먼과 같은 재활원에 있었던 한 여자는 "나머지 우리들과 완전히 섞일 수 없었던" 그의 모습을 기억한다. 그는 "끊임없이 자신의 특이성 속으로 물러서고" 있었다고 그녀는 말한다. "정말이지 그는 자기가 가진 모든 것이 자기를 가치 있게 한다고 생각했어요."

———————————— "그저 또 하나의 중독 회고록"이라고 구글에 입력하면 여러 페이지가 검색되는데, 주로 어떤 책이 "그저 또 하나의 중독 회고록"만은 아니라고 주장하는 광고문들이다. 한 저자는 자신의 책이 "그저 또 하나의 중독 회고록"은 아니라고 주장하고, 한 편집자는 자신이 받은 원고가 "그저 또 하나의 중독 회고록"은 아니라고 주장한다. 이 고집스러운 합창은 *이미 말해진* 이야기에 대한 대체적인 경멸, 그리고 서로 엇비슷한 장르에 대한 냉소적 견해를 보여준다. 전에 그 이야기를 들었다면, 비슷한 이야기를 또 듣고 싶지는 않을 거라는 생각 말이다. 그러나 이 동일성, *그저 또 하나의 중독 회고록*이라는 비난을 완전히 뒤집는 게 바로 회복이다. 여기서 이야기가 똑같다는 건 정확히, 그것이 말해져야 하는 이유가 된다. 다른 사람들이 그렇게 살았고 앞으로도 그렇게 살 것이기 때문에 당신의 이야기는 유용

하다.

제임스 프레이James Frey가 2003년에 악명 높은 중독 회고록 『백만 개의 작은 조각*A Million Little Pieces*』을 발표할 무렵, 중독 서사는 매우 친숙하면서도 매우 *진부한* 것이 되어버려서 어느 정도 관심을 끌려면 더 많은 멜로드라마를 집어넣어야 했다. 사람들은 이미 크랙 중독자에 관해 들어서 알고 있었다. 이제 그들은 크랙 중독자가 차로 경찰을 치고, 감옥에서 3개월을 보내고, 마취 없이 치아 신경치료를 받는 이야기를 듣고 싶어 했다. 프레이의 담당 편집자 낸 탤리즈Nan Talese는 그 원고가 (누군가의 말에 따르면) "그저 또 하나의 중독 회고록"처럼 보였기 때문에 그냥 넘겨버릴 뻔했지만, 처음 몇 쪽을 읽어보고 "그 어두운 주제에 매료되어" 생각을 바꿨다고 한다.

그 회고록이 왜곡되었다는 사실이 처음 밝혀졌을 때—프레이는 유치장에서 겨우 하룻밤을 보냈고, 차로 경찰을 치지도 않았으며, 아마 *실제로는* 마취를 하고 신경치료를 받았을 것이다—환불을 요구하는 전화가 빗발쳤다. 자신의 북클럽을 위해 그 회고록을 선택했던 오프라 윈프리는 프레이를 자기 쇼에 불러 거의 제의적인 공개 망신을 연출했다. 분개한 전국 독자들을 대신해 열두 명의 독자가 소송을 제기했다. 그 책에서 희망을 얻었는데, 그 책이 사실에 기반하지 않았다면 이제 그 희망은 무슨 의미가 있냐고 그들은 말했다. 자신의 상담자들에게 그 책을 추천했던 한 사회복지사는 상담자들 몫으로 1천만 달러를 요구하는 소송을 제기했다. 프레이의 왜곡은 그 시대의 "트루시니스"◆를 대표하게 되었고, 그의 책은 이라크 전쟁을 정당화했던 부풀

◆ truthiness: 자신이 믿고자 하는 대로 믿는 경향, 믿고 싶은 바를 진실로 인식하는 심리상태. 우발적이거나 심지어 의도적인 거짓도 어느 정도 진실답게 들리기만 하면 진실로 받아들이는 모든 현상.

린 서사 및 정치적 술수와 연관지어졌다.

프레이는 공개 사과문을 썼다. "실제 그런 일을 겪은 인물이 아니라 내 문제를 극복하기 위해 머릿속으로 창조한 인물에 관해 쓴 건 나의 잘못"이라는 거였다. 그는 바꿔 넣은 사실들은 거짓이었지만, 그건 상태를 호전시키기 위해 자신에게 했던 이야기의 산물이라고 주장했다. 하지만 프레이의 위조물은 단지 상상력의 산물이 아니라, 시장의 산물이기도 했다. 이 경우는 독자들의 흥미를 계속 붙들기 위해 갈수록 정교한 형태의 비참함을 요구하는 경제 속에서, 인플레이션으로 이미 잔뜩 부푼 감상과 트라우마의 시장이 낳은 산물이었다.

나는 종종 프레이를 변호하고 싶었는데, 사실을 왜곡한 그의 행위가 옹호할 만해서가 아니라 이해할 만했기 때문이다. 아마도 내가 거기에 어떤 욕구를 투영했기 때문이리라. 프레이가 객관적 상관관계가 있는 극적인 사건들—수감 기간, 폭력, 심지어 *노보카인 없이 받은 치과 시술*—을 이야기한 이유는, 그가 경험했듯 마약을 필요로 하는 감정이 불러올 크나큰 대가를 잘 말해줄 수 있는 요소들에 집착했기 때문이다. 어쩌면 내가 이 욕구를 그에게 투영했던 건 나에게도 종종 그런 욕구가 있었기 때문일 것이다. 그건 나 자신의 이야기보다 더 큰 이야기, 더 높은 건물들과 더 예리한 칼들이 있는 이야기에 대한 갈망이었다.

———————————— 모임에 나갔을 때, 내 이야기가 그 방에서 가장 멋진 이야기였던 적은 거의 없었다. 그건 근사한 브리 치즈나 키 라임 파이 대신 플라스틱 포크를 가져간 소풍과 같았다. 하지만 나는 나의 출석이 어쨌거나 그 모임이 있게 해주는 작은 부분—모든 사람의 몸과 함께 한 방에 있는 내 몸—이라는 것 또한 알고 있었다. "예

외적 경우라니, 바보 같은 소리! 난 또 한 명의 약쟁이일 뿐이야, 끝." 『멋진 오두막』에서 재닛은 나코팜에서 보낸 시절을 설명하면서 이렇게 혼잣말을 한다. "당연하지만 그것은 끔찍할 만큼 실망스러웠다."

사람들은 내가 해야 했던 말이나, 그 말을 하는 방식에 감탄하지 않았다. 그저 경청할 뿐이었다. "네, 나도 취했을 때 얼굴을 맞은 적이 있었죠." 한 남자가 끄덕였다. 내가 내 이야기를 해야 했던 이유는, 그게 다른 사람의 이야기보다 낫거나 나빠서, 심지어 다른 사람의 이야기와 달라서도 아니었고 그냥 그게 내 이야기였기 때문이다. 당신이 어떤 못을 사용하는 이유가 그것이 지금껏 만들어진 최고의 못이라고 생각해서가 아니라 단지 그 못이 서랍 속에 있었기 때문인 것과 똑같다.

두번째로 단주하면서는 전에는 말하기가 매우 곤란했던 혼란스러운 이야기—술을 끊었다가 다시 술을 마시기 시작했다는—를 다른 사람들에게 들려줄 수 있었다. *그래요! 술을 마시면 안 된다고 스스로를 납득시키기가 저도 힘들었어요.* 나의 복귀가 특이한 일은 아니었다. 그저 내가 다시 모임에 나오기 시작했고, 모임을 떠나서 어땠는지 이야기할 수 있다는 뜻이었다. 일본 시인 고바야시 잇사小林一茶는 어느 하이쿠에서 이렇게 쓴다. "무를 뽑는 이가/무를 가지고/내 길을 가리켰다." 내가 어떤 무를 키우며 살아왔든 나는 그 무를 가지고 길을 가리켰다. 매트리스 뒤에 감춘 위스키, 가방 속에 숨긴 와인 병, 서랍장 위에 쌓인 사과의 편지들. 사흘째 단주 중이라면, 단주 첫날의 누군가에게 당신의 둘째 날이 어땠는지 말해줄 수 있다.

누구나 그럴 수 있을 거예요. 누구의 이야기든 그럴 거예요. 모임에서 그런 말을 자주 들었지만, 나에게 그것은 삭제와 같은 말로 느껴졌다. 고유함을 포기한다는 건 내 몸의 경계를 포기하는 것과 같았다. 내가 독특하지 않다면 나는 *무엇일까?* 정체성이 근본적으로 차이에

관한 질문이 아니라면 무엇일까? 구분되지 않는다면 무엇으로 하나의 목소리를 규정할 수 있을까? 나는 여전히 목구멍에 박힌 진부한 몇 마디보다 더 나은 무언가를 말함으로써 자신을 드러내 보이려 애쓰는 저녁 식탁의 어린 소녀였다. 회복은 이런 충동을 재배열하기 시작했다. 누군가 단순하고 진실된 이야기를 할 때마다 내 몸이 그것을 느꼈다. "슬퍼서 쿠키 하나를 먹었어요" 하고 한 여자가 말하면 그녀의 몸과 내 몸 사이에 전류가 흘렀다.

AA 빅북의 초고를 보면 "당신"이 종종 "우리"로 교정되는데, 이는 가정假定을 집단 고백으로 바꾸는 상당한 효과가 있었다. "당신은 절반의 조치로는 아무것도 얻지 못할 것이다. 당신은 전환점에 서 있다"는 문장은 빨간 색연필 글씨로 이렇게 바뀐다. "우리는 절반의 조치로는 아무것도 얻지 못했다. 우리는 전환점에 서 있었다." 이 문법은 *당신은 술을 끊어야 한다*를 *우리는 술을 끊어야 했다*로 바꾸면서 일종의 겸손을 암시한다. *우리는 당신의 이야기를 알 수 없다. 우리는 우리 자신의 이야기만을 말할 수 있다.*

내가 배워가던 회복 이야기의 역설은, 당신은 자신이 주인공인 이야기를 씀으로써 자아 개념을 포기하게 된다는 거였다. 이는 *나는 어쩌다 보니 이 이야기의 중심에 있게 되었지만, 누구나 그럴 수 있다*는 공통성을 인정함으로써 가능해지는 역설이었다. 질 들뢰즈Gilles Deleuze가 "삶은 개인적이지 않다"라고 했을 때, 그 말은 개인의 이야기는 자기표현 이상이자 이하라는 뜻이었다. 1976년에 AA 소책자 『당신은 다르다고 생각하십니까?*Do You Think You're Different?*』가 나왔다. 그 표지에는 검은 테두리의 원이 가득 그려져 있었는데, 한 원이 다른 원들에 비해 테두리가 가늘었다. 그 소책자는 이런 착각을 인정하면서 시작한다. "우리 대다수가 우리는 특별하다고 생각했습니다." 이 복수의 주어가

이미 그렇게 주장하고 있다. 특이성에 대한 믿음조차 평범하다고.

캐런 케이시Karen Casey는 『당신의 이야기이기도 한 나의 이야기: 회복 과정의 글쓰기를 안내하는 회고록*My Story to Yours: A Guided Memoir for Writing Your Recovery Journey*』에서 중독 이야기를 쓸 때 숫자대로 색칠하는 색칠 공부 접근법을 사용하라고 제안한다. 그 전제 자체는 우리의 이야기들은 다 똑같으며, 똑같다는 게 나쁘지 않다고 주장한다. 케이시는 독자들이 각자의 이야기를 돌아보게 설계된 지침을 중심으로 자신의 사적인 이야기를 구성해나간다. "음주에 관한 당신의 첫 기억은 무엇입니까? 그 자리에 당신이 믿을 수 있는 친구들이 있나요, 아니면 지금 생각하면 별로 기분 좋지 않은 낯선 사람들이 있나요?"

케이시의 책은 회복 서사의 모든 실용적 요소를 갖춘 완벽한 본보기다. 그것은 청사진을 명료하게 보여준다. 그러나 내가 좋아했던 건 우리가 인정하고 싶든 않든, 우리의 이야기에는 공통의 연결고리가 있다는 그 엄격한 고백이다.

"음주 시절의 기분 좋은 기억들도 있을 수 있는데, 그건 정상적입니다. 원한다면 그 기억을 공유하십시오."

데이브와 함께 있던 발코니. 플리니우스가 "달빛"이라고 불렀던 화이트와인 샤케트라의 상쾌하고 싸하며 달콤한 맛, 머리 위에 떠 있던 커다란 달과 발아래 부서지는 파도, 우리가 결혼할 거라는 믿음, 저쪽 언덕에서 들려오는 교회 음악.

"당신은 운명을 믿습니까?"

네, 믿습니다! 나는 그녀에게 말하고 싶었다. 그렇게 외치고 싶었다.

"그렇다면, 현재 당신의 운명을 어떻게 보고 있습니까? 그것에 만족하십니까? 다른 것을 소망했다면, 지금 여기서 신에게 편지를 쓰는 건 어떤가요?"

나는 왜 데이브와 내가 아직도 싸우는지 신에게 묻는 편지를 쓰고 싶었다. 회복 4단계 차트의 빽빽한 칸들에 순순히 항복했던 것처럼 케이시의 진부한 질문에 나를 던지고 싶었다. 나는 필연적으로 겸손해지는 그 질문들을 향해 절벽에서 몸을 날리는 내 모습을 상상했다.

"우리는 누구나 자신에 관해 호들갑을 떨죠." 언젠가 내 후원자가 말했다. "심지어 우리 단주에 관해서도요."

——————————— 두번째로 단주하면서 맞은 첫번째 봄, 나는 아이오와 작가 워크숍 지원서들을 검토하면서 약간의 가욋돈을 벌고 있었다. 굳이 말하자면, 내가 워크숍 재학 중에 대출한 학자금을 갚는 데 보태기 위해서였다. 나는 네 가지 기준으로 지원서에 등급을 매겨야 했다. 워크숍의 픽션 프로그램에는 매년 1천여 명이 지원하지만 합격자는 약 서른 명이다. 다시 말해 누군가는 수많은 사람을 탈락시킬 규칙을 가지고 있어야 했다. 그러나 회복 모임은 모든 사람의 이야기를 경청하라고 가르치고 있었다. 나는 헷갈리기 시작했다. 나는 진부한 글을 읽고 결과를 예측하게 될 것이다. 그 글이 정말 진부*했나?* 내가 뭐라고 판단한단 말인가? 어쩌면 나는 농부가 들고 있는 무를 알아보지 못했는지도 모른다.

지혜에 굶주려 있을 때는 어디에서나 지혜를 본다. 모든 포춘 쿠키에 나의 숫자가 있었다. "어째서 진실은 대체로 흥미가 없고 흥미를 앗아가버리기까지 할까?" 데이비드 포스터 월리스는 언젠가 그런 궁금증을 가졌다. "AA 초기에 발견하는 소소하고 작은 깨달음들이 하나같이 합성섬유처럼 시시하기 때문이다."

나는 각각의 지원서에서 마음에 드는 부분을 적어도 하나씩 공책에 기록했다. 설사 합격하지 않더라도 지원자 모두를 존중하고 싶었기 때문이다. 그래서 지원서 정독 속도가 꽤 느려졌지만, 그 메모를 다시 들춰볼 때마다 왠지 처음 베껴 쓸 때만큼 좋아 보이지는 않았다. "아버지는 아들의 실제 모습을 받아들여야 한다는 것을 깨달으셨습니다." "고양이들은 서로 다른 채소의 이름들로 불렸습니다." 누군가는 이렇게 쓸 수도 있었을 것이다. *내가 이 지원서를 쓰는 이유는 합격하고 싶기 때문입니다.* 그랬다면 나는 그 지원자를 합격시키고 싶었을 것이다. 욕망 자체에 관한 어떤 것, 예술적이지 않고 벌거벗은 그 표현이 아름답게 보이기 시작했다.

나는 나의 글 버릇이 의심스러워졌다. 극적인 것에 대한 욕구, 독창성에 대한 집요하고 헛된 노력, 클리셰에 대한 저항. 어쩌면 클리셰에 대한 이런 거부감은 그저 나의 내면적 삶의 평범성을 인정하지 않으려는 거부 증후군에 불과했을지 모른다. 하지만 특정한 상투어들이 청동 종처럼 나를 때리고 울림을 남기는 방식을 부정할 수 없었다. 그것이 말하고, 빼앗고, 흔드는 느낌을.

나는 클리셰가 '내 경험의 온전한 진실'을 담는다는 말에 수긍한 적이 없었다. 나뿐 아니라 누구의 경험이든 마찬가지였다. 그 말에 수긍했던 사람이 있을 것 같지도 않다. 그러나 회복의 클리셰에 순종한다는 것은 그 의례—지하실에 모이고, 동그랗게 앉아 손을 잡는—에 순종하는 또 다른 방식이었다. *나도 마찬가지예요*라는 말이 필요하고 또 고무적이라는 생각이 들기 시작했다. 나를 담아내기엔 지나치게 단순하다 싶은 진실을 인정하는 행위에는 눈물을 밝혀주는 어떤 것, 나아가 기도 같은 어떤 것이 있었다. 그것은 계시가 아니라 일깨움이었고, 자기인식으로 가장한 예외성의 알리바이로부터 보호해주는 안전

장치였다. "클리셰cliché"라는 단어 자체는 낱낱의 가동활자로 주조된 인쇄판이 만들어질 때 나는 소리에서 비롯된 말이다. 일부 문구는 워낙 자주 쓰이기 때문에, 각각의 글자를 매번 새롭게 배열하느니 차라리 문구 전체를 금속으로 주조하는 편이 합리적이었다. 그것은 유용성의 문제였다. 매번 인쇄판 전체를 다시 만들지 않아도 되었다.

회복 모임의 한 남자는 아무렇게나 생각을 이어 문구들의 조각이 불을 꿰매듯, 거의 클리셰로만 말하곤 했다. *우리는 신 놀음을 중단해야 했습니다… 모든 회복은 한 시간의 단주에서 시작됩니다… 하루하루가 선물이고, 바로 그렇기 때문에 우리는 그것을 프레젠트, 현재라고 부르는 것입니다… 단주는 알코올이 약속했던 모든 것을 가져다줍니다… 엘리베이터는 고장 났으니 계단을 이용하십시오… 신은 절대 당신이 감당할 수 있는 이상의 것을 주지 않으십니다.* 이런 문구는 그가 그만의 삶을 살아내도록 도와준 것이었다. 지금 그는 우리에게도 도움이 될 거라는 바람으로 그 문구를 우리에게 선물하고 있었다. 설교라기보다는 노래처럼.

— XI —
합창

———

——————————— 회복을 통해 클리셰에 대한 생각이 바뀌기 시작하고 몇 년 후, 클리셰를 옹호하는 신문 칼럼을 썼다. 나는 기본적으로 찰스 잭슨의 글을 끌어와, 클리셰가 "한 삶을 다른 삶과 이어주는 지하 통로"라고 썼고, 내 글에 슬그머니 회복을 끌어들이면서 직접적인 언급 없이 그 지혜에 찬사를 보냈다. 며칠 후, 소여라는 남자에게서 이메일을 받았는데, 그도 클리셰를 꽤 인정하게 되었다고 했다. 회복 중에, 그러니까 AA에서만이 아니라 1970년대 초 그가 운영을 도왔던 "오합지졸" 재활원에서도 그랬다고 말이다. "우리는 작고 허름한 호스텔에서 오로지 자원봉사자들의 도움만으로 시작했습니다. 그곳은 포토맥강 변의 외딴곳에 있는, 사실상 기피 장소였죠." 그렇게 소여는 메릴랜드주의 한 낚시 모텔을 개조한 세니커 하우스Seneca House를 내게 소개하면서 "세니커 하우스에 관해 들려줄, 베이소스◆와 페이소스

◆ bathos: 예술에서 비애감, 즉 페이소스pathos를 묘사하려고 하다가 지나치게 감상적이 되거나 도리어 우스꽝스러워진 표현.

를 모두 갖춘 엄청난 이야기"가 있다고 했다.

1990년대 초에 문을 닫기 전까지 20년 동안, 세니커 하우스는 대사들과 바이커들, 퇴역 해군들과 외교관의 아내들, 장거리 트럭 운전사들과 석유 기업 간부들, 발륨 복용 습관이 있는 주부들로 들어차 빈방이 없던 재활원이었다. 해군 사령관, 치과의사, 로드아일랜드의 제비족, 그리고 허리까지 셔츠 단추를 풀고 다니는 건강염려증 노인 들까지, 모두가 호기와 회한의 이야기를 나누었다. 한 주부는 와인 가게 점원에게 둘러대기 위해 미리 준비했던 장황한 핑계, 커다란 통에 쇠고기 보르들레즈를 만드느라 레드와인 아홉 병이 필요하다고 했던 이야기를 들려주었다. 한 남자는 술값을 대기 위해 몸을 혹사하며 구두닦기 일을 했다고 했다. 한 여자는 추수감사절 식사를 할 때 가슴골에 숨겨두었던 발륨 정이 빠져나와, 모두가 보는 앞에서 칠면조 속으로 들어갔다고 했다. 또 한 여자는 자신의 질 안에 헤로인을 주사했다고 고백했다.

세니커 하우스에 관해 처음 들었던 순간부터, 나는 소여가 믿는 그 이야기를 전하고 싶었다. 그들이야말로 베리먼이 말한, 의욕 넘치는 시골 사람들이었다. 나는 강가의 비상계단 없는 낡은 건물과, 흡연자들의 찌그러진 알루미늄 탁자 위에 걸려 빛나는 구식 네온사인의 **모텔** 간판, 강물에 반사되어 어른거리는 그 빛의 이미지가 좋았다. 낡은 목조 건물 안의 넝마 같은 작은 우주 이야기, 망가진 자신을 마주한 다른 사람들과 나란히 사는 것이 어떻게 당신의 망가진 모습을 마주하기 쉽게 해주는지 말하고 싶었다. 그건 찰스 잭슨이 썼던 내용과 비슷할 터였다. *페이지마다 일어나는 이야기, 일상생활처럼 일어나고 있는 이야기.*

내가 존경하는 잡지 편집자에게 그 이야기를 보냈더니, 그가 답장을 보내왔다. "음… '왜 다른 이들이 아니라 이들에 관해 쓰는가' 하는 문제 때문에 우리 잡지에 싣기는 힘들겠습니다. 그에 대해 좋은 대답을 해주신다면, 게재를 고려해볼 용의는 있습니다."

뭐라고 대답할 좋은 말이 없었다. 나는 세니커 하우스가 뭔가 다르기 때문이 아니라 다르지 않기 때문에 매력적이라고 생각했다. 다른 사람들이 술에 취했던 것처럼 이 사람들이 취했었기 때문에, 다른 사람들이 호전되었던 것처럼 이 사람들이 호전되었기 때문이었다. 그들은 쓰러져가는 목조 판잣집에 나타나 말했다, *이제 다 끝났어.*

잭슨이 그 말을 어떻게 옮겼더라? *그것은 진정 경이롭고 단순하고 소박하고 인간적이며, 삶 자체입니다.*

―――――――――― 그의 이름은 소여, 그는 알코올중독자다.

그는 펜실베이니아의 철강 도시, 밴더그리프트에서 자랐다. 그가 생후 2개월 때 아버지는 세상을 떠났다. 열여섯 살에 리투아니아에서 미국으로 이민 온 그의 어머니는 철강 거물 백만장자들의 집을 청소했다. 그녀는 한 푼 두 푼 저축해 소여를 사립초등학교에 보냈지만, 소여는 그렇게 들어간 학교에서 술을 마시기 시작했다. 그리고 술 때문에 학교에서 쫓겨났다. 그러나 그는 높은 시험 점수 덕에 장학생으로 버지니아폴리테크닉 주립대학교에 입학했고, 다시 술 때문에 학교에서 쫓겨났다. 그는 입대 후 한국으로 갔는데, 거기서 토지측량사로 일하며 큰 병으로 위스키를 마셨다. 그의 대대는 서울 남서부 영등포구의 담장 허름한 실크 공장에 기지를 두고 있었다. 노새가 똥을 가득 실은 수레를 끌고 논으로 가는, 중세 시대 같은 곳이었다. 도중에 노새가 죽자 사람들은 바로 그 자리에서 노새 고기를 팔기 시작했다.

마침내 소여는 겉으로 보면 그럴싸한 삶을 꾸리는 데 성공했다.

아내와 아이들을 둔 워싱턴 D.C.의 변호사, 그러나 퇴근 후에는 제퍼슨 호텔에서 술 마시며 급료를 써버렸고, 집의 전기료도 못 내는 일이 잦았다. 집에서 여섯 명의 아이들이 촛불 아래에서 땅콩버터와 잼을 바른 샌드위치를 저녁으로 먹는 동안 소여는 호텔 바에서 루이 암스트롱의 노래를 따라 불렀다. 운이 좋은 밤이면 제퍼슨 호텔 직원들이 그를 택시에 밀어 넣어주었지만, 운 나쁜 날이면 차이나타운의 어느 불법 주점에서 싸구려 술을 마시다가 경찰에 체포되었고, 파트너 변호사 덕에 보석으로 유치장에서 풀려나기도 했다. 돌이켜보면 그에게 음주는 책임 회피의 수단이었다. 잼이 묻어 끈적거리는 손으로 그의 바짓가랑이에 매달리며 장난감 마차를 고쳐달라고 부탁하는 아이들에 대한 책임 회피.

결국 소여는 일곱번째 아이를 임신한 아내가 그에게 술을 끊지 않으면 떠나겠다고 말하고 나서야 술을 끊었다. 그때가 밤새도록 술을 마시고 막 집에 들어온 후였다. 그렇게 처음 나간 AA 모임은 놀라웠다. 그는 음주 사건 법정에서 보았던 그런 사람들을 보게 되리라 생각했다. 그러나 그 모임은 소여보다도 잘나가는 것 같은 사업가들이 가득한 오찬 모임이었다. 거기서 소여는 아일랜드계 미국인 참전용사인 후원자를 만났다. 벅이라는 그 남자는 중국에서 활동하던 셔놀트 장군의 제14항공사단인 '플라잉 타이거스Flying Tigers'와 함께 날았고, 이렇게 말하는 걸 좋아했다. "아일랜드인이라는 게 술꾼의 전제조건은 아니지만 방해물도 아니죠." 벅은 AA 활동에 전력을 다하지 않는 사람들을 참지 못했다. 한번은 소여가 아들의 보이스카우트 모임에 참석하느라 금요일 밤 모임에 빠졌는데, 참석 못 한 이유를 말했더니 벅이 얼굴을 붉히면서 *그렇다면* 다음번에 취해서 도움이 필요하면 보이스카우트에 연락하라고 했다.

단주 중에 소여는 일이 잘 풀렸다. 신체상해 전문 변호사로 꽤 많은 돈을 벌었는데, 워싱턴 D.C.의 AA 현장에서는 "변호사 소여Saywer the Lawyer"로 알려졌다. 그 별명을 얻은 건 병원에 실려 간 루서라는 남자가 친척란에 소여의 이름을 올리자, 병원 측에서 소여에게 전화하면서부터였다. 루서는 몇 달 전 횡단보도 뺑소니 사고를 당해 소여를 찾아왔던 고객이었는데, 심각한 조현병이 있는 데다 단주 중인 알코올중독자였다. 루서가 소여 이름을 올린 건 달리 아는 사람이 없었기 때문이었다. "한심한 녀석이야." 소여는 파트너에게 그렇게 말하고는 병원으로 달려갔다.

이후 몇 달 동안 루서는 계속 소여의 사무실에 놀러 오면서, 다른 술꾼들이 술을 끊도록 돕고 싶다고 했다. *나의 따개비*, 소여는 루서를 그렇게 생각하기 시작했다. 루서가 다른 누군가를 돕게 해주는 것, 그것이 루서를 도울 유일한 방법이자 루서를 *떼어낼* 유일한 방법인 것 같았다. 루서는 뺑소니 사고 합의금으로 얻은 돈 약간, 가족에게 물려받은 돈 약간 해서 제법 쓸 만큼 돈이 있었다. 그래서 단주 상담사 두 명이 소여를 찾아와 쓰러져가는 낡은 낚시 호스텔을 재활원으로 개조하려 한다고 했을 때, 그는 당장 루서를 떠올렸다.

그곳은 포토맥강과 체서피크·오하이오 운하 예선로에서 약간 떨어진 세니커강 바로 옆에 있었다. 과거 1920년대에는 도시 사람들이 주말 동안 묵으며 선피시와 배스를 잡던 낡은 모텔이었다. 주말 낚시 유행이 시들해지고 한참 지난 1960년대 말에 건물은 이미 허물어지고 있었다. 목재는 삭고, 매트리스는 눅눅해지고, 모든 것이 더러웠다. 그러나 이 두 명의 단주 상담사는 쓰레기 속에서 가능성을 보았다. 그들에게는 25개의 더러운 침대가 있었다. 자원봉사자로 일할 정신과의사도 한 명 알고 있었다. 이제 필요한 건 돈뿐이었다.

바로 그 대목에서 루서가 들어왔다. 그의 돈으로 건물을 임대하고 수리했다. 소여는 자기 소유의 중고가게에서 가져온 가구로 그곳을 채웠다. 일단 그곳이 정상적으로 운영되기 시작하자 루서는 단골 방문객이 되었다. 그는 거의 항상 말없이 줄담배를 피우며 몇 시간 동안 부엌 식탁에 앉아 있곤 했다. 사람들은 그와 함께 앉아서 자신들의 이야기를 들려주었고, 그는 연기를 피워 올리는 말 없는 굴뚝처럼, 조용히 귀를 기울였다. 사람들은 루서가 없었다면 단주를 계속할 수 없었을 거라고 단언했다.

——————————— 세니커 하우스가 처음 문을 열었을 당시에는 28일 숙박비로 600달러를 받았다. 해병대 훈련 부사관으로 전역해 카펫 청소일을 했던 매니저 크레이그는 전액을 지불할 형편이 안 되는 손님에겐 예외를 적용했다. 약에 취한 남자로부터는 낡은 픽업트럭을 한 달 숙박비로 받았다. 한 매춘부에게는 보석을 대신 내게 했다. 그가 수금하지 못한 청구서들도 많았다. 새 입주자—비대하고 아프고, 토하거나 변을 조절하지 못하는—가 들어올 때마다, 크레이그는 누구라도 새 입주자를 돌보는 일을 거들지 않으면 예외 없이 몰아세웠다. 그는 "우리 누구나 구토의 줄에 서 있어야 합니다"라고 말했다.

이것이 1971년, 빌 윌슨이 사망하고 닉슨이 마약 전쟁을 선포한 해의 일이었다. 그 한 해는 인지부조화의 해였다. 중독은 적이었지만, 동시에 치료를 필요로 했다. 닉슨은 중독자의 "교화"를 촉구하면서, 중독자를 피해자이자 범죄자로 만들었다.

세니커에 들어온 사람들은 일상의 허드렛일을 했다. 정원용 가구에 페인트를 칠하고, 재떨이를 비우고, 재활원의 가외 수입을 위해 임대하는 보트를 관리했다. 크레이그는 사람들이 싫어하는 일—화장실 청소나 설거지—을 콕 집어서 맡겼는데, 그런 일이 사람들에게 좋다고 생각했다. 재활원에는 정화조가 따로 있었고 변기는 걸핏하면 막혔다. 토스터기와 커피메이커 플러그를 동시에 꽂으면, 무슨 일이 일어날지 몰랐다. 전기가 나가면, 모임은 촛불 아래서 열렸다.

그곳에는 비상계단이 없었다. 낡은 복도와 다락방들의 미로 같은 위층에서는 담배를 피우지 못하게 되어 있었지만, 어쨌거나 사람들은 담배를 피웠다. 소여가 기증한 가구들은 이음새가 헐거웠고 다년간 익명의 몸들이 거쳐 간 의자는 꺼져 있었다. 불어난 강물에 1층이 침수될 때마다 소파를 바꿔줘야 했다. 식사는 간단했다. 방수천을 씌운 식탁에 치즈버거와 케사디야가 나왔다. 벽에는 포스터들이 어수선하게 붙어 있었다. **우리는 적을 만났다, 그것은 우리다**. 오래된 조니 마티스 레코드가 스테레오에서 흘러나왔다. *나를 봐요, 나무 위의 새끼고양이처럼 무력한 나를*. 그곳이 낚시 호스텔이던 시절 펍으로 쓰이던 지하실에서는 모임이 열렸다. 이따금 나이 많은 손님들이 찾아오기도 했지만, 평온의 기도를 하는 장면을 얼핏 보고는 발길을 돌려버렸다.

누구든 입주하기 전에 반드시 해독 과정을 끝내야 했음에도, 사람들은 여전히 멍들고 멍한 상태로 도착했다. 이곳 최초의 간호사는 29일째에 집에 돌아가야 했지만 돌아갈 집이 없어 대신 일을 시작한 환자였다. 처음에 직원들은 자원봉사자들로 구성되었고, 돈을 받는다고 해도 수고비로 월 50달러를 받는 게 다였다. 당시에는 알코올중독을 위한 기금을 모으기가 쉽지 않았다. 사람들은 알코올중독이 기금을 모아 *줘야* 할 일로 보지 않았다. 소여는 이렇게 썼다. "편의점에서 '성병 기금에 기부하세요'라고 써 붙인 모금통을 보는 일은 없지요."

세니커 하우스 거주자들에게는 종종 계약이 할당되었다. 계약이란 때로는 식사 시간에 소리 내어 읽어야 하는 색인 카드의 문구였다. *나의 "터프가이" 가면은 내 깊은 두려움의 앞모습일 뿐이다. 내가 호전되고 있다면 나는 당신을 믿어야 한다. 신은 쓸모없는 것을 만들지 않으시며,* ***나는 중요한 사람이다***. 그러나 다른 식의 계약도 있었는데, 모두 개별 맞춤형이었다. 다른 사람이 말할 기회를 주지 않고 제 말만 하는 거주자는 48시간 동안 침묵해야 했다. 애정을 주고받는 데 문제가 있는 거주자는 **날 껴안아도 돼요**, 라든가 **공식 포옹자**라고 쓰인 티셔츠를 일주일 동안 입고 다녀야 했다.

"지저분해지기" 계약은 남들에게 어떻게 보일지 지나치게 신경 쓰는 사람들을 위한 것이었다. 이는 일주일 동안 구겨진 옷을 입고 다니든가 면도나 화장을 하지 말아야 한다는 뜻이었다. 이 계약은 완벽한 스리피스 정장만 입는 외과의사로부터 시작되었는데, 그는 청바지를 입어야 한다는 계약을 할당받았다. 그에겐 청바지가 없었으므로, 그들이 운동복 바지를 사 주었다. 그 계약은 자신을 훌륭하게 만들어 준다고 생각하는 것을 제거해서, 그것 없이도 괜찮다고 믿게끔 하기 위한 것이었다. "가져다주세요" 계약은 타인을 돌보는 일에 강박적으로 헌신하는 환자들을 위한 것이었다. 이 계약은 식사 때마다 누군가에게 무언가를 부탁해야 한다는 뜻이었다. 항상 지각하는 사람들은 일주일 동안 아침 7시에 모든 사람을 깨우며 다녀야 했다. 그들은 식사 때마다 맨 앞줄에 서야 했고, 그들이 올 때까지 누구도 음식을 받지 못했다.

늘 진지한 환자들은 봉제 동물 인형을 가지고 다니며 인형이 말하는 흉내를 내야 했다. 자신을 미워하는 환자들은 거울을 보면서 마음에 드는 부분을 찾아내야 했다. 터프가이들은 동화 『벨벳 토끼 인형

The Velveteen Rabbit』을 소리 내어 읽어야 했다. 닳고 닳은 그 봉제 인형을 칭찬하는 '가죽 말'의 대사를 읽으면서 우는 남자들도 있었다. "일단 네가 생명을 얻게 되면 못생길 수가 없어, 이해하지 못하는 사람에게는 그렇지 않더라도 말야." 공명을 원한다면, 그것은 어디에나 있었다. 생명을 얻게 된 그 장난감들은 사실 가장 망가져 보였던 것들이었다.

세니커 하우스의 사람들은 술 없이 놀기란, 한 번도 쓰지 않았던 근육을 발달시키는 것처럼, 방법을 배워야 하는 어떤 것임을 알고 있었다. 도박이 허용되는 몬테카를로의 밤이면 블랙잭 테이블에서 "세니캐시"를 가지고 내기를 했고, 레모네이드를 홀짝거렸다. 여름이면 아이스크림 트럭이 왔다. 가을이면 주변 호박밭에서 호박을 따와 등을 만들었다.

일부 환자들은 뒤뜰에 술병들을 묻으며 중독에 대한 장례식을 치렀다. 그리고 나중에 마약중독자들이 오기 시작하자 주사기도 묻었다. 그러나 때로는 오랜 갈증이 고개를 들었다. 투박한 아일랜드 사투리를 쓰는 하우스의 요리사, 아침 식사로 달걀과 와플을 만들어주던 아일랜드 남자는 캘리포니아에 사는 여동생을 만나러 갔다가 재발했다. 그는 하우스에 돌아온 뒤 갑자기 약을 끊었다가 진전섬망이 심해져 구급차에 실려 가야 했다. 립스 래커위츠Lips Lackowitz—밴드 '터프 럭'의 리더, 하모니카를 독학한 단주자—는 세니커 하우스에 와서 공연을 했고, 그로부터 얼마 후, 15년 동안 끊었던 술에 다시 손을 댔다.

그러나 세니커 하우스가 문을 열었던 20년 동안 죽은 사람은 단 세 명이었다. 모두 자살이었다. 두 건은 건물 안에서, 한 건은 건물 바로 밖에서 일어났다. 후자의 경우는 전에 입주한 적 있던 환자가 술에 취해 찾아왔다가 개울에 빠져 죽은 사건이었다. 한 사제는 일요일 아침에 세탁소 비닐을 머리에 뒤집어쓴 채로 방에서 발견되었고, 한 정신과의사는 식사용 나이프로 자기 몸을 찔렀다. 다른 환자가 복도에 나왔다가 그 의사의 가슴 밖으로 비어져 나온 나이프를 보았다. 그가 사망한 후 하우스의 잡종개 몰리가 방마다 다니면서 사람들을 위로해 주었다.

매년 봄이면 눈 녹은 물과 빗물로 강물이 불어났지만, 세니커 초기에는 100년에 한 번 있을까 말까 한 홍수가 2년 새 두 번이나 발생했다. 허리케인 애그니스로 하우스 전체가 물에 잠겼을 때는, 모두가 근처 모텔로 피신해야 했다. 그 모텔 로비에 바가 있었지만, 아무도 술을 마시지 않았던 건 하나의 승리였다. 심한 폭풍으로 불어난 개울물에 라일리스록 도로가 잠겼을 때는, 새 입주자들을 데려오기 위해 누군가가 보트를 타고 큰길까지 가야 했다. "몸을 말리러 여기 오셨군요?" 그들은 농담을 건넸다. "자, 어서 타세요." 그 농담이 얼마나 여러 번 건네졌다가, 물에 쓸려 가고, 다시 사용되었을지 상상하기는 어렵지 않다. 1984년 봄의 홍수기에는 라켈이라는 이름의 오스트레일리아 여자가 보트를 몰고 새 입주자들을 데리러 갔다. 그녀는 술 없이 맛보는, 그 아드레날린 솟구치는 스릴을 사랑했다.

라켈이 처음 세니커 하우스에 왔던 날, 그녀는 너무 긴장해서 실제로 몸을 떨었다. 어렸을 때 매 맞기 직전에 떨어본 이후 처음이었다. 그때 그녀는 무엇이 두려웠을까? 그녀는 입을 열기라도 하면 비명이 터져 나올까 두려웠다. 그리고 비명을 지르기 시작하면 멈출 수 없을까 봐 두려웠다. 그러나 그녀는 입을 열고 말을 시작했다. 무언가 당신을 괴롭히고 있다면 그것을 세 번 말해야 한다고 크레이그가 충고했던 것이다. 첫번째는 거의 참을 수 없을 것이며, 두번째도 좋지는 않겠지만, 세번째가 되면 마침내 완전히 무너지지 않고도 그것을 말할 수 있을 거라고.

단순하고 소박하고 인간적인. 세니커 이야기는 치즈버거와 구토의 줄과, 구원처럼 느껴지는 모임과, 치과용 드릴처럼 느껴지는 모임의 20년 이야기였고, 강 아래쪽 잡화점에서 사온 아이스캔디와 덤불 속의 금지된 섹스와 성난 붉은개미에 물린 자국으로 뒤덮인 허벅지의 20년 이야기였다. 바비큐 파티의 레모네이드와, 취하지 않은 정신으로 어떻게 남편과 섹스를 하는지 궁금해하는 여자들과, 집으로 돌아가면 자신이 실망시켰던 이들을 어떻게 마주할지, 룸메이트들이 집으로 돌아가면 *그들이* 실망시켰던 사람들을 어떻게 마주할지 궁금해하는 남자들의 20년 이야기였다. 어쩌면 가능할 수도 있겠다고 믿기 시작하게 된 20년 이야기였다.

20여 년이 지나는 동안 세니커를 거쳐 간 사람들은 4천 명이 넘었다. 그들은 유명하지 않았다. 그들의 음주는 유명하지 않았다. 그들은 자신의 고통을 꿈 노래로, 또는 베스트셀러 소설로 쓰지 않았다. 그들은 위안을 갈망하며 그곳에 도착했을 뿐이다. 그웬이라는 사회복지사는 아들이 속한 보이스카우트 단원들을 대접하는 틈틈이 미지근한 보드카와 쿨에이드를 마셨다. 셜리라는 저널리스트는 시어머니의 크리스털 그릇 전부를 주방 벽에 던져 깨버린 후 찾아왔다. 마커스라는 크랙 중독자는 비행기로 전 세계를 누볐다고 자랑했지만, 나락에 떨어진 후 삼촌의 쓰레기 사업을 돕던 남자였다. 그가 찾아왔을 때는 완전히 쇠약해진 상태였다. 깡마른 몸에 걸친 꼬질꼬질한 리넨 정장이 벽에 걸린 외투처럼 늘어져 있었다.

세니커에서, 사람들은 자신의 새 줄거리를 쓰기 위해 과거의 삶을 합창에 집어넣었다. 거주자들은 그곳을 떠난 후에도 종종 연락을 유지했다. 누군가 카이로에서 편지를 보내왔다. "저는 완전히 혼자예요. 동지가 필요해요.” 그래서 사람들은 그에게 편지를 썼다. 그 편지에 뭐라고 썼든, 그 모든 글의 행간은 언제나 이 한마디였다. *우리가 있어요.*

———————————— 내가 참석한 아이오와의 모임에서, 합창은 위안으로 다가왔다. 그레그는 험한 비포장도로를 따라 노스캐롤라이나의 산지 속, 밀주업자들이 술을 마시고 술을 파는 콘크리트블록 집들을 찾아다닌 적도 있었다. 클로이는 연푸른색 플리스를 입은 할머니였는데, 간단히 “내 음주는 문제가 너무 많았어요”라고만 말했다. 실비는 찢어진 청바지 차림에 눈이 충혈된 여자였는데, 그녀의 발치에는 딸이 앉아 종이를 오려 눈송이를 만들고 있었다. 내 친구 앤드리아는 점심 먹으러 우리 집에 오기 전에 개인용 음주측정기를 불어야 했다. 나는 술에 취하면 늘 내면의 더 깊은 곳으로, 그 벨벳 같은 무감각 속으로 빠지곤 했었지만, 다른 사람의 말을 경청하는 것—그 사람이 무슨 말을 하고 무엇을 기억하든—은 그런 하강과는 확연히 반대되는 경험이었다.

AA 회의론자들은 종종, AA 회원들이 그 모임만이 유일한 답이라 주장한다고 가정한다. 그러나 바로 그 AA 모임에서 나는, AA가 모두에게 맞는 곳은 아니라는 말을 처음 들었다. 한때 습관적으로 아편을 복용하던 마취과의사였다가 12단계 회복법을 처방하는 정신과의사가 된 그레그 하벌만Greg Hobelmann 박사는 이렇게 썼다. “고양이 가죽을 벗기는 방법은 백 가지가 있다.”

내가 보기에는 어떤 가죽 벗기기도 이 한 가지와 같지 않았다. 사람들은 모임에서 발표할 때, 자신의 상처에 대해 진지했지만—어쩌면 자기 어머니에게, 또는 국세청에, 또는 구하지 못한 일자리에 대해 여전히 화가 나 있었을 것이다—어쨌거나 모임에 참석해서 다른 사람들의 문제에, 다른 사람들의 희망에 귀를 기울였다. 많은 중독 연구자들은 결국엔 모임이 두뇌 자체에 미치는 영향을 추적할 수 있을 거라고 예견한다. 하나의 방에 당신의 몸을—백 개의 방에 천 번을—들여놓고, 다른 사람의 말을 열심히, 아주 열심히 경청한다는 단순한 사실은 중독이 망가뜨린 것을 신경학적으로 재구성할 수 있다.

캐플린 박사는 12단계 회복법과 나머지 중독 치료 사이에 공생관계가 있다고 믿는다. 그는 현재 우리가 가진 중독 치료약—특정 신경전달물질을 표적으로 삼는 부프레노르핀 같은 약—은 굉장히 유용하지만, 아직 "메커니즘의 문을 두드리고" 있을 뿐이라고 내게 말했다. 그가 의존 자체의 메커니즘을 원래대로 되돌리는 중독 치료약에 대해 자신이 생각하는 "큰 그림"을 설명할 때, 나는 그렇게 되면 회복이 쓸모없어지는 게 아닌지 물었다. 회복은 문을 두드리는 또 하나의 방법일 뿐이지 않을까? 우리가 그 메커니즘 자체를 손볼 수 있다면 회복은 결국, *이론상으로는* 불필요하지 않을까?

그가 대답했다. "헤로인중독자에게 치료제인 메타돈을 원하는 만큼 줄 수도 있겠죠. 하지만 그들에겐 여전히 사회적 네트워크가 필요할 겁니다."

비평가 루이스 하이드는 베리먼의 음주에 관해 쓰면서, "더 큰 무언가의 일부라고 느끼고 싶은 자아의 갈증"은 "소금을 필요로 하는 신체의 욕구"에 비견할 만하다고 설명했다. 그것은 잭슨이 낯선 사람들로 가득한 거리를 갈망하고, 뒤라스가 그녀를 위해 노래하지 않는 사람들을 꿈꾸었던 바로 그 갈증이었다. 하이드는 이렇게 설명했다. "숲속에서 소금을 찾아낸 동물은 계속해서 그 장소로 돌아간다."

AA 빅북은 처음에 『탈출구*The Way Out*』라고 불렸다. 무엇을 빠져나가는 탈출구일까? 단지 음주뿐 아니라 폐소공포증을 일으킬 만큼 비좁은 자아의 공간을 빠져나가는 탈출구다. 조지 케인은 『블루스차일드 베이비』에서 헤로인을 끊을 때 금단증상으로 절망에 빠졌다가, 자기탈출의 순간 속에서 얼핏 희망을 발견한다. 116번가의 담배 연기 자욱한 클럽에서 재즈를 들을 때—"우리가 음악을 따라가고, 소리를 추적하는 백만 개의 작은 조각으로 흩어져 모두가 우리 바깥에 있을 때 나는 내 바깥의 나를 느낀다"—또는 처음으로 맨정신에 땀 흘리고 몸을 떨며 여자와 잘 때가 그런 순간이다. "벌거벗은 무방비의 상태… 당신 자신의 바깥으로 나가는 또 하나의 장치." 비평가 앨프리드 케이진Alfred Kazin은 윌리엄 버로스의 소설 『거친 소년들*The Wild Boys*』을 평하면서, 중독자인 저자를 "자기 정신의 저장고에 심취"한 상태에서 벗어나려 몸부림치는 사람으로 묘사했다.

케이진은 글쓰기가 이런 탈출구가 될 수 있으나, 바깥을 바라볼 때만 가능하다고 주장한다. "모름지기 의식의 흐름 글쓰기가 그 자체에 대한 끔찍한 매혹을 넘어서기 위해서는 자기를 넘어서 사랑할 대상을 찾아야만 한다." 데이비드 포스터 월리스 역시 위대한 예술은 "그저 사랑받기를 원하는 당신의 일부가 아닌 사랑할 수 있는 당신의 일부를 말하는 훈련"에서 나온다고 믿었다. 그는 자신을 한낱 50만 분의 1로 여기는 것이 무슨 의미인지 알고 있었다. 그는 친구에게 보낸 편지에 이렇게 썼다. "자네는 특별해—그건 좋아. 하지만 탁자 저편에, 술을 끊고 두 아이를 키우면서 73년식 머스탱을 재조립하는 저 남자도 특별하지. 그건 4,000,000,000개의 형상을 가진 마법 같은 거야. 숨이 멎을 만큼 놀랍지."

탈출구: 숲속의 소금, 낯선 사람들로 가득한 거리. 나에게서 벗어

나려는 갈망은 늘 물리적 방식으로 표현되었다. 나는 내 몸을 벨 때 피를 타고 그것이 밖으로 나오도록 했고, 굶을 때는 뼈만 남을 때까지 나 자신을 조금씩 깎아나가려 했다. 인사불성으로 술을 마시는 건 잠시 나를 없애는 또 하나의 방법이었다. 숙취에 시달릴 때는 달리기를 통해 나의 내면이 땀으로 배출되도록 했다. 내 땀구멍에서 뚝뚝 술이 흘러나오게.

모임은 전혀 다른 방식의 탈출구였다. 모임은 내가 온전히 내 몸을 하고 가만히 앉아 있을 수 있었던 첫번째 장소였다. 다른 사람의 말을 경청하는 것은 피 흘리기의 대안, 옷장 안에서 빨간색 숫자로 평결을 내리던 저울의 대안이었다. 그것은 내 소설 속 진 병 가득한 옷장의 대안이었다. 그것은 또 다른 유형의 안도감으로 들어가는 또 다른 유형의 비상 탈출구였다.

회복이 내 삶에 어떤 의미로 다가왔는지를 이렇게 조야한 외경심으로 부끄러움 없이, 목청껏 외치듯 쓰기는 쉽지 않다. 그러나 돛이 바람을 품듯 회복을 품는다는 정확한 느낌을 주는 언어는 그것뿐이다. 돛은 바람으로 만들어진 게 아니라 바람으로 움직인다.

———————— 모임이란 무엇일까? 그것은 하나의 삶에 이은 또 하나의 삶일 뿐이다. 진솔함으로 엮인 한 권의 작품집이다. 그것은 메릴랜드의 어느 낡은 낚시 호스텔에 투숙한 평범한 한 여자의 이야기로 시작될 수도 있을 것이다. 그녀의 이름은 그웬, 그녀는 알코올중독자다.

음주 시절의 그웬은 사회복지사로 일하면서 교회의 사회부 목회 회장으로 봉사했다. 그녀는 공영주택으로 이사 온 빈곤 가정을 도왔다. 그녀는 문제 있는 사람이 아니어야 했다. 교회에서는 올해의 시민상을 받았다. 그러나 집에서는 아들이 속한 보이스카우트 대원들에게 주었던 쿨에이드 병에 자신의 보드카를 부었고, 그 병을 아이들의 손이 닿지 않는 냉장고 위에 올려두었다. 그녀는 음주를 계속 감추려 했지만, 취했을 때 벌어진 일은 사람들에게 들키지 않을 수 없었다. 하루는 낯선 사람이 그녀의 집 문을 두드리더니 밖에서 아장아장 돌아다니는 어린 여자아이를 발견했다고 말했다. 그 어린아이가 당신 아이인가요? 그랬다. 티파니는 세 살이었다.

하루는 그웬의 아들이 학교에서 돌아와 자기는 엄마가 "슬픈지, 미쳤는지, 기분이 나쁜지 좋은지" 전혀 모르겠다고 말하자, 그녀는 아들의 뺨을 때렸다. 또 하루는 아이들에게 숙제를 마치면 화이츠 페리를 타고 버지니아의 리즈버그에 데려가겠다고 했다. "거기 지난주에 갔잖아요." 아이들이 말했다. "엄마가 지난주에 데려갔는데." 사실이었다. 그녀는 고주망태가 되어 아이들을 차에 태워 페리를 타고 강을 건너갔었다. 그녀는 아무런 기억이 없었다.

그웬은 언젠가 아들의 생일을 맞아, 아들과 그 친구들을 야구 경기장에 데려갔다. 그녀가 자랑스레 계획한 파티였다. 아들은 사인볼과 공짜 케이크를 받고, 경기장 전광판에는 아들 이름이 빛날 예정이었다. 그러나 그녀가 햇볕 아래서 맥주를 마시며 빈 종이컵들을 발로 차자, 아들이 고개를 돌리고 말했다. "엄마를 집에 두고 왔어야 하는 건데."

집에 돌아온 그녀는 빈 식초병에 보드카를 따르기 시작했다. 남편은 아예 요리를 하지 않았고, 아이들이 식초를 마실 일도 없었으므로, 그렇게 하면 남몰래 마티니 잔을 다시 채울 수 있었다. 그런 식으로 그웬은 절대 하룻밤에 한 잔 이상은 마시지 않는 것처럼 보였다. 외출할 때는 술을 채운 플라스틱 이유식 병을 가방에 챙겨 가서, 화장실에서 몰래 마시곤 했다. 릴리언 로스Lillian Roth의 회고록 『내일 울 거야 *I'll Cry Tomorrow*』를 읽고서 가방 속 유리병은 소리가 많이 난다는 걸 배웠던 것이다. 그녀는 쿨에이드에 약간의 보드카를 섞다가 결국엔 보드카에 약간의 쿨에이드를 섞게 되었다. 집에 있던 어느 오후, 그웬이 몸을 가누지 못하는 상태로— 술 때문에 혼절했다가 막 정신이 돌아와서— 깨어났는데 어린 딸이 젖은 행주를 들고 그녀 머리맡에 서서 말했다. "티파니가 다 낫게 해줄 거야."

모임이란 무엇일까? 그것은 하나의 삶에서 다른 삶으로 당신을 데려간다. 중간 단계나 사과는 필요 없이, 쉽게 한 손만 들면 된다.

그의 이름은 마커스, 알코올중독자이자 마약중독자다. 1949년 워싱턴 D.C. 태생으로, 분할된 도시에 사는 흑인이다. 그는 부모가 취한 모습은 본 적이 없었다. *부모님 탓으로 돌릴 수는 없어요*, 그는 지금 그렇게 생각한다. 그는 농구 장학생으로 클리블랜드 주립대학교에 다녔는데, 농구 팀원 전체가 술꾼이었다. 그들은 술을 마시다가 체육관으로 가서 동이 틀 때까지 농구를 했다. 그들은 '매드독 20/20'을 마셨다. 거의 40도나 되는 술이었지만 캔디 맛이 났다. 그들은 불멸의 존재가 된 기분이었다.

대학을 졸업하고 평화봉사단에 들어간 그는 라이베리아 해안의 뷰캐넌이라는 도시에 파견되었다. 그는 영어와 농구를 가르쳤다. 집에서 수천 킬로미터 떨어져 있었으므로 별의별 일이 벌어질 수 있었다. 뷰캐넌에서 그는 현지 사람들과 야자술을 마셨다. 몬로비아에서는 다른 평화봉사단원들과 걸리가街의 한 곳에서 술을 마셨다. 한 남자가 밀조 위스키인 케인주스를 좋아해서 마커스도 마셔봤는데 심하게 토하기만 했다. 그는 현지 사람들이 좋아하는 클럽 맥주를 고집했다. 그들은 클럽 맥주Club Beer라는 그 단어가 "와서 술 마시자, 늘 준비되어 있어Come Let Us Booze, Be Ever Ready"를 뜻한다고 말하기를 좋아했다. 그것은 75센트면 클럽 맥주 1리터를 마실 수 있는 라이베리아에서 보낸 마커스의 시간을 잘 요약해주는 말이었다. 마커스에겐 너무 많은 시간과, 너무 많은 자유와, 너무 많은 여유가 있었으므로 원하는 무엇이든 할 수 있었다. 다시 말해 원하는 만큼 마실 수 있었다. 그는 국외 거주자들이 술을 얼마나 사랑하는지 배우기 시작했다. 그들은 심란할 때가 많았고, 그들이 저지른 실수를 되새기는 걸 별로 원하지 않았다.

사우디 오일 붐이 한창일 때, 마커스는 제다에 본사를 둔 사우디아라비아 항공사에서 일하면서 다시 6년을 해외에 머물렀다. 오일머니는 넘쳐났고, 그 도시의 시장은 조각품에 투자하고 있었다. 하늘을 나는 양탄자 위에 자동차가 놓인 조각품이 도로의 안전지대 한가운데 세워졌고, 사막의 파란 하늘을 향해 뭉툭한 두 팔을 쳐든 남자 청동상이 설치되었다. 마커스는 비행기를 타고 전 세계를 날아다녔다. 방콕에서는 본국에 돌아가지 못한 베트남 참전용사들과 함께 술을 마셨다. 봄베이(뭄바이)에 있을 때는 아슈람에서 영적 깨달음을 구하며 유럽인들과 술을 마셨다. 사우디 항공사 직원들과 아디스아바바에 갔을 때는 호텔 한 층을 통째로 빌렸고, 통행금지 시간은 아랑곳없이 클럽에서 만난 여자들을 데려왔다. 그때가 1977년, 멩기스투Mengistu Haile Mariam 치하 에티오피아의 계엄령 시국이었다. 자정에서 오전 6시 사이에는 외출이 금지되어 있었다. 그들은 그 금지 사항을 어겼다. 하고 싶은 대로 했다. 소말리아의 모가디슈로 가는 기차에서는 엉망으로 취해 소란을 피웠다.

마커스가 처음 정제 코카인을 흡입했을 때는 1980년, 휴가차 미국에 돌아온 때였다. 세계 곳곳을 날아다녔던 그는 화이트플레인스에서 친구의 전처와 사귀게 되었다. 그녀는 정제 코카인을 "야구공"이라 불렀다. 그는 300달러를 냈고, 그것이 너무 마음에 들어서 다시 즉석에서 300달러를 냈다.

온갖 술을 그렇게 마시고, 전 세계에서 망나니짓을 했지만, 그는 단 한 번도 꺼림칙한 적이 없었다. 그러나 크랙은 마음이 괴로웠다. 그건 지나치게 달콤했다.

35년 후, 마커스가 나에게 첫 흡입 경험을 이야기할 때, 그는 세 번 연속 그렇게 말했다. "지나치게 달콤했어요. 지나치게 달콤했죠. 지나치게 달콤했어요."

마커스가 크랙 습관을 완전히 통제할 수 없게 된 것은 몇 년이 지나 그가 워싱턴 D.C.로 돌아온 후의 일이었다. 그는 리무진 운전 사업을 시작하려 했지만, 지출이 너무 컸다. 체중은 6개월 만에 23킬로그램이 빠졌다. 키는 195센티미터인데, 체중이 67.6킬로그램까지 줄었다. 사업이 실패한 후 그는 쓰레기 수거 회사를 운영하는 삼촌의 일을 돕기 시작했다. 마커스는 세계의 꼭대기에서—모든 곳을 날아다니며, 모든 곳에서 돈을 쓰며—살았지만 지금은 저체중의 몸으로 다른 사람들의 쓰레기를 처리하며 살고 있었다. 그는 미국에 돌아온 후의 그 6개월을 영겁으로 가는 특급열차라고 표현했다. 일단 영겁에 이르자, 그는 긴급 상담전화에 연락했고, 전화를 받은 누군가가 세니커 하우스를 제안했다.

마커스는 밤이 되어서야 세니커 하우스에 도착했고, 너무 늦어 체크인을 할 수 없었으므로 그날 밤은 세니커 출신의 농장 일꾼—근처 농장에서 말들을 돌보는—과 함께 보내며, 헛간 위층 소파에서 잠을 잤다. 다음 날 마커스는 비록 다 해지긴 했지만 가장 근사한 정장을 입고 세니커에 갔다. 그는 28일 숙박비의 일부만 지불할 수 있었다. 그의 나이 서른네 살, 그는 잘 차려입은 쓰레기통이 된 느낌이었다.

몇십 년 후, 그는 약물 남용 문제를 겪는 연방교도소 재소자들을 위한 '102 베드 프로그램' 상담자로 일하게 된다. 그는 사람들에게 창밖의 건물들을 바라보라고 하고는 이렇게 물었다. "이 구내에 뭐가 있죠?" 그들이 어디서 삶을 마치게 될지 보여주려는 생각이었다. 그들은 사동 건물과 병원을 가리켰다. 그는 묘지를 가리켰다. 마커스가 이끄는 한 조 모임에서 한 남자가 다른 남자에게 물었다. "댁은 그 분노를 어떻게 극복한 거요?" 다른 남자가 대답했다. "아, 말하기 시작했거든요."

그녀의 이름은 셜리, 그녀는 알코올중독자다. 그녀는 아홉 살 때 거실에서 마개가 따진 와인 병을 발견했다. 처음에는 목구멍이, 이어서 내장이 따뜻해지면서 그녀는 왜 아버지가 심하게 취하면 한밤중에 화장실에서 구역질을 하는지 이해하게 되었다. 셜리는 우연히 알코올중독자가 된 게 아니었다. 그녀가 원해서였다. 그녀는 로버트 번스Robert Burns와 에드거 앨런 포 같은 천재들을 낭만적으로 생각했고, 음주에서 실패한 술꾼들, 음주의 이렇다 할 결과를 보여주지 못한 술꾼들을 혐오했다. 취해서 굼뜬 동작으로 사람들을 겁주고 113킬로그램이나 나가는 삼촌 같은 사람이 그런 술꾼이었다. 그런 음주는 혐오스러웠다.

대학 시절 그녀는 오리건주의 한 소도시 신문사에서 일하면서, 산불이 날 때마다 벌목꾼을 가득 태운 채 불 끄러 산으로 가는 트럭이 몇 대나 되는지 세었다. 상사가 처음으로 그녀를 포틀랜드 기자 클럽에 데려갔을 때, 그녀는 술과 보도의 매력에 빠져버렸다. 그 열혈 기자들은 너나없이 개인 보관함에 숨겨두었던 술을 마시고 취했다. 그녀는 거기서 난생처음 하이볼을 맛보았고, 버번과 진저에일을 마셨고, 결국 그날 밤 여자 화장실에서 다 게워냈다. 종업원은 "뭘 잘못 먹었나 봐요"라고 말하며 옆에 있어주었다. 둘 다 그게 아니란 걸 알고 있었다. 그녀의 스물한 살 생일에 한 친구는 **투표가 아니면 술!**이라고 쓰인 케이크를 구워 주었다.

미니애폴리스에서 언론대학원을 다니면서, 셜리는 찻집 위층의 아파트에 살았고, 정오에 35센트짜리 햄버거로 하루 한 끼의 식사를 했다. 그녀는 용돈을 벌기 위해 피를 팔았다. 술은 데이트할 때, 남자가 돈을 낼 때만 마셨다. 많은 데이트를 했다. 『라이프』 잡지 수습기자로 합격했다는 소식을 들었을 때는 얼마나 크게 소리를 질렀는지 찻집 벽에 그 비명이 영원히 새겨질 것 같았다. 그녀는 1953년 6월, 로젠버그 부부◆가 사형되던 바로 그 여름에 뉴욕으로 이사했다. 『라이프』 잡지사 측에선 사무실에, 특히 잡지 마감을 하는 토요일이면 술을 비축해두었다. 어느 주엔가 배우 마를레네 디트리히Marlene Dietrich가 샴페인 한 상자를 쪽지와 함께 사무실로 보내왔다. *오후 4시예요! 사랑으로, 마를레네.* 그러나 셜리는 주로 아파트에서 혼자 마셨다. 영원히 어울리지 못하는 느낌이었다. 여자로서, 아이비리그 졸업장이 없는 사람으로서 승진은 불가능해 보였다.

셜리는 몬태나의 주디스산맥 근처의 작은 신문사에 일자리를 구하기로 했다. 거기서는 술집 '골드 바 설룬' 위층에 살았는데, 아래에서 들려오는 주크박스 음악과 카우보이들의 소동에 귀를 기울이며 위층에서 진을 마셨다. 그녀는 야생마 몰이에 관한 기사를 썼다. 더위에 관한 이야기를 쓰기 위해 보도 위에서 달걀프라이를 했다. 2인승 비행기를 타고 산불 사진을 찍기도 했다. 매일 밤 10시쯤 기사 마감을 하고 나면, 상사를 따라 길 건너 버크 호텔로 가서 하이볼을 마셨다. 프랭크

◆ 줄리어스Julius와 에설 로젠버그Ethel Rosenberg 부부는 미국 최초로 스파이죄로 사형을 선고받아 1953년에 처형되었다.

라는 이름의 바텐더는 10년째 단주 중인 남자였는데, 그들에게 이렇게 말하곤 했다. "당신들은 잃어버린 세대예요." 그들은 그 말이 듣기 좋았다. 한 식료품점 점원은 버려진 빵 가게의 낡은 반죽기와 먼지 가득한 조리대 사이를 누비며 그녀에게 탱고를 가르쳐주었고, 그들이 '바 19'라는 가로변 선술집에서 탱고 공연을 했을 때는 답례로 공짜 버번을 얻어 마셨다.

어느 날 셜리는 루라는 남자에게서 팬레터를 받았다. 펜실베이니아의 기자인 루는 그녀의 카우보이 몰이 기사를 좋아했다. 그들은 서로에게 편지를 쓰기 시작했다. 그로부터 채 1년이 되기 전 밸런타인데이에 두 사람은 결혼했다. 알고 보니 루는 도박 빚에 허덕이고 있었다. 심지어 결혼식을 위해 사제와 오르간 연주자에게 부도수표까지 썼다. 그들은 뉴욕 웨스트빌리지의 크리스토퍼가에 살면서, 여유가 생길 때마다 마실 수 있는 건 뭐든 마셨다. 루는 저지의 한 신문사에서 일했지만, 그 일을 싫어했다. 더 나은 일을 하고 싶었다. 그들은 루의 구직 면접을 위해 정장 한 벌을 샀고, 그런 다음 그 정장을 위해 작은 파티를 열었다. 그 옷을 창문에 걸어두고 와인으로 건배했다. "정장을 위하여!"

그 후 10년이 흐르는 동안, 셜리는 루를 지극정성으로 뒷바라지했다. 남편이 자리 잡도록 돕느라 자신의 일은 미뤄둔 채, 남편의 신문사 일을 따라 해리스버그, 털사, 오리건, 메인 주에서 마침내 베이루트까지 이사를 다녔다. 베이루트에서 루는 『데일리 스타*Daily Star*』 소속으로 현금을 받고 일했다. 그들은 바다가 내다보이는 고층 건물에 살았고 택시로 시내 전역을 다녔다. 바닥에 수박 껍질이 어질러진 낡은 메르세데스를 타고 음악을 쿵쿵 울리면서 파리 날리는 샤와르마 가게들을 지났다. 사람들은 왜 아이를 갖지 않느냐고 물었다. 루는 몹시 아이를 원했지만 셜리는 임신하지 않은 걸 은근히 다행으로 여겼다. 셜리는 엄마가 된다는 건 자신의 경력을 영원히 포기해야 한다는 뜻이며, 이미 남편을 위해 너무나 많은 희생을 치렀다고 생각했다. 어쩌면 가끔은, *정말 가끔*은 한 잔씩 마셨다. 『뉴욕 타임스』 현지 특파원이 그곳을 방문한 미국의 잡지왕 헨리 루스Henry Luce를 위해 벨리 댄서들과 술이 가득한 성대한 파티를 열었을 때, 셜리는 고주망태가 되어 화장실에서 쓰러졌다. 사람들은 그녀를 꺼내기 위해 문을 발로 차야 했다. 사람들은 셜리의 남편에게 말했다. "그녀를 집으로 데려가야 해요. 뭘 잘못 먹었나 봐요." 데자뷔다.

미국으로 돌아온 뒤 그들은 로라라는 여자 아기를 입양했다. 입양 사무소에서 돌아오는 길에 분유를 사기 위해 차를 세웠고, 루가 가게 안으로 달려간 사이 셜리는 차에 남아 아기에게 속삭였다. "난 널 원하지 않아. 널 원하지 않아. 널 원하지 않아." 몇 년 후 뜻밖에도 그들에게 생물학적 자녀가 생겼다. 소니아라는 이름의 딸이었다. 두 아이와 집에 있느라 셜리는 미쳐갔지만, 낮 동안 실컷 술을 마시기도 했다. 그녀는 쉽게 성질을 부렸고, 고양이 먹이를 엎질렀다고 로라에게 화를 냈다. 루의 일 때문에 가족은 계속 이사를 다녔고, 그는 끊임없이 출장을 다녔다. 새로운 도시로 이사한 바로 그날 밤, 셜리는 술이 너무도 마시고 싶어서 두 아이를 차에 태우고 가게를 찾아 나섰다. 아이들에게 철자를 일러주며 '주류'라고 쓰인 간판을 찾아보라고 했다.

셜리가 시어머니의 크리스털 식기를 꺼내 주방 벽에 하나씩 던지기 시작한 것은 선반 먼지를 닦지 않았다고 루가 한 소리 한 후였다. "미쳐버릴 것 같아! 미쳐버리겠다고!" 그녀가 소리쳤다. 그로부터 얼마 지나지 않은 어느 날 밤늦게 아이들이 아래층으로 내려왔다. 그녀는 다음 날 아이들의 점심 도시락으로 땅콩버터 샌드위치를 만들고 있었다. 좀 전에 구토를 했는지 그녀의 머리카락에는 토사물이 지저분하게 들러붙어 있었다. 그녀는 아이들에게 치료를 받겠다고 약속했고, 그렇게 했다.

셜리가 술을 끊고 몇십 년이 지난 후, 그녀의 아이 중 한 명—이제 어른이 되었고, 막 술을 끊은—이 자살을 시도했다가 병원에서 엄마에게 전화를 걸어왔다. 셜리는 전화로 빅북의 한 대목을 읽어주었다. *우리가 알코올을 상대하고 있음을 기억하라. 알코올은 교활하고, 도저히 이해할 수 없고, 막강하다! 도움 없이 감당하기에 알코올은 너무 벅차다.*

——————————— 두번째 단주를 시작하고 6개월이 되었을 때, 나는 친구 에밀리와 함께 멤피스까지 여행을 갔다. 에밀리는 구갑테 선글라스를 낀 멋쟁이로, 스물두 살 때 이후로 술을 입에 대지 않았다. 대학 시절 우리는 위장 속으로 보드카를 들이붓기 위해 새벽 3시에 타코를 먹곤 했다. 에밀리는 이른바 *꼴까닥* 지점에 이를 때까지 술을 마셨고, 그 지점에 이르면 모든 걸 놓아버렸다. 그녀는 어느 여름에 프리랜서 작가로 니카라과에 취재를 가서는 그 나라를 횡단하는 내내 술을 마셨다. 그 술의 나날은 결국 뎅기열로 마나과의 한 병원에 입원하면서 막을 내렸다. 술을 끊은 에밀리의 삶에는 어떤 단단함이 있었다. 그녀는 폐품 가구를 가져다가 직접 고쳐 썼다. 한번은 노스캐롤라이나의 한 주유소로 나를 데려가서는 플라스틱 바구니 안, 기름 얼룩이 번진 종이 봉지에 담긴 허시퍼피 튀김과 삶은 땅콩을 사 주었고, 그날 밤에는 보퍼트 묘지에 데려가 밀주업자들과 해적들의 무덤을 보여주었다. 그녀의 단주는 전염성이 있었다. 세계가 그녀의 시선 아래서

생동하고 있었다.

멤피스에서 에밀리는 나를 피보디 호텔로 데려가 로비의 분수대에서 유리 엘리베이터까지 붉은 카펫 위를 행진하는 오리들을 구경시켜주었다. 우리는 발굽 달린 욕조가 있는, 옛 매음굴을 개조한 숙소에서 플라스틱 컵에 콜라를 따라 마셨고, 그녀는 몇십 년째 단주 중이라는 위층 바텐더 이야기를 해주었다. 나는 단주 중인 사람들, 평범한 곳에 숨겨진 그런 사람들로 가득한 세계를 생각하면 늘 기분이 좋았다. 에밀리는 술을 끊은 처음 몇 달 동안, 정교한 케이크를 굽고, 끝없이 TV를 보면서 보내던 긴긴 밤들에 관해 이야기했고, 나는 두부 공장을 서성거리며 맨체스터에 관한 미니시리즈를 보던 일을 떠올렸다. 마지막 편의 마지막 철도 플랫폼 장면에 이르면, 곧 들이닥칠 침묵이 두려워 공황에 빠졌던 기억을.

우리는 멤피스 주변을 드라이브하며 '빅 엠티스Big Empties'를 보았다. 빅 엠티스는 이 도시가 철거할 여력이 없어 남겨둔 큰 건물들이다. 30~40층 높이의 고층 건물들이 창에 금이 가고, 판자로 문을 덧대고, 벽에서 석면이 떨어져 나간 채 서 있었다. 우리는 어느 오래된 묘지의 성소에 갔다. 나무 기둥 모양으로 만든 콘크리트 구조물 안의 비밀스러운 석영 동굴에서는 스피커를 통해 떠는 듯한 피리 음악이 흘러나오고 있었다. 나에겐 그것이 필요했다, 내부에서 반짝이는 어떤 것이. 바깥에 더 많은 것이 기다리고 있다고 내게 말해주는 세계가 필요했다.

베리먼은 이렇게 썼다. "당신이 진정 원하는 것은 당신 그대로의 모습으로 있는 것, *그러면서* 술 마시지 않는 것이다. 물론 그건 가능하지 않은 얘기다. '술 마시는 사람'이 '술을 마시지 *않으면서, 동시에* 마시지 않는 것을 좋아하는 사람'으로 바뀌어야 한다." 내 안의 그 사람, 술을 좋아하지 않는 사람은 누구일까? 그리고 술 대신 무엇을 좋아할까? 나는 언제나 음주를 사랑에 빠지는 것과, 뉴올리언스로의 운전과 연관시키곤 했다. 목재로 지어진 술집에서 거품 이는 맥주를 마시다 춤추는 것과, 묘지에서 싸구려 레드와인으로 병나발을 부는 것과 연관시키곤 했다. 그건 자기인식의 갑갑한 포대기를 몸부림치며 빠져나오는 것과 같았다.

그러나 단주하고 나니 나를 덜 진지하게 생각하기가 수월해지고 있었다. 빵집에서 오전 작업 시간에 제이미는 내가 좋아하는 노래들을 재생하고, 그 목록을 '상처 믹스'라고 부르며 곧잘 나를 놀리곤 했다. 내가 케이크에 적절한 장식을 시도하다 실패하는 동안 매지 스타Mazzy Star는 흥얼거렸다. "당신 안에서 손을 잡아주고 싶어요." 빵집에서 일하던 첫해에 나는 제이미에게, 어렸을 때 가끔 엄마와 함께 콜라주collage를 만들었다고 말하는 실수를 해버렸고, 이후 내가 가라앉은 기분으로 출근할 때마다 그녀는 곧바로 그 문제에 관해 콜라주를 만들 시간이 필요하냐고 묻곤 했다.

제이미는 재미있고 너그럽고 진솔한 여자였지만, 처음 만났을 때 나는 겁을 먹고 왠지 조용히 있어야 할 것 같아서 그녀를 제대로 보지 못했다. 지금 그녀는 나에게, 아침에 일어나 변을 보듯 고통을 바라보며 느긋하게 따뜻한 목욕을 해보라는 대안을 가르쳐주고 있었다. EFD는 일상의 해야 할 일을 하기 위한 우리의 구호였다. *날마다 엿 같다Every Fucking Day*. 제이미는 기분전환이 필요할 때면 나에게 말했다. "나를 네 감정의 이글루로 데려가줘." 한번은 커피를 마시면서 수다를 떠는데, 아이들과 빵집을 중심으로 돌아가는 고달픈 일상을 이야기하던 그녀가 아이들을 재우고 나면 암흑 지대로 빠져든다며 울기 시작했다. 자신만만하고 허튼소리는 하지 않던 이 여자가 우는 모습을 보니 이상했다. 하지만 그런 일은 단주 중일 때 계속 일어나는 일이었다. 모든 사람이—당신의 사장도, 은행 창구직원도, 제빵사도, 심지어 당신의 애인까지—날마다 엿 같은 아침에 일어나서 당신이 상상도 할 수 없는 똥을 치우고 있음을 이해하는 것 말이다.

아이오와에서의 마지막 여름, 나는 이제 막 술을 끊고 하루하루 몸부림치고 있는 한 여자와 친해졌다. 그녀의 고통은 광범하고 완강하고, 형언할 수 없는 것처럼 보여서 뭐라고 말해야 좋을지 모를 때가 많았다. 가끔은 내가 어떻게 술에 집착하게 되었는지 말해주었는데, 그게 도움이 되는 것 같았다. 내가 멤피스에서 보았던 반짝이는 작은 동굴 같은 어떤 전망을, 세계가 흥미롭고 무한하며 여전히 미지의 영역이라는 증거를 그녀에게 보여주고 싶었다. 그래서 도시 근교에 있는 맹금센터에 그녀를 데려가기로 했다. 그곳은 상처 입은 맹금류를 위한 피난처로, 머리가 돌아가는 으스스한 분위기의 올빼미, 같은 나뭇가지 위에 앉아 서로의 깃털 달린 몸을 좀처럼 견디지 못하며 짝짓기하는 매 한 쌍 등이 있었다. 구조된 거의 모든 새에게 새로운 보금자리가 주어졌다. 거기 데려가는 것이 얼마나 속 보이는 일인지는 신경 쓰지 않았다.

그러나 길을 잃어버렸다. 맹금센터로 가는 길을 찾을 수 없었다. 대신에 우리는 피크닉 벤치를 발견하고 거기 앉아 담배를 피웠다. 그건 내가 기대했던 일이 아니었다. 이 여자를 돕고자 한다면, 나는 그 망할 맹금센터에 도착했어야 했다! 그녀는 맹금센터에 도착했어야 했다. 그러나 우리는 가지 못했다. 그저 피크닉 벤치에 갔을 뿐이다. 우리는 잠시 서로의 길동무가 되었다.

— XII —
구원

데이브와 내가 아이오와에서 2년을 보낸 뒤 다시 뉴헤이븐으로 돌아왔을 때, 나는 이것이 우리의 두번째 기회라고 생각했다. 우리는 다시 박사과정을 밟으며 논문을 쓰고, 우리가 했던 모든 말다툼의 유령이 서성이는 2층 아파트로부터 1,600킬로미터 떨어진 곳에서 살게 될 터였다. 내가 취한 채 우리의 파티에서 달아났던 공원의 정자와 멀리 떨어진 곳, 동트기 전까지 몇 시간 동안 씩씩거리며 헤매 다니던 거리들과 멀리 떨어진 곳에서.

뉴헤이븐은 우리의 관계가 시작된 도시였다. 공기는 상쾌했다. 여기서라면 우리가 공유하는 삶이 가능할 것 같았다. 해마다 봄이면 나무들이 벌집 같은 벚꽃을 터뜨렸다. 나는 우리 새 이웃들에 관한 글감을 부적처럼 모았다. 농산물 직판장에서 엄마와 함께 초코우유를 파는 부루퉁한 소년, 어딜 가든 항상 백팩을 들썩거리며 뛰어다니는 곱슬머리의 가정교사, 송아지 심장과 오소부코osso buco와 수제 볼로냐 소시지를 팔면서, 좀도둑에게 죄책감을 안겨주고자 출구 옆 벽에 십계명을 써놓은 이탈리아 식료품점. 이런 소소한 특징들은 우리 사랑의 회복 이야기를 쓰는 데 도움이 되었다. *우리가 성공할지 못 할지 몰랐지만, 우리는 이후 우스터 광장에 있는 그곳으로 이사했고, 그때는 정말로 의기투합했다.*

그러나 이 도시는 거의 곧바로, 나의 과거 음주에 대한 향수로 나를 흠뻑 적셨다. 내가 사는 도시 지하에서 생겨나는 비밀 도시처럼, 뉴헤이븐에 회복 모임들이 있다는 걸 나는 알고 있었다. 그러나 내가 모임에 가고 싶은 건지 확신이 서지 않았다. 또 다른 교회 지하실로 통하는 또 다른 어둑어둑한 계단을 내려가지 않더라도, 어쩌면 나는 그럴 필요가 없는 사람이 될 수도 있으리라. 때로는 강의를 마치고 캠퍼스에서 집으로 걸어오다가, 멀리 스테이트가로 우회해서 몇 년 전 피터와 함께 취했던 땅콩 껍질이 깔린 바를 지나갔다. 그 보도에서는 여전히 한기가 느껴졌다. *이* 나무 옆, 바로 *이* 보도에서는 곧 마시게 될 보드카 맛이 가득 느껴졌었지.

이사하기 전, 아이오와에서의 마지막 모임에 참석한 후 3주 정도가 지나자 다시 술을 시작할 수 있겠다는 강한 믿음이, 예정대로 역에 들어오는 기차처럼 돌아왔다. 그것은 온화하고 설득력이 있었다, 술 마실 능력에 대한 그 믿음은. 그것은 아주 정중하게 내 마음을 두드렸다. 그것은 나의 회의주의를 예상하고 있었다. 그것이 말했다. *나는 당신이* **꼭** *술을 마셔도 된다고 말하는 게 아니에요. 그건 그냥 하나의 실험에 지나지 않을 거예요.* 어른거리는 대체 세계가 또 한 번 가까워져 있었다. 그 길고 경이로운 밤들, 땅콩 껍질로 뒤덮인 그 바닥들. 그것은 철회라는 단조롭고 힘든 작업의 바로 저편에 있었다. *나는 내가 알코올중독자였다고 말했다가 그 말을 철회했고, 사실은 알코올중독자가 아니었다고 말했다가 다시 그 말을 철회했고, 사실 알코올중독자였다*

고 말했다는 걸 알고 있지만, 중요한 건, 정말이지 지금은 알코올중독자가 아니라는 사실이다. 이렇게 말하고 나면 나는 레드와인과 사과주의 달콤한 가을의 소용돌이 속으로, 더티 마티니 잔에 미끄러지는 차가운 소금의 활주 속으로 돌아가 있을 것이다. 그것은 추운 아침에 결국 다시 이불 속으로 기어들어 가는 기분과 같을 것이다. 리스가 그랬을 것처럼, 너울 속으로 돌아가 강물이 다시 바다가 되게 하는 것.

"다시 술을 마셔볼까 생각하고 있어." 나는 저녁 식사 때 차분히 데이브에게 말했다. "이번엔 진짜 더 잘할 수 있을 것 같아."

그때 나는 처음 두 차례의 단주 시도 후 7개월 동안 술을 끊었다가 다시 7개월 동안 술을 마셨다가, 9개월째 술을 입에 대지 않고 있었다. 나는 침착하고 명랑한 목소리를 유지했다. 마치 과속 단속에 걸려 차를 세우고 경찰과 말하면서도 글러브 박스 안의 술을 들키고 싶지 않았던 때처럼.

데이브는 내가 술을 마시면 안 된다고 말하지 않았다. "모임에 가 봐. 그런 다음 네 기분이 어떤지 살펴봐."

다음 날 밤 나는 어느 교회에 가서 문을 두드렸다. 잠겨 있었다. *하느님 감사합니다.* 나는 다시 차로 걸어갔다. 적어도 시도했다고는 말할 수 있었다. 하지만 무언가 찜찜했고—마음 한구석으로는 충분히 시도하지 않았다는 걸 알고 있었다—그래서 발길을 돌려 교회를 한 바퀴 돌아보았다. 좀더 뒤쪽에 그것이 있었다. 한눈에 알 수 있는 표식들. 불 밝힌 지하실 창문, 문을 열고 괴어둔 벽돌 하나, 바깥에서 담뱃재를 털고 있는 카무플라주 재킷 차림의 낯선 남자.

그 모임에서 다른 사람들이 말하는 동안, 나는 내 음주 이야기를 어떻게 풀어내야 그곳을 나가 다시 술을 마실 수 있을지 궁리했다. 나는 손을 들지도 않고 내가 생각하던 것을 그대로 말해버리고 말았다.

"저는 제 음주 이야기를 어떻게 풀어내야 결국 다시 술을 마실 수 있을지 궁리하고 있어요." 입을 열어 그 말을 한 순간, 마치 밸브가 열리면서 압축된 유독 가스가 방출되는 기분이었다.

모임이 끝난 후 한 젊은 여자—스무 살은 되었을까, 반짝이는 커튼 같은 금발의 그녀는 스키니진에 힐을 신고 있었고, 여학생 클럽 입회식을 마치고 곧장 온 것 같았다—가 다가오더니 울면서 말하기 시작했다. "나도 여기 올 필요가 없다고 자꾸만 나 자신을 설득하게 돼요. 여기 꼭 와야만 하는데도요."

나는 그녀에게 단주에 관해 나보다 나은 사람—3주 동안 모임을 회피하지 않은 사람—과 상담해야 할 것 같다고 말하려다가, 그녀가 내게 다가온 게 방금 내가 3주 동안 모임을 회피해왔다고 말했기 때문임을 깨달았다. 그녀는 나의 그런 부분, 그리고 어쨌거나 돌아온 나의 부분과 연결되어 있었다. 우리 둘 다 이유가 있어서 그 방에 와 있었다. 그녀는 한 번도 오전에 취한 적이 없었는데 모임에서 누군가 오전에도 취하곤 했다는 고백을 듣고 나서 오전에도 마셨다고 했다.

"정말 대책 없죠?" 그녀가 물었다. 희망이 없다고 말해주기를 바라는 마음과 그래도 희망이 있다고 말해주기를 바라는 마음이 반반인 것 같았다. 하지만 그녀는 그저 술을 지나치게 많이 마셨던 퀴니피액 대학교 여학생 클럽 회원에 지나지 않을 수도 있었다. 그리고 내가 뭐라고 그녀에게 무슨 말을 한단 말인가?

바로 그때였다. 그녀가 풍선껌 같은 핑크색의 짧은 티셔츠를 걷어 올리더니 배변주머니를 보여주었다. 살롱에서 태닝한 오목한 복부에 베이지색 주머니가 붙어 있었다. "내가 나를 아프게 하고 있어요." 그녀가 말했다. 그 배변주머니만큼 빠르게 나의 자기몰두를 흩어버린 것은 그전에도 그 후로도 없었다. 그녀는 술을 덜 마셔야 한다는 것도, 지금은 그 주머니를 차고 있다는 것도 알지만, 술을 줄일 수가 없다고 했다. 그저 주종을 바꿨을 뿐이었다. 주머니가 부풀기 때문에 이제 맥주는 마시지 않았다.

그녀는 눈을 내리깔고 중얼거리면서, 내 전화번호를 물어봐도 되냐고 했다. 나는 물론이라고 대답했지만, 내가 그녀를 도울 수 있으리라는 생각은 터무니없게 느껴졌다. *그리고 당신, 어리석은 당신, 내가 도와줄 거라고 기대하는*군요. 그러나 사실 나도 그녀의 도움이 필요했다.

——————————— 뉴헤이븐에서의 모임에 처음 참석하고 몇 주가 지난 후, 나는 데이비드 포스터 월리스의 『무한한 재미*Infinite Jest*』를 읽기 시작했다. 그 책이 회복에 관한 소설이라는 말을 듣고 깜짝 놀랐는데, 늘 자존심에 부풀어 쓴 작품이라고 생각했었기 때문이다. 그 작품을 씀으로써 그의 자아를 만족시키고 싶은 똑똑한 남자가 썼으며, 그 책을 읽음으로써 자신의 자아를 만족시키고 싶은 똑똑한 사람들에게 사랑받는 파란 벽돌 같은 책이라고 말이다. 그러나 일단 『무한한 재미』를 읽기 시작하자, 기교 그 자체보다 훨씬 더 중요한 무언가가 있는 작품처럼 느껴졌다. 그 책의 핵심은—적어도 나에게는— '마약과 알코올 회복의 집 에닛 하우스'였다. 이곳에서는 거대한 체구에 매우 점잖은 돈 게이틀리라는 남자가 마약성 진통제인 딜라우디드 중독에서 회복하면서, 다른 사람들이 *하루하루 차근차근* 나아지도록 돕고 있다. 소설은 이 구호의 낡아빠진 광택, 그 단순성과 문질러낸 광택을 의식하는 것 같지만, 어쨌거나 미안한 기색도 없이 그 메시지를 전하는 데 전념한다.

물론 『무한한 재미』가 *단지* 회복만을 다룬 건 아니었다. 그 책은 에닛 하우스에서 언덕 바로 위에 있는 한 테니스 아카데미도 다루고 있었다. 그 책은 전자레인지에 머리를 처박고 죽은 아버지 때문에 슬퍼하며 그곳에 사는 세 형제, 그러니까 내기 도박꾼과 영재, 그리고 소화전보다 겨우 클까 말까 한 "발육 부진에 복합 기형인" 소년의 이야기이기도 했다. 또한 그 아버지가 죽기 전에 만든 치명적인 영화와, 그 영화를 찾아 무기로 사용하려고 혈안이 된 퀘벡 분리주의자 휠체어 암살단의 이야기이기도 했다. 그 영화는 전체 이야기의 중심에 있는 동력인데, 굉장히 몰입력이 강해서 그것을 본 사람은 영원히 그것을 보는 것 말고는 다른 아무것도 하고 싶은 생각이 없게 만들었다. 그것이 그 영화가 사람을 죽이는 방식이었다.

나는 회복 프로그램을 하듯 하루에 50쪽씩 읽는 것으로 그 책에 접근했다. 내키든 내키지 않든 출석하는 식이었다. 각 페이지 맨 위에는 벌어진 사건을 메모했다. *그는 자포자기해서 울고 있지만, 자신의 울음과도 떨어져 있다.* 또는 *밀리센트가 움직인다.* 또는 *라일이 땀을 핥는다.* 이런 메모는 내가 스스로 출석을 확인하는 방식, *저 왔어요* 하고 말하는 방식이었다.

나를 다시 모임으로 이끌었던 것은 『무한한 재미』가 아니었다. 나를 다시 모임으로 데려간 건 술을 마시고 싶다는 집요한 욕구였다. 하지만 『무한한 재미』는 모임이 필요한 이유를 이해하게 도와주었다. 더 구체적으로 말해서, 그 소설은 모임의 특정 면면이 나를 열광시킬 수 있으며 *여전히* 그것이 나에게 필요할 수 있음을 이해하게 해주었다. 그 소설이 얼마나 엄밀하게 회복을 분석했는지 내가 품은 모든 의문을 이미 질문하면서 나의 모든 지적 불편함을 시들하게 만들어버렸다. 그 책은 "낭만적이지 못하고 구리고 진부한 이 AA라는 것을 인정하게 되는 마지못한 움직임"을 기록하고 있었다. "정말 시답지 않고 가망 없어 보이는… 싸구려 모임과 판에 박힌 구호와 달콤한 함박웃음과 소름 끼치는 커피로 구성된 이 얼빠진 날림의 무정부적 시스템"은 그 단순성과 그 구호들로, 그 교회 지하실의 커피와 그 특색 없고 전폭적인 사랑의 토로로 사실상 무언가를 제공할 수 있었다. 그 소설은 회복에 관해 캐묻고 또 확인하면서, 그 노력과 그 기묘함과 그 숭고함을 조사하면서, 이중적 의식이 충만한 회복을 만나게 해주었다. 그 소설은 회복의 이야기들에 의문을 제기하지만 그러면서도 회복의 기적을 놓치지 않으며, 그 기적을 말하기를 주저하지 않았다.

『무한한 재미』 속에서 회복은 희망이지만, 또한 부조리이기도 하다. 그것은 팔꿈치 안쪽에 곰 인형을 끼우고 싸구려 카펫 위를 기어가는 성인 남자다. 그것은 "결단성"을 얻기 위해 길고양이를 죽이는 남자다. 그것은 늙은 위선자들이며, 폐기종으로 탁해진 예언의 목소리다. 그것은 퉁퉁 부은 영혼과 망가진 가슴으로 줄담배를 피우며, 그 모든 "낭만적이지 못하고 구린" 경이로움을 지닌 보스턴 AA의 세계다. "진지한 AA들은 간디와 미스터 로저스를 기묘하게 섞어놓은 것처럼 보인다"고 소설은 말한다. 그들은 "문신을 하고 간이 비대하고 치아가 없"다. 『무한한 재미』는 이렇게 한데 모인 사람들이 어떻게 모두 그렇게 "겸손하고, 친절하고, 기꺼이 돕고, 요령 있는" 사람들처럼 보이는지, 그들이 어떻게 실제로 *그런* 사람들인지에 관해 진실하고 놀라운 무언가를 포착한다. 그들은 누가 강요해서가 아니라 그저 그것이 그들의 생존 방식이기 때문에 그렇게 한다. 이 소설은 이상한 회복의 음식을 만들어낸다. 콘플레이크를 뿌린 미트로프, 무슨 크림수프를 얹은 파스타 등 내가 먹어왔던 평범한 음식들은, 다른 평범한 사람들과 함께 그들의 평범했던 음주의 기억을 곁들여 먹음으로써 회복의 음식이 된다.

내가 돈 버넘을 응원하며 『잃어버린 주말』을 읽은 게 다시 취하기 위해서였다면, 돈 게이틀리를 응원하며 『무한한 재미』를 읽은 건 계속 단주하기 위해서였다. 나는 이야기에 대한 나의 욕구가 재발보다는 회복으로 방향을 튼 것이 고마웠고, 책 한 권이 건강함을 향한 설렘을 자아낼 수 있다는 걸 알고 기뻤다. 베리먼이 『회복』을 12단계 회복법으로 상상했다면, 나는 월리스 덕분에 12단계 회복법으로 나아갔다. 이 소설은 바로 내가 필요로 하던 순간에 나타난 나의 은인이었다. 게이틀리의 설명에 따르면, 새로이 술을 끊은 이들이 "너무도 절박하게 자신의 내면을 탈출하려고" 하기 때문에 그들은 "자신의 옛 친구인 약물만큼이나 유혹적이고 강렬한 무언가에 그들에 대한 책임을 떠맡기고 싶어 한다." 나는 그렇게 말하는 그 책에 나 자신을 떠맡기고 싶었다.

월리스는 『무한한 재미』를 출간하기 7년 전인 1989년 말 그라나다 하우스라는 보스턴의 재활원에 들어갔다. 그는 친구에게 편지를 썼다. "거친 사람들이야. 가끔 나는 두렵거나 우월감을 느끼거나, 아니면 두 가지를 다 느낀다네." 몇 년 후 그는 그라나다 하우스에서의 경험을 익명의 온라인 추천장에 썼다.

> 그들은 요컨대, 진정 나를 이해했기 때문에 경청해주었다. 그들은 약을 끊고 싶으면서도 그러기 싫은 욕구, 자신을 죽이고 있는 바로 그것을 사랑하는 마음, 약과 술이 있는 삶도 그것이 없는 삶도 상상할 수 없는 상태로 어정쩡히 지내왔다. 그들은 또한 헛소리와 조작, 그리고 끔찍한 진실을 회피하기 위한 무의미한 지식의 포장을 알아보았다. 그리고 여러 날 동안 그들이 나를 비웃고, 나의 술책(지금 와서 보니 한심할 만큼 동료 중독자가 알아차리기 쉬운)을 놀리고, 내일은 매우

다르게 보일 테니 오늘은 약물을 사용하지 말라고 충고해준 게 내겐 가장 큰 도움이 되었다. 이런 충고는 도움이라기에는 너무 단순해 보일 수 있지만, 그러나 매우 결정적이었다.

윌리스의 전기를 쓴 D. T. 맥스는, 회복이 한편으로는 "문학적 기회"일 수도 있음을 월리스가 곧 간파했다고 주장한다. 월리스는 새로운 세계를 배워가고 있었다. 그는 수많은 이의 드러난 내면을 목격하고 있었다. 그는 "모임에서 들은 것"이라는 목록을 작성했는데, 줄이 있는 평범한 노란 종이에 쓴 이 목록은 지금도 그의 아카이브에 남아 있다.

"사람들 사이에 있다는 행복. 사람들 가운데 그냥 한 명이라는 것."
"그들은 그것이 영혼에 좋다고 하지만, 나는 당신에게서 영혼이라고 할 만한 것이 전혀 느껴지지 않는다."
"나는 몇 년째 날마다 똥을 싼다."
"나는 내 몸뚱이를 구하러 왔다가 내 영혼이 붙어 있는 걸 알게 되었다."
"'아니요'는 내 기도에 대한 대답이기도 하다."
"아프다."

그러나 월리스에게 회복은 결코 글감의 원천이 아니었다. 월리스에게 회복이란 "결정적인 한마디 쓰기, 말해진 것을 의미하는 글쓰기"에 점점 몰두해가는 과정의 일부였다고 맥스는 주장한다. 회복은 글쓰기가 무엇을 할 수 있는지, 어떤 목적으로 사용될 수 있는지에 대한 월리스의 인식 전체를 바꿔놓았다. 회복은 그에게 공동체의 삶을 구하는 연금술, 주의를 바깥으로 돌리는 변환력, 그리고 *끔찍한 진실을 회피하*

기 위한 무의미한 지식의 포장, 즉 복잡성이라는 영리한 알리바이의 대안으로서 단순성의 가능성 등을 극화하고 싶은 욕망을 일으켰다.

『무한한 재미』에서 월리스는 빈정대기와 회복을 물과 기름으로 묘사한다. "보스턴 AA 모임에서 빈정대는 사람은 교회 안의 마녀다." 이 소설은 빈정거리는 사람이 코웃음 칠 만한 솔직한 지혜, 일력이나 일일 기도서에서 볼 직한 부류의 지혜를 믿는다. 이 소설은 계시로서의 진부한 글귀를 믿지 않지만, 그 글귀가 추구하는 것—공통 근원의 가능성—은 믿는다.

——————————— 뉴헤이븐으로 돌아와 처음 맞은 8월, 허리케인 아이린이 휩쓸고 지나간 세계는 젖은 생살을 드러낸 채 망연자실해 있었다. 아큐파이Occupy 운동(월가 점령 운동)이 주코티 공원을 가득 채우더니 곧 우리가 사는 시내도 녹색으로 물들였다. 이미 노숙자이던 사람들 옆으로 시위대의 쉼터인 방수포와 텐트가 들어선 것이다. 몇 년 전의 나였다면 뚜렷한 의제가 없는 운동은 목적이 없는 것으로 치부해버렸겠지만, 집단성 자체가 목적처럼 보이기 시작했다. 우리의 지하 모임이 열리는 시내 교회들 뒤편, 바로 그 풀밭 위에 수평 사회를 건설하겠다는 것이 그 운동의 목적 같았다.

데이브와 나는 말 그대로 벽이 부서져 내려 구석마다 작은 벽돌 먼지가 쌓이는 벽돌집 다락에 살았다. 우리 거실의 커다랗고 둥근 창 너머로는 개조된 낡은 코르셋 공장이 보였다. 그 공장은 우리의 사랑이 무모하고 운명적인 것 같고 나름의 뚜렷한 의지를 가진 동물처럼 느껴지던 시절, 피터가 처음 우리의 관계를 알게 된 날 밤 우리가 술에 취했던 곳이었다.

그로부터 3년이 지나 우리의 사랑이 지금—내가 술을 끊고, 우리가 우리 관계의 맥동을 찾으려 애쓰고 있던—에 이른 어느 날 밤, 우리는 녹인 치즈 띠를 두른 스크램블드에그, 베이컨, 감자튀김을 준비하며 아파트를 짭짤한 습기로 가득 채웠고, 이 아침 식사 같은 저녁 식사를 먹자고 친구들을 초대했다. 우리가 시럽 질척한 팬케이크를 먹는 동안 철로변의 굴뚝 위로 땅거미가 내려앉았다. 다른 사람들은 칵테일을 마셨고 나는 오렌지주스를 마셨지만, 괜찮았다. 비록 여전히 스스로 *괜찮아*, 하고 되새겨야 했지만. 파티가 끝나고 데이브와 설거지를 하다가 화장실에 간 나는, 1년 전이라면 지금쯤 데이브에게 소리치든가, 씩씩거리며 화를 내든가, 아니면 그의 손길에 움츠러들었을 거라고 애써 되새겼다. 지금 나는 그러지 않고 있었다.

하지만 그렇다고 모든 게 괜찮은 건 아니었다. 모두가 떠난 뒤, 그날 밤과 이후의 날에도, 데이브는 기운이 없어 보였다. 거의 바람 빠진 풍선 같았다. 우리는 여전히 남들 앞에서 쇼를 할 수 있었지만, 우리 자신은 껍데기가 되어가고 있었다. 우리의 농담에는 애써 짜낸 다정함과 억지 같은 게 있었다. 나는 9개월째 단주 중이었고, 일주일에 다섯 번, 때로는 일곱 번을 모임에 나가고 있었다. 뉴헤이븐에서의 첫 모임 이후 나는 모임에 전념했고, 새 후원자인 수전을 만나기 시작했다. 60대의 변호사인 수전은 큼지막한 구슬 목걸이를 하고 다녔고, 라테를 빨대로 마셨다. 내가 처음 그녀와 이야기를 나눌 때, 그녀는 재활원에 가져갈 1.5리터짜리 매그넘 와인 병을 포장했던 이야기를 했다. "두 번 다시 술을 마시면 안 돼요"라는 말보다 그런 이야기가 내게 더 다가왔다. 그것은 『무한한 재미』의 에닛 하우스 화장실에 걸린 캘리그래피 포스터를 떠올리게 했다. **내가 놓아버린 모든 것에는 발톱 자국이 있었다.**

수전은 따뜻한 사람이었지만 아픔에 관해서는 냉소적이고 현실적이었다. 그녀는 내가 예외로 두고 싶은 모든 규칙에 해명을 요구했다. 수전은 재활원을 나오고 불과 몇 개월 만에 이혼했는데, 이는 프로그램에서는 추천하지 않는 일이었다. 삶에서 중요한 선택을 하기까지 1년은 기다리라고 권장했다. 그러나 수전의 이혼은 삶의 다음 시기를 열어주었다. 몇십 년을 살았던 코네티컷 교외를 떠나 한구석에 피아노가 있고 옮은 오후의 햇살이 비치는 시내 원룸으로 이사한 것이다. 그녀는 여자들에게 일주일에 4~5일은 모임에 나오도록 독려했다. 단주 덕분에 명쾌한 시각을 갖게 된 그녀는 수십 년 동안 꾸려온 삶이 정작 자신이 머물고 싶은 삶이 아니었음을 똑똑히 보게 되었다. 그 삶은 선물이었지만, 누구나 원하는 선물은 아니었다. 나는 내가 수전의 이야기—단절로서의 단주 이야기—처럼 살고 있다고는 생각하지 않았지만, 이상하게 설득되었다. 그건 행복이 사랑의 재건이라기보다는 사랑의 끝처럼 보일 수 있다는 생각이었다.

회복의 첫 1년 동안, 나는 한 가지 유형의 의존, 그 신체적 갈망으로부터 해방된 느낌이 얼마나 강하던지, 의존이라는 개념 자체에 반발하기 시작했다. 나를 구성할 수 있는 욕구와 나를 축소시킬 욕구를 구분하기는 쉽지 않았다. 여러 면에서 AA는 욕구 수용에 관한 것이었다. 자만심에 저항하고, 겸손을 지향하고, 도움을 주고받는 것을 가르쳤다. 그러나 AA가 제공하는 승인된 욕구 체계가 점점 편안하게 다가올수록, 나와 데이브의 관계를 규정하는 느슨하고, 막연하고, 혼란스러운 욕구들은 덜 편안해졌다. 데이브와 있으면서, 나는 벌어진 상처를 지지듯 모든 욕구를 마비시키기 시작했다. 그에게 무언가를 요구하기를 그만두었다. 모임은 단순한 한 가지 패턴을 따르기 때문에 사랑보다 쉬웠다. *x를 하고, y를 하고, z를 하라.* 모임에서는 해야 할 일을 하고 있다는 걸 알 수 있었다. 반면에 사랑은 이런 식이었다. *x를 하거나 y를*

하거나 z를 소망하고, 무언가는 효과가 있기를 기도하라. 그러면 효과가 있을 것이며, 어쩌면 효과가 없을 수도 있을 것이다.

수많은 저녁 시간에 나는 우리 아파트에서 멀리 떨어진 AA 모임에 있거나 내 후원자와 함께 있었고, 종종 아침에, 때로는 데이브가 일어나기도 전에 집을 나와 모임이 있는 시내로 걸어갔다. 어느 토요일 오후에 데이브가 함께 시간을 보내자고 했을 때 나는 프로그램의 두 여자와 함께 사과 과수원에 갈 거라고 대답했는데, 상심 또는 실망으로 흔들리는 낌새가 보였다. 그날 내 삶에는 아름다움—바람에 살랑이는 사과나무들, 부드러운 흙, 바닥에 떨어져 뭉개진 과일—이 있었지만, 그건 데이브 없이 누린 아름다움이었다. 데이브가 따돌려진 느낌을 받았다고는 상상도 하지 못했다. 그저 내가 덜 원하기 때문에 그가 안도할 거라고만 생각했다.

그해 가을, 나는 처음 살던 때와는 다른 뉴헤이븐에 살고 있었다. 이 새로운 뉴헤이븐은 세속과 격리된 대학 구내가 아닌, 대학의 경계 너머에 사는 사람들이 더 많은 곳이었다. 모임에서는 노숙자 쉼터와 퇴직자 전용 아파트를 찾아갔고, 법원 명령서에 서명을 마친 여자들과 전화번호를 교환하곤 했다. 나는 대학원 세계와 회복의 세계 사이를 오가면서, 그 모순적인 명령들 사이의 아찔한 골 위로 양다리를 걸치고 있었다. *더 치열하게 생각하라. 너무 많이 생각하지 마라. 무언가 새로운 것을 말하라. 어떤 새로운 것도 말할 수 없다. 단순성을 철저히 파헤쳐라. 단순하게 해라. 너는 똑똑하기 때문에 사랑받는다. 너이기 때문에 사랑받는다.* 내가 쓰던 논문은 이 두 세계를 이어줄 질문을 살피면서, 술을 끊으려 시도했던 작가들을 조사하고, 회복이 어떻게 그들의 창조적 삶의 일부가 되었는지 탐색하고 있었다. 정확히 말해 그 작업은 자서전적 성격의 비평이라기보다는 사색적인 자서전 쓰기였다. 즉 단주 후 나의 창조력은 어떻게 될지 지도를 찾기 위한 작업이었다.

일주일에 한 번, 나는 포크너, 피츠제럴드, 헤밍웨이 등 신화적인 술꾼 작가에 관한 강의 시간에 학부생 토론을 열었다. 어느 수업에서인가 우리는 「다시 찾은 바빌론Babylon Revisited」에 관해 이야기했다. 피츠제럴드의 이 단편은 찰리라는 알코올중독자의 이야기다. 찰리는 한때 그가 살던 도시이자 아내가 죽은 도시인 파리로 돌아오지만, 옛날의 방탕한 삶을 더는 계속할 수 없다는 걸 깨닫는다. 그는 그저 더 나은 아버지가 되고 싶을 뿐이다. 이야기 끝에서, 그는 딸의 양육권을 잃지만 딱 한 잔으로 주량을 제한하는 데 성공한다. 나는 학생들에게 이 이야기가 어떤 해결책에 도달했다고 생각하는지 물었다. 찰리의 상황이 호전될 것인가? 찰리가 마치 실제 인물—이를테면 내가 모임에서 만난 누군가—이라고 가정하고 그의 운명에 관해 생각하는 것, 그를 나코팜 퇴소자 분류표(예후 관찰)의 한 번호로 취급하는 것은 우리가 가르쳐야 할 방식이 아니라는 건 알고 있었다. 그러나 나는 내가 접하는 수많은 이야기에서 동지를 찾고 있었다. 그래서 학생들에게 찰리가 단주에 성공할 것 같은지 물었고, 계속 학생들을 다그쳤다. 마침내 누군가 그렇다고, 그렇게 생각한다고 대답할 때까지.

―――――――――――― 레이먼드 카버는 1980년 담당 편집자인 고든 리시Gordon Lish에게 편집이 너무 지나치다고 항의하는 편지를 썼다. "여기서 멜로드라마처럼 말하기는 싫지만, 나는 무덤에서 돌아와 다시 한번 이야기를 쓰기 시작했습니다." 카버가 말하는 무덤이란 그를 거의 죽일 뻔했던 음주를 뜻하며, *이야기*란 『사랑을 말할 때 우리가

이야기하는 것What We Talk About When We Talk About Love』 속의 단편들, 1977년 그가 술을 끊은 후에 썼던 작품들을 뜻한다. 리시의 무자비한 편집은 카버가 새로 발견한 단주 중의 창조력을 여러 방면에서 동시에 위협했다. 카버는 "나는 지금 진지합니다"라고 하면서 그 이야기들이 "나의 호전, 회복, 약간의 자존감 회복, 작가이자 한 인간으로서 가치를 느끼는 것과 밀접하게 연결되어" 있다고 주장했다.

비록 카버가 단주 초기에 쓴 단편들은 절망으로 가득하지만, 한편으로는 희망이라는 뜻밖의 맥락과 연결감을 발견하는 놀라운 순간들도 충만했다. 이는 회복의 잔여물이었다. 그러나 편집자 리시는 늘 카버의 "황량함"에 매료되어 있었다. 단주 초기의 단편들을 편집하면서 리시가 노골적으로 일축했던 것은 단지 음주와 AA에 대한 언급만이 아니었다. 그는 감상성의 위험이 있다고 생각되는 것들, 문장이 지나치게 질척한 친밀감, 또는 투박한 구원을 향한다고 느껴지는 부분들을 쳐내버렸다. 카버가 낯선 사람들뿐인 AA 공동체에서 처음 편안함을 느끼던 시절에 썼던 원래 판본은 종종 낯선 사람들이 이상하거나 놀라운 방식으로 연결되는 순간으로 끝난다. 그들은 서로 음식을 먹여주고, 서로를 동일시하고, 서로를 위해 기도한다. 그러나 리시가 편집한 결말은 낯선 사람들이 서로를 원망하거나 학대하게 되는, 경멸의 순간이나 의도하지 않은 잔인성의 순간으로 끝이 났다. 당시 카버의 파트너였던 시인 테스 갤러거Tess Gallagher는 이렇게 회상했다.

> 나는 어떤 특정 제안에 [레이가] 당황하던 모습을 기억한다. 그 단편들에서 음주에 대한 언급을 모두 들어내자는 제안이었다. 레이는 자신이 겪어왔던 일들, 그가 알코올중독으로 거의 죽을 뻔했고 알코올이 사실상 그 단편들의 한 등장인물임을 편집자가 깨닫지 못한 게 분

명하다고 말했다. 그것은 레이가 술을 끊은 이후 나올 첫 책이었다. 그는 신체적, 감정적 폐해에 관해, 그리고 죽음에서 돌아온 기분이 어떤 것인지에 관해 진실을 말하고 있었다.

술고래 시절의 막바지에 카버는 내가 한때 상상했던 매력적인 불한당의 모습과는 전혀 달랐다. 그는 퉁퉁 부어 있었고 과체중이었다. 그는 은둔자처럼 생활했고, 학생들에게 전화해서 몸이 아파 강의를 할 수 없다며 수업을 취소할 때도 많았다. 어느 날 그는 세 명의 학생을 저녁 식사에 초대했는데, 그들은 포크 하나를 나눠 쓰며 인스턴트 파스타인 '햄버거 헬퍼'를 같이 먹었다. 첫 책이 출간되기 전 아이오와시티에서 낭독회를 열 때, 그 일은 승리한 영웅의 귀환이어야 했다. 그러나 그는 너무 취한 상태라 청중은 그의 말을 제대로 알아들을 수 없었다. 이는 무모한 방탕도 아니요, 보편적인 심적 공허라는 어두운 구렁텅이에서 뽑아낸 실존적 지식도 아니었다. 그저 스스로를 독살하는 중독의 벼랑으로 밀려난 인간의 몸뚱이일 뿐이었다.

마침내 1977년 6월 2일, 카버는 술을 끊었다. 그는 한 인터뷰에서 말했다. "진실을 말씀드리자면, 내 삶에서 내가 이룬 무엇보다도 그것, 술을 끊었다는 것이 더 자랑스럽습니다."

카버가 단주 초기에 쓴 단편들은 음주의 혼돈뿐 아니라 회복의 가능성으로 가득 차 있다. 그 작품들에는 과음한 뒤 아내와 화해를 시도하는 남자들이 잔뜩 등장한다. 진의 유령들과 AA의 약속들이 넘쳐난다. 낚시를 배우고 기도를 배우는 남자들이 가득하다. 민달팽이를 죽이기 위해 밤중에 집을 빠져나오는 단주 중인 남자, 유명한 우주비행사들을 안다고 거짓말을 하는 단주 중인 남자, 사이가 틀어진 아내의 명절 파이를 훔치는 취한 남자도 있다. 한 남자는 옛날에 그가 임신한 아내를 어떻게 욕실로 데려갔는지 회상하는 아내의 말—"어느 누구도 그런 식으로, 그렇게 많이 나를 사랑할 수는 없었지"—을 들으면서 그녀가 앉은 소파 쿠션 밑에 숨긴 250시시들이 위스키 병만을 생각한다. "나는 그녀가 곧 일어날 수밖에 없다는 희망을 품기 시작했다."

이런 이야기들은 술의 맥동을 전해주는데, 위스키 잔과 아침의 샴페인과, 음주에 관한 기발하고 짧은 농담("만약 술을 정말 잘할 생각이라 해도, 술은 많은 시간과 노력을 앗아가죠") 같은 명백한 상황에서는 물론, 등장인물들이 서로 헤어졌다가 다시 합칠 방법을 모르는 그 말없는 순간들 속에서도 그 맥동을 전해준다. 이런 침묵이 바로 술이 채우고 싶어 하는 빈 공간들이다.

카버는 여기저기 깎여나가고 그 정신까지 바뀌어버린 리시의 편집본을 보고 나서, 그 작품이 출간된다고 생각하니 견딜 수 없었다. 두 사람이 알고 지낸 지 거의 10년이 되어가고 있었다. 『에스콰이어 *Esquire*』의 편집자였던 리시는 1971년 카버의 단편 중 하나를 받았을 때 그에게 중요한 기회를 주었고, 이후 그의 작품 편집을 도맡았다. 그런데 이번에는 카버의 글에서 절반 이상을 들어냈고, 카버의 문체를 쇄신한다는 미명하에 인간 본성의 다른 측면을 슬쩍 끼워넣었다. 배려와 관심, 공감적 상상력은 줄어들고 파열, 분노, 단절에 더 가까운 모습이었다. 비평가 마이클 우드는 1981년에 이 단편집을 비평하면서 "일부 단편들 속 불친절함과 생색내기"를 한탄했다. 카버가 리시에게 불만을 토로했던 바로 그 단편들이었다. "나는 길을 잃고 싶지 않고, 소소한 인간적 접촉을 놓치고 싶지 않습니다."

카버가 그렇게 맹렬하게 반발했던 그 편집본으로 단편집을 출간하도록 허락한 이유는 분명하지 않지만, 애초에 그 편집본을 걱정하게 만든 바로 그 나약함 때문에 동의했을 가능성이 높다. 그는 자신의 책에 대한 긍정적 반응을 절실히 원했고, 누구든 실망시킨다는 생각이 싫었으며, 술 없이 글을 쓰게 될 미래를 믿고 싶었다. 그러나 세상에 나온 책은 카버가 썼던 것과 같은 책이 아니었다.

「목욕The Bath」으로 발표되어, 이 단편집에서 가장 유명해진 단편—리시는 원래 원고에서 거의 3분의 1을 들어냈다—에서, 스코티라는 소년은 생일날 아침에 차에 치인다. 그가 병원에서 혼수상태로 누워 있는 동안, 부모에게 위협적인 낯선 사람의 전화가 걸려온다. 그는 스코티의 생일 케이크를 만든 제빵사였는데, 케이크를 찾으러 오는 사람이 없자 짜증이 더해가는 중이다. 소년의 어머니가 전화를 받고 완전히 절망한 목소리로, 혹시 아들 문제로 전화했냐고 묻자 제빵사가 말한다. "스코티와 관련된 일로 전화드렸습니다, 네." 리시의 판본에서 이 단편은 제빵사의 *네*, 라는 전화기 저편의 목소리로 끝난다. 이는 아이러니와 의도하지 않은 잔인성이 가하는 최후의 일격이다. 우리는 그 소년이 살았는지 죽었는지 알지 못한다. 이 판본은 무의미한 비극과 그것이 비추는 인간적 갈등에 관한 것이며, 거리감이 악의로 바뀔 수 있는 방식을 다루고 있다.

그러나 결국 몇 년 후에 발표된 카버의 원래 판본「작고 좋은 것A Small, Good Thing」은 그 통화로 이야기를 끝맺지 않는다. 스코티의 부모는 결국 빵집의 제빵사를 찾아가 그들의 상실—이 판본에서 아들은 죽었다—을 설명한다. 자초지종을 듣고 난 제빵사는 그들에게 "오븐에서 갓 꺼내 아직도 당의가 흐르고 있는 따뜻한 시나몬 롤"과 신선한 흑빵 하나를 대접하며, 자신의 힘들었던 나날들을 이야기한다. "그들은 그의 말에 귀를 기울였다. 그들은 눈앞의 것을 먹었다. 그들은 흑빵을 삼켰다. 그것은 형광등 불빛 아래 파고든 햇살 같았다." 제빵사는 유형의 즐거움—뜨거웠던 아이오와 부엌의 나날들이 내게 가르쳐주었던 그런 부류의 "작고 좋은 것"—이라는 소소한 위안을 주고, 쪼갠 빵은 궁극적으로 또 다른 유형의 교감을 초래한다. "그들은 새벽까지 이야기를 나누었다. 창문으로 창백한 빛이 새어 들어왔지만 그들은 떠날 생각을 하지 않았다."

카버의 원래 결말이 보여주는 건 완전한 절망도 분명한 구원도 아니다. 그것은 빛과 어둠의 명암 대조법에 더 가깝다. 부모에겐 슬픔으로부터 한숨 돌릴 여유가 주어지고, 제빵사는 전적으로 냉담한 사람으로 규정되지 않는다. 부부의 아들은 떠났지만, 세계는 완전히 구제불가능하고 무관심한 곳이 아니다. 크기가 아무리 작을지언정, 은총은 몰래 찾아오며 기대하지 않았던 구석에 내려온다. 은총은 불완전하고 결함이 있을지언정 중요하다.

리시가 「청바지 다음에After the Denim」라고 제목을 붙인 단편에서는, 한 나이 많은 단주자가 빙고에서 속임수를 쓰는 젊은 히피 커플을 보고 격분한다. 이 분노의 이면을 보면, 그는 아내의 암 재발 때문에 괴로워하는데, 이야기는 그 슬픔이 분노로 표현되면서 끝을 맺는다. 그는 바느질감을 집어 들고 "파란색 비단실을 바늘구멍에 찔러 넣었다." 그러나 카버의 원본은 「당신 뜻에 부합한다면If It Please You」이라는 제목이 붙어 있었고, 분노—운명을 바꾸기에는 무력하고, 운명으로부터 더 상냥한 대우를 받은 이들에게 분노하면서 바느질을 하는 남자—로 끝나지 않으며, 분노가 더욱 너그러운 무언가로 바뀌는 불가해한 연금술로 끝난다. "그와 히피들은 같은 배를 타고 있었다." 노인은 그렇게 생각하고, "무언가 다시 그의 내면에서 꿈틀거리는 걸" 느끼지만 "이번에 그것은 분노가 아니었다." 이야기는 꿈틀거리는 이 "무언가"로 막을 내린다.

그는 이번 기도에 그 여자와 히피들을 포함할 수 있었다. 그래, 그러라지, 밴을 몰고 건방지게 굴고 깔깔거리고 귀고리를 끼라지. 원한다면 속임수라도 쓰라지. 그런 한편 기도는 필요했다. 그들은 기도 역시 이용할 수 있을 것이다, 심지어 그의 기도까지, 아니 사실은 특히나 그의 기도를 이용할 수 있을 것이다. "당신 뜻에 부합한다면," 그는 그들 모두와, 산 자와 죽은 자를 위한 새 기도에서 그렇게 말했다.

그저 낯선 누군가를 위해 기도하는 게 아니라 혐오하는 낯선 사람을 위해 기도하는 이 행위는 사실상 AA의 구체적인 가르침 중 하나다. *벗어나고 싶은 원한이 있을 때, 원망스러운 그 사람 또는 그것을 위해 기도하면 자유로워질 것이다.*

리시는 편집을 하면서 감상적이라 여겨지는 산문과 싸우고 있었을 것이다. 그러나 만약 감상성이 세계를 외면하는 거짓 감정("감상주의자의 젖은 눈은 그의 경험… 그의 무미건조한 마음에 대한 반감을 드러낸다"고 제임스 볼드윈은 썼다)에 탐닉하는 것이라면, 카버는 결코 경험의 복잡성을 외면하지 않았다. 노인의 기도는 더 단순하고 빤한 직접적 경멸의 맥락에 있다기보다는 다층적 감정—분노와 동시에 은총—을 허용하는 결말이다. 카버의 위안은 괴롭고 힘들게 얻은 것이지만, 그의 결말에는 흑빵의 교감에 대한 믿음, 깊은 밤에 주고받은 작고 좋은 것에 대한 믿음이 있다.

이 너덜너덜한 편집본이 나오고 몇 년 후, 카버는 리시에게 다음에 나올 단편집은 똑같은 과정을 거칠 수 없다고 주장했다. "고든, 솔직히 지금 말하는 편이 낫겠어요. 나는 상자 뚜껑을 닫기 위해 상자에 넣을 작품을 어찌저찌 맞추는 그런 식의 외과적 절단과 이식 수술을 당할 수 없습니다. 팔다리나 텁수룩한 머리가 튀어나올 수밖에 없을 겁니다. 아니면 제 심장이 감당하지 못할 것입니다. 그냥 터져버리겠지요, 정말입니다." 카버는 기꺼이 멜로드라마의 위험(*그냥 터져버리겠지요*)을 감수하더라도 회복의 글쓰기를 지키려 했다. 더욱 어수선하고, 온통 껄끄럽고 울퉁불퉁하고, 너덜너덜해진 친밀감과 설명할 수 없는 애착으로 가득한 글쓰기를. 그는 아이러니로 끝나지 않는 이야기, 이상한 허용과 기대하지 않았던 유대감이 있고, 어색하더라도 단주의 갈망을 충분히 집요하게 담아낸 이야기를 응원하고 싶었다.

————————— 뉴헤이븐에 돌아와서 맞은 첫번째 가을, 나는 매일 아침 7시 반에 열리는 시내 모임에 나가기 시작했다. 7시를 막 넘긴 시각—초겨울 이 시간에는 어둠이 늦게 걷혔다—채플가를 걸을 때의 고요한 도시는 곧이어 잠을 깨는 친숙한 도시 속으로 삼켜지곤 했다. 타이어 가게에서는 날카로운 형광등 빛이 켜지고, 통근 열차는 스테이트가 플랫폼에 체크무늬 스카프를 맨 회사원들을 내려주었다. 잡화점은 금속 격자 창살 너머로 아이들의 책가방과 할인 중인 바퀴 달린 여행 가방이 가득한 진열창을 내보였다.

7시 반 모임은 시내의 웅장한 석조 건물에서 열렸다. 참석자의 절반 정도는 7시면 비워줘야 하는 뉴헤이븐의 노숙자 쉼터에서 곧장 온 사람들이었다. 모임 때문에 온 사람도 있었고, 커피—뒤쪽 탁자에서는 입을 델 만큼 뜨겁고 쓴 커피가 한 움큼의 커피 크림과 함께 제공되었다—때문에 온 사람도 있었지만, 두 가지 다를 위해 온 사람이 많았을 것이다. 누가 무엇을 위해 왔는지는 늘 분명하지 않았고, 어쨌거나 한

가지만을 위해 온 사람은 드물었을 것이다. 모임에는 고참이 많았고, 더러 몇십 년째 단주 중인 이들도 있었는데, 그들은 해묵은 반목과 친밀감이 뒤얽힌 사납고 이해하기 힘든 생태계를 유지하고 있었다. 시어라는 한 흑인 노인이 그 집단의 비공식 영적 지도자였다. 한눈에 봐도 온갖 풍파를 겪은 사람이라는 걸 알 수 있었지만, 굳이 티를 내지는 않았고, 매일 아침 모습을 드러냈다. 그의 아침 출석은 몇십 년째 계속되고 있었다.

그 모임에서 나는 내가 가진 것이 얼마나 많은지, 내가 잃지 않은 것이 얼마나 많은지 고통스럽게 깨달았다. 훨씬 더 많은 것들과 싸우고 있는 그 방의 사람들에게, 내가 말하는 것들이 어떻게 다가갈지 조심스러웠다. 아이들 양육권을 위해 싸우는 여자, 거의 1년을 노숙자 쉼터에 들락날락하다 마침내 시내의 한 피자 가게에 취직한 남자도 있었다. 내 중독과 그들의 중독을 비교하는 것이 그들이 고통받았던 시기를 잘못 이해하는 것으로 비칠 수 있지 않을까? 물론 그런 고통을 겪지도 않았으면서 출석을 통해, *나도 그걸 겪었어요*, 라고 암시하고 싶지는 않았다. 나의 이야기는 상실보다는 욕망으로 구성되어 있었으니까.

그러나 나머지 사람들이 공통성을 찾는 방식은 놀라웠고, 어느 시점에 이르자 나는 다른 이들의 감정을 짐작함으로써 다름을 투영하는 건 바로 나라는 사실을 깨달았다. 우리가 공유하는 것을 믿는다고 해서 우리가 공유하지 않은 것들을 모른 척할 필요는 없었다. 공명은 융합과 같은 것이 아니었다. 그것은 우리 모두 똑같은 삶을 살았던 척하는 게 아니었다. 공명이 뜻하는 건 경청이었다. 사람들이 주먹으로 얼굴을 맞은 이유는 저마다 달랐지만, 음주는 우리 모두의 몸을 공격받기 쉽게 만들었다. 우리는 완벽히 똑같은 척하기 위해, 그것을 주장하기 위해 거기 모인 게 아니었다. 우리가 거기 모인 건 함께한다는 가능성에 우리 마음을 열기 위해서였다.

나는 모임에서 사람들이 걸핏하면 말을 해서 좋았다. "염병, 쉬지도 못하겠네." 그들이 다른 사람들에게, 또는 자신의 삶에 걸핏하면 화를 내서 좋았다. 하루는 한 남자가 일어서더니 방 저편에 있던 다른 남자에게 소리쳤다. "20달러 언제 돌려줄 거야?" 다른 남자가 맞받아쳤다. "가서 아무나 빨아주고 20달러 받으면 되잖아?" 신성불가침의 단계별 대본이나 약속을 읽다가, 또는 "서로의 경험과 힘, 그리고 공통의 문제를 해결할 수 있다는 희망을 공유하는 남녀들의 동료애" 운운하는 서문 등을 읽다가 느닷없이 터져 나오는 그런 목소리를 들으면 해방감이 느껴졌다. 그리고 솔직히 말하면, 그런 식으로 그들은 빚진 돈에 대해, 또는 아무개가 어떻게 *틀려먹었는지*를 분명히 밝힐 수 있었다. 사람들은 수많은 상실과 수많은 재발을 겪은 뒤 그들의 삶을 다시 조립해내고 있었다. 욕망과 후회는 그 방에서 여전히 맹렬하게 빛나고 있었고, 여전히 만질 수 없을 정도로 뜨거웠다.

———————— 『무한한 재미』는 회복에서 강조하는 몰개성화된 호의가 기이하다고 솔직하게 이야기한다. 당신의 어떤 특질 때문이 아니라 그냥 "어떻든 간에" 무차별하게 사랑받는 게 어떤 기분인지 말이다. 그 책은 *당신이 자신을 사랑할 때까지 우리가 당신을 사랑하게 하라* 같은 프로그램의 약속과, 낯선 사람들의 포옹을 받으라는 공격적인 주장이 불편하다는 것을 이해한다. 어느 모임이 끝난 후, 한 등장인물이 낯선 사람에게 묻는다. "댁이 맞을 각오를 하고 불편해도 나를 껴안은 거요, 아니면 내가 댁의 머리통을 박살 내고 조져버린 거요?"

돈 게이틀리는 내가 만났던 어떤 문학적 주인공과도 달랐다. 머리통이 크고 넓적한 그는 술을 끊은 흉악범이었고, 문신을 새긴 두툼한 손으로 종종 다른 사람들의 단주 생일을 위해 직접 구운 케이크를 들고 온다. 모임에서 그는 "단주 중의 뻘짓"에 관해 이야기하고, 술을 마시지 않았지만 늘 취한 느낌으로 짜증을 낸다. 누군가 지나치게 불평을 늘어놓자, 그는 새끼손가락을 놀리며 세계에서 가장 작은 비올라로 〈슬픔과 동정The Sorrow and the Pity〉의 테마곡을 연주하는 흉내를 낸다. 게이틀리는 성자가 아니다. 바로 그 점 때문에 그는 구원이 가능할 거라는 느낌을 준다. 바로 그 점 때문에 나는 그 책 속의 단주가 좋다. 그건 둔감하거나 현학적이지 않았다. 그것은 만져질 듯 생생하고 실금이 가 있고 부조리했다. 그것은 페이지마다 잔인할 만큼 너무도 생생했다.

게이틀리는 재활원에서 총격전이 벌어졌을 때 어느 바보 같은 환자를 보호하다 총을 맞은 뒤, 병원 신세를 지지만 모르핀을 거부한다. "견딜 수 없었던 순간은 한순간도 없었다." 그는 생각한다. "내가 손을 쓸 수 없었던 것은 줄지어 뻗어 나간, 그 모든 반짝이는 순간에 대한 생각이었다." 이 대목에서 나는 내가 단주를 어떻게 상상했었는지 떠올렸다. 날마다 닥쳐올 따분한 저녁, 산더미처럼 쌓여 말라버린 티백. 단 하룻밤도 가능할 것 같지 않았고, 그 무한한 지평선은 생각할 수도 없었다. *우리는 누구나 자신에 관해 호들갑을 떨죠, 심지어 우리 단주에 관해서도요.* 나의 단주의 밤들은 총 맞은 상처였다.

그러나 게이틀리는 "응급실에 가야 할 통증, 이를테면 '비명을 지르며 스토브에서 그을린 손가락을 잡아 뺄 만큼의' 통증"을 견딜 때조차도, 대부분의 시간을—약간은 마지못해—다른 사람들이 풀어놓는 고민에 귀를 기울이며 보낸다. "게이틀리는 티니 유얼에게 말하고 싶었다. 자신은 유얼의 기분에 완전히 지릴 만큼 공감할 수 있으며 그 짐짝을 짊어진 채 광나게 닦은 구두를 신고 한 발 한 발 내딛다 보면 결국엔 모든 게 잘될 거라고." 세니커 하우스의 부엌 식탁에서 나머지 모든 이들이 떠드는 동안 잠자코 담배를 피우며 사람들을 편안하게 해주던 루서처럼, 병원에서 게이틀리는 거대하고 조용한 고백성사대가 되었다.

『무한한 재미』 속에는 나와 같은 사람들, 회복 프로그램에서 더 똑똑해 보이려 애쓰면서도, 여전히 회복의 의례에서 확인을 구하는 사람들이 가득 등장했다. 보스턴 AA 모임에서 "모인 사람들에게 중요한 인상을 주고 싶을 때 자신의 직업적 배경을 내세웠던" 한 사업가가 그런 예다. 게이틀리는 병상에 누워서, 자신이 "AA 총회 같은 호화로운 서약의 연단"에 서서 "엄청난 웃음을 끌어내는 말을 즉석에서 하는" 모습을 상상한다. 게이틀리는 모르핀을 맞지는 않지만, 훗날 모임에서 이 영웅적 행위를 어떻게 들려줄까 생각하며 공상에 빠진다. 게이틀리는 누구보다 큰 갈채를 받고 싶고, 두 번 다시 한 남자로부터 "지루하군!"이라는 고함을 듣지 않을 이야기를 하고 싶은 나의 절박한 욕망을 공유한다. 이 책은 나의 자아가 회복에 개입하는 방식을 *완전히 지릴 만큼 공감*해주었다. 이 책은 그 개입의 평범함을 알고 있었다. 회복 문화에 대한 나의 경계심을 이해하고 있었다. 이 책은 나의 당혹감과 숭배를 자아냈다. 그리고 진부한 클리셰에 대한 나의 경멸이 전적으로 진부하다는 걸 보여주었다. 이 책이 전하는 희망이 너무도 소박했으므로 이 책은 나에게 희망을 주었다.

나는 간절한 심정으로 금속 탐지기를 들고 모래사장을 훑는 노인처럼, 땅에 묻힌 지혜를 알리는 땡 소리를 기다리듯 『무한한 재미』를 읽었다. 물론 그런 욕심으로 읽기에는 월리스가 지나치게 똑똑하다는 것이 좀 걸리기는 했다. 나는 크리스천 로렌천Christian Lorentzen 같은 비평가에게 비난받는 기분이었다. 그는 "자신의 삶을 이끌어줄 지침을 기대하며 소설과 소설가를 쳐다보는 독자들"을 경멸했다. 월리스의 "심장처럼 맥동하는 두뇌에 관한 진부한 이야기, 외로움을 달랠 고약 같은 문학, 고통받는 이들에게 편안함을 주고 편안한 이들에게 고통을 주고 기타 등등을 하는 소설들"에 이끌리는 독자들을 경멸했다. 그러나 나는 진부한 이야기 의존증이었다. 내가 감내했거나 믿어왔던 가장 중요한 것들은 어쩌면 수치심 때문에 얼굴을 가린 채, 로렌천이 말한 *기타* 등등 속에서 살았을 것이다. 나는 늘 머릿속에 형광펜을 준비하고서 월리스를 읽었다. 어쩌면 그래서 나는 진실의 약용 사탕—"때로 인간은 그저 한자리에 앉아, 이를테면 *아파해야* 한다"—을 빨아 먹듯 월리스를 단순화했던 것 같지만, 그의 소설은 내가 수많은 순간을 그냥 자리에 앉아, 이를테면 아파하면서 보내도록 해주었다. 그것은 베리먼이 말한 이른바 "지혜의 작업"을 추구했다.

대학원 박사과정에서, 다른 대학원생들은 자신이 가르치는 학부생들에 관해 귀엽다는 식으로, 그들이 항상 *이야기의 도덕*이나 *배울 만한 교훈*을 찾는다고 말했다. 그러나 그런 식의 손쉬운 일축은 엿 먹으라지. 축소라는 그 비난, 진부함에 대한 그 낄낄거림은 엿 먹으라지. 왜냐하면 때로 나는 한자리에 앉아, 이를테면 아파해야 한다는 『무한한 재미』의 말을, 때로는 자리에 앉아서 기억할 필요가 있었기 때문이다. 때로 나는 결정적인 한마디 진실이 필요했다. 때로는 벚꽃이, 풍부한 육류 코너가, 차가운 햇빛이, 새로운 삶이 필요했다. "너무 단순한가?" 월리스는 자신의 자습서 여백에 그렇게 썼다. "아니면 그냥 단순한가?"

과거의 나는 단주가 죽을 만큼 두려웠다. 마치 잭슨이 단주를 죽을 만큼 두려워했던 것처럼, 베리먼과 스티븐 킹과 데니스 존슨과 화요일 오전 모임에 앉아 있던 늙은 웨이트리스가 단주를 죽을 만큼 두려워했던 것처럼. 나는 회복 모임이란 기본적으로 커피 맛 물과 '칩스 아호이!' 초콜릿 칩 쿠키가 제공되는 전두엽 절제술이 아닐까 생각했다. 설사 단주가 안정과 성실함, 어쩌면 구원까지 안겨줄 수 있다고 해도, 결코 이야기가 될 수는 없다고 생각했다. 그러나 『무한한 재미』는 그렇지 않다는 것을 알고 있었다. 그 소설의 탁월함은 말려 죽이는 단주의 힘을 견뎌낸 것이 아니었다. 그 탁월함은 단주가 빚어낸 것에 의지하고 있었다.

첫번째 단주 생일을 맞아 월리스는 후원자로부터 "빌 W.와 닥터 밥Bill W. and Dr. Bob"이라고 불리는 1987년에 나온 희곡집을 선물로 받았다. 표지에는 "데이비드에게, 1주년을 축하하며"라고 쓰여 있었고, 동지애를 암시하는 삽화가 그려져 있었다. 얼굴은 프레임 바깥에 있어서 보이지 않지만 정장 차림의 두 남자가 있었고, 그중 한 명은 김이 피어오르는 커피가 담긴 머그잔을 들고 있었다. 월리스는 딱 한 구절, 어느 대사에 표시를 남겼다.

> 닥터 밥(*의자를 살짝 끌어당기며*): 술을 마시지 않으면 나는 괴물입니다. 나는 제대로 기능하기 위해서, 의사, 남편, 아버지이기 위해서 술이 필요해요. 술이 없으면, 전혀 제 기능을 못 할까 봐 너무 불안해요. 술은 나를 한데 붙들어주는 접착제, 내가 의지할 수 있는 단 하나의 것이죠.

그 옆에 월리스는 딱 세 단어를 써넣었다. "내가 느끼는 바."

———————— 공명을 기분 좋게 느끼기는 쉽다. 사실

그것은 꽤나 중독적이다. 고개를 끄덕이며 *그래, 당신이 어떤 기분인지 알아요*, 말하는 듯한 리듬. 당연하게 여겨지는 이런 공감은 혀에서는 올바르고 너그러운 맛이 난다. 단주 초기에 나는 그동안 한 번도 알아차리지 못했던 원색을 보듯, 어디서나 공명을 보기 시작했다. 어느 오후 도서관의 조용한 복도에 처박힌 오크 책상에서 나는 누군가 나무 상판에 새긴 글을 보게 되었다. *나는 처녀다*. 이어서 누군가 그 주변에 이렇게 써놓았다. *나도. 나 역시. 나도! 나도 그래요!*

그러나 *나 혼자만이 아니*라고 기꺼이 말하는 교감의 겸양을 뒤집으면 *당신이 느낀 걸 나도 느낀 적 있어요*, 라는 위험한 추정 또는 융합이 된다. 공유된 것을 인정한다는 건 매우 만족스러운 일이기 때문에 그 자체가 유혹일 수 있다. 어디에서나 공통점을 주장하려고 하는 유혹 말이다.

임상의 가보르 마테는 밑바닥 중독자들을 다룬 책을 쓰면서 중독자들처럼 자기소개를 한다. "안녕하세요, 내 이름은 가보르예요, 강박적인 고전음악 구매자입니다." 앞에 나왔던 초상들—주사 부위가 감염되어 팔다리를 잃고 노숙자나 매춘부가 된 크랙과 헤로인 중독자들—뒤에 나오는 마테의 고백은 처음엔 농담처럼 읽히지만, 다음에는 도발로 다가오는데, 그는 우리가 처음에 느낄 반감을 예상하고 하나의 연속성을 받아들이라고 요구한다. 고전음악에 강박적으로 지출했던 수천 달러와, 가족의 소리가 들리지 않도록 크게 음악을 틀어놓던 일을 설명하는 마테는 자신의 중독이 "고상한 흰 장갑"을 끼고 있다고 인정하면서도 그런 일련의 행위에서 독특한 "중독 과정"이 나타난다고 주장한다. "습관성 과식자나 쇼핑중독자의 광적인 자기위로, 도박꾼과 섹스중독자와 강박적 인터넷 사용자들의 집착, 또는 사회적으로 용인되고 심지어 찬양받는 일 중독자의 행동들"이 그것이다. 이는 이브 코소프스키 세지윅이 말하는 "중독 귀인歸因," 즉 쇼핑, 이메일, 심지어 의지력의 상징인 운동까지 모든 것을 중독으로 이해하려는 태도다. 중독 귀인은 그 자체로 중독이 될 수 있다. 광범한 항목을 충족시키는 것은 그 자체로 도취감을 준다. *우리 모두 이에 해당됩니다!* 중독이 하나의 연속체라면, 우리 아이들의 목소리가 묻히도록 베토벤을 크게 틀어놓거나, 해고당한 후 초콜릿을 포식하는 우리는 누구나 그 축의 어디쯤에서 사는 셈이다.

그러나 중독을 그렇게 폭넓게 설명한다면, 무언가를 강박적으로 욕망하는 것이 해로울 수 있음을 말해주는 것 외에는 의미가 없지 않을까. *우리는 누구나 갈망한다. 우리는 누구나 그 갈망을 채운다. 우리는 누구나 안도감을 추구한다.* 나는 너무도 쉽게 보편적 진실을 캐냄으로써 중독의 특정한 신체적 메커니즘을 무시하고 싶지 않다. 왜냐하면 우리 모두 똑같은 방식으로 안도감을 추구하지 않으며, 그 추구 행위가 그 사람을 꼭 벌하지도 않기 때문이다. 특정의 갈망이 빚어내는 특수한 폐해, 그 갈망이 두뇌에 어떤 영향을 미치는지, 그것이 삶에 어떤 영향을 미치는지를 인정하는 것이 중요하다.

2013년 미국정신의학협회가 『정신장애 진단 및 통계 편람』 제5판을 발표하면서 "물질 사용 장애"의 정의를 공식적으로 하나의 범주에서 하나의 범위로 바꾸었을 때, 많은 과학자는 이처럼 중독 기준이 확대되면 실질적으로 중독자가 지나치게 양산될 거라고 우려했다. 다시 말해, 기본적으로 무모하게 술 마신 경험이 있는 *모든 사람*을 중독자로 만들고 기능장애와 질병 사이의 중요한 구분을 허물게 될 터였다.

나는 어떻게 생각하냐고? 질병을 너무 폭넓게 규정함으로써 질병의 개념이나 그 신체적 메커니즘에 대한 이해를 방해하도록 하지 않는 것도 중요하지만, 모든 사람이 자신에게 해가 되는 무언가를 갈망한다는 것 또한 진실이라고 생각한다. 중독의 경계를 더욱 느슨하게 하기 위해서가 아니라 중독의 노예가 된 사람들을 사람답게 만들기 위해 우리는 그 보편성을 환기시킬 수 있었으면 한다.

내가 취해서 일기장에 *나는 알코올중독일까?* 라고 물었을 때, 나는 욕구에 관한 답을 구하고 있었다. 평범한 갈망은 어느 시점에 병이 될까? 지금 내 생각은 이렇다. 갈망이 수치심을 일으킬 만큼 충분히 포학해졌을 때라고. 갈망이 자아를 구성하기를 멈추고 그것을 결핍으로 해석하기 시작할 때라고. 당신이 그만두고 싶지만 그만둘 수 없을 때라고. 그리고 다시 그만두기를 시도하지만 그만둘 수 없을 때, 또다시 시도해도 그만둘 수 없을 때라고. 조지 케인은 이렇게 썼다. "많은 해 결책이 거쳐 간 후에 비로소 당신의 욕구는 필요한 것이 된다. 바로 그것이 내가 태어난 이유, 평생 기다려왔던 이유다."

내가 취해서 일기장에 *나는 알코올중독일까?* 라고 물었을 때, 나는 내가 느끼는 고통이 실제인지 말해줄 하나의 범주를 찾고 있었다. 마치 술을 더 많이 마시면 나의 고통은 반박의 여지가 없어질 것 같았다. 물론 모두의 고통이 그렇듯, 나의 고통은 실제였다. 물론 모두의 고통이 그렇듯, 나의 고통은 누구의 고통과도 같지 않았다.

———————— 범죄의 원흉이자 원인으로서 음주는, 나로선 정확히 집어내기 힘든 어떤 어려움을 담을 편리한 그릇이었다. 처음 술을 끊을 때, 나는 데이브와의 관계에 관한 이야기를 썼다. 거기서는 내가 우리 문제와 나의 불안과 불신의 근원이었고, 술이 *내* 문제의 근원이었다. 그래서 술을 없애버리면 문제를 해결해나갈 수 있을 것 같았다. 그러나 우리 관계는 그보다 덜 틀어져 있었기에, 아니 더 많

이 깨져 있었기에, 뉴헤이븐으로 돌아온 후 우리의 동거 생활에는 이상하고 기분 나쁜 침묵이 자리 잡았다. 도서관에서 보내는 낮 시간에, 전기 찜솥에서 끓는 스튜에, 프렌치 프레스 커피포트 안의 오래된 커피 찌꺼기에, 이어서 쓰레기통에도. 그 고요함은 싸우고 난 후의 안도감과는 달랐다. 그보다는 거리감이 있었다. 우리의 싸움은 서로를 좀먹는 이상한 방식으로 친밀했고 끈끈했다. 유해하지만 침투력이 있었고, 고개를 돌리기가 불가능했다. 싸움은 우리 둘 다 완전히 몰두하고 있음을 뜻했다. 뉴헤이븐에 돌아온 후로 우리는 전보다 서로에게 친절하고 상냥했지만, 어딘가 로봇 같은 느낌도 있었다. 하루를 보내고 집으로, 서로에게로 돌아오면 우리 둘 다 그 자리에 없는 몸을 향해 손을 뻗는 것 같았다.

그 가을 우리는 또 한 번의 결혼식—우리가 참석한 열번째, 아니 열두번째, 아니 백번째인가, 누가 그걸 헤아리겠는가—에 갔고, 목초지에 우리의 텐트를 세웠다. 결혼식에는 신랑이 속한 다양한 아카펠라 그룹 출신의 하객들이 많았는데, 내 옆의 낯선 사람들은 들불이 자연발화하듯 걸핏하면 노래를 시작하곤 했다. “당신과 함께 영성을 누릴 것을 약속합니다.” 신부가 혼인서약 도중 신랑에게 말했다. “당신과 함께 자연을 누릴 것을 약속합니다.” 신랑이 대답했다. 그날 밤 내린 비는 새벽까지 이어졌고, 나는 우리 텐트 구석에서 자다 헝클어진 모습으로 일어났다. 얇은 비닐 바닥 밑의 진흙땅은 미끈거렸다. 마치 데이브에게서 가능한 한 멀리 떨어지려고 굴렀던 것처럼 내 몸은 침낭 밖으로 완전히 나와 있었다. 그날 아침 그는 내 사진을 찍었다. 내복을 입은 채 텐트 밖에 서 있는 모습이었는데, 뒤쪽으로 목초지와 산들이 보였다. 휴대전화 필터로 적절히 보정하고 나니, 우리의 야영장은 마법의 요정 나라 같았다. “근사해!” 페이스북의 모두가 감탄했다. 그러나 나는 사진 속의 내가 짜증 났고 피곤했으며, 타인들의 행복에 의기소침해 있었다는 사실을 알고 있었다.

전날 밤의 피로연은 수프라supra였다. 조지아식 전통 축제인 수프라는 신에게, 죽은 자에게, 산 자에게, 우리 텐트에 등등 온갖 것을 향해 현기증이 날 만큼 정성스럽게 건배하며 이어지는데, 신랑과 신부는 동물 가죽과 은테로 장식한 뿔잔으로 레드와인을 마셨다. 새로 건배를 할 때마다, 낯선 사람들이 한 명씩 나를 보고 눈살을 찌푸렸다.

마침내 누군가 말했다. "몰라요? 물로 건배하는 건 정말 재수 없는 일인데."

집에 돌아오니 우리 침실에서 뭔가 이상한 냄새가 나는 것 같았다. 헛간 냄새랄까, 눅눅한 건초 냄새나 축축한 털 냄새, 젖은 동물 냄새 같은 것이. 전에 세 살던 사람이 다람쥐가 침입한 적 있다고 했었으므로, 나는 우리 벽돌벽 뒤에 아직 다람쥐가 둥지를 틀고 있나, 오줌에 젖고 견과류 쌓인 그 작은 굴에 털이 민숭민숭한 새끼들이 꼬물거리고 있나 생각했다. 우리를 둘러싸고 꿈틀거리는 무력하고 그로테스크한 생명체들이라니.

생쥐를 발견하면서는 오히려 마음이 놓였다. 뭔가 잘못된 것이 있었고, 우리는 그것을 제거하면 되었다. 우리는 찬장 밑에 포살 쥐덫을 놓았고 조심스레 땅콩버터를 듬뿍 발라두었다. 처음에 생쥐들은 특별한 기술을 훈련받은 작은 슈퍼영웅처럼, 장치가 작동되지 않게끔 노란 플라스틱 패들에 놓인 땅콩버터만 아주 깨끗이 핥아 먹었다. 나는 소파에 앉아 생쥐 한 마리가 너무도 우아하게 움직이는 모습을 지켜보았다. 있으나 마나 한 무게를 발에 싣고, 거의 있지도 않은 혀를 놀리는 녀석은 죽지 않고 원하는 모든 것을 해냈다.

다음에 끈끈이 덫을 놓았더니, 한밤중에 생쥐 한 마리가 몸부림치며 찍찍거리는 소리에 잠을 깼다. 끔찍하고 고통스럽게도 녀석은 아직 살아 있었다. 우리는 나란히 누운 채 귀를 기울였다. 잠들기는 불가능했다. 마침내, 데이브가 일어나더니 생쥐를 바닥에 패대기쳤다. 자비로운 죽임. 아파트는 다시 조용해졌다.

수전에게 고백했다. 데이브와 헤어지면 어떨까 상상하며 이별에 관한 공상을 하고 있다고 말하자, 그녀는 이 프로그램은 단주 첫해에는 중대한 변화를 권하지 않으며, 그 변화에는 관계를 끝내는 것도 포함된다는 점을 상기시켜주었다. 나는 말하고 싶었다, *당신은 관계를 끝냈잖아요.* 그녀에겐 자신의 아파트가 있었고 왠지 매우 생성적일 듯한 혼자의 삶이 있었다.

회복 모임에서 나는 새로운 시작 이후 거치적거릴 것 없이 산뜻한 삶을 살고 있는 사람들의 이야기에 둘러싸였다. 오랜 관계, 오랜 가정, 오랜 도시를 떠나 재활원에서 또는 모임에서, 회복 단계를 밟으며 삶을 다시 시작하는 사람들이었다. 사실 많은 이들은 늘 살던 삶 속에서, 똑같은 일터와 똑같은 배우자와 똑같은 아이들과 살면서 그냥 술만 끊고 지냈다. 그러나 나는 내가 보고 싶었던 이야기인 그 재탄생의 이야기, 다시 시작한 사람들, 외롭고 자유로운 사람들의 이야기에 계속 눈이 갔다. 데이브를 보면 힘이 빠졌고, 마치 우리 관계가 청소해야 할 어질러진 방처럼 느껴졌다. 나는 마음 한구석에서 산뜻한 시작이 안겨줄 홀가분함을 갈망했다. 순수한 상실, 그러고 난 후에 혼자 힘으로 다시 일어서기를 바랐다.

———————— 내가 세니커 하우스에 이끌렸던 이유는

그곳이 수많은 중독자에게 새로운 시작의 문턱, 또는 적어도 그런 약속이었기 때문이었다. 그곳을 내 눈으로 보고 싶었다. 그러나 2015년 내가 세니커 하우스를 방문할 무렵, 그곳은 한낱 유령에 지나지 않았다. 강과 숲 사이에 끼어 있는 휑한 풀밭일 뿐이었다. 1992년, 대형 치료센터와의 합병이 무산되고 그 재활원이 문을 닫은 후 건물은 허물어졌다. 나는 변호사 소여와 함께 차를 몰고 가보았다. 소여는 현재 퇴행성 근육질환으로 거의 몸을 쓰지 못했으므로, 그의 휠체어가 들어갈 수 있는 특수 밴을 빌렸다.

사전에 통화할 때 소여는 강조의 인용부호를 암시하는 비딱한 어조로 그의 병을 "고통거리"라 일컬었다. 공유된 고통이 화폐처럼 통용되는 공동체에서 몇십 년을 보냈던 소여는 고통을 표현할 수 있는 다양한 어조를 알고 있었다. 그는 사람들이 자기 삶을 짜내 드라마로 만들 때 어떻게 들리는지 알고 있었으므로, 다른 어조의 목소리를 선택하고 있었다. 무미건조하고, 그 내용에 빠지기보다는 극화하고 싶은 유혹을 일으키는 어조였다. 또한 그의 전립선과 한쪽 늑골에는 암이 자라고 있었다. 이 심각한 병을 그는 나중에 생각났다는 듯 언급했다.

세니커강에서 불과 30분 거리, 메릴랜드에 있는 소여의 집을 찾아간 때는 7월이었다. 날이 얼마나 덥고 눈이 부셨는지 정오쯤 되자 정원에 핀 나팔꽃들이 벌써 시드는 듯했다. 소여의 냉장고는 손주들 얼굴 사진으로 도배되어 있었다. 한 손녀의 사진에는 *진중하고 믿을 만합니다*, 라는 베이비시터 광고가 정성스레 타이핑되어 있었다. 소여를 밴에 태우기 위해서는 전동 휠체어 두 대, 보행 보조기 한 대, 전동 체어 리프트 한 대가 필요했다. 나는 그의 전동 휠체어를 밴에 넣어 바닥 걸쇠에 달린 네 개의 벨트로 고정했고, 혹시라도 그가 넘어질까 봐 손바닥에 땀이 나도록 핸들을 꽉 잡은 채 시속 30킬로미터로 운전했다. 밴의 뒤쪽에 앉은 소여는 세니커 하우스로 가는 길 아래쪽에 있는 낡은 미늘판자벽 잡화점을 가리켰다. 1901년에 지어져 문을 연 그 가게는 세니커의 손님들이 실내 흡연이 금지된 담배를 사러 가던 곳이었다. 소여는 허리케인 애그니스로 세니커 하우스가 물에 잠겼을 때 손님들이 싸구려 호텔에 묵기 위해 걸어서 건넜던 골프 코스를 가리켰다.

소여는 집에서는 과거의 음주 이야기, 차이나타운의 싸구려 술과 촛불 아래서 식사하던 자녀들의 이야기를 들려주고 싶어 하지 않았다. 대신에 자수성가 이야기, 성공한 단주 이야기를 하고 싶어 했다. 변호사로서, 델라웨어의 부동산 개발업자로서, 그리고 그에 따르면 한때 그를 리투아니아의 빌 윌슨이라 불렀다는 부모님 고향에서 회복 홍보대사로서 일했던 이야기였다. 리투아니아가 소련으로부터 독립을 선언한 직후인 1991년, 그는 리투아니아 각지의 알코올중독 병동을 방문했고, 리투아니아어로 번역한 빅북 한 권을 남겼다.

소여가 리투아니아에서 했던 이 일은 그가 자신에 대해 들려주고 싶어 했던 이야기의 핵심이었다. 그 이야기에서 그의 단주가 안겨준 사회적 상승은 자립을 위해 노동에 헌신했던 삶의 정점이었다. 어릴 때는 밤새 농산물 판매대를 지켰고, 젊을 때는 수은 같은 쇳물이 화염 위로 퍼부어지던 제철 공장에서 일했다. 소여는 술을 끊은 사람의 또렷한 정신으로 한때 운명이라고 생각했던 서사의 궤적을 따라 이야기했다. 하녀인 어머니의 꿈을 좇는 아들의 이야기, 어머니의 손에 이끌려 1933년 시카고 세계 박람회에 갔다가 미래의 고속도로를, 그 불가능한 선회와 급강하를 보면서 시작되었던 이야기를 했다. 그날 그는 외경심을 느꼈다. 그리고 건설하는 사람, 힘이 있는 사람, 세계를 바꾸는 사람이 되고 싶었다.

소여가 들려준 단주 이야기는 강가의 세니커 하우스처럼, 그가 그 안에 살기 위해 구성해온 이야기였다. 이야기 속의 그는 열심히 일해서 그 고된 노동을 보상받았고, 그 노동은 어머니가 자식 교육을 위해 저축했던 돈, 또는 그의 가족이 전기 요금을 내야 할 돈을 술로 탕진한 데 대한 속죄의 기능을 했다. 그의 서사에서 근면함은 회복의 무대였다. 선의가 이익으로 돌아왔고, 단주는 그 연금술을 가능하게 해주었다.

그러던 중 우리가 옛 세니커 하우스 자리에 시동을 끄고 차를 세웠을 때, 소여가 다른 이야기를 꺼냈다. 체포되었던 일과, 결혼 전에 볼티모어에서 그가 사랑했던 소녀("달아난 사람")와, 첫 데이트 전에 술에 취했다가 기회를 망쳐버렸던 일에 관해서. 마치 그 강 자체, 또는 세니커 하우스의 기억이 소여 안의 무언가를 열기라도 한 것처럼, 그가 함께 세웠던 강가의 집, 보이지 않는 벽에 둘러싸인 바로 그 자리에서 우리만의 모임을 하는 것 같았다. 우리는 수로 위, 벽돌로 지어 흰색 칠을 한 수문 개폐소를 바라보았다. 여름 캠핑객들이 사각거리는 형광 주황색 구명조끼를 입고 물가에 모여 있었다.

소여는 시를 쓰고 있는데, 음주에 관한 시는 아니라고 말했다. 그것들은 단주한 그가 느끼는 경외심에 관한 시였다. 그는 여전히 미래의 불가능한 고속도로를 서성이는 소년, 여전히 어느 강의 한 굽이, 지저분한 낡은 낚시 호스텔에 나타나 *그래, 술꾼 무리가 여기서 한동안 머물 수 있을 거야*, 라고 생각하는 남자였다. 그 건물이 허물어지고 수십 년이 지난 지금 그는 전동 휠체어를 타고서 바로 그 강가에서, *여기가 그랬답니다*, 하고 그보다 55세 어린 낯선 사람에게 말하고 있었다. 그리고 그 사람은, 소여가 술을 끊고 55년이 지난 지금 똑같이 물기 어린 눈으로 똑같이 고집스러운 그 갈망에 대해 사과하고 있었다.

——————————— "우리는 살기 위해 우리 자신에게 이야기를 한다." 처음에 나는 존 디디온Joan Didion의 이 말을 복음처럼 받아들였다. *이야기는 우리가 살아남게 도와준다!* 그러나 결국 나는 그 말이 꾸짖음에 가깝다는 것을 깨달았다. 그것은 이야기의 거짓된 일관성에 기대는 우리의 태도에는 타협적이고 수치스러운 무언가가 있다는 뜻이었다. "나는 지금껏 나 자신에게 했던 모든 이야기의 전제를 의심하기 시작했다"고 썼을 때, 디디온은 자신의 회의주의가 곧 비난이라고 이해했다. 이야기를 믿는 것은 순진하며, 그 모든 무분별함에 빠진 채 현실을 마주하기를 거부하는 것이다.

그러나 회복 과정에서 나는, 디디온이 의심하라고 가르쳤던 것, 이야기가 모든 것을 할 수 있다는 것을 다시금 믿기 시작했다. 이야기는 의미 있는 결속의 호를 그릴 수 있을 것 같았다. 우리 자신을 구성하게 해줌으로써 우리 삶으로부터 우리를 구해줄 수 있을 것 같았다. 과거의 나는 언제나 의심을 믿었다. 질문하고 무너뜨리고 균열을 찾으면서, 깔끔한 해결의 솔기를 벌려 그 밑에 바글거리는 복잡성을 찾으려 했다. 그러나 의심이 때로는 손쉬운 알리바이에 불과한 건 아닐까 하는 생각이 들기 시작했다. 의심은 확인이라는 더 위태로운 상태를 회피하면서, 비판받거나 오류가 입증되거나 비웃음을 살 수 있는 어떤 것의 뒤에 섬으로써 스스로를 취약하게 만드는 방법일 수 있다고 의심하기 시작한 것이다. 어쩌면 이야기를 의심하는 것도 이야기를 믿는 것만큼이나 지나친 의존일 수 있었다. 틈새를 채우지 않고 지적만 하는 것, 양가감정의 참호에 몸을 묻는 것은 너무 쉬운 일이었다. 때로는 우리 삶의 이야기가 꾸며낸 것임을 그냥 받아들여야 하는 건지도 모른다. 우리가 이름 붙일 수 있는 것과 어쩌면 이름 붙일 수 없는 나머지 것들의 작용으로 선택되고 기획되고 왜곡된 것이라고 말이다. 어쩌면 당신은 그 모든 이야기를 받아들일 수 있으리라. 그러면서도 여전히 그것이 당신에게, 또는 다른 누군가에게 좋을 거라고 믿을 수 있으리라.

회복은 나에게, 스토리텔링이 궁극적으로는 공동체에 관한 것이지 자기기만에 관한 것이 아님을 되새기게 해주었다. *우리는 살기 위해 우리 자신에게 이야기를 한다*, 회복은 그렇게 말하지 않았다. 이렇게 말했다. *우리는 다른 사람들 역시 살도록 돕기 위해 다른 사람들에게 우리 이야기를 한다.*

세니커 하우스의 이야기를 찾아 떠났을 때, 나는 모든 단주 이야기에는 그것만의 특정한 구원의 맥락이 있음을 알게 되었다. 소여는 자신의 단주 이야기를 책임—책임 있는 아버지가 되기 위해 배우는—과 명백한 운명의 이야기로 빚어냈다. 그가 얼마나 많은 돈을 벌었는지 굳이 나에게 말했던 것도 그 때문이었다. 그웬은 불가피한 겸손의 이야기로 자기 이야기를 했다. 마커스는 심판받은 오만함의 신화로 자기 이야기를 했다. 셜리는 마침내 자신을 중심에 놓으면서 자기교화로서 단주를 이야기했다.

소여의 단주 이야기가 사회적 상승에 관한 것이었다면, 그웬—취해서 필름이 끊긴 채 아이들을 태우고 포토맥강을 건넜던 엄마—의 이야기는 그 첫번째 장에서 실패를 다루는 이야기였다. 그웬은 모임에 나오기 시작한 후 처음 16개월 동안 계속해서 향수에 젖었다가 나아지기를 반복했다. 그녀는 슐리츠 맥주 광고를 보았다. 범선 뱃머리에 길게 늘어진 하얀 원피스를 입은 여자가 있고, 내레이션이 들렸다. “인생은 단 한 번의 유람입니다. 할 수 있는 모든 것을 찾으십시오.” 그녀는 바람에 휘날리는 하얀 원피스를 입고서, 자신에게도 그 범선에서 살 방법이 있을지 계속 생각했다.

결국 그웬은 AA가 지겨워져 그만두겠다는 탈퇴서를 썼다. 한 가지 문제는 그것을 어디로 보내야 할지 모른다는 거였다. 한동안 그녀를 도와주던 후원자에게 물었더니, 후원자가 말했다. "나한테 주는 건 어때요?"

얼마 후 그웬은 한 모임에서 낡은 낚시 호스텔—그녀 집에서 강 건너편에 있는—이 재활원으로 개조 중이라는 소식을 들었다. 그녀의 거실 창문으로 그 건물의 삐걱대는 낡은 간판이 보였다. 그녀는 생각했다, *세상에나!* 그녀는 이제 단주 상태를 유지해야 했다. 그렇지 않으면 TV를 볼 때마다 그녀의 실패를 돌이키게 될 터였다. 마지막 음주는 어느 일요일 오후 2시에 마셨던 따뜻한 보드카 한 잔이었다. 그녀는 남편과 주말 내내 놀았고, 술 한 모금도 하지 않고 아주 *잘* 지냈다. 그러다 모두가 떠나고 나자 그녀는 지하실의 바에 들어가 48시간 내내 그녀가 부정해왔던 것을 들이켰다.

그웬이 마지막 한 잔을 마셨던 1971년 3월 7일로부터 44년이 지난 어느 날, 나는 그녀가 살고 있는 메릴랜드의 노인 생활공동체에서 그녀와 하루를 보냈다. 구내식당에서 토스카나식 가자미 요리를 먹기 위해 줄을 섰을 때 그웬이 최악의 상태였던 때의 이야기를 들려주었다. 아이들을 실망시키고, 식초병에 술을 채웠던 이야기였다. 마침내 그녀가 세니커에 등장한 것은 상담사로 일하기 위해서였다. 어쨌거나 그녀는 숙련된 사회복지사였으니까. 그러나 매니저 크레이그는 그웬을 원하지 않았다. 그는 AA를 통해 그녀를 알고 있었고, 그녀가 계속 재발한다는 것도 알고 있었다. 크레이그는 그녀가 알코올중독 치료제인 앤터뷰스를 1년 동안 복용하기 전에는 상담사로 일할 수 없다고 했다. 그러나 원한다면 자원봉사를 할 수는 있었다. 그래서 그녀는 세니커 하우스 거주자들에게 모카신, 벨트, 지갑 만드는 법을 가르치는 취미반 선생님이 되었다. 그녀는 매일 아침 그녀의 고든세터종 반려견인 미스티를 데리고 다리를 건너 출근했다.

그웬은 재발이 두려워 그 1년 동안 앤터뷰스를 복용했다. 한번은 뜻하지 않게 아이스크림선디 위에 부어진 술 크렘 드 망트를 삼켰다. 혀에서 아이스크림이 녹으면서 그 맛이 느껴졌다. 이후 그녀는 여전히 자신이 그 즐거움을 느낄 수 있으며, 맥도널드의 '핫퍼지선디'조차도 그녀를 곤란에 빠뜨릴 수 있다고 생각하게 되었다. 그러나 한편으로는 술이 없다면 그녀에게 뭐가 남는지 알 수 없었다. 그녀는 궁금했다. "만약 나를 깎아서 조각한다면, 충분히 사람이 될 수 있을까요?"

그 모든 겸손의 시간이 지난 후 어떻게 되었을까? 그웬은 취미반 선생님으로 봉사한 후 세니커의 상담사가 되었고, 마침내 책임자가 되었다. 그녀는 그곳에서 일주일에 7일을, 때로는 하루 열 시간씩 일하기 시작했다. 이때쯤 결혼생활에 문제가 닥쳤다. 남편은 자신이 결혼했던 그 어린 소녀를 되찾고 싶다고 했다. 그러나 그웬은 그 어린 소녀는 존재한 적도 없다고 대답했다. 결국 그들은 이혼했고, 그웬은 세니커 하우스의 일에 전념했다. 낡은 결혼을 대신할 새로운 결혼이었다.

술을 끊고 5년이 지난 후, 그웬은 과거에 썼던 AA 탈퇴서를 다시 읽었다. 그녀에게 그 글을 받았던 후원자가 그것을 돌려주려고 내내 보관하고 있었다. 그웬은 결국 미래의 자신, 그녀가 상상하지 못했던 단주 생활을 하고 있는 자신에게 탈퇴서를 보낸 셈이었다.

그리고 40년이 지난 지금, 그웬은 자기 아이들과 못 했던 것들을 할 수 있게 두번째 기회를 준 손주들이 고맙다고 나에게 말했다. 그녀는 손주들과 놀기 위해 바닥에 엎드렸다. 그녀는 손주들과 놀아주었다.

마커스는 자신의 단주 이야기를 이카루스 전설처럼 이야기했다. 그는 사우디 항공을 타고 태양 가까이 백 번이나 날았다가 다 타서 뼈만 남았다. 술과 약물이 들썩거림—전 세계를 날아다니고 돈을 벌고 특별하다고 느끼는 것—에 관한 것이라면 회복은 자신이 남다르다는 망상을 포기하는 것이었다. 세니커에서의 첫 하루를 보낼 때, 마커스는 다른 거주자들의 갈망에는 동일시할 수 있었지만 그들의 경험에 대해서는 그렇지 않았다. 그가 경험한 삶이 더 많았다. 그러나 그가 한 달 사이에 뭄바이에서 방콕, 마닐라, 호놀룰루, 샌프란시스코까지 돌아다녔던 사람이라고는 아무도 믿지 않았다. 그들은 수많은 중독자에게서 수많은 헛소리를 들어온 터였다.

마커스의 전환점은 바트라는, 안정적인 공직에 종사하는 흑인 노인과 모임을 할 때였다. 적지 않은 급료, 존경심을 불러일으키는 경력, 마커스는 그런 것을 원했다. 마커스가 사람들 앞에서 건성으로 회복 1단계를 치르고 있었는데, 바트가 말했다. "진지하게 합시다." 마커스 안에서 무언가 딱 부러진 건 그때였다. 그는 화가 치밀어서 의자를 저쪽으로 집어던졌고 그때 비로소 자신의 분노가 얼마나 컸는지 보이기 시작했다. 그의 나라에 대한 분노, 그 인종차별주의와 그 위선에 대한 분노, 그리고 자신에 대한 분노까지, 지금까지는 보지 못했던 분노였다. 그는 세니커 하우스의 강아지인 스누피라는 이름의 비글과 함께 앞쪽 현관의 벤치에 앉아 생각했다. *내가 정말 엉망으로 살았구나.* 그의 가족은 허심탄회하게 감정을 털어놓을 수 있는 그런 가족이 아니었다. 그는 모가디슈행 열차 안에서나, 화이트플레인스에서 크랙 파이프를 물고 야구를 할 때, 혹은 방콕의 컴컴한 바에서도 자기 감정을 별로 얘기한 적이 없었다. 그러나 세월이 흘러 내가 듀폰트서클 근처의 한 카페에서 그를 만날 때쯤에는 수년째 이야기하고 있었다. 마침 그는 포르토프랭스의 AA 모임에 갔다가 아이티의 선거 참관인으로 일하고 막 돌아온 후였다. 아이티 AA의 슬로건은 크레올어로 되어 있었지만 메시지는 똑같았다. *Yon sèl jou nan yon moman*("하루하루 차근차근"). 그는 마침내 다른 사람들—그의 연방 재활 프로그램에 들어오는 수감자들—에게 말하는 방법을 알려주는 일을 하고 있었다.

셜리의 단주 이야기는 교화에 관한 이야기였다. 그녀는 어른이 된 후 대부분의 시간을 스스로 남편과 가정과 아이들의 노예가 되어 살았고, 그 삶을 견디기 위해 술을 마셨다. 술을 끊는다는 건 아침에 일어나서 필요한 것을 말하는 행위와 같았다. 처음에 그녀는 세니커에서 28일을 지낼 수 없을 것 같았다. 아이들은 누가 돌본단 말인가? 그러나 세니커의 상담사 중 한 명인 매들린이 셜리에게는 아이들, 결혼, 경력 등 다른 무엇보다 우선 단주가 필요하다고 했다. 이번 한 번만큼은 남편이 아이들을 맡으면 안 되겠는가?

1973년 셜리가 세니커에 나타났을 때, 그녀는 269번째 입주자였다. 그녀는 첫번째 점심 식사 때 스테레오에서 〈계속 당신을 사랑할 거예요Keep On Loving You〉가 흘러나오는 동안 기다란 나무 탁자에서 치즈버거를 먹으며 흐느꼈다. 어느 무뚝뚝한 노인이 그녀에게 우유 한 팩을 가져다주고는 누구나 도착할 때 울고 누구나 떠날 때도 운다고 말해주었다. 셜리는 집에서보다 세니커에서 가사일을 할 때가 더 행복했는데, 그게 더 상호적—다른 사람들도 모두 잡일을 했다—이었고 무기한 노동이라는 느낌이 덜했기 때문이다. 요리사가 재발해서 무단이탈했을 때는 셜리가 40인분의 요리를 해냈다. 한번은 식기세척기에 주방세제 대신 세탁세제를 넣었다가, 세제 거품이 거실까지 흘러가는 바람에 몇 시간 동안 비눗물을 닦아내기도 했다.

셜리는 다른 사람의 말을 매우 잘 들어주었고, 다른 거주자들은 그녀의 피 흘리는 마음에 기꺼이 지혈대를 대어주었다. 그러나 조 모임에서 매들린은 그녀에게 솔직해지라고 압박했다. “당신 시어머니의 크리스털 식기 이야기를 해보죠.” 그리고 셜리가 세니커를 떠나는 마지막 날, 매들린은 그녀를 마라톤 상담에 집어넣었다. 매들린은 한 방에 열 명의 상담사를 배치하고 문을 잠그고 말했다. “당신이 얼마나 진실할 수 있는지 봅시다.” 셜리가 화장실에 가고 싶으면 어떻게 하냐고 묻자 매들린이 대답했다. “감정을 그렇게 흘려보내진 않을 거라고 봐요!”

셜리는 결국 자신의 후원자가 된 매들린이 독하긴 해도 굉장히 충실하다며 감탄했다. “내가 여기 있어요.” 매들린은 곧잘 그렇게 말해주었다.

매들린은 알몸으로 눈 속을 달려 남편이 쫓아가야 했던 노출증 술꾼이 되기 전, 부모 없는 아이였다. 그녀는 열 살 때, 의붓아버지가 델리의 한 호텔에서 어머니와 어머니의 연인을 총으로 쏘아 죽인 후 고아가 되어 인도에서 자랐다. 더 어렸을 때는 의붓아버지가 매들린을 성추행하려고 했었다. 세니커에서의 어느 날, 매들린은 셜리와 함께 개울가를 걷다가 벼락 맞아 부러진 나뭇가지 하나를 집더니 검게 탄 중심부를 가리켰다. “이 검은 부분 보이죠?” 그녀가 셜리에게 말했다. “나에게 벌어졌던 일이 바로 이런 느낌이었어요.”

우리가 뉴헤이븐으로 돌아와 처음 맞은 10월에, 데이브와 나는 우리의 3주년을 기념하기 위해 아파트 뒤쪽, 등받이 높은 비닐 소파로 칸막이가 되어 있는 피자집으로 저녁을 먹으러 나갔다. 우리는 조개를 얹은 화이트 파이를 먹고 화이트 버치 비어로

건배했다. 특별 수제 음료였다. 나는 아내와 10년째 결혼생활 중인 친구에게 편지를 썼다. "너의 관계에 비하면 기본적으로 이 시간은 화장실에 다녀오는 정도겠지. 하지만 나한테 3년은 영원이야. 난 우리가 자랑스러워."

우리는 집에서 북서쪽으로 30분 거리 우드브리지에 있는 한 농장의 채소를 매주 받아보기로 계약했다. 토피도 양파, 파슬리, 콜라드, 청경채, 다채, 들어본 적도 없고 쓰임새도 전혀 모르는 녹색 채소들이었다. 이 주간 꾸러미를 받겠다는 계약은 내가 살고 싶은 삶에 계약금을 거는 것과 같았다. 그러나 행복하게 탄산수를 마시고 농장에서 이메일로 보내주는 레시피 그대로, 크랜베리를 넣은 알싸하고 윤이 나는 당근볶음, 다채를 넣은 브라운 버터 파스타, 초콜릿 비트 케이크를 요리하는 그런 삶은 오지 않았다. 녹색 채소들은 대체로 냉장고 야채실에서 시들어갔고, 플라스틱 서랍 구석에 갈색 즙의 작은 웅덩이를 남겼다.

아이오와에 있을 때, 데이브와 그 거리감—또는 내가 그런 거리감을 그에게 투사하던 방식—때문에 우리 관계는 늘 갈망으로 충만했다. 내가 결코 온전히 그를 가질 수 없었던 건 내가 늘 그를 원했다는 뜻이었다. 이제 그는 더욱 가까이 있었지만, 나는 아파트를 나와 도시 외곽의 24시간 문을 여는 한 간이식당에서 글을 쓰면서 밤을 보내는 날이 많았다. '어시니언'이라는 그 식당은 큰 유리창이 있고 돌로 외벽을 마감한 곳으로, 새벽 2시에는 손님이 거의 없어서 경찰 몇 명과 야간조 웨이트리스 한 명뿐이었다. 나는 애플파이나 컬리 프라이를 주문하고 술을 끊은 작가들에 관한 논문 제안서를 썼다. 늦은 밤 그 식당에 가서, 외로운 낯선 사람들에 둘러싸여서 얻는 아드레날린이 좋았다. 그 덕분에 나의 맨정신은 늦은 밤 쓴 커피의 카페인 자극을 받아 짜릿하게 솟구쳤고, 집을 나와 데이브에게서 떨어져 있는 게 훨씬 더 편할 때가 많았다. 마치 독립에 관해 무언가를 증명하는 것처럼, 더는 그에게서 무언가를 구할 필요가 없는 것처럼 느껴졌다.

———————— 술독에 빠졌다가 술을 끊은 작가들의 아카이브를 방문하기 시작했을 때, 나는 '위스키와 잉크' 신화에 숨은 취약점을 찾고 있었다. 그들의 음주가 배출한 피와 땀과 토사물뿐 아니라, 그들의 단주가 가능하게 만든 것을 찾고 있었다. 아카이브에서 그들의 목소리를 찾다 보니 모임에 참석할 때가 떠올랐다. 낯선 사람들이 심란한 마음을 가라앉히던 방식 아래 깔려 있던 그 모든 가혹한 상실감들이.

아카이브마다 나름의 의례가 있었다. 가방은 여기 두고 가세요. 저기 이름을 적으세요. 열쇠는 이쪽에 맡기세요. 이 폴더를 사용하세요. 이 코드를 사용하세요. 당신의 음모론 연구를 위해서는 이 방을 사용하세요. 지직거리는 옛 크레올 노래 음반을 들을 땐 이 헤드폰을 끼세요. 낡아빠진 주방 식탁이 나온 이 사진 엽서를 사세요. 허락을 구하려면 고인의 아내에게 편지를 쓰세요. 모든 것이 이 몽당연필에 달려 있습니다.

아카이브마다 자료를 조심스레 다루라는 똑같은 명령이 있었다. 모든 아카이브는 한 사람의 삶을 보존한다는 헛된 과업에 바쳐진 성소였다. 모든 아카이브가 세이렌의 노래처럼 친밀하고 현혹적인 똑같은 복화술을 부렸다. 그것은 말할 수 없었던 어떤 사람의 진실을 말하고 싶어 했다. 뻔뻔스럽게 쌓인 과거의 부피, 이미 부서지고 지금도 부서지고 있는 모든 것의 사라진 소음, 누렇게 바래고 약해진 종잇장에 눌려 쩍쩍 금이 간 그 모든 폭력을 배경으로, 모든 아카이브가 조용히 숨

쉬고 있었다.

뉴햄프셔의 차가운 햇빛이 가득 비치는 다트머스대학교의 어느 깨끗한 방에서, 나는 *아주 똑똑하거나 흥미롭거나 대단하지* 않은 나머지 AA 회원들처럼 얼간이가 될까 봐 걱정했던 찰스 잭슨의 두려움을 반박하고 싶었다. 그러나 그의 단주 중 창조력의 결실을 찾아보던 나는 따분한 원고 하나를 발견했다. 회복 중에 나 자신을 잃어가는 게 아니라는 약속을 찾던 나는 내 두려움에 대한 해결책을 찾는 대신 그 두려움이 반사된 모습을 발견했다. 두려움은 숨어서 눈을 빛내며, 끝까지 나를 기다리고 있었다.

잭슨은 비록 AA 모임에서 『잃어버린 주말』을 쓰는 작업이 단주 유지에 도움이 되지 않았다고 말했지만, 한 번의 파괴적인 재발을 겪은 후 그 책에서 위안을 얻었다. 한 친구에게 그는 이렇게 썼다. "그것은 음절 하나하나가 완전히 솔직했어. 그것은 보편적인 진실 외에는 말하지 않는, 정말이지 대단한 작가였네." 그 아카이브에서, 첫번째 타자 원고를 담은 카드보드 상자 위에 그가 휘갈겨 쓴 글은 그 책에 대한 그의 상충하는 관점을 보여준다. "잃어버린 주말 최초 원고, 소중하지는 않으나 보관 바람."

잭슨의 편지들을 읽으면서, 반反사실적 조건을 가정하려는 나의 어쩔 수 없는 욕구가 혜성 꼬리처럼 길게 반짝였다. 만약 그가 아내에게 좀더 잘 대해주었다면, 그의 자아와 더 잘 싸웠다면, 더 오래 단주를 유지했다면 어떻게 되었을까? 나의 욕구는 어색한 시제—불가능한 과거완료—속에서 살았고, 나는 밤이 되면 한 레즈비언 커플에게 세를 내고 빌린 버몬트 구릉지의 방으로 돌아갔다. 그들은 핀란드식 화목 스토브가 있는 밝은 농가에서 딸들과 함께 살고 있었다. 그들의 오리 연못은 겨울이라 얼어 있었지만, 그들의 닭은 여전히 알을 낳고 있었고, 그들은 매일 아침 신선한 달걀로 스크램블드에그를 만들었다. 그 집의 포근함, 그 따스함이 아카이브까지 따라온 걸 느끼면서 나는 잭슨의 아내 로다의 편지들을 읽으며 그녀가 누리지 못했던 결혼생활을 상상했다. 로다는 시동생에게 이런 편지를 썼다. "훌륭하고 행복한 결혼이 나에게 무얼 의미할 수 있었을까 계속 꿈을 꿉니다. 그것은 사랑과는 얼마나 다를까요." 훗날 그녀는 찰스야말로 자신에게 일어났던 가장 좋은 일이었다고 딸에게 말했다. 두 가지 감정 모두 진실일 수 있다는 것, 이것은 생활의 장난이었다.

남편이 계속해서 재발하는 동안 로다는 러트거스의 알코올 연구센터에서 수십 년을 일했는데, 거기서 발행된 초기 AA 소식지들에는 참석자가 한 명뿐인 외로운 모임들이 기록되어 있다. 카라카스에서는 왈도, 콜롬비아에서는 알레산드로, 델리의 타지마할 호텔에서는 밀드레드가 혼자 참석했다. 한 전단지는 "30주년 축하행사"를 알리면서 빌 W.가 참석할 거라고 발표했다. "직접! 직접! 직접 오시다!"

내가 뉴욕 웨스트체스터에 있는 빌 윌슨의 집인 '스테핑 스톤스'에 갈 무렵 그곳은 이미 순례 성지가 되어 있었다. 갈색 헛간처럼 지어진 초기 식민지 양식의 그 집은 호빗이 나올 듯 예스럽지만 이상하게 컸다. 언젠가 그곳 관리책임자는 이렇게 말했다. "우는 사람이 한 명이라도 나오지 않으면 우리는 성공적인 투어가 아니라고 말하죠." 사람들은 윌슨과 그의 아내 로이스가 매일 아침 서로에게 회복 문헌을 읽어주던 커다란 나무 침대를 보고 울었다. 그들이 일상생활에 쓰던 물건들—헤어스프레이 깡통, 헤어핀 하나—을 보고도 울었고, 윌슨이 파인애플 진 칵테일을 마시는 동안 에비가 단주에 관해 말하고, 윌슨이 친구의 설교보다 진의 효과가 더 오래갈 거라고 혼잣말을 하던 부엌 식탁을 보고도 울었다. 사람들은 머그잔들이 나란히 걸린 벽 아래

스토브에 놓인 작은 커피포트를 보고 울었다. 그것은 윌슨이 새로 술을 끊은 중독자 수백 명에게 커피를 끓여 주었던 바로 그 포트였다. (나도 눈물이 고였다.) 그러나 이 장소가 숭배의 성소라 해도, 빌 윌슨은 그곳의 신이 아니었다. 신은 교감 그 자체였다. 그 커피 잔들, 술꾼이 느끼는 일상의 외로움을 파고드는 가능성이 곧 신이었다.

윌슨의 아카이브에서 빅북의 한 초기 원고를 보다가, 나는 그가 다른 사람의 증언 일부를 삭제하고자 그은 줄을 보았다. "~~내가 원할 때~~ 술을 마실 장소를 찾지 못했던 적이 없었다." *내가 원할 때*. 그 사람이 원하지 않을 때가 있었을까? 그 말은 이미 암시되어 있었다. 내 안의 무언가가 일어서서 윌슨이 그은 가로줄에 인사했다. 그것은 모임에서 끄덕이는 고갯짓 같았다. *아멘*.

베리먼의 아카이브에서 커피 얼룩과 담뱃불 자국 가득한 AA 단계별 작업을 샅샅이 조사하며 며칠을 보낸 후, 마지막으로 그곳을 떠나던 날 저녁, 나를 태우러 온 우버 택시 기사는 최근에 미네소타로 돌아왔다는 카일이라는 남자였다. 그전에 그는 서부 연안의 한 주류 밀매점에서 야간조 포커 딜러로 일했었다. 그에 따르면, 심해진 음주와 본격화된 도박중독에 찌들어가던 삶에서 도망쳐 돌아온 이유는 자신이 진심으로 좋아하는 크리스천 랩을 다시 하고 싶어서였다고 했다. 10대 때 카일은 누구도 막을 수 없을 만큼 열정적으로 중서부 전역의 교회를 다니며 공연했다. 캘리포니아에서 상황이 나빠졌을 때도 그가 원한 것은 다시 랩을 쓰는 것뿐이었다. 그러나 돌아온 지금, 그는 도박도 하지 않고 술도 덜 마시지만, 그만 창작 슬럼프에 빠졌다.

마침 그날 오후, 나는 베리먼의 정신분석가가 쓴 메모(*선생의 창작 기술이 감정적 문제와 심하게 엉켜 있지는 않습니다*)를 읽었던 터라, 카일에게 글이 잘 써질 때는 위기감을 느낄 때인지 아니면 안정감이들 때인지 물었다. 카일은 잠시 생각하더니, 두 상황 모두에서 글이 나오지만, 랩은 다르게 나온다고 했다. 하지만 그중 하나를 선택해야 한다면 생각해볼 것도 없이 안정을 선택할 거라고 했다. 설사 그것이 두 번 다시 글을 못 쓰게 된다는 뜻이라 해도 말이다. 이유는 간단했다. 안정감이란 그가 신에게 가장 가깝다고 느낄 때의 감정이기 때문이다.

——————————— 핼러윈이 되기 직전에 나는 데이브에게 혹시 아이오와가 우리 사이의 무언가를 돌이킬 수 없이 깨뜨렸다고 생각하는지 물어보았다. 아이오와가 그렇게 만들었다, 그렇게 말하는 게 더 쉬웠다.

“무언가가 마비되어버린 것 같아. 그렇게 느껴지지 않아?” 내가 물었다.

“맞아. 그렇게 느껴.” 그는 간단히 대답했다.

나는 그를 설득할 준비가 되어 있었지만, 그가 선뜻 동의하자 무서웠다. 그는 우리가 하루를 끝내고 집에 왔을 때 나를 껴안은 느낌을 친구에게 설명하려 애쓰고 있었다고 했다. 그게 얼마나 뻣뻣하고, 얼마나 공허한지를. 그 말에 나는 움찔해서, 우리가 포옹할 때 그가, *이건 공허해*, 하고 생각하던 그 모든 순간을 상상해버렸다. 사실 나는 *의도, 의도, 의도*를 믿고 싶었다. 본능이 완전히 뒤죽박죽된 것처럼 느껴질 때 방향타가 되어줄 그 모든 프로그램 언어를 실행해 일련의 동작을 하고, 헌신을 보여주려는 의도 말이다. 그러나 분명 때로는 동작을 하는 것이 아무짝에도 쓸모없이 그저 동작뿐인 무의미한 것이 될 수도 있었다. 시체를 껴안는 것처럼.

깨진 게 무엇이든, 우리가 고칠 수 있을 것 같지는 않다고 그에게 말했다. 그렇게 말하자 데이브가 울기 시작했다. 처음 보는 모습이었다. 우리의 커다란 전망창 너머로 날리는 눈발은 3년 전 우리가 술에 취하고 사랑에 빠졌던 낡은 코르셋 공장의 벽돌 위를 고운 흰색 가루로 뒤덮고 있었다. 그 눈은 때 이른 거대한 북동풍, 이른바 '스노토버Snowtober'의 시작이었다.

처음은 아니었지만, 나는 데이브가 내 강점에 열광하는 반면에 내 약점으로부터는, 즉 내가 힘들거나 가라앉거나 우울할 때는 한 발 뺀다고 비난했다. 그는 처음으로 동의했다.

한참의 침묵이 지난 후 그가 말했다. "나도 그 차가움을 알고 있어. 그게 부끄러워."

3년 동안, 그는 절대 그 점을 인정한 적이 없었다. 그동안 내가 미친 게 아니었다는 생각에 갑자기 안도감이 폭발하듯 밀려왔다.

그러나 그건 나의 장점만 원하기 때문은 절대 아니라고 그가 설명했다. 그는 결코 나의 슬픔을 싫어한 게 아니었다. 그건 내가 써온 이야기일 뿐이었다. 그는 내 두려움을 외면하고 있었던 게 아니라, 내가 그것 때문에 그를 비난하는 방식을 외면했던 거였다.

"난 너를 비난하지 않았어—" 나는 그렇게 말을 시작했지만, 무기를 쓰듯 그를 *향해* 울었던 모든 순간이 떠올랐다.

그가 말을 이어갔다. "내가 주는 게 충분하지 않았던 거야. 그게 날 지치게 했어." 그는 가끔은 자신 안에서 빠르게 퍼지는 얼음—문을 닫는 느낌—이 있었다고, 그것과 싸우고 싶었다고 했다. 하지만 그는 나의 요구를 지겨워한 적이 없으며, 다만 그가 나에게 얼마나 많이 주었는지를 내가 계속 잊어버리는 것에 지쳤을 뿐이었다.

그의 얼굴에서 처음 그 차가움을 보았을 때가 언제였더라? 내가 수술받기 전날 밤, 무섭다고 말했을 때였나? 그가 나에게 물었다, 나 역시 무서울 거라는 생각은 안 해봤어?

솔직히 한 번도 없었다.

그가 또 물었다, 우리가 오바마 선거운동을 하던 뉴포트뉴스에서 처음 키스한 다음 날, 내가 그의 신호를 기다리던 내내 그도 나의 신호를 기다리고 있었다고는 생각해본 적 없냐고.

말도 안 되는 소리 같았지만, 나는 깜짝 놀랐다. 나는 항상 그가 자신이 넘친다고 가정하고 있었다.

그의 이런 모습, 애원하는 모습은 처음이었다. 우리가 할 수 있을까? 계속 노력할 수 있을까? 우리는 할 수 있을 거라고, 그럴 거라고 동의했다. 이건 단주와 같구나, 나는 생각했다. 완전한 단절, 깨끗이 베어내서 태워버리는 방식이 아닌 다른 어떤 것이었다. 그 엉망이 된 자리에 머물면서 끝까지 지켜보는 그런 거였다. 그날 밤 데이브와 나는 울음을 그친 후, 〈블레이드 러너Blade Runner〉를 보았고, 나는 조금 더 울었다. 아무도 그 복제인간이 감정을 느낄 수 있다고 믿지 않았지만, 사실 그는 굉장히 많이 흔들린다. 오리온성좌의 어깨 부근에서 불타오르던 전투함들을 볼 때도, 어둠 속에 반짝이는 C빔에도.

내가 썼던 도덕극에서는 상황이 단순했다. 나는 고통받았고 데이브는 나의 고통 앞에서 뒷걸음질 쳤다. 나는 데이브에게 정말 수도 없이, 내가 슬플 때 곁에 있기 싫어한다고 말했었지만, 그가 싫어했던 건 내가 슬플 때 곁에 있기 싫어한다고 그를 비난했던 그 방식이라는 걸 나는 이해하기 시작했다. 그동안 나는 우리 사이의 문제는 데이브가 나의 요구를 회피하는 데 있다고 확신했었다. 그는 인간적 형태의 결핍을 보여주는, 필요한 것 없음의 화신이라고 나는 믿어왔다. 그러나 어쩌면 문제는 그의 얼굴이 사실상 많은 것을 표현할 때, 나는 요구를 너무 즉각적으로 *네 무표정한* 얼굴로 번역하고 비난했다는 것이다. 그 얼굴은 종종 친절하고, 종종 경청하고, 종종 호기심 어려 있었는데도 말이다. 나는 무표정한 얼굴을 너무 두려워한 나머지 그것을 예상하기 시작했고, 그가 물러선다고 느끼고 그 원인은 나의 부족함이라고 느끼고, 이렇게 느끼고 저렇게 느끼고 했던 것이다. 감정은 나의 강박이자 집착이었고, 에틸알코올을 아세트알데히드와 산으로 바꾸는 간처럼, 내가 세계를 찬양하고 손상시키는 데 사용한 신체 기관이었다. 나는 더 현명하게 행동할 수도 있었다.

그날 저녁, 우리는 시내에 진을 친 아큐파이 시위대들을 위한 음식을 만들기로 했다. 이는 우리가 결별 대신에 한 일, 희망과 가능성의 상징이 될 터였다. 우리는 우리의 다락을 달콤한 열기로 채워가며 슈거 쿠키를 구웠다. 나는 사람들이 놀라며 고맙게 받을 모습을 상상했다.

우리가 그 잔디밭에 도착할 때쯤에는 날이 어두웠다. 누군가 우리를 음식 텐트로 안내했고, 우리는 브라우니, 설탕을 뿌린 레몬 스퀘어, 비닐 랩을 씌운 블루베리 파이, 그리고 식료품점에서 사온 링 데니시 등으로 꽉 찬 탁자에 우리의 쿠키 쟁반을 놓았다. 그러고 나서 자리를 뜰 때 누군가의 목소리가 들렸다. "왜 다들 *쿠키*를 가져오지? 망할 디저트가 너무 많아."

계약 논리는 온갖 노고를 정당화하고, 온갖 약속—*만약 내가 x를 하면 y를 얻을 것이다*—을 한다. 그러나 오랫동안 계약 논리에 따라 사는 사람은 결국 그 논리에 배신당한다. 아큐파이 텐트 속의 사람들이 당신이 듣고 싶은 말만 하지는 않는다. 술을 끊은 작가라고 늘 맨정신의 서사를 쓰지는 않는다. 술 끊은 작가가 늘 맨정신인 것도 아니다. 찰스 잭슨은 결국 AA가 "그를 맥빠지게" 만들고 있고, 그 모임은 "생각 없는 사람들"에게 가장 효과가 있다고 생각했다. AA가 그에게 "무관심,

무기력, 멍한 각성상태, 그리고 채소의 건강"을 주면서, 진정한 창조적 작업이 불가능한 "일종의 황량하고 공허한 회색 복지의 몇 년"을 형벌로 주었다는 것이다. 잭슨은 어쨌거나 자신은 파우스트식 거래를 믿는다고 생각했고, 단주냐 천재성이냐 하는 선택을 믿었다. 그는 고민했다. "한바탕 욕이라도 하고 예전의 방종한 생활로 돌아가야 할까, 그러면 이 건강한 감옥에서 벗어나 다시 한번 두려움 없이, 작가로서 일할 수 있을까?" 끊었다가 말았다가, 마셨다가 말았다가 하는 뫼비우스의 띠 같은 몇 년의 단주를 거친 후, 마침내 잭슨은 1968년 세코날 과다복용으로 스스로 목숨을 끊었다.

설사 술을 끊은 작가들에 대한 나의 집착이 또 하나의 계약 논리로서, 내가 자신 없이 기도하던(*만약 내가 술을 끊으면, 당신은 단주에서 영감을 받았던 작가들을 보여주시겠지요*) 어떤 신을 가지고 장난쳤다 해도, 그 집착은 나를 겸허하게 만들고 약간의 희망을 주었다. 이는 회복을 통해 멋진 작품을 썼던 작가들—윌리스, 존슨, 카버—을 발견하지 못했다는 말이 아니라, 우주가 나의 요구에 응답했다는 말이다. 우주는 종종 그러듯이, 무한한 '만나'나 명백한 거절이라는 웅장한 드라마 없이 자기만의 방식으로, 예기치 못하게 나의 기도에 응답했다. 나는 모든 회복 이야기가 반짝이는 초자연적 가운처럼 단주를 걸치고 있기를 바랐다. 그러나 때로 회복 이야기는 그저 누군가 해야 했던 말, 또는 누군가 실패하게 된 방식에 지나지 않았다.

계약 논리는 그 나름의 무도한 작가적 충동—*나는 대본을 쓸 것이며, 그러면 신께서 그것을 실현시켜주실 것이다*—을 수반하지만, 단주는 내가 작성한 계약을 충실히 이행하지 않았다. 정반대의 것을 했다. 내가 쓴 줄거리를 벗어나게 해주었다.

——————————— 세니커 하우스에서 들었던 단주 이야기는 종종 뒤집힌 대본과 어긋난 기대와 결합되어 있었다. 마커스는 자신이 해외에서 무모한 국외자의 삶을 살 운명이라고 생각했지만, 결국 눅눅한 개울가 현관에서 비글을 쓰다듬게 되었다. 그웬은 올해의 시민으로 선정된 다음 해에 취미반 선생님으로 시간을 보냈다. 셜리는 자신을 위해 계획된 삶—기자 경력과 다른 기자와의 결혼—이 있다고 생각했지만, 단주는 이혼, 전국을 떠돌아다니는 이사, 오랜 싱글맘 생활이라는 전혀 다른 삶을 안겨주었다. 단주가 당장의 소원 성취로 이어지지는 않았다. 그것은 반창고를 떼어내고 그녀가 생존하기 위해 마셔왔던 모든 것을 직시하는 것에 더 가까웠다.

셜리는 처음 회복 4단계를 거칠 때 자살할 뻔했다. 그녀가 작성한 목록은 남편을 향한 온갖 분노와 엄마로서 느끼는 온갖 양가감정으로 가득했고, 행간 여백 없이 96쪽에 달했다. 셜리는 차고에 세워둔 핀토 자동차 안에서 일산화탄소로 자살할 계획을 세우고 막 시동을 걸었는데, 그 순간 학교에서 돌아와 엄마의 시체를 발견하게 될 아이들 모습이 떠올랐다. 그래서 엔진을 끄고 집 안에 들어가 정신과의사에게 전화했다. 결국 그녀는 30일 동안 폐쇄 병동에서 감시를 받았다. 정신병동 수감, 그것이 사실상 결혼생활의 끝이었다고 그녀는 나에게 말했다. 남편 루의 자존심은 그것을 견디지 못했다.

이혼 후 셜리는 다시 포틀랜드로 이사했다. 아이는 둘이었고, 남편도, 직업도 없었다. 첫번째 AA 모임은 엄격한 고참들이 가득한 연기 자욱한 방에서 열렸다. "우리는 손을 잡지 않습니다. 그리고 안녕이라고 인사하지도 않아요." 그들이 말했다. 그녀는 포틀랜드로 이사한 후 또 한 번 자살 시도를 했다. 손목을 그었지만 살아났다.

셜리가 살아난 후에도 많은 일이 있었다. 전국을 횡단하는 이사 두 번, 성인이 된 두 아이, 한 아이의 성전환, 여섯 번의 AA 내 연애, 두 번의 암 투병까지. 그녀는 루이지애나에서 저널리즘 강사 자리를 구했고, '키스톤 파이프라인' 사업에 저항하고 흑인 인권을 위한 '블랙 라이브스 매터Black Lives Matter' 시위대와 함께 행진하는 등 사회운동으로 몇십 년을 보냈으며, 포틀랜드의 튼튼한 비둘기 떼를 키우면서, 술을 끊은 다른 여자들을 후원했다. 모임에서 그녀는 늘, 신입 회원이 아무리 취했더라도 쫓아내서는 안 된다고 주장하는 한 명이었다. 그 사람을 방에 머물게 할 방법을 찾아야 한다고 그녀는 말했다.

단주 40년 차가 된 셜리는 나에게 그녀가 사는 포틀랜드를 보여주었다. 뒤뜰의 벌집과 근사한 젤라토 가게가 아니라 그녀가 유방절제술을 받았던 병원, 자살하려 했던 때를 떠올리게 하는 윌리밋강의 굽이였다. 셜리는 가장 최근의 단주 기념물—35년, 이어서 40년 기념—로서 행잉 플랜트처럼 아파트 천장에 매달린 살짝 바람 빠진 풍선과, 사무실 벽에 걸린 포스터를 보여주었다. 딸 로라의 대학신문에서 오린 "알뜰 멋쟁이Cheap-n-Chic"라는 특종을 확대한 포스터였다. 기사에서 로라는 중고가게에서 산 대담한 7부 바지와 화려한 녹색 벨벳 모자를 쓰고 있었다. 그 "알뜰 멋쟁이"기사는 셜리에게 중요한 의미가 있었는데, 아이들에게 직접 물건을 사도록 격려하던 단주한 엄마로서 그녀에 대한 평가의 의미도 있었기 때문이다.

내가 소여, 그웬, 마커스, 셜리와 함께 거실들과 커피숍들 안에서 세니커 시절로 떠난 동안, 옛 드라마의 유령들이 나의 평범한 현재 속에 가게를 차려 토사물이 엉겨 붙은 머리카락, 유치장에서 보낸 밤들, 화이트플레인스에서의 크랙, 몬로비아에서의 밀조 위스키, 술에 정신을 잃은 채 운전해 강 건너까지 태워다주었던 아이들에 대한 기억들을 펼쳐 보였다. 그웬이 자살을 시도했던 이야기를 들은 뒤, 우리는 각자의 토스카나식 가자미 요리 접시를 내밀어 라이스 필라프를 받았다. 회복은 이렇게 작용한다. 당신은 오랜 트라우마를 가지고 뷔페 줄에 선다. 당신은 묵은 커피 찌꺼기를 버리고 자살 시도 이야기에 귀를 기울인다. 이는 결코 고통스러웠던 과거를 축소하거나 낭만화하는 게 아니다. 그저 모든 것은 다른 무언가에 자리를 내어준다는 사실에 대한 자각일 뿐이다. 이 닭고기와 만두에, 이 샐러드바에.

어떤 이야기들은 능숙한 서사적 리듬의 경쾌한 가락을 띠기도 할 것이다. 매들린의 검게 탄 나뭇가지와 그웬의 모카신 제작이 그런 예다. 화가 나서 의자를 저쪽으로 던지는 마커스. 리투아니아에서 알코올중독 병동을 순회하는 소여. 빈 빵집에서 탱고를 추는 셜리. 그러나 살아남기 위해 이야기가 꾸며졌다고 해서—기억으로 조각되고, 반복으로 광택을 입고, 깎여서 인공물이 되었다고 해서—그 이야기에 진실이 담기지 않았다는 뜻은 아니다.

셜리는 두번째 자살 시도를 하고 몇 년 후, 포틀랜드의 회복 현장에서 한 남자를 만났다. 석유 굴착시설에 배로 물자를 공급하는 남자였는데, 그도 손목을 그은 적이 있었다. 모임에서 우연히 만날 때마다, 그와 셜리는 서로 손목을 부딪쳐 자살 흉터를 맞대며 인사하곤 했다.

회복 과정에서, 특정 부류의 어려움은 나머지 것들보다 더 고백하기 힘들다. 초기에 셜리가 가장 말하기 힘들었던 이야기는 결혼 이야기였다. 남편을 얼마나 원망하는지, 남편의 분노와 그의 자기몰두에 관해서 말하기는 어렵지 않았지만, 남편에게 "희생적인 배우자"였다는 사실이 내심 좋기도 했다고 말하기는 힘들었다. 남편과 함께 살면서, 그 삶 속 그녀의 역할이 얼마나 싫었는지에 관해서는 확실하게 이야기할 수 있었지만, 그 나머지 부분, 즉 순교와 희생의 흥분을 인정하기는 그만큼 더 힘든 일이었다. 로라를 입양하던 날, 그 어린 딸에게 *난 널 원하지 않아, 널 원하지 않아, 널 원하지 않아*, 하고 속삭였다는 사실을 공유하기까지는 더 오랜 시간이 필요했다.

때로 고백하기 가장 힘든 건 단주의 어려움이다. 셜리의 육아 이야기는 그녀가 끔찍한 술꾼 엄마였고 술을 끊고 더 나은 엄마가 되었다는 단순한 개종 서사가 아니었다. 그녀의 단주는 아이들에게도 힘든 일이었다. 아이들은 재활원에 간 엄마를 그리워했다. 셜리가 단주 14주년 기념일을 맞아 딸에게 한마디 해달라고 했더니, 로라는 엄마가 술을 끊기 위해 자신을 버린 느낌이었다고 대답했다. 로라가 어릴 때, 한번은 셜리의 후원자인 매들린에게 물었다. "왜 우리 엄마는 나를 사랑하지 않아요?" 매들린이 대답했다. "지금 네 엄마는 아무도 사랑할 수 없단다."

1970년 마이애미에서 열린 AA 총회에서, 한 발표자는 AA 회원들이 "완전무결한 성공 이야기를 하든가 아예 아무 말도 하지 말아야 한다"고 믿는다는 점을 한탄했다. 회원들은 "사람들이 두렵고, 자신은 그 프로그램의 모든 것을 실행하거나 이해하지 못할 만큼 무능하고, 걸핏하면 못되게 굴 것 같고 불행하고 우울하다는 사실, 심지어 이 모든 것이 진실이라고 해도 그것을 말해서는 안 된다"고 믿는다는 거였다. 그러나 모임에서 나는 이런 것들이 흔히들 단주 과정에서 삭제하도록 권장되는 경험이 아니라는 걸 알았다. 못된 행동과 심술 또한 경이로움과 마찬가지로 단주의 결과*였다*. 소여는 자기 집 지하실 벽에 이런 캘리그래피 액자를 걸어두었다. *익명의 알코올중독자들은 우리 개인적 성공담의 역사가 아니다. 오히려 그것은 우리의 거대한 인간적 실패의 역사다.*

언젠가 소여가 나한테 말하기를, 그웬이 세니커 하우스 책임자였을 때 번아웃을 겪었다고 했다. "그 얘기는 그웬한테 들으세요, 저한테가 아니라요. 어쨌든 우리는 번아웃을 치료하는 사람들이 있는 재활원에 그녀를 보내야 했지요. 그들이 그녀를 치료했어요."

마침내 용기를 내어 그웬에게 물은 건, 우리가 그웬의 노인 생활 공동체에 있는 블루 노트 바에 앉아 있을 때였다. 한낮이라 바는 비어 있었다. 그녀는 엄청난 스트레스에 시달리던 시기에 그 치료를 받았다고 했다. 그녀는 아들의 결혼식을 준비하는 동시에 세니커 하우스가 보험사들로부터 제3자 변제에 필요한 승인을 받기 위한 서류 작업을 하고 있었다. 그녀는 쓰러져서 울음을 터뜨리고 말았다. *한 번 그랬어요*, 그녀가 말했다. 그리고 세니커 하우스에 갔더니 집단 중재가 그녀를 기다리고 있었다. "물론 그건 내가 사람들에게 가르쳤던 방법이었죠."

직원의 요청으로, 그웬은 캘리포니아 팜스프링스의 특수치료센터에 가게 되었다. 그것은 다른 이들을 회복시키려 애쓰다 자신을 쥐어짜버린 사람들을 위한 회복이었다. 그웬은 그들의 모든 방식을 알고 있었다. 그들은 그녀에게 팔을 벌리게 하고 양팔에 가방과 베개를 매달았다. "그들은 내가 제대로 서 있지도 못할 만큼 짐을 지웠어요. 그러더니 묻더군요. '기분이 어때요?' 나는 생각했죠. '저기, 당신들이 무슨 말을 듣고 싶어 하는지 알거든요.'"

그웬이 자신의 서사에 기꺼이 받아들였던 부류의 나약함이 따로 있고, 그녀의 이야기가 제대로 소화하지 못했던 부류의 나약함이 따로 있다는 건 분명했다. 전자가 엄마로서의 잘못들, 단주 초기의 재발들, 취미반 선생님이 되는 데 필요한 겸손함, 1년간 단주할 때까지 복용한 앤터뷰스라면, 후자는 그녀가 모임에서 리더이기보다는 관심의 초점이 되었던 날, 감당 못 할 만큼 일에 치여 산다고 비판을 받은 날이었다.

그러나 가장 유용한 단주 이야기는 단주 상태가 나락까지 떨어질 수 있음을 인정하는 이야기였다. 그런 이야기는 단주의 놀라움과 깊이까지 인정하고, 단주가 기본적으로 예측 불가능성으로 가득하다는 것, 기적 같으면서 참혹하다는 것을 인정하기 때문이다. 나로서는 그웬이 어느 날 벽을 치며 울기 시작했다는 사실을 알게 되어 감동적이기도 했지만 그보다는 도움이 되었다.

회복은 당신이 이미 가진 것이 아닌, 당신이 필요로 하는 것을 당신에게 준다는 뜻이다. 당신의 나약함은 골칫거리가 아니라 선물이다. 당신은 낯선 사람과 자살 흉터를 부딪치며 인사한다. 당신은 모임에서 술꾼을 쫓아내지 않는다. 당신은 그를 방에 머물게 할 방법을 찾아낸다.

——————————— 다시 돌아온 뉴헤이븐에서 처음 맞은 가을의 많은 날을, 나는 후원자가 나에게 말한 것—*첫해에 중대한 변화는 안 됩니다*—을 지키면서 데이브와의 관계를 유지했다. 그러나 그 금지 사항을 지키면서도 그것을 가능성의 영역에 남겨두었다. 일단 1년이 지나면 허락을 받을 수 있겠지 하고. 그리고 12월 초에 단주 1년이 되던 날, 데이브에게 더는 못 하겠다고 말했다.

우리 사이의 모든 것이 힘 빠지고 거슬리고 고갈된 것 같았다. 갈등의 뜨거운 마그마—그 모든 열기와 분출—가 식어서 원망의 단단한 능선, 더욱 고요한 달 풍경이 되어버렸다. 우리 사이가 깨져버렸음을 너무 늦게 깨달았기 때문에 이미 피 흘린 것을 소생시킬 수는 없었다. 우리 사랑에서 *거의*라는 것, 거의 해낼 수 있을 것 같은 느낌이 얼마나 소모적이었는지를 나 자신에게든 누구에게든 설명하기는 쉽지 않았다. 그의 마음은 내가 모든 질문을 하고 싶었던 그 마음이었다. 그는 한

밤중의 기차역 대리석 바닥에 피크닉 음식을 펼쳐놓았었다. 그는 자기와 섹스할 때 내 뼈가 부러지지 않게 나더러 비타민을 먹어야 한다고 말했었다. 그는 눅눅한 8월의 부엌에서 나에게 베리먼을 읽어주었다. 그는 술이 없어도 온전히 살아 있었다. 우리가 즐거울 때 우리는 그 즐거운 상태를 온전히 함께했지만, 내가 가라앉았을 때 나는 그가 내게서 원했던 그 여자를 배신해버렸다고 늘 그렇게 믿었다. 이런 내 모습이 너무 싫은 나머지 나는 그 역시 그 여자를 싫어한다고 믿을 수밖에 없었다.

데이브에게 우리는 끝난 것 같다고 말했을 때, 그는 매우 괴로워하는 듯 보였다. 그는 생각할 시간을 갖자고 했다. 내가 결국 떠나버릴 거라는 생각에 그가 나에게 손을 뻗었다는 사실이 왠지 우리 둘 모두에게 잔인하게 느껴졌다.

나는 며칠 동안 브루클린의 친구 집에서 지냈다. 9번가에 있는 그녀의 작은 원룸에서 우리는 리한나의 뮤직비디오를 몰아서 봤다. 리한나는 사랑에 빠져 있었다! 그녀는 욕조에서 슬퍼하고 있었다! 그녀는 한 번에 여덟 개비의 담배를 피우고 있었다! 나는 그 동네의 싸구려 음식점에서 기름진 햄버거를 먹으며 울었다. 친구 집에 있는 동안 데이브에게서 우리 침대에 있던 내 빅북을 발견했다는 메일을 받았다. 그가 그 책을 훑어보다 여백에 끄적였던 내 메모를 읽었다고 고백할 때, 나는 슬픈 만족감을 느꼈다. 그에게도 자신이 관련되지 않은 나의 부분들을 알고 싶은 욕구가 있었다. 메일에는 이렇게 쓰여 있었다. "넌 그렇게 씩씩하게 자신을 탐색하고 있었구나, 내가 사실상 한 번도 물어본 적 없던 이 조용한 방식으로 말이야." 그는 내가 밑줄 쳐놓은 빅북의 한 구절—*두려움은 사악하고 사람을 좀먹는 한 올의 실이다*—을 인용하고 이렇게 썼다. "네가 아이오와에서 자주 느꼈을 것과 비슷한 감정을 지금 내가 느끼는 것 같아." 그저 내가 떠날까 봐 두렵다는 말이 아니었다. 그것은 두려움이 사람을 재배치할 수 있는 방식, 무장해제시키고 압도해버리는 그런 갈망—다른 사람을 알고 싶고, 그 모든 조각을 맞추고 싶고, 그 비밀스러운 생각을 읽고 싶은—으로 사람을 채울 수 있는 방식을 그가 이해하기 시작했다는 말이었다.

우리 아파트에 돌아와보니, 호텔 미니바에서 볼 수 있는 한 모금짜리 작은 술병 세 개가 재활용 쓰레기통에 버려져 있었다. 그는 술을 마셨다고 했다. 이것이 그가 술을 마시는 모습이었다. 세 개의 작은 병. 나는 그의 행복을 바라지만 내가 그를 너무 원망한 나머지 그를 행복하게 해주지 못한 건 아닌지 걱정되었다. 나는 그 작은 빈 병들을 보고 그에게 말했다. "더는 안 되겠어."

그날 오후 우리가 나눈 섹스는 친근하고 다정했다. 서로의 발에서 양말을 벗기고, 내복을 벗겨냈다. 나뭇잎들은 이미 다 떨어져 더는 햇빛을 가려주지 못했다. 그가 내 다리를 굽히자 겨울 햇빛이 반짝이는 창문 앞으로 내 무릎이 튀어나왔다. 내가 그를 잃고 있다는 사실을 알고 나니 거리낌 없이 그에게 손을 뻗을 수 있을 것 같았다. 나는 우리의 뒤엉킨 다리를 보면서 생각했다, *이게 끝이라니 믿을 수 없어*. 그동안 나는 더 강한 내가 되기 위해, 두려움으로 삶을 갉아먹지 않으면서 그와 함께 삶을 꾸려갈 수 있는 사람이 되기 위해 술 없이 사는 법을 배우고 있다고 되뇌곤 했다. 우리의 사랑이 가능하도록 술을 끊고 있다고 스스로에게 말하곤 했다. 그러나 이제 나는 술도 없고 그도 없는 또 다른 삶 속으로 나를 보내고 있었다.

— XIII —

결산

———————— 베리먼은 미완의 소설 『회복』에 참고할 메모를 가득 적은 작문 연습장 뒤쪽에, 「숲속의 사냥꾼The Hunter in the Forest」이라는 동화를 남겼다. 딸 마사와 함께 쓴 이 동화의 대부분은 어린 마사가 또박또박 쓴 글씨로 적혀 있다. 그 이야기에서 사냥꾼은 곰 두 마리가 사는 숲에서 길을 잃는데, 두 곰의 이름은 모두 헝그리다. "그들은 언제나, 매 순간 배가 고팠기 때문이다." 두 마리 곰은 사냥꾼의 음식을 훔치고, 사냥꾼의 총을 다람쥐 구멍에 집어넣고, 사냥꾼의 바지를 빼앗는다. ("저 사냥꾼은 화를 많이 냈거든!") 그러고는 사냥꾼을 우리에 넣고 문을 잠가버린다. 물론 이 이야기의 골자는 아니지만, 다음은 중독의 딜레마다. 곰들은 매 순간 배가 고프다. 사냥꾼은 길을 잃는다. 사냥꾼은 우리 안에 갇혀 있다. 베리먼과 딸은 서로 다른 네 가지 결말을 썼는데, 그 가운데 세 개는 베리먼의 필체로 쓰여 있다.

사냥꾼은 자물쇠를 열어 우리를 빠져나왔고, 모든 동물을 정복했다.

곰들이 말했다. "거봐! 그게 당신이 우리한테 하는 짓이야. 당신은 운이 좋아서 우리 손에 죽지 않은 거야!"

교훈: 동물에게 친절히 대해주면 동물도 우리에게 친절할 것이다.

그는 깨어났지만 곰들이 그에게 먹인 건 건초뿐이었다.

한 결말은 승리로 끝난다. 사냥꾼이 동물들을 이기는 것이다. 두번째 결말은 당신이 세상에 잘해주면 세상도 당신한테 잘해줄 거라는 교훈을 제시한다. 세번째 결말은 실망을 안겨준다. 건초뿐이라니. 마사는 진지한 어린아이의 글씨체로 네번째 결말을 썼다. 아이는 "진짜 결말"이라는 표시까지 덧붙였다. "사냥꾼이 깨어나서 말했다, '어라?'"

마지막 결말, *진짜* 결말은 구원의 진정한 안티클라이맥스다. 사냥꾼은 잠에서 깨어 보게 된 세계에서 어떻게 해야 할지 모른다. *어라?* 잠을 깨고 나면 항상 다음엔 뭘까 하는 질문이 뒤따른다. 당신이 떠나온 삶 너머에 어떤 삶이 있을까 하는 질문이.

———————————— 데이브와 나는 함께 살던 아파트를 나왔고, 나는 회색의 I-91 도로 주변에 있는 벽돌집 원룸을 얻었다. 햇볕이 오래 머물다 가는 2층 방이었는데, 아래층에는 복도 가득 커다란 메이슨 유리병 상자를 쌓아놓은 중년 부부가 살았다. 그들은 물건을 버리지 못했다. 여자는 하나로 길게 땋은 머리를 허리까지 늘어뜨리고 있었고, 남자는 알 수 없는 수술을 받아 두피에 철침이 박힌 채 살고 있었다. 이사한 직후, 나는 무스, 다람쥐, 여우 등 숲속 동물 모양의 새로 산

쿠키 커터 세트로 진저브레드 쿠키 한 쟁반을 만들어 그들에게 가져갔다. 쿠키 커터를 새로 산 이유는 너그러움이 몸에 배고 시선이 바깥을 향한 새로운 시기, 늘 타인을 위해 소소한 것들을 해나갈 삶의 시작을 상징하기 위해서였다. 나는 이런 말을 달고 살리라. *아, 그거요? 아무것도 아닌걸요.* 나는 내 입에서 나올 편안한 목소리, 공덕을 쌓는다는 생각 없이 행동하는 사람처럼 자신을 내세우지 않는 말투를 상상했다. *별거 아니에요, 여우 쿠키 몇 개 구워봤어요.* 나는 그 집에 18개월을 살았고, 그 쿠키 커터를 한 번 사용했다.

혼자라는 날카롭고 쏘는 듯한 설렘은 물을 데우지 않은 수영장에 뛰어드는 것과 같았다. *적응될 거야, 적응될 거야, 적응될 거야,* 나는 혼잣말을 했다. 우리가 쓰던 가구는 모두 데이브의 것이었는데, 그는 우리가 아이오와의 중고품 할인매장에서 함께 샀던, 장미 무늬 비닐 덮개를 씌운 낡은 의자들은 내가 쓰도록 해주었다. 중고품 할인매장 복도에서 그 의자를 보고 우리는 얼마나 흥분했던가, 무언가를 같이 사게 되어 얼마나 신이 났던가. 이제 그 의자들은 침대, 책장, 식탁 등등을 여태 기다리고 있는 어느 방의 경질목 바닥에 놓여 있다. 나는 현금이 부족했다. 임대계약을 깬 건 우리였기 때문에 보증금은 집주인 여자의 몫이었다. 그 여자는 겨우 6개월 살고 계약을 깰 예정이라면 다음번엔 다른 사람과 동거할 때 좀더 신중히 생각하라고 말했다.

라이언가의 새 보금자리에서 나는 쥐의 흔적—냉장고 옆 비비탄 비슷한 작은 똥—을 보기 시작했다. 그러나 쥐를 죽이고 싶지는 않았으므로, 쥐가 싫어한다는 민트 추출물로 쫓아내려고 했다. 그럼에도 쥐는 계속 얼씬거리면서, 코코아 믹스가 든 포일 봉지를 무참히 공격해 작은 반짝이 가루로 만들어버렸다. 한 녀석은 스토브 밑에서 죽었는데, 내 삶 전체를 담요처럼 덮은 두터운 페퍼민트 향을 뚫고 썩어가는 시체 냄새가 올라오기 시작했을 때에야 비로소 발견됐다.

매일 새벽 나는 부엌 조리대 위에 앉아 북쪽 방면 I-91 도로로 밀려드는 자동차들을 바라보았다. 없어졌는데도 아픔을 느낀다는 헛팔다리 통증처럼, 술의 부재는 욱신거렸다. 누군가 주변에서 힘겹게 숨쉬고 있는 듯한 느낌, 그것은 또 다른 삶의 망령이었고, 매일 밤 인사불성이 되도록 혼자 술 마시며 훌쩍거리다 화장지에 코를 풀고, 자정이 지나 취한 채 데이브에게 전화해서 *지금 누구랑 있어?* 하고 묻는, 이별의 또 다른 버전이었다. 나는 그 다른 삶, 꼴사나운 이별의 삶을 원해서는 안 된다는 걸 알고 있었지만, 마음 한구석으로는 그것을 갈망했다. 그 삶 속에서 나는 바보짓을 하겠지, 그 바보짓은 내가 그를 얼마나 그리워하는지 다른 무엇보다 그에게 잘 알려주겠지. 그러나 나는 물기 없는 눈으로 요거트를 입에 넣고 있었을 뿐이다. 몇 주에 한 번씩 문 밖에는 블랙베리, 루바브, 레드커런트 등 새로운 잼이 놓였는데, 너무 꽉 봉해져 있어서 열 수가 없었다. 나는 잼 병을 물에 담가 흔들다가 조리대에 패대기치고는, 이웃들에게 그들이 준 다양한 잼들을 아침 토스트에 발라 먹는 게 너무 좋다고 매주 거짓말을 했다.

나는 수요일 아침 7시 반에 시작되는 주간 모임을 주재하면서는, 혹독한 1월의 추위를 뚫고 그 따뜻한 방까지 걸어가기 시작했다. 모임이 끝나고 법원 명령서를 받은 사람들이 카드에 서명을 받기 위해 나에게 올 때마다, 처음 이는 충동은 그들을 다른 모임으로 안내하고 싶다는 거였다. 그들의 카드에 서명하기 싫어서가 아니라 내가 자격이 없다고 생각해서였다. *더 공신력 있는 사람에게 가셔야 해요*, 그렇게 말하고 싶었지만 이내 내가 누구 못지않게 공신력 있는 사람임을 깨달았다.

그래도 나는 그 이른 아침의 모임이 좋았다. 다른 사람들의 목소리는 여전히 그들 앞에 무릎 꿇고 싶게 만들었다. 그들의 이야기를 경청하느라 잠시나마 나를 잊게 해줘서 고마웠기 때문이다. 그리고 방 저편에서 나에게 눈길을 주기 시작한 고동색 운동복 차림의 남자도 있었다. 나의 정신은 자양분에 굶주려 있었고, 옷은 신중히 골라 입었다. 모임의 붙박이 고참인 시어는 말했다. "당신네 신참들이 여기 오는 이유가 뭐든 난 상관없어요. 술을 끊고 싶어서 오든, 공짜 커피를 마시고 싶어서 오든, 섹스를 원해서 오든 전혀 개의치 않는다고요. 그냥 계속 오기만 해요."

방 저편의 남자 루크는 매일 아침 모임에 오기 전, 도시 외곽의 큰 언덕인 이스트록 꼭대기까지 개를 데리고 가서 해돋이를 본다고 내게 말했다. 언제 같이 갈 생각 있어요? 있었다. 그는 나를 데리러 오기 20분 전—다음 날 아침 5시 30분—에 문자를 보내 커피를 가져가는데 우유나 설탕을 원하는지 물었다. 우리는 눈 쌓인 언덕을 오르며 새벽 추위 속에서 시시덕거렸고, 뉴헤이븐의 공장 건물들 위로 탁한 주스처럼 번지는 새벽 여명을 지켜보았다. 술이 없는 데이트가 어떨지 늘 궁금했는데, 여기 있었다. 촛불을 사이에 두고 와인의 달콤한 알딸딸함에 빠지는 것과는 전혀 달랐다. 그것은 겨울 아침에 튼 입술로, 아무것도 넣지 않은 블랙커피의 시큼한 뒷맛을 느끼며 질퍽한 언덕을 오르는 것이었다. 생경하면서 알 수 없는 설렘이 있었다.

그 무렵, 자신의 음주에 문제가 있나 고민하던 지인들이 종종 술에 취해 나를 끌어당기고는 자기 이야기를 털어놓곤 했다. 나는 술을 끊은 그들의 모습이자, 그들이 보고할 의무를 느끼는 가상의 자신이었다. 하루는 '앵커'—레코드판과 프렌치프라이 때문에 내가 여전히 사랑하던 허름한 바—에서 나오는데 한 여자가 시해그 맥주 캔 하나를 들고 보도까지 나를 따라왔다. 그녀는 대학원 친구의 친구였고, 파티에서 자주 취하는데 술을 마시면 필름이 끊겨서 겁이 나기 시작했다고 말했다. 필름 끊긴 적 있어요? 그래서 술을 마시지 않는 거예요? 그녀는 내가 술을 마시지 않는 걸 눈치챘던 것이다. 그런데 어떻게 끊었어요? 술을 끊으니 어떻던가요? 나는 다음 날 그녀에게 메일을 보냈다. *당신이 말했던 음주의 많은 부분을 충분히 이해해요. 혹시라도 모임에 오고 싶다면…* 다음 순간, 이런 전도가 부끄러워졌다. *절대 부담 주는 거 아니에요.*

어머나! 그녀가 답장을 보냈다. *내가 뭐라고 했는지 한마디도 기억나지 않아요!*

모임을 통해, 예일 뉴헤이븐 병원에서 마취 전문 간호사 과정을 밟고 있는 한 여자와 친해졌다. 그녀는 전에 일터에서 아편제를 훔치곤 했고, 어쩌다 병원 화장실에서 그 약을 과다복용하는 바람에 심장마비가 왔다. 하루는 점심을 먹다가 그녀가 말했다. "심장마비를 일으킬 거라면 병원 화장실은 나쁜 장소는 아니에요. 문만 잠그지 않으면요." 그녀가 그 달콤한 어둠을 추구하는 고집스러운 욕구를 설명했을 때도 연민이나 역겨움이 느껴지지 않았다. 마음 한구석에서는 나도 그 굴복을 갈망했다.

우리는 렌즈콩 수프—우리 건전함의 상징인 녹색의 걸쭉한 음료와 작은 빵—를 남김없이 먹었고, 이후 나는 집으로 돌아와 구글 검색을 해보았다. "딜라우디드 복용 시 느낌은?" 그러다가 "멋진 경험의 모든 것"이라는 인터넷 토론방을 발견했다. SWIM이라는 한 사용자는 딜라우디드 정을 복용하고 10까지 세어본 경험을 이야기했다. 7초가 되면, 그것이 파도처럼 몸을 때린다. 그가 경험한 어떤 것보다 좋았다고 한다. 그러나 SWIM은 바로 다음 게시물에서 왜 헤로인보다 딜라우디드를 선호하는 사람이 있는지 이해할 수 없다고 말한다. SWIM

한테 무슨 일이 있었던 걸까? 그는 계속해서 마음을 바꾼다. 그에게는 서로 다른 여섯 가지 마음이 있는 것 같았다. 그러다가 나는 깨달았다. SWIM은 *내가 아닌 누군가* Someone Who Isn't Me였다. 그건 모두가 사용하는 이름이었다. 한 SWIM은 딜라우디드가 말 그대로 사람을 쓰러뜨릴 수 있다고 했다. 또 다른 누군가는 혀 아래 흡수지를 넣어 나중을 위해 나머지 타액을 저장한다고 했다. 어쩌면 그가 아닌 누군가는 그렇게 남겨둔 타액 덕택에 약간 더 취할 수 있었을 것이다. 또 다른 SWIM은 마약성 진통제 펜타닐에 처음 취했던 경험이 너무 좋았던 나머지 딜라우디드 토론방에 글을 쓰기로 마음먹었다. 그는 두번째 경험을 실황 중계하듯 게시했다. *SWIM은 점점 더 취한 기분을 느끼기 시작합니다. 불행히도 그의 몸은 예전에 펜타닐을 경험하면서 느꼈던 것 같은 빛나는 온기를 느끼지는 못하네요… SWIM은 더 행복하고 만족스러운 기분이지만 충분한 것 같지는 않습니다.* 나는 내가 아닌 누군가가 하룻밤 내내 컴퓨터 앞에 혼자 앉아 실망스러운 황홀감을 느끼며 낯선 이들의 세계에 그것을 충실하게 설명하는 모습을 상상했다.

——————————— 에이미 와인하우스가 약이나 술에 취했을 때, 파파라치들은 항상 베인 자국이나 멍 자국 등 그녀의 취한 흔적을 최대한 가까이 줌인해서 찍었다. 그 작은 상처들은 그녀의 프라이버시라는 텐트 덮개의 틈새 같았다. 마치 그 사진들이 상처 자체 속으로 들어가려 애쓰는 것 같았다. 카메라로서는 그녀를 욕보이는 것에 가장 근접한 것이 그 상처들이었다.

그녀가 사망한 후, 한 저널리스트는 그녀의 죽음으로 인해 대중은 "우리의 집단적 목구멍에 꾸역꾸역 채워온 록 신화에 약간 질식"하게 되었다고 생각했다. “고통받는 천재, 다루기 힘든 자유인, 숭고한 니힐리즘의 명분을 위해 죽어가는 순교자”라는 록의 신화. 그것은 아름다운 여성이 자신에게 가한 고통에 우리들 집단이 끊임없이 느끼는 매혹이었다. 그것은 빌리 홀리데이의 “빛나는 자기파괴”를 말했던 엘리자베스 하드윅의 외경심과 다를 바 없었지만, 정작 홀리데이는 “마약이 쾌감이나 짜릿함을 위한 것이라고 생각하는 사람은 제정신이 아니다”라고 말했다.

그게 사실이라면 얼마나 좋을까. 그러나 나는 늘 마약 이야기에 귀를 쫑긋 세웠다. 에이미 와인하우스가 그래미상 5개 부문을 휩쓸었던 날 밤, 그녀는 친구 줄스에게 말했다. “약이 없으니 너무 따분해.” 나코팜의 입소 서류에 쓰인 답은 그 마음을 아주 간단히 설명한다. 중독 *이유: 삶의 단조로움을 벗어나기 위해서.* 나의 아버지는 나의 고등학교 인성개발 수업이 진실을 눈가림하는 듯한 방식에 늘 화를 냈다. “마약이 얼마나 기분 *좋은지* 솔직하게 말하지 않는다면 어떻게 마약 때문에 어려움을 겪는 걸 막을 수 있겠니?” 아버지는 마약에서 가장 위험한 것 중 하나는 그것이 불법이라는 사실이라고 말하곤 했다. 이것이 조지 케인과 똑같이 1943년에 출생한 남자의 생각이었다. 아버지는 마약 때문에 교도소 신세를 지지는 않았지만, 다른 사람들이 그랬다는 건 알고 있었다.

그렇다고 짜릿함과 흥분이 없다는 말은 아니다. 문제는 그 여파에 있다. 홀리데이는 이어서 이렇게 말할 수 있었을 것이다. 마약이 쾌감을 위한 것이라 생각한다면, 염증 생긴 얼굴에 파운데이션을 펴 바르면서, 왜 월경이 없지 하고 보디가드에게 묻는 여자를 생각해보라고. 와인하우스도 수년간의 폭음과 폭식증을 겪은 후 월경이 끊겼다. 명성과 약물 사용으로 완전히 세계와 격리되었을 때, 그녀의 몸은 망가졌다. 와인하우스는 전설이었지만, 다른 한편으로는 똑바로 걷지 못하는 여자, 잠을 자는 게 아니라 뻗어버리는 여자이기도 했다. 그녀가 죽었을 때, 혈중알코올농도는 0.4퍼센트, 치사량을 훨씬 웃도는 수치였다. 부검의는 사인을 "사고사"로 규정했다.

"마약 덕택에 노래를 더 잘하는 사람은 없었다"고 홀리데이는 주장했지만, 만약 와인하우스가 처음부터 재활원에 갔다면, 그녀를 유명하게 만든 앨범 〈어둠으로 돌아갈래Back to Black〉는 결코 나오지 않았을 것이다. 나는 그 앨범 대신 우리가 무엇을 얻게 되었을지 궁금하다. 그녀의 우상 토니 베닛Tony Bennett은 이렇게 말했다. "그녀에겐 완벽한 재능이 있었어요. 그녀가 살아 있다면 나는 이렇게 말해줬을 겁니다, *충분히 오래 살다 보면 어떻게 살지는 삶이 가르쳐준다고.*"

나는 에이미 와인하우스가 맨정신으로 부르는 노래를 사랑했을 것이다. 단지 2주 동안이 아니라, 3년 동안, 20년 동안 단주하며 부르는 노래를. 나는 그녀의 삶을 살지 않았고, 그녀도 내 삶을 살지 않았지만, 나는 스물일곱에 술을 끊었고, 그녀는 스물일곱에 죽었다는 사실은 알고 있다. 그녀의 베오그라드 공연—그녀가 상상할 수도 없는 순간 속으로 공중투하된 것처럼, 정신 못 차릴 만큼 취했던—비디오를 볼 때면, 필름이 끊기고 난 후 이상하고 낯선 세계로 나오던 순간을 생각하게 된다. 정신을 차리고 보면 멕시코의 어느 화장실 칸이거나 케임브리지의 어느 더러운 지하실, 또는 나를 범하는 남자를 제지하기보다 끝내도록 내버려 두기가 더 쉬웠던 니카라과의 바람 한 점 없는 어느 침실이었다.

그녀가 그 베오그라드 무대에서 휘청거리다 마침내 쭈그려 앉아서—조용히, 가만히 미소 지으면서—곧 벌어질 무언가를 기다릴 때, 또는 그 일을 멈추게 할 무언가를 기다릴 때, 그 순간은 내가 그녀 안에서 벌어지는 일을 안다기보다는 그녀의 눈이 내 안에서 벌어지는 일을 아는 것 같다. 나는 그녀가 평범한 커피 데이트 시절을 누리지 못했다는 사실이 너무 싫다. 그녀에게 운명 지어진 그 특이성, 보드카에 전 혈액, 올림머리가 망가진 채 술에 취해 비틀거리는 발걸음, 가까스로 그 무게를 지탱하다가 더는 버티지 못하고 결국 쓰러져버린 몸, 그녀가 그 운명대로 살았다고, *나는 이해해*, 라고 말하는 사람들이 너무 싫다.

——————————— 나의 새 아파트에 혼자 있으면서, 나는 도시 반대편 자신의 새 아파트에 있을 데이브를 끊임없이 상상하고 있었다. 내가 상황을 정리한 건 우리가 함께 살아야 할까라는 소모적인 질문에 집착하는 데 신물이 났기 때문이다. 그러나 우리가 함께 살지 않는 지금, 나는 우리에게 더 많이 집착하고 있었다. 익숙한 실망의 맥락이었다. 나는 술에 관해 생각하지 않으려고 술을 끊었지만, 술을 끊은 후에는 한숨 돌리거나 안도감을 느낄 새도 없이 끊임없이 술을 생각했다.

수많은 밤에, 나는 취해서 데이브에게 문자를 보내고 싶었다. 그러나 더는 술을 마시지 않았으므로, 그럴 수가 없었다. 대신 나는 맨정신으로 그에게 문자를 보냈다. 우리는 딱히 할 말도 없이 문자를 했고, 별말도 하지 않음으로써 이런 의미를 전했다. *난 아직 여기 있어*. 더러 많은 말을 하기도 했다. 나는 그에게 말했다. “아직도 네가 내 현실의 삶처럼 느껴져. 나머지 어떤 것도 현실의 내 삶 같지 않아.”

나는 방 하나에 이케아 가구를 들이면서 쓴 신용카드 빚도 갚을 겸, 많은 에세이를 채점하며 밤의 적막을 달래볼 겸 해서 부업을 구했다. 북쪽으로 40분 거리에 있는 한 대학의 시간강사직이었다. 학생들은 대학 수영 대표팀 정책과 고압적인 모친의 신랄한 유산에 관해 글을 썼고, 나는 그들의 글에 나 자신의 의제를 써넣었다. *불필요한 냉소주의*, 또는 *요점 없는 아이러니?*

강사 동료들과 있으면서, 나는 이상한 선의의 거짓말에 빠져버렸다. 언젠가 대화 중에 마치 아직도 "내 동거인"이 있다는 듯 언급했다가 계속 거짓말을 하게 된 것이다. 마치 데이브와 내가 만들어가는 하나의 평행우주를 창조한 것 같았다.

수업 중에 데니스 존슨의 『예수의 아들』에 관한 토론을 시작하면서, 학생들에게 그 단편집에서 좋아하는 단편이 있는지 물었다. "걱정 말아요, 정답은 없어요." 나는 그렇게 말했지만 거짓말이었다. 정답은 있었다. 학생들이 좋아하는 단편은 *내가* 좋아하는 단편이어야 했고, 지금 그것은 회복에 관한 유일한 작품인 「베벌리 홈Beverly Home」이었다. 존슨의 화자 퍽헤드는 노인과 장애인을 위한 재활센터에서 일한다. 그는 저녁이면 약을 끊은 중독자들이 "흡사 늪에 갇힌 사람들처럼 접이식 탁자 주변에" 앉아 있는 '익명의 약물중독자들' 모임에서 시간을 보낸다. 그림엽서 같은 구원의 전망은 없다. 모임에서 퍽헤드는 늪지대의 동물이 된 듯한 기분을 느낀다. 그는 절망 가득한 재활센터의 돌보미다. 그는 '익명의 약물중독자들' 모임에서 만난, 수컷을 잡아먹는 검은과부거미의 액운을 가진 여자와 같이 잔다. 그녀가 사랑한 남자들은 열차나 자동차 사고로 또는 약물 과다복용으로 모두 죽는데, 퍽헤드는 그 얘기를 듣고 "달콤한 연민"이 차올라서 "슬픔에 취한 채, 그들이 다시 살 수 없음을 슬퍼한다." 그는 생각한다. "나는 절대 그것이 지겹지 않았다." 어느 비통한 여자의 비명에 반응하던 바로 그 방식, "어디에서든 그 감정을 찾아"다녔던 것과 똑같았다. 퍽헤드는 낮이면 장애인들과 가망 없는 사람들과 함께 재활원의 O자형 순환로를 걸으며 보낸다. "이 모든 괴짜들, 그리고 그들 틈에서 날마다 조금씩 나아지는 나," 그는 말한다. "나는 전혀 알지 못했다, 아니 단 한 순간도 상상하지 못했다. 우리 같은 사람을 위한 장소가 있을지도 모른다고는."

나는 그 단편의 마지막 줄을 소리 내어 학생들에게 읽어주었다. 한 번, 두 번, 세 번을 읽는 동안 학생들은 내가 환심을 사기 위해 뇌물로 가져갔던 도넛의 부스러기들을 조용히 쓸어냈다. 수업 첫날, 나는 도넛 24개와 커피가 담긴 골판지 상자를 들고 갔고, 이후로도 매주, 안 가져가면 혹시라도 학생들이 실망할까 봐 가져갔다. 아울러 종이컵 한 무더기, 감미료와 크림, 음료를 젓는 플라스틱 막대, 불안한 아침의 말까지. 결국 그 학기에 한 달 월세의 절반이 넘는 400달러를 쓰게 됐는데, 오로지 학생들이 나를 좋아하지 않을 가능성을 없애기 위해서였다.

우리 같은 사람을 위한 장소가 있을지도 모른다. 그동안 모임에서 내가 들었던 모든 목소리는 여하튼 그 마지막 문장의 일부였다. 어쩌면 몇몇 학생들은 그 문장, 그 소속의 느낌이 감상적이거나 헤프다고 생각했겠지만, 그들의 비난을 상상하면서도 내 가슴은 당당히 부풀었다. 그보다 앞쪽의 단편들, 즉 마약과 열띤 몽상에 젖은 무모한 행각 이야기를 가장 좋아하는 학생들은 유의미한 파멸이라는 망상에 여전히 빠져 있다고 나는 혼자 생각했다. 우리의 금요일 오후 수업이 끝난 후 그들이 무슨 약을 하고 있을지 누가 알겠는가? 한 학생은 최근에 점을 보고는 자신의 수호 동물을 알게 됐다고 말했다. 그러나 「베벌리 홈」을 가장 좋아하는 학생들, 그들은 *그것을 이해하*는 학생들이었다. 그 단편은 기능장애로 인한 자멸적 기행 이외의 무언가, 깜빡거리며 사람을 취하게 만드는 빛을 믿고 있었다. 그 빛은 지평선 너머, 타오르는 불길 저편 어딘가에서 빛나고 있었다.

존슨이 쓴 「베벌리 홈」의 초고 중 하나는 이렇게 시작된다.

술에서 깨어나니 마침 나는 신경쇠약에 걸렸다.

나는 신분이 없다

나는

나는 안에서 끼 낑낑거리는 한 마리 개였다. 그 이상도 이하도 아니었다.

존슨은 1978년에 처음으로 술을 끊으려 시도했다. 투손에 있는 부모님의 집에서 "괴팍한" 할머니 미미와 함께 지낼 때였다. 그러나 완전히 술을 끊은 것은 1980년대 초의 일이었다. 몇십 년 후 그는 한 인터뷰에서 말했다. "나는 모든 것에 중독되어 있었어요. 지금은 커피만 많이 마시죠."

존슨은 "술을 끊는 것이 걱정"스러웠고, 그런 걱정이 "예술가 연하는 사람들에게 전형적"이라는 걸 알고 있었지만, 열심히 술을 마시던 10년 동안 겨우 단편 두 편과 시 몇 편밖에 쓰지 못했으므로 크게 잃을 것도 없다고 생각했다. 술을 끊고 10년 사이에 그는 장편소설 네 편, 시집 한 권, 단편집 한 권, 시나리오 한 편을 발표했다. 바로 내가 찾고 있던 궤적이었다. 단주는 제트연료가 될 수 있었다. 그는 자신의 장편소설 두 편을 H. P.에게 바쳤는데, 몇 년 전의 나였다면 그것이 '더 높은 힘Higher Power'의 약자임을 절대 몰랐을 것이다. 그는 안에서 낑낑거리는 개에 관해, 변명이나 즉각적인 속죄도 없이 글을 썼다. 그리고 가끔은 이 개가 찾게 될 위안에 관해 썼다. 「베벌리 홈」의 한 초고 중에 이런 글이 있다. "인정은 내가 마약이나 알코올보다 더 갈망하던 것이었다. 술집에서는 그것을 얻을 수 없었지만, 방 안에서는 그것이

가능해 보였다." 그가 말한 방이란 회복 모임의 방이었다.

찰스 잭슨은 이렇게 물은 적 있었다. *정말 우리 모두가 그 고통받는 예술가인가? 아니면 그것은 우리가 붙들고 키우고 심지어 소중히 여기는 어떤 것일까?* 1996년에 한 젊은 작가가 존슨에게 편지를 썼다. "제가 저의 알코올중독을 이해하게 도움을 준 당신의 한결같은 지원과 우정에 감사를 드립니다. 미국 작가에는 술을 마시는 작가, 그리고 과거에 술을 마셨던 작가 두 부류가 있는 것 같습니다. 당신은 저를 후자로 이끌어주셨습니다. 형제여, 고마워요."

——————————— 어느 목요일 밤의 모임에서, 아름답지만 부산스러운 여자를 만났다. 나이는 20대 중반쯤, 나보다 몇 살 어린 것 같고, 구릿빛 피부에 꼭 끼는 청바지와 은은하게 빛나는 블라우스를 입고 갈색 머리를 느슨하게 틀어 올리고 있었다. 그녀는 마치 그런 거죽을 씀으로써 규칙을 어기고 있지만 붙잡히고 싶지 않다는 듯 행동했다. 그녀는 두 눈 아래가 검게 꺼져 있었고, 귀 뒤쪽에서 빠져나온 머리카락을 계속해서 뒤로 쓸어 넘기곤 했다. 만약 아이오와의 파티에서 만났다면, 나는 그녀에게 위협을 느끼고 남자들에게, 또는 데이브에게 말을 거는 그녀의 모습을 지켜보았을 것이다. 하지만 그 교회 지하실에서 그녀의 불편함이 너무도 강렬하게 금방 눈에 띄었기 때문에 나까지 의자에서 들썩이게 되었다.

그녀는 플라스틱 의자에서 계속 몸을 움직이며, 자신의 단주 첫 주가 얼마나 힘든지 발표했는데, 말투가 끊어지고 불분명했다. 나중에 나는 그녀에게 다가가 내 소개를 하고 말했다. "아까 하셨던 얘기는 나하고도 정말 관련이 많아요." 그것은 그녀의 말에 관한 것이라기보다는 그녀가 말하던 방식에 관한 얘기였다.

"무슨 말을 해야 할지 몰라서요." 그녀가 말했다.

"나랑 관련이 있는 게 바로 그 부분이에요. 혼술에 관한 부분이랑."

그녀는 고개를 끄덕이고 눈을 내리깔았다. 반가워하는 눈치였다. 그녀가 입을 열었다. "저기, 혹시 이상하게 들릴지 몰라도…" 나는 그 뜸 들이기의 의미, 아니 적어도 내 방식에서는 그게 무슨 의미인지 잘 알고 있었다. *지금 나의 행동은 이 낯선 사람에게 들이대는 건가, 바로 여기 이 지하실에서?*

"전화번호 교환하자고요?" 나는 미소 지으며 말했다. "방금 그러자고 말하려던 참이었어요."

그녀의 이름은 모니카였고, 내가 후원하게 된 첫번째 여자였다. 처음 그녀가 부탁했을 때 나는 이렇게 말할 뻔했다. *댁은 나와는 다른 음주 이력이 있는 후원자를 원할지도 모르겠네요. 나보다 이 프로그램을 더 잘 아는 후원자를 원할 거예요.* 하지만 그녀가 무얼 원하는지 내가 어떻게 안담? 어쩌면 그녀의 음주는 나의 음주와 비슷할지도 모른다. 어쩌면 그녀에게는 당신의 음주는 따분하면서도 사람을 형편없이 의기소침하게 만들 수 있다는 나의 말이 필요할지도 모른다. 어쩌면 그녀는 이 프로그램에 관해서, 아직 배우고 있는 사람의 말을 들어야 하는지도 모른다.

우리가 처음 둘만의 모임을 가졌을 때, 나는 교외의 벽돌 아파트 단지 주차장이 보이는 모니카 집 부엌에서 등받이 없는 의자에 앉아 있었고, 그녀는 퇴근한 후 조용히 매트리스 위에서 술 마시던 이야기를 들려주었다. 그 숱한 밤들의 유령이 우리 주변에서 속삭이고, 그녀의 스카프를 흔들고, 스팽글 달린 작은 쿠션 위에서 쓰러졌다. 나는 그녀를 돕고 싶었고, 그녀가 얼마나 도움을 바라고 얼마나 회복을 바라는지 알 수 있었지만, 그 때문에 더 긴장되었다. *내가 이 여자에게 어떤 미래를 줄 수 있을까?* 나는 그녀의 미래가 내가 줄 미래인 것인 양 생각했다. *다음엔 무슨 말을 해야 적절할까?* 그래서 나는 예전의 내 후원자들, 모임에서 만났던 이들이 나에게 했던 말들을 사다리처럼 붙잡았다. 그녀에게 내 이야기, *그것이 어땠는지*를 들려주었더니 그녀가 자신의 이야기를 들려주었다. 우리는 대본대로 했다. 솔직히 내가 대본을 새로 쓰려고 했다면 그녀가 무엇을 얻었을지는 알 수 없다.

내가 설명한 집착이 바로 자기가 느꼈던 그거라고, 모니카가 말했다. 그것은 100만 명이 느끼는 것이기도 했다. 그것, 우리의 갈망은 전혀 특이한 것이 아니었다. 그리고 우리의 대화도 특이하지 않았다. 누구든 나일 수 있었고 누구든 그녀일 수 있었다. 그러나 거기에, 그 특정한 저녁 어스름 속 코네티컷의 그 특정한 아파트 안에, 그 등받이 없는 의자에, 우리가 있었다. 우리의 대화, 그건 새롭지 않았다. 그저 우리에게 새로울 뿐이었다.

———————————— 모니카의 후원자가 되어 우리 둘 다 교감이라는 단순한 사실에서 위안을 얻던 그 시기에 애리조나 사막에서는 일단의 여성 중독 수감자들이 사슬에 묶여 일하고 있었다. 교도관들은 그들에게 구호를 외치게 했다. "우리는 사슬에 묶인 죄수, 사슬에 묶인 유일한 여죄수." 그들은 글귀가 새겨진 티셔츠를 입었다. **나는 마약중독자였습니다** 또는 **정화와 절제**. 그들이 사는 곳은 바닥에 전갈이 우글거리고 쓰레기 더미에 쥐들이 들락거리는 찌는 듯한 텐트촌인 '텐트시티'였다. 텐트 안의 기온은 종종 60도가 넘었다. 임상의 가보르 마테는 한 저널리스트에게 이런 말을 했다. "만약 내가 사람들을 계속

중독자로 두기 위한 시스템을 설계해야 한다면, 정확히 지금 우리가 가진 시스템 그대로 설계할 겁니다." 포르투갈의 의사이자 약물 비범죄화를 계획했던 주앙 골랑João Goulão은 해리 앤슬링어가 개척한 "폭력주의적" 접근법—"사슬로, 모욕으로" 중독을 다스리는—은 중독자들에게 "계속 마약을 사용하고 싶게 만드는 최고의 방법"이라고 믿었다.

그러나 앤슬링어의 유산은 지속되고 있다. 텐트시티는 그의 후예 중 한 명인 조 아파이오Joe Arpaio의 아이디어였다. 아파이오는 1957년 마약국에 들어갔고, 1993년부터 2016년까지 24년 동안 매리코파 카운티 보안관을 지냈다. 저널리스트 요한 하리Johann Hari는 2015년에 출간된 『비명을 쫓아서*Chasing the Scream*』에서 마약 범죄화의 계보와 그 파괴적인 유산을 복잡하게 파헤쳤는데, 그 책을 쓰기 위해 아파이오를 인터뷰한 적이 있었다. 이때 아파이오는 자기 사무실 벽에 액자로 만들어 걸어놓은 앤슬링어의 서명을 자랑스레 보여주며 말했다. "저기 훌륭한 사람이 있습니다." 예전에 앤슬링어는 로스앤젤레스 경관의 꿈을 인용한 적이 있었다. "이 사람들은 나환자와 똑같은 범주에 속합니다… 그들에 대한 유일한 방어책은 가능하면 언제든지 분리하고 고립시키는 것이죠." 아파이오는 텐트시티를 만들어 마침내 그 꿈을 문자 그대로 이루었다.

2009년 텐트시티 서쪽으로 35킬로미터 떨어진 한 교도소에서, 수감번호 109416인 죄수가 사막 한가운데의 우리 안에서 말 그대로 산 채로 구워졌다. 뜨거운 태양을 막아줄 것이라고는 철책 지붕밖에 없던 휑한 야외 유치장 안에서였다. 그녀는 사소한 규정을 위반한 벌로 그 우리에 보내졌다. 죄수 109416은 교사죄로 복역하고 있었지만, 오랫동안 메스암페타민을 복용하느라 성매매를 한 이력도 있었다. 중독은 그녀를 교도소로 보냈고, 궁극적으로 그녀의 목숨을 앗아갔다. 발견된 그녀의 시신은 전신 화상에 물집투성이였다. 한 목격자에 따르면, 안구는 "바싹 마른 양피지" 같았다. 사망 전 그녀의 체온은 42.2도였다고 기록되었다. 그것은 구급대가 사용하던 온도계의 최고치였다.

죄수 109416은 유치장에서 죽임을 당하기 전에는 마샤 파월 Marcia Powell로 살았다. 요한 하리는 『비명을 쫓아서』에서 인간을 파괴한 그 죽음의 비극에서 그녀의 인간적인 삶의 세부들을 발굴한다. 가출 청소년이었던 그녀는 캘리포니아의 따뜻한 해변 모래 위에서 잠을 자고 맥도널드 화장실에서 몸을 씻었다. 그녀는 정이 많았고 물을 좋아했다. 그녀는 애리조나 호수에서 사금 캐는 일을 좋아했다. 매일 아침 남자 친구의 개를 위해 달걀과 소시지로 푸짐한 아침 식사를 차려 주었다.

마샤 파월은 2009년, 내가 처음 술을 끊던 그해에 사망했다. 그녀가 사막 한가운데의 우리 안에 있는 동안, 나는 교회 지하실에서 환영을 받았고, 포커 칩을 건네받았으며, 쏟아지는 전화번호를 받았다. 나는 내 몸이 단지 그 방에 있다는 이유로, 단지 거기 *있다*는 이유로 소중히 다뤄지는 모임을 향해 걸어가고 있었다. 줄줄이 쇠사슬에 묶인 채, **나는 마약중독자였습니다**라는 글귀가 새겨진 티셔츠를 입게 한 보안관에게 투표하는 통근자들의 쓰레기를 줍지 않아도 되었다. 얼마나 큰 행운이었나, 애리조나 사막의 우리 안에서 또는 섭씨 60도의 텐트 안에서 깨어나지 않았다는 것은. 얼마나 큰 행운이었나, 이미 나를 좀 먹어버린 굴레 때문에 형을 살지 않았다는 것은.

마샤 파월이 사막에서 당한 죽음은 사적인 내 고통의 노래가 가진 또 하나의 결함이었다. 아이오와시티에서는 그 노래를 매끄럽게 부르는 것이 가능했다. 거기서 나는 신화적인 시인들—백색 논리의 잔혹한 신에게 봉사하는 백인 남자들—과 어울려 잔 위스키를 주문했다. 그러나 마샤 파월이 사막에서 죽어간 세계, 멜라니 그린이 임신한 중독자라는 이유로 대배심 앞에 섰던 세계, 제니퍼 존슨이 자기 아이에게 규제 물질을 주었다고 처음으로 유죄판결을 받았던 세계, 조지 케인이 진료실에서 의사가 뽑아든 총을 마주했던 세계, 빌리 홀리데이가 병원 침대에 수갑이 채워진 채 죽었던 세계, *이* 세계에서 나의 음주 이야기는 사적인 이야기가 아니었다. 과거의 나는 그것이 사적인 이야기라고, 오직 나하고만 관련된 이야기라고 생각했었다. 그리고 어쩌면 나와 잤던 남자들, 나와 싸웠던 남자들, 거리에서 나를 때렸던 그 남자와, 내가 태어나기 전에 술을 마셨던 나와 성이 같은 남자들과 관련이 있을 거라고 생각했었다.

그러나 내 슬픔의 이야기는 절대 나만의 것이 아니었다. 거기엔 항상 낯선 사람들이 포함되었다. 모임에서 만났던 낯선 사람들뿐 아니라, 그 의존성으로 인해 교회 지하실이 아닌 사슬에 묶여 도로변의 죄수 대열에 끼게 된 낯선 사람들, 모임의 고참들을 위한 싸구려 커피를 사기 위해 스톱앤드숍 마트에 들르지 않는 낯선 사람들도 포함되어 있었다. 내 이야기에는 사막의 우리 안에서 죽어간 그 여자가 포함되어 있었다, 아니 그녀의 이야기에 내가 포함되어 있었다. 그건 죄책감—내 특권 또는 내 생존에 대한 죄책감—때문만은 아니었다. 우리 둘 다 기분을 바꾸기 위해 몸 안에 무언가를 넣었기 때문이었다.

죄수 109416과 내가 똑같은 이야기의 일부라는 사실은 쉽게 잊힌다. 우리는 저마다의 고통에 관해 전혀 다른 이야기를 할 권리가 있기 때문이다. 우리 문화의 대본에 따르면 우리 중 한 사람은 피해자이고, 다른 한 사람은 죄수다. 그러나 계속해서 우리 이야기를 서로 관련 없는 이야기로 이해한다면, 애초에 우리 운명을 사막의 철창 우리와 지하실의 합창으로 갈라놓은 논리를 승인하는 행위가 될 것이다. 우리 이야기는 둘 다 물질에 의존하게 된—그것을 갈망하고, 추구하고, 사용하게 된—이야기이며, 나는 더 이상 그 이야기를 갈라놓은 전통대로 살 마음이 없다.

———————————— 마침내 2014년 나는 나코팜을 방문했다. 그곳이 문을 연 지 80년 후였고, 본격적인 교도소로 바뀐 지는 15년이 지난 후였다. 웅대한 벽돌 건물들이 은색 가시철사를 복잡하게 두른 코일 철조망으로 에워싸여 있었다. 벌 받는 신체들을 격리한다는 그 교도소의 목적을 잔인하게 상기시키듯 삐죽삐죽하고 번쩍이는 코일 철조망 너머로, 회랑과 중정이 있고 위풍당당한 아르데코 스타일의 파사드를 자랑하는 그 당당한 건물은 어딘가 사악해 보였다.

대외 홍보를 담당하는 가이드는 재활의 언어를 쓰고 있었지만, 그것은 종종 처벌의 언어만큼이나 오싹하게 들렸다. "어쩌면 그 사람은 두어 가지 위반을 저지르고, 두어 가지 나쁜 선택을 했을 겁니다." 그는 최저등급 보안 대상으로 간주되는 전형적인 죄수에 관해 설명했다. "하지만 우리는 여전히 그가 프로그램이 가능하다고 믿고 있죠." *프로그램이 가능하다*. 이는 보호시설이 사람을 "재정비"할 수 있는 방식에 대한 오랜 믿음이 낳은 문제적 후손이다.

렉싱턴 시설이 교도소로 바뀐 이후, 그곳은 더 이상 마약중독자들만 수용하는 건 아니었지만, 여전히 중독자들만을 대상으로 한 주요 프로그램을 운영하고 있었다. 9개월간 입소하여 받는 그 약물 남용 프로그램은 RDAP라고 알려져 있는데, '베리타스 별관'이라는 곳에서 진행되었다. 그곳에 붙은 포스터들은 참가자들에게 "항해사"나 "홍보 담당자"가 되라고, 물건을 고치거나 타인을 돕는 만화 속 남자들의 발자취를 따르라고 권유하고 있었다. 이 프로그램은 여덟 가지 주요 "사고의 오류"가 지닌 위험성을 설교하는데, 나태함, 자격 부여, 감상성 등이 그 오류에 포함된다. 여기서 감상성은 자신의 범죄에 대해 자기중심의 감정적 핑계를 대려는 충동이라고 정의되고 있었다. 볼링장을 개조한 커뮤니티 공간에서, 나는 그 옛날 재활 시도의 유령을 느꼈다. 1937년 8,842시간의 볼링 기록. 오늘날 재소자들은 이 방에 모여 서로 밀어주고(칭찬), 끌어준다(제안). 독방동들은 덕목의 이름을 따 '겸손의 복도' 같은 이름이 붙어 있었다. 감금으로 힘을 빼앗는 것이 덕목에 이르는 길을 열어준다고 주장하는 듯한 자기충족적이고 역설적인 장치였다. *여전히 모든 걸 알고 있습니까?* 마약 법정 판사는 중독자에게 물었다. *이제 기꺼이 말을* ***듣겠습니까?***

홍보 담당 가이드는 그 교도소의 모든 직업훈련 시설을 자랑스레 보여주었다. 재소자들이 미취학 시각장애 아동을 위해 브라유 점자책을 만드는 브라유 공방, 중앙 야외 중정 안 다양한 목공 수업에서 짓고 또 다시 짓는 목조 뼈대만 있는 집, 그 지붕 서까래들에는 비둘기 똥이 쌓여 있었다. 새들은 내키는 대로 왔다 갈 수 있는데 인간은 남아 있다니 이상하게 느껴졌다. 가이드는 자랑스레 '매우 다원적인 종교 건축물'을 가리켰다. 아메리카 원주민의 제의적인 오두막, 밀교의 화로, 아사트루 화로까지. 이 마지막 것은 마치 내가 *네, 물론, 아사트루 화로지요*, 라고 맞장구라도 쳐야 할 것처럼 태연하게 잘난 척 언급되었지만, 정작 게르만족 신을 섬기는 아사트루교 재소자가 얼마나 되는지 묻자 가이드는 시원하게 대답하지 못했다.

"모든 재소자는 각각의 피해자에 대한 걸어 다니는 증명서죠." 교도관 중 한 명이 말했지만, 내가 알기로 그건 진실이 아니었다. 적어도 그가 말한 의미에서는 진실이 아니었으며, 그의 말은 감상적인 사고의 오류처럼 느껴졌다. 그 교도관은 내 팔의 라틴어 문신("나는 인간이다, 인간적인 것치고 나에게 낯선 것은 없다")을 완벽하게 번역하더니 이렇게 말했다. "하지만 그게 진실인지는 모르겠군요." 그는 그곳에는 나로선 상상 못 할 죄수들, 너무도 나쁜 일을 해서 내가 이해하지 못할 사람들이 있다고 장담했다. 하지만 나는 그의 그런 범주 구분을 믿지 않았고, 그의 말뜻이 내 지식의 한계를 주장한다는 한에서만 그의 말에 동의했다. 그 가시철조망 너머, 재소자들이 지은 경치 좋은 정자 너머, 용접 연습 기계와 새똥에 뒤덮인 서까래와, 제의용 오두막과 화로 너머, 나를 둘러싸고 있지만 내가 말을 걸어선 안 되는 온전한 인간인 재소자들 뒤에 존재하는 실제 피해자들과 허수아비 피해자들 너머, 그곳에 수감된 사람들에 관해 내가 이해할 수 없는 것들, 볼 수 없는 것들이 많다는 걸 나는 알고 있었다.

교육 담당 교도관에게 과거 이 장소에 있던 교도소 겸 병원에 관해 무엇을 알고 있는지 물었더니 그가 아는 대로 전부 말해주었다. 그건 재활 실험이었죠, 그리고 실패했고요, 그가 말했다.

——————————— 내가 사막의 철창 우리나 '겸손의 복도'에 있는 감방 대신 얻은 건 동료애였다. 사람들은 *첫번째 음주*, 언제나 매우 구체적으로 떠올리는 그 이야기를 들려주었다. 보통 그 이야기는 어느 불량배를 위한 찬가처럼 애틋하고 거리낌이 없고, 세부를 깔끔하게 마무리하지 못한 작업의 느낌이 난다. 위스키 병의 흐릿한 반짝임, 요리용 셰리주의 메스꺼운 달콤함, 호두나무 선반이나 끼익거리는 금속 손수레. 나의 경우 오빠의 졸업 파티에서 한 첫 음주의 기억이 너무도 생생해서, 굴욕감이 들고 겁이 날 정도였다. 소파 덮개의 감촉, 돌출

된 석조 벽난로, 샴페인의 탄산이 탁탁거리는 소리. 마음 한구석에서 아직도 그것을 갈망하지 않는 이상 어떻게 그렇게 잘 기억할 수 있을까?

기억과 갈망이 똑같은 주파수에 맞춰진 두 개의 무전기 다이얼이라면, 다른 사람들 역시 그 두 가지에 귀를 기울이고 있었다. 다발경화증을 앓고 있는 페트라라는 여자도 그렇게 말했다. "날마다 하루 종일 그랬어요." 그녀는 아픈 몸을 걸치고 산다는 사실을 잊기 위해 마셨던 술과, 휠체어가 의자와 탁자에 부딪칠 때의 당혹감을 이야기했지만, 그녀의 목소리에는 그 탈출구를 그리워하는, 거의 아쉬워하는 무언가가 있었다. 로리라는 여자는 비만이었고, 완벽하게 화장을 했고, 몸을 들썩이면서 심하게 울곤 했는데, 한번은 취한 채 모임에 와서는 언젠가 강간을 당한 뒤 그 강간범과 함께 술에 취했다고 말했다. 그 이야기를 하던 그날 아침, 로리는 7시 반 모임에 가기 전에 술을 사기 위해 6시 반에 일어났다. 나는 나중에 그녀를 작은 식당에 데려갔다. 그녀는 오레오 밀크셰이크를 먹었고 나는 몇 시간 내내 오줌을 쌀 수 있겠다고 생각될 만큼 블랙커피를 많이 마셨다. 로리는 자유 시간이 생기면 술을 마시게 될까 봐 틈날 때마다 모임에 가려고 애썼다고 했다. 나는 생각했다. *당신을 돕고 싶어요. 하지만 방법을 모르겠네요.* 나는 술에 취한 나머지 나를 범하는 남자를 제지하기보다 내버려 두기가 더 쉽다는 이유로 가만히 있었던 일을 이야기했다. 로리가 말했다. "맞아요." 나는 그 맞장구가 그녀도 똑같은 일을 겪었다는 의미라고는 생각하지 않았다. 그것은 그녀에게 일어났던 일이 아니었으니까. 다만 내 몸이 중요하다는 사실을 술 때문에 잊어버릴 수 있는 어떤 영역이 있으며, 우리 둘 다 거기서 시간을 보냈다는 뜻이라고 생각했다.

나는 시내 반대편에 있는 교회 지하실에서 만났던 스무 살 여학생, 배변주머니를 찬 웬디를 태우고 다니기 시작했다. 어느 날 아침에 데리러 갔더니, 웬디는 분명 취한 모습으로, 전날 밤에 샀다가 아침에 전자레인지에 데운 세븐일레븐 커피가 가득 담긴 커다란 스티로폼 컵을 들고 있었다. 그녀는 혀 꼬부라진 소리로, 낭비하기는 싫다고 설명했다. 마치 사소한 옳은 일을 했으니 술에 취해도 봐주기를 바라는 것 같았다. 나는 어떻게 해야 할지 알 수 없었다. 그녀를 그 길가에 두고 갈 수는 없었다. 아니 그럴 수 있었을까? 웬디의 회복에 관해 나는 혼자서 멋대로 이런 이야기를 떠올렸다. *나보다 나이 많은 멋쟁이 여자가 나를 태우러 오기 시작했고, 단주는 내가 실제로* ***원하는*** *것일 수 있음을 보여주었다.* 그러나 그녀의 단주 이야기는 내가 쓸 내 이야기가 아니었다. 어쨌거나 나는 그녀를 모임에 데려갔다.

———————————— 그 겨울 내가 이해하게 된 것이 있다면, 사랑하는 것을 떠나보내기가 굉장히 어려울 수 있다는 사실이었다. 설사 그것이 나에게 필요하지 않다는 결정을 내렸더라도 말이다. 그것은 완전히 다시 생긴 발톱 자국이었다. 헤어지고 몇 달이 지난 어느 날 밤, 데이브와 나는 그가 사는 시내 동네의 호화로운 호텔에서 만났다. 으레 "한잔하자"고 말할 법한 친목의 자리였다. 다만 우리 둘은 내가 라임을 넣은 크랜베리 탄산수를 마실 거라는 걸 알고 있었다. 우리는 흐릿한 조명 아래 낮은 가죽 소파에 앉았고, 앉아 있을 명분을 만들려고 디저트를 주문했다. 시나몬 설탕을 뿌린 도넛이었는데, 뜨거운 바닐라 크림이 작은 그릇에 담겨 같이 나왔다. 우리가 첫 키스를 나누었던 밤이 생각났다. 우리 친구의 집 부엌 싱크대 옆에 몇 시간 동안 서서, 계속 수다를 떨기 위해 연거푸 컵에 물을 새로 채웠던 그날 밤이. 우리는 자정이 지나 그 호텔 바가 문을 닫을 때까지, 마치 방금 만난 이방인들

처럼, 과거가 없는 사람들처럼 그곳에 있었다. 그것은 술에 취했다는 알리바이 없이, 소다수와 주스의 힘만으로 저지른 무모한 일이었다. 다음 날 아침, 나는 늦겨울 햇살의 따뜻함을 느끼며 그의 침대에서 잠을 깼다. 내 집이 아닌 그의 집, 내 이불이 아닌 그의 이불을 덮은 채로.

그다음의 모든 일이 핑계나 변명 삼을 술 없이 벌어졌다. 나는 취하지 않은 데이브를 보았다. 나는 취하지 않은 그와 함께 잠을 잤다. 우리는 그의 동네에 있는 쿠키 가게에서 어젯밤 늦게 사온 쿠키를 먹었다, 맨정신으로. 하지만 정확히 맨정신 같은 느낌은 아니었다. 아침 일찍 모임에 가기 전, 나는 여전히 루크와 아침 등산을 다니고 있었다. 날이 충분히 풀렸을 때는 모임에서 만났던 또 다른 남자와 함께 롱아일랜드해협으로 뱃놀이를 갔고, 나는 뱃머리에 걸쳐놓은 캔버스 그물 위에서 햇볕을 쬐며 노곤하게 누워 있었다. 어떤 마음의 응어리나 분노, 오해가 없는 누군가와 함께 살 수도 있겠다는 복잡하지 않은 느낌이 좋았다. 루크와 함께 이른 아침 등산을 할 때는 시시덕거리면서도 일정 거리를 유지했다. 사실상의 연인 관계로 발전하지 않을 만큼 충분히 멀면서도, 그 희미한 불빛을 느낄 수 있을 만큼 충분히 가깝게. 다른 남자들과 이렇게 보낸 시간들이 규칙—그 연옥의 몇 달 동안 데이브와 나에게는 없었던—에 반하는 건 아니었지만, 어쨌거나 이기적으로 느껴졌다. 확인을 비축해서 데이브에게서 더 많은 확인을 구하지 않으려는 속셈이랄까. 더 이상 나는 데이브에게 확인을 요구할 자격이 없다고 믿었다. 이제 그와는 연인 관계가 아니었고, 더는 그에게서 그런 걸 기대하지도 않았다. 이는 내가 술을 포기했음을 불편한 방식으로 떠올리게 했다. 일단 술을 마시지 않는 지금, 술을 마시는 것이 얼마나 *가능하게* 느껴지는지, 그것이 백미러 속에서 어떻게 어른거리는지를.

그 겨울 수전과 나는 시내의 한 작은 식당에서 후원 모임을 가지기 시작했다. 그녀가 후원하려는 친구의 사업이 불경기라 그 식당에는 늘 손님이 없었다. 나의 두번째 5단계의 기다란 기록은 늦은 오후 그 공간의 적막함, 카푸치노 거품처럼 두껍고 뽀얀 빛, 달콤한 밀크커피와 프렌치프라이가 어울린 맛과 밀접한 관계가 있었다. 단주의 거의 대부분이 묘하게 뒤엉킨 맛으로 가득 차 있었다. 모임에서 먹는 민트 껌과 크림이 든 바닐라 쿠키, 모임 후 식당 뒤풀이에서 수면 패턴이 서로 다른 사람들과 서로의 음식을 조금씩 바꿔서 먹던 양파링과 밀크셰이크와 오믈렛.

데이브를 다시 만나기 시작했다는 사실을 수전에게 말하지는 않았다. 우리가 하고 있는 일이 너절하고 설명할 수 없고 어쩌면 현명하지 못한 것 같았고, 나의 단주 서사라는 맥락에서 어떻게 말해야 좋을지 몰랐다. 그것은 누더기가 된 줄거리 같은 결함을 갖고 있었다. 하루는 수전이 나더러 자기를 밀어내는 느낌이라고, 정말 고통스러운 목소리로 말했다. 나와 만날 약속을 하기가 힘들었고, 약속을 잡아도 내가 계속 미루었다는 것이다. 처음에 나는 반박하고 싶었다. *난 해야 할 일을 빠짐없이 다 했어요! 내 목록의 모든 것을 지켰다고요!* 그러나 수전에게 사실대로 말하는 게 좋을 것 같았다. 데이브와의 일을 말하지 않았다고, 그것이 너무 너저분해 보여서 차마 우리 대화나 나의 단계 활동 중에 말할 수는 없었다고.

"바로 그게 자기의 문제야." 수전이 말했다. "자기는 뭔가 아직 마음에서 정리되지 않으면 어떻게 말해야 할지 몰라. 모든 것을 이해해야만 비로소 입 밖으로 말하는 사람인 거야."

──────────── 베리먼은 동지애에 대한 일종의 송가로서 『회복』을 쓰기 시작했지만, 그 소설은 그의 회복을 설명했다기보다는 그가 제대로 경험하지 못한 회복을 투영한 것이었다. 그 소설은 스스로에게 잘 회복하라는 격려였지만, 베리먼이 그 작품을 쓰던 기간 내내 술을 안 마신 건 아니었다. 나의 한 친구는 언젠가 자신에 관한 글쓰기란 "침대 위에서 잠자리를 정돈하려는 것과 같다"고 말했는데, 『회복』에서는 이불 밑으로 울퉁불퉁한 부분이 그대로 느껴진다. 심지어 장 제목들도 그 소설이 구원을 향해 조금씩 나아간다기보다는 미친 듯한 반복의 기록임을 드러낸다. "1단계" 다음에 "마지막 두 번의 1단계"가 나오고, 그 뒤에는 "드라이 드렁크"가 나온다. *첫번째* 1단계 후에 또 다른 1단계가 있고, 그런 다음 *또 다*른 1단계가 있고, 어쨌거나 그 모든 1단계를 거친 후에도 세버런스는 *아직* 드라이 드렁크로 남아 있다.

베리먼이 알코올중독의 "증상들"을 목록으로 작성하던 당시, 이 소설의 초고 여백에 쓴 메모들은 그가 여전히 자가진단을 생각하고 있음을 말해주며("아침의 음주—일터에서의 음주—이는 사회적 술꾼의 속성이 아니다"), 그의 재발을 증언한다. "무한한 다짐—단주 기간—끔찍한 후회." 『회복』 8쪽에서 세버런스가 고백하듯 "'진정성'은 이 게임에서 아무것도 아니었다." 그리고 160쪽 뒤에 가서 그는 이렇게 말한다. "'진실하게'와 '정직하게'라는 단어는 나의 병든 두뇌가 거짓말을 뒷받침하려고 설계한 사기성 단어이기 때문에 나는 최근 그 단어들을 포기해버렸다." 그는 처음에 그 단어를 포기한 후 100여 쪽 뒤에 가서 *다시* 진정성을 포기한다. 한 등장인물이 3단계 기도인 늘 *당신의 뜻대로 하겠습니다*를 우연히도 늘 *내 뜻대로 하겠습니다*로 써버린 것이다.

현실의 베리먼은 재발 때문에 좌절했지만, 어쨌거나 계속 항복하려고 노력했다. 그는 「1단계, 토요일 밤」이라는 꼬리표가 붙은 한 쪽지에 이렇게 썼다.

이것을 1단계로 받아들일 수 있는지 모르겠다. 그래도 상관없다. 실제로 1단계를 "밟을" 수 있는 사람이 있는지도 의심스럽다. 아마 가능한 사람도 있겠지만, 나는 열심히 노력했어도 실패했다. 지난봄에 글을 썼다… 알코올로 인한 혼돈의 23년에 관한 광범위한 진술이었다. 잃어버린 아내들, 공개적인 망신, 실직, 부상+입원, 필름이 끊긴 채 한 여학생에게 전화해서 죽이겠다고 협박했던 일, 공공장소에서 본의 아니게 변을 지렸던 일, 손떨림, 한 번의 경련 등등, 그리고 내 노력은 완벽하게 진실했다… 그러다가 한 달 후 한 번의 실수, 그다음 두 달 동안 네다섯 번의 실수, 두 달 동안의 단주, 5일간의 음주, 그리고 다시 여기에 이르렀다. 굉장히 진지했음에도 불구하고, AA 모임이나 세인트메리 교회의 집단상담에 한 번도 빠지지 않았음에도 불구하고, 그리고 그 밖에 일일 기도+『하루 24시간』이라는 책을 비롯한 온갖 도움에도 불구하고 실패했다. 그러니 <u>그</u> 1단계는 뒈져버리라지. 이것은 그 주제에 관한 현재의 내 생각을 짧고 진실하게 적은 글일 뿐이다.

그러나 그는 *뒈져버리라*고 말했음에도, 그 쪽지 뒷면에 자신에게 보내는 메시지를 끄적거렸다. "아침에 머리+수염을 빗을 때, 거울 보고 말하기. '베리먼… 신께서는 너에게 관심이 있으시고, 너의 투쟁+너의 봉사를 의식하신다. 행운이 있기를.'" 그는 계속해서 위기에서 목적으로 자신의 방향을 재설정하려고 애썼다. *너의 투쟁+너의 봉사*. 그의 목록들은 계속 똑같은 헛발질과 좌절로 돌아가곤 했다. *나는 멈출 수 없다고 느끼는가? (예) 내가 끊을 수 있음을 증명하기 위해* "술을 안

마신" 적이 있는가? (예) 심지어 *나는 취한 적이 있는가?* 항목에는 아예 *예*나 *아니요*를 체크하지 않았다. 마치 그것이 너무 뻔한 질문이라 대답할 필요가 없다는 것 같았다. 이미 그의 생애 자체가 대답이었으니까.

소설 『회복』이 회복하는 그 자신을 글로 쓰기 위한 시도였다면, 베리먼이 초고에 손으로 바꿔 쓴 내용은 그가 풀지 못한 문제들을 보여준다. 세버런스를 "대단히 흥미롭게" 바라보던 재활원의 한 환자는 "대단히 흥미로운 표정으로" 바라보는 것으로 바뀌었다. 수기로 삽입한 구절은 재활원 환자들이 한목소리로 '평온의 기도'를 암송한 후 저마다 "자기만의 세계"로 돌아간다고 강조한다. 어느 대목에서 세버런스는 알게 된다. "그는 느꼈다—우울감을." 그러나 그는 무엇이 자신을 울게 만드는지 알아내지 못한다. 그는 "제기랄, 내가 무엇 때문에 울었는지 알 수 없다"고 말한다. 그는 "느끼지 못했다—어디에서든." 실망감이 각각의 긴 줄표 건너편, 각각의 멈칫하는 호흡 뒤에 숨어 있다.

소설 끝부분에 나오는 한 집단치료에서, 세버런스는 몇 년 동안 연락을 끊은 아들이 있다고 고백한다. 심지어 그는 아들의 나이도 정확히 모른다. ("열세 살일 겁니다.") 세버런스가 "비참하게" 인정하듯, 그는 아들이 잘 지내는지 모르며, 아직 그 문제를 온전히 책임질 준비가 되어 있지 않다. 세버런스는 투덜거린다. "그 아이의 편지는 아주 유치해요. 그 아이에 관해 아무것도 알아낼 수 없죠."

베리먼 자신도 아들과 연락이 끊겼는데, 그의 아카이브에는 그들 사이의 거리를 말 없는 흰 여백으로 너무도 분명히 보여주는 편지들이 있다.

아빠에게,

이번 학기에 학교생활을 잘해서 평균 91점을 받았어요. 복사한 제 성적표를 같이 보내요. 마음에 드셨으면 좋겠어요.

사우스켄트 학교에 합격했어요. 아직까지는 합격 통지서가 온 곳이 거기뿐이라 거기 가게 될지는 모르겠어요.

케이트와 마사에게 안부 전해주세요.

사랑으로,

폴 베리먼.

그 아이의 편지는 아주 유치해요. 그 아이에 관해 아무것도 알아낼 수 없죠. 몇 주 후, 폴 베리먼은 필립스 아카데미에서 온 합격 통지서 사본을 아버지에게 보냈다. 이번에도 낯선 사람에게 편지 쓰듯, 서명에 성과 이름을 모두 써서. 그때는 그가 아버지와 만난 지 여러 해가 흐른 뒤였다.

그러나 베리먼은 자기 회복의 결실을 폴과 나누고 싶었다. 회복이 그들 사이를 가깝게 만들어줄 중요한 사건이기를 바랐던 것이다. 어느 해인가 자신의 생일 직전에, 베리먼은 아들에게 편지를 썼다.

아들에게: *투쟁 끝에 쉰여섯번째 생일을 하루 앞두고, 나는 이런 것을 배운 것 같구나. 어떤 것에 관해 정직하게(진실하게) 설명한다는 건 인간이 자신에게 낼 수 있는 과제 중 두번째로 힘든 일이라고… 지금 생각하기에 그보다 더 힘든 일은 불가해한 침묵 속에서 신을 사랑하고 신을 알려고 노력하는 것이다.*

사이가 멀어진 아들에게 쓴 베리먼의 편지 내용이 사이가 멀어진

신과의 더 강한 연결감이라는 사실은 별로 놀랍지 않다. 신은 신성한, 또 하나의 부재중인 아버지다. 또한 그것이 베리먼의 전부이자 그가 탐색하던 전부라는 사실도 놀랍지 않다. 회복은 당신을 스스로에게 몰두하게 만들 수 있다. 설사 당신이 소홀했던 아이들이나 상처받은 배우자들, 또는 불가해한 신에게 손을 뻗으려 애쓰며, 다른 방식으로 배우려 해도 말이다.

1971년 가을께, 베리먼은 『회복』 집필을 완전히 포기해버렸다. 그는 그 소설을 미완성으로 내버려 두었고, 책은 그의 사후에 출간되었다. 그는 자신이 상상했던 몇 가지 결말을 암시하는 노란 카드 쪽지들만 남겼다. 한 쪽지에는 이렇게 썼다. "**소설의 결말. 이 카드를 뒤집어라.**" 뒷면에는 이렇게 썼다. "아마도 그는 틀림없이, 언젠가는 다시 술을 마실 것이다. 그러나 그럴 일은 없을 것 같았다. 그는 느꼈다—고요를." 다시 긴 줄표가 등장했다.

베리먼은 지속되는 평온의 상태를 상상하려 애썼지만, 그것을 추상적인 말로만 생각할 수 있었다. 또 다른 카드 쪽지에서 그는 다른 결말을 썼다. "**책의 마지막 페이지**: 파이크스 피크에서, 내려오다. 그는 단단히 각오가 되어 있었다. 아무런 후회도 없었다. 살면서 그 어느 때보다 행복했다. 행운, 그는 그것을 누릴 자격이 없었다. 그는 아주, 아주 운이 좋았다. 모두에게 축복을. 그는 느꼈다—기분 좋음을."

베리먼은 긴 줄표 너머로 안정의 가능성을 붙들고 있었다. 그는 *느꼈다—고요를. 그는 느꼈다—기분 좋음을.* 그러나 이런 감정을 쉽게 믿을 수는 없는데, 그것들은 작품에 사용되지 않았던 카드 쪽지에 존재할 뿐 아니라, 그 책의 앞에 나왔던 많은 줄표를 연상시키기 때문이다. 그는 *느꼈다—우울감을. 그는 느끼지 못했다—어디에서든.*

베리먼은 심지어 그 소설을 포기한 후에도 계속 회복 공책을 써 나갔지만, 1971년 12월부터 쓴 마지막 내용들은 온통 절망으로 가득하다. 그는 자신에게 말했다. "그냥 시도하라. 약간은 행복한 감사 기도를." 어쨌거나 내용은 악화된다. "자살—비겁하고 잔인하고 부도덕한—에 관해 계속되는 끔찍한 생각들이 기도를 이긴다. 총이든 칼이든 *믿지* 마라. *효과 없을 것이다.*"

미완의 소설 속에서 세버런스는 이런 말로 마지막 단주를 시작한다. "이번에 성공하지 못하면, 그냥 마음 편하게 죽을 때까지 마실 겁니다." 베리먼은 하트퍼드의 어느 모텔 방에서 이런 글을 썼다. "*그만 하면 됐다!* **더는 견딜 수** 없다/이대로 내버려 두자. 할 만큼 했다. 기다릴 수 없다."

1972년 1월 8일, 베리먼은 거의 20년 동안 교편을 잡았던 미네소타대학교의 워싱턴애비뉴 다리에서 뛰어내렸다. 그리고 아래 강둑에 떨어져 죽었다. 그는 투신하기 불과 며칠 전 재발했다. 11개월, 그로서는 가장 오래 단주한 뒤였다.

——————————— 진 리스는 언젠가 한 친구에게 편지를 썼다. "내 소름 끼치는 삶을 더는 못 참겠어. 내 삶은 너무 간단히 나에게 반기를 들어." 그러니까 리스가 수치스러운, 개인적 경험으로서의 "나"를 기록했던 얇은 베일을 쓴 자서전 쓰기를 그만두고 "모든 사람인 또 하나의 나"인 글을 쓰고 싶어졌다는 건 전혀 놀랍지 않다. 잭슨처럼 리스도 자신의 바깥으로 나가고 싶어 했다. 다른 사람이 주변에 있을 때는 그것이 더 힘들다. 셀마 바스 디아스는 말했다. "진은 귀를 기울이지 못했다! 그녀는 연결되어 있지 않은 것 같다."

리스가 타인들의 의식과 가장 가까워졌던 곳, 그녀가 "나"와 "모든 사람" 사이의 장벽을 허물고 싶었던 곳은 바로 픽션이었다. 그녀의 다섯번째 장편소설이자 그녀를 유명하게 해준 작품 『광막한 사르가소 바다*Wide Sargasso Sea*』는 이런 욕망을 가장 충실히 표현하고 있다. 리스의 앞선 네 편의 소설들은 그녀가 살아온 삶의 풍경, 파리와 런던의 우중충한 호텔 방과 을씨년스러운 하숙집을 배경으로 쓰였지만, 이 다섯번째 소설은 다른 누군가의 가상의 삶 속에서 그녀의 핵심적인 상처인 소외와 버림받음을 다룬다. 다른 누군가는 바로 『제인 에어』에 등장하는 로체스터 씨의 첫번째 아내, 다락방의 미친 여자였다. 리스는 이 불투명한 등장인물이 자기 나라에서 쫓겨나고 한 남자에게 퇴짜 맞은 여자, 앙투아네트라고 새롭게 상상했다. 앙투아네트는 잔해 속에서 재발견한 삶이자 광적인 악행에서 되찾아낸 인물이었다. (리스와는 전혀 닮지 않았다.)

리스는 거의 20년 걸려 이 소설을 썼다. 가난과 폭음과 떠돌이 생활로 점철되고, 병세가 악화되어가는 남편 맥스를 보살피던(종종 실패했지만) 20년이었다. 한번은 술에 취해 화가 치밀자 부엌 난로에 소설 원고를 던져 태워버렸다. 마침내 원고를 완성하고 난 뒤, 그녀는 편집자 다이애나 애실Diana Athill에게 편지를 썼다. "아기를 출산하는 꿈을 꾸다가 잠에서 깨어 안도한 적이 여러 번 있었습니다. 나중엔 요람 속의 아기를 바라보는 꿈을 꾸었습니다. 정말 보드랍고 여린 아기였죠. 그러니 이 책은 완성되어야 합니다." 공교롭게도 그녀가 소설을 마무리할 때 맥스가 세상을 떴다. 애실은 최대한 빨리 방문하겠다고 답장했다. "술 한 병 무장하고 가겠습니다!"

"보드랍고 여린" 이야기 『광막한 사르가소 바다』는 앙투아네트의 불행한 결혼을 탐색한다. 그녀는 무너져가는 대농장에서 자란 도미니카 소녀로, 유산을 노린 영국인 둘째 아들과 결혼한다. 그가 브론테의 소설 속 로체스터 씨가 된다. 『광막한 사르가소 바다』는 앙투아네트—브론테의 걸작에서는 위험한 미친 여자라고만 소개되는 인물—에게 완전한 의식을 부여하고, 그녀를 사랑하지 않는 남편의 손에 이끌려 영국으로 건너간 뒤 다락방에 갇힌 채 그녀가 파괴되는 과정을 극화한다. 그들이 신혼 중에 느끼는 상심은 무너져가는 낡은 섬의 영지에서 서로 어긋나고 소원해지는 나날로 묘사된다. 붉은 땅에 파인 빗물 웅덩이, 초록의 잎들 위로 피어오르는 수증기, 베란다 저편에 깜박거리는 난로 불빛, 촛불에 타 죽어가는 나방들. 무르익은 땅은 잔인하다. 그 땅의 아름다움이 이들 부부의 통렬한 거리감을 더욱 심화시킨다. 마음이 천국 안에 지옥을 만들 수 있다면, 사랑 없는 신혼은 더 나쁜 것을 만들 수 있다.

앙투아네트는 남편에게서 더 많은 사랑을 끌어내기 위해 모든 시도를 다해보지만, 남편은 버림받은 기억이 사랑에 대한 욕구를 조금씩 갈아내 그렇게 날카로운 칼날이 되어버렸다는 걸 이해하지 못한다. 앙투아네트가 남편의 애정을 얻기 위해 사용한 어릴 적 유모의 오비아 마술—구석에 쌓아놓은 닭 털과 변조한 와인 약간—이 실패하자, 그녀는 베란다 수납장에 놓인 럼주 속으로 피신한다.

"술 그만 마셔요." 남편이 그녀에게 말한다.

"무슨 권리로 나한테 이래라저래라 하는 거예요?" 그녀는 그렇게 대꾸하고 계속 마신다. 럼주가 오랜 마술의 빈약한 대용품에 지나지 않는다는 걸 우리는 안다. 그것은 한때 유모의 마술이 주었던 편안함을 희석한 형태로나마 제공해준다. 그녀의 핵심적인 욕망은 사랑이다. 술은 보잘것없는 위안, 가짜 자양분일 뿐이다.

『광막한 사르가소 바다』에서 리스는 공감의 두 가지 그릇을 발견했다. 그녀는 로체스터 부인이라는 등장인물을 복구해냈지만, 그 부인을 퇴짜 놓은 남자의 정신 또한 상상했다. 이 소설은 감금된 여성의 입장은 물론, 그녀를 감금한 남자의 입장까지 생각한다. 소설의 중간 부분인 제2장은 로체스터의 관점에서 서술되며, 마지막 제3장에서는 그의 유년기 가정교사인 에프 부인이 그를 대신해 이야기한다. "나는 그를 어릴 때부터 알았어요. 상냥하고 너그럽고 용감했죠." 로체스터를 그저 악마로 보는 것은 실수일 거라는 에프 부인의 주장은 리스가 상상하는 재판 속의 자기비판과 공명한다. 그녀는 이렇게 고백했었다. *저는 다른 사람들을 모릅니다. 저에겐 사람들이 걸어 다니는 나무로 보여요.*

리스는 이 소설에서 로체스터에게 목소리를 부여함으로써 그가 얼핏 보이는 또 하나의 나무가 아니라 그 이상의 어떤 것, 그녀가 독 묻은 외투를 다시 한번 걸어놓을 수 있는 고리 이상의 어떤 것으로서 등장시킨다. 사람을 버린 상징적 인물인 로체스터는 다시 인간이 된다. 다중적이고 모순적인 인간이 되는 것이다. 『광막한 사르가소 바다』를 집필하던 리스는 친구에게 보낸 편지에 이렇게 썼다. "나는 사납게 날뛰며 달아나는 등장인물은 익숙하지 않아." 그녀는 로체스터를 악마 같지만 한때는 소년이었던 남자로 상상했다. 그리고 그를 통해, 그녀에게 악마로 보였던 모든 남자에게서 "상냥하고 너그러운" 소년의 가능성을 상상하기 시작했다. 로체스터가 앙투아네트에게 자신은 젊은 남자로서 감정을 숨길 수밖에 없었다고 말하자, 앙투아네트는 거의 모든 악당이 한편으로는 피해자이기도 하다는 사실을 이해하기 시작한다.

이 소설이 악행을 피해의식의 열매로 재가공한다면, 그 결말은 파괴 행위—앙투아네트는 로체스터의 대저택을 태워버린다—를 고통의 표현으로서 새롭게 규정한다. 『제인 에어』에서 불의 의미는 불분명하고 전적으로 파괴적이며, "마녀만큼 교활한 미친 여자"의 복수다. 그러나 리스는 그 "미친 여자"에게 복잡한 심리를 부여하고, 무모한 자기 파괴 혹은 맹목적인 적의처럼 보이는 것의 뿌리에 있는 고통을 드러낸다. 불은 대화재로 분명하게 표현된다. 불은 리스가 취해서 원고를 태워버렸던 난로 속의 재에서 원고를 부활시킨다. "이제 마침내 알았어, 내가 왜 여기 오게 되었는지를." 앙투아네트는 초를 집어 들며 말한다. "그리고 내가 뭘 해야 하는지를."

『광막한 사르가소 바다』가 출간되고 1979년 88세의 나이로 사망할 때까지 삶의 마지막 13년 동안, 리스는 데번주의 셰리턴 피츠페인 마을에서 랜드보트 방갈로스라 불리는 작은 별장 같은 집에 살았다. 그녀는 육지에 둘러싸여 있었고 목이 말랐다. 리스가 그렇게 많은 술을 마시고도 그만큼 오래 살았다는 건 놀라운 일이었다. 그녀는 한 친구에게 유령 이야기와 위스키는 그녀의 유일한 낙이라고 했지만, 엄밀히 말하면 사실이 아니었다. 주류판매점인 'JT 데이비스 앤드 선스'의 계산서들은 리스가 위스키(제임슨 블랙 배럴과 티처스)뿐 아니라 고든스 진, 스미노프, 마티니 비앙코, 보졸레 등도 많이 마시고 있었음을 말해준다. 그녀의 한 달 술값은 때로 나머지 모든 생활비를 합친 것과 맞먹었다.

늘그막에 리스는 도움이 없이는 생활이 불가능했다. 그녀의 친구 다이애나 멜리Diana Melly는 노끈으로 묶은 붉은 공책에 리스의 여러 돌보미들을 위한 지시사항을 써두었다.

1. 정치 등 논쟁이 될 만한 화제는 피할 것.
2. 외모와 관련해 하고 싶어 하는 것을 절대 말리지 말 것(예를 들

어 빨강머리 가발 구입 같은 것).

3. 나이나 할머니와 관련된 주제로 토론하지 말 것.
4. 분위기가 격해지면 화제 전환을 시도하되 천천히 할 것.

그러나 멜리의 지시사항은 대체로 리스의 일일 주량 관리와 관련이 있었다.

> 12:00. 술. 요구할 때만 작은 와인 잔으로. 얼음은 많이, 진은 조금만 넣고 마티니[베르무트]를 채울 것. 아침저녁으로 언제나 똑같은 술. 요구하지 않으면 다른 술은 주지 말 것. (**절대로**)
> 1:00. 점심. 푸딩. (냉동고 깊이 거의 항상 아이스크림이 있음.) 와인~~ 가능하면 두 잔 이상은 안 됨~~. 요구할 때만 줄 것.

멜리는 주량을 줄이려는 시도는 소용없다고 인정하듯 저 문장에 가로줄을 그었다. 다른 곳에서는 이렇게 썼다. “**절대** 그녀 앞에서 위스키 등 다른 술은 마시지 마세요. 그러면 그녀도 마시고 싶어 할 겁니다.” 만약 리스가 요구하면 “얼음을 잔뜩 넣어 소량”을 주라고 했다. 리스는 황혼 녘이면 거의 항상 술을 원했다. 멜리는 이렇게 썼다. “그러면 나는 7시까지 그녀와 함께 있었다. 그녀가 가장 슬퍼할 때가 그 시간이었기 때문이다.” 멜리는 친구의 슬픔이 시계처럼 황혼과 함께 찾아온다고 보았다. 황혼이 술을 불렀지만, 리스가 진정 원했던 건 함께 있는 것이었다. 음주는 철 지난 논쟁 같았다. 그것은 치료받아야 할 질병이라기보다는 방 안의 생물체, 귀를 열어두고 혀를 조심스레 놀리며, 얼음 덩어리들로 구슬려서 덜 사납게 만들 수 있는 야생동물에 더 가까웠다.

그러나 리스는 이런 술책을 꿰뚫고 있었다. 말년에 친구인 데이비드 플랜트David Plante가 방문했을 때, 그녀는 사람들이 항상 그녀의 술에 얼음을 너무 많이 채운다고 불평했다. "모든 글쓰기가 하나의 커다란 호수예요." 그녀가 플랜트에게 설명했다. 취할수록 그녀의 은유는 점점 더 유려해졌다. "톨스토이나 도스토옙스키처럼 호수를 먹여 살리는 거대한 강들이 있죠. 그리고 진 리스 같은 실개천도 있고요." 플랜트가 그만 가려고 일어나자 그녀가 물었다. "한 잔 더 줄래요? 얼음은 딱 한 개만 넣고요."

———————————— 그 연옥의 봄—데이브와 내가 헤어진 후 다시 서로 만나기 시작했던—에 나는 그에게 모임에 와서 내가 이야기하는 걸 듣고 싶은 생각이 있는지 물었다. 그는 좋아하는 것 같았고 그러마고 대답했다. 그래서 으슬으슬 춥던 3월의 어느 밤, 나는 내 작은 검은색 도요타를 몰고 그를 데리러 갔고, 그가 체크무늬 스카프에 검정 피코트를 입고 그의 아파트(*그의*, 라고 하기가 지금도 이상하다) 로비로 내려오는 동안 히터를 세게 틀어두었다.

와줘서 고맙다고 했더니, 그가 내 눈을 똑바로 보면서 내가 부탁했다는 사실이 그에게 큰 의미가 있다고 했다.

우리는 햄든에 있는 데어리퀸 매장까지 가는 중간 지점, 도시 끝자락에 위치한 교회로 향했다. 하늘을 배경으로 솟은 검은 첨탑 아래, 지하실만이 빛을 내고 있었다. 교회 밑으로 노른자 같은 빛이 조금 엎질러져 웅덩이를 이룬 것 같았다. 이것은 모임을 뜻하는 모스부호였다. 검은 교회, 불 밝힌 지하실. 우리 관계가 끝났음을 실감하며 울었던 그 지하실로 데이브를 데려가자니 이상했다. 내가 사기꾼이거나 바보처럼 느껴졌다. 반면에 그는 방 뒤쪽에, 접이의자의 금속 다리에 메신 저백을 기대어놓고 편안하게 자리를 잡았다. 회복을 통해 알게 된 사람들과 나란히 앉아 있는 그를 보니 삶의 모든 모서리들이 충돌하는 꿈 같았다. 이를테면 당신이 대학 3학년 때 사귀었던 펜싱선수가 당신의 할머니와 함께 코로나 맥주 캔을 부딪치는 꿈 같달까. 이제 데이브는 자기 뒷줄에 앉은 중년 여성과 수다를 떨며 웃고 있었다. 그리고 내가 이야기의 중간쯤에 가서 그 방의 사람들에게 "술을 마시며 저는 이기적이 되어갔습니다"라고 말할 때, 사실 나는 그에게 말하고 있었다.

어쨌거나 우리 둘 다 문제는 그보다 복잡하다는 걸 알고 있었다. 나의 이기심은 결과이기도 하지만 기본 상태이기도 했다. 어쨌거나 이기적이지 않은 사람이 어디 있는가? 어쩌면 나 자신에게—또는 그 방의 사람들에게, 또는 데이브에게—술 때문에 이기적이 되었다고 말하는 건 나를 설명할 수 있는 실용적인 방법일 뿐이었다. *지금은 네가 이기적이라는 것에 대한 변명거리가 없어.*

날씨가 풀려 따뜻해지기 시작한 그 봄의 어느 날, 우리는 코네티컷 연안의 심블제도로 보트 나들이를 갔다. 롱아일랜드해협에서 소금기 머금은 바람이 불었고, 정신없이 휘날리는 내 머리카락이 우리 입으로 들어갔고, 코발트색 바닷물은 강한 햇빛에 유리 조각처럼 반짝였다. 나는 섬에 닿을 때마다, 우리의 가능한 미래를 상상했다. 우리 아이들이 이 섬에서 접이의자에 몸을 파묻고 책을 읽다가 팬케이크를 구워달라고 하겠지. 데이브가 언젠가 이런 시를 썼다. 내가 우리 집 뒤에서 혼자 술 마신 계기가 되었던 바로 그 시였다.

이제 당신은 떠나버렸다—
젖은 머리로, 태어나지 않은 우리 아이들을 데리고서.

나는 여기 앉아 아이들에게 상스러운 이름을 지어준다
아이들은 현관 끝에 모여들어
이름을 불러달라며 손을 번쩍 들고 있고, 비는
아이들 팔을 타고 흐르다, 아이들을 뚫고 내린다.

빗속의 그 고아들이 실재하듯 생생하게 느껴졌다. 마치 우리가 서로 너무 사랑해서 그 아이들을 불러내 존재하게 했다가, 이별과 함께 그들을 버린 것 같았다. 그래서 아이들은 집—심블제도의 모든 섬에 있는 모든 집—에 들어오지 못한 채 손을 들고 이름이 불리기를 기다리며, *만약에*라는 가정의 여백 속으로 녹아내리고 있었다.

그 봄에, 다시 사랑에 빠지는 기분이었다. 현기증, 궁금증, 공상 등 그 모든 감정들이, 썩어서 부엽토가 될 나머지 감정들—기대, 공정함, 분노—의 퇴비 더미 꼭대기에서 피어난다는 사실만 아니었다면. 이미 우리의 결별은 최종적인 것처럼 보이지 않았던가. 우리 집의 임대계약은 깨졌고, 우리는 서로와, 그리고 우리가 아는 모든 사람과 눈물 어린 대화를 나누지 않았던가. 그런데 이 만남의 재개는 간절한 비밀스러움, 열띤 절박함의 느낌이 있었다. 모든 것이 암시적인 찻잎이었다. 빛의 패턴이나 데이브가 전화하는 시각은 *이건 될 거야*, 라든가 *포기해*, 라고 말하는 징후였다. 문자 메시지 하나하나가 전조를 알리는 타로카드였다.

그해 여름, 데이브는 아이오와시티—우리의 많은 친구가 아직도 거기 살고 있었다—로 돌아가 교편을 잡았다. 나는 그가 저 멀리, 술집에서 나눈 대화들과 현관에서 위스키를 마시던 밤들을 이어 붙인 조각이불 속으로 사라지는 느낌이었다. 전화번호부에서 그의 이름을 발견한 옛 연인이 된 느낌이었다. 나는 그 일을 원망하지 않으려 애썼고, 숫자—그가 얼마나 많이 연락하는지, 내가 얼마나 많이 연락하는지—를 세지 않으려 애썼고, 그의 거리감을 원망하지 않으려 애썼고, 바보 같다며 나 자신을 나무라지 않으려 애썼다. 내가 관계를 파투 냈었으니, 그에게 이런 자유를 줄 수 있지 않은가? 내가 무슨 자격이 있을까?

"D와 함께할 수 있는 사람이 되기 위해 계속 나 자신과 싸우고 있어." 나는 우리가 헤어졌을 때 나를 그녀의 작은 아파트에 재워주고, 진통제 같던 리한나 뮤직비디오를 보여준 친구에게 메일을 썼다. 데이브와 함께할 수 있는 사람이 되기 위한 자신과의 싸움은 점잖게 술 마실 수 있는 사람이 되기 위한 자신과의 싸움을 연상시켰다. 물론 데이브나 술이 꼭 파괴적이라는 뜻은 아니다. 데이브는 해롭지 않은, 그냥 인간이었고, 점잖게 술을 마시는 사람은 많았다. 다만 내가 데이브와 술, 그 두 가지와 잘 지내기 위해 계속 나를 재배열하려고 애썼고, 내가 그 둘을 너무 많이 원했다가 일을 그르쳤다고 계속 나를 타일렀다는 뜻이다.

데이브가 아이오와에서 돌아오고 8월에, 나는 그의 생일 파티를 위해 우리의 친구 몇몇과 돈을 모아 캐츠킬스의 플라이슈만스라는 한 소도시에 집을 한 채 빌렸다. 그 소도시는 어느 거물 효모 사업가의 여름 낙원으로, 도시 출신의 정통파 유대교도가 많이 살고 있었다. 그 도시의 주요 다리는 허리케인 아이린에 부서졌고, 다리 난간에는 손으로 쓴 푯말이 붙어 있었다. **웨인, 이 다리를 고쳐주세요**. 요청으로 가득한 세계였다.

나는 생일 선물을 준비하면서, 데이브의 친구, 옛 스승, 부모, 형제 등 그의 삶 속의 모든 사람에게서 편지와 사진을 모으며 몇 달을 보냈다. 이는 그가 다른 사람들을 사랑하는 만큼 나에 대한 사랑이 적어진다는, 사랑이 유한 경제라는 인식에 저항하려는 나의 시도였다. 그 여행을 하면서 나는 다시 우리를 믿었다. 우리가 함께했던 세월은 잃어버린 게 아니라고. 나의 단주가 우리를 구해줄 거라고 말이다. 벌써 몇 주 동안 모임에 나가지 않고 있었다. 모임에서 우리의 결별에 관해 너무 많은 이야기를 했기 때문에, 내 이야기를 하기가 날이 갈수록 더 힘들어졌다. 이제 우리가 다시 만난다는 이야기를 어떻게 해야 좋을지 몰랐다.

캐츠킬스에서 집으로 돌아오는 길에, 우리는 페인트볼을 하기 위해 차를 멈추었다. 전신 경기복을 빌려 입고 아드레날린을 분비하며 서로에게 총알을 쏘아대는 우리는 열세 살 같은 서른이었다. 페인트 총알이 아플 거라고 했지만 그저 싸락눈을 맞는 느낌이었다. 딱 하나, 정말 얼얼하게 아프고 멍 자국을 남겼던 건 내 목을 때리고는 터졌어야 할 때 터지지 않았던 총알 하나뿐이었다.

———————————— 그해 가을 나는 우뚝 솟은 고딕식 건물 안, 광을 낸 회의 탁자에 앉아 대학원생들과 교수들 앞에서 처음으로 박사 논문 주제를 발표했다. 괜히 내숭 떠는 것처럼 보이면 단주와 창조력의 관계에 대한 내 주장이 매력적이지 않게 다가갈까 걱정이 되었고, 그래서 평소보다 짙은 립스틱—디바-레드 루비 우 색상의 맥 립스팁—을 바르고 갔다. 여전히 나는 위험과 극단 같은 것들을 이해하고 있다는 분위기를 주고 싶어서였다. 내 다이어트 콜라는 가방 안에 두었다.

"하지만 중독과 창조력의 관계는요?" 한 교수가 물었다. "특정한 집착은 실험과 변형을 낳지 않나요?"

방 안의 눈들이 우리 사이를 분주히 오갔다. 나는 예의 바르게 그 질문을 공책에 적었다. *중독=변형?*

"집착의 생성적 측면 말입니다." 그가 말을 이었다. "지금 나한테는 *그것*이 흥미롭네요."

나는 그가 *그것*에 힘을 싣고 있음을 깨달았다. 그건 표준적인 학계의 의례로, 다른 문제에 관심이 있는 척하면서, 지금 당신이 발표하고 있는 문제는 전혀 흥미롭지 않다고 암시하는 방식이었다. 그 교수의 말은 이런 거였다. *하고 싶은 대로 지껄여봐요. 하지만 그 무엇도 망가지는 것만큼 많은 것을 낳지는 못할 겁니다.*

"제 생각에는—" 나는 말을 더듬으며 숨을 골랐다. "제 생각에 중독은 종종 변형의 반대처럼 느껴집니다."

내가 하고픈 말은 이거였다. *중독은 이렇게 보나 저렇게 보나 똑같이 엿 같은 거예요. 생성적 변형의 관점에서 중독을 생각하는 것은 주류 판매점 직원에게 똑같은 거짓말을 하면서 세월을 보낸 적 없는 사람의 사치입니다.*

그렇지만 그가 한 말을 완전히 무시할 수는 없었다. 중독은 단순히 창조의 휘발유는 아니었지만, 한갓 둔기에 의한 외상도 아니었다. 나는 위스키와 잉크 신화를 묵살하고 싶은 마음이 너무 컸기 때문에 그 진실을 이해하기까지는 시간이 걸렸다. 갈망은 우리에게 가장 강력한 서사적 엔진이며, 그 방언 중 하나가 중독이라는 것, 중독은 아이러니로 구성된 근원적이고 강력한 이야기이며, 그 이야기를 엮어주는 것은 배신, 그리고 황폐해진 육체와 충돌하는 도피라는 환상이라는 것이 그 진실이었다. "고통은 어둠에서 나오고 우리는 그것을 지혜라고 부른다. 그것이 고통이다." 시인 랜들 재럴Randall Jarrell은 그렇게 썼지만, 그의 글도 자체의 속임수를 인정하고 있다. 그 문장들이 지혜이고, 그것들은 고통에서 나왔다.

중독 상태에서 글쓰기의 가능성은 매혹적인 거짓말에 그치지 않는다. 그것은 진정한 연금술이기도 하다. 한 신화의 종말을 찾아 나섰을 때 내가 발견한 것은 수출 전략이었다. 레이먼드 카버는 자신의 음주 시절을 단주 이야기 안으로 끌어왔다. 에이미 와인하우스는 마이애미에 있는 프로듀서의 콘도에서 일주일 동안 술 없이 머물며, 술에 관한 가사를 끄적거렸고 그것이 수많은 삶의 사운드트랙이 되었다. 그녀는 자신의 비통함을 전문화한 비통한 전문가였다. 그것은 거의 레시피의 계량 작업 같았다. 적절한 양의 고통은 그 작업을 방해하지 않으면서 작업의 연료가 될 수 있었다. 여기서 거짓은 중독이 진실을 낳을 수 있다는 게 아니었다. 오직 중독만이 진실을 낳는다는 것이 거짓이었다.

제임스 볼드윈의 단편 「소니의 블루스」에서 재즈 피아니스트 소니는 자신에게 왜 헤로인이 필요한지 형에게 말한다. "그것은 *연주*를 위해서라기보다는 *견디기* 위해서야." 그러나 나중에 소니는 자신의 말을 철회한다. "그게 내가 뮤지션이라는 사실과 어떤 관련이 있다고 생각하지 않았으면 좋겠어. 그건 그 이상이야. 아니 어쩌면 그 이하일 수도 있고." 그의 이론은 중독의 불확실성 선언이라는 점에서 가장 유용하다. *아니 어쩌면*. 그 "아니"가 말하는 요점은 중독이 그를 예술가로 만든다는 손쉬운 주장을 거부하지만, 한편으로는 그가 그 관계를 완전히 일축할 수도 없음을 고백하기도 한다. 똑같은 고통이 그에게 두 가지 모두에서 위안을 찾도록 했던 것이다.

나에게 회복은 창작의 죽음이 아니었다. 그렇지만 즉각적인 추진력도 아니었다. 한 통의 전보처럼 회복이 '새로운 창조력'을 전달해주지는 않았다. 그것은 생성력을 가진 일련의 형식적 제약에 더 가까웠다. 세계 속에서 이야기를 찾고 그 윤곽을 지도로 그리는 것과 더 비슷했다.

그해—혼자 살면서 내 논문 제안서 통과를 위해 씨름하던 해—

나는 또 다른 르포를 쓰기 위해 텍사스에 갔다. 피부밑에서 설명할 수 없는 섬유, 실, 결정, 보푸라기가 나오는 이상한 병을 앓고 있다고 믿는 사람들을 인터뷰하면서 4일을 보냈다. 의사들은 대체로 그들의 말을 믿지 않았다. 연례 총회에 모인 이 환자들은 섬유를 찾기 위해 MRI 스캐너처럼 커다란 현미경을 사용했고, 회의적인 의사들에 관한 이야기를 주고받았으며, 붕사와 루트비어, 항진균성 크림 같은 치료 비법을 교환했다. 그들이 처한 곤경은 나로서는 이해할 수 없는 것 같았지만, 매우 직관적이었다. 그들은 자신에게 이상이 생겼음을 알고 있었지만, 다른 사람들에게는 그것이 보이지 않는 것 같았다. 사람들은 그들 자신이 곤경을 자초하고 있다고 생각했다. 무엇이 잘못되었는지 이해하기 위해 또는 그 무엇과 싸우기 위한 방법으로서 그들이 공동체를 찾는다는 것은 일리가 있었다.

건조한 텍사스의 열기 속에 작은 은색 녹음기를 들고 이 환자들과 이야기를 나눌 때, 또는 웨스트버지니아 어느 교도소의 자동판매기에서 감자칩을 사 먹을 때, 또는 고된 장거리 마라토너들과 피크닉 벤치에 앉아 있을 때, 또는 할렘의 공동체 텃밭들을 지나가다 한 여성에게 다시 걸음마를 배우는 것에 관해 물을 때, 나는 내 목소리가 아닌 다른 목소리에 귀를 기울이게 되었다. 텐트와 회색 빗줄기와 에너지바와 나팔 소리, 시든 토마토나무와 허드슨강의 늦서리, 그 나날들은 또 다른 단계의 단주였다. 그것은 현장에 나타나서 주의를 기울이는 것이었다.

마침내 나는 산디니스타 소설을 포기하기로 했다. 내가 그저 그 야망의 벽에, 그리고 내 사무실의 벽에 나를 내던지고 있었음을 이해했기 때문이다. 그리고 그 소설이 내내 추구해왔던 것, 내 것이 아닌 다른 삶들을 찾아보기 시작했다. 그렇게 쓰기 시작한 에세이들은 일종의 찰스 잭슨의 에토스, *나 자신의 바깥*을 분명히 드러냈다. 물론 에세이들은 종종 나의 삶을 담고 있었고, 여전히 한 목소리가 그 방에 맴돌고 있었지만, 그게 전부는 아니었다. 그것은 종종 나의 통제를 넘어서는 범위의, 말 그대로 나를 넘어선 글쓰기였다. 사람들이 하는 말이나 그것을 말하는 방식을 내가 정할 수는 없었으니까. 덕분에 세계는 마치 갑자기 도착한 것처럼, 무한하게 느껴졌다. 물론 세계는 내내 그 자리에 존재하고 있었는데도.

——————————— 10월 말 허리케인 샌디가 닥쳤을 때, 데이브와 나는 채플가에 있는 그의 6층 아파트에 함께 피신해 있었다. 바람이 구석 창문에 대고 씩씩거리며 욕을 해댔다. 폭풍이 지나간 뒤, 우리는 으스스하고 축축한 정적에 싸인 조용한 거리를 배회하다 시내 녹지에서 뿌리가 뽑혀 나동그라진 커다란 오크나무 한 그루를 발견했다. 가을이 오기 전, 우리는 재결합이 쏟아낸 아드레날린과 호텔 바와 재결합 초기의 섬 고아들을 벗어나, 화장지 사는 걸 잊어버린 상대에게 짜증을 내는, 일상적 관계 패턴으로 돌아갔다. 데이브는 자신의 아파트를 에어비앤비에 내주고 밤이면 내 집에서 잠을 자며 용돈을 벌고 있었다. 우리 관계는 묶지 않은 채 낱장들로 쇼핑백 속에 넣어 다니는 원고처럼 헝클어지고 손상되어버렸다. 우리가 싸울 때면, 상황을 호전시킬 방법을 궁리하기보다는 둘 다 자신이 옳았음을 증명하는 데 더 관심이 있는 것 같았다. *나에겐 이런 일상적 헌신을 요구할 권리가 있어! 나에겐 이런 자유가 꼭 필요해!*

우스터 광장을 건던 중, 데이브가 말하기를 자기 친구 하나가 나더러 정서적 학대를 일삼는다고 했더랬다. 마침 우리는 옛날에 살던 동네, 우리의 옛 아파트 근처를 지나고 있었다. 나무들은 작년 가을 우리 거실에서 내다보이던 예의 그 녹슨 오렌지색과 진홍색 나뭇잎으로 무성했다. *정서적 학대*, 그 말에 허를 찔린 것 같았지만, 모든 걸 객관적으로 보면 틀린 말은 아니라고 인정할 수밖에 없었다. 뒤죽박죽된 우리의 모든 반전은 내가 얼마나 노력하고 싶었는지를 보여주는 하나의 함수 같았고, 내 안의 무언가가 우리를 단념하지 못했다는 사실을 말해주는 증거처럼 느껴졌다. 그러나 밖에서는, 아니 어쩌면 안에서도, 그것은 무분별하고 이기적으로 보였다.

그 가을의 어느 밤, 나는 친구와 함께 시내의 한 식당에서 저녁 식사를 하던 중 정신을 잃을 뻔했다. 케이크가 가득 놓인 카운터 근처의 모든 것이 깜깜해졌다. 바닥에 주저앉아 두 손으로 머리를 감쌌는데, 감은 두 눈에서는 빛줄기들이 불꽃놀이를 하는 것 같았다. 친구는 나를 병원에 데려가면서 계속 데이브에게 전화했고, 그는 계속 받질 않았다. 마침내 그가 병원 검사실 문간에 도착했을 때—몇 시간 후, 전화기가 꺼져 있었다고 해명하면서—그 얼굴에 나타난 표정은 좌절이 아니었고, 그렇다고 정확히 사랑도 아니었다. 몇 년 후, 내 친구는 그날 밤 그의 표정을 보고 우리가 끝났음을 알았다고, 아니 우리가 끝나기를 바랐다고 했다. 그것은 나를 돌보고 싶어 하는 사람의 표정이 아니었다고 그녀는 말했다. 나는 그가 나를 돌보고 싶어 했고 그래왔음을 알고 있었지만, 그러나 우리 모두 지쳐 있었다는 것도 알고 있었다.

나는 재발을 공상하기 시작했다. 내 도요타 뒷좌석에 와인 한 상자를 싣고, 매일 아침 내 아파트 창문에서 바라보던 자동차들처럼 I-91 도로를 타고 가서, 하트퍼드의 어느 호텔 방에서 술에 취해 망각 속으로 빠져드는 공상. 재발의 공상에는 때로 낯선 사람과의 잠자리나 크랙 흡연이 포함되었지만, 그러나 나는 (보통) 클럽에서 만난 낯선 사람을 집으로 데려가는 그런 술꾼도 아니었고, 크랙을 구할 방법도 몰랐다. 때로 그 공상에는 한밤중에 나를 구하러 와달라고 데이브에게 전화하는 것도 포함되었지만, 데이브에게는 자동차가 없었다. 그는 열차를 타고 올까? 열차를 *갈아타야* 할까? 그것은 터무니없이 꼬여버린 신데렐라콤플렉스가 되었다. 하지만 나는 그 영화 같은 멜로드라마의 장면이 마음에 들었다. 데이브는 호텔 방문을 부수며 달려와서, 내가 호전되기만 한다면 뭐든 하겠다고 말한다. 그러나 현실로 돌아온 나는, 만약 호텔 방에서 다시 술을 시작한다면, 아마도 충분히 취해서 무모하게 유료 영화를 결제하고, 보다가 도중에 필름이 끊겨버리거나, 아니면 자동판매기에서 초콜릿바를 사서 죄책감 없이 입에 욱여넣을 거라는 걸 알고 있었다.

처음 술을 끊을 때는, 아마도 나는 더 센 약을 먹고 몸이 아주 망가져야만 두 번 다시 술을 마시거나 약을 사용하지 않을 거라고, 회복 중인 다른 사람들에게 말하고 다녔다. "멋진 계획 같아요." 한 여자가 말했다. 다른 여자는 웃으면서 어깨를 으쓱하더니 이렇게 말했다. "그건 중독자가 할 법한 말이네요."

하트퍼드는 이런 공상을 펼치기에 알맞은 배경 같았다. 그 도시의 우울한 고층 건물들과 따분한 보험회사들, 그 구원의 서사에 대한 저항 때문이었다. 온라인 이미지들을 보면, 시내의 힐튼 호텔에는 과일맛 사탕—빨아 먹을 수 있을 것 같고, 내 이웃들이 그 사탕으로 형광색 잼을 만들 수 있을 것 같은—처럼 반짝이는 진녹색 풀장이 있었지만, 호텔 자체는 으리으리한 회색 고층 건물로, 지나치게 기업적이고 번쩍이는 것 같았다. 그보다는 군데군데 더러운 눈이 덮인 누런 잔디에 둘러싸인 플라밍고 여관이 더 나았는데, 몇 년 후 그곳에서는 한 정치가의 아들이 펜타닐 과다복용으로 사망하게 된다. 하늘은 파랗고 솜사탕 같은 구름이 가득한데도, 이곳은 왠지 비를 맞고 있는 것처럼 보인다.

완벽했다.

재발은 단주에 대한 나의 복수가 될 것이다. 단주는 나에게 실망과 싸우도록 예방접종을 해주지 않았다. 무엇보다 가장 최근에, 데이브와의 이 두번째 관계가 첫번째와 똑같은 팽팽한 패턴 속으로 빠져들고 있다는 맥 빠지는 깨달음에 대해서는 더욱 그랬다. 만약 나의 알코올중독이 재발한다면, 분명 지난번처럼 "더 점잖게" 마시려 노력하면서 칵테일 한 잔으로 시작하지는 않을 터였다. 이번에는 나에게 끝없이 마실 자격증을 주고 싶었다.

그만하면 됐다! 베리먼은 하트퍼드 모텔 방에서 그렇게 썼다. ***더는 견딜 수*** *없다.* 내가 원했던 건 자살이 아니라 또 하나의 바닥이었다. 재 먼지로 덮이고 유리 파편이 반짝이는 그 잔해 속에서 내가 일어설 수 있으려면 먼저 폭발이 있어야 했다. 위기 또는 폭발의 공상은 불확실성 속을 살아가는 고되고 평범한 일에 대한 대안이었다. 그런데 단주는 회복할 기회인 폭발의 횟수를 줄여버렸다.

그해 가을, 데이브와 나는 서로에게, 우리는 결혼하거나 아니면 영원히 헤어져야 한다고 말했다. 그것이 우리의 유일한 선택지 같았다. 나의 절친 하나가 어떤 여자의 관계에 관해 말했을 때—"걔는 자기네가 결혼하거나 아니면 헤어져야 한다고 하더라, 너도 알다시피 그런 관계는 문제가 있잖아"—나는 말없이 고개만 끄덕였다. *그래.* 그러나 우리의 하루하루는 연옥 같았고, 나는 불가능한 확실성을 갈망했다. 마치 관계란 매일 아침 일어나 다음에 어떻게 될지 모르는 채 최선을 다하는 것이 아닌 다른 무언가라는 것처럼.

데이브와의 미래를 상상하는 건—어쩌면 심블제도의 어느 섬에서—우리의 현재 시제 속에 사는 것보다 늘 쉬웠다. 우리는 영화적 서사 모드에서는 잘 살았고, 일상생활의 평범한 현실 속에서는 썩 잘 살지 못했다. 어딘가 맞지 않는 직소 퍼즐 조각을 억지로 끼우는 것 같았다. 나는 계속, 2년 전의 내가, 2주 전의 내가 틀렸다고 나 자신을 타일렀다. 엉뚱한 각도에서 그 조각을 맞추려 하고 있었다고 말이다. 지금은 맞을 거야. 모임에서 누군가 이런 말을 했다. *미친 짓이란 똑같은 것을 거듭 되풀이하면서 다른 결과를 기대하는 겁니다.*

그 가을, 교외의 어느 단주자의 집에서 열린 모임에서, 한 여자가 손을 채울 무언가가 나타날 때까지 기꺼이 빈손으로 서 있고 싶은 마음에 관해 말했다. 나도 그럴 수 있을 만큼 용감하고 싶었고, 한동안 내 손을 비워두고 싶었다. 그리고 어쩌면 내가 데이브와의 관계를 다시 시도했던 것도 기꺼이 빈손으로 서 있을 마음이 없었기 때문이라는 생각에 괴로워졌다. 하지만 그와 함께 있을 때면 빈손으로 서 있는 방법을 모른다는 것 또한 진실이었다. 아이오와에서의 모임에서 누군가 나에게 이렇게 말한 적이 있었다. "상황이 늘 좋아지는 건 아니지만, 늘 달라집니다."

데이브와 나는 결국 두번째로, 영원히 헤어졌다. 우리가 재결합하고 7개월 후인 1월의 어느 미트볼 식당에서였다. 음주를 두 번 끝냈던 것처럼, 우리는 두 번 끝내야 했다. 그리고 음주의 끝이 그랬듯이, 그것은 폭발이라기보다 밋밋한 고갈에 가까웠다. 우리에게는 아무것도 남아 있지 않았다. 우리는 그의 아파트 비상계단에서 마지막 담배를 피웠다.

그의 집을 나와 걸어가는데, 20대 초반에 알던 한 여자가 떠올랐다. 검은 머리에 몸집이 자그마하고 아주 아름다웠던 그녀는, 힘든 이별의 여파를 설명해주었다. 그녀는 자기 집의 경질목 마룻바닥에 앉아 레드와인을 마시면서 레코드를 들었다고 했다. 그러나 그날 밤 나의 절망은 결코 매력적이지 않았다. 그것은 밤늦게 먹는 손바닥만 한 커다란 쿠키, 내 입술에 묻은 초콜릿이었다. 집에 도착한 후, 내 레그워머에 붙은 낙엽 하나를 발견했다. 며칠 전 데이브와 같이 산책하다가 붙은 것이었다. 나는 그것을 버릴 생각으로 쓰레기통으로 향했다. 그러다가 조심스레 그것을 떼어내 서랍 안에 넣었다. 데이브에게는 다른 누구에게서도 보지 못했던 무언가가 있었다. 나는 나머지 것들, 내가 상상도 못 했던 것들을 얻었을지 몰라도, 절대 그를 얻지는 못할 것이었다. 그것이 견딜 수 없게 느껴졌다.

— XIV —
복귀

———— 레이먼드 카버는 언젠가 "나에게는 두 개의 다른 삶이 있었다"고 말했다. 술에 취한 삶과 술 끊은 삶을 살았다는 뜻이다. "과거는 정말이지 외국*이며*, 그곳 사람들은 다른 방식으로 살아간다." 그는 첫번째 삶을 대체로 첫번째 아내 메리앤과 같이 보냈는데, 그녀가 스퍼드넛 도넛 가게에서 일하던 10대 때 만났다. 그녀는 열일곱에 임신했다. 두 사람 모두 큰 꿈이 있었다. 두 사람 모두 술을 마셨다. "결국 우리는 노력과 꿈만으로는 충분하지 않음을 깨달았다"고 훗날 카버는 썼다. 메리앤은 남편에게 글을 쓸 시간을 주기 위해 과일 포장을 하고 서빙을 했다. 그는 배가 터지도록 철없이 술을 마셨다. 1975년 어느 칵테일 파티에서 그녀가 다른 남자와 시시덕거렸다며 그가 와인 병으로 머리를 치는 바람에 그녀는 귀 주변 동맥이 찢어져서 죽을 뻔했다. 그래도 그들은 깊이 사랑했다. 결혼이 끝난 후에도 두 사람은 그 말을 되풀이했다. 그러나 그가 쓴 대로, 그들의 삶은 "빛이 잘 보이지 않는 혼돈"이었다.

카버는 술을 끊은 후 두번째 삶의 대부분인 10년을 시인 테스 갤러거와 함께 지냈고, 포트앤젤레스라는 도시—워싱턴주, 태평양을 굽어보는 올림픽반도에 있는—에서 살며 바다로, 맑고 세찬 강으로 나가 낚시하며 보냈다. 단주 후 초기 몇 년 동안 그는 얼마나 많은 글을 썼던지, 생산량을 제대로 감당해줄 새 타자기를 사기로 했다. 그것이 스미스 코로나 코로나매틱 2500이었다. 그는 친구들에게 자랑했다. "무슨 시가 이름 같지만, 나의 첫 전동타자기야." 어느 파티에서 그는 술에 취할까 겁이 나서 덤불 속에 숨었다. 그는 첫번째 삶의 드라마를 뒤돌아보았고, 자신의 글쓰기가 그 혼돈에 힘입은 것이라기보다는 그 혼돈에도 불구하고 이루어진 일이었음을 이해했다. "나는 작가로서 내 기술을 배우려 애쓰고 있었다, 내 삶에 미묘한 것이 거의 없을 때 강물처럼 미묘해지는 방법을."

나에게 이것은 천국의 만나였다. 카버의 창조력이 음주 시기의 혼돈을 *상대로* 싸우고 있었다는 생각 말이다. 나는 내가 생각했던 술꾼 카버, 폭스헤드 바에서 혼미한 의식으로 어둠을 마주했던 카버의 모습을 맨정신의 카버, 집에서 타자기를 두드리고 후안데푸카해협에서 배를 타고 바람을 맞으며 광활한 하늘 아래에서 커다란 물고기를 잡는 카버의 모습으로 대체했다.

맨정신의 카버는 백색 논리를 대표하는 취한 불한당과는 거리가 멀었다. 그는 사탕 입힌 팝콘의 일종인 '피들패들'을 먹고 살았다. 버몬트주에서 교편을 잡았을 때, 그는 구내식당에서 브라우니와 도넛을 훔쳐 와서 기숙사 트윈베드 방의 책상 서랍에 쟁여두었다. 강연을 위해 취리히로 갔을 때는, 초콜릿을 "정맥주사"했으며 "단편소설 속 토블러 초콜릿 의장"으로서 취리히로 돌아오고 싶다고 친구에게 엽서를 보내왔다. 카버만 그런 게 아니었다. 『무한한 재미』에서 월리스는 단주가 가져온 "패스트리 의존성"을 묘사했고, 나는 나의 단주 초기를 생각하면 탑처럼 쌓아 올린 분홍색 빵집 상자들이 떠오른다. 아무리 많이 먹어도 절대 보드카 맛이 나지 않는 얼룩진 프티 푸르와 블루베리 머핀이 가득한 상자들.

맨정신의 카버는 설탕과 확인을 원했다. 그의 첫 단편집이 나왔을 때, 그는 온갖 호의적 서평을 서류가방에 들고 다니다가 꺼내서 친구들에게 큰 소리로 읽어주었다. 그는 또 그만의 단주 전설을 조금 지어내기도 했다. 단주 8년째, 그는 방금 술을 끊은 한 남자에게 이런 편지를 썼다.

> *나의 경우 술을 끊고 나서 편지 몇 통 이상의 글을 시도하기까지 적어도 6개월—그 이상—이 걸렸습니다. 우선은 건강을 되찾고 삶을 되찾게 된 것이 감사했기 때문에 크게 보아 내가 다시 글을 쓰게 될지 아닌지는 별로 중요하지 않았습니다… 정말입니다. 진짜로 저는 걱정하지 않았습니다. 살아 있다는 것이 그저 아주, 아주 행복했습니다.*

그러나 1986년의 카버는 1978년의 카버에 대해 잘못 말했을 수 있다. 메리앤의 주장에 따르면, 카버는 거의 술을 끊자마자, 단주 후 첫 번째 여름에 그들이 함께 지내던 오두막에서 글쓰기를 시도했다. 그 오두막에서 그들은 사과주스와 훈제 연어와 싱싱한 굴로 결혼 20주년을 기념하기도 했다. 그런데 편지에서 카버는 한 신화(단주 중에는 창조력을 포기해야 합니다)를 다른 신화(단주란 더는 창조력에 신경 쓰지 않겠다는 뜻입니다)로 밀어내면서, 방금 단주를 시작한 사람에게 도움이 되게끔 자기 삶을 제시하고 있었다.

언젠가 카버가 한 말처럼, 좋은 픽션이 "한 세계에서 또 다른 세계로 소식"을 전해준다면, 그의 단편들은 술에 취하면 어땠는지, 그리고 그 후는 어땠는지에 관한 소식을 전해주었다. 그의 전기 작가 캐럴 스클레니카Carol Sklenicka가 쓴 대로, 알코올중독이던 과거의 "나쁜 레이"는 술 끊은 현재의 "좋은 레이"가 부지런히 글로 옮기도록 급보를 보내주었다. 이렇게 옮겨진 글은 전혀 따분하지도 열정이 없지도 않았다. 갤러거는 이렇게 쓴다. "술이 없는 하루하루마다 빛과 열정이 있었다. 그의 표범 같은 상상력은 단편소설의 깃털과 피 묻은 살을 벗겨냈다." 술 끊은 카버의 글쓰기는 정력 넘치고 과감했다. 그는 물고기를 잡는 그 방식으로 시를 썼다. "나는 잡았다 풀어주는 것에는 관심이 없다. 물고기들이 배 주변에 오면 그냥 몽둥이를 휘둘러 굴복시키기 시작한다." 카버가 고향이라고 부르는 그 태평양 해안은 염분이 많고 너울이 일었고, 강물은 맑고 차가웠고 일렁였다. 그는 혼돈의 분노를 규율로 대체해 매일 아침 5시에 일어나 글을 썼다. 친구이자 제자였던 제이 매키너니Jay McInerney는 작가들이란 "지나치게 많이 마시고 지나치게 과속하며, 운명 지어진 궤도를 따라 눈부신 페이지들을 살포하는 뛰어난 광인들"이라고 늘 생각했다. 그러나 카버는 그에게 "생존해야 한다, 조용한 곳을 찾아 날마다 열심히 일해야 한다"는 것을 보여주었다.

카버는 자기 소설 속 등장인물에 대해서는, AA 모임에서 동료들을 대하듯 호기심과 연민으로 대했고, 거들먹거리지 않았다. "레이는 등장인물들이 그들 자신을 존중하지 못할 때도 그들을 존중한다"고, 갤러거는 썼다. AA의 슬로건이 들리는 듯하다. *당신이 자신을 사랑할 때까지 우리가 당신을 사랑하게 하라.* 카버는 작품 속 등장인물들이 지극히 평범하다고 생각했기 때문에, 비평가들이 그들을 매우 가엾게 여기는 데 놀랐다. 그는 상호교환성을 믿었으므로 잘난 척하지 않을 수 있었다. 한번은 술에 취한 사람이 그의 차 앞을 달려가자, 그는 이렇게 말했다. "신의 은총이 없었다면 나도 저랬을 거야."

가장 유명한 단편 중 하나인 「내가 전화하는 곳Where I'm Calling From」은 카버가 갔던 캘리스토가의 더피스 재활원을 바탕으로 꾸며낸, 가상의 "중독 치료drying-out" 장소인 프랭크 마틴스가 배경이다. 이야기는 초기 재활 단계의 멍한 방향성 상실—현관에서 피우는 담배들, 달걀과 토스트를 둘러싼 무서운 이야기들—을 상기시키면서, 그런 것들을 필요하게 만든 너덜너덜한 절망을 이야기한다. 깨진 결혼, 그런 다음 새 여자 친구와 함께 해독하러 가는 자동차 여행, 프라이드치킨 한 바구니, 그리고 뚜껑 딴 샴페인. 화자는 말한다. "마음 한구석은 도움을 원했다. 그러나 또 다른 구석이 있었다."

화자는 재활원에서 J. P.라는 굴뚝 청소부의 이야기를 들으며 위안을 얻는다. "계속 이야기해, J. P. 지금 중단하지 마, J. P." 결국 J. P.의 이야기가 화자 자신의 이야기보다 더 많은 지면을 차지할 만큼 화자는 J. P.의 이야기를 좋아하는데, 그 이유를 그는 이렇게 설명한다. "그건 내 상황에서 나를 끌어내준다." J. P.의 이야기가 꼭 흥미로울 필요는 없었다—"그가 어느 날 편자 박는 일을 시작하기로 결심한 이야기를 계속한다고 해도 나는 귀를 기울였을 것이다." 그저 다른 사람의 이야기면 되었다.

올림픽반도에서 낚시하고 집필하며 보낸 생애 마지막 10년에 카버가 쓴 시들은 감사하는 마음과 개방적이고 대담한 시야로 충만하다. "나에게는 이 차갑고 빠른/물을 위한 것이 있다./그것을 바라보기만 해도 피가 끓고/피부가 꿈틀거린다." 물리적 세계는 그저 예쁘기만 한 게 아니었다. 그것은 그의 피부와 핏속의 펄떡임이었다. 갤러거는 이 시가 "유리처럼 투명하고 산소처럼 기운을 준다"고 했다.

카버가 물에 관해 쓸 때 그 목소리는 늘 감사함에 젖어 있었다. "그것은 나를 기쁘게 한다, 강들을 사랑한다는 것은… 근원까지 그 물줄기를/모두 사랑하는 것은./나를 크게 만드는 모든 것을 사랑한다는 것은." 작가 올리비아 랭Olivia Laing은 이 순간 "압축된 특이한 형태"로 나타난 회복의 3단계를 발견한다. *우리가 신을 이해했던 것처럼 우리 삶을 신의 보살핌에 맡기기로 결심하라.* 카버에게 그 근원까지 강을 사랑한다는 것은 그가 이해할 수 있는 것보다 큰 어떤 것—세계 자체의 생생한 웅대함과 경이로움—에 항복하는 방식이었다. 그리고 나는 자신의 근원으로 거슬러 올라가는 카버를 사랑했고, 내가 술을 마셨을 때 음주의 신화에 손을 뻗었던 것처럼, 일단 술을 끊고 나서는 단주의 신화에 손을 뻗었다. 나는 술 끊은 카버를 또 하나의 '더 높은 힘,' 수맥을 향해 솟구치는 강이 있는 더 높은 힘으로 만들었고, 그의 단편의 피 묻은 살을 낚기 위해 낚싯줄을 던졌다. 그러나 궁극적으로 내가 그의 작품에 크게 감동했던 이유는 신화에 거의 비중을 두지 않는다는 점 때문이었다. 그의 단편은 산소를 더 선호했다.

갤러거는 카버가 단주 후에 쓴 시들이 "우리가 초대받았든 아니든 한 장소에서 벌어지는 사건에 함께하는 강렬한 감정적 순간의 회로망"을 창조함으로써 독자와의 "상호유대감"을 빚어낸다고 말한다. 카버가 술을 끊은 후에 쓴 시에 관해 내가 할 수 있는 가장 진실된 말은 나도 거기 같이 있었다는 것이다. *집에 아무도 없이/돌아올 사람도 없이/내가 마실 온갖 술만 있다면.* 이 구절이 얼마나 마음을 울렸던지, 나는 어느 모임에 와 있는 것 같은 착각이 들었다. 마치 어느 교회 지하의 접이의자에 앉아서, 언젠가는 더 많은 걸 원하는 게 가능해질 거라고 전하는 카버의 목소리를 경청하는 기분이었다.

카버의 시에서 단주는 경건하지 않으며 유머가 없지도 않다. 그것은 심술궂고 장난스러우며 종종 배고프다. 단주는 광활한 태평양을 바라보며 버터 맛 팝콘을 먹는다는 뜻이다. *나를 크게 만드는 모든 것을 사랑한다*는 *것*. 카버를 크게 만드는 건 팝콘이다. 또한 묵직한 바다의 일렁임, 멀리 낯선 사람의 집에서 쏘아 올려 밤하늘을 밝히는 폭죽에도 그는 커진다. 그는 "원하는 곳에서/원하는 만큼 실컷 담배를 피우"겠다고 한다. "비스킷을 만들어/잼과 두툼한 베이컨과 함께 먹"겠다고 한다. 그의 단주는 보이스카우트가 아니다. 그의 단주는 종일 빈둥거리며 담배를 피우고, 그 패거리들과 시간을 보내고 싶어 한다. "나의 배는 주문대로 만들어지고 있다. 그 배에는 내 모든 친구가 지낼 만큼 방이 많을 것이다." 그의 배에는 프라이드치킨과 수북한 과일도 있을 것이다. "누가 어떤 요구를 하든 거절당하지 않을 것이다."

카버의 단주는 금욕적이지 않다. 그저 욕망을 새로운 관점에서 상상하려고 애쓸 뿐이다. 넉넉한 요트, 잼과 베이컨을 얹은 비스킷처럼. 그의 화자들은 쓰라린 감정에 빠지지 않으면서 유혹을 인정한다. 한 화자는 위스키 병을 입에 가져가는 꿈을 꾸지만, 다음 날 아침 잠을 깨고는 눈을 치우는 노인을 본다. 일상의 지속성을 돌이키게 하는 장면이다. "그는 고갯짓으로 인사하고는 삽을 잡는다./계속한다, 그래, 계속한다." *그래*라니. 마치 카버가 누군가에게, 아니 자신에게 말하는 것 같다, *이렇게 세계는 계속된다*고. 추운 기후에서 회복 중인 알코올중독자들과 말할 기회가 생긴다면, 단주를 눈 치우기에 비유하는 사람을 만나게 될 거라고 장담할 수 있다.

카버는 술 마시던 과거에 관해 이런 말을 한 적이 있다. "그 삶은 이제 가버렸고 나는 그것이 지나감을 아쉬워하지 않습니다." 그러나 그것, 사랑했던 첫번째 여자와 보냈던 다른 삶은 그의 시에 어른거린다. 그는 그 여자와는 단주의 시절을 함께하지 못했다. "그는 오래전부터 알고 있었다/젊은 날의 맹세에도 불구하고 그들은/서로 멀리 떨어져 살다가 죽을 거라고." 메리앤과 멀리 떨어져 있던 두번째 삶에서도, 카버는 여전히 그 아쉬움을 시로 쓰고 있었다. "알코올 문제, 항상 알코올이었다… 네가 진짜로 했던 것은/그리고 네가 처음부터 사랑하려 했던/다른 누군가, 그 사람에게 했던 것은."

——————————— 데이브와 내가 완전히 헤어지고 몇 달 사이, 뉴헤이븐에는 세 차례 큰 눈보라가 몰아쳤다. 며칠 동안 아무도 만나지 않을 때도 많았다. 어느 날 오후, 제설차가 치운 눈더미 속에 내 차가 완전히 묻히기 전에, 반쯤 묻힌 차를 꺼내려 끙끙대고 있었다. (추운 기후에서 회복 중인 알코올중독자들과 말할 기회가 생긴다면…) 내 옆에서 한 커플이 그들의 차를 파내고 있었는데, 그들이 차를 꺼낼 때까지도 나는 겨우 타이어 한쪽만 파낸 상태였다. 남자가 나머지 타이어까지 파내는 걸 도와주었다. "에이미 애덤스 닮았어요." 그가 나에게 말하자, 그 여자 친구가 말했다. "글쎄." 나는 에이미 애덤스가 누군지 몰랐지만, 집에 가서 그녀의 얼굴을 검색했고, '스웨디시 피시' 젤리 한 상자를 다 먹어치우고는 사흘 동안 누구와도 말하지 않았다. 일기에는 이렇게 썼다. *내 영혼은 끝없는 입이다.*

그해 봄, 나는 뉴헤이븐 종합병원 근처의 거대한 외래환자 시설인 코네티컷 정신건강센터의 글쓰기 그룹에 자원봉사를 나가기 시작했다. 늘 깨끗한 거즈 붕대와 젖은 흙 냄새가 나는 방 안에, 매주 다섯이나 여섯 명 정도가 작은 탁자에 모였다. 방에는 작은 플라스틱 수채 팔레트와 플라스틱 컵에 담긴 뻣뻣하고 비죽비죽한 붓이 가득했다. 미술치료실을 겸한 방이었다. 그룹에는 이미 리더 한 명, 급료를 받는 직원한 명이 있었고, 나는 진행을 도울 사람으로서 열렬한 환영을 받았지만, 실상은 나의 우울에 대한 좋은 은유를 찾으려 애쓰는 또 한 명의 환자에 더 가까웠다.

어느 주엔가 한 남자가 삶의 마지막 날 무엇을 할지 상상한 글을 썼는데, 그의 글에는 꽉 막힌 도로를 바라보는 장면이 포함되어 있었다. 긁힌 금속 휠캡과 열받아서 경적을 누르는 뉴잉글랜드 사람들. 그 묘사가 기묘할 만큼 정확하게 느껴져서, 추한 부분까지 계속 붙들고 싶을 정도였다. 또 다른 주에는 한 여자가 여왕벌을 찾아다니는 나비에 관한 동화를 썼다. 결말에 이르면, 여왕벌이 *나비*를 찾고 있었음이 밝혀진다. 당신이 잡을 수 없는 대상이라고 생각했던 것이 사실은 내내 당신을 찾고 있었을 가능성, 그것은 오래되고 기분 좋은 공상이었다.

혹독히도 추웠던 2월 중순, 한 대학교에서 나를 라스베이거스에 보내 낭독회를 하게 했다. 낭독회를 하라고 나를 비행기에 태워 어딘가로 보내준 건 그때가 처음이었다. 나중에 우리는 스트립 대로로 나가 샹들리에 내부처럼 보이게 만든 한 술집에 앉았다. 나는 잔 테두리에 소금을 묻힌 무알코올 칵테일을 마셨고 아주 강렬하게 살아 있다는 느낌을 받았다. 자정이 지나 주최 측 한 사람이 또 하고 싶은 것이 있냐고 묻기에, 나는 친구가 낳은 아기에게 줄 젖먹이용 우주복을 사고 싶다고 했다. 더할 나위 없이 촌스러운 선물이었다. “그리 어렵지 않죠.” 그가 말했고, 우리는 시내에서 가장 큰 기념품 가게로 차를 몰았다. 문이 닫혀 있었다. 우리는 예식장 근처의 편의점으로 갔다. 문이 닫혀 있었다. “아직 끝나지 않았어요.” 그가 말했다. 우리는 계속 찾아다녔다.

그것, 우리의 밤이 아직 끝나지 않았다는 그 말 때문에 그가 좋았다. 나에게 그 말은 *밤들이* 아직 끝나지 않았다는 뜻이었다. 그는 골든 너겟 호텔 수족관 속, 유리관 워터슬라이드 주변을 유유히 헤엄치는 상어들을 보여주었다. 마침내 우리는 프리먼트가에서, 거대한 돔형 플라즈마 스크린 아래, 익살스러운 작은 유리잔이 가득한 가게에서 아기 우주복을 발견했다. 이것이 맨정신으로 벌인 일이었다. 라스베이거스에서의 새벽 3시, 누군가의 아기를 위한 쇼핑.

나는 어디를 가든 회복 모임을 찾아갔다. 스트립 대로 북쪽 끝의 리비에라 호텔에서는 닳은 카펫 위로 커피를 흘리며 모임에 갔다. 캘리포니아에서는 수도복을 입은 사제가 이끄는 수도원 모임에 갔다. 아래로 개울이 졸졸 흐르는 베란다에서 모임이 열렸고 기름 램프가 우리 얼굴을 비추었다. 로스앤젤레스에서는 벨루어 재질의 영화관 좌석을 재활용한 의자와, 갸름한 얼굴에 커다란 선글라스를 낀 여자들이 가득한 카페의 모임에 갔다. 그녀들은 역시나, 그 목소리들에 묻어나는 진지한 노력으로 나를 놀라게 했다. *제 이름은… 제 이름은…* 나는 숨 쉬는 생명체 같은 그들의 믿음을 느낄 수 있었다, 한 명씩 차례로 자신의 이름을 부르는 생명체들의 믿음을.

나는 한 친구의 결혼식에서 사회를 보았고 피로연에서는 얼음물을 벌컥벌컥 마셨다. 어디를 가든 데이브의 환영이 있었다. 완두콩 싹 리소토를 먹는 데이브, 바 뒤에서 여자에게 말을 거는 데이브. 내가 참을 수 없었던 것들에 대해서까지 향수를 느꼈다. 연회장을 일찍 나와 메릿 공원도로의 한 주유소에 들러 편의점 뒤에서 담배를 피우는데, 어둠 속에 비가 내렸다. 일단 마음의 준비가 되면 어떤 것은 되찾을 수 있다. 그것들은 참을성 있게 당신을 기다리고 있으니까. 그러나 어떤 것은 그냥 영원히 사라져버린다.

그해 봄, 나는 일주일에 한 번 모니카를 만나 과일 샐러드와 커피를 먹었다. 우리가 만나 하는 일 중 하나는 12단계 단주 진행표에 그녀가 쓴

답을 점검하는 것이었는데, 내가 나의 후원자와 작성했던 것과 똑같은 진행표였다. *술에 취하지 않겠다고 맹세한 후에도 취한 적이 있습니까?* 나는 홀터 모니터를 목에 달고 맥박에 연결된 와이어와 줄을 셔츠 밑으로 늘어뜨린 채 술을 마신 이야기, 그렇게 술에 취해 정신을 잃고 다음 날 아침 깨어보니 작은 금속 상자가 내 갈비뼈를 파고들고 있었다는 이야기를 들려주었다. 그녀는 미소를 짓더니 나더러 작은 금속 상자를 목에 걸고 술 마실 사람으로는 보이지 않는다고 했다. 내가 물었다. "자기라면 안 그러겠어?"

어쩌면 누구든 그녀일 수 있었고, 누구든 나일 수 있었다. 어쩌면 그 커피 약속들이 의미가 있었던 건 우리가 의미를 부여하고 싶었기 때문일 것이다. 그러나 그녀의 신뢰, 나와의 대화가 상태 호전에 도움이 될 거라는 그 믿음은 나에게는 모든 것을 뜻했다. *모든 것*이 무슨 뜻일까? 그것은 내가 예전 내 삶의 모든 부분, 무모했던 모든 밤과 입이 시큼했던 모든 아침을 끌어내고 있었다는 뜻이다. 그리고 그것은 술을 끊은 후 나머지 삶의 순간마다 그 평범한 커피 약속, 쌀쌀한 봄의 햇살 아래 썰어놓은 과일이 있었다는 뜻이다. 그것은 내가 두려워했을 삶, 진행표에 버블체로 조심스레 써 내려간 글들, 아이스티로 가득한 우리의 나날들이었고, 우리가 두려워하는 모든 것이었다. 이것은 번개 모양이 다양하다는 순간적인 깨달음에 관한 것이 아니었다. 이것은 *12A 항에 뭐라고 답했어요?* 하는 질문에 더 가까웠다.

어느 날 저녁, 모니카의 차를 타고 모임에 가고 있을 때, 실용적인 세단 조수석의 햇빛 가리개에 끼워진 그녀의 어머니—그녀가 어렸을 때 돌아가셨다는—사진을 보았다. 그 모든 와인 병 속에서 모니카를 기다리고 있었던 게 뭐였을까 상상하니 목이 메었다. 우리는 이스트헤이븐의 노인복지관에서 열리는 모임에 다녔는데, 그곳의 직소 퍼즐 통

위에는 이런 쪽지가 붙어 있었다. *퍼즐을 맞추지 마세요! 주간 환자들에게 불공평합니다.* 단주의 빛에 관해 들은 적 있었다. 꾸밈없이 편안하게 있을 때 그 사람에게서 서서히 광채가 나온다고 했다. 나에게서는 그런 것을 본 적이 없었지만, 모니카에게서는 볼 수 있었다. 모임에 도착하면, 그녀가 누군가의 하루 이야기에 귀를 기울이거나, 그 사람에게 쿠키를 건네는 모습을 발견하곤 했다.

베리먼의 『회복』은 다른 사람에 대해 아주 많이 느끼는 것이 얼마나 기분 좋은지 알고 있었다. 그 느낌은 이타주의 이상이었다. 옳게 느껴졌다. 그것은 거짓이 아니었다.

내가 뉴헤이븐을 떠나 이사하게 되었을 때, 모니카는 내가 살던 아파트로 이사 왔다. 내가 술 없이 혼자 살았던 첫번째 장소, 수정같이 맑은 이른 아침에 고속도로를 지켜보던 곳, 믿음에 대한 확신 없이 신에게 기도를 중얼거릴 때 겨울 햇살이 내 무릎에 뜨거운 줄무늬를 드리우던 곳이었다. 나의 단주는 한동안 거기서 혼자 살았고, 그다음엔 거기서 모니카의 단주와 함께 살았다.

——————————— 뉴헤이븐을 떠나고 1년이 지난 11월의 어느 화창한 날, 나는 시애틀을 출발해 포트앤젤레스로 차를 몰았다. 레이먼드 카버가 두번째 삶—당시 그는 두번째 삶을 얻었다고 생각하지 않았다—을 보냈던 땅을 직접 보고 싶었고, 그를 크게 만들어주던 강들과 그가 묻힌 땅을 찾아보고 싶었다. 그의 묘지는 장엄하고 상쾌한 태평양의 아름다움을 굽어보는 후안데푸카해협 위 높은 곳에 있었다. 그의 묘비에 교리문답처럼 새겨진 시구를 보고 싶었다. *그대는 얻었는가/이 삶에서 원하던 것을… 그대는 무엇을 원했는가?/나 자신을*

소중한 존재라 부르는 것/나 자신이 지상의 소중한 존재라 느끼는 것. 그의 묘지 옆 검은 금속 상자에 공책 한 권이 들어 있다는 걸 알고 있었기에, 그것도 보고 싶었다. 그 공책에는 이곳에 순례를 온 사람들이 손글씨로 남긴 메시지가 가득했다. 그의 작품에 영감을 받았던 사람들, 술 끊은 사람들과 다시 마시는 사람들과, 안 마시는 사람이 되고 싶지만 아직 마시는 사람들이었을 테고, 중독되지 않고도 술 자체와 관계를 가지는 게 가능해 보이듯이, 술을 매개하지 않고도 카버와 관계를 맺은 사람들도 어쩌면 더러 있었을 것이다.

카버의 무덤 방문에 관한 다른 글에서, 그 공책에서 발췌한 인용문을 본 적 있었다. *R. C.에게, 당신의 무덤에서 나를 찾기 위해 이 나라를 횡단했습니다… 당신에게 진실을 말하기 위해 일본에서 여기까지 왔습니다…* 소비는 *그저 알코올과 같은* 도피*입니다. 우리 모두 빈 구멍을* *채우려 애쓰고 있지요.* 나는 그 공책이 단주를 최고의 이야기로 만들려는 내 원정의 성배라고 상상했다. 그것은 점점 부풀어가는 크레셴도, 크라우드소싱한 "아멘"이었다. 기쁘게도 당신은 단주 상태에서 글을 썼습니다, RC! 그것이 우리에게 뜻하는 바였다.

올림픽반도는 놀랄 만큼 아름다운 곳이었다. 애거트패스해협에서 온통 파랗게 반짝이는 물과 하얀 봉우리의 비죽비죽한 산들, 층층이 드리운 가문비나무 숲과 라벤더 들판까지. 이 땅이 어떻게 두번째 삶의 숭고한 제의적 종착지로 맞춤하게 느껴질 수 있는지, 아낌없는 가을빛 속에서 팔에 소름이 돋을 정도로, 곧바로 이해가 갔다. 그곳은 술기운 없이 풍족하고 생동하는 정신으로 충만한 것 같았다. 나는 차창을 내리고 푸릇푸릇한 상록수 숲 사이로 차를 몰았고, 갑자기 나타난 작은 만의 햇빛 눈부신 바다 위 다리를 건너 아이스크림 가게로 개조한 낡은 열차를 지나갔다. 이윽고 벌목한 나무가 수북이 쌓이고 얼키설키 사과문이 쓰인 갈색 언덕을 지났다. 비틀어진 푯말에는 이렇게 쓰여 있었다. **수목관리인들은 미래의 숲을 위해 씨앗을 심습니다**. 모든 풍경의 광활함에, 이름 없는 아름다움에 매료되었다. 보는 사람이 아름답다고 느끼든 말든 상관하지 않는 아름다움, 그런 아름다움이 끝없이 펼쳐졌다.

몇 시간 전, 베인브리지섬—카버가 자신의 재탄생을 신화화한 무대에서 기가 막히게 찬란한 바다로 둘러싸여 있던 섬—으로 가는 페리 위에서, 말년의 리스가 자신의 지저분한 집과 밤에 마시는 위스키에 관해 쓴 편지를 읽었다. 카버가 회복했던 그 광활한 공간 속에서, 나는 나코팜의 창살 쳐진 창문을 생각했고, 감옥이 결코 빌리 버로스 주니어에게 줄 수 없었던 것을 어떻게 트롤 어업이 주었는지 생각했다. 그러나 둘 다 빌리를 구하기에는 역부족이었다. 그는 간을 이식받고도 술을 끊지 못했고 33세의 나이에 간경변으로 죽었다.

포트앤젤레스에 도착하고 보니, 상상했던 만큼의 아취는 없었다. 오히려 그게 더 나았다. 녹슨 크레인들과 통나무들이 가득 쌓인 적재소 옆에는 크레인 그림자가 드리워진 상선 부두와, *팅커 토이*니 *머메이즈 송*이니 하는 이름의 배들이 가득 들어선 정박지가 있었다. 한 작가는 이 도시가 "카버의 단편 속 미용사처럼 예쁘고 터프하다"고 했다. 어느 교회에는 5킬로미터를 뛰는 지역 마라톤을 홍보하며 '헤로인에 맞서는 희망'이라고 쓰인 대형 천막이 펼쳐져 있었고, 길 건너에는 한 무리의 사람들이 희망 없음에 맞서 피켓 시위를 하고 있었다. 피켓에는 **메스는 그만, 우리 마을을 되찾자**라고 쓰여 있었다. 모텔의 차양에는 게 모양의 작은 네온사인이 켜져 있었다. 직거래 장터에서는 줄기가 붉은 콜라드와 오목오목 골진 노란 호박을 팔고 있었다. '필수품과 유혹'이라는 이름의 가게에서는 에그 타이머와 도기 냄비, 그리고 언덕 위에서 판매되는 것의 일부만 선보인다는 30그램이 채 안 되는 대마초를 팔았고, 그 옆에서는 행상인이 연어 육포와 급랭 날개다랑어를 팔고 있었다.

나는 카버와 갤러거의 단골집이던 시내의 작은 식당인 코너하우스에서 던지니스 크랩 오믈렛을 먹었다. 갤러거가 키클롭스라고 부르던, 달걀 없은 팬케이크를 지금도 먹는다는 이야기를 들은 적이 있다. 매주 화요일 밤 메뉴는 여전히 스파게티 하나뿐이었다. 나는 카버의 식사 주문을 받던 웨이트리스들을 연상시킬 웨이트리스들을 보고 싶었다. 팬티스타킹 속 하지정맥류를 흐르는 냉소주의와 희망을 가진 그녀들. 나의 웨이트리스는 대체로 친절했다. 그날은 그녀의 생일이었다. 그녀 대신 내가 일어나 크랩 오믈렛을 대접해야 할 것 같다는 죄책감이 들었다. (그녀는 그날 오후면 손녀를 돌보며 생일을 기념할 터였다.) 식당 벽은 온통 옛날 사진들로 가득했다. 지름이 어른 키의 두 배나 되는 나무를 베고 거기 기대어 찍은 벌목꾼들 사진이었다. 다들 활짝 웃고 있었다.

나는 배가 불러서 오믈렛의 3분의 1을 남기려고 했지만, 나의 웨이트리스가 나를 놓아주지 않았다. "저희는 던지니스 크랩을 버리지 않아요." 되물을 여지도 없이 단호했다. 어떻게 그 말에 불복하거나 그녀를 실망시킬 수 있겠는가? 카버는 자신의 배에서는 누가 어떤 요구를 하든 거절당하지 않을 거라고 했었다. 잔뜩 배가 부른 채 그의 무덤에 도착하는 것만이 옳은 일이었다.

그의 묘비는 바다 위 높은 산마루 근처에 있었다. 갤러거를 위해 비워둔 옆자리의 것과 똑같은 검은 화강암 석판이었다. 나는 무덤 옆의 대리석 벤치 위, 새똥의 곡선들 사이에 앉았다. 벤치 아래에는 죽은 이를 위한 우편함처럼 검은 금속 상자가 있었고, 그 안에는 지퍼락 비닐봉지에 담긴 공책 하나가 있었다. 봉지를 열려니 심장박동이 빨라지고, 손바닥이 땀으로 젖어왔다. 빨간색의 두툼한 공책에는 시내 잡화점인 베이 버라이어티의 가격표가 찍혀 있었다. 수많은 목소리의 소리 없는 합창을 기대하며 페이지들을 넘기려는데 목이 메어왔다.

그러나 공책은 거의 비어 있었다. 갤러거가 한 달 전에 새 공책으로 바꿔놓은 것이다. 이번에도 역시 필요할 때면 꼭 없는, 상처 입은 부엉이들이었다. 단주 초기에 나는 한 소녀에게 맹금센터를 보여주고 싶었으나 찾을 수 없었다. 어딘가에, *어딘가에*, 불구가 된 쇠콘도르들이 숲속의 우리 안에서 그들만의 연속극을 살아가고 있다는 걸 알고는 있었는데. 이제 나는 똥의 괄호 사이에 야무지게 놓인 빈 공책과 함께 여기 있었다.

나는 다시 시내로 차를 몰고 내려가서, 어느 술집이나 모임에 가서 세파에 찌든 몇몇 어부나 벌목꾼 들을 꾀어내 내가 인용할 수 있게 뭐라도 그 공책에 쓰게 할까 잠시 상상했다. *사실대로 쓰세요*, 나는 그렇게 말할 것이다. 아니면 강의하던 버릇대로 이렇게 말할 것이다, *구체적으로 쓰세요*. 그러나 거기엔 나와 죽은 사람뿐이었다. 그 공책 첫 쪽에는 무언가를 쓸 모든 사람을 위해, 그리고 레이를 위해 갤러거가 남긴 메모가 있었다. *벤치 위에 비벼 끈 담배꽁초가 있어서 내가 쓸어냈어요. 나는 메시지를 받지 못했어요. 독수리 한 마리가 울고 있네요. 우리가 벤치로 다가갈 때 붉은꼬리말똥가리 한 마리가 우리에게 날아왔지요. 삶은 여전히 놀랍고, 당신은 나의 소중한 짐입니다.* 그 글을 읽자 상상했던 대로 소름이 돋았다.

다음 쪽에는 누군가 쓴 메시지가 있었다. *사람이 죽으면 자기가 믿는 곳으로 간다*. 몇 쪽 뒤에는 노스캐롤라이나의 한 뮤지션이 처음으로 카버의 작품을 읽으면서, 진정한 예술의 존재를 처음으로 느꼈노라고 쓴 글이 있었다. 그는 자신의 CD 한 장을 넣은 비닐 쇼핑백을 우편함에 넣어두었다. 카버가 사후세계에도 휴대용 시디플레이어가 있다고 믿었다면, 벌써 그 CD를 듣고 있었을 것이다. 가장 최근의 글은 한국에서 찾아온 누군가의 메모였다. *나는 내 길을 걷고 있고 당신은 쉬고 있네요. 당신이 한 일과 당신이 남긴 것에 감사합니다.*

그게 다였다. 나를 위해 울어주는 독수리는 없었다. 나는 그 벤치에서 내 옆에 앉아 있는 계약 논리의 오랜 유령을 느꼈다. 내가 이 순례를 한다면, 말씀을 듣게 될 것이다. 만약 내가 술을 끊으려는 이 소녀를 보살핀다면, 우리는 맹금을 보게 될 것이다. 만약 내가 이 남자와 함께 지내면서 술을 끊는다면, 우리는 함께 삶을 만들어나갈 것이다. 그러나 글이 빼곡한 공책을 기대하던 곳에는 빈 공책뿐이었고, 나는 그것을 탈탈 털다시피 했다. 나는 메시지를 얻지 못했다. 그러나 카버가 믿었던 프로그램은 사실 준 만큼 받는 그런 것이 아니었다. 그래서 나는 마지막 글의 다음 쪽을 펼쳐 간단히 이렇게 적었다. *감사합니다.*

——————— 아이오와의 어느 교회 뒷골목에서 나는 한 사서와 바이커와 싱글맘을 발견했다. 우리는 말했다. *안녕하세요. 이름이 뭐예요? 저는 이렇게 망가졌어요.* 켄터키에서 나는 보석 같은 크리스마스 조명 아래 앉아 자신의 마지막 위스키 병에 장례식을 치러주었다는 남자의 말에 귀를 기울였다. 암스테르담에서 나는 도자기 나막신에 2유로를 넣은 뒤, 딸이 자신에게 말을 걸지 않는 이유를 설명하는 여자의 말에 귀를 기울였다. 로스앤젤레스에서는 자기 고양이가 죽었다며 흐느끼는 노인의 말에 귀를 기울였다.

와이오밍의 어느 방, 말보로 연기가 자욱한 곳에 두 살배기를 데리고 온 스무 살 여자는 지질학자가 되고 싶다고 했다. 보스턴에서는 추수감사절에, 한 여자가 3년 전 그날에 목숨을 끊으려 했지만 실패하고 여기 이렇게 와 있다고 말했다. 포틀랜드에서는 한 사회운동가와 석유 굴착기사가 손목의 흉터를 서로 부딪치며 인사했다. *일은 잘 풀리지 않았고, 우린 이렇게 여기 있어요.*

아이오와, 켄터키, 와이오밍. 로스앤젤레스, 보스턴, 포틀랜드. 나는 그들 모두를 위해, 우리 모두를 위해 이 책을 썼다고 말할 수 있을 것이다. 아니 그들이 나를 위해 이 책을 썼다고 말할 수 있을 것이다.

미니애폴리스에서는 한 남자가 자신이 읽던 책의 여백 속으로 축소되면서, *50만분의 1*이 되었다. 어느 작은 갈색 공책 속에서, 한 여자는 자신을 법정에 세웠다. 텍사스의 넓은 시골에서는 한 남자가 신이 자신을 너무 또렷이 볼까 봐 걱정했다. 맨해튼의 한 병원에서는 죽어가는 한 여자가 수갑에 채워졌다. 워싱턴의 어느 강 옆에서, 한 남자는 커졌다. 미네소타의 어느 강 옆에서는 한 남자가 죽었다. 아이오와의 어느 교회 뒤에서 가죽옷을 입은 바이커는 여행은 이제 막 시작되었다고 말했고, 어느 싱글맘은 그것이 계속된다고는 상상할 수 없다고 했고, 나는 그 둘의 이야기를 들었다. 문은 잠겨 있었지만, 그렇다고 우리를 막지는 못했다.

저자의 말

이 책에서 중요한 비중을 차지하는 것은 '익명의 알코올중독자들'로, 많은 이들의 단주에서 중요한 역할을 해온 소중한 풀뿌리 조직이다. 그러나 이들의 12단계 회복법이 약물의존에 대한 유일한 접근법은 아니며, 분명 모든 사람에게 흡족한 방법도 아니고, 심지어 도움이 되지 않는 경우도 있다. 문제는 12단계 회복법 자체가 아니라—물론 한 주요 잡지에서는 몇 년마다 한 번씩 그것이 문제라고 주장하는 논쟁적인 해설기사를 싣기도 한다—그 12단계만이 우리가 돌봄을 이해하게 해준다는 생각이다. 윤리적 책임감이 있는 치료를 지향한다면 부프레노르핀과 메타돈 같은 약물을 포함한 훨씬 폭넓은 대안들은 물론, 인지행동 치료와 동기강화 치료 같은 치유적 접근법까지 아우를 필요가 있다.

20세기 후반의 상당 기간 동안, 12단계 회복법에 열중했던 수많은 재활 시설은 약물 보조치료가 단주 효과를 떨어뜨린다고 믿었다. 이는 약물 처방이 질병으로서의 중독에 대한 이해를 입증해주기보다는 마치 도덕적 실패의 신호, 사실상 누군가는 아직도 약물을 사용한

다는 신호로 받아들이는 것과 같았다. 그러나 저널리스트 루커스 만Lucas Mann이 중독의 위기에 맞서 지역사회에서 부프레노르핀을 처방하려는 의사들을 저지하는 규제와, 그들이 종종 부딪치는 중대한 위험 요소에 관해 쓴 에세이 「바로잡기 위한 노력Trying to Get Right」에서 지적했다시피, 약물 처방은 *계속적 사용*과는 크게 다르며, 약물 사용이 어쨌거나 도덕적 실패도 아니다. 예를 들어 부프레노르핀은 부분적인 작용약 역할을 하면서, 아편제 수용체와 결합해 나머지 아편제의 결합을 방해하며, 최대 47퍼센트까지만 자극한다. 그래서 환자들은 제한된(종종 존재하지 않는) 황홀감을 경험한다. 부프레노르핀의 길항제는 그것이 "남용"되었을 때도 과도하게 흡수되지 않도록 막아준다. 그리고 우리가 아는 그 약의 가장 효과적인 치료 중 하나는 헤로인중독자들이 안정을 찾고 삶을 재건하도록 돕는다는 것이다.

이 책을 쓰는 동안 내가 자문을 구했던 모든 임상의들은 12단계 회복법과 *함께* 약물 보조치료의 중요성을 강조하면서, 모두가 12단계와 의학 공동체 사이의 더욱 열린 소통을 열망했다. 그레그 하벌만 박사의 말처럼 "고양이 가죽을 벗기는 방법은 백 가지가 있"으며, 이 책을 쓰는 동안 나는 회복에 대한 여러 접근법을 아주 굳게 믿게 되었다. 약물 보조치료와 피해 축소에 관해 더 읽어보고 싶은 독자들을 위해 루커스 만의 에세이 「바로잡기 위한 노력」(잡지 『게르니카*Guernica*』에 수록), 세라 레즈닉Sarah Resnick의 에세이 「H.」(잡지 『n+1』에 수록), 가보르 마테의 『아귀의 세계에서: 중독과의 만남』, 마이아 샬라비츠Maia Szalavitz의 『손상되지 않은 뇌: 중독 이해의 혁명적 새 방법*Unbroken Brain: A Revolutionary New Way of Understanding Addiction*』 등을 추천한다. 샬라비츠의 책은 중독을 학습장애로 매우 명쾌하게 재규정하고 있다. 만약 중독으로 인한 부정적인 결과에도 불구하고 그 집요함으로 중독을 규정한다면 어떻게 처벌이 가장 효과적인 해결책일 수 있냐고 샬라비츠는 주장한다.

우리가 중독에 관해 말하는 이야기들은 항상 사법 정책이나 사회적 견해에 중대한 영향을 미쳐왔다. ('마약과의 전쟁'은 이것을 가장 적나라하게 보여주는 예일 뿐이다.) 그리고 중독 서사에 관한 한, 해피엔딩—지속적인 절제—이라는 한 가지에만 초점을 맞추려는 유혹이 있을 수 있다. 그러나 절제는 치유에 대한 제한적 정의로, 피해 축소에 필요한 작업을 경시할 위험이 있다. 청결 바늘 프로그램, 주사 현장 감독 시설, 처방전 없는 나칸Narcan(날록손, 약물 과다복용 치료제) 판매, 중독자들에 대한 의료 관리 등은 여전히 필요하다. 절제 이외의 다른 줄거리를 받아들인다는 것은 곧 중독 이야기가 모두 똑같은 궤적을 그리지는 않는다는 사실을 받아들인다는 뜻이며, 우리가 상상할 수 있는 결과가 절제뿐인 것처럼 작용하지 않을 정책 방안들을 추구한다는 뜻이다.

내가 이 책을 쓰는 과정에 대해 루커스 만—중독에 관해 많은 글을 썼던 저널리스트일 뿐 아니라 개인적으로 내 친구이기도 하다—과 이야기했을 때, 그는 자기보다 내가 더 많이 12단계 회복법을 믿는 것 같다고 했다. 그는 그 프로그램이 끼칠 수 있는 피해를 직접 목격한 사람이다. 그는 소변에서 헤로인이 검출되었다는 이유로 메타돈 유지 프로그램에서 쫓겨난 남자를 알고 있었다. 그게 치료인가? 루커스에게 그것은 지저분한 재발 이야기에 공간을 내어줄 수 없는 절제 유일 문화의 가혹한 결과물처럼 보였다. 그 남자는 프로그램에서 쫓겨나고 6주 후 약물 과다복용으로 숨졌다. 루커스가 말한 남자는 그의 형이었다.

모든 중독자는 누군가의 형제, 누군가의 아들, 누군가의 연인, 누군가의 아버지, 또는 동시에 그 모든 것—또는 그 어느 것도 아닌 철저히 혼자—이지만, 항상, 여전히, 소중한 인간 삶의 한가운데 있는 누군가이다.

단주 이야기의 지저분한 부분들, 에필로그와 각주와 후기가 항상 우리 마음에 드는 건 아니다. 빌 윌슨의 LSD 실험, 찰스 잭슨이 다시 세코날과 술로 돌아간 이야기, 존 베리먼의 재발, 술 끊은 카버가 마리화나와 코카인을 한 이야기가 그렇다. 한편 호전에 관한 이야기가 완전한 절제의 이야기가 아닐 때도 있다. 때로 그것은 위험을 줄이고 건강을 회복하는 이야기다. 가보르 마테는 세라 레즈닉에게 이렇게 말했다. "절제는 모든 사람에게 강요할 수 있는 모델이 아닙니다. 그것이 효과 있는 사람들에게는 아무런 문제가 없어요. 하지만 약물중독 치료와 관련해서는 한 사이즈가 모두에게 맞는다고 가정하지요. 그렇기에 절제의 길을 갈 수 없는 사람들에게 관여하기를 거부한다면, 그건 포기하는 겁니다."

피해 축소를 지지하는 견해는 단주가 당장 이루어지지 않을 수 있음을, 혹은 궁극적으로 모두가 단주에 성공하지 않을 수 있음을 인정한다. 중독 이야기의 결말이 모두 승리의 장으로 끝나지 않을 수도 있다는 것이다. (그리고 설사 승리로 끝난다고 해도 결코 그것이 끝도 아니며, 절대 쉽지도 않다.) 우리가 절제의 폭압—오직 절제만이 유의미한 치유라는 인식—에 저항할 때 우리는 아직 구할 수 있는 삶들이 있다고, 더 건강한 삶으로 데려올 수 있는 아픈 사람들이 아직 있다고 인식할 여지가 있다.

정책 차원에서 보면, 이 책은 우리의 국가적 패러다임을 투옥에서 비범죄화로 바꾸자고 이미 주장한 바 있다. 그러나 책을 갈무리하는 이 글에서, 나는 이 맥락을 따라간 고무적인 선례들이 있다는 사실만을 언급하고자 한다. 포르투갈과 아일랜드의 약물 비범죄화 프로그램은 물론, 스위스와 캐나다에서 성공적으로 관리되고 있는 주사 클리닉, 그리고 비슷한 클리닉을 미국에도 도입하려는 노력들이 그것이다. 예를 들어 뉴욕주 이타카에서는 시장 스반테 미릭Svante Myrick의 주도하에 그런 노력이 이루어지고 있다. 약물 비범죄화는 단지 우리가 약물 남용이라는 미국의 전염병과 싸우기 위해 해야 할 작업의 한 부분, 그리고 대량 투옥이라는 도덕적 오점과 싸우기 위해 해야 할 작업의 한 부분이 아니라, 치료가 가장 효율적으로 이루어지는 데 필요한 법적 인프라이기도 하다.

그것은 단지 정책의 문제가 아니라, 우리가 중독자들을 악당으로—이 경우에는 범죄자를 악당으로—여기고 처벌만이 가치가 있다고 생각하는 방식을 근본적으로 개혁하는 문제이기도 하다. 그건 단지 동정심의 문제가 아니라 실용주의의 문제다. 사람들이 호전되게 하려면 무엇이 도움이 될까? 그것은 우리 시각을 조정하는 문제다. 감옥에 다녀온 후 지금은 형법 개혁가로 일하는 조니 페레스Johnny Perez는 그 문제를 이렇게 말한다. "우리가 사람을 사람으로 본다면, 사람을 사람으로서 대할 것입니다. 이상입니다."

감사의 말

이 책의 이야기는 곧 그 출처의 이야기입니다. 회복 모임 같은 효과가 있는 책을 쓰고 싶었던 터라, 저의 이야기와 함께 다른 사람들의 이야기도 넣어야 한다는 걸 알고 있었습니다. 그러나 회복에 관한 글을 쓰면서 가장 주안점을 두었던 부분은 제가 등장시킨 많은 이들의 익명성을 지키는 것이었습니다. 그래서 이 책에서 가장 많이 나오는 이야기들 속 회복의 주인공들—소여, 그웬, 마커스, 셜리—은 제가 저널리스트로서 접근한 사람들이었고, 가명을 사용했습니다. 그들은 자신의 삶을 이 프로젝트에 사용하도록 동의해주었습니다. 그들이 내어준 시간, 그들의 솔직함과 기억과 통찰에 깊이 감사드립니다. 그들의 이야기는 2015년에 이루어진 전화 및 대면 인터뷰를 토대로 했습니다.

또한 이 책에 등장하는 동시대의 회복 중인 사람들에 대해서는—그러지 않기를 요구했을 경우를 제외하고—거의 모두 가명을 사용했으며, 일부 경우 지리적 위치나 젠더 같은 세부 사항도 바꾸었습니다. 가능한 한 지면 속에 등장하는 모든 분의 허락을 구했으며, 제 개인적

이야기에 그들이 등장하는 경우에는 해당 페이지들을 먼저 읽어볼 수 있도록 했습니다.

그들의 익명성을 지키기 위해서 저의 회복에 가장 중요한 도움을 준 사람들에 관해서는 많은 부분을 다루지 않았습니다. 그러나 그들에게 깊은 고마움을 느낍니다. 저의 단주의 일부가 된 단주의 삶을 살아온 모든 분—이름 모를, 영광스러운 모든 분—께 감사를 드립니다.

이 책의 자료 조사를 하면서 많은 아카이브에서 시간을 보냈는데, 그 보고를 탐사하도록 도움을 준 모든 분께 감사드립니다. 뉴햄프셔주 하노버에 있는 다트머스 칼리지의 로너 특별장서 도서관의 찰스 R. 잭슨 문서, 미니애폴리스 미네소타대학교의 존 베리먼 문서, 오클라호마주에 있는 털사대학교 맥팔린 도서관의 진 리스 아카이브, 메릴랜드 칼리지파크 국립아카이브의 나코틱 팜 기록, 뉴욕 카토나에 위치한 스테핑 스톤스 재단 아카이브, 뉴저지 뉴브런즈윅에 있는 러트거스대학교의 알코올 연구 도서관센터, 오스틴에 있는 텍사스대학교 해리 랜섬 센터의 데이비드 포스터 월리스 문서와 데니스 존슨 문서, 뉴욕시 컬럼비아대학교의 윌리엄 S. 버로스 문서 관계자 여러분께 감사드립니다.

중독 과학과 치료에 관해서는 임상의 겸 연구자 세 분에게 견해를 물었습니다. 존스홉킨스 대학병원에 소속된(또는 연계된) 임상의 메그 치점, 애덤 캐플린, 그레그 하벌만입니다. 또한 작가 루커스 만과 나눈 여러 차례의 대화는 12단계 회복법과 약물 보조치료의 관계를 생각하는 데 굉장히 유익한 경험이었습니다. 칼턴 에릭슨Carlton Erickson의 『중독의 과학*Science of Addiction*』, 칼 하트의 『값비싼 대가*High Price*』, 마이아 샬라비츠의 『손상되지 않은 뇌: 중독 이해의 혁명적 새 방법』 등은 모두 중독의 심리학적, 생리학적 복잡성은 물론, 중독 연구가 특수한 이야기들을 하도록 왜곡되어온 방식을 명확히 이해하고 새롭게 인식하도록 도움을 주었습니다.

이 책에서 다룬 문학적, 전기적 분석은 문학 전기 작가들의 업적에 큰 빚을 지고 있습니다. 특히 매혹적이고 흠잡을 데 없는 찰스 잭슨의 전기 『더 멀고 더 험한*Farther and Wilder*』을 쓰고, 지면 안팎에서 늘 잭슨의 유쾌한 동료였던 블레이크 베일리에게 많은 빚을 졌습니다. 잭슨을 다룬 저의 글에 대한 블레이크의 피드백은 직무상의 의무를 훨씬 넘어선 것이었습니다. 우리의 의견이 늘 같지는 않지만, 저의 글은 늘 우리의 논쟁 덕에 더 나아집니다. D. T. 맥스가 정성스레 쓴 데이비드 포스터 윌리스의 전기 『모든 사랑 이야기는 유령 이야기다*Every Love Story Is a Ghost Story*』와 맬컴 라우리와 레이먼드 카버에 관한 그의 기사를 참고했고, 그는 친절하게도 이 책의 여러 부분에 관해 통찰 가득한 피드백을 아낌없이 주었습니다. 다른 여러 전기도 매우 소중한 자료가 되었습니다. 더글러스 데이douglas Day의 『맬컴 라우리』, 캐럴 스클레니카의 『레이먼드 카버: 작가의 삶』, 캐럴 앤지어의 『진 리스: 삶과 일』, 릴리언 피치키니의 『블루 아워: 진 리스의 생애*The Blue Hour: A Life of Jean Rhys*』, 존 해펀든John Haffenden의 『존 베리먼의 삶*Life of John Berryman*』, 존 스웨드John Szwed의 『빌리 홀리데이: 뮤지션과 신화』, 줄리아 블랙번Julia Blackburn의 『빌리와 함께: 잊지 못할 레이디 데이를 보는 새로운 시선*With Billie: A New Look at the Unforgettable Lady Day*』, 빌리 홀리데이의 자서전 『블루스를 부르는 여인』이 그렇습니다. 또한 조지 케인의 생전의 기억을 공유해준 그의 가족—특히 조 린 풀과 말리크 케인Malik Cain—에게 감사를 드립니다.

문학적 분석 연구를 하면서는 중독, 회복, 창조력의 복잡한 관계를 이해하도록 도와준, 통찰 깊은 여러 비평가와 학자 들과 대화를 나누었습니다. 존 크롤리의 『백색 논리: 미국 모더니즘 픽션 속의 알코올중독과 젠더*White Logic: Alcoholism and Gender in American Modernist Fiction*』, 올리비아 랭의 『에코 스프링 여행: 작가와 음주에 관하여*Trip to Echo Spring: On Writers and Drinking*』, 『뉴욕 리뷰 오브 북스』에 실렸던 일레인 블레어Elaine Blair의 데이비드 포스터 월리스에 관한 에세이 「눈부신 새 출발A New Brilliant Start」 등은 중독, 회복, 창조력 사이의 관계를 인간애와 통찰력을 가지고 검토한 문학비평들입니다. 크롤리의 책은 특히 잭슨과 라우리 사이의 경쟁 관계, 그리고 『잃어버린 주말』과 『화산 아래서』가 알코올중독에 관한 대조적인 관점을 제공하는 방식을 조명함으로써 영감과 도움을 주었습니다.

중독이 20세기 미국에서 이야기되어온 방식에 대해 더 큰 사회적 맥락을 이해하려고 애쓰는 과정에서, 엄청난—그리고 필연적으로 소름 끼치는—통찰과 깨달음을 발견하게 해준 책들이 있습니다. 미셸 알렉산더의 『새로운 짐 크로: 색맹 시대의 대량 투옥』, 드루 험프리스의 『크랙 엄마들: 임신, 마약, 미디어*Crack Mothers: Pregnancy, Drugs, and the Media*』, 요한 하리의 『비명을 쫓아서: 마약과의 전쟁 첫째 날과 마지막 날』, 도리스 마리 프로빈Doris Marie Provine의 『법 아래 불평등한: 마약과의 전쟁에서 인종 문제*Unequal Under Law: Race in the War on Drugs*』, 아비탈 로넬의 『크랙 전쟁: 문학 중독 광기*Crack Wars: Literature Addiction Mania*』, 이브 코소프스키 세지윅의 「의지라는 전염병Epidemics of the Will」 등은 사회적 상상력이 어떻게 다양하고 종종 모순적인 중독의 개념을 흡수하고 생산하는지 생각을 정리하는 데 도움이 되었습니다. 가보르 마테의 『아귀의 세계에서』는 중독, 피해 축소, 비범죄화를 새로운 측면에서 생각하게 해주었습니다. 낸시 캠벨Nancy Campbell, J. P. 올슨J. P. Olsen, 루크 월든Luke Walden의 『나코틱 팜*The Narcotic Farm*』은 렉싱턴 치유법에 관해 없어서는 안 될 자료였습니다. 또한 클래런스 쿠퍼의 『더 팜』, 윌리엄 버로스의 『정키』, 빌리 버로스 주니어의 『켄터키 햄』, 헬렌 맥길 휴스 Helen MacGill Hughes의 『멋진 오두막: 약쟁이 여자의 자서전』 등에서 다룬 나코팜에 대한 문학적 설명도 참조했습니다.

내내 통찰과 지혜를 저에게 공유해주면서 약물의존과 싸우는 취약계층을 지원하는 의사, 사회복지사, 전문 간병인 들께 감사를 드립니다. 이 책으로 받은 선금의 상당 부분은 약물의존을 겪는 취약계층 지원에 헌신하는 비영리 기구 두 곳에 기부했습니다. 뉴욕시의 임시 거주 시설인 '브리지'와 감옥에서 석방된 여성과 노숙 여성을 돌보고 입원환자 치료 프로그램을 운영하는 볼티모어의 임시 거주 시설인 '매리엔 하우스'입니다.

이 책을 위한 연구 조사의 상당 부분은 예일대학교 박사과정에서 썼던 논문에서 끌어냈으며, 와이 치 디복, 에이미 헝거퍼드, 케일럽 스미스 등 도움말을 주셨던 분들에게 감사를 드립니다. 세 분 모두 까다로운 질문과 예리한 통찰로 몇 년 동안 계속해서 저를 지원해주었습니다. 케일럽은 제가 미처 필요성을—종종—깨닫지 못할 때에도 저에게 필요한 자극을 주었습니다. 한때 저의 교사였고, 이제는 영원한 친구인 찰스 담브로시오는 제가 만났던 가장 예외적인 사람 중 한 명입니다. 앉아서 글을 쓸 때마다 저는 그의 말을 염두에 두고 있습니다.

래넌 재단에서 2015년 4월 한 달 동안 텍사스 마파의 주거를 제공해주었고, 그 한 달 덕분에 이 책이 세상에 나왔다 해도 과언이 아닙니다. 저는 제 사무실 바닥에 개요를 펼쳐놓고, 하루 열두 시간씩 작업했고, 덕분에 이 책이 실제로 *나올* 수 있다고 믿었습니다.

멀고 가까운 훌륭한 편집자들과 함께 일하게 된 것은 행운이었습니다. 특히 그랜타의 맥스 포터, 한저 베를린의 카르스텐 크레델, 베월레르 퇴를라그의 스반테 베윌레르, 홀란츠 딥의 로버르트 아메를란과

디아나 흐보즈던, 파야르의 소피 드 클로제와 레오넬로 브란돌리니, 그리고—물론 언제나—그레이울프의 제프 쇼츠와 피오나 맥크레이, 그리고 모방 불가능한 앰버 쿠레시, 내게 특별한 마이클 태컨스, 이들 모두가 친구이자 동맹이며, 마음이 맞는 삶의 동지들입니다. 이 여정을 가능하게 해준 '튜스데이 에이전시'의 트리니티 레이와 케빈 밀스에게 감사를 드립니다. 내가 그 일원임을 영원히 감사하게 여기는 공동체인 컬럼비아대학교의 고무적인 동료들에게 고마운 마음을 전합니다. 그리고 컬럼비아, 예일, 웨슬리언, 서던뉴햄프셔 대학교 등 저에게 도전하고 놀라움과 영감을 주었던 과거와 현재의 모든 학생에게 감사를 드립니다. 션 레이버리는 거의 1년 동안 이 책을 위해 사실 확인을 해주면서, 〈리얼 월드〉부터 '마약과의 전쟁'에 이르는 모든 것에 관해 저를 바로잡아 주었습니다.

10년 넘게 와일리 에이전시와 일하고 있는데, 처음부터 저를 믿어준 앤드루 와일리, 저의 동맹이자 믿을 만한 의논 상대, 열렬한 옹호자, 그리고 수년간의 소중한 친구로 마치 자연의 힘처럼 막을 수 없는 진 오를 만나게 된 것은 엄청난 행운이라 생각합니다. 내겐 은인이자 귀재인 제시카 프리드먼, 그리고 영국 와일리의 여러분, 특히 루크 잉그럼과 세라 챌펀트에게도 특별히 감사드립니다.

리틀 브라운 출판사의 모든 분께, 그리고 제가 깊이 우러르는 유산으로 초대해준 마이클 피치에게, 저를 믿어준 레이건 아서에게 감사를 드립니다. 너무도 아름다운 표지를 디자인해준 앨리슨 워너, 그 안의 모든 것을 제대로 만들어준 패멀라 마셜, 데버라 P. 제이컵스, 데이비드 코언에게, 그리고 이 책이 세상에 나오도록 도와준 크레이그 영, 로런 벨라스케스, 세브리나 캘러핸, 리즈 개리거에게 감사드립니다. 황홀한 오디오 동굴에 들어간 저를 반겨준 셰릴 스미스, 찰스 매크로리에

게, 세라 하우건과 신시아 사드에게, 그리고 물론 첫 모임에 와준 폴 보카디에게 감사를 드립니다. 마지막으로 대단히 총명하고 매우 열정적인 벤 조지에게 깊은 감사를 드립니다. 처음부터 당신이야말로 이 책을 위한 편집자라고 믿었지만, 같이 작업하는 과정은 상상했던 것보다 더 강렬했고 더 큰 보람이 있었습니다. 당신의 인간애, 흔들림 없는 믿음, 혼이 담긴 시각에 감사를 드립니다. 당신의 작업은 틀림이 없습니다.

너무도 훌륭한 작가와 사상가 들을 내 삶의 영원한 친구로 두게 된 것은 행운입니다. 그들은 8년 동안 이 책에 관한 제 이야기에 귀를 기울여주었습니다. 그에 대해 감사드리며, 특히 이 책의 부분들을 읽어준 분들(제러미 레프와 그레그 파들로)과 기적처럼 전체를 읽어준 분들, 해리엇 클라크, 콜린 킨더, 그레그 잭슨, 남 레, 에밀리 매처, 카일 매카시, 제이컵 루빈, 로빈 와서먼에게 감사를 드립니다. 또한 동료애와 지혜를 베풀어준 많은 분들, 특히 레이철 패그넌트, 애비 와일드, 아리아 슬로스, 케이티 패리, 브리 호퍼, 태라 메넌, 알렉시스 케마, 케이시 셉, 미란다 페더스톤, 벤 뉴전트, 키키 페트로시노, 맥스 니컬러스, 짐 웨더롤, 니나 시걸, 브리짓 탤론, 에마 보저스-스콧, 마고 카민스키, 제니 장, 미셸 허니븐, 마이카 피처먼-블루, 태린 슈월링, 알리 마리아나, 수전 슈미트, 스테이시 페럴먼, 그리고 딜럭스의 숙녀분들—특히 제이미 파워스와 메리 시먼스—그리고 과거의 점심 식사 회원들인 이브 피터스, 어맬리아 맥기번, 케이틀린 필라, 메그 스웨틀로에게도 감사를 드립니다.

데이비드 고린에게 특별히 감사의 말을 전하고 싶습니다. 이 책의 원고를 한 번도 아닌 두 번이나 읽어주었고 내용이 더 진실되도록 진심과 특유의 정신을 쏟아부어 주었습니다. DG에게, 우리가 함께 지낸 오랜 시간에, 당신의 보살핌과 지성, 통찰, 이 프로젝트에 보여준 은혜에 감사드려요.

내 삶의 뿌리가 되어주고 영감을 준 가족 모두에게 감사드립니다. 짐, 필리스, 벤, 조지아, 제너비브, 이언, 캐시, 케리, 콜린, 그리고 그들의 다음 세대에게, 잭 할아버지(무려 백 살이신!)에게, 특히 고모 케이와 캐슬린, 그리고 양부모 메이와 월터에게 감사드립니다. 처음부터 우러렀던 오빠 줄리언과 엘리엇, 그들의 아름다운 가족에게, 너무도 사랑해서 마음이 뭉클해지는 아빠 딘, 하나뿐인 사랑하는 엄마 존 레슬리에게 감사를 전합니다. 엄마에게는 어떤 말과 어떤 감사로도 충분하지 않을 거예요. 그 사랑이 없었다면 나는 아무것도 하지 못했을 거예요.

고마워 릴리. 너는 아름다운 인간, 데르비시 토네이도, 폭죽이자 기쁨이야.

날마다 사랑으로 나를 깨워주는 이오니 버드, 고마워. 모든 것이 이제 시작이구나.

마지막으로 이 책을 처음 읽어주고 이 책이 무엇이 될 수 있는지 이해시켜주고, 1년 후 다시 읽어주며 마저 길을 가도록 도와준 남편 찰스 복에게 감사드립니다. 당신의 지능, 아름다운 글, 그리고 무엇보다 당신의 사랑이 고맙습니다. 당신은 누구와도 다른 방식으로 나를 웃게 해줍니다. 내가 쓸 수 있는 삶의 대본보다 더 나은 삶의 하루하루를 만들어주어서 감사합니다.

미주

I. 경이로움

14 **AA 모임에서 말한다는 건 제게는 늘 위험한 일입니다… 저는 제 소설의 주인공이 되는 것에 진절머리가 났던 것 같아요… 저는 알코올중독의 결정적 초상이라고 불리는 책을 썼습니다…** 찰스 잭슨Charles Jackson, 익명의 알코올중독자들 모임에서의 연설, 오하이오 클리블랜드, 1959년.

27 **아이오와시티 음주 신화는 우리의 술자리 밑을 지하의 강처럼 흐르고 있었다…** 아이오와에서 존 치버John Cheever의 행적에 관한 것은 블레이크 베일리Blake Bailey의 전기 *Cheever: A Life*(New York: Knopf, 2009) 참조. 아이오와에서 레이먼드 카버Raymond Carver의 행적에 관한 것은 캐럴 스클레니카Carol Sklenicka의 전기 *Raymond Carver: A Writer's Life*(New York: Scribner, 2009) 참조. [한국어판: 캐럴 스클레니카, 『레이먼드 카버: 어느 작가의 생』, 고영범 옮김(강, 2012)]. 이들의 우정에 대한 생생하고 예리한 설명은 Olivia Laing, *The Trip to Echo Spring: On Writers and Drinking*(New York: Picador, 2014) 참조. [한국어판: 올리비아 랭, 『작가와 술』, 정미나 옮김(현암사, 2017)]. 아이오와에서 존 베리먼John Berryman의 행적에 관한 자세한 내용은 존 해펀든John Haffenden의 전기 *The Life of John Berryman*(London: Methuen & Co., 1984) 참조.

28 **한낱 가련하고 유한한 인간…** Denis Johnson, "Where the Failed Gods Are Drinking," *The Throne of the Third Heaven of the Nations Millennium General Assembly: Poems Collected and New*(New York: Harper Perennial, 1995).

28 **존 치버가 강의를 하러 아이오와에 왔을 때, 그는 그 골짜기가 매우 고마웠다…** 카버와 치버의 우정에 관해 자세한 내용은 Sklenicka, *Raymond Carver: A Writer's Life*, pp. 253, 258 참조. 예이츠Richard Yates와 더뷰스Andre Dubus에 관해서는 블레이크 베일리의 예이츠 전기 *A Tragic Honesty: The Life and Work of Richard Yates*(New York: Picador, 2003) 참조.

28 **그와 나는 오로지 술만 마셨다…** 레이먼드 카버, 인용 출처는 Sklenicka, *Raymond Carver: A Writer's Life*, p. 253.

28 **파란 생쥐와 핑크 코끼리… 백색 논리가 비추는 무자비하고 유령 같은 삼단논법…**

Jack London, *John Barleycorn*(New York: The Century Company, 1913), pp. 7~8.

29 **무감각한 구더기에 무감각하게 물린… 모든 환상을 꿰뚫어 본다… 신은 나쁘고, 진실은 속임수이며, 삶은 농담이다…** 같은 책, p. 14. 어떤 판본에서는 이 부분이 "선은 나쁘고, 진실은 속임수이며, 삶은 농담이다"로 인용되기도 한다(예를 들면 *Saturday Evening Post* 185, no. 7, March 15, 1913에 실린 잭 런던의 소설 연재 부분).

29 **우주적 슬픔…** 같은 책, p. 309.

30 **너무 심해서 누군가 두뇌 속의 신경을 찌르고 있는 것 같다…** Raymond Carver, "Vitamins," *Collected Stories*, ed. William Stull and Maureen Carroll(New York: Library of America, 2009), p. 427.

30 **작가 패거리한테 담배 피우지 말라고 말하면 안 되죠… 이제 우리가 살아온 이야기를 서로에게 털어놓자고…** 레이먼드 카버, 인용 출처는 Sklenicka, *Raymond Carver: A Writer's Life*, p. 270.

30 **레이는 우리가 임명한 딜런 토머스였다. 있을 수 있는 모든 어둠과 맞서 살아낼 용기를 그에게서 접할 수 있었다…** Sklenicka, *Raymond Carver: A Writer's Life*, p. 265.

30 **그를 바라보는 것조차 정말 쉽지 않은 일이었다. 술과 담배가 어찌나 많았던지…** 같은 책, p. 269.

30 **물론 음주에 편승하는 신화는 있다…** 레이먼드 카버 인터뷰, Mona Simpson and Lewis Buzbee, *Paris Review* 88(Summer 1983).

31 **보이지 않는 힘…** Sklenicka, *Raymond Carver: A Writer's Life*, p. 269. 『존 발리콘』에 대한 카버의 애착을 다룬 스클레니카의 자세한 설명 참조.

34 **꽃송이 위의 벌새처럼…** Denis Johnson, *Jesus' Son*(New York: Picador, 2009), p. 53.

34 **오늘 매키니스 기분이 별로야. 방금 내가 녀석을 쐈거든…** 같은 책, p. 37.

34 **하늘이 갈라지더니…** 같은 책, p. 66.

35 **존슨은 1967년 가을 대학 신입생으로 아이오와시티에 도착한 후…** 존슨의 1학년 생활에 관한 이 세부 사항들은 1967년 9월 20일 그가 부모인 베라 칠드러스Vera Childress와 앨프리드 존슨Alfred Johnson에게 쓴 편지를 참고한 것이다. Denis Johnson Papers, Harry Ransom Center, University of Texas at Austin.

35 **친구, 너를 구치소에서 꺼내려고 온종일 애썼지만…** 페그Peg[성은 알려지지 않음]가 1967년 11월 데니스 존슨에게 쓴 카드. Denis Johnson Papers, Harry Ransom Center, University of Texas at Austin.

35 **나는 그녀의 벌어진 입에 내 입을 포개어…** Johnson, *Jesus' Son*, p. 93.

36 **그 안에서 다이아몬드가 소각되고 있는…** 같은 책, p. 9.

36 **그리고 당신들, 어리석은 사람들은…** 같은 책, p. 10.

37 **우리 모두가 비극적이라고 믿었기 때문에…** 같은 책, p. 32.

39 **위스키와 잉크. 이는 존 베리먼에게 필요한 액체다…** Jane Howard, "Whisky and Ink, Whisky and Ink," *Life Magazine*, July 21, 1967, p. 68.

40 **나는 존재한다, 바깥에…** John Berryman, "Dream Song 46," *The Dream Songs*(New York: Farrar, Straus and Giroux, 1969).

40 **자네는 방사성인가, 친구?…** John Berryman, "Dream Song 51," *The Dream Songs*.

40 **이봐, 거기!—조교수들, 정교수들, 부교수들—강사들…** John Berryman, "Dream Song 35," *The Dream Songs*.

40 **아무런 보호 장비도 없이 악천후 속에서…** 디닌 페킨파Deneen Peckinpah가 존 베리먼에게, July 8, 1970, John Berryman Papers, University of Minnesota.

41 **현재 액수가 어마어마해서…** 제임스 셰이James Shea가 존 베리먼에게, September 1954, John Berryman Papers, University of Minnesota.

41 **베리먼은 아이오와에 나타난 바로 그날, 계단에서 넘어져…** Laing, *The Trip to Echo Spring: On Writers and Drinking*, p. 225 참조.

41 **베리먼은 종종 나한테 전화했다…** 벳 시슬Bette Schissel, 인용 출처는 Haffenden, *The Life of John Berryman*, p. 283.

41 **배고픔은 그에겐 본질적이었다…** John Berryman, "Dream Song 311," *The Dream Songs*.

41 **나는 어머니의 사랑을 간절히 원했고…** 질 베리먼Jill Berryman이 존 베리먼에게, 인용 출처는 Haffenden, *The Life of John Berryman*, p. 9.

41 **나에게는 고통의 권위가 있다…** Haffenden, *The Life of John Berryman*, p. 149.

41 **수치심에 대한 폭력적인 울화와 면도날 같은 감수성…** 같은 책, pp. 154~55.

42 **저라면 릴케와의 유사성이나…** 제임스 셰이가 존 베리먼에게, January 19, 1954, John Berryman Papers, University of Minnesota.

42 **영감은 죽음의 위협을 담고 있었다…** Saul Bellow, "Introduction," John Berryman, *Recovery*(New York: Farrar, Straus and Giroux, 1973), p. xii.

42 **자네의 작품을 읽다 보면 종종, 자네의 시들은…** 디닌 페킨파가 존 베리먼에게, July 8, 1970, John Berryman Papers, University of Minnesota.

42 **어떤 것은 맨정신을 위해 말해질(말해졌을) 수 있지만…** John Berryman, "Dream Song 57," *The Dream Songs*.

43 **'흥미로운 것'에 대한 허무주의적이고 감상적인 관념…** Susan Sontag, *Illness as Metaphor*(1978; 재판, New York: Picador, 2001), pp. 31, 26, 28. [한국어판: 수전 손택, 『은유로서의 질병』, 이재원 옮김(이후, 2002)].

44 **진실과 단순성, 원시적 감정을 다시 한번 보게…** 퍼트리샤 하이스미스, 인용 출처는 Olivia Laing, " 'Every hour a glass of wine'—The Female Writers Who Drank," *The*

Guardian, June 13, 2014.

45 **여자들이란, 위험과 복잡한 상황들을 이해할 수 없는…** Malcolm Lowry, *Under the Volcano*(New York: Reynal and Hitchcock, 1945), p. 108. [한국어판: 맬컴 라우리, 『화산 아래서』, 권수미 옮김(문학과지성사, 2011)].

45 **술을 마시지 않을 거예요…** Elizabeth Bishop, *One Art: Letters*, ed. Robert Giroux(New York: Farrar, Straus and Giroux, 1995), pp. 210~11.

45 **제발 부탁이에요… 지난 실수 때문에…** 같은 책, p. 600.

45 **아마도 제인 볼스는 그녀가 좋아하던…** Negar Azimi, "The Madness of Queen Jane," *The New Yorker*, June 12, 2014.

46 **아마도 마르그리트 뒤라스는… 무언가는 이해하고 있었을…** 뒤라스의 이 일화의 출처는 Edmund White, "In Love with Duras," *New York Review of Books*, June 26, 2008. 화이트는 이렇게 쓴다. "그런 다음 [뒤라스와 그녀의 동료 얀 안드레아Yann Andréa는] 싸구려 보르도 와인 마개를 따기 시작했을 것이며, 그녀는 두 잔을 마시고 토하고, 그러고도 계속 마셔 많게는 9리터를 마시고 정신을 잃었을 것이다." 9리터는 12병으로 번역되었는데, 일반적으로 알려진 치사량을 훨씬 넘는 것이므로, 화이트가 뒤라스와 그녀의 음주에 관해 과장하고 있을 가능성이 높다. 물론 뒤라스는 매일 인사불성이 될 만큼 많이 마시고 있었다.

46 **여자가 술을 마시면…** Marguerite Duras, *Practicalities*(London: William Collins Sons, 1990), p. 17.

46 **여성의 중독은 가족 관계를 통제하는 데 실패했다는 신호로…** Sherry H. Stewart, Dubravka Gavric, and Pamela Collins, "Women, Girls, and Alcohol," *Women and Addiction: A Comprehensive Handbook*(New York: The Guilford Press, 2009), p. 342.

47 **나는 탈출했다. 문이 열렸고 나는 햇빛 속으로 나아갔다…** Jean Rhys, *Smile Please: An Unfinished Autobiography*(New York: Harper & Row, 1979), p. 142.

47 **리스와 그녀의 남편은 비록 가난한 부부였지만…** 1919년 말 파리에서 리스의 삶의 세부는 Carole Angier, *Jean Rhys: Life and Work*(New York: Little, Brown, 1991), pp. 107~13 참조.

47 **파리는 잊으라, 잊으라 말하네. 너 자신을 놓으라 하네…** Jean Rhys, *After Leaving Mr. Mackenzie*, in *The Complete Novels*(New York: W. W. Norton, 1985), p. 91.

47 **나는 결코 좋은 엄마가 아니었다…** Angier, *Jean Rhys: Life and Work*, p. 113.

47 **이 바보 같은 아기, 불쌍한 것이 이상한 색으로 변했는데…** 같은 책, p. 112에서 인용.

47 **우리가 술을 마시는 동안 아이는 죽어가고 있었다…** Rhys, *Smile Please*, p. 119.

48 **나는 나 자신을 알아요…** Jean Rhys, *Good Morning, Midnight*, in *The Complete*

Novels(New York: W. W. Norton, 1985). [한국어판: 진 리스, 『한밤이여, 안녕』, 윤정길 옮김(펭귄클래식코리아, 2015)]. 인용 출처는 Angier, *Jean Rhys: Life and Work*, p. 378.

48 **잠자는 사람이 뒤엉킨 담요와 싸우듯 삶과 싸운다**… Mary Cantwell, "Conversation with Jean Rhys, 'the Best Living English Novelist,'" *Mademoiselle*, October 1974.

49 **빈속에 와인 한잔을 마시면**… Jean Rhys, *Quartet*, in *The Complete Novels*(New York: W. W. Norton, 1985), p. 130.

49 **술을 마시면 그것이 바다라고 상상할 수 있다**… Rhys, *After Leaving Mr. Mackenzie*, in *The Complete Novels*, p. 241.

49 **오늘 밤은 취해야겠다**… Rhys, *Quartet*, in *The Complete Novels*, p. 217.

49 **죽을 때까지 마시겠다는 기막힌 생각**… Rhys, *Good Morning, Midnight*, in *The Complete Novels*, p. 369.

49 **때로는 나도 댁만큼 불행해요**… 같은 책, p. 347.

49 **너무 많이 마시면 운다고 했잖아**… 같은 책, p. 449.

50 **외롭다거나 불행하다고 말하는 건 나쁜 정책**… Rhys, *Smile Please*, p. 94.

50 **나는 나 자신을 부정할 수 있었다… 그런 다음에는 사람들이 나를 사랑하고 친절하게 대하도록 만들 수 있었다**… 진 리스의 검은색 연습장, Jean Rhys Archive, University of Tulsa.

51 **이제 술은 실컷 마셨어**… Rhys, *Good Morning, Midnight*, in *The Complete Novels*, p. 393.

II. 탐닉

60 **내게는 간절히 하고 싶은 일이 두 가지 있었는데**… 진 리스의 초록색 연습장, Jean Rhys Archive, University of Tulsa.

61 **나는 큰 돌을 찾아**… Jean Rhys, *Smile Please: An Unfinished Autobiography*(New York: Harper & Row, 1979), p. 31. 리스의 도미니카 시절에 관한 내용은 모두 그녀의 미완성 회고록에서 나온 것이며, 그 외 캐럴 앤지어Carole Angier의 *Jean Rhys: Life and Work*(New York: Little, Brown, 1991)에서 나온 것은 출처를 표기해두었다.

61 **나는 그 화관으로 나를 규정하고 싶었고**… Rhys, *Smile Please*, p. 66.

61 **칵테일 만드는 소리**… 같은 책, p. 17.

61 **집 안의 은제품 위에는**… 같은 책, p. 17.

61 **리스의 글쓰기는 더 가까이 존재하면서 그녀 자신보다 큰 고통을 결코 온전히 담아낼 수 없었다. 노예제의 긴 그림자**… 리스의 가족은 이른바 센서스 폭동(1844년 노예해방에 뒤이어 일어났으며 일명 '검은 전쟁La Guerre Negre'이라고도 한다)으로 농장이 파괴될 때까지 제네바 플랜테이션을 소유,

운영했다(증조부 제임스 포터 록하트James Potter Lockhart가 1824년에 획득한 것이었다. 증조부의 장부에는 1,200에이커의 면적과 258명의 노예를 소유했다고 기록되어 있었다). Lillian Pizzichini, *The Blue Hour: A Life of Jean Rhys*(New York: W. W. Norton, 2009), p. 12 참조.

61 **리스가 열두 살 때…** 하워드 씨에게 성적으로 학대당했을 당시 리스의 나이는 그녀가 쓴 이야기 판본에 따라 서로 다르다(12세에서 14세까지). 자세한 설명은 Angier, *Jean Rhys: Life and Work*(p. 27) 및 진 리스의 검은색 연습장 참조.

62 **내 사람이 되고 싶지 않니?…** 진 리스의 검은색 연습장, Jean Rhys Archive, University of Tulsa.

62 **그것이 시작된 건 그때였다…** 진 리스의 검은색 연습장, p. 64.

62 **나는 나를 완전히 파멸시켜버렸다…** 진 리스의 검은색 연습장, p. 72.

63 **나는 내가 평생 겪어왔던 이 고통을 더욱 명쾌하게 이해할 수 있기를 바랐다…** 진 리스의 검은색 연습장.

63 **당신은 전혀 몰라요…** 진 리스의 검은색 연습장.

63 **아들의 매장비 영수증을 평생 간직했다…** Angier, *Jean Rhys: Life and Work*, p. 113.

63 **너무 일찍 왔잖아요…** 같은 책, p. 235. 리스와 딸 마리본의 관계에 관한 전체 설명은 캐럴 앤지어의 책 참조.

64 **우리 엄마는 예술가가 되려고 애쓰는데…** 같은 책, p. 285.

67 **전설에 따르면 오도자는 황궁의 한 벽에 동굴 입구를 그리고는…** 오도자 전설의 전체 내용은 Herbert Allen Giles, *Introduction to the History of Chinese Pictorial Art*(London: Bernard Quaritch, 1918), pp. 47~48 참조.

72 **나는 음주가 얼마나 유용한지 발견하고 있다…** 같은 책, p. 74.

72 **아기 고양이, 당신은 때로 내 마음을 아프게 합니다…** 랜슬럿 그레이 휴 스미스Lancelot Grey Hugh Smith의 편지들, 인용 출처는 같은 책, p. 68.

73 **그 후로 그것은 나의 일부가 되었으므로…** Rhys, *Smile Please*, p. 97.

73 **그 별것 아닌 배반의 충격 이후 지구 전체는…** 프랜시스 윈덤Francis Wyndham, 인용 출처는 Angier, *Jean Rhys: Life and Work*, p. 71.

73 **알다시피 나는 감정을 좋아합니다…** 진 리스가 페기 커코디Peggy Kirkaldy에게, July 3, 1946, in *Jean Rhys Letters, 1931~1966*, ed. Francis Wyndham and Diana Melly(London: Andre Deutsch, 1984), p. 45.

74 **"우리가 술 마시는 이유"…** Angier, *Jean Rhys: Life and Works*, p. 53.

74 **확장된 무대 위에서, 온갖 시련과 고통의 치유책으로서…** 『뉴 스테이츠맨*New Statesman*』에 실린 평론, 인용 출처는 같은 책, p. 234.

74 **첫번째 원고 『어둠 속의 항해』의 주제로…** 『어둠 속의 항해』는 리스가 쓴 첫

소설이지만, 출간 기준으로는 첫 소설이 아니다. 1911~13년에 초고를 썼지만, *Quartet*와 *After Leaving Mr. Mackenzie*가 나온 이후인 1934년에 출간되었다. Lillian Pizzichini, *The Blue Hour* 참조.

74 **난 비참하지 않아…** Jean Rhys, *Voyage in the Dark*, in *The Complete Novels*(New York: W. W. Norton, 1985), p. 68. [한국어판: 진 리스, 『어둠 속의 항해』, 최선령 옮김(창비, 2019)].

75 **아, 아냐. 정확히 파티는 아니야…** Rhys, *Smile Please*, p. 101.

III. 비난

83 **크랙을 소지한 누군가는 감옥에서 5년을 사는…** Michelle Alexander, *The New Jim Crow: Mass Incarceration in the Age of Colorblindness*(New York: The New Press, 2010), pp. 206~207. 연간 음주운전 관련 사망자 수에 관한 통계는 CDC 보고서 참조, https://www.cdc.gov/motorvehiclesafety/impaired_driving/impaired_drv_factsheet.html. 이 보고서에 따르면 2015년에 코카인 관련 사망자가 7천 건에 못 미치는 데 반해 "1만 265명이 음주운전 충돌사고로 사망했다"고 한다. (National Institute on Drug Abuse, https://www.drugabuse.gov/related-topics/trends-statistics/overdose-death-rates 참조.)

84 **누구는 국가에서 추방될 일회용으로 비춰지고…** Alexander, *The New Jim Crow*, p. 206.

84 **마약 공포 서사…** "마약 공포 서사" 현상에 관한 자세하고 통찰력 있는 논의는 Drew Humphries, *Crack Mothers: Pregnancy, Drugs, and the Media*(Columbus: Ohio State University Press, 1999) 참조.

84 **인류에 알려진 가장 해롭고, 중독적인 약물…** 의사 마이클 에이브럼스Michael Abrams, 인용 출처는 Dirk Johnson, "Good People Go Bad in Iowa, and a Drug Is Being Blamed," *New York Times*, February 22, 1996.

85 **그러나 2005년 『뉴스위크』의 한 표제 기사가 메스를…** Jacob Sullum, "Hyperbole Hurts: The Surprising Truth about Methamphetamine," *Forbes*, February 20, 2014. 여기서 언급하는 『뉴스위크』 표제 기사는 "The Meth Epidemic—Inside America's New Drug Crisis," *Newsweek*, July 31, 2005.

85 **한 번도 들려줄 기회가 없었던 특별히 흥미롭지 않은 비중독 마약 사용자 이야기…** Carl Hart, *High Price: A Neuroscientist's Journey of Self-Discovery That Challenges Everything You Know About Drugs and Society*(New York: Harper, 2013), pp. 122, 19, 188~91. 통계를 보면 마약 사용자 대부분은 중독자가 되지 않는다. 가장 높은 "포획률"을 보이는 마약(담배를 제외하고)인 헤로인에 대해서도 사용자의 13퍼센트만이

중독된다. 다른 연구들은 그 수치를 약간 높게 잡아 헤로인의 "포획률"을 약 23퍼센트로 보고하고 있다. 다시 말해 헤로인 사용자의 23퍼센트 정도가 의존적이 되며, 대다수는 그렇지 않다는 뜻이다. 이 보고에 관해서는 UK National Addiction Centre, http://www.nta.nhs.uk/uploads/dangerousnessofdrugsdh_4086293.pdf 참조.

85 **앤슬링어는 과거 금주법에 기름을 부었던 처벌 충동의 흐름을…** 도리스 마리 프로빈은 금주법과 마약 범죄화를 "자매 운동"이라 불렀다. Doris Marie Provine, *Unequal Under Law: Race in the War on Drugs*(Chicago: University of Chicago Press, 2007), p. 89.

86 **그러나 이후 몇십 년 사이 미국의 법체계는 알코올중독과 마약중독을 공적인 상상력 속 별개의 범주로 양극화하게 된다. 알코올중독은 질병이고 마약중독은 범죄였다…** 이 책을 쓰면서, 그리고 그전에 이 주제로 박사 논문을 쓰는 동안 가장 많이 받았던 질문 중 하나는 내가 다루는 주제가 알코올중독인지 아니면 마약중독인지를 묻는 것이었다. 마치 그 둘을 같이 묶는 게 이상하다는 것 같았다. 사실 나는 그 둘을 분리해서 생각하는 것이 더 이상하다고 생각한다. 적어도 알코올과 나머지 것들을 구분하는 게 이상하게 느껴진다. 한쪽에는 범주화된 니코틴과 알코올이, 그리고 다른 쪽에는 "불법적인" 마약이 있다는 범주 구분은 법체계이자 대중적 상상력일 뿐이다. 생리학적으로 보면 그 구분은 임의적이다. 그런 물질들 사이에 차이—물질이 만드는 의존의 유형, 의존을 만들 가능성—가 없어서가 아니라, 모든 물질은 서로 다르게 작용하고, 알코올은 수많은 물질 중 하나에 불과하기 때문이다. 『중독의 과학*The Science of Addiction: From Neurobiology to Treatment*』(New York: W. W. Norton, 2007)에서 칼턴 에릭슨Carlton Erickson은 중독과 관련해 더 명확한 언어 사용을 권고한다. 특히, "중독"이라는 두루뭉술한 용어를 "남용"(부정적 결과가 따르는 사용)과 "화학적 의존"(도움이 없이는 끊을 수 없는)이라는 더 한정적인 범주로 대체할 것을 권장하고, "의존 가능성"(pp. 25~26)이 가장 높은 헤로인부터 코카인, 니코틴, 그리고 알코올에 이르는 차트를 제안한다. 영국의 의학 저널 『랜싯*The Lancet*』은 다양한 물질에 대해, 그것이 주는 쾌락의 양, 신체적 의존성을 만들어낼 가능성, 심리적 의존성을 만들어낼 가능성 등을 계산한 각각의 "의존 가능성"을 측정해 등급을 매긴 차트를 발표한다. "의존 가능성"은 헤로인, 코카인, 담배, 바르비투르산염, 알코올, 벤조디아제핀, 암페타민, 칸나비스(대마), 엑스터시 순으로 높다. (David Nutt 외, "Development of a rational scale to assess the harm of drugs of potential misuse," *The Lancet* 369, no. 9566[2007]: pp. 1047~53.) 이 모든 연구는 이분법적 범주(담배와 알코올을 한편에, "불법적" 약물을 다른 편에) 대신에, 각각의 물질을 저마다의 특정한 가능성과 효과의 합류점으로 이해하는 새 패러다임을 제시하고 있다.

86 **1914년 아편제와 코카인의 배포를 규제하고 세금을 매기는 '해리슨 마약류 세법'…** 그 후 20년 동안 마약과 중독자, 그리고 미국의 법체계가 그들을 다루는 방식에 대한 미국인들의 사고방식은 엄청난 변화를 겪었다. 규제 위주의 해리슨법에 이어 1922년의 존스-밀러법, 1924년의 반反헤로인법, 1934년의 주별 동일 마약법 등 더욱 광범한 범죄화 조치들이 뒤따랐다.

86 **이미 약에 찌든 사람과 감염성 접촉을 함으로써 탄생하는 사이코패스…** Harry Anslinger and William Tompkins, *The Traffic in Narcotics*(New York: Funk and Wagnalls, 1953), p. 223.

86 **역겨운 전염병…** 해리 앤슬링어, 인용 출처는 Johann Hari, *Chasing the Scream*(New York: Bloomsbury, 2015), p. 14에서 언급된 Larry Sloman, *Reefer Madness*(New York: St. Martin's Press, 1998), p. 36. 비록 알코올은 우리가 찾던 "합법적" 마약이었지만, 알코올중독은 그 나름의 인지부조화의 위험한 역사를 만들어왔다. 1956년—예일대학교 생리학 교수 옐리네크E. Morton Jellinek가 독창적인 연구인 *The Disease Concept of Alcoholism*을 발표하기 4년 전—미국의학협회가 질병으로 공식 규정한 알코올중독은 1988년 대법원 판결(트레이너 대 터니지 사건)에 의해 "의도적인 위법 행위"로 여겨지기도 했다. 대법원은 두 명의 알코올중독 퇴역 군인에게 알코올중독에 대한 법적 책임을 물었다. 이들은 10년 동안 알코올중독으로 무력화된 상태에 있었다는 이유로 제대군인 원호법의 10년 기한 혜택을 연장해달라는 청원을 냈지만 기각당했다. 트레이너 대 터니지 사건에 관한 자세한 사항은 Durwood Ruegger, "Primary Alcoholism Due to 'Willful Misconduct': Supreme Court Upholds VA Regulation," *Journal of Health and Human Resources Administration* 13, no. 1(Summer 1990), pp. 112~23 참조. 조지 케인George Cain의 1970년 소설 『블루스차일드 베이비*Blueschild Baby*』(New York: McGraw Hill, 1970)는 1960년대 할렘의 한 흑인 헤로인중독자의 이야기인데, 이 소설을 보면 헤로인과 알코올은 신체적 의존성 측면에서 아주 유사하다. 알코올중독자들은 "약을 사는 데 필요한 푼돈을 구걸하며 문간에서 떨고 있는 주정뱅이 부랑자"로 묘사되고, 화자는 이렇게 말한다. "약쟁이와 관련해 더 극적이고 유쾌한 것은 전혀 없다. 오직 약뿐이다. 약만이 내가 기능하게 해주는 유일한 원기회복제다"(pp. 19, 5).

86 **반짝이는 정장을 입고 중국식 탑이 인쇄된 타이를 매고…** Julia Blackburn, *With Billie: A New Look at the Unforgettable Lady Day*(New York: Pantheon, 2005), p. 53.

87 **실제로 아편 재배 시설로 오인될 거라고 염려한 관리자가 한둘이 아니었다…** "U.S. Not Raising Drugs at Its Narcotic Farm," *New York Herald*, January 24, 1934. RG 511—Alcohol, Drug Abuse, and Mental Health Administration, National Institute of Mental Health, National Archives, College Park, Maryland.

87 **렉싱턴에 수용된 1,500명의 "환자들" 가운데, 거의 3분의 2 정도는…** Nancy D. Campbell, J. P. Olsen, and Luke Walden, *The Narcotic Farm*(New York: Abrams, 2010), p. 62.

87 **1935년에 나코팜이 문을 열 때까지…** 나코팜은 연방 마약류 규제 입법 가속화 시대를 알린 1914년 해리슨법이 공표된 지 20년 후에 문을 열었지만, 이때는 아직 보그스법(1951년 하원 통과)과 1956년 마약규제법인 일명 대니얼법 등 결국 앤슬링어가 입법을 조장한 혹독한 징벌적 조치들이 나오기 20년 전이었다.

88 **나는 이런 사람들이 나환자들과 똑같은 범주라고 생각합니다…** 익명의 로스앤젤레스 경찰, 인용 출처는 Anslinger and Tompkins, *The Traffic in Narcotics*, p. 272.

88 **그는 마약에 대한 공공의 불안을 증폭시킴으로써 마약국이 중요한 이유를 만들어내며 1930년대 후반을 보냈고…** Hari, *Chasing the Scream*, pp. 12~13.

88 **하원세출위원회 연설에서는 마리화나가 흑인 남성에게 백인 여성에 대한 욕정을 촉발한다고 주장하면서, "유색인 남학생들"이 백인 여학생들과 파티를 하고 "인종적 박해를 당한 이야기로 여학생들의 동정을 사고, 그 결과는 임신"…** 같은 책, pp. 15, 17.

88 **마약 사용자의 대다수는 늘 백인…** John Helmer and Thomas Vietorisz, *Drug Use, the Labor Market and Class Conflict*(Washington: Drug Abuse Council, 1974), 페이지 없음.

88 **검둥이 코카인 "악귀들" 남부의 새로운 위협…** 의학박사 에드워드 헌팅턴 윌리엄스Edward Huntington Williams가 쓴 이 기사는 *New York Times*, February 8, 1914에 나왔다. 흑인 코카인중독자에 대한 편집증적 인종주의 초상에 관한 자세한 설명은 Doris Provine, *Unequal Under Law*, pp. 76~78 참조. 아프리카계 미국인 마약중독자에게 거의 초인적인 힘을 투영한 사례도 있다("그자는 총을 맞아 벌집이 된다고 해도 쓰러지지 않을 것이다…"). 또한 Hari, *Chasing the Scream*, p. 26 참조.

88 **남부의 백인 여성이 당한 공격의 대부분은 코카인에 미친 검둥이의 두뇌가 빚은 직접적인 결과…** *Literary Digest*(1914), p. 687. 인용 출처는 Provine, *Unequal Under Law*, pp. 76~77.

89 **무언가의 밑바닥에…** James Baldwin, "Sonny's Blues," *Going to Meet the Man*(New York: Dial Press, 1965).

89 **마약중독이라는 무시무시한 전국적 문제를 다룬 권위 있는 최초의 책… 병적인 선정주의에 대한 욕구를 만족시키기 위해서가 아니라…** Anslinger and Tompkins, *The Traffic in Narcotics*, 책날개 글.

90 **심란한 위협, 즉 범죄의 근원이자 젊은 청춘의 파탄자를 쳐부수려는 전국적인 열망을 인도하고 실행…** 같은 곳.

90 **동시에 즐길 와인과 마리화나를 살…** Anslinger and Tompkins, *The Traffic in Narcotics*, pp. 22~25.

90 **마리화나에 취한 상태에서…** 같은 책, p. 296.

90 **정상적인 사람들은 일상의 감정 평면…** 같은 책, pp. 251, 249~50.

91 **'악'의 얼굴은 항상 총체적 욕구의 얼굴이다…** William Burroughs, *Deposition: Testimony Concerning a Sickness*(1960). *Naked Lunch*(New York: Grove Press, 1962)에 재수록. [한국어판: 윌리엄 버로스, 『네이키드 런치』, 전세재 옮김(책세상, 2005)].

91 **질병에 대한 그의 개념은 선택적이고 자기중심적이었다…** Anslinger and Tompkins, *The Traffic in Narcotics*, pp. 223, 226.

91 **게워내는 액체 속에서 살아 있는 것들, 개구리들, 벌레들이…** Cain, *Blueschild Baby*, p. 148.

91 **의사는 도움이 안 될 거야…** 같은 책, p. 149.

91 **그이는 환자예요. 당신은 의사고요…** 같은 책, p. 150.

92 **얼마든지 우울증에 빠질 특권과…** Margo Jefferson, *Negroland*(New York: Pantheon, 2015), p. 171. 나의 개인적 고통을 용인하는 공적인 서사를 이해하게 된 것은 타네하시 코츠Ta-Nehisi Coates가 말한 "꿈"에서 깨어나던 또 하나의 순간이었다. 코츠의 "꿈"은 체계적인 인종주의라는 불의에 의존해 인종주의의 구속을 지속하는 미국 백인들의 야심적인 환상이다. 다양한 물질과 결부되어, 종종 인종적으로 부호화된 여러 가지 서사 또한 그 꿈의 반복이다. 코츠는 맨해튼 남부의 웨스트브로드웨이에서 그것을 행동으로 옮기는 '몽상가들'을 목격한 기분을 이렇게 말한다. "백인들이 찰랑거리는 잔을 들고 와인 바에서 쏟아져나와도 경찰이 오지 않았다"[Ta-Nehisi Coates, *Between the World and Me*(New York: Spiegel & Grau, 2015), p. 89]. [한국어판: 타네하시 코츠, 『세상과 나 사이』, 오숙은 옮김(열린책들, 2016)].

99 **1944년, 백색 논리를 전면적으로 거부하는 소설이 등장했다…** 존 크롤리가 『백색 논리*The White Logic: Alcoholism and Gender in America*』(Amherst: University of Massachusetts Press, 1994)에서 표명한 미국 문학 속의 알코올중독에 대한 견해는 나에게 찰스 잭슨의 『잃어버린 주말*The Lost Weekend*』(New York: Farrar and Rinehart, 1944)의 중요성을 이해하는 단초를 제공해주었다. 특히 잭슨이 알코올중독과 은유적 심오함을 결합하는 미국 문학 전통을 탈피하는 과정에 대한 설명이 그랬다.

100 **드퀸시 이래 중독 문학에 바치는 가장 강력한 선물…** Philip Wylie, "Review of *The Lost Weekend*," by Charles Jackson, *New York Times Book Review*, January 30, 1944.

100 **확실한 임상적 가치가 있을…** 셔먼 박사, 인용 출처는 블레이크 베일리가 쓴

최고의 잭슨 전기, *Farther and Wilder: The Lost Weekends and Literary Dreams of Charles Jackson*(New York: Vintage, 2013).

101 **만약 충분히 빨리 쓸 수만 있다면…** Jackson, *The Lost Weekend*, pp. 16~17.

101 **"돈 버넘: 소설을 쓰지 못한 주인공" 또는 "내가 왜 당신에게 이 모든 이야기를 하는지 모르겠다"…** 같은 책, p. 46.

101 **쭈구리 주정뱅이에 관한 이야기를 누가 듣고 싶겠어…** 같은 곳.

101 **멜로드라마! 그의 평생 그렇게…** 같은 책, p. 237.

101 **그것은 심지어 제법 극적이거나…** 같은 책, p. 216.

108 **그들은 범죄, 마약, 성매매, 강도, 살인 혐의로 당신을 체포한다고 말한다…** Cain, *Blueschild Baby*, p. 56.

108 **우리가 마약에 관해 거짓말한다는 걸 우리가 알고 있었냐고요?…** 댄 바움Dan Baum의 존 얼릭먼John Ehrlichman 인터뷰, "Legalize It All: How to Win the War on Drugs," *Harper's*, April 2016. 얼릭먼의 가족은 그가 죽은 후, 그가 생전에 했던 말에 대한 해명을 거절했다. CNN에 발표한 한 성명에서, 그의 자녀들은 이렇게 말했다. "우리가 오늘 처음 소셜 미디어에서 여러 번 보게 된 1994년의 이른바 '인용'은 우리가 아는 부친의 모습이 아닙니다. 그리고 전체적으로 부친께서는 185년의 시간을 말씀하신 것입니다. 이른바 존의 인터뷰 이후 22년, 그리고 우리 아버지의 사망 이후 16년이 지나 아버지가 더는 대답할 수 없게 된 지금, 이 작가가 암시하는 이른바 인종주의적 관점에 찬성하지 않습니다." 그러나 저널리스트 댄 바움은 그의 1996년 저서 *Smoke and Mirrors*를 쓰기 위한 인터뷰에서 그 말을 녹음했으며 얼릭먼의 설명을 정신적 외상을 입은 참전용사 이야기에 비유하면서, 그 인터뷰 이후 몇 년에 걸친 사건들을 이야기한다. 바움은 CNN에서 이렇게 말했다. "얼릭먼은 누군가 자기한테 다가와서 물어주기를 기다리고 있었던 것 같았어요. 그가 그 일을 불편하게 여기는 느낌을 받았죠. 굉장히 불편하게 느끼고 있었던 것 같습니다." http://www.cnn.com/2016/03/23/politics/john-ehrlichman-richard-nixon-drug war-blacks-hippie/index.html 참조.

109 **귀신 들린 무리… 수척하고 움푹 꺼진 얼굴… 피골이 상접해 있었고… 세상에는 그의 욕구를 달래줄 헤로인이 충분하지 않다…** Cain, *Blueschild Baby*, pp. 114~15.

109 **1982년에는 마약 사용이 감소하고 있었고…** Alexander, *The New Jim Crow*, p. 49 참조.

110 **중독 범법자…** Anslinger and Tompkins, *The Traffic in Narcotics*, p. 297.

110 **이데올로기적 무화과 잎…** 크레이그 라이너먼과 해리 러빈, 인용 출처는 Provine, *Unequal Under Law*, p. 105.

110 **경찰에 따르면 말다툼이 시작된 건…** Jacob Lamar, "The House Is On Fire," *Time*,

August 4, 1986.

111 **크랙 있어요, 크랙 있어요**… 같은 글.

111 **흑인 중독자들이 퍼뜨리는 약탈적 "전염병"이라고 상상한 결과였다. 흑인 중독자들은 그들이 지니고 다니는 것에 도덕적 책임을 져야 마땅했다**… 1990년, 큐클럭스클랜(KKK단)은 "경찰의 눈과 귀"로 행동함으로써 "불법 마약과의 전투에 참가"하겠다고 선언했다. "Ku Klux Klan Says It Will Fight Drugs," *Toledo Journal*, January 3~9, 1990. 인용 출처는 Alexander, *The New Jim Crow*, p. 55.

111 **크랙은 베트남 전쟁 이후 등장한 가장 인기 있는 무용담**… 로버트 스터트먼Robert Stutman, 인용 출처는 Alexander, *The New Jim Crow*, p. 52.

111 **마약 단속 중에 체포되는 모든 사람의 현금, 자동차, 집을 몰수하는 것이 허락되었다**… 마약과의 전쟁 도중 지역 경찰의 군사화에 관한 포괄적인 설명은 Alexander, *The New Jim Crow* 참조. 미셸 알렉산더에 따르면 경찰서는 마약 압수는 물론 "마약 사용자나 판매자로 의심되는 사람들의 현금, 자동차, 집"까지 압수함으로써 마약 단속의 전리품을 보관하게 되었다. 이런 징발을 합법화했던 문화적 서사들은 중독과 죄의식에 관한 더 뿌리 깊은 서사 속에서 권력을 발견했다. 그것은 중독자는 *유죄*이며, 그 소유물을 빼앗겨도 된다는 믿음이었다(p. 79).

111 **크랙에 맞먹는**… 인용 출처는 Provine, *Unequal Under Law*, p. 112. 1991년 초 미국 양형위원회의 한 보고서는 대부분의 판사들이 의무적 최소 형량이 "명백히 부당"하다고 생각했음을 밝혔다. Eric E. Sterling, "Drug Laws and Snitching: A Primer," *Frontline*, http://www.pbs.org/wgbh/pages/frontline/shows/snitch/primer/ 참조.

111 **샌프란시스코의 한 판사는**… Provine, *Unequal Under Law*, p. 10 참조.

112 **1980년부터 2014년 사이에, 투옥된 마약범의 수는 4만 명을 겨우 웃돌던 수준에서 거의 49만 명까지 증가했으며, 그중 대다수가 유색인이었다**… 마약 범죄로 교도소와 유치장에 수감된 사람의 수는 1980년에 4만 900명, 2014년에는 48만 8,400명이었다. 이 통계는 2015년 12월에 마지막으로 업데이트된 양형 프로젝트 보고서 "Trends in U.S. Corrections"에서 가져왔다. 수감자들은 가장 높은 형량을 선고받은 범죄에 따라 분류되기 때문에, 이 통계에는 마약으로 형을 살고 있는 수감자와, 마약과 또 다른 범죄로 형을 살되 마약 관련 범죄의 형량이 가장 높은 수감자가 포함되어 있다. 나머지 마약 범죄자들도 현재 다수가 투옥되어 있지만, 다른 범죄로 가장 높은 형량을 선고받은 한 이 통계에는 올라 있지 않다.
마약과의 전쟁이 미국에서 대량 투옥의 주된 요인인가 하는 문제는 최근 논쟁거리가 되어왔다. 미셸 알렉산더는 『새로운 짐 크로』에서 직설적으로 다음과 같은 주장을 펼쳤다. "미국에서 유색인의 체계적인 대량 투옥에 대해 마약과의 전쟁만큼 크게 기여한 것은 없다"(p. 60). 여기서 몇 가지를 구분하는 것이 중요하다. 이것이 미국에 수감된 사람의 대다수가 "비폭력 마약 범죄자"—이 구절은 특히 알렉산더의 책 이후 미국의 대량 투옥에 관한 주류 자유주의 비평에서는 편안한 복합어로 사용되어왔다 — 임을 뜻하지는 않는다. 그러나 데이비드 패프David Pfaff는 최근 저서 *Locked In: The True Causes of Mass Incarceration, and How to Achieve Real Reform*(New York: Basic Books, 2017)에서 미국 내 대량 투옥의 주된 동력인 마약과의 전쟁 서사가 문제를 잘못 이해하고 있으며—투옥율을 높인 것은 사실상 (더 많은 사건을 법정에 끌고 가는) 검찰의 결정권이다 — 설사 우리가 비폭력 마약 범죄자를 모두 석방한다고 해도 대량 투옥 문제에 약간의 영향밖에 주지 않을 거라고 주장한다. 미국은 여전히 세계 어느 나라보다 1인당 투옥 비율이 더 높을 거라는 얘기다. 그러나 비폭력 마약 범죄자가 수감 인구의 5분의 1밖에 되지 않는 것도 사실이지만, 폭력 범죄로 수감된 범죄자 중 다수가 마약과의 전쟁 때문에 투옥되었다는 것 역시 사실이다. 마약과의 전쟁으로 인해 마약 거래 환경이 폭력적으로 될 수밖에 없기 때문이다. 이 모든 것을 고려하면, 마약과의 전쟁 및 인종화된 징벌 프로젝트를 문제의 전체라기보다는 더 폭넓은 체계적 불의의 한 부분으로 인식하는 것이 중요하다.

이 문제에 관한 확실한 데이터는 미국 법무부의 연례 보고서, 예를 들어 "Prisoners in 2015," http://www.bjs.gov/content/pub/pdf/p15.pdf 참조. 추가적인 자료로는 Jennifer Broxmeyer, "Prisoners of Their Own War: Can Policymakers Look Beyond the 'War on Drugs' to Drug Treatment Courts?" *Yale Law Journal* 118(2008~2009). 마약과의 전쟁과 그 투옥의 유산에 관한 자세한 설명은 Marc Mauer and Ryan S. King, *The Sentencing Project, a 25-Year Quagmire: The War on Drugs and Its Impact on American Society* 2(2007), 온라인에서는 http://www.sentencingproject.org/Admin%5CDocuments%5Cpublications%5Cdp_25yearquagmire.pdf 참조. 또한 Alexander, *The New Jim Crow*, pp. 6, 20 참조. 마약과의 전쟁이 시작된 이후 마약 범죄로 3,100만 명 이상이 체포되었다.

112 **1993년의 한 연구는 마약 상인의 19퍼센트만이 아프리카계 미국인이지만, 그들이 체포 건수의 64퍼센트를 차지한다고…** Hari, *Chasing the Scream*, p. 93.

112 **마약 사용자 및 밀매상과 전쟁을 치름으로써, 레이건은 인종적으로 규정된…** Alexander, *The New Jim Crow*, p. 49.

112 **마약 문제는 개인들이 자유의지를 가지고 내린 나쁜 결정을 반영한다…** George H. W. Bush, "National Drug Control Strategy," 1992. 인용 출처는 Jennifer Broxmeyer, "Prisoners of Their Own War: Can Policymakers Look Beyond the 'War on Drugs' to Drug Treatment Courts?" *Yale Law Journal*, June 30, 2008.

112 **잠시 눈을 감고 마약 사용자를 떠올려보시고, 그 사람에 관해 설명해주시겠습니까**… Betty Watson Burston, Dionne Jones, and Pat Robertson-Saunders, "Drug Use and African Americans: Myth Versus Reality," *Journal of Alcohol and Drug Abuse* 40(Winter 1995), p. 19, 인용 출처는 Alexander, *The New Jim Crow*, p. 106.

114 **내가 음주를 더 많이 즐기는 건 술집에 가지 않기 때문이다**… 존 베리먼, 인용 출처는 Haffenden, *The Life of John Berryman*, p. 287.

117 **그가 결핵으로 입원했던 요양소의 동료 환자는**… 잭슨의 와인 발자국에 대한 회상의 출처는 Bailey, *Farther and Wilder*.

117 **잭슨이 처음 술을 끊은 건 서른한 살 때, 이른바 '피보디법'을 통해서였다**… 피보디법은 다음 책에 기초하고 있었다. Richard Peabody, *The Common Sense of Drinking*(Boston: Little, Brown, 1931). 잭슨 시대의 피보디법 사용에 대해서는 Bailey, *Farther and Wilder*, pp. 103~104에 더 자세하게 설명되어 있다.

118 **이 방법은 정신분석학적 탐사나 영성, 친교보다는 실용주의에 기초한**… Peabody, *The Common Sense of Drinking* 참조.

118 **우리는 프로이트의 도움 없이 질서 있고 유익한 방식으로 우리 생활을 조절했다**… 잭슨이 버드 위스터Bud Wister에게, December 19, 1936, Charles Jackson Papers, Rauner Special Collections Library, Dartmouth College.

119 **그걸 편지로 써서 보내주시면 어떻겠소?**… Jackson, *The Lost Weekend*, pp. 149~50. 잭슨 자신도 열렬한 피츠제럴드 팬이었지만 알코올중독을 다룬 나머지 작가들을 똑같이 존경하지는 않았다. 다트머스 칼리지의 잭슨 아카이브에 보관된 자료 중, 잭슨이 로버트 네이선에게 쓴 날짜 미상의 편지에서, 잭슨은 "『태양은 다시 떠오른다*The Sun Also Rises*』의 페이소스"를 찾을 수 없었으며 "그저 진부하다"고 썼다. 그는 알코올중독이 비극적 익살극 이상으로 표현될 가치가 있다고 생각했다.

119 **많은 책이 시작되었다가 중단되었다**… Jackson, *The Lost Weekend*, p. 17.

119 **'왜'라는 질문이 중요하지 않게 된 지는 오래다**… 같은 책, pp. 221~22.

120 **나는 비평가들이 베리먼의 병을 치료할 수 있었을 거라고 말하는 게 아니다**… Lewis Hyde, "Alcohol and Poetry: John Berryman and the Booze Talking," *American Poetry Review*, October 1975; 개정판, Dallas: The Dallas Institute of Humanities and Culture, 1986.

120 **나의 논지는 알코올과 베리먼의 창조력 사이에 벌어진 그 전쟁이**… 같은 책, p. 17.

121 **한심한 자기연민에 빠진 알코올중독 시인**… 같은 책, p. 14.

121 **우리는 술이 주절거리는 소리를 들을 수 있다**… 같은 책, p. 17.

121 **그것이 쉽지는 않았을 것이다**… 같은 책, p. 18.

122 **그는 2년 동안 알코올중독자 병동의 잡역부로 일했다고 고백한다**… 같은 책, p. 2.

123 **어둠 속에 빛나는 자기파괴…** Elizabeth Hardwick, "Billie Holiday," *New York Review of Books*, March 4, 1976.

123 **매우 매력적인 고객…** 조지 화이트George White, 인용 출처는 Blackburn, *With Billie*, p. 219.

123 **나는 어떤 습관이 생겼고 그것이 좋지 않다는 걸 알고 있었다…** 유진 캘런더Eugene Callender의 홀리데이 인터뷰, 인용 출처는 Hari, *Chasing the Scream*, p. 21.

123 **수줍음이 너무 많아서…** 존 칠턴John Chilton, 인용 출처는 Blackburn, *With Billie*, p. 63. 블랙번의 책은 홀리데이의 생애와 경력에 관한 구전 일화를 방대하게 집대성했다. 이 책의 탄생을 둘러싼 맥락은 흥미롭고도 오싹하다. 그 구전 일화들은 홀리데이의 전기를 완성하기 전에 자살한 전기 작가 린다 쿠얼Linda Kuehl이 남긴 인터뷰 녹음에서 수집한 것이었다.

124 **"굶주림"이라는 단어를 그녀처럼 노래할 수 있는 사람은 없다고들 했다…** Billie Holiday, *Lady Sings the Blues*, William Dufty 공저(New York: Doubleday, 1956), p. 195.

124 **웨스트 52번가 브라운스톤 건물들 지하에 처박힌 여러 클럽에서 노래했고…** 이 세부 사항들은 Blackburn, *With Billie*, p. 94 참조.

124 **그 악행의 극악무도함… 웅장한 파멸을 위해서는 무자비한 재능과 엄청난 피폐의 경험이 있어야 한다…** Hardwick, "Billie Holiday."

124 **앤슬링어는 1940년대 말경 홀리데이 사건에 다수의 요원을 배정해 걸핏하면 불시단속을 하게 했다. 1947년 홀리데이가 유죄를 선고받고 웨스트버지니아의 앨더슨 연방교도소에 거의 1년 동안 수감된 것도 그 때문이었다…** 요한 하리는 2015년 『비명을 쫓아서*Chasing the Scream*』에서 앤슬링어의 홀리데이에 대한 집착을 탁월하게 설명하고, 줄리아 블랙번은 『빌리와 함께*With Billie*』에서 홀리데이 사건에 배정된 두 요원 지미 플레처와 조지 화이트의 관점을 보여준다. 홀리데이의 중독에 관한 사법 당국의 관점, 그녀가 받은 법적 박해, 이런 박해의 인종적 굴절에 관한 나의 설명은 홀리데이의 자서전 『블루스를 부르는 여인』과 하리의 역사적 자료, 블랙번의 증언 모음에서 끌어낸 것이다. 홀리데이는 『블루스를 부르는 여인』에서 자신에 대한 마약 단속을 둘러싼 미디어의 관심을 설명한다. 그 가운데 "빌리 홀리데이 마약 혐의로 체포되다"라는 1949년 1월의 헤드라인은 그녀와 사법 당국의 지속적인 마찰을 마치 고소해하는 듯 작성되어 특히나 그녀의 분노를 샀다.

124 **홀리데이는 앨더슨 연방교도소에서 전 세계 3천 명의 팬으로부터…** 앨더슨 연방교도소 시절 홀리데이에 관한 세부 사항들은 『블루스를 부르는 여인』 참조.

125 **어떤 사람과 어느 정도 친해졌을 때…** 지미 플레처Jimmy Fletcher, 인용 출처는 Blackburn, *With Billie*, p. 215.

125 **1986년 7월, ABC 뉴스는 미국의 대중에게 제인과…** ABC 보도(July 11, 1986)와

NBC 보도(October 24, 25, 1988)에 관한 정보는 Humphries, *Crack Mothers: Pregnancy, Drugs, and the Media*, pp. 29~30 참조.

125 **범죄학자 드루 험프리스의 주장처럼, 미디어는 "크랙 엄마"를 선정적 인물로…** 범죄학자 드루 험프리스는 "크랙 엄마" 현상에 대해 끈질기게 탐사한 책『크랙 엄마들*Crack Mothers*』에서 1983년부터 1994년까지 여성과 코카인이 등장하는 뉴스 프로그램—전체 84건, 주로 ABC, CBS, NBC 저녁 뉴스에서 보도됨—과 함께 크랙 공포가 절정에 달한 1989년의 현상을 연구했다(pp. 19~20).

125 **임신한 중독자의 대다수가 백인…** 같은 책, p. 128.

126 **크랙 엄마를 둘러싼 대중적 분노를 효율적으로 틀어버림으로써 중독이 질병이 아니라 악덕이라는 공적 인식을 도로 끌어왔다는 데 있었다…** "크랙 엄마"의 이미지에 대한 미국의 단순하고 열렬한 집착—그 자녀를 향한 곡해된 동정과 크랙 엄마를 향한 곡해된 극악함이 불러온 집착—에서 중요한 한 가지 아이러니는 그것이 근본적으로 취약한 여성 집단을 강력한 공공의 희생양으로 만들었다는 사실이다. 험프리스는 이렇게 쓴다. "어떻게… 유달리 힘없는 여성 집단이 위협적인 무질서의 상징으로 떠오르게 되었을까? 미국 내 마약과의 전쟁에서 골치 아픈 적이 되었을까?"(p. 15).

126 **코카인이 자궁에 미치는 영향을 연구했던 아이라 채스노프 박사의 초기 보고서는 언론의 광란을 부채질…** 1992년, 채스노프는 *New England Journal of Medicine*의 한 논문에서 미디어가 자신의 예전 작업을 토대로 내린 결론에 반박하는 후속 연구를 제시했다. 그는 자신의 예비 연구에 기초한 언론의 "성급한 판단"을 공개적으로 반박하면서, 자신은 "'크랙 아이'는 본 적이 없"으며 앞으로도 볼 것 같지 않다고 했다. Humphries, *Crack Mothers*, p. 62 참조; Ira Chasnoff, "Missing Pieces of the Puzzle," *Neurotoxicology and Teratology* 15(1993): pp. 287~88, 인용 출처는 Craig Reinarman and Harry Levine, *Crack in the Rear-View Mirror: Deconstructing Drug War Mythology*(Berkeley: University of California Press, 2007). 초기 과학적 발견의 선정적인 추정을 근거로, 미디어는 치솟는 "크랙 아기들"의 수는 가망 없는 최하층, 즉 살려고 애쓰는 조산아와 "귀신 들린" 어린 아서 들의 방대한 함대가 될 거라 예측했다. 찰스 크라우트해머Charles Krauthammer가 1989년 7월 30일『워싱턴 포스트*Washington Post*』에 쓴 특히나 끔찍한 칼럼은 악명 높은 종말론적 예언을 내놓았다. "도심부의 크랙 유행은 이제 전혀 새로운 공포를 낳고 있다. 생물학적 최하층, 태어날 때부터 생물학적 열세가 낙인 찍힌 신체적으로 훼손된 코카인 베이비 세대가 그것이다." 크라우트해머는 그들의 미래가 "첫날부터 닫혀 있다"고 선언했다. "그들은 특정의 고통, 확실한 일탈, 영원한 열성의 삶을 살게 될 것이다. 기껏해야 심각하게 결핍된 비천한 삶을 살게 될 것이다." 그는 "죽은 아기들이

차라리 운이 좋다"고 생각했다. 현재는 "크랙 아기들"의 불행은 결코 예정되어 있지 않으며, "크랙 아기"라는 개념 자체가 성립되지 않는다는 게 의학적으로 합의된 견해다. 이 아기들은 크랙 자체로 인한 피해를 구분하기가 불가능한 여러 가지 뒤엉킨 변수들—마약뿐 아니라 빈곤, 폭력, 단기적 양육 관계, 노숙 같은 환경적 요인—의 영향을 받아왔다(Humphries, *Crack Mothers*, p. 62).

126 **당신도 어쩔 수 없었다는 이유로 당신 아이에게 마약을 준다면**… 인용 출처는 같은 책, p. 2.

126 **트레이시는 수치심을 보이는 대신**… 같은 책, p. 52.

126 **어쩌다 백인 임산부 마약중독자가 (드물게) 미디어에 등장**… 같은 곳.

127 **이제 그들은 그저 "무가치한" 빈곤층, 시민사회를 좀먹는 복지 쓰레기 정도가 아니었다**… 1980년대 말 사회복지를 축소한 뉴라이트 운동에 기름을 부은 것은 크랙 엄마와 같은 고정관념이었다. Jimmie L. Reeves and Richard Campbell, *Cracked Coverage: Television News, the Anti-Cocaine Crusade, and the Reagan Legacy*(Durham, NC: Duke University Press, 1994) 참조.

127 **대부분의 중독자와는 달리, 그들은 병원을 통해 형사 처벌을 받았다**… Humphries, *Crack Mothers*, p. 6.

127 **검찰은 기존의 법을 새로운 방식으로 비틀었다**… 멜라니 그린Melanie Green과 제니퍼 존슨Jennifer Johnson의 사건에 관한 자세한 설명은 같은 책, pp. 72~73, 75~79 참조. 제니퍼 존슨의 유죄판결은 결국 뒤집혔다.

127 **배 속의 가여운 태아가 걱정이었습니다**… 판사 피터 울프Peter Wolf, 인용 출처는 같은 책, p. 35. 현재 의학적으로 합의된 의견은 "크랙 아기들"은 전혀 불행이 예정되어 있지 않으며, 설사 그렇다 하더라도 정부가 충분히 제공하지 못하는 사회적 조건에 의해 예정되어 있기에 태어나지 않은 아이들에 대한 이런 "걱정"은 크랙 엄마에 대한 비방보다는 확장된 사회복지로 옮겨져야 한다는 것이 분명해 보인다는 것이다.

128 **마약이 쾌감과 흥분을 위한 거라고 생각하는 사람은**… Holiday, *Lady Sings the Blues*, pp. 212~13.

128 **홀리데이 자서전의 공저자이자 저널리스트인 윌리엄 더프티는 중독이 그 원고를 출판사에 팔 수 있는 좋은 "장치"가 될 거라 생각했다**… 이 부분은 존 스웨드John Szwed가 쓴 전기 *Billie Holiday: The Musician and the Myth*(New York: Viking, 2015), p. 20에서 설명한 『블루스를 부르는 여인』의 출간 역사를 참고해 썼다. 『블루스를 부르는 여인』이 중독의 위험성을 경고하는 책이었음에도, 책 판매는 홀리데이의 중독을 재정적으로 지원하는 역할을 했다. 자서전 출간 계획이 재정적 필요 때문에 추진되었다는 것은 분명하다. 연체된 세금이 쌓여 있었던 홀리데이는

중범죄 유죄판결을 받은 탓에 카바레 영업 면허를 잃었기 때문에 뉴욕 대부분의 나이트클럽에서 노래를 할 수 없었다. 그녀는 영업 면허를 되찾는 데 도움이 될 긍정적 홍보 방법을 찾고 있었다. 그런데 홀리데이의 카바레 면허를 앗아간 바로 그 마약 기록은 한편으로는 돈벌이를 가능하게 해주었다. "나는 어떻게 100만 달러를 날렸나" "마약중독자는 돌아올 수 있을까," 그리고 (그녀가 궁극적으로 부정하게 된 값싼 낙관주의를 떠들썩하게 알리는) "나는 완전히 치료되었다" 같은 번지르르한 잡지 기사 형태로 그녀의 "선정적인" 이야기가 팔렸던 것이다. 잡지 『탄*Tan*』의 표지에는 에머랄드색 드레스를 입고 가슴에 하얀 치자꽃을 달고 그녀의 하얀 치와와 두 마리를 안고 있는 홀리데이 사진이 등장했다. 자서전 출간 이면의 재정적 다급함에 관한 설명은 Szwed, *Billie Holiday*, p. 12 참조. 그녀에 대한 기사의 출처는 "How I Blew a Million Dollars," *Our World*, March 1953; "Can a Dope Addict Come Back," *Tan*, February 1953; "I'm Cured for Good," *Ebony*, July 1949.

128 **나는 약을 했다 끊었다를 반복했다**… Holiday, *Lady Sings the Blues*, p. 218.

128 **'배알도 없는 홀리데이'**… Hari, *Chasing the Scream*, p. 23.

128 **습관은 결코 개인적인 지옥이 아니다**… Holiday, *Lady Sings the Blues*, p. 218.

128 **노래를 더 잘하거나 연주를 더 잘하거나**… 같은 책, p. 214.

128 **절대 이 망할 것에 손대지 말아요!**… 칼 드링카드Carl Drinkard, 인용 출처는 Blackburn, *With Billie*, p. 230.

129 **당신이 범죄자로서 유죄판결을 받았다는 사실을 알았으면 합니다**… Holiday, *Lady Sings the Blues*, p. 151.

129 **그 판사는 당뇨병 환자도 범죄자처럼 취급할까?**… 같은 책, p. 153.

129 **1915년 아편 및 코카인 사용과 판매를 규제하기 위한 해리슨 마약류 세법이 시행된 지 불과 한 달 만에 태어난 그녀는**… 해리슨법은 1914년 12월에 통과되어 1915년 3월에 발효되었다. 홀리데이는 1915년 4월에 태어났다.

129 **병원이 아닌 감옥에 보내지는 탓에 인생을 망치게 될 젊은이들을 위해**… Holiday, *Lady Sings the Blues*, p. 212.

129 **"구원받지 못한 마약중독자의 고백"이라는 부제가 붙은 윌리엄 버로스의 소설 『정키』는 앤슬링어의 『마약 거래』와 같은 해인 1953년에 출간되었다**… 그리고 그때가 마약규제법이 공표되기 3년 전이었다. 에이스북스 출판사의 "두 책 한 묶음" 패키지의 일부였던 『정키*Junkie*』는 모리스 헬브런트Maurice Helbrant라는 유명한 잠복수사관의 회고록 『마약 수사관*Narcotic Agent*』과 함께 묶여 35센트에 팔렸다. 헬브런트는 함정수사와 단속과 속임수를 악당 소설식으로 구성한 책에서 반대 서사, 즉 구원받지 못한 약쟁이에 대한 *추적기*로서 자기 이야기를 한다. 그러나 그의 이야기는 오히려 비슷한 이야기, 중독에 대한 또 다른 이야기로

다가온다. 광적인 십자군이 허름한 여관방에서 위스키 병들과 함께 밤을 지새우는 삽화들의 행렬 같달까. 헬브런트는 온통 헤로인에 사로잡혀 있다. 그 사용법, 그것을 사용하는 척하는 법, 그것을 사용 중인 사람을 알아보는 법 등등. 중독자의 집착을 징벌하려는 그의 병적인 편집증 자체가 집착이 되어버렸다. 도덕적 분노는 또 다른 유형의 마약이 되고, 십자군은 또 다른 유형의 환각 파티가 된다.

130 **협조만 한다면**… William Burroughs, *Junkie*, p. 99. [한국어판: 윌리엄 버로스, 『정키』, 조동섭 옮김(펭귄클래식코리아, 2009)].

130 **"끊으라고, 조절하라고 애원할 필요가 없는" 중독자**… Hardwick, "Billie Holiday."

130 **그녀에게 강요되었던**… 같은 곳.

131 **그들은 왜 계속해서 그녀를 무대에 올릴까요? 분명 그녀에게 문제가 있다는 걸 알 텐데 말입니다**… 둘 다 뉴스 앵커, 인용 출처는 영화 〈에이미Amy〉(감독: 아시프 카파디아Asif Kapadia, 2015).

IV. 결핍

146 **잉여의 신비한 특성**… Eve Kosofsky Sedgwick, "Epidemics of the Will," *Tendencies*(Durham, NC: Duke University Press, 1993), p. 132.

147 **따분하다고 고백하는 건**… John Berryman, "Dream Song 14," *The Dream Songs*.

147 **레퍼토리의 축소**… 저자의 메그 치점Meg Chisolm 인터뷰, August 11, 2016.

148 **회전문을 통과해**… 저자의 애덤 캐플린Adam Kaplin 인터뷰, October 13, 2016.

148 **집에 온 느낌**… 같은 인터뷰.

148 **과학자들은 중독을 중변연계 도파민 체계**… 중독의 과학적 기제에 관한 자세한 설명은 Carlton Erickson, *The Science of Addiction: From Neurobiology to Treatment*(New York: W. W. Norton, 2007) 참조. 이 책 3장에서 에릭슨은 화학적 의존의 기본 메커니즘을 설명하는 한편, 5, 6, 7장에서는 다양한 약물의 특수한 메커니즘을 검토한다.

148 **병리적 강탈**… 같은 책, p. 64.

149 **통제되지 않은 음주의 사실 기반 손익 차트**… Factual Gain and Loss Chart on Un-Controlled Drinking, Archives at the Center for Alcohol Studies, Rutgers University, New Brunswick, New Jersey.

149 **나선의 곤경/중독 사이클**… G. F. Koob and M. Le Moal, "Drug Abuse: Hedonic Homeostatic Dysregulation," *Science* 278(1997), pp. 52~58.

149 **나선의 곤경/중독 사이클을 설명하는 차트는 한가운데를 뚫고 수직으로 떨어지는**… Erickson, *The Science of Addiction*, p. 59.

149 **니카라과에서 낯선 사람과 보낸 하룻밤을 돌이켜보면, 당시 내 뉴런 속의 GABA 수용체를 활성화한 것은 내 혈관 속을 흐르는 럼주…** 신경전달물질계에 미치는 알코올의 메커니즘에 관한 여러 설명의 요약은 Erickson, *The Science of Addiction*, p. 69 참조. 또한 *Neurochem Int.* 37, no. 4(October 2000), pp. 369~76. "Alcohol enhances characteristic releases of dopamine and serotonin in the central nucleus of the amygdala." Yoshimoto 외, "Alcohol and Neurotransmitter Interactions." C. Fernando Valenzuela, NIAAA, http://pubs.niaaa.nih.gov/publications/arh21-2/144.pdf 참조.

150 **취했을 때는 모든 게 괜찮아요…** Jean Rhys, *After Leaving Mr. Mackenzie*, in *The Complete Novels*(New York: W. W. Norton, 1985), p. 262.

155 **우리는 모두 의존적인 사람들이다…** John Berryman, *Recovery*(New York: Farrar, Straus and Giroux, 1973), p. 154.

155 **알코올중독에 크게 영향받는…** NIAA, "Collaborative Studies on Genetics of Alcoholism(COGA) Study," https://www.niaaa.nih.gov/research/major-initiatives/collaborative-studies-genetics-alcoholism-coga-study.

156 **네가 쓴 많은 글에는 고통을 연결지을 지점이 아주 많지만, 그 독 묻은 외투가 어디서 왔는지에 대한 설명은 전혀 없어…** 데이비드 고린David Gorin, 원고 메모. August 2016.

157 **하늘은 밝은 빨강이었어요. 모든 것이 빨갰지요…** Elizabeth Bishop, "A Drunkard," *Georgia Review*(1992). 비숍이 목격했다고 기억하는 불은 1914년 세일럼 대화재였다. Claudia Roth Pierpont, "Elizabeth Bishop's 'Art of Losing,'" *The New Yorker*, March 6, 2017, http://www.newyorker.com/magazine/2017/03/06/elizabeth-bishops-art-of-losing 참조.

158 **미온적인 의견 보류…** Brett C. Millier, "The Prodigal: Elizabeth Bishop and Alcohol," *Contemporary Literature* 39, no. 1(Spring 1998), pp. 54~76.

158 **왜 술을 마시는가?… (제대로 대답하지 마)…** 존 베리먼, 수기 메모, John Berryman Papers, University of Minnesota.

159 **나는 그에게 말했다. 나는 술을 많이 마신다고…** Marguerite Duras, "The Voice in Navire Night," *Practicalities*(London: William Collins Sons, 1990).

159 ***왜*라는 질문이 중요하지 않게 된 지는…** Charles Jackson, *The Lost Weekend*(New York: Farrar and Rinehart, 1944), pp. 221~22.

159 **버로스는 『정키』에서 그 질문을 예상하지만…** William Burroughs, *Junkie: Confessions of an Unredeemed Drug Addict*(New York: Ace Books, 1953), p. 5.

160 ***젖가슴으로서의 술병…*** 저자의 애덤 캐플린 인터뷰, October 13, 2016.

V. 수치심

175 **사악함은 예술 속에 녹아들 수 있는가**… 존 베리먼, 1966년에 쓴 서두 소네트 일부, 인용 출처는 John Haffenden, *The Life of John Berryman*(London: Methuen & Co., 1984), p. 183.

175 **당신은 자신의 오랜 상처를 핥고 있다… 세상이 헨리에게 했던 짓은**… John Berryman, "Dream Song 74," *The Dream Songs*(New York: Farrar, Straus and Giroux, 1969).

176 **나는 줄담배를 피우는 평범한 남자다**… John Berryman, "Dream Song 22," *The Dream Songs*.

176 **한 송이 튤립과/오직 물, 오직 빛**… John Berryman, "Dream Song 92"("Room 231: the fourth week"), *The Dream Songs*.

177 **영혼의 숲에서/사람들을 실망시키고**… John Berryman, "Dream Song 310," *The Dream Songs*.

177 **적극적 알코올중독자에 가까워서 상처받았던 사람들에 대한 분노**… Lewis Hyde, "Berryman Revisited," in *Recovering Berryman*, ed. Richard Kelly and Alan Lathrop(Ann Arbor: University of Michigan Press, 1993).

178 **식사: 형편없음**… 존 베리먼, 수기 메모, John Berryman Papers, University of Minnesota.

180 **반은 깨알 같고, 반은 큼직하고**… Malcolm Lowry, *Under the Volcano*(New York: Reynal and Hitchcock, 1945), p. 43.

182 **누가 내 파인애플주스에 파인애플주스를 넣었어**… 이 일화의 인용 출처는 John Berryman, *Recovery*(New York: Farrar, Straus and Giroux, 1973), p. 107.

185 **나무를 때리는 벼락처럼 테킬라의 불이 그의 등줄기를 타고 내려가**… Lowry, *Under the Volcano*, p. 278.

187 **자신의 최대 약점을… 최대의 강점으로**… Malcolm Lowry, *Dark as the Grave Wherein My Friend Is Laid*(London: Jonathan Cape, 1969), p. 41.

187 **1944년 잭슨의 『잃어버린 주말』이 발표되었을 때, 라우리는 망연자실했고 분개했다**… 라우리와 잭슨의 라이벌 의식에 관한 놀랍도록 예리한 설명은 John Crowley, *The White Logic: Alcoholism and Gender in America*(Amherst: University of Massachusetts Press, 1994) 참조.

188 **스쳐 지나가는 가죽 향이 나는 알코올의 어스름**… Lowry, *Under the Volcano*, p. 55.

188 **영성체를 받는**… 같은 책, p. 50.

188 **자네 이 사실을 알고는 있나? 그러니까 자네가 죽음과 싸우는 동안**… 같은 책, p. 281.

189 **아무도 의지로 가득 찬 사람을 꺾을 수는 없지**… 같은 책, p. 118.

189 **갑자기 감상에 사로잡히고**… 같은 책, p. 168.

189 **이른 아침 술집… 당신이 나처럼 술을 마시지 않는 이상**… 같은 책, pp. 62~63.

189 **아 그곳이 얼마나 아름다운지 아무도 모를 것이다**… 같은 책, p. 115.

190 **사라져버린 웅대함에 관한 책이자**… Michael Wood, "The Passionate Egoist," *New York Review of Books*, April 17, 2008.

190 **그의 마음속에는 슬픔과 비극의 희미한 이미지가**… Lowry, *Under the Volcano*, p. 111.

190 **성공은 진지한 작가에게 일어날 수 있는 최악의 일**… 맬컴 라우리의 편지, 인용 출처는 D. T. Max, "Day of the Dead," *The New Yorker*, December 17, 2007.

190 **그는 책 속의 영사 그 자체였다**… 돈 파월Dawn Powell, 인용 출처는 D. T. Max, "Day of the Dead."

190 **그는 손떨림이 굉장히 심해져서**… 같은 글.

190 **약간의 자각은 위험한 거죠**… Lowry, *Under the Volcano*, p. 232.

192 **그는 태양을 잃어버렸다**… 같은 책, p. 264.

199 **목이 앙상하고 입은 작고 뼈만 남은 팔다리에**… Gabor Maté, *In the Realm of Hungry Ghosts: Close Encounters with Addiction*(Toronto: Knopf Canada, 2008), pp. 1~2.

200 **그들은 그들을 추방하는 사회와 공통점이 많다**… 같은 곳.

200 **1960년대 후반부터 80년대 후반까지 가장 많이 보도되었던 과학 연구는**… John P. Morgan and Lynn Zimmer, "The Social Pharmacology of Smokeable Cocaine: Not All It's Cracked Up to Be," in *Crack in America: Demon Drugs and Social Justice*, ed. Craig Reinarman and Harry Levine(Berkeley: University of California Press, 2007), p. 36.

200 **약물이란 쥐에게 투여했을 때 학술논문이 나오는 물질**… 같은 곳.

200 **"코카인 쥐"는 하얀 쥐가 필사적으로 작은 환약을**… Partnership for a Drug-Free America, "Cocaine Rat," 1988. 이 비디오 속의 환약 역시 오해를 일으킨다. 대부분의 쥐는 등에 "영구 주입 장치"가 외과적으로 이식되어 있었다. 쥐들은 중독을 위해 주어진 조건에 갇혀 있는 것과 마찬가지로, 말 그대로 중독을 위해 *만들어졌다*.

201 **이 과학자들은 1980년대 초에 쥐 놀이공원, 즉 '랫 파크'를 만들었다**… Bruce Alexander, "Addiction: The View from Rat Park," 2010. 랫 파크 실험의 최초 결과가 발표된 것은 B. K. Alexander 외, "Effect of Early and Later Colony Housing on Oral Ingestion of Morphine in Rats," *Pharmacology Biochemistry and Behavior* 15, no. 4(1981), pp. 571~76. 마찬가지로 "랫 파크" 실험에 관해 설명한 것은 Carl Hart,

High Price: A Neuroscientist's Journey of Self-Discovery That Challenges Everything You Know About Drugs and Society(New York: Harper, 2013).
최초의 랫 파크 실험 결과 역시 복제되어왔다. S. Schenk 외, *Neuroscience Letters* 81(1987), pp. 227~31; M. Solinas 외, *Neuropsychopharmacology* 34(2009), pp. 1102~11 참조. 랫 파크에 관한 그림 설명은 Stuart McMillen, "Rat Park" 참조.

201 **현실 속의 무엇이 나를 아편 사용자로 만들었을까?…** Thomas De Quincey, "Confessions of an English Opium-Eater," *London Magazine*, 1821.

202 **내면의 직소 퍼즐에서 잃어버린 조각…** David Foster Wallace, *Infinite Jest*(New York: Little, Brown, 1996), p. 350.

203 **1989년 이후 계속되고 있는 프로젝트인 알코올중독 유전학 공동연구는…** 국립 알코올 남용 및 중독 연구소(NIAAA)는 COGA의 임무와 방법론을 다음과 같이 정의한다. "우리 유전자가 알코올중독 취약성에 어떻게 영향을 주는지 알기 위해, NIAAA는 1989년 이래 알코올중독 유전학 공동연구(COGA)에 기금을 대왔다. 우리의 목표는 개인의 알코올중독 발현 가능성에 영향을 줄 수 있는 특정 유전자를 밝혀내는 것이다. COGA 연구원들은 구성원 다수가 알코올중독을 보인 대가족 2,255여 집단의 데이터를 수집했다. 연구원들은 데이터베이스에 등재된 1만 7,702명이 넘는 개인의 데이터로 광범한 임상적, 신경심리학적, 전기생리학적, 생화학적, 유전학적 데이터를 수집했다. 또한 연구원들은 이들 개인의 데이터로 세포계 저장소를 구축해 유전학적 연구를 위한 영구적 DNA 자원으로 쓰이도록 했다"(https://www.niaaa.nih.gov/research/major-initiatives/collaborative-studies-genetics-alcoholism-coga-study). COGA와 그 발견에 관한 자세한 정보는 Laura Jean Bierut 외, "Defining Alcohol-Related Phenotypes in Humans: The Collaborative Study on the Genetics of Alcoholism," National Institute on Alcohol Abuse and Alcoholism, June 2003, https://pubs.niaaa.nih.gov/publications/arh26-3/208-213.html 참조.
알코올중독에 걸릴 더 큰 위험 요인은 무엇일까? 그것은 생리학(신진대사와 기관 민감성), 정신약리학(두뇌의 보상 및 혐오 구조), 성격(충동성과 감각 추구), 정신병리학(우울과 불안) 등과 결합된 형질들이다. Carol A. Prescott, "What Twin Studies Teach Us about the Causes of Alcoholism," Samuel B. Guze Symposium on Alcoholism에 제출된 논문, Washington University School of Medicine, 2004, http://digitalcommons.wustl.edu/guzepresentation2004/4. "알코올의존" 표현형은 DSM과 WHO 분류에 따라 측정되었다.

204 **알코올중독의 유전적 토대를 뒷받침하는 증거는 거의 반론의 여지가 없다…** 쌍둥이의 알코올 남용에 관한 한 연구는 일란성 쌍둥이의 경우 76퍼센트, 이란성

쌍둥이의 경우 61퍼센트가 일치했음을 보여주었다. 자세한 정보는 Roy Pickens 외, "Heterogeneity in the Inheritance of Alcoholism: A Study of Male and Female Twins," *Archives of General Psychiatry* 48, no. 1(1981), pp. 19~28 참조. 또한 Erickson, *The Science of Addiction: From Neurobiology to Treatment*(New York: W. W. Norton, 2007), pp. 84~85 참조.

221 **수치심은 그 자체의 베일이며…** Denis Johnson, "Where the Failed Gods Are Drinking," *The Throne of the Third Heaven of the Nations Millennium General Assembly: Poems Collected and New*(New York: Harper Perennial, 1995).

221 **뉴어크 폭동이 일어난 1967년 여름의 맨해튼을 배경으로 하는 이 소설은, 소음과 욕구와 가능성의 오케스트라로서의 뉴욕을 떠올리게 한다…** 케인은 곧바로 할렘의 활기와 기개, "보석처럼 번쩍이는 네온이 비친 크고 광나는 자동차들"이 "아침이면 이슬과 피곤함으로 둔해" 보이는 방식을 떠올린다. 그리고 새벽에 간이식당에서 커피를 마시면서, 술이 덜 깬 술꾼의 주름이 형광등 불빛에 두드러지는 것을 지켜본다. 그는 자신이 태어났던 웨스트사이드의 공영주택 단지를 찾을 때면 링컨센터("대리석 욕실, 카페트가 깔린 홀, 샹들리에")를 묘사하는데, 그곳은 바로 길 건너에 있지만 멀리 떨어진 세계다. 한 여자는 "나는 그 비슷한 어떤 곳에도 가본 적 없어요"라고, "어떻게 행동해야 할지도 모르겠고, 같이 갈 사람도 없었죠"라고 말한다. 케인의 경험을 규정하는 특징 중 하나는 상향 이동성의 마스코트—집단적 꿈의 매개체, 여러 세계 사이의 사절—처럼 여겨져왔다. 그는 이렇게 말한다. "나는 자신을 흑인이나 백인으로 생각한 게 아니라 주변인, 두 세계 가장자리의 시공 속 어딘가에 존재하는 사람으로 생각했다." 그는 애초에 이 상향 이동성의 부담을 지도록 기대받아왔다는 데 분노를, 그리고 자신이 실패해온 방식에 수치심을 느낀다. George Cain, *Blueschild Baby*(New York: McGraw Hill, 1970), pp. 50, 69, 115, 177.

222 **하늘에는 이상한 달이 걸려… 차분하고, 너무도 갑작스럽고 무한한…** 같은 책, pp. 197~99.

222 **영리하고 갈망으로 가득하지만, 종종 공격적으로, 때로 몰인정하게 행동하는 인물…** 조지 케인이라는 인물은 누가 봐도—의도적으로—무례하다. 그의 공격성은 대체로 백인 등장인물들을 향하고, 소설은 그것을 사과하거나 비난하기를 거부한다. 그저 이 공격성을 극화하며 그 맥락을 절대 잊지 않는다. 케인은 백인 10대 소녀를 강간하고, 자기 딸의 (백인) 엄마를 무시하고, 백인 남자를 살해하는 공상을 한다. 케인은 체면의 정치를 존중해 등장인물의 분노를 감추는 대신에, 그 분노 뒤에 놓인 온갖 사회적 현실을 묘사하면서 그 분노가 지면에서 살아가게끔 한다.

222 **안에서 뼈끼리 서로 긁어대는…** 같은 책, p. 200.

223 **방해받지 않는 삶을 살기 위한…** 같은 책, p. 7.

223 **뉴어크 폭동의 피해자들… 고개를 끄덕이는… 깨어 있음과 좌절 때문에 파멸로 내몰린 선택받은 자들이 아니라 그저 너무 약해서 싸울 수 없는 가망 없는 피해자들…** 같은 책, p. 129.

223 **소용없다는 건 제가 더 잘 알고 있었는걸요…** 이 부분에서 조 린 풀Jo Lynne Pool의 이야기와 조지 케인에 관한 거의 모든 전기적 정보의 출처는 저자의 조 린 풀 인터뷰, March 30, 2016.

224 **그에겐 책 한 권 분량의 습작이 있었다…** 저자의 조 린 풀 인터뷰, March 30, 2016. 케인은 또 표지의 저자 소개 문구도 직접 썼다. 맥그로힐 출판사에서 낸 초판에는 저자 소개를 케인 자신이 썼다고 명기되어 있다. "저자가 직접 쓴 소개글입니다: '조지 케인은 1943년 뉴욕시 할렘 병원에서 전갈자리로 태어났다. 같은 도시에서 공립학교와 사립학교를 다녔고, 장학금을 받고 이오나 칼리지에 입학했다. 3학년 때 학교를 그만두고 여행했고, 캘리포니아, 멕시코, 텍사스, 교도소 등지에서 시간을 보냈다.'"

224 **『네이티브 선』 이래 미국의 흑인 작가가 쓴 가장 중요한 픽션…** Addison Gayle Jr., review of *Blueschild Baby*, by George Cain, *New York Times*, January 17, 1971, p. 3.

225 **그 시간 동안 과거의 중독자 조지 케인은…** 같은 글.

225 **첫 인세 수표를 받고 며칠 후, 그는 길에서 우연히 만난 친구의 동생을 근처 레코드 가게에 데려갔다…** Rasheed Ali, "Tribute to a 'Ghetto Genius,'" *The Black American Muslim*, http://www.theblackamericanmuslim.com/goerge-cain/.

227 **일이 잘 풀렸을 때는 어떤 사람이었나요?…** 저자의 애덤 캐플린 인터뷰, October 13, 2016.

227 **약물이 그 희망을 내동댕이쳐버렸다…** William Grimes, "George Cain, Writer of 'Blueschild Baby,' Dies at 66," *New York Times*, October 29, 2010.

230 **그 책의 부제는 어느 사랑 이야기였다…** Caroline Knapp, *Drinking: A Love Story* (New York: The Dial Press, 1996). [한국어판: 캐럴라인 냅, 『드링킹: 그 치명적 유혹』, 고정아 옮김(나무처럼, 2017)].

232 **작년 우리가 취해서 벌인 싸움에는 특별한 이유가 없었다…** Robert Lowell, "Summer Tides," *New Selected Poems*, ed. Katie Peterson (New York: Farrar, Straus and Giroux), 2017.

234 ***존경하는 담당자님께, 수신인도 모르는…*** 어빈 코넬Ervin Cornell이 연방마약국에 보낸 편지, June 26, 1939. RG 511—Alcohol, Drug Abuse, and Mental Health Administration, National Institute of Mental Health, National Archives, College

Park, Maryland.

235 **매년 거의 3천 명의 사람들이 들여보내 달라고 간청하며**… Nancy D. Campbell, J. P. Olsen, and Luke Walden, *The Narcotic Farm*(New York: Abrams, 2010), p. 63.

235 **고칠 방법이 세상에 있다면 그것을 해보고 싶음미다**… J. S. 노스컷J. S. Northcutt이 연방마약국에 보낸 편지, National Archives, College Park, Maryland.

235 ***저는 6년째 마리화나 담배를 피우고 있습니다***… 밀턴 모지스Milton Moses가 연방마약국에 보낸 편지, May 8, 1938. RG 511, National Archives, College Park, Maryland.

235 ***선생님께, 켄터키주 렉싱턴에 가서***… 폴 영맨Paul Youngman이 연방마약국에 보낸 편지, December 1, 1945. RG 511, National Archives, College Park, Maryland.

236 **최대한 빨리 켄터키주 렉싱턴의**… 체스터 소카Chester Socar가 "마약국"에 보낸 전보, September 6, 1941. RG 511, National Archives, College Park, Maryland.

236 **언론은 나코팜을 "마약중독자를 위한 뉴딜 정책"**… Campbell 외, *The Narcotic Farm*, p. 12.

236 **렉싱턴의 한 신문은 주민들을 상대로 그 시설의 이름을 공모**… 같은 책, pp. 36~37.

237 **사실, 교도소-병원-거물들의-꿈의-성은 여전히 그것의 *정체*를**… 나코팜은 중독자를 "재활 치료"하는 것에 덧붙여, 한편으로는 일련의 실험을 계속하며 수용자를 실험 대상으로 이용했다(표면상으로는 어디서나 중독자 재활 서비스를 한다는 명목으로). 이 실험 중 다수는 몇십 년 후인 1950년대에 윤리위원회의 의혹을 샀다. 나코팜의 중독연구센터는 중독성 없는 아편 진통제의 가능성과 금단증상 메커니즘에 대해 획기적이면서도 매우 논쟁적인 실험을 하고 있었으며, 메타돈 치료를 실험한 최초의 기관 중 하나였다. 더 많은 정보는 Campbell 외, *The Narcotic Farm* 참조.

237 **그 농장이 우리를 정중하게 대해주니**… 같은 책, p. 83. 이 단락에 소개된 렉싱턴 생활의 세부 사항들은 토마토 농사, 치과 치료, 낙농업 등 노동과 취미를 기록한 렉싱터의 역사를 참고하기도 했다.

237 **리핀콧이라는 마술사가 나코팜에서 공연했을 때**… "Magician to Appear at Hospital Tonight," *Lexington Leader*, November 15, 1948. RG 511, National Archives, College Park, Maryland.

237 **1937년, 이 병원 기록에 따르면 환자들은 말 편자 던지기에 총 4,473시간, 볼링에 총 8,842시간을 썼다**… Campbell 외, *The Narcotic Farm*, p. 142.

238 **바나나 흡연 유행**… William Burroughs Jr., *Kentucky Ham*(New York: E. P. Dutton, 1973), p. 100.

238 **렉싱턴에 갔던 뮤지션들이**… Campbell 외, *The Narcotic Farm*, p. 152.

239 **대개 치료란 인간 존재를 구성하는 무형의 것들을…** Robert Casey, "Destiny of Man 'Traded In' at Kentucky Laboratory," *Chicago Daily News*, August 23, 1938. RG 511, National Archives, College Park, Maryland. *Atlanta Georgian*의 1면 기사에 같이 실린 만평에는 눈부신 태양이 비추는 나코팜의 높은 탑들을 향해 행진하는 중독자의 기다란 행렬을 보여주는데, "공중 계몽"이라는 설명이 달려 있었다. 이 기사의 메시지는 진지했다. 나코팜은 필수적인 인도주의적 개혁 기관이기 때문에 모든 주에 나코팜이 있어야 한다는 거였다. 그러나 나코팜은 웅장한 수사와 사실상의 징벌 사이에 불편하게 자리 잡고 있었고, 그 재활의 수사는 현실에서는 대체로 공허했다. 많은 중독자가 삶의 덫을 피하려다가 중독에 이르게 되었고, 그런 뒤에는 다시 그 습관 자체의 덫에 걸린 자신을 발견했고, 따라서 또 다른 구속이라는 약속된 자유, 즉 나코팜 자체를 추구했다.

239 **별로 많지 않아요… 별로 좋지 않다는 말이군요…** Clarence Cooper Jr., *The Farm*(New York: Crown, 1967), p. 27.

240 **이름: 로버트 번스…** "Report on Non-Medical Addict," October 24, 1944. RG 511, National Archives, College Park, Maryland.

VI. 항복

253 **이는 동료애를 쌓기 위한 의식을 거치지 않아도 된다는 뜻이었다…** 의례라는 제약을 통해 해방감을 느끼는 것은 독특한 게 아니다. 그것은 거의 모든 종교 전통의 일부다—그러나 리언 위젤티어Leon Wieseltier는 카디시 애도 의식이 그가 슬픔을 급조하지 않아도 되게끔 한 과정을 매우 자세하게 묘사한다. "나는 카디시가 나의 행운이라는 사실을 다시금 깨닫는다. 그것은 형식주의를 중시하며, 따라서 흔히 요구되는 이별의 의식을 급조할 의무를 면해준다." Leon Wieseltier, *Kaddish*(New York: Vintage, 2000), p. 39.

255 **자기인식, 이것이 답이다…** 모든 인용의 출처는 "빅북"으로 더 잘 알려진 『익명의 알코올중독자들』의 첫 장인 「빌의 이야기」이다.

256 **마치 산꼭대기에서 거대하고 깨끗한 바람이 세차게 불어온 것처럼…** 인용 출처는 역시 『익명의 알코올중독자들』의 「빌의 이야기」이다. 빌 윌슨이 병원에서 깨달음을 얻은 이야기는 그가 어렸을 때부터 그의 할아버지 '그랜파 윌리'에게서 들어온 대화식 서사와 매우 비슷하다. 그것은 윌리가 버몬트의 이얼러스산 꼭대기에서 신을 대면하면서 "럼 악마"로부터 해방되었다는 이야기다. 이런 반향은 그 이야기가 거짓이라는 게 아니라, 우리 가까이에 있는 재료—우리가 물려받은 이야기, 우리에게 가장 필요하다고 생각되는 것—에서 구원의 서사를 지어내는

방식을 증언해줄 뿐이다. 자세한 설명은 윌슨의 할아버지의 대화식 서사 참조. Susan Cheever, *My Name Is Bill: Bill Wilson—His Life and the Creation of Alcoholics Anonymous*(New York: Washington Square Press, 2005); 또는 Don Lattin, *Distilled Spirits: Getting High, Then Sober, with a Famous Writer, a Forgotten Philosopher, and a Hopeless Drunk*(Berkeley: University of California Press, 2012).

260 **그의 자서전에서는 이 친구가 찾아온 후에도 몇 번의 폭음이**… 빌 윌슨은 늘 자서전 쓰기에 반감을 표현했지만, 앞으로 나오게 될 전기들의 부정확성을 방지하기 위해 결국 1954년에 일련의 대화 녹음으로 자기 삶을 기록했고, 이것이 마침내 2000년에 출간되었다. Bill Wilson, *Bill W.: My First Forty Years*(Center City, MN: Hazelden, 2000).

260 **일부 사람은 절대 맛보지 못할 강렬한 영적 경험을 단주의 계기로 내세우고 싶지 않았다**… 나중에 윌슨이 LSD를 실험했을 때, 그것은 대체로 자신이 찰스 B. 타운스 병원에서 했던 강렬한 영적 경험—환상적이고 압도적인—을 누구나 할 수 있을 것이며, 만약 사람들이 그 경험을 할 수 있다면 단주를 유지하는 것이 더 쉬워질 거라는 희망 때문이었다.

260 **이 운동의 토대를 경시**… Wilson, *Bill W.: My First Forty Years*.

261 **넘버원 맨**… 빌 윌슨의 이 인용구는 2012년 그의 생애에 관한 다큐멘터리 〈빌 W.〉(감독: 케빈 핸런Kevin Hanlon)에 나온다. 윌슨을 다룬 이 장편 다큐멘터리는 AA 창립자로서 그에게 따라다니는 강렬한 숭배와 상충되는 그의 감정을 탐색한다. 그는 자기 이야기가 누구의 이야기보다 중요하게 여겨지지 않길 바랐던 영역에서 "넘버원 맨"이 되어버린 자신을 발견했다.

261 **저도 여러분과 같습니다**… **저 역시 실수를 합니다**… 빌 윌슨의 폐회식 발언("Every Reason to Hope"), AA Conference, Prince George Hotel, April 27, 1958, Stepping Stones Archives, WGW 103, Bx. 31, F. 6. 스테핑 스톤스 아카이브Stepping Stones Archives 자료를 참고하고 발췌해 사용한 것이 이 책 저자의 관점이나 결론이 스테핑 스톤스로부터 검토나 승인을 받았음을 뜻하지는 않는다. 이 책에 표현된 결론과 그 근거가 된 연구들은 오롯이 저자 본인의 책임이다. 스테핑 스톤스 아카이브에서 발췌한 모든 것은 스테핑 스톤스의 허가를 받아 사용했다. Historic Home of Bill & Lois Wilson, Katonah, NY, 10536, steppingstones.org, (914) 232-4822.

261 **그는 바버라라는 AA 회원에게 보내는 편지에서**… 바버라에게 보낸 편지는 다큐멘터리 〈빌 W.〉에서 인용. 바버라라는 여성이 윌슨에게 "실망했다"고 비난한 편지에 답하면서, 윌슨은 자신을 위한답시고 말도 안 되는 성좌, "오류투성이 인간이 차지할 수 없는 가공의 대좌"가 만들어졌다고 설명한다. 그는 자기 이야기가 신성시되는 걸 원치 않았다.

261 **물론 나는 인쇄되고 있는 모든 자전적인 이야기에…** Wilson, *Bill W.: My First Forty Years*, p. 2.

261 **에드와 나는 마지막 대화 때 월스트리트 시절을 이야기하며 실컷 웃었다…** 같은 책, p. 80.

262 **브로드웨이의 어느 캐스팅 기획사에서 보낸 일군의 배우들처럼 행동했다…** Jack Alexander, "Alcoholics Anonymous: Freed Slaves of Drink, Now They Free Others," *Saturday Evening Post*, March 1, 1941.

263 **히스테리 부리는 여성 술꾼들이 창밖으로 뛰어내리지 못하게…** 같은 글.

264 **당신은 앞으로 오랫동안 AA 건배사의…** 빌 윌슨이 잭 알렉산더에게, January 6, 1941, Alcoholics Anonymous, Digital Archives.

264 **1941년 말 무렵 이 프로그램의 회원은 8천 명이 넘었다…** 1941년 회원 통계 출처는 빅북 2판 서문, http://www.aa.org/assets/en_US/en_bigbook_forewordsecondedition.pdf.
2015년 통계 출처는 AA General Service Office, http://www.aa.org/assets/en_US/smf-53_en.pdf.

264 **프랑스 철학자 카트린 말라부는 회복의 세 가지 관점을 각각 불새, 거미, 도롱뇽 등의 동물과 관련짓는다…** Catherine Malabou, "The Phoenix, the Spider, and the Salamander," *Changing Difference*, trans. Carolyn Shread(Cambridge: Polity Press, 2011), pp. 74~75.

264 **흔적, 흠, 긁힌 자국으로 뒤덮인…** 같은 책, pp. 76~77.

265 **흉터는 없지만, 차이가 있다…** 같은 책, p. 82.

265 **증인 권위…** 저자의 메그 치점 인터뷰, August 11, 2016.

266 **선생님도 헤로인을 해보시면 좋을 텐데요…** 저자의 애덤 캐플린 인터뷰, October 13, 2016.

266 **"우발성 관리" "공동체 강화"…** 국립 약물남용 연구소(NIDA)는 중독 회복 지원에서 12단계 자체의 효율성을 인정하는 것 외에도, 효과가 증명되어온 네 가지 주요 행동 치료 유형, 즉 인지행동 치료, 우발성 관리, 공동체 강화, 동기강화 등을 인정한다. (이 가운데 공동체 강화와 우발성 관리 같은 치료 유형은 12단계 그룹에 의해 제공되지만, 12단계 그룹만이 그런 것을 발견하거나 유지할 수 있는 유일한 수단은 아니다.) 한 연구는 1년간 세 가지 유형의 치료(인지행동, 동기강화, 12단계 회복법)가 병행되었을 때, 정신과적으로 덜 심각한 환자들이 12단계 회복법으로 높은 금욕 수준을 성취한 것과 거의 동일한 효과가 있음을 밝혀냈다. "Matching Alcoholism Treatments to Client Heterogeneity: Project MATCH Posttreatment Drinking Outcome," *Journal of Studies on Alcohol and Drugs* 58, no. 1(January 1997), pp. 7~29

참조.

266 **당신은 정말 똑똑하군요**… 저자의 메그 치점 인터뷰, August 11, 2016.

267 **신비주의적 어쩌고저쩌고**… 찰스 잭슨, 인용 출처는 Blake Bailey, *Farther and Wilder: The Lost Weekends and Literary Dreams of Charles Jackson*(New York: Vintage, 2013), p. 144.

267 **이 개자식!… 내 힘으로 단주한 지 8년이 지났는데**… 같은 책, p. 147.

267 **해법은 "제시되기야 하겠지만, 그러고는 사용되지 않고 치워질 것입니다"**… 찰스 잭슨이 스탠리 라인하트Stanley Rinehart에게, 1943, Charles Jackson Papers, Dartmouth College.

268 **그 농담 뒤의 현실, 불편함, 잔인함**… Jackson, *The Lost Weekend*, p. 113.

268 **나는 나 자신의 바깥으로 나가지 못했습니다**… 찰스 잭슨, 연설, 오하이오 클리블랜드, May 7, 1959.

269 **정말이지 AA에는 단순한 단주 이상으로 훨씬**… 찰스 잭슨이 찰스 브래킷Charles Brackett에게, Sepetmber 14, 1954, Charles Jackson Papers, Dartmouth College.

269 **그러나 하트퍼드 AA 지부에서**… 잭슨의 하트퍼드 AA 모임 방문에 대한 자세한 설명은 Bailey, *Farther and Wilder*, p. 145 참조.

269 **이 사람들은 나에 관해 알고 있었다**… 찰스 잭슨, 인용 출처는 같은 책, p. 310.

269 **저는 당신이 해야 할 책무이자 당신이 할 수 있는**… C. Dudley Saul, 인용 출처는 같은 책, pp. 308~309.

269 **지적으로 동등한 사람들**… 찰스 잭슨, 인용 출처는 같은 책, p. 308.

269 **그가 더 많은 정보를 얻기 위해 버몬트주 몬트필리어의**… 같은 책, p. 312에 묘사된 사건.

270 **그는 후원자를 통해서 접한 영국 작가 G. K. 체스터턴의 한 구절에 점점 더 빠져들었다**… G. K. 체스터턴, 인용(과 그에 대한 잭슨의 애착의) 출처는 같은 책, p. 337.

276 **그것은 매우 쉽고 자연스러웠고 으스대거나 그런 게 전혀 없었다**… 로다 잭슨Rhoda Jackson이 프레더릭 스토리어 잭슨Frederick Storier Jackson(별명은 "붐Boom")에게, November 24, 1953, Charles Jackson Papers, Dartmouth College.

277 **채소의 건강**… Charles Jackson, "The Sleeping Brain," 미출간 원고, Charles Jackson Papers, Dartmouth College.

277 **그렇다고 부디 창피해하지는 말아줘**… 찰스 잭슨이 월터 모델Walter Modell과 메리먼 모델Merriman Modell에게, January 9, 1954, Charles Jackson Papers, Dartmouth College.

277 **마거릿 생어와 함께 산아제한 진료소에**… Richard Lamparski, 인용 출처는 Bailey, *Farther and Wilder*, p. 347.

277 **회원들이 그를 보내주지 않았다**… 찰스 잭슨, 인용 출처는 Bailey, *Farther and Wilder*, p. 339.

277 **스타 학생**… **새로운 중독**… 같은 책, pp. 341, 346.

278 ***친애하는 찰리에게, 『잃어버린 주말』 개정판을 보내주신***… 빌 윌슨이 찰스 잭슨에게, April 24, 1961, Stepping Stones Foundation Archives. WGW 102.2, Bx. 15, F. 1~9.

278 **잭슨은 『라이프』에 AA에 관한 2부작 기사를**… 잭슨의 『라이프』 기사에 관한 설명은 Bailey, *Farther and Wilder*, p. 320 참조.

282 **정말 재수 좋군, 나는 생각했다**… Raymond Carver, "Luck," *All of Us: The Collected Poems*(New York: Knopf, 1998), p. 5.

283 **알코올중독자들은 프로그램 도중 영적 경험이 필요한 시점에**… 빌 윌슨, 인용 출처는 Lattin, *Distilled Spirits*, p. 198. 빌 윌슨의 LSD 실험에 관한 자세한 설명은 *Distilled Spirits* 참조. 또한 Alcoholics Anonymous, *'Pass It On': The Story of Bill Wilson and How the AA Message Reached the World*(New York: Alcoholics Anonymous World Service Inc., 1984) 참조.

283 **윌슨은 첫번째 환각 체험을 친구에게 설명하면서, 그것을 "모두가 서로 도우며 세계를 잇는, 술꾼들의 인간 사슬"이라고 한 AA의 초기 비전에 견주었다**… 오즈먼드, 인용 출처는 Lattin, *Distilled Spirits*, p. 195.

284 **우주와 신에 대한 직접적 경험을 방해하는 벽, 자아 또는 자존심이 세운 수많은 벽을 허물도록 도와**… 같은 책, p. 206.

284 **냉소적인 알코올중독자**… Lattin, *Distilled Spirits*, 윌 포스먼Will Forthman과의 인터뷰에서. 빌 윌슨의 환각 체험이 타운스 병원에서 벨라도나라는 환각제를 받았을 때 보았던 환영과 비슷하다는 것은 놀라운 일이 아니다. 초기 환각 여행의 "여운"을 설명하면서, 윌슨은 "만물의 살아 있음과 그 아름다움의 감각"에 대한 느낌이 "고양"되는 장점을 극찬했다. 윌슨이 시드니 코언Sidney Cohen에게, Stepping Stones Foundation Archives, 인용 출처는 *Distilled Spirits*, p. 198. 윌슨은 LSD가 AA 프로그램이 강조하는 경청과 겸손을 대체하리라고 상상하지는 않았다. 한번은 이렇게 말하기도 했다. "나는 LSD가 일부 사람들에게는 어느 정도의 가치가 있다고 본다. [하지만] 그것은 우리가 자아를 축소하고 계속 작게 만들기 위해 현재 사용하는 수단 가운데 어떤 것도 대체할 수는 없을 것이다"(Alcoholics Anonymous, *'Pass It On,'* p. 370).

284 **대부분의 AA 회원들은 향정신성 물질에 대한 그의 실험을 격렬히 반대했다**… Alcoholics Anonymous, *'Pass It On,'* p. 372.

284 **유령의 시간**… 넬 윙Nell Wing, 인용 출처는 Lattin, *Distilled Spirits*, p. 194.

284 **"어느 날 나타난" 한 심령이 자신을 "구조에 관해 많은 것"을 알고 있는**… 윌슨이

에드 다울링에게, July 17, 1952, 인용 출처는 Bill Wilson and Ed Dowling, *The Soul of Sponsorship: The Friendship of Fr. Ed Dowling and Bill Wilson in Letters*(Center City, MN: Hazelden, 1995).

285 **중요한 일부터 먼저… 여유를 가져라…** 빌 윌슨, 수기 메모, Stepping Stones Foundation Archives, Katonah, New York. WGW 101.7, Bx. 7, F. 6.

285 **너는 담배를 끊으려 하느냐…** 빌 윌슨, 수기 메모, Stepping Stones Foundation Archives, Katonah, New York. WGW 101.7, Bx. 7, F. 6.

287 **이 시점에서 '아무개'는 2분 정도, AA 공개 모임에서 할 때처럼…** General Service Headquarters of AA, "Pattern-Script for Radio and Television," February 1957, p. 2. 이 1957년의 "패턴 대본"은 사실 기존의 "패턴 대본"을 업데이트한 것이다. Collection at the Center of Alcohol Studies, Rutgers University.

290 **한 임상의가 전형적인 중독자 기질이란 집요하게 현재의 순간에 초점을 맞추는 특성이라고 설명했을 때…** 저자의 애덤 캐플린 인터뷰, October 13, 2016.

VII. 갈증

301 **배고픈 사람들이 오직 음식 이야기만 하는 것처럼…** William Burroughs, *Junkie: Confessions of an Unredeemed Drug Addict*(New York: Ace Books, 1953), p. 63.

301 **할 일이 전혀 없었다, 마약에 관해 떠드는 것을 제외하면…** Helen MacGill Hughes, ed., *The Fantastic Lodge: The Autobiography of a Girl Drug Addict*(New York: Fawcett, 1961), p. 214. 『멋진 오두막』은 사회학자 하워드 베커Howard Becker와 헬렌 맥길 휴스Helen MacGill Hughes가 각각 인터뷰하고 편집한 녹음 기록에 바탕을 둔 익명의 여성 중독자 이야기, 즉 "사례 연구"로 홍보되었다. 이 책은 대체로 남성 위주의 중독자들 사이에서 고통받는 여성의 특별한 경험을 조명하고, (엄밀히 말하면 문학적이라기보다) 사회학적인 목적으로 구성되고 표현된 중독자 이야기라는 전망을 제시한다.

301 **재닛은 이 책을 출간하는 것에 큰 희망을 걸게 되었다…** 같은 책, p. 266.

301 **치료, 예후 양호(3)/치료, 예후 관찰 요망(27)/치료, 예후 좋지 않음(10)…** "The Annual Report, Fiscal Year Ending June 30, 1945, U.S. Public Service Hospital, Lexington, Kentucky," Medical Director USPHS, 담당의 J. D. 라이커드J. D. Reichard가 공중위생국장에게 제출, August 11, 1945. RG 511, National Archives, College Park, Maryland.

304 **칵테일 열두 잔을 마시면 누구나 귀여워지죠…** 트리셸Trishelle, 스티븐Steven, 프랭크Frank—나의 담당 편집자가 나에게 삭제를 요구할 거라고 예상했던

사람—에 관한 자세한 설명은 http://www.mtv.com/news/2339854/real-world-las-vegas-hookups/ 참조.

306 **여기 술을 끊고 지낸 비참한 5개월과…** 〈샤이닝〉(감독: 스탠리 큐브릭Stanley Kubrick, 1980), 대본은 스탠리 큐브릭과 다이앤 존슨Diane Johnson.

306 **잘 때를 빼면 이렇게 술만을 갈망하며…** Stephen King, *The Shining*(New York: Doubleday, 1977), p. 25. [한국어판: 스티븐 킹, 『샤이닝』, 이나경 옮김(황금가지, 2003)].

307 **무릎을 꽉 움켜쥔 채 땀 흘리며 서로 부딪치…** 같은 곳, 움켜쥐거나 땀이 흥건한 손에 관한 언급은 pp. 7, 53, 186, 269, 394 참조.

307 **사람이 개선된다면…** 같은 책, pp. 346~47.

307 **내가 술을 안 마셨던 달마다 한 잔씩…** 같은 책, p. 350.

307 **단주라는 마차의 바닥은…** 같은 책, p. 354.

308 **기대에 차서 조용히 그를 바라보며…** 같은 책, pp. 508~509.

308 **잭은 그 술을 입으로 가져가…** 같은 책, p. 509.

308 **그는 손에 술을 들고 바에서 무얼 하고 있었을까?…** 같은 책, p. 507.

308 **어느 오래된 금주 연극에서 2막 커튼이…** 같은 책, p. 356.

308 **넌 아빠한테 '나쁜 것'을 마시게 해야 했지. 네가 아빠를 얻을 방법은 그것뿐이었지…** 같은 책, p. 632.

309 **거의 죄책감을 느끼며, 마치 몰래 술을 마셔왔던 것처럼…** 같은 책, p. 242.

309 **세 잔 술에 알딸딸하게 취했을 때…** 같은 책 p. 267.

309 **파티는 끝났다…** 같은 책 p. 641.

309 **내 이야기를 쓰고 있다는 것을… 알아차리지도 못하고…** Stephen King, *On Writing: A Memoir of the Craft*(New York: Scribner, 2000), p. 95. [한국어판: 스티븐 킹, 『유혹하는 글쓰기』, 김진준 옮김(김영사, 2017)]. 킹은 여전히 자기부정에 빠져 있는 동안 잭을 부정하는 글을 쓰면서, 자신의 중독뿐 아니라 중독이 없는 망상을 등장인물에 투영했다. 킹은 잭에 관해 "그는 자신이 알코올중독임을 믿지 않았다"고 썼다. 스스로는 늘 이렇게 말했다. "나는 안 그렇다, 나는 언제든 끊을 수 있다"(King, *The Shining*, p. 55).

310 **나는 술과 약을 끊으면 더 이상 일을 못 할까 봐 두려웠다…** King, *On Writing*, p. 98. 스티븐 킹은 자신의 중독을 완전히 인정하지 않을 때조차 이렇게 쓴다. "내가 알코올중독임을 알고 있는 나의 깊은 내면은… 그것이 아는 유일한 방식으로, 내 소설과 내 괴물들을 통해 도움을 청하는 비명을 지르기 시작했다"(p. 96). 킹은 자신의 소설 세 편—『샤이닝*The Shining*』『미저리*Misery*』『토미노커스*Tommyknockers*』— 은 자신의 문제를 스스로에게 표현하기 위한

시도였다고 설명한다. 『토미노커스』는 "당신의 머리에 침투한 외계 생물체"의 이야기로 외계 생물체는 " 그 안에서 계속 노크하기 시작했다. 당신이 얻게 된 건 에너지와 일종의 피상적 지능이었다"(p. 97). 그것은 *에너지+피상적 지능=코카인*이라는 공식을 미묘하게 승화시킨 이야기였다. 그는 1986년에 그 책을 썼는데, 당시 그는 코카인을 은유화하고 있었을 뿐 아니라 광적으로 섭취하면서 "분당 130회 뛰는 심장을 안고, 코카인 흡입으로 인한 출혈을 막기 위해 콧구멍을 티슈로 막은 채 종종 자정까지 일"했다(p. 96). 그는 그 이야기를 쓰는 내내 피를 흘렸지만, 마침내 피를 멈추게 해준 것은 『미저리』—애니라는 미친 간호사와 그녀가 인질로 잡고 있는 작가이자 겁에 질린 환자의 이야기—였다. "애니는 코카인이었다"고 그는 썼다. "애니는 술이었고, 나는 애니의 애완 작가 노릇이 지긋지긋해졌다"(p. 98).

311 **모든 알코올중독자가 가진 환상은…** *The Oxford Handbook of Philosophy and Psychiatry*, ed. K. W. M. Fulford 외(Oxford: Oxford University Press, 2013), p. 872.

313 **너는 평화롭게 길을 따라 걷고 있어…** Jean Rhys, *Good Morning, Midnight*, in *The Complete Novels*(New York: W. W. Norton, 1985), p. 450.

313 **떠도는 소문에는 그녀가 요양원에서 죽었다고 했다…** Carole Angier, *Jean Rhys: Life and Work*(New York: Little, Brown, 1991), p. 437.

313 **작고한 진 리스…** Hunter Davies, "Rip van Rhys," *Sunday Times*, November 6, 1966, p. 6.

313 **그녀의 행방을 아시는 분은…** 셀마 바스 디아스Selma Vaz Dias, 개인 광고, *New Statesman*, November 1949. Jean Rhys Archive, University of Tulsa.

314 **해머 부인, 알제리 와인 한 잔에 소동 일으켜…** *Beckenham and Penge Advertiser,* 인용 출처는 Angier, *Jean Rhys: Life and Work*, p. 451.

314 **진 리스는 누구였으며 어디에 있었는가?…** 바스 디아스는 광고를 낸 후 리스의 답장을 받자 "흥분으로 멍해져서" 그녀를 찾아갔다. 바스 디아스는 "분홍색 긴 실내복"을 입고 문을 열어준 리스를 보고 세상사에 관심이 없는 여자라는 느낌을 받았다. "그녀에게는 밤과 낮의 구분이 거의 없다는 걸 당장에 알 수 있었다." 그들이 만났을 때 리스는 "목마르게 술을 찾"았고 그래서 바스 디아스는 "펍을 찾아 춥고 황량한 베크넘을 몇 킬로미터 걸었고, 몇 번의 노력 끝에 의심스러운 셰리주 몇 병을 사는 데 성공했다." Selma Vas Dias, "It's Easy to Disappear," 수기 원고, p. 3. Jean Rhys Archive, University of Tulsa.

314 **진의 삶은 사실상 몇 안 되는 똑같은 장면이…** Angier, *Jean Rhys: Life and Work*, p. 455.

314 **그녀는 립스틱으로 낙서했다… 진리는 위대하고 승리한다…** 같은 책, p. 362.

314 **차茶 안 됨. 물 안 됨. 화장실 안 됨…** 진 리스, 인용 출처는 같은 책, p. 475. 리스가

바스 디아스와 졸속으로 거래한 것은 셰리턴 피츠페인에서 궁핍하게 살고 있을 때였다. 리스는 자기 작품의 각색 일체에 대한 이익의 절반을 양도하겠다고 서명해버렸는데, 나중에 이 실수를 "취한 서명의 모험"이라고 불렀다. 이 "모험"에 관한 자세한 내용은, 셰리턴 피츠페인에서의 리스의 삶을 다룬 이 책에 많은 정보를 제공한 캐럴 앤지어의 전기 참조.

315 **나는 새로운 것과 싸우고 있어**… 리스가 엘리엇 블리스Eliot Bliss에게, June 28, 1957, Jean Rhys Archive, University of Tulsa.

315 **야도에서 나는 거의 매일 아침 취한다**… 퍼트리샤 하이스미스, 인용 출처는 Joan Schenkar, *The Talented Miss Highsmith: The Secret Life and Serious Art of Patricia Highsmith*(New York: St. Martin's Press, 2009), p. 255.

VIII. 재발

328 **그가 매일 했던 *네* 가지가 있었다**… Lee Stringer, *Grand Central Winter*(New York: Seven Stories Press, 1998), p. 17.

328 **파이프 안에**… 같은 책, p. 111.

328 **이스트처럼 부글거리는 기대… 캐러멜과 암모니아 냄새를 풍기던 연기… 피어나고 흔들거리다 사라지는… 주황색 빛**… 같은 책, p. 220.

329 **난파당한 사람이 암초에 매달리듯**… 같은 책, p. 247.

330 **내가 개인적일 수 없게 된 순간**… 찰스 잭슨이 메리 매카시Mary McCarthy에게, November 24, 1953, Charles Jackson Papers, Dartmouth College.

331 **위안, 휴식, 아름다움, 에너지… 마법적 요소에서 기인한다고 착각한 아름다움**… Eve Kosofsky Sedgwick, "Epidemics of the Will," *Tendencies*(Durham, NC: Duke UP, 1993), p. 132.

332 **두 번 다시 술을 마시지 않겠어**… John Berryman, *Recovery*(New York: Farrar, Straus and Giroux, 1973), p. 83.

333 **킬러이자 싸움꾼**… 인용 출처는 Carole Angier, *Jean Rhys: Life and Work*(New York: Little, Brown, 1991), p. 442.

333 **이런저런 불행을 몇 번이고 계속 되풀이한다**… 다이애나 멜리Diana Melly, 인용 출처는 같은 책, p. 649.

334 **엄청난 우울에 믿을 수 없을 정도로**… Rebecca West, "The Pursuit of Misery in Some of the New Novels," *The Daily Telegraph*, January 30, 1931. Jean Rhys Archive, University of Tulsa.

334 **슬픔의 운명**… Hannah Carer, "Fated to Be Sad: Jean Rhys Talks to Hannah

Carter," *Guardian*, August 8, 1968, p. 5.

334 **예정된 역할, 피해자 역할**… 진 리스, 인용 출처는 Angier, *Jean Rhys: Life and Work*, p. 588.

334 **단음계 한탄의 끝**… 진 리스가 페기 커코디에게, July 8, 1948, *Jean Rhys Letters, 1931~1966*, ed. Francis Wyndham and Diana Melly(London: Andre Deutsch, 1984), p. 47. 리스는 날짜 미상의 수기 메모에 이렇게 썼다. "수녀들은 세상에 죄악은 딱 두 가지, 추정과 절망밖에 없다고들 말했다. 나의 죄는 어느 것인지 모르겠다"(Jean Rhys Archive, University of Tulsa).

334 **모두가 그녀 책 속의 등장인물을 피해자로**… 진 리스, 인터뷰. "Every Day Is a New Day," *Radio Times*, November 21, 1974, p. 6. Jean Rhys Archive, University of Tulsa.

334 **저는 가면 없이 가면무도회에 온 사람**… Mary Cantwell, "Conversation with Jean Rhys, 'the Best Living English Novelist,'" *Mademoiselle*, October 1974, p. 170. Jean Rhys Archive, University of Tulsa.

334 **나는 열렬한 여성해방 운동가가 아니며**… 진 리스, 인용 출처는 Angier, *Jean Rhys: Life and Work*, p. 631.

335 **내가 보는 건 화낼 만한 충분한 이유가 있었고**… Lillian Pizzichini, *The Blue Hour: A Life of Jean Rhys*(New York: W. W. Norton and Company, 2009), p. 308.

335 **괴로워하고 고문받는 가면**… Jean Rhys, *Good Morning, Midnight*, in *The Complete Novels*(New York: W. W. Norton, 1985), pp. 369~70. 리스는 자기연민의 알리바이와 그 약속의 실마리를 끄집어내고, 아첨하지 않는 문학적 아바타를 통해 자신을 벌하면서 끊임없이 자기연민을 분석하고 있었다. 그녀 작품의 한 남성 인물은 여주인공에 대해 이렇게 생각한다. "그녀는 기본적으로 희극적인 상황을 비극으로 만들어내려고 애쓰고 있다는 사실을 이해해야 해"(Jean Rhys, *After Leaving Mr. Mackenzie*, in *The Complete Novels*, p. 251). 이 부메랑식 관점은 리스에게 그저 자기연민의 상황에 *안주*하지 않고 훨씬 더한 행동을 하게 만든다. 그녀는 외부에서는 그것이 어떻게 보일지, 그것이 얼마나 어리석어 보일지를 생각한다. 『어둠 속의 항해』에서 그녀는 애나의 나약함을 간결하고 불안한 용어로 묘사한다: 애나는 생각한다. "나는 내가 어떻게 보일지 너무 불안해한 탓에 나의 4분의 3은 원 안을 계속해서 맴돌며 감옥에 있었다." 한 여자의 감옥에 갇힌 "4분의 3"은 그냥 *감옥에 갇힌* 여자보다 훨씬 더 구체적이며, 훨씬 흥미롭다. "4분의 3"이 감옥에 갇힌 여자는 또한 그녀 자신, 즉 그녀의 투옥 기간을 엄정하게 측정한 나머지 4분의 1의 바깥을 맴돌면서, 3분의 2와 4분의 3이 갇힌 차이를 분석하는 것이 무슨 의미가 있는지 조롱한다(*Voyage in the Dark*, in *The Complete Novels*, p. 47).

335 **녹색 깃털이 달린 높은 모자**… Rhys, *Good Morning, Midnight*, in *The Complete Novels*, p.

370.

337 **누군가의 손에 들어가 그 사람을 돕게 될**… 존 로이드John Lloyd, 인용 출처는 Blake Bailey, *Farther and Wilder: The Lost Weekends and Literary Dreams of Charles Jackson*(New York: Vintage, 2013), p. 168.

338 **심리적 문제를 해결**… 찰스 잭슨, 인용 출처는 May R. Marion, "CJ Speaks at Hartford AA," *AA Grapevine*, January 1945. Bailey, *Farther and Wilder*, p. 168.

338 **당신 그거 알아? 나 다시 술 마셔**… 찰스 잭슨이 로다 잭슨에게, 인용 출처는 Bailey, *Farther and Wilder*, p. 226.

338 **어떤 것도 내게 다시 술을 마시게 할 수 없었다**… 찰스 잭슨, 1948년 라인하트 앤드 컴퍼니 출판사가 배포한 홍보 브로슈어, 제목은 *The Lost Novelist*, 인용 출처는 Bailey, *Farther and Wilder*, p. 238.

338 **잃어버린 주말의 저자 스스로 주말을 잃다**… 같은 책, p. 283. 잭슨의 자동차 정면충돌 사고의 결과는 놀랍게도 경미했다. 베일리에 따르면, 상대 차에 타고 있던 사람들은 가벼운 부상만 입었고, 잭슨 자신은 멀쩡한 모습으로 나왔다.

338 **어제 깨달았습니다**… **그이가 어떻게 단주를 유지하고 있었는지를요**… 로다 잭슨이 프레더릭 스토리어 잭슨에게, July 3, 1947, Charles Jackson Papers, Dartmouth College.

339 **다음에 무슨 일이 벌어질지 알 수야 없지만, 왜 그것을 걱정하겠는가?**… Charles Jackson, *The Lost Weekend*(New York: Farrar and Rinehart, 1944), p. 244.

339 **찰스와 빌리가 그 영화의 토대로 삼은 것은 책이라기보다는**… 찰스 잭슨이 로버트 네이선Robert Nathan에게, February 19, 1945, Charles Jackson Papers, Dartmouth College.

342 **두고 봐**… 빌리 홀리데이의 죽음에 관한 설명은 John Szwed, *Billie Holiday: The Musician and the Myth*(New York: Viking, 2015); Johann Hari, *Chasing the Scream*(New York: Bloomsbury, 2015) 참조. 또한 다음의 부고 기사도 참조. "Billie Holiday Dies Here at 44; Jazz Singer Had Wide Influence," *New York Times*, July 18, 1959.

343 **벌어진 상처**… **껍질 벗겨진 성대**… 마이클 브룩스Michael Brook, 인용 출처는 Szwed, *Billie Holiday: The Musician and the Myth*, p. 194.

343 **이제 아침 식사를 해야죠!**… 인용 출처는 Julia Blackburn, *With Billie: A New Look at the Unforgettable Lady Day*(New York: Pantheon, 2005), p. 171.

343 **이전 10년 동안 사진 속에서 본 그녀는**… 레이 엘리스Ray Ellis, 인용 출처는 같은 책, p. 269.

343 **나머지 손님들 역시 맥주와 술을 마시며 울고 있었다**… 스터즈 터클Studs Terkel, 인용 출처는 Szwed, *Billie Holiday: The Musician and the Myth*, p. 105.

344 **젖도 돌지 않는 가슴으로 대자代子에게 젖을 먹이려 했고**… 이 정보의 대부분의 출처는 Szwed, *Billie Holiday: The Musician and the Myth*, pp. 44~45.

344 **나를 포함한 모든 이가 숨을 멈추었다**… Frank O'Hara, "The Day Lady Died," *The Collected Poems of Frank O'Hara*, ed. Donald Allen(Berkeley: University of California Press, 1995).

IX. 고백

354 **왜 당신에게 또 한 번의 기회를 줘야 합니까?**… 이 대화는 마약 법정에 관한 민족지학적 설명에 포함된 한 마약 재판 기록에서 발췌했다. Stacy Lee Burns and Mark Peyrot, "Tough Love: Nurturing and Coercing Responsibility and Recovery in California Drug Courts," *Social Problems* 50, no. 3(August 2003), p. 433.
최초의 마약 법정은 1989년 마이애미에서 열렸고, 2015년 6월에 이르자 미국에서 운영되는 마약 법정은 3,142곳이 넘었다(National Institute of Justice, "Drug Courts," http://www.nij.gov/topics/courts/drug-courts/pages/welcome.aspx). 뉴욕, 메릴랜드, 캔자스, 워싱턴 등의 주는 마약 법정에서 경범죄에 대해선 의무적인 결석재판을 하도록 한 캘리포니아 제안 36호(2000)와 유사한 법안을 통과시킨 최초의 주에 속한다. Scott Ehlers and Jason Ziedenberg, "Proposition 36: Five Years Later," Justice Policy Institute(April 2006).
사회학자 번스와 페이로에 따르면, 마약 법정은 "회복하는 자신을 입증"(Burns and Peyrot, "Tough Love," p. 430)하는 곳이다. 다시 말해 자신이 중독에 저항할 만큼 충분히 강하다는 것을 보여주어야 한다. 피고인들은 마약 법정 판사가 명령한 개별 치료 계획을 따라야 한다. 이 계획에는 보통 AA/NA 모임, 상담, 직업훈련, 재활원 입소 또는 주기적 방문, 소변 테스트 등이 포함되어 있었다. 프로그램을 마치면 종종 졸업식을 하는데, 박수갈채와 초콜릿 케이크, 사각모와 가운, 그리고 "Refuse to Abuse"(남용을 거부하라)나 "Hooked on Recovery"(회복에 꽂혔어)라고 쓰인 티셔츠까지 받았다(p. 433).

355 **혀의 채찍질… 피고인의 변명에 아주 신물이 납니다!… 피고인에게서 완전히 손을 떼겠습니다!**… Terance D. Miethe, Hong Lu, and Erin Reese, "Reintegrative Shaming and Recidivism Risks in Drug Court: Explanations for Some Unexpected Findings," *Crime and Delinquency* 46(2000), pp. 522, 536~37. 마약 법정은 공개적인 수치를 주어 범죄자를 공동체의 품으로 돌려보낼 수 있다는 "재통합적 수치reintegrative shaming" 이론에 근거해 운영된다. 재통합적 수치란 수치심의 대상을 사람에게서 행동 자체로 돌린다는 생각을 근거로 한 이론지만, 현실의 마약

법정에서는 그 차이를 구분하지 않는 경우가 많다.

355 **구제 가능… 치료 불가능할 만큼 결함이 많다…** Burns and Peyrot, "Tough Love," pp. 428~29.

355 **죽기 전에는 세상 누구도 약물과의 싸움이 끝났다고 자신 있게 말할 수 없다…** Billie Holiday, *Lady Sings the Blues*, p. 220.

355 **그렇다, 닉은 재발했다…** David Sheff, "Afterword," *Beautiful Boy*(New York: Houghton Mifflin Harcourt, 2008), pp. 323~24.

358 **술을 끊고… AA에 지대한 관심을 가진 것… 이 새로운 태도와 큰 관련…** 찰스 잭슨이 월터 모델과 메리먼 모델에게, January 9, 1954, Charles Jackson Papers, Dartmouth College.

358 **당시 잭슨은 자신의 대표 걸작이 될 거라고 상상한 책을 쓰고 있었다. 그것은 "과거 이야기"라는 제목의 대하소설…** 『과거 이야기』는 명백히 회복을 다루려 한 책은 아니었고, 그 점에서 『해결』과 다르다. 후자는 돈이 "그것을 빠져나오는" 과정을 설명하기 위해 잭슨이 『잃어버린 주말』에 대한 가상의 속편으로 구상한 작품이다. 그러나 잭슨은 한동안 AA에서 발견한 회복 정신에 영향을 받아 『과거 이야기』의 앞부분을 썼다.

358 **삶을 긍정하고 수용하는 소설…** 찰스 잭슨이 스탠리 라인하트 등에게, February 27, 1948, Charles Jackson Papers, Dartmouth College.

358 **그 모임의 주인이 되고…** 찰스 잭슨이 스탠리 라인하트에게, March 8, 1945, Charles Jackson Papers, Dartmouth College.

359 **〔이〕 소설을 제외하고는 생각할 수 있는 모든 것을…** Blake Bailey, *Farther and Wilder: The Lost Weekends and Literary Dreams of Charles Jackson*(New York: Vintage, 2013), p. 346.

359 **그건 내가 지금껏 한 일 가운데 단연코 최고의 것, 더 단순하고 더 솔직한…** 찰스 잭슨이 월터 모델과 메리먼 모델에게, January 9, 1954, Charles Jackson Papers, Dartmouth College.

359 **이 소설을 가장 잘 쓸 수 있는 방법은 페이지마다 일어나는 이야기…** 찰스 잭슨이 로저 스트라우스Roger Straus에게, December 30, 1953, Charles Jackson Papers, Dartmouth College.

359 **그것은 진정 경이롭고 단순하고 소박하고 인간적이며, 삶 자체입니다. 비까번쩍한 지식인 계급의 어떤 것도 없지요…** 찰스 잭슨이 로저 스트라우스에게, January 8, 1954, Charles Jackson Papers, Dartmouth College.

360 **그것이 내키는 대로 할 수 있다… 나는 그것을 소박하게, 평범한 사람들처럼 만드는 것이 좋다…** 같은 글.

360 **순간순간 전개되는 삶… 경박하고 두서없이… 독창성의 총체적 결여…** 찰스 잭슨이

도러시아 스트라우스Dorothea Straus에게, 인용 출처는 Bailey, *Farther and Wilder*, p. 318.

360 **나 자신 바깥의 모든 것, 바깥!**… 찰스 잭슨이 "천사"에게, January 8, 1954, Charles Jackson Papers, Dartmouth College.

362 **때로는 극도로 취한 덕분에 아내에게 충실**… "Bill's Story," *Alcoholics Anonymous*, p. 3.

366 **지금껏 살면서 나와 관련해 가장 신경이 쓰였던 것은?**… John Berryman, "Fourth Step Inventory Guide," 날짜 미상, 1970~71년경, John Berryman Papers, University of Minnesota.

366 **모임에 참여한 재소자들이 출소했을 때는 자기 집 만찬에 초대하기도 했다**… John Haffenden, *The Life of John Berryman*(London: Methuen & Co., 1984), p. 408 참조.

366 ***자신에게 상처를 준다. 불변에 대한 한결같은 갈망***… 존 베리먼, 수기 메모, 날짜 미상, 1970~71년경, John Berryman Papers, University of Minnesota.

366 **이른바 '미네소타 모델'**… "미네소타 모델," 즉 오늘날 우리가 생각하는 "재활원"은 1950년대 중반 미네소타주 윌마의 이른바 윌마 주립병원에서 탄생했다. 일종의 "명정 정신병원"인 이곳에서는 몇십 년 동안 알코올중독 말기 환자들을 입원시켜 관리하고 있었다. (1912년 개원했을 때의 원래 이름은 "윌마 명정 병원 농장"이었다.) 여기서 공식적으로 1954년에 시작된 전체성 프로그램 모델은 AA의 원칙에 기반한 것이지만 입원 환자들을 위해 설계되었으며, 회복의 가능성을 믿고 있었다. 병원 측은 알코올중독자들이 있는 명정 병동의 문을 자물쇠로 채우지 않았고, 환자들을 상대로 강연을 시작했으며, 단주에 성공한 알코올중독자들을 상담원으로 채용했다. 공식적으로 알코올중독 상담원 자리를 만드는 일은 여러 곳에서 저항에 부딪혔다. 주지사 클라이드 엘머 앤더슨Clyde Elmer Anderson은 처음 "알코올중독 상담사"라는 공무원 직책을 옹호하면서 "비웃음을 샀"고, AA 회원들은 자신들의 프로그램에서 중요한 부분인 "12단계" 회복법으로 보수를 받게 될 회원들이 걱정스러웠다. 그러나 윌마 병원은 AA와 밀접하고 협력적인 관계를 유지했고, 근처에 또 다른 치료 시설을 두고 있었다. 헤이즐던이라 불리는 농장주택이었는데, 이곳은 훗날 미국에서 가장 유명한 재활원 중 하나가 되었다. 헤이즐던은 1949년(홀리데이가 중독 문제로 감금당하고 불과 2년 후)에 한 번에 단 네 명의 환자만 거주할 수 있을 정도로 작게 시작되었다. 첫번째 크리스마스를 맞을 때는 환자가 두 명뿐이어서 한 명이 다른 한 명을 위해 크리스마스 만찬을 준비했다. 헤이즐던에서는 몸이 좋지 않다는 신입 환자에게 가짜 알약을 내주는 게 전부였지만, 모든 환자에게 개인용 커피잔을 나눠주기 시작했다. 이들 초기 시설에서 탄생한 미네소타 치료 모델은 공동체 유대에 초점이 맞춰져 있었으며, 구조화된 일상의 생활 훈련으로 단주가 가능하다는 관념을

강조하는 대신에 정신분석학적 접근에 쏠려 있던 관심을 알코올중독 자체로(그 *원인*을 찾으면서) 돌렸다. 미네소타 모델은 1960년대와 70년대, 80년대에 걸쳐 급속도로 확산되었고(1968년에 1,420명의 환자가 거주하던 헤이즐던을 "러시아워의 그랜드센트럴역"이라고 묘사한 이도 있었다), 결국 헤이즐던은 간단히 "재활원"이라고 알려지게 되었다. (그 기원이 미네소타주이기 때문에 '만 개 호수의 땅'이라는 별명의 미네소타는 "만 개 치료소의 땅"이라는 또 다른 별명을 얻었다.) 미네소타 모델의 발전과 헤이즐던의 설립 초기에 관한 정보는 William White, *Slaying the Dragon: The History of Addiction Treatment and Recovery in America*(Bloomington, IL: Chestnut Health Systems, 1998) 참조.

366 **결혼한 지 11년, 음주 때문에 아내가 나를 떠났다**… 존 베리먼, 수기 메모, 1970, John Berryman Papers, University of Minnesota.

367 **자신의 "책임" 목록**… 존 베리먼, 4단계 수기 기록, November 8(1970 or 1971), John Berryman Papers, University of Minnesota.

368 **베리먼이 회복에 관한 소설을 구상하기 시작했을 때**… 시에서 소설로의 이런 장르 전환 역시 베리먼에게는 중요했다. 소설 형식은 시간적 고립 속에 존재하는 서정적 순간보다는 서사의 전개, 또는 서사 전개의 명백한 분열이나 거부를 가능하게 했다. 한 장르에서 다른 장르로의 이런 전환은 다른 구조적 전환까지 용이하게 해주었다. 목소리와 이미지의 실험을 벗어나 생생한 상호작용이 만들어낸 심리적 초상으로 나아갈 수 있었던 것이다.

368 **유용한 12단계 활동**… 존 베리먼, 수기 메모, 날짜 미상, John Berryman Papers, University of Minnesota.

368 **그는 그 소설 제목으로 "무덤 위의 코르사코프 신드롬"을 생각했지만 "나는 알코올중독자다"가 더 마음에 들었다… 내 인세의 절반을—누구에게 줄까? AA는 아니다—그들은 받지 않을 테니까**… 같은 글.

369 **내 회복의 시작을 요약하고 망상에 빠져 설명한 이 책을**… 존 베리먼, 『회복』의 타자 원고 초고 일부, John Berryman Papers, University of Minnesota.

369 **포스트 소설: 지혜의 작업으로서 허구**… Haffenden, *The Life of John Berryman*, p. 396. 맬컴 라우리의 『화산 아래서』는 베리먼의 강의계획서에 있었다.

369 **선, 악, 사랑, 미움, 삶, 죽음, 아름다움, 추함**… "진 리스의 재판"에서 모든 인용은 1952년 일기에 실린 미출간 수기 메모에서 발췌한 것이다. 이 일기는 리스가 1951~52년에 '로프메이커스 암스'라는 여관에 머무는 동안 쓰였기 때문에 '로프메이커스 일기'라고 알려져 있다. Jean Rhys Archive, University of Tulsa.

370 **저는 다른 사람들을 모릅니다. 저에겐 사람들이 걸어 다니는 나무로 보여요**… "진 리스의 재판"의 이 장면에서 리스는 「마르코 복음서」 8장 22~25절을 암시하는

듯하다. 사람들이 맹인 한 명을 치료해달라고 예수에게 데려왔는데, 처음 예수가 치료했을 때 맹인의 시력은 부분적으로만 회복된다. 그는 눈을 뜨더니 "나무 같은 것이 보이는데 걸어 다니는 걸 보니 아마 사람들인가 봅니다" 하고 말한다. 그러자 예수는 다시 그 맹인에게 손을 얹었고, 이제 맹인의 시력은 완전히 회복된다. 맹인은 "모든 것을 똑똑히 보게 되었다." 이는 불완전하고 부분적인 구원이라는 곤혹스러운 순간에 대한 일화이며(맹인의 시력은 첫번째 치료에 완전히 회복되지 않는다), 리스의 탄원은 고통스럽다. 그녀는 이 완전한 시력을 자신은 얻을 수 없다고 상상했던 것 같다.

371 ***내가 이 책을 쓸 수 있다면, 나의 흠이 그렇게 큰 문제는 아니지 않을까?***… 구원—좋은 글쓰기가 "죽을 자격을 얻게" 해줄 수 있다는 생각—에 대한 리스의 갈증은 그녀의 어머니를 떠올리게 한다. 그녀의 어머니는 구아바 잼을 만들면서, 결코 얻지 못했던 구원을 욕망하는 사탄의 이야기인 『사탄의 슬픔*The Sorrows of Satan*』을 읽었다. 리스는 만약 타인들을 사랑하는 데 실패한다면, 그것을 멋있게 글로 씀으로써 자신의 실패를 보상하고 싶어 했다.

372 **전기 자체에 대한 막강한 반론**… A. Alvarez, "Down and Out in Paris and London," *New York Review of Books*, October 10, 1991.

373 **8시나 9시부터 오후 1시까지 서재에서 집필**… 존 베리먼, 수기 메모, John Berryman Papers, University of Minnesota.

373 **렉싱턴에서 내가 절대 하지 않았던 방식으로 일했다**… William Burroughs Jr., *Kentucky Ham*(New York: E. P. Dutton, 1973), p. 155.

373 **일이 무얼 하는지 아는가?**… 같은 책, p. 174.

X. 겸손

382 **그 책은 순수한 임상적 연구예요. 당신 책의 작은 한 부분에 지나지 않아요… 독특한 무언가를 이룩**… Malcolm Lowry, *Dark as the Grave Wherein My Friend Is Laid*(London: Jonathan Cape, 1969), pp. 24~25. 잭슨의 『잃어버린 주말』에 "앞지르기"당한 후 『화산 아래서』를 출간하게 된 라우리의 불안에 관한 내 견해는 존 크롤리의 『백색 논리』와 잭슨과 라우리의 경쟁 관계에 대한 그 책의 탁월한 설명을 참고한 것이다. 라우리의 미출간 소설 『나의 벗이 누워 있는 무덤처럼 어두운*Dark as the Grave Wherein My Friend Is Laid*』에서 지그뵈른은 마침내 그에게 "새 국면"을 열어주고 "그가 결코 독창적인 것을 쓰지 못하리라는 의심"에서 마침내 그를 해방시켜줄 것이 그의 알코올중독이라는 사실을 느끼면서 더욱 실망하게 된다. 리스처럼 그도 황폐해진 삶을 구원해줄 것이 바로 자기 작품이기를 소망했다.

내가 이 책을 쓸 수 있다면, 나의 흠이 그렇게 큰 문제는 아니지 않을까?

382 **추천한다 해도 성실함으로 엮은 앤솔러지라는 점뿐인 기나긴 반추…** Jacques Barzun, *Harper's Magazine*, "Moralists for Your Muddles," April 1947.

382 **추신: 성실함으로 엮은 앤솔러지라니—부들부들!…** 맬컴 라우리가 『하퍼스 매거진』에 보낸 편지, May 6, 1947. 라우리는 편지를 어떻게 마무리할까 고민하다가 자크 바준을 완전히 무시하는 게 낫겠다고 생각한다. "그래서 이 편지의 맺음말을 '그리스도가 당신에게 슬픔과 심각한 질병을 내리기를'이라고 하는 대신 이렇게 쓰기로 했습니다. 언젠가 당신이 실내복을 창밖으로 던지고 이쪽 방향을 향해 역사 해석에 관해, 나아가 글쓰기와 세계 전반에 관한 질문과 관련해 몇 마디를 하는 날이 온다면 굉장히 고맙겠다고 말입니다. 이 말을 잘못 해석하지 않기를 바라면서."

편지 전문은 http://harpers.org/blog/2008/08/may-christ-send-you-sorrow-and-a-serious-illness/.

383 **만약 그가 '익명의 알코올중독자들'을 알았더라면…** Stephen King, *Doctor Sleep*(New York: Gallery Books, 2013), p. 529. [한국어판: 스티븐 킹, 『닥터 슬립』, 이은선 옮김(황금가지, 2014)].

383 **문간에 있던 여자들은 부엌으로 돌아가버렸다…** 같은 책, p. 517.

384 **나는 내가 읽으며 성장할 수 있는 시를 원한다…** Eavan Boland, "A Woman Painted on a Leaf," *In a Time of Violence: Poems*(New York: W. W. Norton, 1995), p. 69.

384 **나는 인간에 관해 두서없이 쓸 수밖에 없네…** 찰스 잭슨이 도러시아 스트라우스에게, 인용 출처는 Blake Bailey, *Farther and Wilder: The Lost Weekends and Literary Dreams of Charles Jackson*(New York: Vintage, 2013), p. 319.

385 **그는 그런 생각이 들었다…** 같은 곳. 구절 전체는 전반적으로 더욱 "종잡을 수 없"고 장황하다. "그는 그런 생각이 들었다(아니 그것을 엿들었던 것 같다). 삶이 의미하는 것, 그것은 일어나지 않았던 별개의 극적인 순간들만이 아니라 모든 순간, 모든 시간에 드러난다고. 삶이 무언가를 의미한다면, 매시간 매분, 크고 작은 사건을 통해 의미하는 모든 것이다. 인간에게 그것을 알아차릴 의식만 있다면 좋으련만… 아마도 때가 되면 존재는 용기를 내고, 인간이 낭만적으로 기대하고 있었던 그런 순간에 그 온전한 의미를 드러낼 것이다… 그러나 인간은 그것을 의심했다. 지금 그가 아는 건(그렇게 들어왔으므로) 삶의 의미는 지금 이 순간과 어제, 내일, 10년 전, 20년 후, 극적이든 시시하든 간에 흘러가는 모든 단계에 나타난다는 것이다." 미출간 원고, p. 204, Charles Jackson Papers, Dartmouth College.

385 **거의 어떤 '플롯'도 없이, 그러나 매우 특색 있게…** 찰스 잭슨이 월터 모델과 메리먼 모델에게, January 9, 1954, Charles Jackson Papers, Dartmouth College.

386 **그가 자기 삶의 '알코홀로코스트'라고 부른 것**… D. T. Max, "Day of the Dead," *The New Yorker*, December 17, 2007.

386 **내가 읽은 어떤 것보다 지루**… 앨버트 어스킨Albert Erskine이 전기 작가 고든 보커Gordon Bowker에게, 인용 출처는 같은 글.

386 **횡설수설하는 메모들. 알코올에 관한 학위논문처럼 보인다. 여기에 유용한 것은 없다**… 마저리 라우리Margerie Lowry, 인용 출처는 같은 글.

386 **그는 길가에 차를 세우고**… Charles Jackson, *Farther and Wilder*. 미출간 원고, p. 36, Charles Jackson Papers, Dartmouth College.

391 **옛날에 저는 믿어야 기도할 수 있다고 생각했었죠. 지금 보니 제가 거꾸로 생각했던 거였어요**… 데이비드 포스터 월리스, 수기 메모, 날짜 미상, David Foster Wallace Papers, University of Texas at Austin.

393 **주인공의 심한 자기몰두에도 불구하고 그를 가장 감동시켰던 것은**… 찰스 잭슨이 워런 앰브로스Warren Ambrose에게, March 1, 1954, Charles Jackson Papers, Dartmouth College.

395 **나 자신을 단순히 내 힘의 매체(무대)로 여기는 한**… 존 베리먼, 수기 노트, August 1971, 인용 출처는 John Haffenden, *The Life of John Berryman*(London: Methuen & Co., 1984), p. 414. 중독과 창조성의 관계는 여러 영역에서 논의되었다. 베리먼의 초기 노트에 언급된 1970년 『플레이보이*Playboy*』의 원탁회의에서, 문학비평가 레슬리 피들러Leslie Fiedler는 "문학은 항상 약에 지배되어 있었다"고 주장하면서 "많은 작가들이 늘 알코올을 뮤즈 대신으로, 심한 경우 알코올을 뮤즈로 생각했다"고 주장했다. 그러나 여기에 동의하지 않은 사람이 바로 헤로인계의 거물이던 버로스였다. "의식을 감퇴시키는 모든 진정제—마약류, 바르비투르산염, 과도한 알코올 등등—는 작가의 창조적 능력 역시 감퇴시킨다는 것이 내 생각이다." "Playboy Panel: The Drug Revolution," *Playboy* 17, no. 2(February 1970), pp. 53~74.

395 **정말 우리 모두가 그 고통받는 예술가인가?**… Charles Jackson, "We Were Led to Hope for More," *Selected Letters of Malcolm Lowry*에 대한 서평, ed. Harvey Breit and Margerie Bonner Lowry, *New York Times*, December 12, 1965.

396 **만약 어떤 최상의 노력, 신비적이든 심리적이든 어떤 기어변속에 의해**… 같은 글. 비록 잭슨의 서평은 라우리의 "지나친 자기몰두"를 아쉬워하고 있지만, 결국 거의 전적으로 잭슨 자신에 관한 글—아슬아슬한 비평적 왜곡은 있지만 자기인식의 흔적이 없는 듯한—이 되었다. 그는 "나는 필연적으로 엄밀히는 개인적인 주석을 덧붙여야 한다, 그것은 피할 수 없다"고 썼고, 이 "개인적 주석"이 서평의 나머지 대부분을 차지하면서, 자신의 알코올 서사보다 『잃어버린 주말』이 먼저 나왔다는

라우리의 두려움을 설명한다. 그것은 저자의 자아라는 우로보로스ouroboros였다. 즉 잭슨은 잭슨에게 집착하는 라우리에게 집착하고 있었다.

396 **일어나면 커피를 마시는 대신…** Marguerite Duras, *Practicalities*(London: William Collins Sons, 1990), p. 130.

396 **취기는 아무것도 창조하지 않는다…** 같은 책, p. 17.

397 **세 차례 잔혹한 "중독 치료"를…** Edmund White, "In Love with Duras," *New York Review of Books*, June 26, 2008 참조.

397 **정확히 1만 마리의 거북이…** Duras, *Practicalities*, pp. 137~38.

397 **받아들여라, 차단된 네 바깥의 작은 것을…** John Berryman, "Death Ballad," *Love and Fame*(New York: Farrar, Straus and Giroux, 1970). 베리먼과 타이슨, 조의 관계에 관한 자세한 정보는 Haffenden, *The Life of John Berryman*, p. 363 참조.

398 ***경청하는 것… 1/500,000…*** 존 베리먼, 여백의 수기 메모, *AA Grapevine* 28, no. 4 (September 1971). John Berryman Papers, University of Minnesota.

398 ***나의 집단…*** 존 베리먼, 수기 메모, March 25, 1971, John Berryman Papers, University of Minnesota.

399 **강 건너 숲 위로 보이는 첨탑들은…** John Berryman, *Recovery*(New York: Farrar, Straus and Giroux, 1973), p. 63.

400 **그의 소망은 자신에 관해선 잊어버리고…** 같은 책, p. 148.

400 **그 욕구가 없었던 시절에 대한 기억은 없나요?…** 같은 책, p. 208. 세버런스의 면역학 전문지식은 베리먼에게 바깥의 모든 것과 자아와의 관계를 고려하는 새로운 관점을 주었다. 세버런스가 설명했듯, 면역학은 "신체가 특정 물질을 '자신'으로, 나머지 물질을 '자신이 아닌 것'으로 인식하는 방식에 대한 질문"을 탐구한다. 그리고 세버런스는 일기에서 이것을 단주에 적용한다. "요점은 위스키를 나 '자신'이 *아닌* 것, 사실상 이질적인 것으로 인식하는 법을 배우는 것이다"(p. 22). 위스키는 *자신이 아닌 것* 가운데 나쁜 것으로, 세지윅이 "외부적 보충물"이라고 언급할 만한 것이지만, 회복은 그 자리에 *자신이 아닌 것* 가운데 좋은 것, 즉 나머지 모든 사람의 자아를 제공한다. 세버런스는 한 젊은 여자의 낙태에 관해 알게 된 후, "그녀를 갈망"하게 되는데, 그녀가 몇 해를 묵혀둔 분노를 마침내 표현하자, 그는 "자존심과 사랑으로 이성을 잃"는다(pp. 193~94). *이성을 잃는다*는 생각이 핵심이다. 빌 윌슨이 영혼과 교신하고 찰스 잭슨이 *자신의 바깥*으로 나갔던 것처럼, 그는 어느 정도 해방된다.

400 **병원에서 그는 자신의 사회를 발견했다… 의욕 넘치는 이 시골 사람들에 대해서 그는 빈정대는 태도를 보일 필요가 없었다…** 벨로는 이어서 이렇게 말한다. "여기서 그의 마음은 열려 있었고, 트럭 운전사들의 비판에 민주적으로, 적극적으로

굴복했고, 배관공들과 정신적으로 불안정한 주부들의 교정을 받으며 품위를 찾았다." 외경심과 재미를 동시에 드러내는 벨로의 어조는 베리먼의 열린 마음이 거부했던 "아이러니한" 온갖 반응을 보상하는 약간의 아이러니를 제시한다. 벨로가 암시하는 것은 베리먼에게 재활은 일종의 겸손하기 수업, 즉 트럭 운전사와 배관공들이 교수를 가르치는 수업을 암시했다는 것이다. Saul Bellow, "Foreword," *Recovery*, by John Berryman(New York: Farrar, Straus and Giroux, 1973), p. xi.

400 **모두가 환호했다. 전반적인 환희…** Berryman, *Recovery*, p. 31.

401 **다른 말이 더 있었지만, 세버런스는…** 같은 책, p. 30. 이미 돌아가신 아버지가 인정해주기를 바라는 남자에게 느끼는 세버런스의 공감 역시, 적어도 부분적으로는 그 자신에 관한 것일 수 있다. 베리먼은 어렸을 때 아버지를 잃었기 때문이다.

401 **그 합창을 지배해왔던 숙련된 강사답고 굵은 자신의 목소리…** 같은 책, p. 12.

401 **나머지 우리들과 완전히 섞일 수 없었던…** 베티 페디Betty Peddie, 인용 출처는 Haffenden, *The Life of John Berryman*, p. 374.

401 **그저 또 하나의 중독 회고록…** "그저 또 하나의 중독 회고록" 현상의 몇 가지 사례는 다음을 참조. Matt Medley, "Interview with Bill Clegg," *The National Post*, July 9, 2010; Pauline Millard, "James Frey Chronicles His Former Addiction," Associated Press, May 8, 2003에서 낸 탤리즈Nan Talese가 말하는 제임스 프레이James Frey의 회고록; Jowita Bydlowska, *Drunk Mom*(2014)에 대한 스테파니 와일더-테일러Stefanie Wilder-Taylor의 광고문. 『햄프턴 시트*The Hampton Sheet*』는 조슈아 라이언Joshua Lyon의 『약물 상용자*Pillhead*』를 '파티 뒤풀이가 끝나고 읽기 좋은 최고의 책'이라고 추켜세웠다. "『약물 상용자』를 다섯 쪽만 읽으면 라이언이 그저 또 하나의 중독 회고록을 썼다고 비난하는 일이 더는 없을 것이다"(July/August 2009).

402 **프레이의 담당 편집자 낸 탤리즈는 그 원고가 (누군가의 말에 따르면) "그저 또 하나의 중독 회고록"처럼 보였기 때문에…** Pauline Millard, "James Frey Chronicles His Former Addiction," Associated Press, May 8, 2003.

402 **자신의 상담자들에게 그 책을 추천했던 한 사회복지사는…** Evgenia Peretz, "James Frey's 'Morning After,'" *Vanity Fair*, April 28, 2008. 랜덤하우스 출판사는 163쪽을 찢어 돌려보낸 독자에게 환불해주겠다고 제안했다(Motoko Rich, "James Frey and His Publisher Settle Suit over Lies," *New York Times*, September, 7, 2006).

402 **프레이의 왜곡은 그 시대의 "트루시니스"를 대표하게 되었고…** 『뉴욕타임스』 논평 기사에서 모린 다우드Maureen Dowd는 프레이의 왜곡을 전국적 규모의 사기 행각과 관련지었다. "전국이 거짓과 전혀 중요하지 않은 것에, 거짓된 정치적

공격과 떼돈 벌이에, W.의 망상과 부정에 오랜 기간 빠져들었다가, 거짓말을 하고 사기를 친 누군가를 냉정하게 붙잡은 '공감의 여제'를 보게 된 것은 정말 다행이다"("Oprah's Bunk Club," *New York Times*, January 28, 2006). 언론인이자 과거 중독자—미래의 중독 회고록 저자—인 데이비드 카David Carr 역시 이를 주제로 『뉴욕타임스』에 기고했다("How Oprahness Trumped Truthiness," *New York Times*(January 30, 2006). 캘빈 트릴린Calvin Trillin은 『네이션*The Nation*』에 "나는 이라크 전쟁에 관한 진실을 밝히기 위해 조지 W. 부시가 제임스 프레이의 3단계 프로그램—부정, 래리 킹, 오프라—을 채택하기를 꿈꾸었다"라는 시를 발표하기까지 했다(February 2, 2006).

403 **실제 그런 일을 겪은 인물이 아니라…** "독자들에게 보내는 프레이의 편지Frey's Note to the Reader"는 2006년 2월 1일 『뉴욕타임스』에 실렸고, 이어서 회고록 『백만 개의 작은 조각』 재판본에도 실렸다.

403 **예외적 경우라니, 바보 같은 소리!…** Helen MacGill Hughes, ed., *The Fantastic Lodge: The Autobiography of a Girl Drug Addict*(New York: Fawcett, 1961), p. 224.

404 **무를 뽑는 이가/무를 가지고/내 길을 가리켰다…** Kobayashi Issa, "The Man Pulling Radishes," 18세기 시.

405 **당신은 절반의 조치로는 아무것도 얻지 못할 것이다…** *The Book That Started It All: The Original Working Manuscript of Alcoholics Anonymous*(Center City, MN: Hazelden, 2010).

405 **당신은 다르다고 생각하십니까?…** Alcoholics Anonymous World Services, "Do You Think You're Different?"(1976), Center of Alcohol Studies, Rutgers University, p. 19.

406 **음주에 관한 당신의 첫 기억은 무엇입니까?…** Karen Casey, *My Story to Yours: A Guided Memoir for Writing Your Recovery Journey*(Center City, MN: Hazelden, 2011), pp. 60, 115.

406 **음주 시절의 기분 좋은 기억들도 있을 수 있는데…** 같은 책, p. 60.

406 **당신은 운명을 믿습니까?…** 같은 책, p. 127.

407 **어째서 진실은 대체로 흥미가 없고 흥미를 앗아가버리기까지 할까?…** David Foster Wallace, *Infinite Jest*(Boston: Little, Brown, 1996), p. 358.

XI. 합창

413 **우리는 작고 허름한 호스텔에서 오로지 자원봉사자들의 도움만으로 시작했습니다…** "소여Sawyer"가 저자에게 보낸 이메일, January 11, 2015. 세니커 하우스의 역사는 소여와의 인터뷰(전화는 2015년 1월 21일, 대면은 2015년 7월 31일)와 소여가

제공한 문서(2015년 1월 20일), 그리고 "그웬Gwen"과의 인터뷰(전화는 2015년 1월 22일, 대면은 2015년 3월 10일), "마커스Marcus"와의 인터뷰(전화는 2015년 7월 28일, 대면은 2015년 11월 3일), "셜리Shirley"와의 인터뷰(전화는 2015년 3월 6일, 20일, 대면은 2015년 8월 10~12일), "라켈Raquel"과의 인터뷰(2015년 12월 4일) 등에서 정리한 것이다. 이들의 익명성을 지키기 위해 이름은 바꾸었다. 그 밖에도 내가 보낸 이메일 질문(2015년 3월 5일, 15일, 20일)에 대한 셜리의 상세한 답변을 참고했다.

415 **음… '왜 다른 이들이 아니라 이들에 관해 쓰는가' 하는…** 찰리 호먼스Charlie Homans가 저자에게 보낸 이메일, January 30, 2015.

415 ***그것은 진정 경이롭고 단순하고 소박하고 인간적이며, 삶 자체입니다…*** 찰스 잭슨이 로저 스트라우스에게, January 8, 1954, Charles Jackson Papers, Dartmouth College.

415 **그의 이름은 소여, 그는 알코올중독자다…** 소여의 삶에 관한 자료는 2015년 1월 21일(전화), 2015년 7월 31일(대면) 인터뷰를 통해 수집한 것이다.

418 **세니커 하우스가 처음 문을 열었을 당시에는 28일 숙박비로 600달러를 받았다…** 세니커 하우스의 초기 역사는 소여와의 대화(전화는 2015년 1월 21일, 대면은 2015년 7월 31일), 그웬과의 대화(전화는 2015년 1월 22일, 대면은 2015년 3월 10일), 셜리와의 대화(전화는 2015년 3월 6일, 20일, 대면은 2015년 8월 10~12일), 소여가 2015년 1월 20일에 작성한 기록, 그리고 셜리가 가명으로 쓴 기사를 참조했다.

418 **우리 누구나 구토의 줄에 서 있어야 합니다…** 셜리가 세니커 하우스에서의 경험에 관해 또 다른 가명으로 작성한 기사, Barbara Lenmark, "An Alcoholic Housewife: What Happened to Her in 28 Days," *Baltimore Sun*, November 18, 1973.

418 **이것이 1971년, 빌 윌슨이 사망하고 닉슨이 마약 전쟁을 선포한 해의 일이었다…** 닉슨은 마약과의 전쟁에서 싸우기 위해 1억 5,500만 달러를 요구했지만, 행정부는 단속보다 치료에 더 많은 돈을 지출했고, 그렇게 한 최초이자 유일한 행정부였다. 차기 대통령 제럴드 포드Gerald Ford는 치료 예산을 삭감해 50 대 50으로 만들었다. 포드가 퇴임한 후, 그의 아내는 자신의 중독 사실을 공개하고 '베티 포드 클리닉'을 세웠고, 이곳은 미국에서 가장 유명한 치료센터 중 하나가 되었다. 레이건은 예산을 더욱 삭감해 헤로인중독자들을 위한 프로그램을 폐지했다. 우리는 현재 사상 최악의 진정제 유행으로, 이런 선택—중독에 대한 미국의 징벌적 관계, 그리고 치료에 대한 부적절한 관계—의 대가를 치르고 있다. 닉슨은 마약과의 전쟁 예산의 3분의 2를 수요 차단(치료)에, 3분의 1을 공급 차단(단속국)에 투입했다. 닉슨과 그의 마약과의 전쟁에 관해서는 Emily Dufton, "The War on Drugs: How President Nixon Tied Addiction to Crime," The Atlantic, March 26, 2012; Richard Nixon, "Special Message to the Congress on Drug Abuse Prevention and Control," June 17,

1971, http://www.presidency.ucsb.edu/ws/?pid=3048 참조.
닉슨은 후자의 이 "특별 메시지"에서 현장을 나쁜 사람들과 그들의 표적으로 구분했다. "저는 마약 상인들의 목을 죈 올가미를 더욱 조이고, 그로 인해 마약 사용자들의 목을 죈 올가미를 느슨하게 하도록 우리 경찰의 노력을 강화하기 위한 추가 예산을 요구할 것입니다." 1억 5,500만 달러와 1억 500만 달러라는 수치 역시 이 연설에서 인용된 것이다.

419 **우리는 적을 만났다, 그것은 우리다…** Lenmark, "An Alcoholic Housewife."

419 **편의점에서 '성병 기금에 기부하세요'라고 써 붙인 모금통을…** 소여와의 인터뷰, January 21, 2015.

420 **세니커 하우스 거주자들에게는 종종 계약이 할당되었다…** 세니커 하우스 계약에 관한 정보는 그웬과의 인터뷰(전화는 2015년 1월 22일, 대면은 2015년 3월 10일)와 그웬이 제공한 세니커 하우스 프로그램 사진 참조.

421 **일단 네가 생명을 얻게 되면 못생길 수가 없어…** Margery Williams, *The Velveteen Rabbit*(New York: Grosset & Dunlap, 1987). [한국어판: 마저리 윌리엄스, 『벨벳 토끼 인형』, 김완균 옮김(별천지, 2011)].

421 **립스 래커위츠 — 밴드 '터프 럭'의 리더…** "Obituary: Mark Hurwitz, Blues Musician," *Washington Post*, August 4, 2002. 그웬과의 인터뷰, March 10, 2015.

424 **AA 회의론자들은 종종, AA 회원들이 그 모임만이 유일한 답이라 주장한다고 가정한다…** 이 회의주의의 사례, 그리고 특히 AA 회원들이 유일한 해결책으로서 그것을 장려한다는 주장의 출처는 Lance Dodes and Zachary Dodes, *The Sober Truth: Debunking the Bad Science Behind 12-Step Programs and the Rehab Industry*(Boston: Beacon Press, 2014); Gabrielle Glaser, "The Irrationality of Alcoholics Anonymous," *The Atlantic*, April 2015.

424 **고양이 가죽을 벗기는 방법은 백 가지가 있다…** 저자의 그레그 하벌만 인터뷰, August 30, 2016.

425 **많은 중독 연구자들은 결국엔 모임이 두뇌 자체에 미치는 영향을 추적할 수 있을 거라고 예견한다…** Carlton Erickson, *The Science of Addiction: From Neurobiology to Treatment*(New York: W. W. Norton, 2007), p. 155.

425 **메커니즘의 문을 두드리고… 헤로인중독자에게 치료제인 메타돈을 원하는 만큼 줄 수도 있겠죠…** 저자의 애덤 캐플런 인터뷰, October 13, 2016.

425 **더 큰 무언가의 일부라고 느끼고 싶은 자아의 갈증… 숲속에서 소금을 찾아낸 동물은…** Lewis Hyde, "Alcohol and Poetry: John Berryman and the Booze Talking," *American Poetry Review*, October 1975, 재판, Dallas: The Dallas Institute of Humanities and Culture, 1986, p. 3.

426 **AA 빅북은 처음에 『탈출구』라고 불렸다**… AA 설립자들은 『탈출구*The Way Out*』라는 제목의 책이 이미 너무 많다는 걸 알고서 빅북의 제목을 『익명의 알코올중독자들*Alcoholics Anonymous*』로 바꾸기로 했다. 어쨌거나 "탈출구"는 단주에서 가장 자주 등장하는 교훈 중 하나였다. 즉 당신이 하고 싶은 말이 무엇이든, 십중팔구 이미 말해진 것이라는 교훈이었다.

426 **우리가 음악을 따라가고, 소리를 추적하는**… George Cain, *Blueschild Baby*(New York: McGraw Hill, 1970), p. 133.

426 **벌거벗은 무방비의 상태… 당신 자신의 바깥으로 나가는 또 하나의 장치**… 같은 책, p. 135.

426 **자기 정신의 저장고에 심취… 모름지기 의식의 흐름 글쓰기가**… Alfred Kazin, "The Wild Boys," *New York Times Book Review*, December 12, 1971.

426 **그저 사랑받기를 원하는 당신의 일부가 아닌**… Larry McCaffery, "A Conversation with David Foster Wallace," *The Review of Contemporary Fiction* 13, no. 2(Summer 1993).

426 **자네는 특별해—그건 좋아**… 월리스가 에번 라이트Evan Wright에게 보낸 편지, 인용 출처는 D. T. Max, "D. F. W's Favorite Grammarian," *The New Yorker*, December 11, 2013, p. 285.

427 **그녀의 이름은 그웬, 그녀는 알코올중독자다**… 이 부분은 그웬과의 인터뷰(전화는 2015년 1월 22일, 대면은 2015년 3월 10일)를 바탕으로 했다.

429 **그의 이름은 마커스, 알코올중독자이자 마약중독자다**… 이 부분의 내용은 마커스와의 인터뷰(전화는 2015년 7월 28일, 대면은 2015년 11월 3일)에서 끌어낸 것이다.

432 **댁은 그 분노를 어떻게 극복한 거요?**… National Public Radio, "Program Targets Rehab Help for Federal Inmates," *Morning Edition*, September 27, 2006.

432 **그녀의 이름은 셜리, 그녀는 알코올중독자다**… 이 부분의 내용은 셜리와의 인터뷰(전화는 2015년 3월 6일, 20일, 대면은 2015년 8월 10~12일)에서 얻은 것이다.

436 ***우리가 알코올을 상대하고 있음을 기억하라. 알코올은 교활하고, 도저히 이해할 수 없고, 막강하다!***… *Alcoholics Anonymous*, p. 58.

437 **당신이 진정 원하는 것은 당신 그대로의 모습으로 있는 것, *그러면서* 술 마시지 않는 것이다**… John Berryman, *Recovery*(New York: Farrar, Straus and Giroux, 1973), p. 141.

XII. 구원

448 **발육 부진에 복합 기형인**… David Foster Wallace, *Infinite Jest*(New York: Little, Brown,

1996), p. 744.

448 **낭만적이지 못하고 구리고 진부한…** 같은 책, p. 350.

449 **진지한 AA들은 간디와 미스터 로저스를 기묘하게…** 같은 책, p. 357.

449 **겸손하고, 친절하고, 기꺼이 돕고…** 같은 곳. 『무한한 재미』에서 '푸어 토니'라는 중독자는 보이지 않는 개미들이 팔을 기어 다니기라도 하듯 흠칫거리는 금단증상에 시달리며 '그레이 라인' 버스를 탄다. 그는 빨간 하이힐을 신고, 아이라인을 그리고, 수치심에 울고, 유령 개미들은 그의 눈물을 받아낸다. 그 페이지 상단에 나는 이렇게 썼다. *이 소설에서 인간적 특징은 우리에게 극도의 체면 손상을 목격하게 만드는 것이다.* 마치 그 책의 형식 자체가 우리로 하여금 모임에 가만히 앉아서 가장 힘든 이야기에 귀를 기울이게 만드는 것처럼 여겨진다.

450 **자신의 옛 친구인 약물만큼이나…** Wallace, *Infinite Jest*, p. 863.

450 **거친 사람들이야…** 데이비드 포스터 월리스, 인용 출처는 D. T. Max, *Every Love Story Is a Ghost Story*(New York: Viking, 2012), p. 139.

450 **그들은 요컨대, 진정 나를 이해했기 때문에…** Wallace, "An Ex-Resident's Story," http://www.granadahouse.org/people/letters_from_our_alum.html.

451 **문학적 기회…** Max, *Every Love Story Is a Ghost Story*, p. 140.

451 **모임에서 들은 것…** 데이비드 포스터 월리스, 수기 메모, David Foster Wallace Papers, University of Texas At Austin.

451 **결정적인 한마디 쓰기, 말해진 것을 의미하는 글쓰기…** Max, *Every Love Story Is a Ghost Story*, p. 158.

451 **회복은 글쓰기가 무엇을 할 수 있는지, 어떤 목적으로 사용될 수 있는지에 대한 월리스의 인식 전체를…** 월리스의 창조력과 회복의 삶 사이의 관계에 대한 예리한 논의로는 다음의 비평 참조. Elaine Blair, "A New Brilliant Start," *New York Review of Books*, December 6, 2012.

452 **보스턴 AA 모임에서 빈정대는 사람은 교회 안의 마녀다…** Wallace, *Infinite Jest*, p. 369.

456 **여기서 멜로드라마처럼 말하기는 싫지만…** 인용 출처는 "Note on the Texts," *Collected Stories*, ed. William Stull and Maureen Carroll(New York: Library of America, 2009), p. 993. 아마도 카버가 리시의 편집본에 반발하면서 지나치게 "멜로드라마처럼" 된다고 의식하게 만든 것은 그 편집본에서 매우 강렬하게 다가왔던 멜로드라마에 대한 반감이었을 것이다.

457 **나는 진지합니다… 나의 호전, 회복, 약간의 자존감 회복…** 인용 출처는 "Note on the Texts," p. 995.

457 **황량함…** "Note on the Texts," p. 991. 리시 편집본에 대한 스털과 캐럴의 언급에 따르면, "나중에 [리시가] 말했듯, 그가 카버의 글에 사로잡혔던 것은 '독특한

황량함' 때문이었다. 그 황량함이 눈에 띄도록 그는 극단적으로 이야기를 자르고 플롯과 등장인물의 변화상, 비유적 언어를 최소한으로 축소했다."

457 **그는 감상성의 위험이 있다고 생각되는 것들**… 카버의 초기 작품이 만들어지는 과정에서 편집자 리시의 중대한 역할을 설명한 최초의 해석 기사인 "The Carver Chronicles"를 쓰면서 D. T. 맥스는 인디애나대학교의 릴리 도서관에 있는 카버 아카이브를 이용했다. 이 기사는 2009년에 출간된 『단편 전집*Collected Stories*』에 카버 단편의 원작이 실리기 전에 편집 과정에서 어느 정도나 수정되었는지를 대중에게 공개했다. 맥스는 리시가 "몰래 파고드는 감상성"을 배제했다고 설명한다. "The Carver Chronicles," *New York Times Magazine*, August 9, 1998.

457 **나는 어떤 특정 제안에 〔레이가〕 당황하던 모습을 기억한다**… Tess Gallagher, "Interview," in *Collected Stories*, ed. William Stull and Maureen Carroll(New York: Library of America, 2009).

458 **학생들에게 전화해서 몸이 아파 강의를 할 수 없다며 수업을 취소할 때도 많았다**… 카버의 술고래 시절의 말기, 강의에 관한 세부 내용은 Carol Sklenicka, *Raymond Carver: A Writer's Life*(New York: Scribner, 2009), pp. 256, 259.

458 **첫 책이 출간되기 전 아이오와시티에서 낭독회를 열 때**… 같은 곳. 워크숍 낭독회 연출가는 무대에 올라 카버에게 술이 깨면 다시 와서 낭독회를 할 수 있을 거라고 말하며 낭독회를 중단시켜야 했다. 카버의 꿈들이 실현되고 있었지만, 그는 그것을 제대로 인식하지 못했다. 그의 몸은 나타났지만, 그의 나머지 부분은 따라오지 못했다. 그리고 어쨌거나 그의 몸도 오래 버티지는 못할 터였다.

458 **진실을 말씀드리자면, 내 삶에서 내가 이룬 무엇보다도**… 레이먼드 카버 인터뷰, Mona Simpson and Lewis Buzbee, "The Art of Fiction No. 76," *Paris Review* 88(Summer 1983).

459 **어느 누구도 그런 식으로, 그렇게 많이 나를**… Carver, "Where Is Everyone?" *Collected Stories*, p. 765.

459 **만약 술을 정말 잘할 생각이라 해도, 술은 많은 시간과 노력을 앗아가죠**… Carver, "Gazebo," *Collected Stories*, p. 237.

459 **카버는 여기저기 깎여나가고 그 정신까지 바뀌어버린 리시의 편집본을 보고 나서, 그 작품이 출간된다고 생각하니 견딜 수 없었다**… "나의 제정신이 위태롭습니다." 그는 리시에게 편지를 썼다. "이 모든 것이 복잡하게, 어쩌면 그렇게 복잡하지는 않게, 술을 끊은 이후 나의 가치와 자존감과 연결되어 있습니다." 카버가 고든 리시에게, 인용 출처는 "Note on the Texts," *Collected Stories*, pp. 993~94.

459 **일부 단편들 속 불친절함과 생색내기**… Michael Wood, "Stories Full of Edges and Silences," *New York Times Book Review*, April 26, 1981.

459 **나는 길을 잃고 싶지 않고, 소소한 인간적 접촉을 놓치고 싶지 않습니다**… 카버가 고든 리시에게, 인용 출처는 Sklenicka, *Raymond Carver: A Writer's Life*, p. 362.

459 **카버가 그렇게 맹렬하게 반발했던 그 편집본으로 단편집을 출간하도록 허락한 이유는 분명하지 않지만**… 라이브러리 오브 아메리카 출판사 판본의 레이먼드 카버 『단편 전집』의 주석들은 카버가 리시에게 쓴 편지들을 포함해 『사랑을 말할 때 우리가 이야기하는 것*What We Talk About When We Talk About Love*』이라는 책으로 출간되기까지의 험난한 편집 과정을 설명하고 있지만, 결정적인 전화 통화를 소개하지는 않는다. 리시는 몇십 년 후 비평가 크리스천 로렌천Christian Lorentzen과 『파리 리뷰*Paris Review*』 인터뷰에서 그 과정을 설명하면서 이렇게 말했다. "그 세월을 통틀어서 카버가 그보다 열정적인 적은, 그보다 적극적으로 가담하거나 좋아한 적은 없었습니다." 비록 카버의 편지들은 그 과정에서 마찰이 심했음을 암시하지만, 리시는 카버의 작품이 받은 관심에 자신의 몫도 있다고 믿는 게 확실했다. "내가 카버의 글을 수정하지 않았다면, 그가 그런 관심을 받았을까요? 말도 안 되죠!"("The Art of Editing, No. 2," *Paris Review* 215, Winter 2015).

460 **스코티와 관련된 일로 전화드렸습니다, 네**… Carver, "The Bath," *Collected Stories*, p. 251. 이 단편은 "최소한의 정보를 담은, 불필요한 것이 하나도 없는" 최소한의 방식으로 소통하는 등장인물들을 묘사한다.

460 **오븐에서 갓 꺼내 아직도 당의가 흐르고 있는 따뜻한 시나몬 롤**… **그들은 그의 말에 귀를 기울였다**… Carver, "A Small, Good Thing," *Collected Stories*, p. 830.

461 **파란색 비단실을 바늘구멍에 찔러 넣었다**… Carver, "After the Denim," *Collected Stories*, p. 272.

461 **그와 히피들은 같은 배를 타고 있었다**… **무언가 다시 그의 내면에서 꿈틀거리는 걸**… **이번에 그것은 분노가 아니었다**… Carver, "If It Please You," *Collected Stories*, pp. 860, 863.

462 **그는 이번 기도에 그 여자와 히피들을 포함할 수 있었다**… 같은 책, p. 863. 이 마무리 기도는 광범위한 대상을 포함하면서 "그들 모두"뿐 아니라 제임스 조이스James Joice의 「죽은 자The Dead」의 마지막 구절 "*온 세상에 눈이, 종말이 내려오는 것처럼 모든 산 자들과 죽은 자들 위에 뿌옇게 내린다*"를 상기시킨다. 조이스의 단편 역시 자신의 결혼과 그 결혼이 유한성이라는 문제에 시달리던 방식—아내의 임박한 죽음과 그 자신의 죽음, 그리고 아내의 첫사랑 마이클의 죽음, 그리고 그 유령의 존재—을 받아들이게 된 남자의 이야기다.

462 ***벗어나고 싶은 원한이 있을 때***… "Freedom From Bondage," *Alcoholics Anonymous*, p. 552.

462 **감상주의자의 젖은 눈은 그의 경험**… **그의 무미건조한 마음에 대한 반감을**

드러낸다… James Baldwin, "Everybody's Protest Novel," *Notes of a Native Son*(Boston: Beacon Press, 1955), p. 14.

462 **고든, 솔직히 지금 말하는 편이 낫겠어요**… 카버가 고든 리시에게, 인용 출처는 "Note on the Texts," p. 984.

465 **댁이 맞을 각오를 하고 불편해도 나를 껴안은 거요**… Wallace, *Infinite Jest*, p. 506.

466 **단주 중의 뻘짓**… 같은 책, p. 444.

466 **그는 새끼손가락을 놀리며 세계에서 가장 작은 비올라로**… 같은 책, p. 835. 그 망령은 영화감독 제임스 인칸덴차James Incandenza의 유령이다. 인칸덴차는 소설 전체에 생기를 불어넣는 영화를 남겼지만, 그의 자살은 기다란 그림자를 드리운다.

466 **견딜 수 없었던 순간은 한순간도 없었다**… 같은 책, p. 860.

466 **게이틀리는 티니 유얼에게 말하고 싶었다**… 같은 책, pp. 815~16.

467 **게이틀리는 거대하고 조용한 고백성사대가 되었다**… 게이틀리는 이런 능력을 가진 것으로 묘사된다. 같은 책, p. 831.

467 **모인 사람들에게 중요한 인상을 주고 싶을 때 자신의 직업적 배경을 내세웠던**… 같은 책, p. 367.

467 **AA 총회 같은 호화로운 서약의 연단**… 같은 책, p. 858.

467 **자신의 삶을 이끌어줄 지침을 기대하며 소설과 소설가를 쳐다보는 독자들**… Christian Lorentzen, "The Rewriting of David Foster Wallace," *Vulture*, June 30, 2015.

468 **때로 인간은 그저 한자리에 앉아, 이를테면 *아파해야* 한다**… Wallace, *Infinite Jest*, p. 203.

468 **너무 단순한가?… 아니면 그냥 단순한가?**… 데이비드 포스터 월리스, 그가 소장한 앨리스 밀러Alice Miller의 『천재가 될 수밖에 없었던 아이들의 드라마*The Drama of the Gifted Child*』 여백에 쓴 글, 인용 출처는 Maria Bustillo, "Inside David Foster Wallace's Private Self-Help Library," *The Awl*, April 5, 2011.

469 **닥터 밥(*의자를 살짝 끌어당기며*): 술을 마시지 않으면 나는 괴물입니다**… Samuel Shem and Janet Surrey, *Bill W and Dr. Bob*(New York: Samuel French Inc., 1987). 초연은 New Repertory Theater, Newton, Massachusetts. David Foster Wallace Papers, University of Texas at Austin.

470 **안녕하세요, 내 이름은 가보르예요, 강박적인 고전음악 구매자입니다**… Gabor Maté, *In the Realm of Hungry Ghosts: Close Encounters with Addiction*(Toronto: Knopf Canada, 2008), p. 110.

470 **고전음악에 강박적으로 지출했던 수천 달러와**… 마테의 고전음악 중독에 관한 설명(*In the Realm of Hungry Ghosts*)과 함께, 그가 제프 컬리스Jeff Kaliss와 나눈 인터뷰, "Losing Yourself in the Music: Confessions of a Classical Music Shopper," *San*

Francisco Classical Voice, January 29, 2013 참조.

470 **습관성 과식자나 쇼핑중독자의 광적인 자기위로…** Maté, *In the Realm of Hungry Ghost*, p. 2. 또한 마테의 웹사이트에 실린 인터뷰 참조, http://drgabormate.com/topic/addiction/.

471 **중독 귀인…** Eve Kosofsky Sedgwick, "Epidemics of the Will," *Tendencies*(Durham, NC: Duke University Press, 1993), p. 132.

471 **2013년 미국정신의학협회가 『정신장애 진단 및 통계 편람』 제5판을 발표하면서…** "Substance-Related and Addictive Disorders," in American Psychiatric Association, *Diagnostic and Statistical Manual of Mental Disorders(DSM-5)*(Washington: American Psychiatric Association, 2013).

471 **많은 과학자는 이처럼 중독 기준이 확대되면…** 그 예로 국립정신건강연구소National Institute of Mental Health가 발행한 *DSM-5*에 관한 토머스 인스Thomas Inse의 공식 발표 참조, http://www.nimh.nih.gov/about/director/2013/transforming-diagnosis.shtml. 또한 Christopher Lane, "The NIMH Withdraws Support for *DSM-5*, *Psychology Today*, https://www.psychologytoday.com/blog/side-effects/201305/the-nimh-withdraws-support-dsm-5; ASAM(American Society for Addiction Medicine) 회장 스튜어트 기틀로Stuart Gitlow의 *DSM-5*에 대한 논평, http://www.drugfree.org/news-service/commentary-dsm-5-new-addiction-terminology-same-disease/; Gary Greenberg, *The Book of Woe: The Making of the DSM-5 and the Unmaking of Psychiatry*(New York: Blue Rider Press, 2013); 그리고 그린버그Greenberg의 인터뷰, "The Real Problems with Psychiatry," *The Atlantic*, May 2, 2013 참조, http://www.theatlantic.com/health/archive/2013/05/the-real-problems-with-psychiatry/275371.

472 **많은 해결책이 거쳐 간 후에 비로소 당신의 욕구는 필요한 것이 된다. 바로 그것이 내가 태어난 이유, 평생 기다려왔던 이유다…** George Cain, *Blueschild Baby*(New York: McGraw Hill, 1970), p. 199.

479 **우리는 살기 위해 우리 자신에게 이야기를 한다…** Joan Didion, "The White Album," *The White Album*(New York: Simon and Schuster, 1979).

484 **그러나 세니커의 상담사 중 한 명인 매들린이 셜리에게는 아이들, 결혼, 경력 등 다른 무엇보다 우선 단주가 필요하다고 했다…** 매들린은 처음 셜리와 통화한 후, 술을 마시고 싶을 때는 언제든 전화하라고 했다. 만약 10분 동안 이야기를 나눌 수 있다면, 그 시간에 충동은 사라질 거라고 장담했다. 한번은 셜리가 전화하자 매들린은 셜리의 수다를 끌어내기 위해 이렇게 말했다. "사실 닉슨이 그렇게 나쁜 놈은 아니에요." 실제로 그 말은 효과가 있어서 셜리는 30분 동안 떠들었다. 그

통화로 그들은 10분 표지와 그 이상을 획득했다.

484 **1973년 셜리가 세니커에 나타났을 때, 그녀는 269번째 입주자였다…** 셜리의 세니커 하우스 숙박에 관한 이 자료는 저자의 인터뷰, 그리고 『볼티모어 선*Baltimore Sun*』에 실린 그녀의 익명 기사를 참고했다. Barbara Lenmark, "An Alcoholic Housewife: What Happened to Her in 28 Days," *Baltimore Sun*, November 18, 1973.

488 **그것은 음절 하나하나가 완전히 솔직했어…** 찰스 잭슨이 워런 앰브로스에게, March 1, 1954, Charles Jackson Papers, Dartmouth College.

489 **훌륭하고 행복한 결혼이 나에게 무얼 의미할 수 있었을까 계속 꿈을 꿉니다…** 로다 잭슨이 프레더릭 잭슨에게, 1951, Charles Jackson Papers, Dartmouth College.

489 **초기 AA 소식지들에는 참석자가 한 명뿐인…** *The Group Secretary's Handbook and Directory*(New York: The Alcoholic Foundation, 1953). Center of Alcohol Studies, Rutgers University.

489 **우는 사람이 한 명이라도 나오지 않으면 우리는 성공적인 투어가…** 아나 퍼치Annah Perch, 인용 출처는 Lisa W. Foderaro, "Alcoholics Anonymous Founder's House Is a Self-Help Landmark," *New York Times*, July 6, 2007.

490 **~~내가 원할 때~~ 술을 마실 장소를…** 여백의 교정 메모, "The Rolling Stone," *Alcoholics Anonymous* 원본 원고. Stepping Stones Foundation Archives.

494 **그를 맥빠지게… 생각 없는 사람들…** Charles Jackson, "The Sleeping Brain," 인용 출처는 Blake Bailey, *Farther and Wilder: The Lost Weekends and Literary Dreams of Charles Jackson*(New York: Vintage, 2013), p. 349.

494 **무관심, 무기력, 멍한 각성상태, 그리고 채소의 건강…** 찰스 잭슨, 인용 출처는 같은 책, p. 348.

495 **한바탕 욕이라도 하고 예전의 방종한 생활로 돌아가야 할까…** 같은 책, p. 360.

499 **완전무결한 성공 이야기를 하든가 아예 아무 말도 하지 말아야 한다…** C. H. Aharan, "Problems in Cooperation between AA and Other Treatment Programs," 35주년 기념 AA 국제 총회에서 한 연설, Miami Beach, 1970, p. 9. Center of Alcohol Studies Archives, Rutgers University.

XIII. 결산

507 **숲속의 사냥꾼…** 「숲속의 사냥꾼」의 모든 인용은 베리먼의 "회복" 공책 끝에 있는 수기 동화에서 따왔다. John Berryman Papers, University of Minnesota.

513 **우리의 집단적 목구멍에 꾸역꾸역 채워온 록 신화에 약간 질식…** Steve Kandell, "Amy Winehouse: Rock Myth, Hard Reality," *Spin*, July 25, 2011. 캔들 역시

그 신화의 일부였고, 그가 인식하고 있는 것 역시 그 신화의 일부였다. 그는 와인하우스의 명성이 최고조에 달했던 2007년 『스핀*Spin*』에 와인하우스에 관한 커버 스토리를 썼다.

514 **마약이 쾌감이나 짜릿함을 위한 것이라고 생각하는 사람은…** Billie Holiday, *Lady Sings the Blues*, William Dufty 공저(New York: Doubleday, 1956), pp. 212~13.

514 **약이 없으니 너무 따분해…** 〈에이미〉(감독: 아시프 카파디아, 2015).

515 **그녀에겐 완벽한 재능이 있었어요…** 토니 베닛Tony Bennett, 인용 출처는 같은 영화.

517 **흡사 늪에 갇힌 사람들처럼 접이식 탁자 주변에…** Denis Johnson, "Beverly Home," *Jesus' Son*(New York: Picador, 2009), p. 126.

518 **이 모든 괴짜들, 그리고 그들 틈에서 날마다 조금씩 나아지는 나…** 같은 책, p. 133.

519 **술에서 깨어나니 마침 나는 신경쇠약에 걸렸다…** Johnson, "Beverly Home," 미출간 원고, Denis Johnson Papers, Harry Ransom Center, University of Texas at Austin.

519 **존슨은 1978년에 처음으로 술을 끊으려 시도했다…** Jesse McKinley, "A Prodigal Son Turned Novelist Turns Playwright," *New York Times*, June 16, 2002.

519 **나는 모든 것에 중독되어 있었어요. 지금은 커피만 많이 마시죠…** 데니스 존슨, 인용 출처는 David Amsden, "Denis Johnson's Second Stage," *New York Magazine*, June 17, 2002.

519 **술을 끊는 것이 걱정… 예술가 연하는 사람들에게 전형적…** 같은 글.

519 **인정은 내가 마약이나 알코올보다 더 갈망하던 것이었다…** Johnson, "Beverly Home," 미출간 원고, Denis Johnson Papers, Harry Ransom Center, University of Texas at Austin.

520 **제가 저의 알코올중독을 이해하게 도움을 준 당신의 한결같은 지원과 우정에 감사를…** 미상의 작가가 데니스 존슨에게, 1996, Denis Johnson Papers, Harry Ransom Center, University of Texas at Austin.

522 **우리는 사슬에 묶인 죄수, 사슬에 묶인 유일한 여죄수…** Johann Hari, *Chasing the Scream*(New York: Bloomsbury, 2015), p. 104 참조.

522 **만약 내가 사람들을 계속 중독자로 두기 위한 시스템을 설계해야 한다면…** 가보르 마테, 인용 출처는 같은 책, p. 166.

523 **"사슬로, 모욕으로" 중독을 다스리는…** 주앙 골랑João Goulão, 인용 출처는 같은 책, p. 237.

523 **텐트시티는 그의 후예 중 한 명인 조 아파이오의 아이디어였다…** 텐트시티는 결국 2017년 4월 폐쇄를 발표했다. 그 시설의 폐쇄는 그해 말까지 마무리될 예정이었다. Fernanda Santos, "Outdoor Jail, a Vestige of Joe Arpaio's Tenure, Is Closing," *New*

York Times, April 4, 2017.

523 **저기 훌륭한 사람이 있습니다**… 조 아파이오Joe Arpaio, 인용 출처는 Hari, *Chasing the Scream*, p. 105.

523 **이 사람들은 나환자와 똑같은 범주에 속합니다**… 익명의 로스앤젤레스 경찰관, 인용 출처는 Harry Anslinger and William Tompkins, *The Traffic in Narcotics*(New York: Funk and Wagnalls, 1953), p. 272.

523 **2009년 텐트시티 서쪽으로 35킬로미터 떨어진 한 교도소에서, 수감번호 109416인 죄수가 사막 한가운데의 우리 안에서 말 그대로 산 채로 구워졌다**… 마샤 파월Marcia Powell의 죽음에 관해서는 Hari, *Chasing the Scream* 참조; 또한 Stephen Lemons, "Marcia Powell's Death Unavenged: County Attorney Passes on Prosecuting Prison Staff," *Phoenix New Times*, September 1, 2010 참조. 이 기사에서 도나 햄Donna Hamm('Middle Ground Prison Reform'이라는 변호단체 회원)은 파월의 눈이 "바싹 마른 양피지" 같았다고 쓴다.

524 **죄수 109416은 유치장에서 죽임을 당하기 전에는 마샤 파월로 살았다**… 마샤 파월에 관한 자세한 설명은 Hari, *Chasing the Scream*, pp. 103~15 참조. 파월은 애리조나 텐트시티 근처의 한 시설에 수감되어 있었다. 마샤 파월은 성매매 혐의로 형을 살고 있었지만, 애초에 그런 생활을 하게 된 이유가 마약의 범죄화 때문이었다. 결국 그녀는 성 노동을 하게 되었고, 중독이 심해졌고, 다른 삶의 방식을 찾기가 갈수록 힘들어졌다. 텐트시티 근처에는 다른 중독자 수천 명이 비슷한 환경에서 마약 범죄로 복역하고 있었다.

526 **마침내 2014년 나는 나코팜을 방문했다**… 그곳이 문을 연 지 80년 후였고 1998년, 그 시설은 의학적 또는 정신적 관리가 필요한 연방 죄수들을 위한 연방의료센터로 공식 전환되었다.

526 ***프로그램이 가능하다.* 이는 보호시설이 사람을 "재정비"할 수 있는 방식에 대한 오랜 믿음이 낳은 문제적 후손이다**… 한 신문은 나코팜에서 행해진 최초의 치료에 관해 이렇게 설명했다. "인간 존재를 형성하는 무형의 것들에 대한 능숙한 재정비." "Destiny of Man 'Traded in' at Kentucky Laboratory," *Chicago Daily News*, August 23, 1938.

533 **침대 위에서 잠자리를 정돈하려는 것과 같다**… Catherine Lacey, 인용 출처는 "Leslie Jamison and Catherine Lacey's E-mail Conversation about Narcissism, Emotional Writing and Memoir-Novels," *Huffington Post*, March 30, 2015.

533 **아침의 음주—일터에서의 음주—이는 사회적 술꾼의 속성이 아니다**… 존 베리먼, 수기로 덧붙이고 고친 흔적이 남은 타이프 원고, 날짜 미상(1970~71), John Berryman Papers, University of Minnesota.

533 **'진실하게'와 '정직하게'라는 단어는…** John Berryman, *Recovery*(New York: Farrar, Straus and Giroux, 1973), pp. 168~69.

533 ***늘 내 뜻대로 하겠습니다…*** 같은 책, p. 156. 이 실수가 모든 것을 말해준다. 창조적 위엄과 의지력 자체에 대한 오랜 망상을 포기하기가 어렵다는 것이다. 라우리의 말대로 "인간의 의지는 정복할 수 없다!" 모임에서 나는 30일짜리 칩을 내면 공짜 술을 주고, 그 칩들로 벽을 장식했다는 헤이즐던 근처의 어느 바에 대한 전설을 들었다. 베리먼이 자신의 칩을 거래하고, 다시 칩을 모으고, 그런 다음 다시 칩 거래를 하는 모습을 상상하기는 어렵지 않았다. 그의 소설은 단주의 과정이 그에게 얼마나 순환적으로 다가왔는지 솔직히 고백하고 있다.

534 **이것을 1단계로 받아들일 수 있는지 모르겠다…** 존 베리먼, 수기 메모, John Berryman Papers, University of Minnesota.

535 **대단히 흥미로운 표정으로…** 미출간 타이프 원고 『회복』에 수기로 교열한 구절, John Berryman Papers, University of Minnesota.

535 **그는 느꼈다—우울감을… 느끼지 못했다—어디에서든…** Berryman, *Recovery*, pp. 18, 172.

535 **그 아이의 편지는 아주 유치해요…** 같은 책, p. 165.

536 ***아빠에게, 이번 학기에 학교생활을 잘해서…*** 폴 베리먼이 존 베리먼에게, 날짜 미상, John Berryman Papers, University of Minnesota.

536 ***아들에게: 투쟁 끝에 쉰여섯번째 생일을 하루 앞두고…*** 존 베리먼이 폴 베리먼에게, October 24, 1970, John Berryman Papers, University of Minnesota.

537 **소설의 결말…** 그 책의 가능한 결말에 대한 이 메모는 베리먼의 아카이브에 있으며, 『회복』 재판본 말미에도 실렸다.

538 **그냥 시도하라. 약간은 행복한 감사 기도를…** 존 베리먼, "회복" 공책에 쓴 수기 메모, John Berryman Papers, University of Minnesota.

538 **이번에 성공하지 못하면, 그냥 마음 편하게 죽을 때까지 마실 겁니다…** Berryman, *Recovery*, p. 55.

538 **그만하면 됐다! 더는 견딜 수 없다…** 존 베리먼, 수기 메모, 1971년 5월 20일이 있던 주, 인용 출처는 John Haffenden, *The Life of John Berryman*(London: Methuen & Co., 1984), p. 397.

538 **그는 투신하기 불과 며칠 전 재발했다. 11개월, 그로서는 가장 오래 단주한 뒤였다…** 베리먼의 마지막 단주와 자살에 관한 자세한 정보는 존 해펀든이 쓴 전기와 함께 Paul Mariani, *Dream Song: The Life of John Berryman*(London: William Morrow & Co., 1990) 참조.

538 **내 소름 끼치는 삶을 더는 못 참겠어…** 진 리스가 페기 커코디에게, March 21, 1941,

Jean Rhys Letters, 1931~1966, ed. Francis Wyndham and Diana Melly(London: Andre Deutsch, 1984).

538 **모든 사람인 또 하나의 나**… 진 리스, 인용 출처는 Carole Angier, *Jean Rhys: Life and Work*(New York: Little, Brown, 1991), p. 375. 자기탈출의 수단으로서 서사라는 꿈—글쓰기가 공감의 계기뿐 아니라 자기초월 같은 그 이상의 것까지 줄 가능성—은 오랫동안 리스를 괴롭혔다. "덧없는 희망The Forlorn Hope"이라는 제목의 한 메모에서 그녀는 어느 벤치에서 지중해를 굽어보는 황홀한 경험을 묘사한다. 몇 시간 동안, 그녀는 "다른 인간들과 융합됨"을 느꼈고 "'나' '당신' '그 남자' '그 여자' '그들'이 모두 똑같다는, 기술적 차이는 실제가 아니라는 느낌"을 받았다. 그녀는 문학이 이 융합의 감각을 일상의 경험보다 더 강력하게 지속할 수 있다고 믿었다. 그녀는 이렇게 썼다. "책은 이것을 할 수 있다. 책은 시간이나 장소를 없애버리듯, 인간의 개성을 없앨 수 있다." 리스의 수기 메모, "덧없는 희망," 테울의 한 호텔에서 지내던 시절 중 (아마도 1925년의) 7월 3일. Jean Rhys Archive, University of Tulsa.

538 **진은 귀를 기울이지 못했다!**… Vaz Dias, "It's Easy to Disappear," p. 4. Jean Rhys Archive, University of Tulsa. 전체 인용문은 다음과 같다. "진은 귀를 기울이지 못했다! 그녀에게 말을 걸면, 그녀는 자신이 완전히 외딴 어딘가에 있다는 인상을 주면서 등장인물들과 완벽하게 동일시한다. 그녀는 연결되어 있지 않은 것 같다."

539 **아기를 출산하는 꿈을 꾸다가 잠에서 깨어 안도한 적이 여러 번 있었습니다**… 진 리스가 다이애나 애실에게, March 9, 1966, Jean Rhys Archive, University of Tulsa.

539 **술 한 병 무장하고 가겠습니다!**… 다이애나 애실이 진 리스에게, March 23, 1966, Jean Rhys Archive, University of Tulsa.

540 **술 그만 마셔요**… Jean Rhys, *Wide Sargasso Sea*, in *The Complete Novels*(New York: W. W. Norton, 1985), p. 548.

540 **그것은 한때 유모의 마술이 주었던 편안함을 희석한 형태로나마 제공해준다**… 같은 책, p. 554.

541 **나는 그를 어릴 때부터 알았어요. 상냥하고 너그럽고 용감했죠**… 같은 책, p. 160.

541 **나는 사납게 날뛰며 달아나는 등장인물은 익숙하지 않아**… 진 리스가 엘리엇 블리스에게, July 5, 1959, Jean Rhys Archive, University of Tulsa.

541 **로체스터가 앙투아네트에게 자신은 젊은 남자로서 감정을 숨길 수밖에 없었다고 말하자**… Rhys, *Wide Sargasso Sea*, in *The Complete Novels*, p. 539. 타인을 피해자로 인식하는 이런 태도는 『광막한 사르가소 바다』의 초반에 전조를 드리운다. 앙투아네트의 흑인 하인 중 한 명—앙투아네트가 상상하기로 고통을 느끼지 못하는("그녀의 맨발은 날카로운 돌멩이에도 다치지 않았고, 나는 그녀가 우는 걸 본

적이 없었다") 티아라는 소녀—이 앙투아네트의 얼굴에 돌을 던진다. 앙투아네트는 마땅한 부상자의 태도를 보이는 대신 강렬한 동일시의 감정을 느낀다. "우리는 서로를 바라보았다. 내 얼굴에는 피가, 그녀의 얼굴에는 눈물이 흐르는 채로. 마치 나 자신을 보는 것 같았다. 거울을 보는 것 같았다." 그것은 편협한 비교—앙투아네트는 자신의 고통과 최근에 가족이 노예 신분에서 해방된 계약 하인의 역경을 융합하고 있다—였지만, 그녀가 다른 사람들도 고통을 받는다는 것, 거의 모든 가해자가 한편으로는 피해자이기도 하다는 것을 이해하는 순간이기도 하다. 파괴를 일으키는 존재는 그녀 자신의 상처 입은 몸에 거주하는 소녀다(p. 41). 소설 말미, 손필드홀이 불에 타 무너지기 직전, 앙투아네트는 정글의 한 연못가를 내다보는 꿈을 꾸는데, 그녀의 얼굴이 아닌 티아의 모습을 본다. 날카로운 돌멩이를 든 여자, 상처를 받았지만 주기도 하며, 그녀 자신의 고통을 합법적으로 만드는 여자, 그리고 다른 사람에게 상처를 줌으로써 그것을 양도할 수 있는 여자. 앙투아네트가 대파괴를 통해 자신의 고통을 합법적으로 만들겠다고 결심하고 양초를 든 것은 바로 이 꿈에서 깨어난 직후였다(p. 171).

542 **마녀만큼 교활한 미친 여자…** Charlotte Brontë, *Jane Eyre*(1847; 재판, New York: W. W. Norton, 2016), p. 455.

542 **이제 마침내 알았어, 내가 왜 여기 오게 되었는지를…** Rhys, *Wide Sargasso Sea*, in *The Complete Novels*, p. 171.

542 **그녀는 한 친구에게 유령 이야기와 위스키는 그녀의 유일한 낙이라고 했지만…** 리스가 로버트 허버트 론슨Robert Herbert Ronson에게, December 10, 1968, Jean Rhys Archive, University of Tulsa.

542 **그녀의 한 달 술값은 때로 나머지 모든 생활비를 합친 것과 맞먹었다…** 리스의 수많은 주류 구입 영수증과 한 달 생활비 내역을 볼 수 있는 곳은 Jean Rhys Archive, University of Tulsa.

542 **정치 등 논쟁이 될 만한 화제는 피할 것… 12:00. 술. 요구할 때만 작은 와인 잔으로… 그러면 나는 7시까지 그녀와 함께 있었다…** 다이애나 멜리, 수기 메모, 미출간, 날짜 미상, 1977, Jean Rhys Archive, University of Tulsa.

544 **모든 글쓰기가 하나의 커다란 호수예요… 한 잔 더 줄래요?…** David Plante, "Jean Rhys: A Remembrance," *Paris Review* 76(Fall 1979).

550 **그것은 연주를 위해서라기보다는…** James Baldwin, "Sonny's Blues," *Going to Meet the Man*(New York: Dial Press, 1965).

550 **그게 내가 뮤지션이라는 사실과 어떤 관련이 있다고 생각하지 않았으면 좋겠어…** 같은 책.

XIV. 복귀

561 **나에게는 두 개의 다른 삶이 있었다**… 레이먼드 카버 인터뷰, Mona Simpson and Lewis Buzbee, *Paris Review* 88(Summer 1983). 카버의 말은 하틀리L. P. Hartley의 소설 『중개자*The Go-Between*』를 암시하는 것이었다.

561 **결국 우리는 노력과 꿈만으로는 충분하지 않음을 깨달았다**… Raymond Carver, "Fires," *Collected Stories*, ed. William Stull and Maureen Carroll(New York: Library of America, 2009), p. 740.

561 **빛이 잘 보이지 않는 혼돈**… Carver, "Fires," *Collected Stories*, p. 739.

562 **무슨 시가 이름 같지만, 나의 첫 전동타자기야**… 카버의 이 말과 그의 새 전동타자기 이야기는 Carol Sklenicka, *Raymond Carver: A Writer's Life*(New York: Scribner, 2009), p. 349에서 가져왔다.

562 **나는 작가로서 내 기술을 배우려 애쓰고 있었다**… Carver, "Author's Note to 'Where I'm Calling From,'" *Collected Stories*, p. 747.

562 **나는 내가 생각했던 술꾼 카버, 폭스헤드 바에서 혼미한 의식으로 어둠을 마주했던 카버의 모습을 맨정신의 카버**… 사실 "맨정신의 카버"가 항상 맨정신이었던 건 아니다. 카버는 단주 중 마지막 10년 동안 마리화나를 피웠고, 가끔씩 코카인을 했다. 나는—내 평생—그것을 "완전한 맨정신"으로 여기지는 않겠지만, 그에게 맨정신이 어떤 느낌인지 판단할 입장도 아니다. 「내가 전화하는 곳Where I'm Calling From」에서 인정했듯 맨정신의 카버는 어떤 면에서 혼란스럽거나 엉망이라고 느꼈다. 그러나 다른 면도 있었다. 카버는 마지막 10년의 상당 기간을 마리화나를 피우며 보냈고, 존 레넌이 총격당하던 날 밤 맨해튼의 한 아파트에서 제이 매키너니Jay McInerney와 함께 코카인을 했고, 몇 년 후 코카인 때문에 워싱턴의 한 응급실에 갔으며, 결국 그를 죽인 암이 된 폐종양을 처음 제거한 후 포트 브라우니를 먹기 시작했고, 빌 윌슨처럼 그 모든 기간 내내 담배를 피웠다. 빌 윌슨과 카버 모두 첫번째 중독을 청산한 후 또 다른 중독으로 사망했다. 단주 중 코카인 등 나머지 약물을 했던 것에 관해서는 Sklenicka, *Raymond Carver: A Writer's Life*(New York: Scribner, 2009), pp. 364, 400 참조. 또한 『파리 리뷰』에 실린 제이 매키너니와의 인터뷰 참조, http://www.theparisreview.org/interviews/6477/the-art-of-fiction-no-231-jay-mcinerney.

562 **그는 사탕 입힌 팝콘의 일종인 '피들패들'을 먹고 살았다**… **"단편소설 속 토블러 초콜릿 의장"으로서 취리히로 돌아오고 싶다**… 카버의 단주, 단것에 대한 애착, 단주 생활 실행 계획을 추진하려는 시도에 관한 세부 사항들은 Sklenicka, *Raymond Carver: A Writer's Life*, pp. 318, 485, 324, 384, 386 참조.

563 ***나의 경우 술을 끊고 나서 편지 몇 통 이상의 글을 시도하기까지 적어도 6개월…*** 레이먼드 카버가 홀스트롬 씨Mr. Hallstrom에게, September 17, 1986, 인용 출처는 *Carver Country: The World of Raymond Carver*, 사진은 Bob Adelman(New York: Charles Scribner's Sons, 1990), pp. 105~107.

563 **단주 후 첫번째 여름에 그들이 함께 지내던 오두막에서…** 그 오두막 시절 초기의 카버의 글쓰기, 결혼 20주년 기념행사에 관한 정보는 Sklenicka, *Raymond Carver: A Writer's Life*, pp. 312~13.

564 **알코올중독이던 과거의 "나쁜 레이"…** 같은 책, p. 327.

564 **술이 없는 하루하루마다 빛과 열정이 있었다…** 테스 갤러거, 인용 출처는 같은 책, p. 350.

564 **나는 잡았다 풀어주는 것에는 관심이 없다…** 레이먼드 카버, 인용 출처는 같은 책, p. 416.

564 **작가들이란 "지나치게 많이 마시고 지나치게 과속하며"…** Jay McInerney, "Raymond Carver: A Still, Small Voice," *New York Times*, August 6, 1989.

564 **레이는 등장인물들이 그들 자신을 존중하지…** 리치 켈리Rich Kelly, 테스 갤러거와의 인터뷰, https://loa-shared.s3.amazonaws.com/static/pdf/LOA_interview_Gallagher_Stull_Carroll_on_Carver.pdf.

565 **신의 은총이 없었다면 나도 저랬을 거야…** 레이먼드 카버, 인용 출처는 Sklenicka, *Raymond Carver: A Writer's Life*, p. 383.

565 **마음 한구석은 도움을 원했다. 그러나 또 다른 구석이 있었다…** Carver, "Where I'm Calling From," *Collected Stories*, p. 460.

565 **계속 이야기해, J. P. 지금 중단하지 마, J. P.… 그가 어느 날 편자 박는 일을 시작하기로 결심한 이야기를 계속한다고 해도…** 같은 책, pp. 454, 456.

565 **나에게는 이 차갑고 빠른/물을 위한 것이 있다…** Raymond Carver, "Where Water Comes Together with Other Water," *All of Us: The Collected Poems*(New York: Knopf, 1998), p. 64.

565 **유리처럼 투명하고 산소처럼 기운을 준다…** Tess Gallagher, "Interview," *Collected Stories*.

566 **그것은 나를 기쁘게 한다, 강들을 사랑한다는 것은…** Carver, "Where Water Comes Together with Other Water," p. 64.

566 **작가 올리비아 랭은 이 순간 "압축된 특이한 형태"로 나타난 회복의 3단계를 발견한다…** Olivia Laing, *The Trip of Echo Spring: On Writers and Drinking*(New York: Picador, 2014), pp. 278~79 참조.

567 **상호유대감…** Tess Gallagher, "Introduction," *All of Us: The Collected Poems*(New York:

Knopf, 1998), pp. xxvii~xxviii.

567 **원하는 곳에서/원하는 만큼 실컷 담배를 피우… 비스킷을 만들어/잼과 두툼한 베이컨과 함께 먹…** Carver, "The Party," *All of Us*, p. 103.

567 **나의 배는 주문대로 만들어지고 있다…** Carver, "My Boat," *All of Us*, p. 82.

567 **그는 고갯짓으로 인사하고는 삽을 잡는다…** Carver, "Yesterday, Snow," *All of Us*, pp. 131~32.

567 **그 삶은 이제 가버렸고…** 레이먼드 카버 인터뷰, Mona Simpson and Lewis Buzbee, *Paris Review* 88(Summer 1983).

567 **그는 오래전부터 알고 있었다/젊은 날의 맹세에도 불구하고…** Carver, "The Offending Eel," *All of Us*, p. 272.

568 **네가 진짜로 했던 것은/그리고 네가 처음부터…** Carver, "Alcohol," *All of Us*, p. 10.

573 ***당신의 무덤에서 나를 찾기 위해 이 나라를 횡단했습니다… 당신에게 진실을 말하기 위해 일본에서 여기까지 왔습니다…*** 그 공책 속 메모의 인용 출처는 Jeff Baker, "Northwest Writers at Work: Tess Gallagher in Raymond Carver Country," *The Oregonian*, September 19, 2009.

573 ***소비는 그저 알코올과 같은 도피입니다. 우리 모두 빈 구멍을 채우려 애쓰고 있지요…*** 인용 출처는 Laing, *The Trip to Echo Spring*, p. 296.

574 **빌리 버로스 주니어… 그는 간을 이식받고도 술을 끊지 못했고 33세의 나이에 간경변으로 죽었다…** 1981년에 아들이 죽고 3년 후, 윌리엄 버로스 시니어는 빌리 버로스 주니어의 소설 두 편 『스피드*Speed*』와 『켄터키 햄*Kentucky Ham*』에 발문을 썼다. 조용한 회한과 묵시적인 죄책감, 체념의 불편한 느낌—그들의 관계와 그에 결핍되어 있던 것에 대한 인식—으로 가득한 기록이었다. 버로스 주니어는 런던으로 건너가 아버지와 함께 살 예정이었지만 처방전을 위조한 죄로 체포되었다. 따라서 대신에 아버지가 플로리다를 방문했는데, 버로스 시니어는 그때 일을 떠올린다. 그는 세관이 두려워서 아편을 두고 왔고, 그가 생각한 만큼 "별것 아니지 않았던" 습관의 금단증상에 내내 시달리며 한 달을 보냈다. 아버지와 아들은 의존성뿐 아니라 그 의존성이 낳은 곤경의 부류까지 비슷한 삶을 살았다. 그러나 이런 유사성은 공명의 위안을 주기보다 복합적인 부담, 즉 거리감, 장애물, 제거라는 부담을 안겨주었다. 발문에서 버로스 시니어는 "[빌리 주니어가] 자동차 사고를 당한 후 플로리다의 한 병원에서 장거리 전화를 하던 때"를 떠올린다. "나는 그의 소리를 들을 수 있었지만, 그는 내 소리를 들을 수 없었다. 나는 계속해서 '빌리, 너 어디야? 어디 있니?'라고 물었다. 긴장되고 불안한 질문, 적절한 말이 적절하지 않은 때에 나왔고, 적절하지 않은 말이 적절한 때에 나왔다. 그리고 가장 적절하지 않은 말이 상상할 수 있는 가장 적절하지 않은 때에 말해진 적은 너무

많았다… 내가 잠자리에 든 후 옆방에서 그 아이가 기타를 치는 소리를 듣다가, 또다시 깊은 슬픔을 느꼈던 일이 기억난다."
이것은 이해를 통한 회복의 전망이 아니다. 상호 동일시를 통한 구원의 전망도 아니다. 그건 얻는 것도 효과도 없는 공감에 불과하다. 그 과정이 개인적이든 아니든, *나를 실망시키지 말아줘*라는 호소는 똑같이 남는다. 사적인 고통의 음악을 들을 수는 있지만 영원히 멀리서 들릴 뿐이다. William Burroughs Sr., "The Trees Showed the Shape of the Wind," in *Speed and Kentucky Ham*, ed. William Burroughs Jr.(1973; 재판, Woodstock, NY: Overlook Press, 1984).

574 **카버의 단편 속 미용사처럼 예쁘고 터프하다…** William Booth, "Walking the Edge," *Washington Post*, September 16, 2007.

저자의 말

580 **예를 들어 부프레노르핀은 부분적인 작용약 역할을 하면서, 아편제 수용체와 결합해 나머지 아편제의 결합을 방해하며…** Lucas Mann, "Trying to Get Right," *Guernica*, April 15, 2016.

582 **절제는 모든 사람에게 강요할 수 있는 모델이 아닙니다…** 가보르 마테, 인용 출처는 Sarah Resnick, "H.," *n+1* 24(Winter 2016).

583 **우리가 사람을 사람으로 본다면, 사람을 사람으로서 대할 것입니다. 이상입니다…** 조니 페레스, 패널 토론, Vera Institute of Justice, *Chicago Ideas*, February 23, 2017, https://www.vera.org/research/chicago-ideas-it-doesnt-have-to-be-this-way.

참고문헌

Aharan, C. H. "Problems in Cooperation between AA and Other Treatment Programs." Speech delivered at the 35th Anniversary International Convention, Miami Beach, 1970. Center of Alcohol Studies Archives, Rutgers University, New Brunswick, New Jersey.

Alcoholics Anonymous. "A.A.: A Uniquely American Phenomenon." *Fortune*, February 1951. Center for Alcohol Studies Archives, Rutgers University, New Brunswick, New Jersey.

——. *Alcoholics Anonymous: The Story of How Many Thousands of Men and Women Have Recovered from Alcoholism*. By Bill Wilson, Ed Parkhurst, Sam Shoemaker et al. New York: Alcoholics Anonymous World Services Inc., 1939.

——. *The Book That Started It All: The Original Working Manuscript of Alcoholics Anonymous*. Center City, MN: Hazelden, 2010.

——. *'Pass It On': The Story of Bill Wilson and How the AA Message Reached the World*. New York: Alcoholics Anonymous World Service Inc., 1984.

——. "Pattern Script for Radio and Television." General Service Headquarters of AA, 1957. Center for Alcohol Studies Archives, Rutgers University, New Brunswick, New Jersey.

Alexander, Anna, and Mark Roberts, ed. *High Culture: Reflections on Addiction and Modernity*. Albany: SUNY Press, 2003.

Alexander, Bruce, B. L. Beyerstein, P. F. Hadaway, and R. B. Coambs. "Effect of Early and Later Colony Housing on Oral Ingestion of Morphine in Rats." *Pharmacology Biochemistry and Behavior* 15, no. 4(1981): pp. 571~76.

Alexander, Jack. "Alcoholics Anonymous: Freed Slaves of Drink, Now They Free Others." *Saturday Evening Post*, March 1, 1941.

Alexander, Michelle, *The New Jim Crow: Mass Incarceration in the Age of Colorblindness*. New York: The New Press, 2010.

Alvarez, A. "Down & Out in Paris & London." *New York Review of Books*, October 10, 1991.

Amsden, David. "Denis Johnson's Second Stage." *New York Magazine*, June 17, 2002.

Angier, Carole. *Jean Rhys: Life and Work*. New York: Little, Brown, 1991.

Anonymous. "An Ex-Resident's Story." Granada House, http://www.granadahouse.org/people/letters_from_our_alum.html.

Anslinger, Harry, and William Tompkins. *The Traffic in Narcotics*. New York: Funk and Wagnalls, 1953.

Aubry, Timothy. *Reading As Therapy: What Contemporary Fiction Does for Middle-Class Americans*. Iowa City: University of Iowa Press, 2011.

Augustine, *Confessions*. Oxford: Oxford University Press, 2009.

Azimi, Negar. "The Madness of Queen Jane." Newyorker.com, June 12, 2014.

Bailey, Blake. *Cheever: A Life*. New York: Knopf, 2009.

——. *Farther and Wilder: The Lost Weekends and Literary Dreams of Charles Jackson*. New York: Vintage, 2013.

——. *A Tragic Honesty: The Life and Work of Richard Yates. New York: Picador, 2003.*

Baldwin, James. "Everybody's Protest Novel." *Notes of a Native Son*. Boston: Beacon Press, 1955.

——. "Sonny's Blues." *Going to Meet the Man*. New York: Dial Press, 1965.

Bateson, Gregory. "The Cybernetics of 'Self': A Theory of Alcoholism." *Psychiatry* 34(1971): pp. 1~18.

Bellow, Saul. "Foreword." *Recovery*, by John Berryman. New York: Farrar, Straus and Giroux, 1973.

——. "Foreword." Typewritten draft. John Berryman Papers, University of Minnesota, Minneapolis.

Berlant, Lauren. *Cruel Optimism*. Durham, NC: Duke University Press, 2011.

Berryman, John. *The Dream Songs*. New York: Farrar, Straus and Giroux, 1969.

——. "Fourth Step Inventory Guide." Minneapolis, MN, n.d. John Berryman Papers, Upper Midwest Literary Archives, University of Minnesota, Minneapolis.

——. *Love & Fame*. New York: Farrar, Straus and Giroux, 1970.

——. *Recovery*. New York: Farrar, Straus and Giroux, 1973.

Bishop, Elizabeth. "A Drunkard." *Georgia Review*, Winter 1992.

——. *One Art: Letters*. Edited by Robert Giroux. New York: Farrar, Straus and Giroux, 1995.

——. "The Prodigal." *Elizabeth Bishop: Poems, Prose, and Letters*. Edited by Robert Giroux and Lloyd Schwartz. New York: Library of America, 2008.

Blackburn, Julia. *With Billie: A New Look at the Unforgettable Lady Day*. New York: Pantheon,

2005.

Blair, Elaine. "A New Brilliant Start." *New York Review of Books*, December 6, 2012.

Brontë, Charlotte. *Jane Eyre*. 1847. New York: W. W. Norton, 2016.

Brooks, Peter. *Reading for the Plot: Design and Intention in Narrative*. Cambridge, MA: Harvard University Press, 1992.

Broxmeyer, Jennifer. "Prisoners of Their Own War: Can Policymakers Look Beyond the 'War on Drugs' to Drug Treatment Courts?" *Yale Law Journal* 118(2008~2009).

Burns, Stacy Lee, and Mark Peyrot. "Tough Love: Nurturing and Coercing Responsibility and Recovery in California Drug Courts." *Social Problems* 50, no. 3(August 2003): pp. 416~38.

Burroughs, William. *Deposition: Testimony Concerning a Sickness*(1960). Reprinted in *Naked Lunch*. New York: Grove Press, 1962.

——. *Junkie: Confessions of an Unredeemed Drug Addict*. New York: Ace Books, 1953.

——. "The Trees Showed the Shape of the Wind." *Speed and Kentucky Ham*. By William Burroughs Jr., 1973. Woodstock, NY: Overlook Press, 1984.

——. *The Yage Letters*. Unpublished manuscript. William Burroughs Papers, Columbia University, New York.

Burroughs Jr., William. *Kentucky Ham*. New York: E. P. Dutton, 1973.

Bustillos, Maria. "Inside David Foster Wallace's Private Self-Help Library." *The Awl*, April 5, 2011.

Cain, George. *Blueschild Baby*. New York: McGraw Hill, 1970.

Campbell, Nancy, J. P. Olsen, and Luke Walden. *The Narcotic Farm*. New York: Abrams, 2010.

Cantwell, Mary. "Conversation with Jean Rhys, 'the Best Living English Novelist.'" *Mademoiselle*, October 1974.

Carver, Raymond. *All of Us: The Collected Poems*. New York: Knopf, 1998.

——. "The Art of Fiction No. 76." Interview by Mona Simpson and Lewis Buzbee. *Paris Review* 88, Summer 1983.

——. *Carver Country: The World of Raymond Carver*. Photographs by Bob Adelman. New York: Charles Scribner's Sons, 1990.

——. *Collected Stories*. Edited by William Stull and Maureen Carroll. New York: Library of America, 2009.

Casey, Karen. *My Story to Yours: A Guided Memoir for Writing Your Recovery Journey*. Center City, MN: Hazelden, 2011.

Casey, Robert. "Destiny of Man 'Traded in' at Kentucky Laboratory." *Chicago Daily News*,

August 23, 1938. RG 511, National Archives, College Park, MD.

Chasnoff, Ira. 1993. "Missing Pieces of the Puzzle." *Neurotoxicology and Teratology* 15: pp. 287~88.

Cheever, Susan. *My Name Is Bill: Bill Wilson—His Life and the Creation of Alcoholics Anonymous*. New York: Washington Square Press, 2005.

Coates, Ta-Nehisi. *Between the World and Me*. New York: Spiegel & Grau, 2015.

Cohen, Joshua. "New Books." *Harper's Magazine*, September 2012.

"Collaborative Studies on Genetics of Alcoholism(COGA) Study." NIAAA, https://www.niaaa.nih.gov/research/major-initiatives/collaborative-studies-genetics-alcoholism-coga-study.

Cooper, Clarence, Jr. *The Farm*. New York: Crown Publishers, 1967.

Cornell, Ervin. Letter to the US Bureau of Narcotics, June 26, 1939. RG 511, National Archives, College Park, MD.

Crowley, John. *The White Logic: Alcoholism and Gender in American Modernist Fiction*. Amherst: University of Massachusetts Press, 1994.

Cushing, Richard. "The Battle Against Self." Speech, August 30, 1945. Repr. Works Publishing. Center of Alcohol Studies Archives, Rutgers University, New Brunswick, New Jersey, undated.

Davies, Hunter. "Rip van Rhys." *Sunday Times*, November 6, 1966.

Day, Douglas. *Malcolm Lowry: A Biography*. Oxford: Oxford University Press, 1984.

Dean, Michelle. "Drunk Confessions: Women and the Clichés of the Literary Drunkard." *The New Republic*, September 8, 2015.

De Quincey, Thomas. "Confessions of an English Opium-Eater." *London Magazine*, 1821.

Derrida, Jacques, "The Rhetoric of Drugs: An Interview." *Differences* 5(1993).

Didion, Joan. *The White Album*. New York: Simon & Schuster, 1979.

Duras, Marguerite. *Practicalities*. London: William Collins Sons, 1990.

Erickson, Carlton. *The Science of Addiction: From Neurobiology to Treatment*. New York: W. W. Norton, 2007.

Farrar, John. "A Preface to the Reader—Sixteen Years After." *The Lost Weekend*. New York: Farrar, Rinehart, and Young, 1960.

Fitzgerald, F. Scott. *Tender Is the Night*. New York: Charles Scribner's Sons, 1934.

Franzen, Jonathan. "Farther Away." *The New Yorker*, April 18, 2011.

Frey, James. *A Million Little Pieces*. New York: Random House, 2003.

——. "Note to the Reader." *New York Times*, February 1, 2006.

Fulford, K. W. M., Martin Davies, Richard Gipps, George Graham, John Sadler, Giovanni Stanghellini, and Tim Thornton, eds. *The Oxford Handbook of Philosophy and Psychiatry*. Oxford: Oxford University Press, 2013.

Gayle Jr., Addison. "Blueschild Baby." *New York Times*, January 17, 1971.

Gilmore, Leigh. "Boom/Lash: Fact-Checking, Suicide, and the Lifespan of a Genre." *Auto/Biography Studies* 29, no. 2(2014): pp. 211~24.

Ginsberg, Allen. "Introduction." *Junkie*. By William Burroughs. 1953. New York: Penguin, 1977.

Grimes, William. "George Cain, Writer of 'Blueschild Baby,' Dies at 66." *New York Times*, October 29, 2010.

Haffenden, John. *The Life of John Berryman*. London: Methuen & Co., 1982.

Hampl, Patricia. "F. Scott Fitzgerald's Essays from the Edge." *The American Scholar*, Spring 2012.

Hanlon, Kevin, dir. *Bill W*. Documentary film. Page 124 Productions, 2012.

Hardwick, Elizabeth. "Billie Holiday." *New York Review of Books*, March 4, 1976.

Hari, Johann, *Chasing the Scream*. New York: Bloomsbury, 2015.

Harris, Oliver. *William Burroughs and the Secret of Fascination*. Carbondale: Southern Illinois University Press, 2003.

Hart, Carl. *High Price: A Neuroscientist's Journey of Self-Discovery That Challenges Everything You Know about Drugs and Society*. New York: Harper, 2013.

Helbrant, Maurice. *Narcotic Agent*. New York: Ace Books, 1953.

Helmer, John, and Thomas Vietorisz. *Drug Use, the Labor Market and Class Conflict*. Washington, DC: Drug Abuse Council, 1974.

Hemingway, Ernest. *The Sun Also Rises*. New York: Charles Scribner's Son, 1926.

Hentoff, Nat. *A Doctor Among the Addicts: The Story of Marie Nyswander*. New York: Rand McNally, 1968.

Holiday, Billie. *Lady Sings the Blues*. Cowritten with William Dufty. New York: Doubleday, 1956.

Holland, Mary. "'The Art's Heart's Purpose': Braving the Narcissistic Loop of *Infinite Jest*." *Critique* 47, no. 3(Spring 2006).

Howard, Jane. "Whisky and Ink, Whisky and Ink." *Life Magazine*, July 21, 1967.

Hughes, Helen MacGill, ed. *The Fantastic Lodge: The Autobiography of a Girl Drug Addict*. Boston: Houghton Mifflin, 1961.

Humphries, Drew. *Crack Mothers: Pregnancy, Drugs, and the Media*. Columbus: Ohio State

University Press, 1999.

Hyde, Lewis. "Alcohol and Poetry: John Berryman and the Booze Talking." *The American Poetry Review*, October 1975. Repr. Dallas: The Dallas Institute, 1986.

———. "Berryman Revisited." In *Recovering Berryman*. Edited by Richard Kelly and Alan Lathrop. Ann Arbor: University of Michigan Press, 1993.

Jackson, Charles. *Earthly Creatures*. New York: Farrar, Straus, and Young, 1953.

———. *Farther, Wilder*. Unpublished manuscript. Charles Jackson Papers, Rauner Library, Dartmouth College, Hanover, New Hampshire.

———. *The Lost Weekend*. New York: Farrar and Rinehart, 1944.

———. Speech. Alcoholics Anonymous, Cleveland, OH, 1959.

———. "We Were Led to Hope for More." Review of *Selected Letters of Malcolm Lowry*. *New York Times*, December 12, 1965.

Jamison, Leslie. *The Gin Closet*, New York: Free Press, 2010.

———. "The Relapse." *The L Magazine*, July 2010.

Jefferson, Margo. *Negroland*. New York: Pantheon, 2015.

Johnson, Denis. *Jesus' Son*. New York: Picador, 1992.

———. *Shoppers Carried by Escalators into the Flames*. New York: Harper Perennial, 2002.

———. *The Throne of the Third Heaven of the Nations Millennium General Assembly: Poems Collected and New*. New York: Harper Perennial, 1995.

Kalstone, David. "The Record of a Struggle with Prose and Life." *New York Times*, May 27, 1973.

Kandell, Steve. "Amy Winehouse: Rock Myth, Hard Reality." *Spin*, July 25, 2011.

———. "Lady Sings the Blues: Avoiding Rehab with Amy Winehouse." *Spin*, July 2007.

Kazin, Alfred. Review of Burroughs' *A Book of the Dead*. *New York Times*, December 12, 1971, 4. William Burroughs Papers, Columbia University, New York.

Kermode, Frank. *The Sense of an Ending: Studies in the Theory of Fiction*. Oxford: Oxford University Press, 1967.

King, Stephen. *Doctor Sleep*. New York: Gallery Books, 2013.

———. *On Writing: A Memoir of the Craft*. New York: Scribner, 2000.

———. *The Shining*. New York: Doubleday, 1977.

Knapp, Caroline. *Drinking: A Love Story*. New York: The Dial Press, 1996.

Koob, G. F., and M. Le Moal(1997). Drug abuse: Hedonic homeostatic dysregulation. *Science* 278, pp. 52~58.

Laing, Olivia. *The Trip to Echo Spring: On Writers and Drinking*. New York: Picador, 2014.

Lamar, Jacob. "The House Is On Fire." *Time*, August 4, 1986.

Lattin, Don. *Distilled Spirits: Getting High, Then Sober, with a Famous Writer, a Forgotten Philosopher, and a Hopeless Drunk*. Berkeley: University of California Press, 2012.

Lewis, Sinclair. Blurb. Undated. Charles Jackson Papers, Rauner Library, Dartmouth College, Hanover, Hew Hampshire.

Lewis-Kraus, Gideon. "Viewer Discretion." *Bookforum* (Fall 2012).

Lish, Gordon. Interview with Christian Lorentzen. "The Art of Editing, No. 2." *Paris Review* 215 (Winter 2015).

London, Jack. *John Barleycorn*. New York: The Century Company, 1913.

Lorentzen, Christian. "The Rewriting of David Foster Wallace," *Vulture*, June 30, 2015.

Lowell, Robert. "For John Berryman." *New York Review of Books*, April 6, 1972.

——. *New Selected Poems*. Edited by Katie Peterson. New York: Farrar, Straus and Giroux, 2017.

——. "The Poetry of John Berryman." *New York Review of Books*, May 28, 1964.

Lowry, Malcolm. *Dark as the Grave Wherein My Friend Is Laid*. London: Jonathan Cape, 1969.

——. *Under the Volcano*. New York: Reynal and Hitchcock, 1947.

Malabou, Catherine. "The Phoenix, the Spider, and the Salamander." *Changing Difference*. Trans. Carolyn Shread. Cambridge: Polity Press, 2011.

Mann, Lucas. *Lord Fear*. New York: Pantheon, 2015.

——. "Trying to Ger Right." *Guernica*, April 15, 2016.

Mariani, Paul. *Dream Song: The Life of John Berryman*. London: William Morrow & Co., 1990.

"Matching Alcoholism Treatments to Client Heterogeneity: Project MATCH Posttreatment Drinking Outcome." *Journal of Studies on Alcohol and Drugs* 58, no. 1 (January 1997): pp. 7~29.

Maté, Gabor. *In the Realm of Hungry Ghosts: Close Encounters with Addiction*. Toronto: Knopf Canada, 2008.

Mauer, Marc, and Ryan S. King. *The Sentencing Project, a 25-Year Quagmire: The War on Drugs and Its Impact on American Society* 2 (2007).

Max, D. T. "The Carver Chronicles." *New York Times Magazine*, August 9, 1998.

——. "Day of the Dead." *The New Yorker*, December 17, 2007.

——. "D. F. W.'s Favorite Grammarian." Newyoker.com, December 11, 2013.

——. *Every Love Story Is a Ghost Story*. New York: Viking, 2012.

McCaffery, Larry. "A Conversation with David Foster Wallace." *The Review of Contemporary Fiction*. 13, no. 2 (Summer 1993).

McGurl, Mark. "The Institution of Nothing: David Foster Wallace in the Program." *Boundary 2* 41, no. 3(2014).

McInerney, Jay. "Raymond Carver: A Still, Small Voice." *New York Times*, August 6, 1989.

Miethe, Terance D., Hong Lu, and Erin Reese, "Reintegrative Shaming and Recidivism Risks in Drug Court: Explanations for Some Unexpected Findings." *Crime and Delinquency* 46(2000): pp. 522, 536~37.

Millier, Brett. "The Prodigal: Elizabeth Bishop and Alcohol." *Contemporary Literature* 39, no. 1(Spring 1998): pp. 54~76.

Morgan, John P., and Lynn Zimmer. "The Social Pharmacology of Smokeable Cocaine: Not All It's Cracked Up to Be." In *Crack in America: Demon Drugs and Social Justice*, edited by Craig Reinarman and Harry Levine. Berkeley: University of California Press, 1997.

Moses, Milton. Letter to US Narcotics Bureau. May 8, 1938. National Archives, College Park, MD.

Nixon, Richard. "Special Message to the Congress on Drug Abuse Prevention and Control." Speech delivered June 17, 1971.

O'Hara, Frank. *The Collected Poems of Frank O'Hara*. Edited by Donald Allen. Berkeley: University of California Press, 1995.

O'Hara, John. *Appointment at Samara*. New York: Harcourt, 1934.

Peabody, Richard. *The Common Sense of Drinking*. Boston: Little, Brown & Co., 1931.

Peretz, Evgenia. "James Frey's Morning After." *Vanity Fair*, April 28, 2008.

Pfaff, David. *Locked In: The True Causes of Mass Incarceration, and How to Achieve Real Reform*. New York: Basic Books, 2017.

Pizzichini, Lillian. *The Blue Hour: A Life of Jean Rhys*. New York: W. W. Norton & Company, 2009.

"Playboy panel: the drug revolution. The pleasures, penalties and hazards of chemicals with kicks are debated by nine authorities." Panelists: Harry Anslinger, William Burroughs, Ram Dass, Leslie Fiedler, etc. *Playboy* 17, no. 2(February 1970).

Provine, Doris Marie. *Unequal Under Law: Race in the War on Drugs*. Chicago: University of Chicago Press, 2007.

Reeves, Jimmie L., and Richard Campbell, *Cracked Coverage: Television News, the Anti-Cocaine Crusade, and the Reagan Legacy*, Durham, NC: Duke University Press, 1994.

Reinarman, Craig, and Harry Levine, ed. *Crack in America: Demon Drugs and Social Justice*. Berkeley: University of California Press, 1997.

——. "Crack in the Rear-View Mirror: Deconstructing Drug War Mythology." *Social Justice* 31. nos. 1~2(2004).

Resnick, Sarah. "H." *n+1* 24(Winter 2016).

Rhys, Jean. *The Complete Novels*. New York: W. W. Norton, 1985.

——. *Jean Rhys Letters, 1931~1966*. Edited by Francis Wyndham and Diana Melly. London: Andre Deutsch, 1984.

——. *Smile Please: An Unfinished Autobiography*. New York: Harper & Row, 1979.

——. "The Trial of Jean Rhys." Jean Rhys Archive, University of Tulsa.

——. *Wide Sargasso Sea*. New York: Norton, 1992.

Rich, Motoko. "James Frey and His Publisher Settle Suit Over Lies." *New York Times*, September 7, 2006.

Ronell, Avital. *Crack Wars: Literature Addiction Mania*. Lincoln: University of Nebraska Press, 1992.

Schenkar, Joan. *The Talented Miss Highsmith: The Secret Life and Serious Art of Patricia Highsmith*. New York: St. Martin's Press, 2009.

Sedgwick, Eve Kosofsky. "Epidemics of the Will." *Tendencies*. Durham, NC: Duke University Press, 1993.

Sheff, David. *Beautiful Boy*. New York: Houghton Mifflin Harcourt, 2008.

Shem, Samuel, and Janet Surrey. *Bill W and Dr. Bob*. New York: Samuel French Inc., 1987.

The Shining. Directed by Stanley Kubrick. Screenplay by Stanley Kubrick and Diane Johnson, 1980.

Sklenicka, Carol. *Raymond Carver: A Writer's Life*. New York: Scribner, 2009.

Sloman, Larry "Ratso." *Reefer Madness*. New York: St. Martin's Press, 1998.

Socar, Chester. Telegraph to "Bureau of Narcotics." September 6, 1941. National Archives, College Park, MD.

Sontag, Susan. *Illness as Metaphor*. New York: Picador, 2001. First published 1978 by Farrar, Straus and Giroux.

——. *Regarding the Pain of Others*. New York: Picador, 2003.

Stewart, Kathleen. *Ordinary Affects*. Durham, NC: Duke University Press, 2007.

Stewart, Sherry H., Dubravka Gavric, and Pamela Collins, "Women, Girls, and Alcohol." *Women and Addiction: A Comprehensive Handbook*. New York: The Guilford Press, 2009.

Stitt, Peter. "Interview with John Berryman, The Art of Poetry No. 16." *Paris Review* 53 (Winter 1972).

——. "John Berryman: Poetry and Personality." *Ann Arbor Review*, November 1973.

Stringer, Lee. *Grand Central Winter*. New York: Seven Stories Press, 1998.

Szalavitz, Maia. *Unbroken Brain: A Revolutionary New Way of Understanding Addiction*. New York: St. Martin's Press, 2016.

Szwed, John. *Billie Holiday: The Musician and the Myth*. New York: Viking, 2015.

Thompson, John. "Last Testament." *New York Review of Books*, August 9, 1973.

Wallace, David Foster. Commencement Address. Keynon College, 2005. Repr. *This Is Water: Some Thoughts, Delivered on a Significant Occasion, About Living a Compassionate Life*. New York: Little, Brown, 2009.

——. *Consider the Lobster*. New York: Little, Brown, 2005.

——. *Infinite Jest*. New York: Little, Brown, 1996.

——. *A Supposedly Fun Thing I'll Never Do Again: Essays and Arguments*, New York: Little, Brown, 1997.

West, Rebecca. "The Pursuit of Misery in some of the New Novels." *The Daily Telegraph*, January 30, 1931.

White, Edmund. "In Love with Duras." *New York Review of Books*, June 26, 2008.

White, William. *Slaying the Dragon: The History of Addiction Treatment and Recovery in America*. Bloomington, IL: Chestnut Health Systems, 1998.

Wieseltier, Leon. *Kaddish*. New York: Vintage, 2000.

Wilson, Bill. "Alcoholics Anonymous." *New England Journal of Medicine*, September 14, 1950.

——. "Bill's Story." Original typescript. Stepping Stones Archives, Katonah, New York.

——. *Bill W.: My First Forty Years*. Center City, MN: Hazelden, 2000.

——. Speech, AA Conference, Prince George Hotel, Halifax, Nova Scotia, April 27, 1958. Stepping Stones Archives, Katonah, New York.

——. Speech, March 24, 1948, San Diego, California. Stepping Stones Archives, Katonah, New York.

Wilson, Bill, and Ed Dowling. *The Soul of Sponsorship: The Friendship of Fr. Ed Dowling and Bill Wilson in Letters*. Center City, MN: Hazelden, 1995.

Wood, Michael. "The Passionate Egoist." *New York Review of Books*, April 17, 2008.

Wylie, Philip. "Review of *The Lost Weekend*." *New York Times Book Review*, January 30, 1944. Charles Jackson Papers, Rauner Library, Dartmouth College, Hanover, New Hampshire.

Yagoda, Ben. *Memoir: A History*. New York: Riverhead, 2009.

Zieger, Susan. *Inventing the Addict: Drugs, Race, and Sexuality in Nineteenth-Century British and American Literature*. Amherst: University of Massachusetts Press, 2008.

옮긴이의 말

공감과 소통의 회복법

『공감 연습』을 작업한 뒤 같은 저자 레슬리 제이미슨의 다음 작품인 『리커버링』 번역 의뢰가 들어왔을 때, 약간의 망설임 끝에 작업을 맡기로 한 이유는 저자가 알코올중독을 경험하고 회복 과정을 썼다는 말에 솔깃했기 때문이다. 제이미슨이 처음 낸 소설이 『진 벽장』이었고, 『공감 연습』에서도 술 이야기가 나오므로 저자가 술을 좀 한다는 인상은 받았지만, 실제로 알코올중독이었다는 사실은 몰랐다(사실 『공감 연습』에는 술을 마시던 시기에 쓴 글보다 술 끊은 시기에 쓴 글이 더 많다). 어쨌거나 이 책을 받아 보면서, 알코올중독에서 헤어 나온 여성은 술을 어떻게 바라볼지, 술 없는 삶은 어떨지 사뭇 궁금했다.

이 책의 첫머리부터 제이미슨은 곧바로 자신의 음주사를 털어놓으면서 이야기를 시작한다. 어릴 적 멋모르고 마셨던 첫 술부터, 대학과 대학원 시절 술을 중심으로 돌아가던 생활들, 이런 개인적인 음주사는 그녀가 다니던 아이오와 작가 워크숍을 중심으로 한 전설적인 술꾼 작가들에 대한 탐색과 얽히고, 나아가 술을 끊으려 했으나 실패하거나 성공했던 그들의 궤적과 제이미슨 자신의 단주 시도는 그녀의 발걸음을 '익명의 알코올중독자들,' 즉 AA 모임으로 이끈다. 이렇듯 제이미슨은 중독과 회복에 관한 개인적 경험, 존 베리먼과 찰스 잭슨, 레이먼드 카버 등 선배 작가들의 경험, 그리고 AA 프로그램의 역사와 문화 등 세 갈래의 이야기를 가지고 개인적이면서도 공적인 회고록을 엮어나간다.

우선 개인적인 중독 이야기에서는 제이미슨 특유의 치밀함과 솔직함이 매우 돋보인다. 르포 형식이 많은 『공감 연습』에서는 그녀의 시선이 주로 타인에게 향했던 반면, 여기서는 그녀 자신의 내면 깊은 곳을 응시하면서 관계에 대한 욕구와 불안, 좌절감을 거리낌 없이 털어놓는다. 때로는 읽는 사람이 당황스럽다 못해 스스로 관음증을 의심할 정도로 그 이야기는 너무나 흥미롭다. 그녀는 이렇게까지 솔직하게 쓴 이유에 관해 "누군가를 내 경험에 끌어들이려면 이야기는 구체적이어야 한다"는 점을 깨달았기 때문이라고 밝힌다. 상당히 긴 분량의 이 회고록을 읽을 수 있게 해주는 중요한 흡인력 중 하나는 연인과의 갈등, 엄청난 양의 술, 취해서 벌이는 주사와 모험 등 풍부하고 흥미로운 픽션 요소인데, 제이미슨은 그녀만의 독특한 서사에 그 요소들을 능숙하게 버무려낸다.

두번째 갈래는 아이오와 작가 워크숍의 전설적인 술꾼 작가들을 비롯해 중독과 관련한 작품을 남긴 20세기 중반 작가들의 이야기다. 레이먼드 카버, 데니스 존슨, 데이비드 포스터 월리스 등 여러 남성 작가들 외에도, 진 리스를 비롯한 술꾼 여성 작가들까지 조명하는 제이미슨은 젠더 문제를 끌어들이면서 중독을 둘러싼 다층적 시선에 문제를 제기한다. 그러나 그녀는 이들의 일화를 단선적으로 소개하기보다는 이들의 문학과 술이 어떤 관계였는지, 잉크와 위스키의 신화 뒤에 어떤 진실이 있었는지 하는 문제에 더 관심을 보이면서 예술적 창조성을 고민한다. 아울러 알코올중독을 포함한 중독자에 대한 사회적, 문화적 시선과 차별, 그 차별에 더해진 인종차별, 미국 사회에서 중독자 처벌의 역사까지 소개하면서 이 책의 외연을 더욱 확장한다.

세번째 갈래는 AA의 역사와 이를 통해 회복을 경험한 사람들의 이야기다. AA는 알코올중독에서 회복한 사람들과 회복 의지가 있는 사람들이 자신들의 경험을 공유하면서 음주 문제를 해결하고 회복을 돕는 단체로, 12단계 프로그램을 통해 회복 과정을 차근차근 밟아나가도록 한다. 마침내 AA를 찾아간 제이미슨은 작가로서의 정체성과 AA를 조화시키는 데 혼란을 겪지만 보통 사람들의 다양한 이야기를 경청하면서 자신의 경험도 그들과 크게 다르지 않음을 깨닫고 그런 공감의 울림을 통해 회복된다는 느낌을 받는다.

이와 같은 세 가지의 서사 구조를 '축'이라고 쓰지 않고 '갈래'라고 쓴 것은 제이미슨 자신의 경험과 나머지 이야기가 매우 밀접하게, 촘촘하게 얽혀 있기 때문이다. 실제로 중독과 회복을 경험한 미국 작가들에 관한 부분은 그녀의 박사 논문 주제이기도 했는데, 이 책은 그 논문에서부터 시작되었다고 제이미슨은 말한다.

이제 밝히지만, 이 책은 장르상 '중독 회고록'에 속한다. 이런저런 중독에 관해 공개적으로 이야기하기를 꺼리는 우리에게는 이런 장르가 조금은 낯설지만, 적어도 미국 문화에서 중독 회고록은 '회복 장르'에 속하는 또 하나의 장르로서 서점 서가의 한 칸을 차지하는 모양이다. 제이미슨이 이 책을 쓰면서 가장 고민했던 것은 그저 그런 회고록이 되지 않도록, 그래서 지나치게 친숙하게 여긴 독자들이 쉽게 넘겨버리지 않도록 하는 것이었다. 그래서 그녀는 '1인칭 복수' '합창'이 될 수 있는 이야기를 염두에 두었다고 한다. 그녀 한 사람의 이야기가 아닌 누구의 이야기든 될 수 있는 글, 저마다 목소리가 다를지언정 같은 노래를 부르는 합창 같은 글을 쓰려 했다. '내'가 아닌 '우리'를 강조하는 것은 AA의 핵심 정신 중 하나인데, 이 책이 그녀 개인의 이야기로 시작해서 더 많은 이들의 이야기로 이어지고, 유명한 몇몇 작가들에게서 이름 없는 수많은 보통 사람에게로 확장되는 전개 자체가 내 안에서 바깥으로 나아가는 AA의 회복 과정을 그대로 밟아가고 있다는 느낌이 든다. 그뿐 아니라 그녀가 술을 끊은 후에 만나는 사람들의 이야기는 사실 전달 위주의 단순한 문장으로 제시되어 심리 과정을 나타내는 앞부분의 복잡한 묘사와는 대조되는데, 이런 형식상의 변화 또한 AA가 지향하는 회복의 정신에 충실하게 보인다. 안에서 바깥으로, 특수성에서 보편성으로, 독백에서 합창으로, 이런 방향성을 통해 제이미슨은 이 회고록 자체가 AA 모임의 성격을 띠도록, 나아가 빅북과 같은 역할을 해주기를 바란다.

이 책이 "AA에 바치는 서사적 송가"라는, 약간 냉소적인 듯한 시각도 있지만, 결국 제이미슨이 중독과 회복을 겪고 나서 말하고 싶은 것은 공감과 소통이다. 중독을 뜻하는 영어 addiction의 어원은 라틴어 *addictus*인데, 빚을 갚지 못해 채권자의 노예가 된 사람을 뜻한다고 한다(물론 여성형인 *addicta*도 있다). 애초에 중독이라는 단어에 노예, 속박, 굴레의 뜻이 담겨 있다는 얘기다. 그 대상이 술이나 약물이 아니어도, 담배든 도박이든 취미든 어떤 것에 구속되어 자유롭지 못하고 삶이 망가질 정도가 된 상태를 중독이라고 할 수 있다면, 이 회고록에서 이야기하는 공감과 소통의 힘을 통한 회복의 여정은 어디에나 적용해볼 수 있지 않을까.

끝으로 '단주斷酒'라는 단어에 관해서 일러두고 싶다. 술을 끊는 행위를 가리켜 우리 일상에서는 흔히 금주라는 단어를 쓰지만, AA에서는 명확하게 단주라고 말한다. 한편 금주란 술을 못 마시게 하거나 술을 끊는 것을 뜻하고, 단주란 술을 잘 마시던 사람이 술을 끊는 것을 뜻한다고 정의하는 사전도 있다. 독자들에게 낯설 수도 있는 단주라는 단어를 굳이 선택한 이유는 앞서 말한 저자의 의도를 충분히 존중하고 드러내도록 하기 위해서다.

이 책을 읽는 동안, 마음 한구석으로는 제이미슨이 술을 끊지 않기를, 완전히 단주하지는 말기를 바라는 마음이 있었다. 그녀가 술의 굴레를 벗어나 자유롭게 술을 즐기기를 바랐고, 그런 그녀를 보면서 안도하고 싶었달까. 그러나 체질적으로 술이 받지 않는 사람이 있는 것처럼, 술을 조절할 수 없는 사람도 있다는 것, 그런 사람이 중독으로 고통받는다면 단주는 불가피하다는 것을 도중에 인정할 수밖에 없었다. 그리고 어쩌면 나도 술을 끊을 수 있지 않을까 하는 은근한 기대 따위는 언제 있었나 싶게 사라져버렸다. 끊을 필요 없이 그냥 안 마시면 되었으므로. 술을 끊은 게 아니라 끊어야 한다는 강박이 없어졌다는 얘기다. 다만 우리가 저마다 술을 어떻게 대하든 간에, 술 없이도 허심탄회한 이야기를 나눌 수 있는 소통법이 있었으면 하는 바람은 커졌다.

『공감 연습』에서 고통과 공감을 말하던 작가는 이 책 『리커버링』에서 공감과 소통을 말한다. 책마다 조금씩 성숙해가는 젊은 여성 작가를 지켜보는 일은 즐겁다.

찾아보기(인명)

ㅊ

ㅋ

ㅌ

ㅍ

찾아보기(일반)